我会想念你、如同海鸥想念大海。
落叶想念秋天，螃蟹想念沙贝

徐太太在读研究生

上

图样先森 · 著

山西出版传媒集团
北岳文艺出版社
·太原·

图书在版编目(CIP)数据

徐太太在读研究生：上下／图样先森著.—太原：
北岳文艺出版社,2021.8
ISBN 978-7-5378-6407-7

Ⅰ.①徐… Ⅱ.①图… Ⅲ.①长篇小说-中国-当代
Ⅳ.①I247.5

中国版本图书馆 CIP 数据核字(2021)第 105934 号

书　　名	徐太太在读研究生（上下）
著　　者	图样先森
责任编辑	吴国蓉
装帧设计	米　乐
出版发行	山西出版传媒集团·北岳文艺出版社
地　　址	山西省太原市并州南路 57 号
邮　　编	030012
电　　话	0351-5628696（发行部）
	0351-5628688（总编室）
传　　真	0351-5628680
印刷装订	山西立方印业有限公司
开　　本	710mm×1000mm　1/16
字　　数	450 千字
印　　张	33.5
版　　次	2021 年 8 月第 1 版
印　　次	2021 年 8 月山西第 1 次印刷
书　　号	ISBN 978-7-5378-6407-7
定　　价	79.80 元（全二册）

目 录
contents

第一章 读 研　　\ 001

第二章 宠 爱　　\ 029

第三章 桃 花　　\ 067

第四章 身 份　　\ 087

第五章 出 游　　\ 117

第六章 风 波　　\ 159

第七章 澄 清　　\ 196

第八章 校 庆　　\ 240

第九章 命 运　　\ 261

第十章 亲 戚　　\ 288

第十一章 守 护　　\ 327

第十二章 节 日　　\ 353

第十三章 矛 盾　　\ 377

第十四章 惊 喜　　\ 426

第十五章 幼 稚　　\ 458

第十六章 温 暖　　\ 494

第一章 读 研

俗话说得好,大四不考研,天天像过年,大四不考公务员,每天快活似神仙。

陆先琴在大四毕业时秉承着一种赶紧挣钱补贴家里的信念毅然决然地加入了上班一族的大队,可惜事实教她做人,工资教她看清现实。

陆先琴不甘心。

陆先琴住在离上班的地方不远的十几平方米的单间里,每一个晚上都是在隔壁邻居家的嬉闹声中睡去。

家中的陈克明面条和老干妈辣椒酱是她形影不离的好室友。

可就算节省如此,每月剩下的钱依旧只是杯水车薪。

心里的某个念头越来越强烈。

去年,住在陆先琴老家隔壁的邻居弟弟考出了他们那个小村有史以来最高的高考成绩。她一个不入流的二本院校出来的大学生,在村里早就成了透明人。

陆先琴在心里说服自己,现在她二十五岁,正是年轻的时候,再晚几年,她会离那个梦越来越远。

终于,陆先琴做了一个大多成年人只敢想却不敢做的决定,顶着多方压力辞了工作，加入了新一批的考研大军。

现在陆先琴坐在清大的食堂，吃着六毛钱一份的白米饭，幸福感爆棚。

"先琴！院长在那里！"

陆先琴的室友叶子对她指了指，陆先琴看过去，果然是她们院长在那里吃饭。

"真是稀奇，居然能在食堂看到院长。"叶子吃了一口红烧肉，口齿不清，含含糊糊地说，"也不知道跟他一起吃饭的那个人是谁。"

陆先琴这才发现和院长面对面坐着的，背对着她们的是一个背挺得很直的男人。

那男人穿着黑衬衫，院长似乎跟他滔滔不绝地说着什么，都没怎么动筷子。

陆先琴的导师，清河大学经济与管理学院院长的陈建东先生，企管系教授，产业经济学硕士研究生导师，社科院管理学博士兼应用经济学博士后，所出版专著教材类书籍中，独著五本，合著两本，参著七本，SCI论文发表篇数高达五十篇。

名副其实的经管院第一大佬。

叶子盯着那男人的背影看了好久，突然惊呼一声，说："是新闻学院的徐讲师！"

陆先琴扒了一口饭，她当然知道是徐廷舟。他就是穿着熊本熊的玩偶装，她也能一眼认出那是徐廷舟。

"我说怎么那么多女生往那里看呢！走走走，去打个招呼！"叶子为了男人连最爱的红烧肉都不要了，看陆先琴还在那里淡定地扒饭就一把抢过了她的筷子，拉着她一起过去，说，"帅哥重要还是饭重要啊，赶紧的！"

就在所有女生虎视眈眈的时候，叶子拉着陆先琴大摇大摆地走到了院长那一桌，陈院长抬头一看，是他带的两个学生，顿时笑颜满面地招呼她们坐下，说："是秀秀和先琴啊，来跟徐老师打个招呼，你们都认识徐老师吧。"

叶子点头如捣蒜，陆先琴都生怕她脑震荡："认识认识，徐老师好！我是经管院的叶秀秀!"

徐廷舟冲她笑了笑,叶子强忍住自己尖叫的冲动,却挡不住脸上的花痴笑。

轮到陆先琴打招呼了,陆先琴就跟死了一样,闭紧着嘴巴不说话。

陈院长有点不高兴了,问:"先琴,怎么了?叫老师啊。"

陆先琴看着徐廷舟,后者正一副好整以暇的样子看着她,似乎在等她开口叫他一声老师。她挣扎了好久,最后还是昧着良心叫了声:"徐……徐老师好。"

徐廷舟微笑着点点头,一副和蔼可亲的慈师模样,问:"这位同学,你叫什么名字?"

我叫什么你心里没点儿数吗?陆先琴咬咬唇,老实回答,说:"我叫陆先琴。"

徐廷舟满意地点头,看着陈院长说道:"陈院长的学生看起来都很优秀啊。"

被夸赞的叶秀秀就差上天了,十分狗腿地跟徐廷舟搭话,问:"徐老师,你在和我们院长说什么啊?"

陈院长先一步答道:"教你们数量经济学的严老师回家生孩子去了,我正求徐老师帮她代课呢。"

"哎?徐老师不是新闻学院的吗?"叶子很惊讶。

陈院长"呵呵"一笑,说:"徐老师是双学位,经管的课他也可以教的。"

叶子整个人处在震惊之中,一半是震惊徐老师竟然如此厉害,一半是震惊徐老师居然要给他们上课。

"院长,我答应了。"徐廷舟忽然说道。

"哎?你答应了?刚刚不是还说没空吗?"陈院长反应不及,被徐廷舟的回答惊得猝不及防。

"感觉经管院的学生,都挺好教的。"

与陈院长、叶子的激动相比,陆先琴的表情显得十分生无可恋。

徐廷舟抬头看着两个女学生，眼睛瞄向那个很明显表现出不开心的那个女学生，嘴角扬起一抹笑容，说："两位同学，多多关照。"

等她们回到自己的座位上，两个人都完全没有吃饭的兴致了。

叶子是高兴得吃不下饭，陆先琴是难过得吃不下饭。

"徐老师真是太帅了！"叶子一副我为君狂的表情，说，"看他的五官，他的气质，他的身材，我的妈呀，太帅了！"

叶子作为经管院研究生大群的管理员之一，很快就把这个消息透露了出去，一时间整个经管院的研究生们都疯了，消息一下子就到了99+，没有这门课的人哀号一片，而有这门课的则是欢呼雀跃，兴奋不已。

清河大学的名师不少，其中享有国际声誉的老教授数量在全国都是排的上名号的，但最出名的却不是这些位于金字塔塔顶的教授们，而是法学院的杨之济讲师和新闻学院的徐廷舟讲师。

他们都刚过而立，教学资历尚浅，都是被学校高薪聘过来的特聘讲师，一个月上课的次数屈指可数，学生们见到他们的次数也是少得可怜。

每一届清大都会举办人气老师比赛，这二位一直是排行榜稳定的前一二名。

陆先琴那时还不是清大的学生，但她也每天都帮徐廷舟刷票，还偷摸着溜进了"徐讲师粉丝后援会"的群，学会了诸如"为你痴，为你狂，为你哐哐撞大墙"的加油口号。

他们人气这么高的最重要原因也是最肤浅的原因，那就是帅。

叶子搜索徐廷舟的百度词条，在学历那一栏里竟然真的写着徐廷舟是双学位博士。

被这一个事实惊到的叶子张大了嘴巴感叹道："我以前只觉得徐老师是一般厉害，没想到他是超级厉害啊，简直大佬啊。"

徐老师的人生经历十分辉煌，从小学开始一路保送，之后保研、直博一个都没落下，顶着闪亮的人生光环长到现在，再加上老天赏饭吃给他一张帅脸。

"你说还会有比徐老师更牛的人吗？"

陆先琴毫不犹豫地打破叶子的幻想:"当然有,陈院长你了解一下。"

"我是说徐老师这个年龄段的。"

陆先琴继续打破:"有,我认识一个姐姐,保送北大,再被推荐到哈佛,基本上有她的学校全额奖学金就落不到别人头上。"

"这还是人吗!"叶子怀疑陆先琴在编故事,"那你这个姐姐现在在哪工作?"

"中科院。"

"结婚了吗?"

"嫁了一个富二代。"

"人与人之间的差距怎么就那么大啊!"叶子生无可恋。

最可怕的是比你优秀的人,还比你努力,咸鱼清楚自己是咸鱼,翻了身依旧是咸鱼。

陆先琴也觉得,人与人之间的差距太大。她从农村考到城市,高三的时候彻夜读书都只上了个二本,现在好不容易读了个985的研究生,结果发现周围的人一个比一个厉害。比学识,比眼界,她没一样比得过,原来以为进入了更好的圈子会变成更好的自己,可却没想到开学才几天,就被打击得透心凉。

幸福感消退的陆先琴进入了无尽的惆怅中。这顿饭吃得郁郁寡欢的,她盘子里的那几块红烧肉动都没动,而叶子就差把盘子舔干净了。

"快吃啊,你吃饭好慢啊。"

陆先琴语气低落:"你先走吧,我想静静。"

叶子催促她:"我先回寝室午休了啊,你快点,今天礼拜五,下午最后一节课肯定有人查勤的,不能逃啊。"

"知道了。"

陆先琴最后还是没吃下那几块红烧肉,无精打采地把盘子送到了回收处,低着头落寞地走出了食堂。

现在是九月初,烈阳还挂在天上神采奕奕地照射着水泥路。陆先琴怕晒,没走大路,绕到了树下的阴凉处,走到了一条太阳照不到的小路上,踩着石头路回寝室。

她穿的鞋底子薄，脚踩在石头上硌得生疼，陆先琴龇牙咧嘴的，心里头吐槽也不知道是哪个天才发明出这么一条养生路来的。

这时有一个声音在她背后叫住了她。

这声音低沉而富有磁性："陆先琴。"

她一只脚还落在空中，就这么晃荡着，呆若木鸡地愣在了原地。

有熟悉的气息朝她涌来，离她越来越近，在还未脱下闷热这层外套的九月里，那气息冰冰凉凉的，像是她夏天最爱吃的冰凉粉。

她没敢转头。

那声音又说："怎么？连你老公都不想认了？"

整个清大的人都以为，那位人气颇高的新闻院讲师是个黄金单身汉。

从未有过任何绯闻，就连和异性稍稍凑得近一点的情况都没有，大家一边感叹着都这个年代了还有如此洁身自好的男人，一边又担心他们这位人气讲师，是不是性取向出了点小偏差？

陆先琴抬头望天，语气古怪："你是我老师，我哪敢认你当老公。"

刚刚还在食堂装作不认识她的徐廷舟叹了口气，绕到了她面前，伸手弹了弹她的额头："不是你说的吗？要保密。"

陆先琴微微一愣，当初考进清大，她好说歹说求着徐廷舟千万别曝光他们两人的关系。一是他们的夫妻关系不想被人误会是师生恋；二是要是被一些人知道，徐老师早就被她收入囊中，估计明天她就得遭受集体的校园"暴力"。

"那好歹也不在一个学院，现在要我正儿八经地叫你老师。"陆先琴五官皱成一团，"我叫不出口，像是乱伦。"

徐廷舟又叹了一声："那我就回绝了吧。"

陆先琴表情更复杂了："刚刚我室友都在群里发了，一阵叫好的。"

"我以为，你也会很高兴。"

他这么说道，随即又深深地看了她一眼，转身离开了小路。

陆先琴愣了，这是伤了他的心了？

周五下午只有一节课，到了四点二十分，陆先琴就回寝室准备把这一周的换洗衣服带回家，开始享受她的第一个周末。

陈院长又发了一篇文献让她翻译，陆先琴在地铁上用IPad粗略地看了一下，发现太多她不认识的生涩的专业术语，想着这两天也别想休息了，专心把陈院长交代的任务完成吧。

谁知刚回到家里，陆先琴还没来得及换拖鞋，自己手上就又多了一沓的文献。

"周末看完了，写一篇读后感给我。"

陆先琴不高兴了，一个用力就把文献甩地上了："我能不能不看！"

徐廷舟轻飘飘地看了她一眼，语气平静："你说呢？"

"那这么多！你让我两天就看完！我周末还要翻译陈院长给我的文献，我会死的。"

男人的脸上没一点表情，他只是居高临下地看着陆先琴，就足以让陆先琴浑身上下都起鸡皮疙瘩。

"忘了自己是怎么考上研究生的？"

她当然不可能忘记，以她的资质，能考上清河市最好的大学的研究生，除了那几个月每天不到五个小时的睡眠和超过了十六个小时的学习时间，最大的功臣就是面前的这个男人。

"虽然你考上了，但对你来说不是结束，研究生没有你想象的那么容易，性质和本科生有天壤之别。如果你还以本科生的要求来约束自己，那么这个研究生对你来说毫无意义。"

陆先琴虽然人不怎么聪明，但胜在勤奋努力，一旦她决心做什么事的时候，那就是用尽浑身的力气去做，直到把这件事做好为止。

她心不甘情不愿地把文献都捡了起来，委屈巴巴地说："下个礼拜你真的上数量经济学？"

徐廷舟点头："在准备交接了。"

"你真的要跟我玩师生恋吗？"陆先琴一脸不满地看着他，本来在家就天天被他逼着学习，好不容易在学校能轻松轻松，两个人专业不一样平常碰面也少，结果他摇身一变成了自己的老师，这下更加没轻松日子过了。

一说到这个，徐廷舟脸上的表情又变得微妙起来："下午的时候我已经明确回复了陈院长。"

陆先琴想来想去，觉得还是自己的心态比较重要："你可以拒绝。"

"你敢拒绝陈院长？"

"我不敢，你敢。"

"你知道我敢？你又不是不知道我最近在评副教授职称。"

陆先琴又开始耍小性子了："那我不管，我不要叫你老师。"

徐廷舟微微一笑，伸手揉了揉她的脑袋："那你想叫我什么？"

陆先琴在作死边缘试探："菜鸟"（新手，技术不老练）。

徐廷舟脸色黑了，周身散发出死亡的气息。

"陆先琴，你是不是觉得周末这点文献不够看？"

"够了够了。"

最后陆先琴和徐廷舟好说歹说，终于求得了一晚上的休息时间。

两个人并排躺下背靠着枕头，陆先琴拿着手机刷 B 站，看各种搞笑视频，徐廷舟戴着眼镜看文件，气氛无比和谐。

一般人家卧室里的灯都装得朦朦胧胧的，一是好入睡，二是可以缓解情绪。他们家卧室的灯功率是最大的，比客厅的大灯功率还大，缺点是特耗电，优点是贼亮，看啥都看得一清二楚。

据徐廷舟自己说，他的人生不愿意放弃任何一个学习的机会，哪怕是躺在床上的时候。所以卧室的灯必须要大功率，贼亮，好看书学习。

陆先琴在 B 站上看到一个视频，标题是黑社会砸网吧，截取的是一个新闻片段，弹幕和评论都特别有意思，她忍不住就笑出了声，然后遭到了徐廷舟的一记眼刀。

她捂着嘴巴又看了一遍，还是没忍住，徐廷舟又看了她一眼。

陆先琴手欠地又点了一遍重放，然后笑得用手捶床，捶得床一震一震的，徐廷舟看她的眼神像看精神病患者："你到底笑什么？"

"给你看这个视频。"陆先琴把手机递给他。

徐廷舟笑点比陆先琴高，但还是没忍住勾起了嘴角。

等视频放完了，徐廷舟又翻脸不认人，硬邦邦地凶她："你别吵我，我马上就看完了。"

"那我要忍不住笑怎么办？"

"你去客厅笑。"

之后的十分钟，陆先琴先是搞得床一抖，然后一溜烟跑出卧室，随后客厅里爆发出一阵惊天动地的笑声，笑完了以后陆先琴又爬了回来，如此反反复复，弄得徐廷舟心烦气躁，真想把陆先琴按在地上打一顿。

徐廷舟揉了揉太阳穴，取下眼镜看着她，在她又打算下床的时候眼疾手快地拉住她，陆先琴重心不稳倒在了床上。

"徐太太，麻烦你听话一点，别吵你老公行吗？"

徐廷舟和她鼻尖对鼻尖，语气不善的像是教训学生一样。

一张俊脸近在咫尺，不非礼一下她陆先琴就枉到世上走一遭，于是她本能反应作祟，稍稍抬头，"啵"的一下亲了他的嘴。

徐廷舟微微一愣，然后很快做出了回应。

陆先琴喜欢粉红色，所以家里的床单也是粉红色的，陆先琴躺在上面，分不清是她比较粉还是床单更粉一点。

陆先琴挣扎着让他把灯关了。

徐廷舟一本正经地胡说八道："徐太太，学习交流的时候，看清楚是很有必要的。"

所以这是陆先琴为什么讨厌卧室的大功率灯的最重要的原因。

两小时过后，陆先琴躺在徐廷舟的身边。

"徐先生，来打游戏好不好？"

徐廷舟轻飘飘地看了她一眼，狭长的眸子闪过一丝不自然，果断拒绝："不要。"

陆先琴也就是试探一下他，没打算真的和他玩儿，因为她知道，徐廷舟打游戏是个不折不扣的"菜鸟"。

徐廷舟俊俏的脸，白皙修长的手，好听的低音炮音，怎么看都是游戏高手的料子，放在电竞言情文里就是男主的硬件标配，而徐廷舟白白浪费了他的这一身完美的条件，是个连小学生都会嫌弃的"游戏菜鸟"。

最典型的一次是他们俩玩王者荣耀排位赛，徐廷舟操作的是游戏中的奶妈，结果奶人的技术堪称一绝，他们俩当时没开语音但是开了听筒，就听见队友那边奶里奶气的一阵怒骂："奶妈你会不会玩啊！你是小学生吗！"

陆先琴到现在都记得当时徐廷舟的表情，真的值得拍一张照作为留念，陆先琴死命憋着笑开了语音问那个骂人的小男孩："小弟弟，你读几年级了啊？"

那边不屑的语气拽破苍穹："我不是小弟弟，我读初一了。"

陆先琴恍然大悟地点了点头，转头看了眼徐廷舟，结果发现人家把手机丢在一边，挂机了。

真的是小学生，被初一的小毛毛说一句话就生气的挂机。

后来初中生小弟弟和陆先琴配合默契，在队友挂机的情况下逆风翻盘。

之后徐廷舟被连番举报，禁赛了。

最近陆先琴迷上了《绝地求生》，陆先琴不爱用自己的号，反而喜欢用徐廷舟的号玩儿，所以徐廷舟的排名很高，全亚洲服都榜上有名，贴吧里已经有人在扒他了。

陆先琴好说歹说，最后用三分钟热吻终于说服徐廷舟和她一起"双排吃鸡"（游戏术语）。

结果徐廷舟操作的角色刚落地就被人用手枪给打死了。

"陆先琴，你老公死了。"徐廷舟波澜不惊，报告自己的生死。

陆先琴操作的角色终于找到一把UZI冲锋枪，装上子弹就朝徐廷舟操作的角色落地成盒的地方跑去，一边跑还一边喊："徐先生让我为你报仇！让你的鲜血成为我披荆斩棘的盔甲！"

找到那个拿手枪侮辱人的混蛋后，陆先琴操作的角色一阵扫射把人打成漏斗，最后舔盒子的时候还嫌弃："穷穷怪。"

陆先琴操作的角色骑一辆摩托车蛇皮走位一路挺进决赛圈，最后靠着一把98K，赢得胜利。

徐廷舟觉得自己的男性尊严受到了严重的侮辱。

在《绝地求生》遭受的侮辱，就要全部在床上讨回来，这是徐廷舟的原则。

事后，徐廷舟轻轻吻了一下她的额头，让她枕在自己的手臂上，另一只手轻轻抚摸着她的头发，被这温柔触感抚摸着的陆先琴很快就睡着了。

平时在学校根本碰不上面，就算路上遇见了她也是能躲着走就躲着走。最近徐廷舟因为评职称的事情就忙得要死，却还是答应了陈院长的邀请，只是为了一个礼拜有那么两节课是能看到她的。

哪怕只是他在讲台上，她乖乖地坐在下面听他说，也算是见到面，他满足了。

徐廷舟真的来上《数量经济学》的课了。

两条大长腿被包裹在禁欲感十足的黑色长裤里，白色衬衣被扎在裤子里，CK的金属带扣刚好卡在他肚脐的位置，就像是画龙点睛一般，为他的禁欲感又增添了一丝朦胧的野性。

徐老师袖口向上挽起，露出了白皙却劲瘦的胳膊，他抬了抬眼镜，转身在黑板上写下苍劲的三个大字。

"徐廷舟"，标准的行楷像他的人一样，雅俊迷人。

而台下的同学们完全没有被徐老师的粉笔字吸引，而是都看向了某个不可描述的部位。

"徐老师的屁股，真翘啊。"叶子在台下看的口水都要流出来了，"我以前看小说的时候，写师生恋，说男主角在台上的时候就感觉在看一幅画一样，后来我盯着我们班所有的男老师看了一天，发现那就是毕加索的抽象画，今天可算是见识了,什么叫莫奈印象派画作。"

陆先琴和在座为数不多的男同学们表示很淡定,男同学的淡定是因为他们坚信自己的屁股比徐老师的还要性感,而陆先琴的淡定是因为她看多了。

徐廷舟有时半夜会起来喝水,虽然动作很轻,但毕竟给陆先琴当枕头的胳膊要抽出来,她迷迷糊糊睁开眼看他的背影,大饱眼福。

陆先琴双手托着脑袋看着讲台上的徐老师痴笑。

叶子正奇怪为什么陆先琴一直不回她的话,后来转过头发现陆先琴笑的比她还过分,一副沉浸在徐老师盛世美颜中的花痴样,顿时有些鄙视地撇了撇嘴,也不知道上个礼拜在食堂陆先琴是装的一副多高冷的样子。

"我叫徐廷舟,大家如果认识我的话应该知道我是新闻学院的,但其实我也有一个经济学的学位,所以教你们是绰绰有余的。"

徐廷舟的声音不大,但很有张力,不戴着扩音器也能让每个学生都能听到他说的话,再加上他先天嗓音条件出众,简直就是天生当老师的料。

"徐老师,徐老师,以后数量经济学都是你教我们了吗?"有个女生扯着好听的嗓音甜甜地问。

徐廷舟摇摇头:"不一定,毕竟我是新闻学院的人,不能忘本。"

下面发出了一阵笑声,徐廷舟又继续说道:"我已经问过你们严老师了,在她请假之前,有给你们布置论文,还有读后感,你们有多少人完成了?"

原来上一个教他们数量经济学的严老师特别严厉,大着肚子都能教训他们一个小时都不喝一口水的。研究生学习任务本来就重,她还特别喜欢给学生布置任务,嘴里必不可少的口头禅就是"不要以为经济学就是单纯的经济学",好像整个经管院就她一个老师会做数学题似的。后来她肚子大得不行了必须回家躺着了,众人欢呼雀跃地在群里发了好几轮的红包庆祝。

所有人都露出了一张苦瓜的脸,徐廷舟也早就料到这个事了,并不意外。

陆先琴其实很早前就完成了,但是现在班里没人说完成,她也不敢贸然就说自己完成了。还是把头埋起来当缩头乌龟吧。

"陆先琴。"

陆先琴"啊"了一声，下意识地站了起来。

徐廷舟看了她一眼，问："你完成了吗？"

她下意识地就要摇头，可是一想论文他就是在家里看的，有不懂的地方还特意问了他，估计徐廷舟也是知道她早就完成了，所以才点名问的她。

陆先琴点点头，叶子小幅度地拉了拉她的衣袖："先琴，你真的完成了啊？"

家里有个老师，怎么可能连作业都做不完，陆先琴看着她点了点头。

"那你拿读后感出来看一看啊。"

说这话的不是台上的徐廷舟，而是台下的一个学生，是坐在第一排的一个女生，陆先琴认识她，不算熟，她是副院长带的钱伊敏。

还没等陆先琴说什么，钱伊敏就继续说道："你说完成了就完成了，那所有人都可以说他们也完成了。"

如果说刚刚那句话还没什么别的情绪，那么这句话就很明显的具有针对性了。

"钱伊敏又针对陆先琴了。"有人在台下小声说道。

钱伊敏是在大四的时候以专业第一名的成绩被直接保研到经管院的，本科是在清大上的学生都知道，向来第一名的导师就一定会是陈院长，结果今年开学以后所有人都大跌眼镜。陈院长招收的两个研究生居然都是外校考研生，那么谁也就不奇怪为什么钱伊敏会针对陆先琴了。

叶子帮陆先琴解释道："今天也没说要检查。"

"那没写就没写咯，反正今天下了课再补也来得及的。"

钱伊敏转过头没再说话了，众人以为这件事也就这么过去了，结果徐廷舟却继续顺着钱伊敏的话问了一句："陆先琴，你写了吗？"

哇，看来徐老师也偏心钱伊敏啊。

也是，成绩好实力强的学生谁不喜欢呢，比起走了狗屎运的陆先琴，钱伊敏的实力是众所周知的。

陆先琴轻轻一笑："我写了。"

不知道从哪里传来了一阵嗤笑。

"我带了U盘。"

叶子惊喜地看着陆先琴，真是爽啊。

"你拿给我看看。"徐廷舟说道。

他下了讲台朝陆先琴的座位走去，等走到陆先琴身边时她很明显地闻到了他身上带着一股香味，那是她狠下心帮他买的香水，说让他上课之前喷一喷，能增加费洛蒙。

当时徐廷舟一脸复杂地说："我上个课需要什么费洛蒙，而且男人喷香水太娘了。"

谁知道这个傲娇鬼真的喷了。

陆先琴抿嘴一笑，有些脸红。

她把U盘递给徐廷舟，徐老师看了眼U盘就还给了她："好了，我相信你完成了。"

钱伊敏还想说什么，旁边的女生制止地摇了摇头，她不甘心地转头看了眼陆先琴，觉得她脸上娇羞的表情十分碍眼，但又无可奈何。之后徐廷舟走回了讲台开始上课，她的注意力才从陆先琴身上收回来。

第一小节下课，徐廷舟没有离开教室，而是走到第一排最靠里面没人坐的座位上坐下看手机。

早就有人对这位徐老师好奇已久，跑过去和他拉关系。问的却都是和经济学毫不挂边的问题。

"老师，你今天喷的香水很好闻，是什么牌子的？"

"我没注意看，不太清楚。"

有人了解，献宝一样地回答："我知道我知道，是今年的男香新款，**概念是来自我爱人的气味**，所以老师，这是你女朋友送你的吗？"

"不是女朋友。"

有不少顺风耳的女生们暗暗松了一口气。

本来法学院的杨老师结婚的消息就让她们失落了很久，作为清大王牌之一的徐老师如果也有了对象，那么她们就更加希望渺茫了。

不愿意放弃这一丝希望的女生们拼命试探徐老师的兴趣爱好。当徐老师说他的兴趣爱好就是泡图书馆看书的时候，女生们觉得自己可能这辈子都追赶不上徐老师的脚步了。

"徐老师，你就没有一点稍微接地气的爱好吗？"

"接地气？"徐廷舟略微沉思，"打游戏算吗？"

"打什么游戏啊？"

徐廷舟愣了，他手机里的游戏都是老婆下的，说实话他不怎么玩，但是作为一个男人加老师，在学生面前是绝对不能失了尊严的。于是他仔细想了想，说出了他手机里几款游戏的名字。

"啊啊啊，老师你也玩这么热门的游戏啊！"

讲台那边一阵欢闹，陆先琴气得鼻子都立起来了，叶子羡慕地看着离徐老师最近的那几个女生，懊悔自己动作慢了点没一下课就冲过去。

叶子语气泛酸："先琴，你去打听一下徐老师说了什么，为什么那些女生笑得那么荡漾。"

陆先琴瞥了讲台那儿一眼，又收回了目光："我不去，要去你自己去。"

"陆先琴，你别白白浪费你院花的称号行吗？"叶子很是恨铁不成钢，觉得陆先琴是不能成大事者。

陆先琴从来没觉得自己是院花，尤其是作为全院年纪最大的一朵院花，她觉得这个称号简直就是屈辱。

"徐老师，你喜欢什么样的女生啊？"有人终于问出了这个土得不能再土但却非常经典的问题。

徐廷舟的回答也很土很经典："说不出个具体的。"

"那陆先琴那种徐老师你觉得怎么样？"

问这话的是钱伊敏，虽然大家明里暗里都希望和徐老师亲近一点，但是谁也不会明确说出来，毕竟还夹杂着一层师生关系，说破了大家都尴尬。

"她是我们院的院花，二十五岁了，是辞职后考上的研究生，和徐老师年龄差应该不大吧。"钱伊敏暧昧地转过头看了眼角落里不明就里的陆先琴，笑着等待徐老师的回答。

"陆先琴二十五了？"有人才知道。

"哎？居然还有人不知道陆先琴二十五了，她是工作了三年以后才辞职考的研究生，应该是为了镀金吧，毕竟她本科学校是个二本，所以我蛮佩服她的，你们都不知道这件事吗？"钱伊敏有些惊讶。

"看她的样子明明是比我小啊，没想到比我大三岁啊。"有人感叹。

上课铃声很不合时宜地响起，徐廷舟催促各位同学回座位，钱伊敏见徐老师不打算回答这个问题，撇了撇嘴扫兴地打算离开。

徐老师却忽然叫住了她："你是叫钱伊敏没错吧？"

她惊喜地转过头看着他，原来徐老师是知道她的名字的。

"我喜欢哪种类型的女生我不能告诉你，但是我可以清楚地告诉你，你这种类型的学生，我很不喜欢。"

钱伊敏的笑容僵在脸上，那句话除了她谁都没有听到，谁也不知道她为什么会突然愣在那里。

徐廷舟朝众人说道："从什么地方考过来的，多少岁考的，这些都不再是重点，重点是你们已经坐在了这里，成为清大的一名研究生，你们所有人，都是平等的。"

一字一句，铿锵有力，钱伊敏的脸色愈发难看。

陆先琴内心撼动，她记得当时初试成绩出来后，自己担心了好久，导师们会不会有本科歧视，年龄歧视，然后把她给刷下去。

当时徐廷舟说的也是这句话，这才更加坚定了她要读研究生的决心。

陆先琴也不知道自己做错了什么，明明每次都是绕着钱伊敏走的，能不招惹她就尽量不招惹。但钱伊敏还是会找上门来，就好像一天不怼她就会发病似的。

"陆先琴，你可以的啊，提前把徐老师给搞定了。"

陆先琴心中一惊，有些心虚："什么搞定不搞定的？你在说什么我听不懂。"

叶子此时充分发挥了中国好室友的职责挡在陆先琴的身前替她回怼："你把嘴巴放干净一点，什么搞定不搞定的，你自己不讨徐老师的喜欢，还要怪先琴吗？"

钱伊敏扯了扯嘴角，毫不示弱："陆先琴是院花，她当然讨老师喜欢了，不仅讨老师喜欢，还讨院长喜欢，是不是啊？"

任谁都听得出这潜台词，陆先琴咬了咬唇，拉着叶子就要离开这里。

"陆先琴，你要真想让我对你服气，你就靠实力让我闭嘴，中期考核我等你给我打脸，不然我就真的要调查一下，院长为什么会收你当学生。"

叶子气得就要继续跟钱伊敏理论，而陆先琴则是直接扯着她离开了。

不服气的叶子教训起陆先琴来了："你干什么啊？这种人你就该怼回去！你就是要堂堂正正地告诉她你是凭实力让院长选的你，而不是在这里做缩头乌龟好不？哎哟！你气死我了。你又不是什么言情小说里的白莲花女主干嘛连骂人都不敢骂啊。"

"你刚刚也听到了，除非我用实力说话。"

叶子皱眉："你真要中期考核的时候打败她？"

"我陆先琴虽说不聪明，但是如果要比努力的话，我肯定不会输她。"陆先琴耸肩一笑，"我知道她对我不服气，不但她对我不服气，还有好多人都对我不服气，觉得我一个二本考上来的研究生凭什么得院长青睐，其实说实话我也觉得奇怪，所以我也想证明给我自己看看。"

叶子眯起眼睛盯着陆先琴看了好久："先琴，我以为你是白莲花女主，没想到你是大型励志剧女主啊。"

"徐老师，今天上课感觉如何啊？"

徐廷舟刚下课，就被陈院长叫到办公室了。

"挺好的，教研究生比教本科生要轻松很多。"徐廷舟微微一笑，转而问道，"院长知道有关陆先琴的本科信息吗？"

陈院长点点头："知道啊，档案上都有写，你怎么突然想问这个？"

"就是有点好奇。"

陈院长的表情忽然变得有些严肃，难道这一段不伦之恋要萌芽了吗？

他的语气像是劝诫正走在犯罪道路上的年轻人一样："徐老师啊，虽然先琴是院花，可能某些方面比较吸引你，但是她到底是你的学生，而且不瞒你说，她是已婚状态，所以我希望你不要胡思乱想做出什么违背师德的事情来。"

"……"

徐廷舟觉得他来找陈院长就是个错误，陈院长之所以那么喜欢陆先琴，估计就是因为他跟陆先琴是一类人，是那种听别人一句话脑子里就能遐想出一部电视剧的人。看来隐瞒他和陆先琴的婚姻状况真的是一件很明智的事。

"陈院长，没什么事我就先走了，再见。"

陈院长还不死心地在徐廷舟背后劝他别动歪念。

准备着回新闻学院的办公室，下午还有一大帮子难对付的本科生要应付，结果就在经管院和新闻学院中间的那一条林荫小路上看见了陆先琴。

清大的绿化水平在全国都是排的上号的。

尤其是那种林荫小路，简直就是校园情侣们约会的最佳地点。

以往他从不在意这些东西，今天却怎么看怎么觉得这绿色像是从他头顶吸的色。

陆先琴和一个男生面对面站着，她背对着徐廷舟，那个男生藏不住的急促和脸红倒是被徐廷舟看得一清二楚，而且徐廷舟认识这个男生，是上过他一次课的新闻学院的大一学生。

"同学，把你约来这里真的不好意思。"

陆先琴眨了眨眼："没事，有什么事你说吧。"

十八岁的男生情窦初开的样子看上去是那么的秀色可餐。

徐廷舟屏息地看着眼前的少男少女，唇角微微抿起，不动声色。

"同学，其实我，对你，挺有好感的。"男生带着他特有的清爽嗓音，用结巴的语气说出了对女生的爱慕。

陆先琴一愣。

男生像是鼓起了勇气一般，一鼓作气："同学，我只知道你是经管院的，但是我上个礼拜去听了经管院的所有专业课，都没有看到你，我知道你可能不是大一的，所以今天在路上碰到你就顺便想问问，请问你是哪个班的？我，我能追你吗？"

微风带起树叶沙沙作响地弹奏出美妙的音乐，徐廷舟的心犹如沸水里被烧开的猪心上上下下的。

"我不是大一的。"陆先琴笑了笑，"我也不是大二大三的。"

男生不确定地问道："难道你是大四的？"

"哦，你猜错了，我是博一的。"

男生的脸色顿时如死灰般难看。

陆先琴还嫌给男生的打击不够大，继续添砖加瓦："还有，我二十八了，比你大十岁，你今年是十八岁吧。"

男生喃喃："我大二……"

"哦，那就是差九岁了，也还行。"陆先琴笑眯眯的。

男生的世界观被颠覆，眼神呆滞地说了句学姐抱歉，就踉跄着脚步走出了林荫小道。

正在出口等他的铁哥们见他那虚脱的样子连忙上去搀扶着他。

"我靠，你们进展得这么快吗？"

男生哭丧着脸打了哥们一拳，然后趴在哥们的怀中放肆大哭。搞得围观的学生纷纷用暧昧的眼光看着两人。

陆先琴抿了抿嘴，露出一个恶作剧般的笑容，耸耸肩打算离开这条林荫小道。

正要走时，一阵细不可见的微风拂过她的脸颊和腰间，随后她被蒙住了眼睛，揽住了腰，被身后的人带进了一个宽阔踏实的怀抱。

"老师没教过你不能撒谎吗？"

酥麻的嗓音在她耳边响起，带起电流，陆先琴闻着熟悉的香水味，垂下嘴角委屈地说："徐老师从来没教过我这个道理。"

陆先琴别的情况下是不好意思叫他徐老师的，但是这种情况例外，撒娇调情她比谁都知道怎么样能讨丈夫的喜欢。

桎梏着她的人一阵低笑，揽着她的手收得越发紧了，咬着她的耳朵问道："那你说说，徐老师平常都教了你一些什么？"

"在床上还是在哪里？"

徐廷舟只是微微一愣，一个转身将她压在离两人最近的一棵榕树干上。

他看着她纤长的睫毛，一字一句缓缓地说道："在床上。"

陆先琴垂下眸子，微微嘟起嘴唇："我不知道呢。"

她漂亮的脸蛋染上了捉摸不透的红霞，细长的眉毛和红润的嘴唇让她看上去更像是这风景画中最美的定焦，徐廷舟熟悉来自她身上的这抹香气，是她最喜欢的少女香，好像已经用了一瓶了，他也很喜欢，每次出差看到了这瓶香水，就会买回来送她。

这位院花大人，倒是名副其实地招人喜欢。

"那你听好徐老师的话。"徐廷舟低下头吻她。

阳光透过树叶小孔成像，在地上撒下颗颗细碎的钻石。

其中有些撒在了他和她乌黑的头发上。

"什么？她博一！！！"

男生的好友一阵惊呼，似乎不敢相信他耳中听到的这个事实。

男生死气沉沉地点了点头，一副看透红尘的样子。

"看上去完全就是大一啊，怎么会是博一啊。"

"而且她说她二十八了。"男生一副苦恼的样子，"女大三抱金砖我知道，可是这金砖也太大了。"

"她肯定是骗你的。"好友十分肯定。

两个人为了求证，只能去找班上人脉最广的班长，正好班长和他们是一个寝室。

班长正在寝室做文件，两个人就直接冲了进来，配合默契地把他的椅子转了个方向。

"干什么？"

"经管院的，一个特别漂亮的妹子，认识吗？院花那种级别的。"

直截了当的问题让班长愣了一愣，说："你们问这个做什么？"

"看上一个妹子，长相明明是大一，结果说她博一，我们直觉是被妹子骗了。"

"那就说明人家不想认识你，找借口搪塞你呢，你还去作死干什么。"班长翻了个白眼打算继续做文件。

"今晚带你打游戏。"男生给出撒手锏。

班长迅速关上电脑，沉思。

"经管院今年入学的好看的女生貌似不少，我听经管院的人说过，他们这一届的系花好像还没选出来。"

"那大二大三呢？"

"大二大三你们都知道的，各自名花有主，至于大四的那位学姐，出去实习现在还没返校。"

"这么说就是大海捞针了。"男生的语气突然沮丧起来。

班长点了点头，桌上的手机亮了起来，他拿过手机一看，是邻居姐姐今晚叫他上线"吃鸡"。

他突然想起什么。

"如果你说院花，我倒是知道研一有位学姐刚刚被选为院花。"

研一总比博一好，男生的眼神立马亮了起来。

"不过她名花有主了。"班长淡定地说道。

"苍天啊！难道我注定单身吗！"

班长心念一转，打开微信问他的邻居姐姐："小琴姐，最近有男生跟你告白吗？"

那边发了个"暗中观察"的表情包，附带一句："你怎么知道？"

看着为情所困的室友，班长知道他的大劫将至。

"猜的，'吃鸡'吗？"他随便找个话题搪塞了过去。

"行啊，带你飞。"

陆先琴十八岁开始接触电子竞技，随后展现出了她惊人的游戏水平。

她的手熟记着每个技能键，位移键，可以在突发情况到来前，迅速做出反应。

正因如此，绝地求生亚洲服，虽然外挂遍地飞，她依旧冲进了前一百名，并且排名稳定上升中。

"急救包有没有？"邻居小弟问她。

"我有十四个，给你七个吧。"陆先琴操作的角色将急救包丢在地上。

邻居小弟无奈："行走的医院。"

"你后面有人，在瞄你。"陆先琴提醒邻居小弟看屏幕。

邻居小弟操作的角色架起步枪就对着那个方向狂扫一通，人体描边大师技术精湛，果然一枪都没打到，接着被对方一枪爆头，死在了陆先琴操作的角色旁边。

谁说长得帅的男人打游戏一定不会太差，纯属胡说八道，徐廷舟算一个，旁边这位邻居小弟也算一个，都是属于典型的看着会打游戏实际上水平很差。

"你有没有98K？"

"有，盒子里呢。"

陆先琴操作的角色果断丢掉了自己那把步狙，捡起了邻居小弟操作的角色的98K，换上8倍镜，配件齐全的98k在陆先琴操作的角色手里犹如后羿的箭，嗖的一下打爆了对面的头。

邻居小弟怎么也没想到，当年那个连上树都怕的陆先琴居然能在游戏里毫不留情的杀人不眨眼。

简直可怕。

他们这把运气好，在天命圈里头，就剩下最后三个人的时候，陆先琴背包里的手机响了起来。

她让邻居小弟帮她拿出手机看是谁打来的，不重要就直接挂了。

邻居小弟一看来电显示，怂了。

"姐夫。"

陆先琴吓得一个手抖，子弹打偏了，而且还暴露了自己的位置，一颗手榴弹飞来结束了她操作的角色的生命。

她赶忙摘下耳机冲出网吧接电话。

电话里徐廷舟的声音依然是波澜不惊，但是陆先琴知道他情绪不对，讨好地说："徐先生，找我有事儿吗？"

"你在哪儿？"

陆先琴看了眼天空，面不改色："哦，我在宿舍看文献呢。"

"那你告诉我，什么文献长在天上？"

陆先琴眼睛立马收到讯息四处寻找，果然在不远处看见了穿白衬衫的徐先生。在一群学生当中，他显得尤为引人注目，个子很高，穿着白衬衫，活脱脱像琼瑶剧里头走出来的徐老师。

"徐先生，这么巧啊，你也来网吧？"陆先琴走到徐廷舟面前问道。

"陆先琴。"徐廷舟掏出陆先琴在去网吧前交给他的U盘，那是个粉红色的小猪佩奇，它跟陆先琴这个主人般配极了，"你的读后感，是从哪个高中生的作文本里抄来的吗？"

陆先琴承认自己写作水平确实不怎么样，但是她作为研一的学生那水平肯定是要比一群高中生要强的，所以她对于这样的说教很不服气："徐先生，请你不要这么说你最最心爱的太太，我的小心心会被你如刀尖一般凌厉的话语戳破。"

"狡辩的时候倒是挺有文采。"

一面对这种专业性的问题，徐廷舟就会忍不住跟陆先琴认真起来，一方面因为她是自己的太太,他希望她能够做得更好;另一方面她也是自己的学生,他对学生要求一向严格,不允许态度上的差错。

"通篇没有逻辑性,总分结构不明显,断句不对,对文献的个人看法辞藻使用堆砌了太多的形容词,没有达到精炼准确的要求,这是一篇非常失败的读后感。"

陆先琴认命:"所以呢?"

"周末回家前再写一篇打印好拿给我看。"

"遵命。"

陆先琴摆着一副苦瓜脸,很明显不高兴了。

"你改好了周末陪你打游戏。"

"真的呀?"陆先琴眼睛都亮了。

徐廷舟勉强点头:"嗯。"

"那我待会儿就回寝室重新写!"陆先琴想冲他甩个飞吻,但是周围还有人,于是就甜甜地说了声,"谢谢徐老师!"

徐廷舟轻咳了一声,伸手轻轻弹她的额头:"不许卖乖。"

之后把自己的U盘给了陆先琴:"这里有些参考资料,你可以看一看,还有上个礼拜我给你的那些文献的电子版本。"

徐廷舟的U盘是白色的小羊苏西,和她的正好是一对,这是陆先琴在淘宝上买来的,死缠着徐廷舟跟她一起用,徐廷舟抗争了一个礼拜,最后陆先琴把他原来的U盘藏起来想逼迫他用自己买的这个,结果发现徐廷舟压根没发现他的U盘不见了。

陆先琴不打自招地问他U盘去哪了,徐廷舟不紧不慢地拿出小羊苏西,跟她说他的U盘在这。

她骂了一句,然后傲娇地扑到他怀里。

徐老师下午还有一节传播学的课。

他拿着教案走进教室的时候,很明显感觉到教室里的人比上节课多了。

徐廷舟扫了眼在场的男女比例，微微叹了口气。

戴着眼镜的徐老师看上去禁欲的要死，偏偏又喜欢穿那么刚刚好合身的白衬衫，尺寸刚好的裤子，只要是眼神稍微厉害点的都能从他完美的下颌线一直到结实的胸膛，直到看到那两条想入非非的人鱼线和若隐若现的弧度，最后沉沦在他的双腿比例上。

徐廷舟下意识地就站在了讲台的后面，把自己的下半部分遮了起来。

情窦初开的女生们几乎要站起来看，徐廷舟在黑板上写了这一章要学习的内容，接着转过身问道："我知道大家肯定没有提前预习，所以我也就不废话了，直接带大家现场预习一遍。"

台下一阵细碎的笑声，徐廷舟看了眼台下的学生们，面无表情地问道："李书棋呢？"

李书棋是新闻二班的班长，据说是当年高考线过了清华却非要来清大的传奇人物，在整个新闻学院都颇有名望。

"他不舒服，请假了。"

徐廷舟勾了勾嘴角，镜片下的眼睛里闪烁着不知名的光芒："那病例单呢？"

李书棋的室友瑟瑟发抖："他说是小感冒，没去医院……"

"请假一定要假条和病例单他不知道吗？"徐廷舟绝情到底，"马上打个电话给他让他过来，否则他这门课就不要想过了。"

室友只能乖乖地给远在学校门口网吧里的李书棋打电话。

来蹭课的某些同学心里暗下决心，下节课绝对不来蹭课了，虽说徐老师看着赏心悦目，可是他们最关心的还是自己的生死问题。

徐老师人看着脾气很好，但私下话很少，熟悉他的学生们对他总是称呼冰山美男，但是徐老师这人上课的时候又十分有趣，让人欲罢不能，恨不起来。

只见他淡定地为同学们举例子："传播媒介为什么重要，就好比你玩《绝地求生》，打枪的人是传播者，被打的人是受传者，传播信息的速度、质量、效率都跟传播者手上的传播媒介有关，好的传播媒介能准确无误地传播消息，而差的传播媒介子弹打出去了受传者什么也没收到。"

"老师，你也玩《绝地求生》啊？"

"玩得少，不过知道你们大多数都玩，所以举这个例子。"

突然出现的李书棋打破了和谐的上课气氛，徐廷舟看了眼气喘吁吁的李书棋，用眼神告诉他回座位了。

李书棋擦着汗走到徐廷舟身边，凑到他耳边小声地说："姐夫，就因为你那一个电话，没吃成鸡。"

徐廷舟稍稍挑眉，满不在乎。

回到座位上的李书棋猛然发现自己没带书，于是很霸道地把室友的书给抢了。

"第一小节都快下课了，你怎么才来。"

"要是你再晚两分钟给我打电话，我那一局就赢了。"

室友对他不怕死的精神很是佩服："我问你，你为什么连徐老师的课都敢逃？"

"怕什么，他是我……"及时住口的李书棋心虚地转开了眼睛，漫不经心地看着手里头的专业书。

室友危险地眯起了眼睛："嗯？他是你什么？你们俩果然有不可告人的关系对吧？"

"没有，想多了。"

姐夫和小舅子能算得上什么不可告人的关系，虽然他因为受到陆先琴嘱咐确实不能到处乱说。

李书棋和徐廷舟的第一次见面是很久前了，那时候他听说小琴姐回家了，兴冲冲地把做到一半的作业撂下冲到小琴姐家里去看她。

小琴姐家里的墙壁好像重新刷了一遍，地板也拖得干干净净的。他好奇今天怎么这么大阵仗，然后走进房间就看到了正中间的老旧沙发上，坐着一个跟这个家毫不搭调的男人。

男人穿着一身笔挺的黑色西装坐在那，脚上那双黑色的皮鞋好像比地板还要干净，一副斯斯文文的样子，陆伯母正讨好地拿水果让他吃，他笑着接过那颗大苹果，咬一口在嘴里细嚼慢咽。

李书棋看着自己身上破破烂烂的脏校服，再看了眼坐在徐廷舟身边，同样穿得光鲜亮丽的小琴姐，一股自卑感油然而生。

陆先琴看到门口的他，热情地招呼他进来："书棋来了，快进来吃水果。"

男人也注意到他了，用眼神询问陆先琴，她甜甜的一笑，跟他介绍："这就是我给你介绍过的，邻居家的弟弟李书棋，学习成绩特别好，马上就要代替我成为我们村的第二个骄傲。"

李书棋摸了摸鼻子，不好意思地垂下头。

男人终于开口说话了，他说话的音调很低，但是却字字清晰，非常好听："如果有什么学习上的问题随时都可以找我。"

后来他才知道，原来小琴姐的男朋友是大学老师，而且学历特别高，小琴姐能嫁给他，简直就是上辈子修来的福气。

他那个时候是嫉妒徐廷舟的，那天晚上他被留下来一起吃饭，饭桌上伯母一个劲地问徐廷舟的家庭状况，在听到徐廷舟的家境也只是小康家庭后露出了失望的神情。

他一直觉得陆伯母太过势力，比起陆家，徐廷舟简直就是帝王下榻，而他们还要怪皇帝穿的龙袍上的金线绣得不够多。

"如果用这些条件换先琴嫁给我，那我才是赚大的那一个。"

仅仅因为这句话，就让饭桌上的所有人都沉默了。

陆先琴忍不住哭了，徐廷舟用纸巾温柔地拭去她的泪水，微微一笑："我说过，无论怎么样我都要把你娶回家的。"

他知道，这个男人比他更能发现小琴姐的每个优点，甚至能包容她的不完美。

这堂课，李书棋对着黑板和多媒体显示屏，发着呆混过去了。

下课后,他还是厚着脸皮走到正关电脑准备离开的徐老师面前。

"姐夫,你看在我是陪小琴姐的份上就饶过我一回吧。"李书棋双手合起,虔诚恳求。

"你和先琴都属于不见棺材不掉泪的那种,旷课不算,但迟到是一定要记上的。"徐廷舟毫不留情,把签到本还给了李书棋。

李书棋皱紧了眉头,嘴里头嘟囔:"明明小琴姐说撒娇这招肯定管用的。"

徐廷舟哭笑不得:"那是先琴,你是你,别搞错了。"

"姐夫,你就少给我喂点'狗粮'了,成吗?"

"快走吧,少说废话。"徐廷舟赶人,把多媒体设备关上后打算回办公室好好休息一下。

李书棋脑子一转,灵机一动:"姐夫,你知不知道有人跟小琴姐告白了?"

徐廷舟眉头轻蹙:"我知道,梁冰。"

"这你都知道,看来小琴姐真是夫管严。不过姐夫,你想不想暗中除掉这个情敌?"

徐廷舟不知道李书棋平时都看什么乱七八糟的书:"你要是坐牢了,先琴会很伤心的。"

"我是说我能让我那位室友彻底死心啦。"李书棋狡猾一笑,像一只狐狸似的,"小琴姐骗他是博一的,可是我室友迟早会查到小琴姐是研一的学生,他们俩岁数差得不算多,再加上小琴姐又那么招人喜欢,要是被死缠烂打……"

"把我的名字划掉,成交。"

铁骨铮铮王境泽,誓不划名徐廷舟。

李书棋默默地回味了徐廷舟说的这句话:"我徐廷舟,就是死了,死这!也绝对不会接受你的贿赂!"

第二章　宠　爱

新闻学院的学生们，有空就挖掘徐老师各种小道消息。

自从上次徐老师透露他玩《绝地求生》之后，徐老师的学生们就在努力地搜寻徐老师的信息。

到最后，谁也没扒出徐老师的游戏 ID 来，只得作罢。

不过倒是有人扒出来徐老师会打篮球，而且在高中和大学的时候还是校篮球队的主力。

一年一度的校园篮球赛此时又恰巧开幕。

会打篮球的新生们这些日子拼了老命相互联系，就等着篮球场出道以后夺得全场焦点，开启校园篮球王子的完美剧本。

今年夺冠的热门依旧是电信与机械、计算机这几个学院，作为万年倒数第一的新闻学院对这事就没那么热衷，想着凑齐一队人马在初赛的时候走个过场就好，连训练都在划水。

对于大一小弟弟的比赛，作为研一老学姐的陆先琴并没有什么兴趣，但是她从李书棋那里得到了小道消息。

"新闻学院的篮球队有两个人在队里面闹矛盾打架掉进水沟骨折进医院了，现在篮球队的人都凑不齐，不知道谁从哪里听说徐老师在大学的时候是校篮球队的，现在新闻学院所有男生每天都蹲在徐老师的办公室门口求他参加比赛。"

陆先琴忽略那个好笑的起因，真的跑去围观了。李书棋还真的没骗她，整个偌大的新闻学院，男生的数量少得可怜，几十个男生排成几队站在办公室门口，那场面要多壮观有多壮观。

徐廷舟出门上个厕所，外头新闻学院的男生把他团团围住，集体鞠躬："徐老师！拜托你了！"

徐廷舟上完厕所回来，男生们又鞠躬："徐老师！拜托你了！"

但是这都没有打动冷血的徐老师。

后来男生们改走迂回路线，比如徐老师上厕所的时候适时地给他递手纸，再比如徐老师没时间去食堂吃饭的时候给他点外卖，再比如徐老师上课的时候往他桌上偷偷塞卡片和花，不论他走到哪儿学生们都用一种近乎虔诚的眼神看着徐老师。

徐廷舟实在是受不了一群男生对他的这种攻势，最后还是办公室主任出面劝他："小徐啊，你就答应了吧，办公室每天的垃圾桶都塞得满满当当的，不知道的还以为我们老师受贿呢。"

最后徐老师实在是受不了每天几十个男生轮流帮他递手纸了，只能答应。

再这样下去他觉得自己像被性骚扰了。

徐老师上了贼船后，悲哀地发现他下不来了。

由于每年夺冠热门队换汤不换药，别的学院根本没有出头之日，于是别的学院就绞尽脑汁想在篮球场上做点什么举动为自己学院加油，提升一下知名度。

新闻学院今年干脆不让啦啦队上场跳舞了，连跳了好几年也是时候换一个方法了。

他们想出来的办法就是让篮球队的队员跳舞，跳最流行的某个偶像选拔节目的主题曲。

徐老师以全票通过出道C位。

饶是平日里再淡定的徐老师也终于忍不住了："你们没说还要跳舞。"

"临时决定，徐老师，要是你跳了，明年我们学院就不用担心招生率了。"

她们抄袭了某个节目宣传语，徐廷舟的新一轮加油宣传语："我是你的小廷廷，为我加油不要停。"

蜜汁押韵。

徐廷舟气得两天没去上课。

徐太太不但没有安慰自己的丈夫，反而没事就在家里跳舞，戳他的心窝子。

徐廷舟看着陆先琴的脸，觉得她比什么时候都讨打。

"陆先琴，你老公都被人拖着上刑场了，你就一点动作都没有吗？"

陆先琴眨了眨眼睛，无辜道："啊，我有啊，我连宣传海报都帮你打印好了，等你那天上场的时候我就摇动着手中的应援海报，为你加油！"

无法沟通，徐廷舟选择一个人去卧室冷静。

据说新闻学院特地找了舞蹈系的人过来教他们，陆先琴不知道那天发生了什么，只知道徐廷舟以辞职相逼，学生们终于放过了他，把他C位换给了另外一位同学，而徐老师当天就负责上场比赛。

陆先琴失望地趴在床上，叹息看不到徐先生跳舞的英姿了。

其实徐廷舟的身材比例不错，跳起舞来会很好看，但是他本人没学过跳舞，没有基本功，骨头都硬了，跳起舞来自然没有那群十七八岁的年轻人有活力。

徐廷舟看着桌上陆先琴为他制作的海报，虽然很想忽视，但最后还是走过去把她抱在怀里，认输道："只跳给你一个人看。"

陆先琴一下子就高兴起来了："嗯嗯！我们俩一起跳！"

接着陆先琴就找到了原版视频，其实她最近也正因为徐廷舟要学这支舞就补了一下这个综艺节目，结果就中毒一般地喜欢上这首歌了，陆先琴也没学过舞蹈，两个半吊子站在液晶电视机面前，连节奏都找不准。

一般上学的时候做广播操，学生们通常分为三类，一类群魔乱舞，一类中规中矩，一类不久人世。陆先琴属于第一类，动作记不全全靠编，跳出来乱七八糟不知道什么玩意儿。徐廷舟属于第三类，跳舞的时候像个八十岁的老头，连胳膊腿都伸不直。

陆先琴也不知道自己哪来的精力，连着跳了好几遍，徐廷舟就看见旁边一坨物体蹦跶来蹦跶去的，半秒钟都不消停。

最后是徐廷舟这把老骨头先累了，坐在沙发上微微喘气，面色略带红晕地喝着饮料。

陆先琴被他喘气的性感模样俘获，坐在他旁边搂着他的脖子一个劲地喊："小廷廷我永远爱你！"

"谁是你的小廷廷。"徐廷舟点了点她的额头把她推开，陆先琴被撩拨得哇哇大叫，抱住他给他的脸上来了一记大亲亲。

后来有学生爆料，徐老师时常在办公室的时候偷偷地做着什么动作，懂的人看出来那是他们篮球队要跳的主题曲的舞蹈动作。

新闻学院的群又炸了，那天连发了一晚上的队形：

"请篮球队把 C 位还给徐老师！"

后来又变成：

"请救救徐老师吧！徐老师需要你们的支持！转发这条消息到五个群，你会发现你的 QQ 等级多了五个太阳，爱信不信，反正我转了。"

"今宵有酒今宵醉，徐老师必须是 C 位；飞流直下三千尺，我给徐老师递手纸；一枝红杏出墙来，徐老师是个小可爱。"

更有好事者不怕死做了徐老师的跳舞表情包，署名"徐老师看了想骂娘"，之后被管理员禁言一个月，但是所有人都默默存了那张表情包。

据说徐老师被学生们气得连请了一个礼拜的假。

篮球赛当天，陆先琴也去围观了。

徐先生也不知道用什么方法保住了自己的最后一丝尊严，真的没有上场跳舞。这一局新闻学院对外语是"菜鸟"对"菜鸟"，外语学院的拉拉队一溜的长腿妹子，穿着热裤在篮球上的一曲激情四射的加油歌，把气氛搞得热辣无比，尖叫声一波又一波。轮到新闻学院了，虽然徐廷舟不上场，但是邻居小弟陆先琴还是要看的。邻居小弟很明显的半吊子，连动作都没有记全，好在C位是个人气很高的系草级人物，舞又跳得特别好，大家也就不在意这种半吊子了。

年轻活力的男孩子跳舞关注度不比女孩子低，这边的赛场被成功点燃了热情，所有人都在大声呼喊着自己学院的名字，期待初战告捷。

"徐老师呢？"

这时所有人才发现徐老师一直没登场，陆先琴见大家都要去找徐老师，急忙跑上场拉住了要下场的李书棋。

李书棋的室友梁冰同学看着陆先琴就像看见鬼似的，指着她喊了好几个你你你。

陆先琴冲他点点头："你好。"

接着对李书棋说："他去换衣服了，昨天打游戏打得太晚。"

李书棋点点头，让陆先琴赶快下场坐好，结果遭到了梁冰的眼刀攻击。

"李书棋，我们绝交！我宣布！我们绝交！"

"打完比赛再绝交。"颇有团队意识的李书棋这么说道。

梁冰咬着嘴唇委屈地趴在另一个室友怀里哭泣。

千呼万唤始出来，天空一声巨响，徐老师闪亮登场。

徐老师穿着新闻学院特别定制的白色球服、篮球鞋，从容地走向了篮球场。

他没戴眼镜，额前的头发被扎成了一个小鬏鬏，用夹子固定住，露出光洁的额头，比平时看上去少了点老师的威严，多了那么一点"小狼狗"的气质。

"我死了我死了我真的死了，有生之年能看到徐老师这身打扮我真的大学四年无憾！"

"徐老师太帅了吧！"

陆先琴满意地看着徐廷舟的打扮，她的徐先生经过自己这双巧手成功地从三十一变成了十八。

上场前，她冥思苦想，要如何才能让徐先生看上去又帅又减龄。

首先把徐先生骗到椅子上，让他乖乖坐着。

"你的头发是不是有些长了，到时候出汗了可能会遮住眼睛。"

徐廷舟抬了抬眼镜，示意她说下一句。

"还有你的眼镜，会掉的。"

"有话直说。"

陆先琴掏出橡皮筋和隐形眼镜："让我来为你解决这些问题吧！"

徐廷舟皱着眉转身就走。

陆先琴着急拉住他，踮起脚按住他的肩膀："真的真的，我真的是为你好，绝对不是什么恶趣味！"

绝对是恶趣味。

"我就是死了，都不会弄这玩意。"

十分钟后。

徐廷舟乖乖地坐在椅子上，陆先琴在他头上弄来弄去的，他抱怨了一句："男人弄这个看上去很别扭。"

"哪里别扭了！"陆先琴反驳，"我们家徐先生怎么样都是最有男子气概的。"

看着自己头上的小鬏鬏，徐廷舟觉得自己太好笑了。

陆先琴拿着隐形眼镜，冲他笑："把眼睛睁大了，戴隐形了。"

过程很惨烈，不过最后一个宛若重生到十八岁的徐老师横空出世。

陆先琴满意地看着她的"成品"笑了。

徐廷舟眼神有些飘忽，轻轻扫过在场的所有人，一眼就看到了坐在最前面的陆先琴。她冲自己比了个心的手势。

尴尬地咳了咳，徐廷舟摸着脖子躲开了她的视线，加入到了一群学生中。

有胆子大的直接凑过去拍了拍徐廷舟的肩膀："徐老师这身可以的啊，看上去跟我们没两样。"

"徐老师没戴眼镜看得清吗？"

徐廷舟抿了抿嘴，缓缓说道："我带了隐形。"

男生们像是发现了新大陆一样凑到徐廷舟脸上看他眼睛里的东西，语气有些惊恐："徐老师，戴这个到底什么感觉啊？把一个东西塞进眼睛里难道眼睛不会难受吗？"

平时众人见到的徐老师，从来都是讲台上的印象：衬衫长裤，无框眼镜，手中拿着的永远是教案和枸杞茶，还有一双引人入胜的长腿总是不急不缓的，他们几乎是从没看徐老师做过什么幅度比较大的动作。

外语学院有不少人听说过今年新闻学院有个老师要加入，据说就是那位大名鼎鼎的徐老师，男生们摩拳擦掌女生们则是欢呼雀跃，明明其他几个篮球场地也在进行比赛，可这个场地观众是最多的。

第一场终于开打，外语学院抢先拿下了第一球，2号快速地将球传到了新闻学院的篮圈旁，用了几个假动作混淆视听后直接冲上去打算一个漂亮的灌篮得分。突然徐廷舟跳起，打掉了对方2号手中的球。外语学院气势蓬勃的第二球就这么被打断了，应援们发出了可惜的叫声。陆先琴赶紧从包里面掏出了应援条，站起身来带动着新闻学院这边羞涩的妹子们："妹妹们！我们一起来为徐老师加油吧！"

妹妹们都不认识这个小姐姐是谁，但是为了徐老师也是豁出去了。

"一枝红杏出墙来！"

众人大吼："徐老师是个小可爱！"

"两只黄鹂鸣翠柳！"

众人再次跟随："我为徐老师把心留！"

"三千宠爱在一身！"

众人继续大喊："徐老师胜过何以琛！"

在篮球场上闻所未闻的喊麦式加油声,就连裁判都忍不住笑出了声,吹口哨吹到一半就泄了气,有人甚至掏出手机录了像。

当事人徐廷舟平生第一次如此想把一个人的嘴死死地封住,这种公开处刑一样的加油声他宁愿不要,听着就让人没有想要赢的欲望。

"新闻学院的就是厉害啊,服了⋯⋯"有人忍不住倒戈了。

"你清醒一点!那可是敌方啊!"

后来外语学院发挥了她们强大的外语能力,也发明出了自己专属的"喊麦"宣言,而且听上去和新闻学院的不相上下。

领头的:"You are(你是)!"

众人:"electricity(电)!"

领头的再次:"You are(你是)!"

众人再次:"light(光)!"

"You are my(你是我的)!"

"Super star(超级明星)!"

篮球比赛变成了"喊麦"大赛,一方宣扬中国诗词,一方展现外文魅力。

两个裁判笑得不行,篮球队员也一鼓作气,再而衰,三而竭,最后憋着笑打篮球。

中场休息时间,喊麦队员和篮球队员一块喘着气休息。

徐廷舟擦了擦额头上的汗,下意识的就要寻找陆先琴的身影。此时一群女生拿着毛巾和水向他涌来,徐廷舟个子高不至于被挡住视线,但是一群女生把他圈成一团,将他的行动轨迹圈得死死的。

陆先琴觉得自己特别像言情小说里的女主角,默默仰视着男主角,手里的毛巾和水攥着送不出去。

"谢谢你们,不过我已经预定了。"徐廷舟微微一笑,婉拒了各位女生的好意。

在陆先琴还在惆怅该怎么挤进去把毛巾和水递过去给他时,徐廷舟已经走出了人群。他像是一道光一样朝她走来,陆先琴从来没想到自己还能在二十五岁时体验一把这种偶像剧般的情节,他拒绝了所有女生递过来的毛巾和水,只朝着她而来。

"给我。"徐廷舟朝她伸出手。

还燥热着的九月,除了蝉鸣,还有操场上的欢呼声。吵闹得几乎听不见自己急促的心跳。

他是这幅画卷中,最迷人的那一处景色。

陆先琴红着脸,怯怯地将毛巾和水递给他。

徐廷舟像偶像剧男主角那样冲着她笑:"谢谢。"

篮球赛最后的时刻以徐老师一记漂亮的三分球结束。

输赢已经不再重要,倒是新闻学院和外语学院因为这一场篮球赛结下了深厚的友谊,实实在在地做到了友谊第一,比赛第二的宗旨。

众人决定一起去开个庆功会,具体庆功什么谁也没管那么多,反正就是找个机会喝酒吃饭。

陆先琴作为啦啦队的主要人物,也被邀请了。

"你是哪个院的啊?你也是徐老师的'粉丝'吗?"

在去饭店的路上,陆先琴走在一群女生中间被追问各种问题,从未享受过这种莺莺燕燕环绕的滋味的乡下女孩陆先琴,顿时有些飘飘然了。

"我是经管院的。"

"哦,那你读大几啊?"

"我研一。"

"啊,居然是学姐,真是一点没看出来,以为你跟我们一样是一个年级的呢。"

陆先琴不好意思地笑了笑。

女生们聊得热火朝天,完全没有理会走在后面慢慢吞吞的男生们。

梁冰盯着那个纤细窈窕的背影，一边伤心自己被骗，一边又高兴还好她是骗自己的。这种爱恨交织的心情旁人根本无法理解。

"哎，你就别看了。"李书棋在一旁忍不住劝他。

"你别跟我说话，我们已经绝交了。"梁冰很记仇。

李书棋哭笑不得："我说你一个男人，你怎么那么斤斤计较啊，再说我也不知道你喜欢的就是这个学姐啊。"

"你那天既然提到了，就肯定想到是她了，而你却不告诉我你认识她，你这还算是朋友吗？而且你还骗我她已婚，李书棋，你可真够卑鄙的啊。"

对于梁冰指着鼻子教训的行为，李书棋内心是毫无波澜的："你怎么知道我说她已婚是骗你的。"

"你以为我只有你这么一个消息网吗？那天你跟我说我就去查过了，这个陆学姐根本就是单身！连男朋友都没有的单身！"

李书棋这才想起小琴姐已婚的事不能到处乱说，只是没想到梁冰还真的去调查了，不过好在他没有相信。

"连姓都查到了，可以嘛，是我太小看你了。"李书棋嘉奖道，下一秒又说，"但是我真的奉劝你别打她的主意，你会死得很惨的。"

对于李书棋的建议，梁冰并没有放在心上，反而仰起头问他："我为什么会死得惨？"

"可能会毕不了业。"专业课挂了就得重修，一修修四年，肯定毕不了业。

"你骗三岁小孩呢，我追个女孩怎么会追到毕不了业。"

请记住梁冰此时初生牛犊不怕虎的态度。

叶子接到徐老师电话的时候正在嗑瓜子。她嘴里含着瓜子肉，还没来得及看清来电显示就急匆匆接了。

叶子语气很拽，像个大佬："喂，谁啊？"

那边声音冷清："徐廷舟。"

叶子从椅子上蹦了起来："徐……徐老师！"

"来楼下接陆先琴,她喝醉了。"

叶子拿着手机,张着嘴怔住了。

"徐老师……你和先琴,你们两个?"

那边顿了一秒,才说道:"她今天给新闻学院的篮球队加油,所以就叫她一起去吃饭了。"

为自己龌龊的想法感到羞耻的叶子连忙下楼去接自己的室友。果然下楼就看到喝得醉醺醺的陆先琴,左右两边都被人搀扶着,一边是徐老师她认识,另外一边的人不认识。

"徐老师,你的头发。"

叶子仿佛跟见鬼一样,盯着徐老师头顶上的小鬏鬏。

徐廷舟这才记起忘了取掉头顶上的小鬏鬏,不慌不忙地空出一只手把橡皮筋取掉了。

叶子想自己刚刚应该带手机下来把这一幕拍下来,可是一想要是拍下来传出去徐老师又多了一张表情包,到时候怪罪下来她肯定逃脱不了干系,遂打消了这个念头。

她走近查看陆先琴的状况,发现她满脸通红,显然一副喝多了的样子,整个身子就靠着旁边两根人形拐杖勉强保持着平衡,叶子这学期才和陆先琴认识,两个人都没出去喝过酒,她这是第一次见陆先琴喝醉酒的样子。

她戳了戳陆先琴:"先琴?你还有意识吗?"

陆先琴强制性地睁开眼睛,一看到叶子就猛扑了过去,口里还喊着叶子的名字:"叶子!"

被一个熊抱牢牢抱住的叶子一时气堵咳了两声,差点被害的摔倒,这时扶着陆先琴的那个她不认识的男生走过来将陆先琴从她身上扒开,叶子抬起头想和那个男生说一句谢谢。还没等她说出口,男生就先开口了:"原本不想这么晚还让你特意下楼接小琴姐,只是小琴姐坚持要回寝室,我们也拿她没办法。"

叶子不知道陆先琴什么时候还认识了这么一个帅哥,和徐老师站在一起跟一对骑士似的，她心里头隐隐有些羡慕先琴，早知道今天她也该去看徐老师打比赛了。

"那我就先带她上去了，麻烦你们了。"

她正想把陆先琴扶过来，没想到陆先琴睁开了眼睛，看了她一眼后又无视她，叶子凑到她面前试图跟她说话，谁知道陆先琴直接用手把她的脸扒开，然后左右环顾："徐先生呢？徐先生呢？"

叶子正奇怪徐先生是谁，陆先琴就飞扑到徐廷舟的怀里了。

她惊得下巴都要到胸上了，想着徐老师待会指不定怎么教训陆先琴呢。

谁知徐廷舟却没有推开陆先琴，反而任由她那么熊抱着，而陆先琴就跟考拉一样牢牢地巴在了徐老师身上，恨不得手脚并用，边巴着还边说："徐先生，我今天好高兴哦，头一次有那么多女生要跟我做朋友。"

徐廷舟只好看向李书棋。

李书棋淡淡一笑，用唇语跟他说，点名。

徐廷舟妥协地点头。

李书棋哈哈一笑，走到叶子的面前，朝她灿烂一笑："学姐，要不我们去散个步吧，小琴姐肯定有好多话要和徐老师说呢。"

叶子还没明白是怎么回事，一只大手就扣上了她的肩膀，然后她就被强硬地拉走了。

她不放心地回头看，每次都被李书棋牢牢地挡住视线，什么也看不到。

"先琴什么时候和徐老师这么熟了啊？"叶子颇为疑惑。

"或许是徐老师的人格魅力太大了吧，学姐你是小琴姐的室友吧，我是从小跟小琴姐一起长大的，我叫李书棋。"

见帅哥主动和她介绍自己，她也后知后觉地有些不利索地报上家门："我是叶秀秀，跟先琴一样，读研一。"

"小琴姐平时受你照顾了。"

李书棋声音温和，是与徐老师完全不同的一种音调，是稍稍上扬还带着开朗的少年音，与他清秀年轻的脸很是和谐。叶子平生第一次和男生在夜晚这样不清不楚不知道为什么的散步，一时间也不知道该说些什么。

但总要找点话题聊，叶子随便问了句："先琴怎么喝的这么醉啊？"

"今天好多女生给她敬酒，她一个高兴就喝多了。"

叶子还是不太明白，为什么女生给她敬酒她就一高兴喝多了。

似乎看出了她的疑惑，李书棋笑了笑，解释道："小琴姐从小到大没什么女性朋友，平时这样的聚会参加得也少，所以她挺高兴的。"

叶子点点头，开学这么久，她好像真的没有看见陆先琴有过其他的朋友，大部分时间都是跟她一起行动，周末就回家住，所以即使作为她的室友，对于她的人际圈也是一无所知。

"你叫她小琴姐，你比她年纪小吗？"

李书棋的眼中似乎闪过一抹情绪，随后点点头："比她小一点，没差多少。"

那应该也是研一，或者是大四？叶子不敢贸然问这些，心里头默默地猜，觉得自己应该猜得八九不离十。

两个人找到一处石凳上坐下，夜风有一丝凉爽，叶子穿着一件衣服就下来了，她搓了搓鼻子，下意识地将衣服拢紧。

"对不起，是我没注意到。"李书棋把自己身上的外套脱下来，露出了里面的篮球衣和结实的胳膊，接着把外套递给了叶子。

叶子没有接，看着他的篮球衣问："你是新闻学院的？"

"是啊，今天打比赛。"

然后话题又冷了下来。

"叶学姐。"李书棋突然叫了她一声。

这个点连风的声音都清晰可闻，吹动着树叶沙沙作响，好看的男生朝她笑了笑，语气比刚刚还要轻柔："谢谢你和小琴姐做朋友。如果可以，我希望你们能一直是朋友，这样小琴姐就不会寂寞了。"

叶子愣了一愣，下意识地点了点头。

此时她还不明白，在陆先琴的心中，她是一个得来不易、万分珍惜的朋友。

而李书棋则是真心替小琴姐感到开心。

他的小琴姐，总算是交到了真心的朋友。

陆先琴从小就长得漂亮，她爸爸妈妈尤其喜欢给她打扮得漂漂亮亮的，每次去集市都会给她买最漂亮的裙子，买好看的发卡，还让她留了一头长发，每天换着花样给她扎不同的辫子。

李书棋在记事起就知道，隔壁有个漂亮的姐姐，是他们这几十户人家里，长得最好看的小女孩。

可每次他去找小琴姐玩的时候，小琴姐总是一个人在院子里踢毽子，玩跳绳。

跳绳一般是三个人玩，两个人架住绳子，一个人在中间跳，当女孩子穿着花裙子跳绳的时候，裙子也跟着她在跳舞，好看极了。

小琴姐用凳子充当两个好朋友，自己在中间跳啊跳。

他觉得奇怪，为什么要用凳子来充当好朋友？后来再长大一点，小琴姐长高了，也越来越好看，每次只要她家来了客人，就一定会拉着她好一顿夸，说以后一定能去大城市，找个金龟婿，这一辈子就不用愁了。

小琴姐的父母笑得开怀。

她的发卡、发箍和裙子也越来越好看。

直到某天别家的一个小女孩，跟着父母去了一趟城里的远方亲戚家，回来的时候，带回来的东西比小琴姐的还好看。

小琴姐是女孩子，也和其他女孩子一样，羡慕地跑到她家去看那些好看的小饰品。

李书棋跟在小琴姐的屁股后面也去了。

小女孩头上戴着特别亮的小皇冠，头上的发卡也是亮晶晶的，和小琴姐塑料做的发卡比起来，简直是一个天上一个地下。

小琴姐羡慕地看着女孩，女孩却对她翻了一个白眼，嘴上说得很不客气："长得好看有什么用？你又没有这些漂亮东西，这些东西你们家都买不起，我身上的裙子有好几层纱呢,这才是公主裙。你穿的那个裙子都是乡下人穿的,一到城里别人就知道你是从乡下来的。"

或许是女孩的父母因为从小拿她和小琴姐比,所以让她这么讨厌小琴姐。

小琴姐一言不发,最后女孩的朋友来了,她就带着李书棋走了。

回家的路上,小琴姐哭了。

李书棋那时候懵懵懂懂的后知后觉到,没有女孩子跟小琴姐玩。

"我要好好读书,考到大城市去,买更好看的裙子。"小琴姐咬牙说道,又握紧了李书棋的小手,对他说,"弟弟你也是,我们一起去大城市。"

后来小琴姐真的通过高考去了大城市,一度成为全村人的焦点。

而他也追随着小琴姐的脚步,跟随她来到了这里。

陆先琴很少喝酒,她第一次喝醉是在十五岁,一觉睡到大天亮第二天被父母骂了个狗血淋头,第二次是大四的毕业宴。

当时大家都很高的兴致,你来我往的敬酒,陆先琴上学的四年里没讲过几句话,满上一杯酒后都直接干掉,第二天早上睡到了中午,起来的时候浑身都痛。

室友说,她把全班所有女生都挨个的强吻了一遍。

从此室友们即使在寝室都恨不得穿上羽绒服,生怕被她猥亵。

陆先琴是不信的,后来她和徐廷舟办婚礼的时候,又被同学们灌了一遍,之后所有人都说她喝醉以后也不管有多少人在现场,直接抱着徐廷舟的嘴唇就啃了起来,像啃猪脚似的那么用力。

徐廷舟臃肿的红唇就是证据。

陆先琴喝醉酒后不会断片,反而能清楚地知道自己当时在干什么,只是酒精确实上头,所以有很多不敢做的事情就会大着胆子去做,而第二天别人问起来又觉得很尴尬,于是就只好装糊涂装断片。

她此时非常明白,为什么自己不是在宿舍醒来,而是在宾馆醒过来。

徐廷舟围着白色浴巾,仰头喝水,性感的喉结上下滚动,她咽了咽口水,等徐廷舟喝完了,她还是不知道该说什么。

徐廷舟放下水杯,湿漉漉的头发搭在脑后,让他看上去像个奶油小生,陆先琴不好意思看他的脸,于是就只能看他的胸膛了。

完了,看胸膛也害羞。

那就再下移……

看到人鱼线了。

忽然,床凹陷下去一个地方,陆先琴下意识地裹着被子,看徐廷舟缓缓凑近她。

是酒店沐浴露的香味,但是在他身上闻起来像高级香水味。

"看什么看,嗯?"他稍稍上扬的尾音简直禁欲到了极点,陆先琴知道徐廷舟不是个木头疙瘩,有的时候开窍撩起来她真的承受不住,只能遮住脸掩耳盗铃。

她把头埋进被子里,被子外是他的笑声:"害什么羞?结婚这么久了,什么……"

"啊啊啊啊啊啊请闭嘴!"

"我知道你记得昨天晚上发生了什么。"徐廷舟悠悠说道。

"我不记得了。"陆先琴继续狡辩。

徐廷舟微微眯眼,一把掀开了她的被子,陆先琴尖叫一声赶忙用枕头遮住了自己,徐廷舟把被子一扔,用手指指了指自己的嘴:"肿了,知道怎么肿的吗?"

陆先琴不甘示弱,指了指自己的嘴:"我的也肿了,礼尚往来。"

"没看出来。"

她又把嘴往外嘟了嘟:"肿了!看到没?"

"没看到。"是比平时更加低沉的声音。

陆先琴努力把嘴巴翘到最高弧度:"嗯嗯嗯,看到没?"

"既然徐太太这么热情,那我就却之不恭了。"

徐廷舟凑上前捧住她的后脑勺就是一记热吻。

陆先琴起先还非常"小言女主"一般地挣扎了一下，后来就任他拨弄了。

一个吻结束后，徐廷舟示意她赶紧去洗个澡，一直到浴室里有水声传来陆先琴才回过神来。

这时陆先琴放在床头柜上的手机响了起来，徐廷舟一看，是叶秀秀的电话，他顿了顿，将手机放回了原地，直到手机铃声自己断掉。

徐廷舟起先同意让她考清大，一方面私心里只是为了让两个人有更多的相处时间，再一方面他也可以督促她的学习，结果她非要住校，只肯在周末的时候回家，偏偏他这个学期评职称也忙，两个人就在同一个校区也很难见到面。

陆先琴非要保密他们的婚姻关系，徐廷舟也只好同意。总之她真的拼了命地考上了研究生，有些事只要她高兴，那就随她怎么玩吧，他陪她就好了。

这样一想，除了在读书这方面，别的方面，他对她出奇地纵容。

自己也没想到，会纵容到如此地步。

昨天晚上，他明明知道那个时候宿舍楼下随时都会有人来，可她踮脚嘟嘴了，他也就鬼迷心窍地让她吻了；明明知道被人看到就会有流言蜚语，她死活要跟自己睡，他也就脑子一"瓦特"，带她去了宾馆。

她喝得很醉，可说出来的话都是十足十地真诚。

徐廷舟并不知道她为什么对女性朋友如此珍视，只知道那天晚上因为女学生们对她的亲近，她来者不拒，见酒就喝，回来的路上，还在向他传达自己的开心。

别人夸她漂亮，她就夸别人比她漂亮；别人夸她会打扮，她就夸别人有气质，总是是把对方往高处捧，却又让人觉得她并不是违心地在说这些话，是真诚地在夸赞，因此让对方如沐春风。

徐廷舟知道她并不是八面玲珑，她所有的夸赞都是真心的，只因为想让对方高兴。

"徐先生，我忘记拿衣服进来啦！"浴室里传来了她的声音。

徐廷舟失笑，拿起她的衣服给她送到浴室去。

回到寝室前,陆先琴就已经做好了被叶子敲打一顿的心理准备。

她一脸紧张地看着叶子。

"也不用我自个问了,你说吧,你和徐老师什么时候开始那么熟的?"

叶子像个御姐一样,坐在椅子上抬起头看着她,气势一点也不弱。

"也没有很熟吧……"

"没有很熟?"叶子站起身来,一条一条地给她列清楚,"明明刚第一次见徐老师的时候那么冷淡,结果上课就看着他发呆,他打篮球还专门替他去加油,那天喝得大醉还抱着徐老师!你说你!你这个人怎么就这么虚伪呢!"

陆先琴心脏骤然一跳,以为叶子发现了什么。

"结果你居然第二天才回的寝室,我问你那个青梅竹马的也问不出个什么,你老实交代,你去哪了?"

陆先琴不知道怎么开口,她当时也就说着玩,结果谁知道徐廷舟真的带她出去住了。

"你不会跟徐老师出去住了吧!"

"怎么可能!"

叶子被她吓了一跳:"我就是开个玩笑,你那么大声干什么,想也知道不可能。"

陆先琴松了口气:"哦,我太激动了。"

"你激动什么?"叶子敏锐地察觉到她情绪不对,"你真的和徐老师……"

"绝对没有,我绝对没有!是我一直在贪恋徐老师,是我恬不知耻凑上去的,徐老师他是一个好老师跟他没有半点关系!"

陆先琴也不知道自己为什么说出这番话来,就好像她是在勾引一个有妇之夫似的。

虽然徐廷舟确实是有妇之夫……

叶子指着陆先琴,连说了好几个你你你。陆先琴低头作揖认罪伏法:"我错了,我不该对徐老师抱有邪念……"

"你终于开窍了啊!"叶子一拍大腿,"我说怎么会有人不喜欢徐老师!"

陆先琴觉得这话不对,抬头问她:"还有别人喜欢徐老师吗?"

"有啊,多了去了,每天去找他的女学生就不知道有多少呢。"叶子一副理所应当的样子,"哦,有个人你也知道的,她明恋徐老师那是整个学院都知道的事儿,不过徐老师没什么反应,那人也做不出什么出格的事,所以大家都没怎么管。"

大家都心知肚明,首先不可能会有哪个学生能追到徐老师的,除去师生恋这种会遭人诟病的道德问题外,其次徐老师"高岭之花"的名号不是白来的,怎么可能随随便便就被一个学生追到手。

"谁啊?"

"钱伊敏她室友,蔡琼,你认识的。"

这么一说她好像有些印象,那个女生好像也是本科直接保研到经管院的,总是跟钱伊敏一起行动。

"听说自从徐老师教了咱们数量经济学以后,她想着法子往办公室跑呢,不过也是白费劲了。"叶子摇摇头,又说道,"你是什么时候开始喜欢徐老师的?要追他吗?"

陆先琴像拨浪鼓一样地摇头。

"哦,你没打算追啊,我在想要是你追的话没准能成,毕竟院花嘛,肯定比蔡琼强的。"

陆先琴对叶子淡然的态度很是惊奇,她本科毕业才三年,难道现在的学校对师生恋已经看得这么开了吗?

"这是师生恋啊!"

叶子奇怪地看了她一眼:"陆同学,这师生恋的电影电视小说都烂大街了好吗?现在都不流行这一套了,你那么惊讶做什么?"

她费尽心思瞒着她和徐廷舟的关系,为的就是不想让人嘴碎多说什么,可是她貌似真的过时了。

"那我要说，我跟徐老师结婚了呢？"

叶子看她的眼神就像看一个失心疯病人："陆先琴你没毛病吧？你这，徐老师一条裤腿都没摸上呢还结婚？你要真和徐老师结了婚，我们整个经管院的人都给你跪下叫你一声爸爸！"

没想到这都堵上了所有经管院学生的膝盖，陆先琴点点头："那你记住你这句话哦。"

到时候一毕业，她就闪亮公布，到时候什么钱伊敏啊、蔡琼啊，还有鄙视过她本科大学的，都要叫她一声爸爸。

叶子不屑地摆摆手："行了行了，净跟你说些没用的废话，等你等到现在还没出门，刚才副主任找我呢，中饭你自己点外卖吃，我不回来了。"

陆先琴点点头："哦，知道了。"

叶子背上包，收拾了一下就准备出门，等临出门了又想起什么，回过头跟陆先琴说："你要真的想追徐老师，就去网上搜一搜那个'撩男手册'，兴许对你有用。"

新闻学院的教师办公室内。

有老师看出来，今天办公室的气氛尤为粉红。

"徐老师，今天怎么心情看上去这么好啊？"

徐廷舟没有回答，只是微笑着跟人打着马虎眼，别人笑了笑也不再多问。

上次说的论文，已经有两个学生交上来了，徐廷舟看了看名字，是钱伊敏和蔡琼，这两个学生他都有印象，但是印象都不怎么好。

这时他电脑上登陆的微信闪了，是陆先琴发过来的微信。发的一句废话："你属什么？"

徐廷舟皱眉，回道："我属什么你不知道？"

真的把陆先琴问住了，她真的不知道……

"不知道……"

"我比你大六岁，你把你生肖往上数六个。"

"狗往上数六个是什么来着？"

徐廷舟不想跟她废话了："没别的事别烦我。"

陆先琴又发过来了："猪肉、牛肉、羊肉，你喜欢吃什么肉？"

"你真的很无聊。"

"你回答我。"

"徐太太，你连你老公喜欢吃什么肉都不知道，这婚也算是白结了。"

良久，陆先琴发来一句："我知道，当然是我这块心头肉啰！"

"……"

陆先琴真的无聊透了，徐廷舟把微信关了。

他手机又亮了，徐廷舟想把她暂时拉黑，想了想还是没有这么做，打开了手机看她又发了什么。

"我最近想买一块地。"

徐廷舟觉得陆先琴肯定是昨天喝酒把脑子喝傻了。

"你看看清河市的房价再跟我说这话。"

那边发这些无聊的话倒还生气了，发了个生气的表情过来，徐廷舟叹了口气，苦口婆心地劝她："好好念书，以后会买得起的。"

"不是土地的地！"陆先琴怒了，"是你的死心塌地！"

他不知道回什么。

谁知陆先琴还不死心："你最近是不是胖了？"

徐廷舟是真的不想回了。

那边倒也聪明，直接打了后半句："不然为什么你在我心中的分量越来越重了呢？"

徐廷舟看出点名堂来了，陆先琴这是在撩他呢，只是这撩的手段真的太烂了。

他正想回什么，就听见门外有人叫他。

他抬眼看，是蔡琼。

"徐老师，我有个问题不太理解，想请您帮我看看。"

学生要来问问题，做老师的当然不可能拒绝，徐廷舟示意她把问题给自己看，却发现蔡琼已经看到了他所教的后面好几章去了。

"这本书其实没必要看这么快，看快了反而不好理解。"

女生腼腆一笑："对这门课很感兴趣，所以就花了点时间。"

跟陆先琴真是完全相反，他过来教她还不就是为了能多看她几眼，结果她倒好，一次都没来过，还老想着躲，他倒要看看中期考核她这门课考得怎么样。

偏偏这时他的手机又响了起来，徐廷舟皱眉想警告陆先琴别吵他，却发现陆先琴给他发了个自拍过来。

不知道用什么软件拍的，她长出了几缕猫咪的胡须，对着镜头嘟嘴卖萌。

徐廷舟下意识地就扬唇笑了。

他笑起来的时候眼睛也会勾出一个好看的弧度，清俊的脸庞也不似平时那么冷峻。

蔡琼看过他打篮球的样子，那时他会在投进球之后和队员们兴奋地击掌，脸上挂着笑意。她原以为这是他最好看的样子，可却没有想到，他带着一丝柔情的笑，竟让她心中忽然冒起一丝惆怅。

这样费尽心思地接近他，他却好像什么都没有察觉。蔡琼有些失落地离开了，钱伊敏正在门外等她，见她满脸落寞地出来，以为发生什么事了，急忙问道："怎么了？徐老师说你了？"

蔡琼摇了摇头："徐老师是不是有喜欢的人了？"

钱伊敏有些疑惑："有吗？没听说啊？"

"听说那天，陆先琴去帮他加油了，要是我胆子大一点……"

"陆先琴？蔡琼，你也太看不起自己了吧，她陆先琴除了有那张脸以外还有什么？一个二本考上来的研究生还真以为自己考上了就万事大吉了，等到了中期考核，你看她还笑得出来吗？徐老师又不是那种没脑子的人，她长得漂亮，穿得靓一点就能吸引徐老师了？做梦。"

蔡琼微微一笑，低声说道："谢谢你，伊敏，但是你也不要这么说陆先琴,她能考上就说明她还是有实力的。"

"实力?对,靠脸也是一种实力。"钱伊敏越说越不客气,显然是对陆先琴憎恶到了极点,"她陆先琴要是敢勾引徐老师,我就上校长那举报她。"

陆先琴再也没收到徐先生的回复。

她心里暗骂什么垃圾情话,根本就不管用,还把人惹生气了,一时想不到办法,只好去找叶子求助。

"我给他发了好多条,都没用!"

"你给他发了什么?"

"撩人情话合集。"

"什么合集?你复制给我看看。"

两分钟后,叶子发了个"我这一拳下去你可能会死"的图片过来。

"陆先琴你傻啊,这是土味情话合集!我真的醉了,孺子不可教啊。"

"有区别吗?"

"算了,你别垂死挣扎了,你是不可能追到徐老师的。"

陆先琴失望地趴在桌上,觉得自己真的不适合撩男,特别是撩徐廷舟这种类型的。

在发了一张自拍过去以后,陆先琴指望用自己的脸来挽救刚刚失败的话题。

结果徐廷舟真的回了,回了一句风马牛不相及的话:"我问你,装饭的盒子叫什么?"

"饭盒?"

"嗯,装你和我的盒子叫什么?"

陆先琴想了半天:"棺材?"

对不起,你还不是对方的好友,请先添加对方为好友。

徐廷舟把她删了?

当然后来还是徐老师很会撩了,比如他自己发明的一句:

"我有三种甜的方式。"

"哪三种？"

徐廷舟冲陆先琴勾了勾手指，陆先琴乖乖凑过去，徐廷舟伸手扣住她的后脑勺，在她的额头上，脸颊上和嘴唇上分别亲了三下。

亲完后，他得意地笑了："这三种。"

周末，又到了回家的日子，只是这次回家她却没有之前那么兴奋了。

陆先琴颤颤巍巍地把改好的读后感交给徐廷舟。

彼时徐廷舟正戴着眼镜在忙自己的材料。

他接过陆先琴的U盘插在电脑上，三两下打开她的文件就看了起来，陆先琴不自在地跺了跺脚，说："要不你先看，等你看完了我再过来。"

还有什么比老师当面检查作业更可怕的呢。

"你就站这儿，有什么不好的我直接给你指出来。"

"你这么认真负责，别人会说你撩我的。"陆先琴很排斥这种教学方法。

徐廷舟抬头看了她一眼，笑了："你还需要撩？"

"你什么意思啊？"

"字面意思。"

陆先琴害怕地退后了两步："徐先生，教学就教学，别乱撩，谢谢。"

徐廷舟轻笑一声："你啊你。"

两个人都没再说话，徐廷舟十分负责地帮她检查读后感。

十分钟后，他把有问题的地方都说了一遍，接着又给她直接在电脑上改了些小地方，等改好以后，才勉强地夸了一句："好多了。"

陆先琴心花怒放："谢谢徐老师夸奖！"

刚开始死活不愿意叫老师，现在是越叫越顺溜了。

徐廷舟又低头做自己的事去了，意思就是陆先琴该干什么就干什么去，别在书房打扰他学习。

可这回陆先琴没有识趣地离开，反而在徐廷舟的书房里逛了起来，这里摸摸那里看看的，反正就是不出去，在徐廷舟面前转来转去的。

徐廷舟本来也挺淡定的，但是陆先琴今天也不知道是不是买了新的沐浴露，身上一股淡淡的香味，特别的勾人。他看了两行字实在是看不进去了，把眼镜一取就把她扯过来，稍微用点力将她抱着坐在了书桌上。

徐廷舟在她颈间狠狠地吸了一口："什么味儿？"

"玫瑰香薰。"

"挺好闻的。"

陆先琴笑嘻嘻的，双手勾住徐廷舟的脖子用一双澄澈无辜的大眼睛看着他，徐廷舟很容易就掉进了她眼睛里的万般柔情中，情不自禁地勾住她的下巴吻了上去。

直到后来陆先琴喊疼了，徐廷舟才将她重新抱起，让她整个人像只树袋熊一样巴在自己身上，打算去卧室干正事。

"徐先生，我想跟你说个事。"

徐廷舟一顿，佳人投怀送抱果然是非奸即盗。

可惜他中招了，所以认输："你说吧。"

"我想去看见面会。"

徐廷舟没理解："什么见面会？"

"明星的。"

徐廷舟点了点头："那你去吧，要我帮你买票？"

"不是啦。"陆先琴转了转眼珠子，在他嘴上亲了一口，"票我已经买好了，我想请你跟我一起去。"

"……"

陆先琴知道他不乐意，连忙解释："我本来是约了叶子的，但是她周末临时有事，后来我又去找了书棋，他也有事，你知道我没别的朋友了，所以就只能拜托你了。"

她说这话的时候可怜巴巴的，看上去特别委屈，徐廷舟也知道她朋友不多，一时间就有些心软，但还是硬着心肠拒绝："不去，太吵了。"

"哎呀，你就陪我去嘛，求你啦。"

徐廷舟冷着脸："不去，要去你自己去，我一个大男人去看男人算怎么回事。"

直男的尊严不容侵犯。

"你怎么知道我去看的是男明星？"

徐廷舟冷笑，就凭他对她的了解，愿意花钱去看的只可能是男人。

"去吧，再说你难道就不担心你的小仙女在路上发生什么意外吗？"

"二十五岁的人了，要是走路都不会了，这婚也白结了。"

"那万一我被人看上了呢？"

徐廷舟沉默了。

最后，徐廷舟还是牺牲了周末时间陪陆先琴来到见面会。

这是一个刚出道不久的男子团体来清河市开见面会，徐廷舟大概扫了下，几乎都是年轻的小姑娘，手上都拿着应援的灯牌和海报，比他当时打篮球的时候那架势要高级多了。他又看了眼陆先琴，她倒是没那么夸张，就是脑袋上带了个会发光的箭头。

"你这是什么东西？"

"淘宝买的，意思是让偶像看我。"陆先琴摸了摸箭头，"据说有小姐姐带了这个去见面会，然后被注意到了。"

到时候下面人山人海的，谁能看到这么一个小小的箭头。

排队入场了，徐廷舟一个一米八多的大男人站在一群小姑娘中间特别打眼。

他跟在陆先琴背后，陆先琴今天穿了条牛仔背带裤，扎了个马尾，看上去和周围人差不多大，他徐廷舟是死都不可能穿背带裤的，勉强穿了件黑色的牛仔衣，踩了双板鞋，看上去是年轻了点，只不过减龄效果没陆先琴那么明显。

忽然有人戳了戳他的背，徐廷舟转过身，是个头刚达到他肩膀的一个小姑娘，他低下头用眼神问她干什么，小姑娘怯生生地看着他，小心翼翼地问："小哥哥，你是哪家的'粉丝'啊？怎么都没看你带应援过来。"

他皱眉，今天台上的那些男的他一个都不认识，这让他怎么说。

隐隐想起陆先琴时常跟他提的一个名字，徐廷舟想了想，就说了那个名字。

"啊啊啊啊啊啊啊啊，小哥哥原来我们是一家人啊！"

徐廷舟皱眉，谁跟她一家人了。

"原来我们家也有'男粉'啊，还这么帅！"小姑娘的语气一下子就亲近了，"你微博名是什么？还有还有，你进粉丝群了吗？没进的话我拉你吧，我是管理员。"

徐廷舟怕了，偷偷扯了扯陆先琴的包包。

陆先琴转过头，发现徐廷舟正在和后面的一个女生说话。

"怎么了？"

徐廷舟跟小姑娘说："你问她。"

小姑娘一见小哥哥是和其他人一起来的，顿时兴致就减下去了："原来是陪女朋友来看的啊。"

"不是，他是'新粉'，我带他来感受现场魅力的。"

徐廷舟皱眉看着陆先琴，陆先琴表示皮这一下真的很开心。

小姑娘掏出手机就要和小哥哥"互关"，徐廷舟咳了一声："不了，我不怎么玩微博的。"

"那贴吧呢？"

"不玩。"

"豆瓣？"

"不玩。"

小姑娘懂了，这位还是"新粉"，啥都不懂呢。

徐廷舟原本就是当老师的，这小姑娘看上去也就是高中生，他出于老师的天性是不怎么会凶学生的，尤其是对这种乳臭未干的女学生。于是他一直坚持听到可以检票入场了，后面小姑娘叽叽喳喳的声音才终于消停了。

"陆先琴，下次我绝对不会陪你来了。"

陆先琴本来拉他来也就是为了不浪费票钱，点点头就随他去了。

徐廷舟不怎么关心这些事，但他本身是做新闻传播这方面的，所以对明星的见面会、演唱会之类的票价还是比较了解的，只看见陆先琴领着他走到了前排最好的位置，没有一点障碍物挡着，就知道这丫头又花大价钱追星了。

"你老实说，票价多少。"

陆先琴心虚地转了转眼睛："啊哈，不多的啦，我'秒杀'抢到的。"

这种"秒杀"徐廷舟是从来没想过手动能抢到的，现在软件层出不穷，一般普通人那手速根本就比不上。

他也懒得管她了，她研究生每个月补贴也就那么点，等她花完了过来求他了，再好好收拾她。

陆先琴从她包里面掏出了一个镜头无比长的单反。

"你什么时候买的？"

"买了挺久的，本来想着咱们出国旅游的时候拍好看的照片。"陆先琴这么说又委屈了，"然后你一直挺忙的嘛，就没去成。"

谁出国旅游带个这么长镜头的？这种操作也只有她这种追星的做得出来。

等了半个多小时，见面会总算是开始了，几个男孩子从升降台上升起，粉丝们的尖叫声一浪盖过一浪，如果这个见面会不是露天，他甚至怀疑屋顶都会被叫翻。

徐廷舟本身对偶像就没兴趣，他侧头看了眼陆先琴，发现她目不转睛地盯着台上，一副入迷的样子。

她就这德行，所以他很习惯。

后来台上的偶像们开始跳舞了，一开场就是那种热辣撩拨人的热舞，陆先琴掏出镜头就对着台上一阵拍，灯光晃的人眼睛痛，再加上到处都是尖叫声，徐廷舟第一次服老，觉得自己赶不上这群年轻人了。

后来他听见后排有个女生大喊："儿子，妈妈永远爱你，啊啊啊啊啊啊啊！"

他惊了。

他读书那会儿，班上的女生追星叫的都是"欧巴"，远没有现在这么歇斯底里。

现在粉丝这么占便宜都管偶像叫儿子。

后来陆先琴也开始喊了，她好一点，喊的是姐姐。徐廷舟松了口气，他反正是受不了他突然冒出个这么大的儿子。

终于等到一曲完毕，徐廷舟问她："你们叫他们儿子，他们也不生气的？"

陆先琴愣了一下，随后哈哈大笑："徐先生你也太土了！这是爱称啦，指的是这群小孩年纪太小了，所以粉丝们把他们当儿子宠。"

"多小。"

"唔，最小的好像十六。"

徐廷舟是从小到大兢兢业业地读书，从来不去外面抛头露面，就是过年的时候亲戚让他展示个才艺他都不屑的那种。

如今看到一群十几岁的孩子不好好读高中跑过来当偶像，徐廷舟也感叹如今这个社会是越来越多样化了。他这种老干部一样的想法自然不可能说出来，后来现场气氛越来越热，陆先琴手拍得特别起劲，都快忘记徐廷舟在她旁边了，他咳了声，可惜现场太吵，陆先琴也没听见。

唱歌完了以后就是粉丝福利环节，偶像们在台上接受采访做个游戏之类的，有个游戏环节是用嘴喂饼干，粉丝的尖叫声比偶像唱歌时候的尖叫声还要热烈，徐廷舟发现今天他来这儿真的是一个天大的错误。

之后主持人说，要在台下选一个粉丝一起上来互动，陆先琴就差没蹦起来了。

"你这箭头能有用吗？"

陆先琴自信满满："肯定有用的。"

徐廷舟嗤笑一声，陆先琴不服气，把箭头取了下来，强硬地给徐廷舟带上，坏笑："你看你能不能被叫到。"

还没等徐廷舟反应过来，台上的那个偶像就发话了："就第一排那个带箭头的帅哥吧。"

陆先琴和徐廷舟同时看向大屏幕，没错了，大屏幕上放大了徐廷舟的脸，她陆先琴还顺带露出了一只耳朵。

下意识地往侧边一躲，陆先琴冲他兴奋地说："徐先生你赚大了！"

这箭头才戴上几秒，他就被叫了。

而且他没戴眼镜，有些看不清台上的状况，但是能看清台上那个巨大的LED显示屏里，是自己错愕的一张脸。

"'男粉'！活生生的'男粉'！"

"好帅啊啊啊啊！"

"小哥哥！"

徐廷舟发誓，就算下次陆先琴跪着求他，他也绝对不来了。

徐廷舟一晃过神来，他已经站在台上了。

他现在心情很复杂，脸上的表情也很一言难尽。

众人都在惊呼这位"男粉"的颜值，站在偶像们旁边居然毫不逊色，那一双腿也是又细又长，身材比例在经过大屏幕的魔鬼放大后竟然也没有变形，一时间所有人都顾不得嫉妒这位"男粉"，纷纷拍照发微博。

"你戴的这个东西很有趣啊。"

队长笑着跟他说，虽然化着浓妆但眼神很是清澈，语气也很温和，一点也没有因为他是"男粉"而有看不起他的意思。

徐廷舟赶紧取下了这个要命的箭头，递给了离他最近的队长。

队长惊了一下："送给我？"

徐廷舟点头。

队长笑着接过那个箭头，然后戴了上去，台下又是一阵尖叫，他调皮地晃了晃脑袋，箭头也跟着晃了两下好像和他一样弯着眉眼在卖萌，另外几个男生也觉得这箭头好玩，就凑过去抢，粉丝们在台下尖叫的嗓子都要喊破了。

箭头头箍被队员们抢走了，队长笑着和这位"男粉"道谢，之后就开始采访这位"男粉"。

"是一个人过来的吗？"

徐廷舟看了眼递过来的话筒，简短地回答："不是。"

因为经常接触话筒，徐廷舟知道对着话筒什么距离是最佳的，不至于听不清也不至于喷麦，他这一句简短的不是通过话筒放大的声音在整个会场里面环绕，粉丝们愣了几秒，终于反应过来。

低音炮！

"哦，看来你们对他都很感兴趣啊。"队长笑了笑，又接着问道，"是和朋友一起来的吗？"

徐廷舟看了眼台下疯狂拍照的某个人："和老婆一起来的。"

全场哗然。

竟然有老婆了！明明看上去那么年轻！

徐老师从小到大上过的台不少，拿过的话筒也不少，但是他今天就是觉得手里的这个话筒有千斤重，台下粉丝们的眼神也像是热烈的炙阳，灼得他有些脸红。

因为灯光，大家都看不大清他的脸红，但台上的几个偶像小哥哥们却清楚地看到了，他们明明有些还是未成年，却发出了暧昧的啧啧声。

LED上的徐廷舟没化妆，却也抵挡住了魔鬼镜头的拍摄，他一直微微低着头看着话筒，眉目被隐在额前的刘海间，却挡不住他清俊的下半张脸。

主持人见没人说话，忍不住又问他："那你是陪你老婆过来的吗？"

徐廷舟点了点头。

"那这样，把你老婆一起请上来吧！"

徐廷舟下意识地看了眼台下，陆先琴正冲他拼命摇头，还给他鞠了个躬。

叹了口气，徐廷舟说："她害羞，还是我来代劳吧。"

因为请了个"男粉"上来，所以那些跟观众拥抱、拍照的环节都只能改在台上了，台下的"女粉"这回倒是不吃醋了，纷纷要求赶紧做赶紧做。

队长无奈地笑了："你们好调皮啊。"

然后徐廷舟就被全队的男人抱了，还合了个影，完了一群比他小的毛孩子还笑着夸他是个好老公，下台前主持人还让他见面会结束以后去后台拿奖品。

这真是给徐廷舟波澜不惊的人生卷轴上添上了浓墨重彩的一笔。

徐廷舟从见面会回来以后就不想再回忆当天发生的事。

尤其是被几个男人轮番抱了一遍的事。

但是他不想回忆，不代表别人不会回忆。当天的直拍直接被放上了话题还加了精，话题的主持人亲自下场点那天见面会的小哥哥，这条微博终于被传出了话题广场，营销号见这又是一条大流量，纷纷转发蹭热度。

后援会放出来的视频是经过剪辑的，剪掉了"男粉"说自己陪老婆来看见面会的部分，所以大家都理所应当地认为这位小哥哥是粉丝，一时间整个广场都炸了，连粉丝颜值都这么高，入股不亏。

清河大学当然有这个男团的粉丝，徐老师很悲剧地被认出来了。

他又不能说自己是陪谁去的，为什么会去，在面对学生们的问题时，只能该闭嘴的闭嘴，绝不多说一句话。

学生们全当徐老师害羞，毕竟是大学讲师，粉一个平均年龄十八岁的男团，确实有点……后来有人按捺不住，在微博上说这个"男粉"她认识，是她们学校的一个老师，之后为了徐老师的隐私安全就什么都不肯说了，但是那群粉丝是什么人，给点蛛丝马迹就能查到老家在哪的侦查能力，于是，靠着那不太清晰的视频查到了徐廷舟的身份和工作地点。

徐廷舟现在每天走在路上都被人当猴儿看，他本来好好的一个老师，现在偏偏成了"少女心、反差萌"等一系列在他看来不是什么好词的代表，而陆先琴为了撇清关系，已经两个礼拜没回家了。

徐老师选择笑着活下去。

但是毕竟为人师表，他不说学生们也不敢多议论什么，徐老师最近忙着评副教授的事，每天都有一大堆的资料要写、要看、要打印，学生们那点小打小闹,他也就不在意了。

陆先琴深知是自己害了徐廷舟,所以乖乖地完成徐老师布置的所有课后任务。至于其他的,她一个字都不敢触雷,生怕徐廷舟一个巴掌就把她的屁股给打开花。

她的室友叶子自然不知道这一层含义,每天兴致勃勃地上微博给陆先琴报告徐老师最新状况。比如又有多少人找到徐老师的旧照了,微博上又多了多少人求徐老师开微博。

"他们连徐老师的证件照都挖出来了!太恐怖了!"

连陆先琴都没怎么看过徐廷舟的证件照,叶子这一喊她立马下床,鞋子都来不及穿就跑过去看了。

蓝底的证件照,徐老师穿着简单的白衬衫,他的头发还没有现在这么长,短短的乖乖的铺在额上,眼睛和嘴角都微微勾起像是三月酿好的杏酒散发出微微的甜味儿,高挺的鼻梁,白皙的皮肤,不知道拍这张照片的时候徐老师几岁,还没有现在这么高冷的气质,像是只软萌的小奶狗。

"我吹爆徐老师!"叶子就差没吼得全宿舍楼都震一震了,"太帅了!这完全就是我要的标准啊!"

陆先琴也咽了咽口水,她遇上徐廷舟时,他已经二十八岁了,平时戴着眼镜,看上去文质彬彬的样子,爱穿衬衫长裤,任谁一看都知道这是个精明能干的男人,谁能想到这个男人在"小鲜肉"的年纪居然这么萌。

她忍不住给徐先生发了条微信:徐先生,做你老婆真幸福。

徐先生倒是没有像平时那么高冷,而是很傲娇地回了句:知道就好。

在第三个礼拜的周末,陆先琴还是鼓起勇气回家了。

她回家的时候是八点多,进屋的时候客厅没有开灯。

陆先琴看书房的门关着,就猜到徐廷舟可能在书房忙,她便松了一口气。陆先琴也不敢灯开,蹑手蹑脚地走进卧室把带回来的东西都一一放好,从柜子里拿出睡衣打算先洗个澡。

徐廷舟好像没发现她回来。

为了不让徐廷舟发现她回来了,洗澡的时候水都不敢开得太大,默默地洗头发、搓澡,把身上的每一处都洗得干干净净的。

"先琴?"

浴室外面突然传来一个声音,陆先琴吓得一个激灵,她正在洗头发,花洒一个不稳就把泡沫冲进了眼睛,她疼得叫出了声音。

浴室门被直接打开,陆先琴捂着眼睛看不见,她下意识地就用花洒对着门口一阵冲,听到了徐廷舟的一阵小声地惊呼。

"啊啊啊我在洗澡!快出去!"

陆先琴还在对着浴室门口洒水,她现在眼睛疼得厉害,根本就睁不开,但是她只知道现在自己没穿衣服,而徐廷舟就这么进来了,离她不过几步的距离。

花洒被抢走,徐廷舟双手捧住陆先琴的脸,低着嗓子说:"让我看看你眼睛。"

陆先琴被迫抬起头,徐廷舟想触碰一下她的眼睛,却换来了她啊啊的叫声:"别碰,好痛!"

她只听见徐廷舟叹了口气,一只手按住她的头,另一只手又打开了花洒的开关,语气无奈:"头伸过来,给你冲掉。"

陆先琴此时也顾不上羞涩了,乖乖地把头凑过去,温度刚好的清水打在她的脸上。

徐廷舟将她头发往上撩起,说道:"眨眨眼睛。"

不一会儿,陆先琴眼睛就好了。

她这才抬起头,红着眼看着徐廷舟,后者一见她眼睛能看见了,淡淡地看她一眼把花洒交给她就要出去。

她看见徐廷舟从头到脚全都湿了,连头发都在往下滴水。

陆先琴有些愧疚地拉住了他的衣袖:"徐先生。"

她很少叫他的名字，也很少叫他老公，平时总喜欢叫他徐先生，乍听是有些陌生的称谓，但她轻轻柔柔的嗓音吐出这三个字时，总带着孩子一般的依赖和眷恋，让他无比受用。

"放手。"徐廷舟硬着声音说道。

"徐先生，你还在生气吗？"她不敢造次，乖乖地松开了他的衣袖。

"你还回来干什么。"

徐廷舟也不看她，径直走出了浴室。

陆先琴三下五除二洗好澡出来，书房的门没关，徐廷舟坐在椅子上继续看文件。

她灵机一动，拿来了吹风机，也不说什么就直接走过去把插头插在他脚边的排插上，开着低风给他吹头发。

刚碰上他的头发，徐廷舟就敏捷地把头一偏，躲开了她的手。

陆先琴愣了愣，又试图去触碰他的头发，徐廷舟又敏捷一躲，躲过了她的手。

这是在生气吗？

"如果不吹干头发会感冒的。"

徐廷舟充耳不闻。

陆先琴抿抿唇，直接拿吹风机对着徐廷舟的脑袋吹热风，徐廷舟本来想躲，但无奈他躲不掉风，往哪里躲热风就跟到哪里，他深吸一口气，良久后才低声赶她："你走开。"

陆先琴扑哧一声笑了出来，关掉吹风机从后面抱住了他的脖子，靠在他耳边说："对不起嘛，下次这种事我一定不会带你去了。"

见徐廷舟没说话，陆先琴又再接再厉，语气诚恳："真的对不起嘛。"

"你为什么不回家？"

徐廷舟突然问出了这么一句风马牛不相及的话。

陆先琴眨了眨眼睛，老实说道："怕你教训我，是我强行带你去见面会，又害你被拉上台。"

徐廷舟叹了口气，转过头看着她："所以你连家都不回？"

她不敢说话，徐廷舟严厉起来的样子她也有些怕，这两个礼拜不回家一是害怕他说自己；二是希望他能够对自己紧张一下。现在看来她只有第一个想法是对的。

"下次就算我生你的气了，你也一定要回家。"

她猛地眼睛一湿，郑重地点了点头。

从小到大，在耳边充斥的永远是"你这么不听话，我当初就不该生你""你这次考不好就别回来了"这样的话，她在这样的话中慢慢长大，原来所谓的港湾，也会因为自己的不优秀、不听话而放逐自己，让她没有落脚点。

"你要敢辞职，你就别姓陆了。"

她长大了，更加坚定了这种想法，对于家这个地方，当自己不能为它创造任何利益带来任何好处时，也会成为一个陌生的地方。

徐廷舟说，她一定要回家，原来这个家才是她真正的家。

和徐先生和好了以后，陆先琴人也就轻松了。

今天晚上她约好了要跟书棋一起打游戏。

"徐老师怎么不来打游戏。"

李书棋问这句话的时候，陆先琴正在哄徐廷舟。

"真不打？"

"没心情。"

"打么，好久没一起玩了。"

"陆先琴。"徐廷舟抿了抿嘴，淡淡地瞥了她一眼，"我还生着气。"

"别生气啦，行不行，我也没想到你真的被拉上台了，早知道这头箍这么灵，我肯定不会给你的。"陆先琴也有些惋惜没能上台，不过也好过她和徐廷舟一起上台被人发现两个人之间的关系要好。

反正徐廷舟的就是她的，徐廷舟抱过那些偶像了，也就相当于她跟那些小哥哥抱过了。

徐廷舟生气的时候表情也很淡定，常人根本不知道他在生气。但陆先琴知道，他生气的时候，嘴巴会抿成一条缝，眼神也是淡淡的没有温度，你叫他一声他就看你一眼，下一秒就又不理你了。当然他也不知道，他生气的时候，嘴边若隐若现的小梨涡，根本就美化了他生气的样子，只会让他显得更加可爱。

陆先琴爱他生气的样子，所以她很无情地自己上了号："那我自己玩了，我登你的号。"

徐廷舟不愿意她登自己的号："你登我的做什么？"

"帮你冲排名啊。"

"小琴姐我们几排？"

"随便。"她刚说完这句话，就看见有个组队申请，看了看名字似乎是上次跟她一起打过游戏的某个队友。正好，她一个人肯定带不动李书棋，于是很果断地加入了队伍。

倒是李书棋留意了一下队友的ID，疑惑道："这个ID好熟悉啊。"

那边队友就笑了："小哥哥，难道我们是命中注定的缘分？"

陆先琴偷笑一声，没说话。

李书棋窘了一下，试探性地问道："你是不是B站直播的那个小骚猪？"

队友愣了一下，过了一会才出声："怎么可能呢，小哥哥，B站是什么东西？"

"你别狡辩了，你肯定是。"

"真的不是，小哥哥，我还是一个高中生呢。"

"……"

"这人真的是主播！还有一百多万的粉丝！那次和你们玩游戏被传了上去，播放量快破百万了！"李书棋对陆先琴说道。

陆先琴如遭雷劈，现在玩个游戏怎么还要防着人呢。

打完这一把，她也赶忙匆匆告别这位网红主播，可对方还在一直挽留。

徐廷舟昨晚忙到半夜，第二天早上，陆先琴眯着眼睛起床丢垃圾顺便买早餐。

她哈欠连天的，提着两大袋垃圾就出门了，刚巧进电梯就碰上住在楼上的一个阿姨。

阿姨看着她，笑了："今天是你倒垃圾啊？"

陆先琴微微一愣，点了点头。

"你老公做饭水平进步了吗？"

陆先琴一头雾水，她不常做饭，偶尔兴趣来了就做那么几个菜，徐廷舟比她还忙，更没时间做饭了，厨房早就积灰了。

阿姨乐呵呵地继续说："上个礼拜看你老公提着好大一袋垃圾，后来他说他在学做菜，不知道现在进步了没有？"

"他在学做菜？"

"是啊，现在的年轻人真的会疼老婆，像我家那位，每天就是吃了躺在沙发上看电视，连个碗筷都不洗的。"阿姨越说越激动，如果不是电梯已经到了一楼，恐怕会一直跟陆先琴抱怨下去。

买完早餐回来以后的陆先琴看着卧室床上熟睡的徐廷舟，她坐在床边盯着他的睡颜足足有半分钟。而徐廷舟还在安静地睡着，连睫毛都没动一下。

他平稳的呼吸声给她带来了无尽的安心，陆先琴擦了擦眼睛，往床上猛地一扑，结结实实压倒在他的身上，身下的人发出一声闷哼，下意识地伸手抱住了她，眼睛都没睁开，语气也是慵懒的："干什么？"

"起来吃早餐啦，徐先生。"

这是她的家，这是她的先生，是她最亲的人。

第三章 桃 花

陆先琴跟李书棋聊着微信,两个人在讨论如果徐老师真的成了网红那么他们两个人做徐老师的经纪人,能跟在他屁股后面赚多少钱。

两个人貌似在很正经地讨论徐老师出道以后的活动,陆先琴已经在脑子里幻想赚得盆满钵满的情形了,忍不住就乐了出来,坐在床上嘿嘿笑。

和她对床的叶子被吓到了,一脸惊恐地问她:"你没事吧?你是不是搞复习搞傻了?"

陆先琴敛去笑容,转头看她:"没事啊,你刚刚说什么复习?"

"中期考核啊,忘了?"叶子看她的样子就猜到自己想的八九不离十,"放完国庆以后就考了,你别告诉我你还没看书呢。"

"……"

陆先琴变成了一块张着嘴的石头,叶子叹了口气:"这跟读大学时候的期中考试不一样,要是挂了补考想过就难于上青天了,你最近还是少打点游戏,多看看书。"

当初还信誓旦旦地说要超过钱伊敏,结果连要考试都忘记了,陆先琴的脸有些发烫,赶紧在微信上和李书棋说再见。

"等一下!我妈寄过来的剁辣椒酱,你什么时候过来拿?"

陆先琴很能吃辣，尤其喜欢吃老家泡出来的辣椒，她家里人小气吧啦的从来没给她寄过这些东西，幸好李书棋的妈妈疼他，所以陆先琴也能跟着沾沾光。

"你送到寝室来吧。"

"可以，改天我拿给你。"

被中期考核搞得头都大了一圈的陆先琴终于没空理会其他的事了。

她每天三点一线，几乎断绝了所有的课外娱乐，就连陈院长有时候找她，都不一定能找得着她，还是通过叶子才知道她在图书馆自习。

陈院长对于陆先琴这样的学习精神很是感动，但还是劝她："先琴啊，注意劳逸结合，中期考核没你想的那么难的。"

陆先琴摇摇头："不是的，我是为了……"说到这里她又顿了顿，觉得直接说出钱伊敏的名字肯定不好，就改了口，"我是为了跟某个人证明自己。"

"啊？谁啊？"

"唔，这我就不能告诉您了。"陆先琴含糊不清的，让陈院长更加好奇这个人是谁了。

陈院长故作深沉地眯起了眼睛，好像这样就能看穿陆先琴内心在想什么似的。

"那你现在有哪门课遇到困难了吗？"

陆先琴还真的点了点头："《数量经济学》啊，学得我头都大了，又是数学又是经济的，我就是纯文科生，真的有点吃不消了。"

"那你可以直接去问徐老师啊。"

她也隔三岔五地去徐老师办公室骚扰，但是自己这门课好像还是没什么长进，这么想着，陆先琴脸上就露出了一副为难的表情，在陈院长眼里，似乎她是在害羞。

陈院长如遭雷劈。

"先……先琴啊……虽然我们学校没有明文规定不允许，但是这种道理谁都知道的啊,你和徐老师都是聪明的人,不会不明白这点的。"

"啊?"陆先琴眨了眨眼,"徐老师明白,不明白的是我啊,我天天去找他也没什么改变。"

他最喜欢的学生和他最喜欢的老师,居然产生了这样不容世俗所接受的感情,而且看样子现在是先琴还陷在当中出不来,而徐廷舟很明显已经理智了许多。

陈院长在心中默默谴责徐廷舟这个道貌岸然的老师,心里又懊恼既然自己当初早看出来徐廷舟对陆先琴有意思为什么没有及时阻止,从而酿成了这场悲剧。

他看陆先琴的眼神里有心疼,有宽慰。

陆先琴以为陈院长也被她的学习精神打动了,连忙自我宣誓:"陈院长你放心,我一定会努力克服困难的!"

"先琴啊,这种事情是不能勉强的,如果不行那就放手吧。"

"不!我是不会放手的!"

"先琴你!哎!你们这些年轻人,真是越来越不着调了!"陈院长捂住头一副很是苦恼的样子,"我是管不住你们了。"

陆先琴以为院长心疼她,立马翘起尾巴把话说得更激动人心了:"院长!你要相信我! nothing is impossible(一切皆有可能),我相信只要我肯努力,这个世上就没有过不去的难关!"

陈院长都快哭出来了,陆先琴看着他感动涕零的表情,坚定地笑了笑。

她朝着陈院长鞠了一躬离开了办公室。

陈院长眼角的皱纹又加深了几道:"看来我真的老了……"

她前脚离开院长办公室,后脚就踏进了徐廷舟的办公室。

"我这么说懂了吗?"

陆先琴愣了愣,摇头:"没懂,那个曲线是什么意思?"

徐廷舟叹了口气,又给她说了一遍。

陆先琴似懂非懂地点了点头,用力揉了揉眼睛,似有木头开窍的架势:

"我等会再把这个图看一下吧。"

明亮的书房内灯光把陆先琴眼下的两道黑眼圈照得尤为明显，徐廷舟皱了皱眉，说道："这次考试不会很难的，注意休息。"

陆先琴摇了摇头："我跟钱伊敏打了赌，这次考试必须考的比她好，不然我就要承认自己是走后门到院长手下读研的。"

徐廷舟最了解自己老婆，她要是下定了决心，那是十匹马都拉不回来的，但又因为实在是心疼她，这样的高强度学习会让她的身体吃不消。

"赢不赢得过她，也不能改变什么，你已经在陈院长手下读研了，又何必去跟她较真？"

"徐先生。"陆先琴抿唇，语气很是认真，"你从小到大，做什么都是第一，从没有人质疑过你的实力和成绩。可是我不一样，我没有你那么聪明，如果学习这件事，我不花费百分之两百的努力去做的话，永远会有人质疑我的实力，而我并没有那么云淡风轻，我想要他们都看到我的实力，认可我，心服口服地觉得我现在拥有的都是我应得的。虽然我知道，别人的评价对我来说不会有什么影响，可是我就是想证明给他们看，我陆先琴是堂堂正正靠我的实力考进经管院的，不是所谓的什么走后门。"

她这样的长篇大论，让徐廷舟想起一年前她刚刚准备考研的时候，那个时候除了他，几乎所有人都是反对的。

他的父母反对，认为陆先琴这时候应该积极备孕；她的父母也反对，认为陆先琴放弃安稳的工作去继续读书简直是不可思议。

可她依旧坚定地递交了辞职信，然后站在家里，有些不好意思地跟他说，自己想要考个研，这几个月，能不能请他养她，等她飞黄腾达了，再加倍还给他。

他叹了口气，用力捏她的脸说，你能考上就是对我最大的回报了，别让我失望。

她的眼神，比任何时候都要明亮。

陆先琴说得对，他没有体验过那种拼尽全力只为博得一个认可的事，所以他也不太了解在她备考的那段时间里，明明心理防线崩溃过无数次，明明流过那么多眼泪，可还是咬着牙坚持下来了。

他只知道，她拿到录取通知书那天，在家里手舞足蹈的样子，是他见过她最好看、最自信的样子。

徐廷舟缓过神冲她招了招手，陆先琴乖乖地走到他身边。

他的大手按在她的头上，轻轻拍了拍："好了，我把我的聪明传给你了，你肯定能考过她的。"

陆先琴嘿嘿地傻笑了。

"我觉得用嘴巴传的话，可能效果会更好一些。"

"啾——"

徐廷舟低头，在她唇边啄了一口。

"嘿嘿，好像还不够。"

"快去学习。"徐廷舟表情严肃起来，做出一副严师的样子吓唬她。

陆先琴抬手行了个军礼："Yes sir（是的，先生）！"

看着她满血复活蹦蹦跳跳跑出书房的样子，徐廷舟眼神温柔，唇边带着一丝宠溺，内心一片柔软。

徐太太还真是个倔强的"笨鸟"。

陆先琴因为中期考核的事，已经很久没上游戏了。

李书棋连着邀请了她好多次，她都没有理会，就连说要给她送辣椒酱，她都直接拒绝表示要专心学习，辣椒酱的事都先放一边。

她这人有个优点，那就是一旦全身心地投入学习了，那外界的声音就真的对她一点影响都没有。

陆先琴像是回到了考研那段日子，去图书馆看书根本就不带手机，只要没有课也没有任务就泡在图书馆，所以在她回寝室之前谁都联系不到她。

叶子看陆先琴的手机震了好多下了，实在是忍不住过去帮她接了。

"小琴姐，辣椒酱什么时候拿给你啊？再不拿就被我隔壁寝室的抢走了。"

叶子顿了一顿，看了眼来电显示，是"书棋"，她心里头一跳，"额"了半天还是不知道怎么开口。

那边倒是反应很快，愣了一下，态度立马变得礼貌了起来，问道："是叶学姐？"

"嗯，先琴她去图书馆了，没带手机。"

"真是，好歹也跟我说一声啊。"那边的声音有些无奈，转而又说道，"那麻烦叶学姐等她回来了跟她说一声，让她给我回个电话，好吗？"

叶子想了想，主动开口道："我没事，要不我去你们寝室拿吧。"

"那太麻烦了，这样吧，叶学姐你在寝室楼下等我，我送过来。"

两个人商量好就把电话挂了。

叶子对李书棋也说不上喜欢，就是挺有好感。单身了二十几年跟男生都没牵过手，那个晚上莫名其妙的两个人散了会步聊了聊天，她就糊里糊涂地觉得李书棋的脸在月光的照映下特别得好看，清新的气味也不知道是来自他身上还是二人身旁的樟树。他认真地向她道谢的样子也十分帅气，一直到他送自己回到寝室楼下，她摸着他的外套竟然有些不想还了。

"叶学姐晚安，小琴姐应该明天上午就会回来的，你不用担心她。"

叶子几个礼拜前因为文献查阅所需去蹭了一节本科生的选修课，结果和李书棋恰好一个教室，坐在她旁边的女生也没有好好听课，在小声地讨论着男生。

"第三排那个，新闻学院的，认识吗？"

"认识啊，学霸，去年的国奖获得者，他的访谈上了学校官微的。"

"你不觉得他长得很好看吗？"

"挺清秀的，不过要说长得好看我觉得还是他旁边那个顾逸闻更好看吧，毕竟是系草。"

"顾逸闻长得太花了，还是他这种长相比较靠谱。"

"哦，那你主动去找他呀！"

叶子看着他的后脑勺，偶尔他和身边的人说话时会侧过头来，露出半张白皙清秀的脸，充满了少年感，就像是漫画里的人一样。

下课的时候她一溜烟就跑了出去，结果还是被手长脚长的李书棋撞见了。

他在她后面喊她的名字，脸上带着笑意："叶学姐？你怎么也来听这门课啊？"

"哦，材料需要。"

虽然是实话，但是听上去怎么就那么假。

李书棋点了点头，问道："如果是要材料，我做了笔记，叶学姐需要吗？"

李书棋将笔记递给她，和她说了句再见，她咬唇，却发现和李书棋一起上课的那个男生嘴边有些坏坏的笑。

果然是太明显了。

李书棋的笔记一直放在桌上，叶子拿起笔记又翻开来看，行文工整的清秀小楷，和他给人的感觉一样，逻辑清楚框架结构明晰简洁，也果真像先琴跟她说的，她那位学习优秀的竹马小弟真的是个态度极认真的学霸。

陆先琴的电话又响了起来，叶子拿着她的手机边听电话边下楼了。

刚下楼的时候就看到门口有几个女生在那里驻足观望，叶子好奇地走了过去，发现那些女生看的竟然就是楼下站着的李书棋。

只是李书棋旁边还站着个男生，叶子记得他，是那次选修课跟李书棋一起上课的男生。

一般在楼下等人的男生，手里多半拿的奶茶或者鲜花这类小清新小浪漫的东西。

而这两个穿着休闲的男生，一人提着一罐土味十足的辣椒酱站在女生宿舍楼下，也难怪那些女生会看了。

李书棋看到了她，冲她招了招手："叶学姐。"

叶子走了过去，李书棋旁边的那个男生打量了她一眼，问道："这就是你那个青梅竹马的小姐姐吗？"

"不是，是她的室友。"

"哦……"男生点了点头，笑着说，"学姐好，我是李书棋隔壁寝室的，我叫顾逸闻，上次选修课咱俩见过的，你还记得我吧？"

叶子点了点头："记得的。"

她接过两罐辣椒酱，李书棋皱了皱眉："有点重，因为小琴姐喜欢吃我就多给了她一罐。你可以吗？"

"可以的，我先上楼去了。"

"嗯，学姐小心一点。"

叶子这才想起他的笔记忘了拿，啊了一声说道："你的笔记，我本来想拿给你的，要不你再等等，我上楼给你拿吧。"

"不要紧的。"李书棋笑了笑，"学姐先看吧，那本笔记挺全的，老师说的重点我都记下了，等这个周末要上课了学姐再还我吧。"

叶子忍下心中的小雀跃，点了点头。

她正要上楼，却被另一个人叫住了。

顾逸闻勾起嘴角，对她说道："那个笔记我最近也要看的，等学姐你看完了跟书棋说一声，我过来找你拿吧。"

"你什么时候会看笔记了？连专业课的笔记你都懒得看的。"回寝室的路上，李书棋随意开口揭穿他。

顾逸闻挑了挑眉："我说班长啊，你是真'小白'还是假'小白'啊，我这是在帮你挡桃花运呢。"

"胡说八道。"李书棋翻了个白眼，"就见过两面，能有什么桃花？"

"你一心一意喜欢你的青梅小姐姐，当然看不到。"顾逸闻歪着头看他，"小爷我就不一样了，我身经百战，女孩子一个眼神我就知道她心里头在想些什么。"

李书棋眉头一皱，出声反驳他："你瞎猜什么。"

"整个系谁都知道，你有一个青梅竹马一起长大的姐姐，在经管院读研。你对她随叫随到，有什么好吃的好玩的第一个想到的就是你那位姐姐，就连你妈给你寄的特产也是一大半送到她的寝室楼下，也就梁冰这小子天然呆一直看不出来，真以为你藏得好啊？"

李书棋抿了抿嘴，语气平静："因为小时候她跟我玩得好，所以长大了我对她好一点也不奇怪。我跟她不可能的，你也别瞎猜了。"

"你怎么知道不可能啊？你们青梅竹马两小无猜，你单身她也单身，你是新闻学院的风云人物，她是经管院的院花，这就是天作之合啊，你怎么这么怂啊？"

"那你这个新闻学院的系草为什么不去追她？"李书棋冷笑一声。

顾逸闻眨了眨眼睛："真的吗？我可以追吗？其实说实话那天在篮球场我就觉得她特别对我胃口了，碍于你的面子一直没敢说，既然你都这么说了……"

"不可能。"李书棋不等他说完就打断了他的话，"你少想，我警告你，不许打她的主意。"

顾逸闻啧啧了一声，狭长的凤眼里透出一丝了然："知道了，我是有自知之明的，你还是多去劝劝梁冰那小子吧，免得他撞出一头包来。"

两个人拌着嘴回了寝室，顾逸闻没回自己寝室而是径直去了李书棋寝室，一进寝室就到处找："说好了我帮你送去你就分一点辣椒酱给我的，快交出辣椒酱！"

"急什么。"李书棋看了眼寝室，发觉少了个人。

"梁冰呢？"

室友回答："哦，他刚听你讲完电话，就说要去图书馆了，走了几分钟了。"

"……"

顾逸闻不可置否地看了一眼李书棋，发现他脸色惨白惨白的。

"你怎么了？"顾逸闻凑到他耳边小声说，"梁冰那小子不可能追到你的小姐姐的，你放心吧。"

李书棋抱头："完了完了完了，我的传播学肯定要挂了。"

本以为口头警告对梁冰那小子有用，结果没想到人家还是屁颠屁颠的为爱情哐哐撞大墙，要是被姐夫知道，那他以后那门课再也别想蒙混过关不去上课了。

陆先琴根本就看不进去书。

今天她去的九楼的工科学层，本来坐在一个小角落里安安静静地看自己的书，结果每隔三分钟就会被人打断看书的思路。

"同学，请问你旁边的座位有人吗？"

她抬起头看着对方，只见对方的表情有一丝局促和尴尬，最终还是点了点头。

"同学，你是电信学院的吗？还是计算机学院的？"

她把书立起来，上面斗大的经济学三个字，那人哑了口，没过多久又继续问她："那你是大几的啊？"

陆先琴抬头微笑地看着他，那人脸红了红，似乎在等她的回答。

"小弟弟，我博一。"

对方呆若木鸡，之后落荒而逃。

之后又来了个学妹坐在她旁边，小声问她是不是经管院的陆学姐。陆先琴惊叹自己的名气居然这么大了，结果学妹就崇拜地要加她微信想跟她取经，陆先琴从不吝啬对学妹的关爱，爽快地给了她微信后表示自己要继续看书了，学妹就乖乖地离开了。

总算是放下心来看书了。

"小琴学姐！"

会叫她小琴的只有老家那边的人，她以为是老乡群里的哪个学弟，结果一抬头看见是个笑容灿烂，但她却并没有什么印象的男生。

"你是？"

梁冰一副受伤的表情："学姐，你不记得了？那次在小树林，还有上次篮球赛，我跟徐老师一队的。"

当时篮球赛，大家的目光都被徐老师和那个跳主题曲的系草牢牢锁住，其他的队员几乎没有什么存在感，但是他一提到那天在小树林，陆先琴就想起来了。

她想起那天徐先生吃醋地吻她，用了点劲儿，把她嘴巴都吻肿了。

陆先琴微微脸红。

梁冰愣了一下，坐在她旁边，笑眯眯地问她："我找了好几层楼，终于找到你了。"

对方的意图她再清楚不过，陆先琴只恨上次骗他博一的事情居然没有击退他。她眼珠子稍稍一转，笑着说道："学弟怎么知道我在图书馆？"

"哦，我听李书棋说的。"

"你是他室友？"

"是啊，他没跟你说吗？"

陆先琴猜到一定是李书棋告诉他自己是研一的了，所以这位学弟才会不死心地赶到图书馆来堵她。

下次再和李书棋玩游戏一落地就捡一把手枪好好地羞辱他。

"学弟，我在复习呢，现在没什么时间跟你聊天。"陆先琴叹了口气，"我今天一个上午都没怎么看书。"

虽说她在拒绝他，但是梁冰反倒不生气，笑着问她："学姐你坐在这，肯定招人看啊。"

她今天穿的蓝白格的衬衫和黑色牛仔裤，虽说不是多么惊艳的打扮，可美女穿衣不挑衣，只要脸蛋身材够格，就是穿着破烂也有人觉得漂亮。

她这桌刚好能照到不远处一扇窗洒进来的阳光，那束光打在她脸上，让她的脸看上去更加清纯动人，脸上细细的绒毛都像是发着光一样，吸引着这层楼里那些工科男的视线。

陆先琴眨了眨眼睛，澄澈的眸子里晃过一丝不解，随后了然地点了点头。

"是我疏忽了。"她拿起书就打算离开这一层楼。

"学姐，我知道有个地方很偏僻，绝对不会被人打扰，要跟我来吗？"

她想起自己已经浪费了快一个上午的时间，于是忍不住点了点头："谢谢学弟，待会儿我请你喝奶茶。"

"喝什么奶茶啊，要请也是我请学姐的，走吧。"

两个人一前一后离开这层楼，梁冰背后传来了一丝丝失望的叹息，他觉得爽快极了，连走路的步伐都变得欠揍了起来。

"材料没问题了，论文可能还要再多打印一份交到院领导那边去再给他们过目一下。"

徐廷舟点了点头，又问道："论文选题还可以吗？"

"可以的，你都发表过的论文能有什么问题。"主任笑了笑，示意他可以去忙了。

因为一开学就在忙评职称的这个事，这几个礼拜都没什么时间回爸妈家吃饭，每次徐妈妈打电话过来催他和先琴回家，他都是以两个人忙的理由推辞，这下材料搞定，也确实是应该带先琴回家吃个饭了。

被聘到清大的时候，他其实是不愿意再多花那么多精力只为了体面去求一份老师的职业，但公司那边却非常支持他重回校园，父母也觉得这是光宗耀祖的事情，再加上先琴也全力支持他。现在想来，虽然日子过得忙碌了些，可他也乐此不疲。再加上，这是他真正喜欢的专业。

也不知道她复习得怎么样了，看看国庆节要不要带她去哪里放松一下。

一回到办公室，几个老师就连连向他祝贺："徐副教授，恭喜了。"

"大家同喜。"

他们这个办公室，几乎所有老师的职称都往上评了一级。

"以后咱们就是同级了。"

徐廷舟看了眼和他道喜的王副教授，谦虚道："哪里，论资历还是王老师高我一大截，以后还有很多地方要麻烦王老师的。"

王副教授微微笑了笑，没说什么。

他去找主任的时候并没有拿手机，等回到自己的位置上才发现又有十几条微信消息。

全都是李书棋发过来的。

"姐夫,我错了。"

"姐夫,我坦白从宽,能不能争取宽大处理?"

"姐夫,是我辜负了党的期望,我不配做人民的好儿子。"

"姐夫?"

"姐夫?"

"徐老师?"

"宇宙无敌第一帅的徐老师?"

对方撤回了一条消息

对方撤回了一条消息

对方撤回了一条消息

"真的不在啊……"

徐廷舟也看不见李书棋撤回的那几条消息到底是什么,但是他直觉不是什么好话。

"什么事?"

"姐夫,我拦不住我室友,他去图书馆找小琴姐了……"

徐廷舟抿了抿嘴,睫毛动了两下,修长的手指在屏幕上打字。

"那又如何?"

李书棋愣了一下,发了个黑人问号的表情过来。

"对我构不成威胁。"

李书棋发了个"666"的表情包过来。

"但是下次你要是再迟到早退,后果你懂的。"

李书棋发了个"臣妾做不到"的表情包过来。结束和李书棋的对话后,徐廷舟给陆先琴发了个微信,等了两分钟,没有回应。

他又给她发了条QQ消息,陆先琴跟他都互为特别关心,提示音都和一般的消息提示音不一样。

结果还是没有回复，他想起来陆先琴去图书馆自习从来不带手机的。

算了，随她去吧，能激起多大的浪花。

十分钟后。

"徐老师你去哪儿啊？待会儿不一起吃午饭吗？"

"我有点事，你们去吃吧。"

图书馆一楼的监控室内，突然闯进了一位不速之客。

保安有些惊讶地站了起来："这位老师，有什么事吗？"

"没事，我找人，看看监控。"

徐廷舟一眼扫过去满屏的监控，几十个显示屏，他一时半会儿根本就找不出来。

"啊，又有两个学生往那个角落去了。"监控室内的另一个保安突然说道，"这些学生也真是的，旁边那么大个监控摄像头看不见，还真以为躲里面就没人找到他们了。"

徐廷舟顺势望过去，在保安所指的那个显示屏里，一男一女正往监控死角的一个角落走去，他透过那纤细的背影就认出来，那是他老婆陆先琴。

"啧啧啧，这年轻人啊，要不要去提醒一下他们？"

"我去。"

众保安看着黑脸的那位老师，心下了然，原来这位老师是来抓学生的啊。

"那就麻烦老师了。"

陆先琴第一年来清大，对清大的图书馆还不熟悉，她现在才知道这栋楼里还有这么多弯弯绕绕的地方。

只见梁冰带着她拐了几个弯，穿过了几道书架，在书架的后面，居然有一张小方桌，刚好坐四个人的那种，小桌的两边都是书架，如果不是刻意寻宝，根本不会有人能找到这里来。

小桌的左边正好是图书馆的落地窗，光线十分明亮，是自习佳地的不二选择。

"这里不错吧。"

陆先琴连连点头:"好地方,你怎么知道这里的?"

"这是我们寝室每年期末复习的专属地方,偶尔隔壁寝室的过来挤一挤。"梁冰故作神秘,"目前为止,除了我们几个没人知道这里。"

"谢谢学弟,把这么一个秘密基地告诉我。"

梁冰不好意思地挠了挠头,他也觉得这地方很隐蔽,又没有其他人打扰,而且这里又只有他们两个人,一时间他心跳加快,竟有些不知所措。

而陆先琴似乎完全没有意识到这种状况,笑着对他说:"学弟你放心,我绝对不会告诉别人的,复习完我就离开,这里还是你们的秘密基地。"

"啊,好,不用那么客气。"

"学弟,我要学习了。"陆先琴看着他,眼底的笑意并未退去。

梁冰有些手足无措地捏着手指,喉咙有些发痒,脸也开始烫了起来,顿了好久才结结巴巴地开口:"学……学……学姐……"

还没等陆先琴开口,就听见一个低沉的声音在他们不远处响起。

"你们两个在这里干什么?"

梁冰吓得转了个圈,回头就看见徐老师黑着脸瞪着他们这边,他突然心虚了起来,连一个招呼都打不全:"徐……徐……徐老师……"

陆先琴咽了咽口水。

奇怪,明明她也没做亏心事,可怎么就这么害怕。

梁冰糙汉子一个,天不怕地不怕,怼天怼地怼空气,平生就怕两样,一是他家那位老母亲,二是老师。

徐老师那一双冰冷冷的眼睛盯着他的时候,他都觉得宛如几万根针扎在身上,哪哪儿都疼。

他下意识地回头看了一眼陆先琴,发现她也是惨白着脸一副怕得要死的样子。男子汉的自尊心突然在这一刻雄起,他决不能此时像个缩头乌龟一样躲在女人的背后,是男人,就要默默地守护自己喜欢的女人!

"徐老师，不关陆学姐的事。"

徐廷舟眉毛一挑，语气平静："那是你强迫她来这里的？"

"不是！"梁冰一咬牙，视死如归一般的强行解释，"是我勾引的陆学姐！"

徐廷舟和陆先琴同时愣了。

"是我用我年轻的肉体勾引了陆学姐，陆学姐年纪大了没见过'小鲜肉'，一时情不自禁才会受我的引诱。徐老师你千万不要怪罪陆学姐，要怪，就怪我吧！"后面那句话还念出了朗诵大赛那种抑扬顿挫的效果，再配上梁冰大义的表情，一副谁不相信我谁就猪狗不如的样子。

他以为他这句话说得很帅，殊不知陆先琴在他背后咬牙切齿。

陆先琴的脸已经红得不行了，她怎么也没想到今天就是过来自习一下，被徐廷舟和梁冰这么一搅和，把自己的名声都给搅和没了，要是这时有人过来凑热闹，那她陆先琴明天就会以饥渴老学姐不忍寂寞看上小学弟的形象被挂到学校论坛接受"公开处刑，万人鞭尸"。

也得亏梁冰还是压了点声音，没被别人听见。

"你……赶紧离开这里。"半晌，徐廷舟才憋出这么一句话。

梁冰不舍地看了眼陆先琴，语气坚定："学姐，你先走吧，不用担心我。"

"梁冰，我让你离开。"

梁冰一副不可置否的样子："徐老师，你这是不信我的话吗！真的是我……"

"你赶紧走！"

"你赶紧走！"

梁冰一副要哭出来的样子，大老爷们委屈巴巴的样子特别辣眼睛："……"

梁冰最后看了一眼陆先琴，用最后的倔强向徐老师求情："徐老师，陆学姐是女生。你……轻点骂……"

"用你说？赶紧走！"徐老师一改平日里清淡寡言的形象，头一次对学生咬牙切齿。

等梁冰走了，陆先琴连忙一口气不歇地跟他一一解释："我就是为了学习,他说有个好地方没人打扰然后我就跟他来了,其他的纯属是他自己'脑补'跟我一点关系都没有,你一定要相信我。"

说完这句话她就大口地喘气。

徐廷舟面色不虞地看着她,深邃的黑眸子盯着她,似乎要把她吞进那道深不可测的漩涡。

"年轻的肉体?"

陆先琴本来已经做好必死的打算,却听见了徐廷舟这么一句带着怒意的话。

求生欲十分旺盛的陆先琴赶紧表忠心:"他年轻也没用啊,我只爱徐先生你的宽肩窄腰,只喜欢你的肱二头肌,只迷恋你啊!"

"收起你那副谄媚的样子,不吃你这套。"

十分了解他的陆先琴一听这话就知道,徐廷舟不生气了。

陆先琴嘿嘿一笑,语气更加"狗腿"了:"徐先生你来得正好,我《数量经济学》啃了好久了,还没咽下去了,要不您给我补补?"

"一千块一小时。"

"这么贵的吗!"陆先琴张大了嘴,"看在咱俩的关系上便宜点。"

徐廷舟挑眉:"那就九百九十九块一个小时。"

"吼,我们的情谊就只值一块钱的嘛!"

"那就考虑抵押吧。"

陆先琴看了眼自己,问:"抵押什么?"

徐廷舟不答反问:"你知道来这个地方的人一般是来干什么的吗?"

"干什么的?不是学习吗?"

"不是。"

徐廷舟大手一揽,将她一把拽进自己的怀中,顿时温香暖玉盈满了他的怀抱。他趁着陆先琴还在呆滞之中,迅速抬起她的下巴,在她的唇边偷了个香。

陆先琴的脸爆红:"徐先生!你带头顶风作案!我要举报你!"

"你啊。"徐廷舟笑意盈盈的,眼睛里都是装着对她的宠爱,"给我亲一口,我就教你,好不好?"

陆先琴一听这话,立马就跳起来反亲了他一口:"好好好!多亲几口!"

内心柔软的无以复加的徐廷舟又一次暗暗地告诫自己,下次在意识到她用那一双小鹿般的大眼睛和自己求饶时,一定要先一步遮住她的眼睛,免得自己又一次丢掉了原则,满脑子只剩下依她,依她,都依她的想法。

不知从哪里吹来的一阵微风轻轻翻动着桌上的书本,轻盈的窗帘也被吹动,明媚的阳光透过玻璃打进来,安静的图书馆内,谁都不知道这里正在酝酿着醇香的甜甜的吻。

保安还在监控室观察,半天没见到那个女生和老师出现在视频里,估计现在那个女生已经被老师骂哭了,躲在角落里擦眼泪呢。

哎,现在的年轻人,怎么能在图书馆这么神圣的地方用来搞情情爱爱这样的事情呢!

叶子看着陆先琴手机锁屏界面上的未读消息,觉得那个备注叫"最最亲爱的徐先生"这个称呼怎么看怎么不对。

先琴谈恋爱了吗?这个徐先生是谁?

她脑子里第一个浮现的,不是班上某个姓徐的男同学,而是那个讲台上一直散发着该死的魅力害女同学完全没办法听课的徐老师。

她心中一咯噔,为自己荒唐的想法感到一丝惊悚。

这不可能啊,先琴除了周末,几乎所有的时间都和她在一起。如果她有男朋友,那么她肯定是知道的。

而且,她们是好朋友,先琴没有必要隐瞒她。

叶子思索了一下,打算直接带着先琴的手机去图书馆找她,这种事一定要找本人当面确认,她一个人胡思乱想的,肯定是想不出什么结果来的。

她几乎是一路小跑着过去,跑的过程中,满脑子想的都是先琴和徐老师,但下一秒又赶紧给这种想法给予否定。

她在路上碰见了同班同学蔡琼,正捧着书朝她这边慢悠悠地走过来。

"蔡琼！"

蔡琼抬头看她："哦，有什么事吗？"

"你刚从图书馆出来吗？有没有看到先琴？"

蔡琼身子顿了一下，抱紧了手中的书，摇头："没有。"

"好吧，那我先走了，拜拜。"

刚跑到图书馆门口，就看见陆先琴和徐老师正并肩一起出来。

她心中咯噔一下，陆先琴恰好也看见了她，兴奋地冲她招手。

"先琴，徐老师，你们怎么在一起啊？"

陆先琴嘿嘿一笑："在图书馆自习，正好遇见徐老师了，缠着让他给我开小灶呢，不过你怎么来了？"

"你手机一直有消息，我怕有什么紧急的事，就给你送来了。"

"啊，谢谢你。"陆先琴接过手机，发现只是李书棋和徐老师发来的消息，正要收好手机时，却发现她给徐廷舟打的备注特别明显地在手机屏幕中央，她心中一凛，匆匆和徐廷舟告别，拉着叶子朝另一个方向走了。

等看不见徐廷舟的时候，陆先琴才小声和叶子说道："叶子，我不是故意瞒着你的……"

"先琴。"叶子皱紧了眉头，"我理解你瞒着我这件事，可是咱们不是好朋友吗？为什么这件事你说都没跟我说呢？"

"你也知道，这件事，我没办法开口……"陆先琴很是为难的样子，不敢看叶子的眼睛。

叶子也半晌没有说话，直到两人走了好几十米，才叹了一声："先琴，放弃吧。"

"啊？"

"单恋徐老师是没有好结果的，就算你改了个备注又有什么用呢？"

"啊？"

"哎，傻女孩啊。"叶子又叹了一声，也不管陆先琴愣在原地，径直就朝前走了。

还没等陆先琴反应过来这瞬息莫变的对话,叶子又突然转过了头,笑着跟她说:"先琴,你说是不是到恋爱的季节了啊?这学校的银杏叶,好像都好看了一些。"

恋爱的季节不是春天吗?但陆先琴还是点了点头。

"先琴,作为我帮你保密的交换,把你那位弟弟的微信号给我吧。"

这话题转移得太快,陆先琴脑子没转过弯来,就看见叶子蹦蹦跳跳地朝前跑了两步,一副悠然自得的样子。

第四章　身　份

寝室里，梁冰正跟李书棋赔不是，而李书棋却置若罔闻。

李书棋脸色很臭，因为这已经是第五次他一进游戏就被小琴姐操作的角色用手枪侮辱致死了。

而让他遭受这一切的始作俑者，就是站在他面前的这个天杀的猪室友。

"棋哥，我真错了，你帮我跟陆学姐求求情吧，我真不知道那地方是用来，做那个啥的，否则我肯定不会带她去的。"梁冰语气诚恳。

李书棋全心全意地在电脑上观战小琴姐打游戏，见她操作的角色又用步枪干掉一个人，激动地喊了一声："漂亮！"

其他的室友也看不过去了，帮梁冰求情："班长大人，要不就算了吧，徐老师也没把这事儿往外说，谁也不知道那天在图书馆的就是梁冰和陆学姐啊。"

"什么叫算了？"李书棋取下耳机，转头对二人说道，"现在贴吧已经有人在好奇那天在图书馆被抓到的两个人是谁了。徐老师不说不代表其他人不说，万一那天有别人看见了呢？就算你和小琴姐之间什么都没有，但是你能管住那些人的嘴巴吗？"

"我敢发誓！当时真的只有我们三个人！"梁冰双手宣誓，"我真不知道那流言是怎么传出来的。"

原本图书馆的那个地方是大家都宣而不语的秘密基地，也不知道是谁在贴吧发了条帖子，说前两天有个老师在图书馆抓到了一对情侣在隐蔽的地方约会，结果两个人都被教育了一通，最后这事就不了了之，二人也没受处分。之后就有人跟帖，说早就知道那个地方很多情侣爱过去，只不过没人在台面上说什么，现在被老师抓到了，大家都在兴奋地揣测那两个倒霉蛋是谁。

"世上没有不透风的墙。"

"如果被人知道了，我肯定会保护陆学姐的。"

耳机那头的陆先琴也不知道听没听见这句话，李书棋叹了一声，戴上耳机继续沉浸在游戏里："小琴姐？"

"你和学弟说，我真的谢谢他的心意，可是他真的给我带来了麻烦。"

李书棋顿了顿，应了一声："我知道了。"

"你就告诉他我有喜欢的人了吧。"

李书棋把话原封不动地转达给了梁冰，一个大老爷们第一次明白了什么叫沮丧。他点了点头似乎是在自言自语："我早就应该知道自己是在自作多情。"

室友安慰性地拍了拍梁冰的肩膀："哥们，天涯何处无芳草，何必单恋一枝花啊！"

"陆学姐那么优秀，肯定看不上我的，毕竟我和她的差距太大。哎，我活该单身。"

李书棋皱紧了眉头，将电脑语音关掉，随之转过头认真地看着满脸愁容的梁冰："小琴姐拒绝你，并不是因为你不优秀，而是你们俩原本就没有可能。不要因为她的拒绝而否定你自己，而你也要想清楚，你究竟是喜欢小琴姐这个人，还是喜欢她的外貌，或者说是崇拜她？"

一个人对另一个人的好感，最先都是始于颜值，或是个人魅力，而最后终于的一定是那个人的灵魂和本质。

他曾经也不优秀，记得高三那年所有人都觉得他考不上大学，就算考上了，最多也只是跟小琴姐一样，是个二本或者三本。是小琴姐给他做了心理辅导,告诉他让他相信自己。

"你不要因为别人的不看好就否定你自己,你优不优秀,不是靠他们说,而是靠你自己做。他们越是否定你,你就越是要证明给他们看,用尽全力的人,本就比那些只会背后嚼舌根的人优秀了一大截。"

陆先琴给他寄了好多辅导书,都是村里买不到的,她每次回老家的时候还特意让李书棋去她家,找徐廷舟给他辅导功课。

一直到徐廷舟都笑着点头,跟他说照这个势头,考985高校是没问题的。

那时小琴姐比谁都开心。

在他高考成绩出来之前,他不过是这村里最普通的一个孩子,谁也没看好他;在他高考成绩出来后,每天到他家来送礼取经的人络绎不绝,那些他只是泛泛之交的同班同学,也一瞬间就成了跟他无话不谈的好朋友。

他们看上的,也不过是他的成绩,而他们眼中的所谓奇迹,都是小琴姐一点点帮助他建立的名叫自信的壁垒。

梁冰被他突如其来的鸡汤灌得说不出话来,李书棋朝他微笑一下,随后就又继续玩自己的了。

再一看,他们这一局已经胜了,小琴姐在那头兴奋地喊:"嘿嘿,我终于赢了!"

"厉害厉害!再来一把吗?"

"不来了,说了就玩一局的,对了,我把你的微信给我室友了,没关系吧?"

李书棋略微愣了一下,摇头:"没事的,叶学姐为什么要我的微信?"

"啊,这我不知道了,或许有事找你吧,我先下啦。"

陆先琴已经退出队伍,李书棋盯着自己操作的角色看了半天,最终还是下了游戏。

徐廷舟发现在他上课的时候,下面窃窃私语的学生们越来越多了。

一两个还好,十几个一起窃窃私语,很打断他的思绪。徐廷舟放下笔,提醒道:"如果大家对我说的内容有什么疑问的,欢迎举手直接跟我说出来。"

还真有人举手了。

"你说。"

"徐老师,你刚刚说了,口头传播很容易造成言语失误,关键在于传播者的说话是否具有双关性或者联想性。但是我觉得,如果口头传播,传播者的普通话不标准的话,也会造成失误导致传递了错误的信息。"

徐廷舟点了点头:"是这样。"

"那么徐老师,能不能现在请你用一个传播者的身份,给我们传递一个消息呢?"

"可以,要我传递什么?"

"就说一句,我的绝地求生ID是……"

"……"

台下的学生们都沸腾了。

他下意识地就看了眼李书棋,发现李书棋用书挡着脸,跟他装死。

清大论坛又一次瘫痪了。

徐老师又火了。

继上一次徐老师去粉丝见面会被偶像叫上台因为"男粉"的身份在微博小火了一把后,这一次徐老师《绝地求生》"吃鸡"大佬的号被扒出来以后,学生们又再一次疯魔了。

徐老师是宝藏!

虽然徐老师在上课的时候并没有直接承认他就是那位教育小哥哥,不过从他波澜不惊的面部表情来看,十分了解他的学生们都知道,徐老师没有当场反驳,其实就是默认了他的游戏ID就是教育小哥哥。

新闻学院著名讲师徐廷舟不单喜欢追男团,还喜欢玩《绝地求生》,而且还是个亚服前一百的大佬,这里头每一条都足够拿出来吹了。

作为始作俑者的那个B站视频,现在已经过了百万的播放量,而那条热门评论的赞也破了五万。

有人说这是一场精心策划的炒作，目的就是带动那个高校的知名度，也有人有理有据地分析了一波这次炒作的老东家到底是谁？是高校或者是 B 站，再或者是男团的粉丝们，总之这个所谓老师的身份一定是造假，绝不可能是真的，一时间众说纷纭，大家的态度都褒贬不一。

最后官微不得不下场澄清。

清大官微：我们学校没钱花在这种营销上，请大家不要再传播本校老师的个人信息了，给别人一点私人空间，谢谢。

虽然这条官微被顶上来后，那些恶语相向确实少了很多，但是徐老师的生活还是发生了翻天覆地的改变。

比如他上课的时候，来蹭课的更多了，好多都是别的专业的，也不知道来听课有什么用。再比如他走在路上的时候，跟他打招呼的学生又多了，他连本班的学生们都没记全，更不要说来自其他学院的了。

后来院长都拍着他的肩，说新闻学院这下是彻底在其他几个学院面前扬眉吐气了一回。

而这一切的始作俑者——陆先琴，非但没有忏悔，反而和其他人统一战线，天天调戏他。

陆先琴：嘿嘿，教育小哥哥，今天一起吃饭呀？
徐廷舟：不吃。
陆先琴：嘿嘿，教育小哥哥，当网红的滋味如何啊？
徐廷舟：走开。

每天这样的对话都发生在他们的聊天记录中。

终于熬到了九月底国庆放假，徐廷舟带着陆先琴回父母家吃饭。

徐廷舟一边开车一边问她："国庆想去哪里玩？"

陆先琴想了一下："去个风景好点的地方吧。"

"全中国好风景的地方那么多,你说的是哪个?"

"桂林?洱海?或者鼓浪屿?再要不远一点去青岛、大连也行。"

"听你的,你挑一个吧。"

陆先琴眨眨眼睛:"你见识比我多,还是你选吧,只要别让我爬山就行。"

徐廷舟笑了一下:"你就这么懒?"

"不是说放松吗?要是爬山累成狗那还叫放松吗?"

徐廷舟思索了一下,手指在方向盘上敲了两下:"去张家界怎么样?"

"张家界?"陆先琴下意识地就回避了这个提议,"你是要带我去走玻璃栈道吗?"

徐廷舟很严肃地摇了摇头:"当然不是,你不是一直嚷嚷着要去感受《阿凡达》的拍摄景点吗?去不去?咱们自己开车过去玩。"

陆先琴想了很久,最终还是没能抵得住诱惑:"行,但是你要答应我,咱们绝对不去走那个玻璃栈道。"

徐廷舟笑得很真诚:"嗯。"

陆先琴这是在入学之后,第一次去婆家拜访。

小区还是那个小区,一点都没变。陆先琴跟在徐廷舟后面,看徐廷舟跟一些叔叔阿姨打招呼,有的和他家关系比较好的,徐廷舟就回头看一眼她,示意她叫人。

她乖乖地叫,徐廷舟才满意地点点头。这感觉不像带老婆回婆家,倒像是爸爸带女儿回奶奶家,然后路上遇见了长辈打个招呼,运气好的话还能有棒棒糖作为奖励。

"妈,我和先琴回来了。"

两个人一进门的时候,客厅里只有徐爸爸,徐妈妈的声音从厨房里传来:"哦,回来了,坐会儿吧,我在做菜呢。"

陆先琴十分乖巧地换了拖鞋走到沙发旁边跟公公打招呼:"爸爸。"

徐爸爸正戴着眼镜看电视,一听见她的声音抬着眼睛看了她一眼,嘴角也不勾地点了点头，之后就继续把注意力放在电视上了。

徐爸爸和徐廷舟长得是真像，除了那满脸沧桑的岁月痕迹和一头白发，就连同那不苟言笑的样子父子俩都是如出一辙。

陆先琴总是幻想徐廷舟老了以后会不会也是徐爸爸这副样子，平日里连笑都懒得笑一下，那他们的晚年生活一定非常无聊。

陆先琴又走到厨房里头跟徐妈妈打招呼："妈妈。"

"先琴回来了啊。"徐妈妈转头对她笑了笑，接着就继续炒菜了，"你先出去吧，这油烟味儿太大了。"

如果这是她家那边的长辈这么对她说，那她一定二话不说就出去了，可是眼前这个是她婆婆，是徐先生的妈妈，那她是必须要尽力讨好的。

陆先琴撸起袖子："我来帮您切菜吧。"

徐妈妈有些惊讶地看着她："你会切菜了？"

陆先琴愣了愣，摇了摇头。

徐妈妈的表情颇有些哭笑不得："你还是出去吧，别在这给我添乱了。"

她又把袖子放了下来，走到客厅在徐廷舟旁边坐下。徐廷舟正在看手机，没理她；徐爸爸在看电视，也没理她。陆先琴有些局促地撸了撸袖子，想着自己要不要也拿手机出来玩。

"最近学习情况怎么样？"

她猛地抬头，发现徐爸爸正看着她，很显然刚刚的问题是在问她。

"啊，还可以，等国庆放完假就考试了。"

"嗯，复习得怎么样？"

"还可以。"

徐爸爸听到这句话，有些不满地皱了皱眉头："还可以是什么程度？会不会给廷舟丢脸？"

陆先琴真的有种她和徐廷舟是父女俩的既视感，父亲带着女儿回爷爷奶奶家吃饭，爷爷就问孙女最近的学习情况怎么样啊，会不会给爸爸丢脸之类的话。

强忍下这种想法，陆先琴换了种说法："一定不会的。"

徐爸爸"嗯"了一声，这才点了点头："廷舟是大学老师，你是大学老师的妻子，学习成绩肯定不能落后。"

糟了，这种既视感越来越强了。

接着徐爸爸又说了些家常话，陆先琴都一一答了。过了没半个小时，徐妈妈的饭就做好了，她招呼一家人到餐桌那边等着吃饭。

徐廷舟是独生子，徐妈妈从小就宠着他，在餐桌上说的话也是句句不离儿子，嘘寒问暖地从穿衣到吃饭都问了个遍。

在听见徐廷舟这一个月都是在食堂吃的时候，徐妈妈才把目光转向陆先琴："先琴，虽说你现在在念书，但是做饭的时间应该是有的，夫妻俩怎么能总是在外面吃呢，你也要学着做饭了。"

陆先琴从小十指不沾阳春水，虽说他们家重男轻女的思想十分严重，但可能因为她长相好，爸妈一心想着把她培养出来了嫁个有钱人，所以从小就不让她做那些重活儿。就这样一直到大学，大学住寝室更不用自己做饭了，她也就一直拖着没学。

后来出来工作，那时候住在小单间里头，只能去外面解决肚子。再没过多久，她就被徐廷舟娶回家了。他们家的厨房虽然是精装修，可徐廷舟从来没要求过她做饭菜，所以她也就一直到二十五岁，还不会做菜。

意识到自己这个妻子有些不合格的陆先琴颇有些惭愧地点了点头："嗯，知道了。"

"她读书忙，我最近也在学着做菜了，可以做给我们两个人吃。"

徐廷舟给陆先琴夹了一块肉，接着又埋头吃自己的饭了。

徐妈妈惊讶得筷子都差点掉在地上，她下意识地看了眼徐爸爸，却发现徐爸爸也是一脸惊讶的样子。他俩谁都没想到，那个从小娇生惯养的儿子居然开始学做菜。

"廷舟，你真的会做菜了？"

"嗯，只是还在学。"

徐妈妈看了眼低头不语的先琴，心想她这个儿媳妇是啥都不会，儿子倒是在结婚后什么都学着做了，那个以前坚决不上厨房的人，居然这会儿也开始学做菜了。

也说不清心里是什么滋味，徐妈妈也不再提这件事："你们俩在家吃比在外头吃要省钱，也干净一些。"

本以为这顿饭也就这么安安静静地吃完了，结果徐妈妈又咳了一声："那个，楼下老郭家的女儿，你知道的吧？"

徐廷舟点了点头："嗯。"

"怀孕三个多月了。"

徐廷舟和陆先琴对视一眼，知道徐妈妈下一秒要说什么了。

"你们两个年纪也不小了，虽说先琴现在在念书，可是没规定研究生不能生孩子吧？我看好多大学生都结婚生子了呢。你们俩什么时候把这件事提上日程，好好考虑一下？"

刚结婚那会儿，他俩谁也没想过要生孩子，只想着好好过一过新婚生活。后来陆先琴打算考研了，徐廷舟当然是全力支持她，两个人谁也没想过要生孩子。

徐廷舟微微皱眉："研究生比大学生的课程还要紧张一些，而且我也不可能让先琴大着肚子上课。"

"那你们打算什么时候生？先琴毕业以后吗？"徐妈妈眉毛一挑，语气也拔高了一些，"那时候你都三十多了，趁现在你们俩还年轻，赶紧生下来，先琴身体也恢复得快一些。我和你爸还能帮着你们带带孩子，你们也可以专心工作，这不是一举两得吗？"

"先琴的同学们还不知道她结婚了，要是她怀孕了对她的名声不好。"

徐妈妈觉得这个理由很可笑："什么名声不好？你和先琴是正经去民政局领了证摆了酒席的合法夫妻，到时候她要是怀孕了，你直接说是你的不就好了？"

徐爸爸呛了一口，出声说道："他们在学校毕竟还是师生关系，学生怀了老师的孩子，怎么听都容易引起误会。"

"误会什么？"徐妈妈很不理解这父子俩的想法，"廷舟和先琴先是夫妻，再是师生，而且老师和学生怎么了？我们当年不也是老师和学生？你还不是把我追到手了。"

"咳咳咳咳！"徐爸爸用力咳了几声。

陆先琴眼睛一亮，这里头一定有故事！

她朝徐廷舟使了个眼神，后者没理她，看样子似乎也在忍笑："妈，这件事不急的啊。"

徐妈妈不高兴了："什么不急？到时候他们老郭家添了外孙，肯定天天到我面前炫耀，我都能想象到他们两口子打麻将都带着外孙，跟我这个老太婆耀武扬威的。"

她说这话时，一副愁眉苦脸的样子，就好像晚年生活得不到保障的老人家一样，让人看了都动容。陆先琴最受不了老人家摆出这副样子了，当时一心软就妥协道："妈妈，你别说了，生就生吧。"

徐妈妈猛地抬头："真的呀！你可不许反悔啊！"

陆先琴朝徐廷舟求救。

徐廷舟摆摆手，表示爱莫能助。

徐廷舟作为小区里著名的"别人家的孩子"，一直以来都是小区里退休大爷大妈的重点关注对象。他博士毕业的时候大爷大妈们挨个上门祝贺，结婚的时候也是拿着红包就来道喜，现在回一趟家都像是新闻一样，惹得大爷大妈们连番问候。

"走，你们俩陪我出去散个步。"徐妈妈下了个命令，徐廷舟和陆先琴只能陪她去散步。

说是散步，其实就是遛儿子、儿媳。

"哎哟，廷舟回来了啊！"

"这当了大学老师就是不一样啊！气质都变了！"

"真是有福啊！"

陆先琴当时考上研究生，徐妈妈是特地摆了酒席给她庆祝的，所以陆先琴也不例外地被夸了一番。

"你儿媳妇真是越来越漂亮了啊！"

"了不起啊，一家子的高才生。"

"两个人可真登对啊！"

这一趟散步下来，徐妈妈是收获了满满的夸奖，虚荣心得到了极大的满足。心情好的不再和两个人谈论生孩子的话题，一回家就忙自己的去了，给他们两个人留了充分的私人时间。

陆先琴先洗了澡回卧室，等徐廷舟洗完以后走进卧室，发现陆先琴正在欣赏他的卧室。

他还湿着头发，刘海乖巧地搭在额头上显得他年轻了好几岁，可能是刚从浴室出来，他的眼睛还是雾蒙蒙的，陆先琴最爱他那一双好看的眼睛，特别是当他看着自己的时候，那眼神足够让自己沉沦其中不愿醒来。

"你洗完啦！"

徐廷舟轻笑了一声，敲了敲她的脑袋："看什么呢？查岗？"

陆先琴嘟着嘴："你房间里宝贝这么多，每次都来不及参观完，今天我是一定要把每个地方都好好看一看的。"

"有什么好看的，不过是一些读书的时候用的东西罢了。"

陆先琴抿嘴一笑，有些戏谑地看着他："徐先生，你难道看不出来吗？我这是在查你有没有过往情史呢！"

"哦。"徐廷舟了解了，"那么徐太太你查到什么了吗？"

陆先琴瞬间就蔫了下去："没有，徐先生，难道你学生时期从来没谈过恋爱吗？"

徐廷舟目光闪烁了一下，没有正面回答她的话："那都是多久以前的事了，你问这个也没意义。"

"当然有意义了！"陆先琴握着手，"我倒要看看是哪个神通广大的女人，能收服学生时代的徐先生。"

"你就够神通广大的了。"徐廷舟无奈摇头,随她看吧。

徐廷舟的书柜很大,里面的书都整整齐齐地按照类型一排一排地摆好,陆先琴对辅导类的书没什么兴趣,倒是书柜的最上面一排的小说吸引了她。

她伸手想去拿,悲哀地发现自己够不到,踮起脚总算是碰到书了,可是那一层书又太挤,根本抽不出来,她左右看了看,搬来了徐廷舟书桌旁的椅子一脚踩上去打算拿。

徐廷舟皱着眉在她身后站着:"你个矮冬瓜,拿不到就别拿,到时候摔了怎么办。"

"我不是矮冬瓜!是你的书柜太高了!"陆先琴打量着那一层的小说,"就这么点高的椅子摔不着我了啦。"

"也不知道是谁当初从椅子上摔下来直接摔我身上的。"徐廷舟轻飘飘地说了一句。

陆先琴脸一红,低头看他:"那是意外好不好!"

"真的不是在勾引我?"

陆先琴抿抿嘴:"谁要勾引你啊。"说完就继续看书,也不理徐廷舟了。

徐廷舟笑着摇了摇头,随意从书柜里抽了本书,戴上眼镜靠在床上打算看书。

"徐先生,原来你喜欢看村上春树的书呀?"陆先琴看着那一排村上的书有些惊讶,原来看着还这么没情趣的人居然会看村上春树这种浪漫主义作家写的书。

徐廷舟神色一叙:"确实有文采,作品够出色,拜读一下也没什么。"

"可这明明就是只有粉丝才会买全套书支持的操作啊,我看村上的书都是去图书馆看的。"

徐廷舟从鼻子里发出一声轻嗤:"书籍这东西美妙就美妙在,买回来收藏,偶尔翻看,闲情逸致,这是现在的电子媒体永远都做不到的。"

被他的文人气息给酸着的陆先琴挑了挑眉看他,语气调侃:"那徐先生你买 kindle（电子阅读器）干什么？"

徐廷舟没说话了，好像沉浸在书里了。

她继续参观书柜里的小说，在东野圭吾的侦探小说系列合集的右方有一本白色书皮的书显得尤为格格不入。她抽出那本小说，是夏目漱石的《我是猫》。封面很简单，白色的封面底色和一只侧头的黑猫，她总觉得这么小清新的封面有些不符合徐廷舟的审美，好奇地翻开了封面，发现书的第一页是一种清秀的字体，上面写着一行话：

徐廷舟，毕业快乐，愿你未来安好。袁雨妃。

陆先琴猥琐地笑了一下，跳下椅子把那一行字展示给徐廷舟看，徐廷舟抬了抬眼镜，淡定地说道："是高中毕业，一个同班同学送我的。"

"这难道不是告白？"

徐廷舟有些不理解她的脑回路："为什么送书就是告白？"

"夏目漱石有句名言啊，现在好多小说都喜欢用那句话告白，唔，那句话呀用日语怎么说来着？"

"今夜は月が绮丽ですね（今晚月色真美）。"

陆先琴张大嘴巴看着他："徐先生，你会说日语啊。"

"简单的一句是会说的。"徐廷舟把书合上，看着她，"我一直觉得中国的古诗词，才是真正的含蓄委婉，'玲珑骰子安红豆，入骨相思知不知'之类的更加美妙。"

两个人都是标准的文科生，骨子里就充满了感性，有时候两个人就这样面对面坐着，讨论文学或者新闻，偶尔意见相左时耐下性子细细倾听对方的观点，这样的场景比任何时候都来的温馨。

陆先琴红着脸回了他一句："绣罗裙上双鸳带，年年常系春心在。"

徐廷舟淡淡一笑，低头又看书了。

陆先琴摸着手中的这本小说，虽说这本书可能只是那个叫袁雨妃的女生送给他的毕业礼物，而他当时也没有多想就直接收下，可她却偏偏有种回到了徐廷舟最纯真的学生岁月的错觉，不知道十八岁的徐廷舟是什么样子，也不知道十八岁的徐廷舟是不是和现在一样，她看一眼就觉得欢喜。

陆先琴翻到最后一页，发现最末尾的书皮那里粘着一张纸，而透过那张纸，似乎有什么东西被夹在那张纸和书皮之间。

她赶紧拿过去给徐廷舟看："这里面好像有东西。"

徐廷舟抬眼看了看："好像是有，你撕开看看吧。"

"啊，这样不好吧……"陆先琴有些犹豫。

徐廷舟哭笑不得："你问我不就是想看看里面到底有什么吗？"

她将那张白纸小心地撕开，果然这里面藏着一张薄薄的纸条，陆先琴拿出纸条，已经有些泛黄，仿佛沾染上了时间的痕迹，她将纸条打开，是和那句赠语一样的笔迹。

徐廷舟：

即将毕业，真的很舍不得你，或许你不知道也不理解，为何我会送这本书给你。

我就像是那只猫一样，永远抬头仰望着你，细细揣测着你的一言一行，而你的眼中，我却是一个或有或无的人。

我即将北上求学，以后也不知道还会不会有见面的机会，可我最后还是想任性一把，如果你愿意听我把这三年对你的仰慕一一道来的话，毕业典礼后我在教室等你。

袁雨妃。

陆先琴像是无意间闯入了一个女生的敏感又朦胧的内心世界，她把信丢给徐廷舟，然后坐在椅子上没有说话，也不知道自己该不该生气。

徐廷舟大概花了十几秒看完了那封信，接着又看了眼陆先琴。

他放下手中的书，取下眼镜走到她的身边，然后蹲下身子，伸出大手盖住了她放在膝盖上的小手。

他语气温润："怎么了？如你所愿找到了，怎么还不高兴了？"

陆先琴撇着嘴看他:"那个女生是个怎么样的人,很漂亮吗?"

徐廷舟的眸子里波光流转,熠熠生辉:"我连她送我的书都没有仔细翻过,你说我觉得她漂不漂亮?"

"我不知道。"

"徐太太,你可真迟钝啊。"徐廷舟嘴角勾起,握紧了她的手,"我不曾注意过任何人的美丽,只有你才能引起我的注意。"

陆先琴心里头甜丝丝的,但表面上依旧摆着一副油盐不进的样子:"男人总是油嘴滑舌的。"

徐廷舟难得露出了戏谑的笑容,稍稍向她凑近了点,压着嗓子问她:"嗯?要不要试试?"

陆先琴还没反应过来,整个人都被徐廷舟打横抱起丢在床上了。

陆先琴紧闭着嘴,不让徐廷舟得逞。他的唇在她唇边扫了一圈,发现根本就找不到突破口,这才撑起身子,笑意吟吟地看着她:"徐太太,不是要试试吗?"

"听不到。"陆先琴遮住耳朵,装傻充愣。

"咳咳。"徐廷舟呛了一声,随后慢慢压下身子,鼻尖抵住她的鼻尖,轻轻地蹭了两下。

他背着光,英俊的轮廓让她有些炫目,陆先琴睁大了眼睛看着他,直到他又一次弯了弯眼睛,微微启唇,伸了伸舌尖,像是对她做鬼脸一样。

"舌头。"

陆先琴被这样的徐先生迷得七荤八素的,立刻就缴械投降了。

女人有的时候总是喜欢刨根问底,比如徐先生都已经用一个小时的身体力行告诉她在自己心里她和那个高中同学到底哪个更重要,可陆先琴还是趴在他身上一遍又一遍不依不饶地问。

"真的是我比较漂亮吗?"

徐廷舟困得眼睛都睁不开了,语气很轻:"嗯。"

"可是她是城里长大的,我是农村来的。"陆先琴有些失望地说道,"你不知道,我以前以为我穿的衣服已经很好看了,后来我到城里来读大学以后,才发现这个世上的漂亮衣服太多太多了,我穿的根本就是乡下土包子才会穿的衣服。"

"唔,没有的事,很漂亮。"

陆先琴抬头看着他略微有些青色的下巴:"你又没见过,你怎么知道?"

"我知道的。"

徐廷舟的声音越来越小了。

"你知道什么呀。"陆先琴不满地摸了摸他的下巴,有些扎手又有些痒,"你真的没告诉我你到底有没有早恋过呢?你不告诉我,至少你也告诉我你的初恋是什么时候吧?"

徐廷舟眯着眼睛,似乎是真的睡过去了。

哼,装睡,肯定是心虚了。

陆先琴趴在他的胸口听他的心跳声,顿时觉得有些不公平,她活到二十多岁没喜欢过别人,偏偏遇见了徐廷舟,她也不知道怎么的,徐廷舟说喜欢她她也就喜欢徐廷舟了,徐廷舟说要跟她结婚她也就答应了。这样一想,她完全就是处在被动的局面。

在她之前,曾经有个别人进入过他的世界,同她一样也这样被他宠爱过。

她莫名的有些嫉妒那个在她之前,曾拥有过徐先生的女人。

反正徐先生现在是她一个人的了,这样想着,陆先琴渐渐陷入了回忆。

陆先琴还是希尔顿酒店管理室的一名普通员工时,就很打眼。

酒店都要求员工穿制服并化妆,尤其是像希尔顿这样的五星级酒店,每个员工的着装都是经过严格要求不能出一丝差错的。陆先琴刚进酒店那会儿,还不知道这件事,素面朝天地上了几天班,直到经理把她叫进办公室告诉她要化妆,她才恍然大悟。

陆先琴跑到商场的专柜买化妆品的时候,分不清哪个是哪个,哪个是用来干什么的,就听柜员跟她一通推荐,稀里糊涂地买了千把块的化妆品,肉疼地回家学化妆。

可是学化妆岂是一日能成,她只能厚着脸皮去找了住在隔壁的一个邻居,那个邻居对化妆很有一套,给她化了个妆以后就啧啧称奇,赞叹她的美貌。

陆先琴尴尬地笑了。

第二天上班的时候,所有人都在看她,她以为自己化的妆挺成功的,结果在上厕所的时候听到了同事们对她那样的评价:

"你看她化的那个妆,不知道的还以为穿越到二十年前了呢。"

"酒店没有要求女员工必须要抹蓝色眼影,涂粉色唇膏的怪癖规定。"

"我就说她是农村来的,我看她下班以后换的自己的衣服,都是淘宝货,几十块一件的那种,跟她穿一样的制服,咦,太掉价了。"

"真的啊?她真是农村来的?"

"我骗你干什么,你别看她长得还可以,我去经理办公室看过她简历,不知道是哪个小地方来的,还是二本学校毕业出来的,你说咱们酒店为什么会招那种人进来啊?"

"那还能有什么原因啊,还不就那种交易。"

同事们露骨的讥笑声传进她的耳朵里,一直到几个人离开了厕所后,她才慢悠悠地出来。

看着镜子里的自己,陆先琴用力咬着嘴唇,五官一皱,泪水随即弄花了她脸上廉价的妆容。

她用力擦了擦眼睛,等拿开手时,眼妆已经完全花了,看上去滑稽极了。

"太垃圾了,都不防水。"她哽咽着把气撒到化妆品上,打开水龙头把妆给洗掉了。

等出来时她脸上已经没有任何痕迹了,同事们看到她把妆卸掉了,都露出一丝尴尬的神色,接着就佯装什么也不知道的和她擦肩而过了。

午餐时间,她带着自己那一袋子化妆品,在酒店里找了个角落,用手机搜索化妆步骤,对着手机拿着小镜子一笔一笔地给自己化妆。

陆先琴看着自己画出来的眉毛，一点也不像电视里那些女明星的那样，反而有点像鲁智深。

她正叹气的时候，就听见不远处有脚步声传来。

"上个礼拜郭董事的提议，你觉得怎么样？"

"不妥，风险太大。"

是两个低沉的男声，陆先琴小心翼翼地把化妆品都一一收起来，蹑手蹑脚地准备离开。

她在这栋楼顶层的最里面，两个房间中间的那个小阳台上，平时除了保洁人员没有人会到这里来，陆先琴满心欢喜地以为那两个人不会发现这里，却感觉脚步声越来越近了。

"你要把我往哪里带？"

"哦，上次不是跟你说了吗，就是这层楼走廊尽头的那个小阳台。我家老爷子说这个小阳台搞得整栋建筑都突出来了有点难看，让我想办法处理一下。我带你看看，你看需不需要重新装修一下。"

"我又不是学建筑的，给我看也没用。"

"哎，你品位比我好，来看看。"

陆先琴心中一紧，快跑！

结果刚巧撞上从房间里出来的保洁阿姨，阿姨一看到她的脸就吓得尖叫："妈呀！鬼啊！"

这一声尖叫加快了两个男人的步伐，其中一个男人扶起坐在地上的阿姨，问道："怎么了？"

阿姨指着陆先琴的脸，颤颤巍巍地说："鬼……鬼……"

两个男人同时看向陆先琴。

陆先琴认识这两个男人，她在入职第一天就在员工培训PPT上见过的两张面孔。

希尔顿集团的总裁陈叙和CFO徐廷舟。

陈总在看到她的那一刻就爆发出了惊天动地的笑声："啊，哈哈哈哈，你谁啊!"

陆先琴紧张的手都不知道往哪里放了,张了半天的口也说不出自己的名字。

"陆先琴?"

徐廷舟倒是准确地叫出了她的名字。

"对,对不起。"陆先琴羞愧的都快哭出来了,低着头像只鸵鸟。

"是你啊。"陈总恍然大悟,"脸怎么成这样了?"

"我在学化妆。"

突然两个男人连同那个保洁阿姨的表情都变得有些微妙了。

"化妆也不是你这样啊。"陈总叹了口气,"这要是被客人看到了还以为我们酒店搞万圣节派对呢。赶紧去把脸洗了,以后会化的时候再化吧。"

见老板没有责备她,陆先琴兴奋地朝他们鞠了个躬,就要离开。

一直没说话的徐廷舟却突然叫住了她,她回过头不解地看着他。

"带着你的化妆品去我办公室,让我秘书给你化一个。"

简短有力的吩咐,陆先琴差点以为自己在做梦,一时间想谢谢他,但又不知道该怎么称呼他,只能再次对他鞠了一躬:"谢谢徐先生!"

一直到陆先琴走了后,陈叙才问他:"你也认识?"

"认识。"

"可以啊,连我们酒店的一个基层员工你都认识啊。"陈叙看了眼那个女孩的背影,有些担忧地摇了摇头,"我听我们家老爷子说,这姑娘长得挺漂亮的啊,而且个性什么的都特别招人喜欢,才破格把她招进来的,今天一看也没觉得多漂亮啊。"

"没有。"徐廷舟轻声反驳,"她很漂亮的。"

"铁树开花!"

"闭嘴。"

他从不是铁树,而且也会开花,只看在谁的面前,为谁而开。

陆先琴顺利地找到了徐先生的办公室,坐在柔软的办公椅上秘书在她的脸上画画，柔软的化妆刷在她脸上扫来扫去的，让她的颅内闪过一阵酥酥麻麻的电流，之后便有些控制不住地闭上了眼睛，几乎要睡过去。

"想睡了？"秘书轻柔的声音将她拉回现实。

陆先琴正襟危坐，摇摇头："没有！"

秘书轻笑一声："你闭上眼睛也可以的，更方便我化妆。"

她这样说，陆先琴反倒更加不好意思闭眼睛了，她眼珠子动来动去的，打量着办公室。

很简单的办公室，窗明几净，成套的书柜和办公桌，整整齐齐的文件和摆饰，能看出来这间办公室的主人应该也是个整洁干净的人。她又看了眼给她化妆的秘书，秘书的眼睛上的眼影和嘴唇上的口红都是那么刚刚好，显得她娇俏的脸更加的精致秀丽。

她和这里的差距，实在是太大，自从进了这家酒店上班，每天遇见的都是她想都不敢想的权贵富豪，身上的一个包包，脚上的一双鞋，甚至手上的一块手表，领带上小小的领带夹，都足够让她回老家盖一座房子。

"你真的很漂亮。"秘书小姐对她说。

陆先琴羞赧一笑："谢谢。"

"好好学化妆，你笑起来的样子很可爱。"

等陆先琴化好妆以后，徐廷舟刚好从外面回来，两个人在门口恰巧撞上。徐廷舟低头看着她的脸稍稍愣了一下，而陆先琴则是哪哪儿都不自在，连手都不知道往哪里放，只能双手握着给他鞠了一躬："谢谢徐先生！"

"嗯。"徐廷舟点了点头，"去工作吧。"

秘书小姐把化妆品收拾好，朝徐廷舟说道："那我也出去了。"

"好。"

秘书小姐在出门的那一刹那又鬼使神差般地转头看了一眼，却发现她的老板正站在原地，侧对着她，而她却隐隐看见，他白皙的耳朵染上了一抹红霞。

陆先琴化好妆以后，结结实实把同事们都吓了一跳。

也不是说完全换了一个人，只是她这张脸，在淡妆的映衬下，更加的明媚动人。她本就长得好看，五官精致皮肤白皙，女同事暗地里说她的不是，也是因为她顶着这张脸，却一副什么世面都没见过的样子，白白惹男人怜惜，看上去就像是故意那样做似的。

那些女同事心有不满，暗地里说得更加难听了。

陆先琴也不怕别人知道自己是农村来的，她确实很多都不懂，在外人看来某些常识性的东西，也因为她从小坐井观天而变得晦涩难懂。她自己也知道自己几斤几两，遇见不懂的事就会虚心请教，那些年纪比她大许多的员工对她倒没有那么排斥，漂亮的小姑娘虚心请教问题，谁也不愿意驳了她的面子。

陆先琴这一只笨鸟用力地扑腾着翅膀，渐渐地飞了起来。

既然没有那百分之一的天分，那就用百分之百的汗水去填补吧。

陆先琴一直秉承着这一句座右铭，她渐渐地学会了化妆，学会了如何分辨化妆品的优劣。她开始认识那些奢侈品，那些豪车的牌子，也开始懂得如何在职场中和其他人交谈相处。

那年年底她拿了最佳员工奖，年终会上很多人都过来向她祝贺，她一一回酒，后来不知不觉就喝得有些多了。

也不知道自己为什么会被堵在厕所里，明明大家已经是成年人了，却还是被泼了一身的脏水。她抬头看着那几个表情丑恶的同事，原来真的有人是这样坏的，原来她离开了那个小地方也还是会被排挤、被欺负。

"你瞪什么瞪？你一个刚入职没多久的新人也配最佳员工奖？你配吗？"

她用力地咬着牙齿，像这样纯粹因为嫉妒而被人诋毁，她不甘心。

好不容易逃离了那个小地方来到了大城市，她不是为了换一个地方接受别人的羞辱的。

陆先琴挣开她们，拿起了厕所角落的拖把，大喊了一声将拖把举起，直接扣到了其中一个女同事的头上。

"啊……"

那位女同事的尖叫声瞬间就吸引来了很多人。

另外两个女同事张嘴就要继续骂，陆先琴将拖把往旁边一甩，两个人结结实实的接了一记来自拖把的亲吻。

"我告诉你们，你们自己没那个本事拿最佳员工，就不要随便诋毁别人。"陆先琴把拖把往地上一丢，霸气说道，"我拿这个奖，是我应得的，我不说我有没有资格，但我能确定，我比你们几个只会在背后戳人脊梁骨的人要有资格！你们有时间在这里当长舌妇，还不如好好想想怎么超过我这个新人吧。"

陆先琴自入职以来，一直小心翼翼地对待着每一个人，连大声说话都不敢，她每天都是笑脸盈盈的样子，对谁都是这样，也让人误以为，她真的是没有脾气的。

站在厕所门口看好戏的同事们，也不知道是谁先鼓起了掌，接着所有人都鼓起了掌。

"说得好！"

就在大家都为她鼓掌的时候，有人突然说："徐总来了。"

众人连忙匆匆散去，徐廷舟站在女厕所门口，看着满地的水渍和厕所里狼狈站着的四个人，其中陆先琴已经浑身湿透了，他皱紧了眉头，沉声问道："怎么回事？"

这时其中一个人说道："陆先琴和我们吵了几句，她就一时恼羞成怒用拖把往我们脸上砸！"

另外两个人连忙附和："是啊，徐总，她脾气这么差，怎么能在酒店工作。"

陆先琴红着眼睛狠狠瞪了三个人一眼，低着头一言不发。

"陆先琴。"徐廷舟叫她的名字。

她转过头看他，像兔子一样的眼睛里满是倔强和不甘。娇小的女孩站在那里，孤立一人，肩膀微微抖动着，但就是不肯掉下一滴眼泪。

"你说发生了什么事。"

她咬了咬唇，一字一句地说道："她们说我是用不正当手段才拿的最佳员工，我就教训了她们。"

另外三个人立马接道："徐总！你看她承认了！"

看着眼前的女孩明明满是狼狈，却依旧像个刺猬一样，态度嚣张又坚定。徐廷舟沉着声说道："你们活该！谁让你们嘴巴臭！"

"你们三个先出去！"徐廷舟又吩咐道。

三个人应了一声，擦着脸准备离开。

"另外，辞职报告明天记得交上去，希尔顿酒店不需要你们这样的员工。"

三个人还来不及说什么，徐廷舟只面无表情地看了她们一眼，她们嘴上不满地嘟囔着什么，却也不敢大声说，不甘心地离开了厕所。

徐廷舟朝陆先琴走过来，她下意识地后退了两步："我身上脏。"

他微微皱眉："小心感冒。"

陆先琴睁大了眼睛看着徐廷舟把自己的西装外套脱下来，披在了自己的身上。

她眼力见儿锻炼出来了，一眼就能看出来徐廷舟身上的这件西装有多贵。

"弄脏了，我赔不起的。"她小声说了一句。

"不用你赔。"徐廷舟轻叹了一口气，"受委屈了吧？"

她抬起一双雾蒙蒙的眼睛看着他，觉得有些奇怪，明明她和徐先生只是上司和下属的关系，还是那种八百年见不到一次面的那种阶级差距，为什么只是他的一句话，就让她好不容易吞回到肚子里的眼泪又像决堤一般涌了出来。

陆先琴使劲擦眼睛："没……没有……"

"别哭了。"他的声音又轻又柔，"我已经帮你教训她们了。"

"这样……这样……会不会……不……不太好啊……"陆先琴哽咽着说道，"徐先生你……为了我……一次性辞退……三……三个人……别人会在背后说你闲话的。"

小姑娘哽着声音还为他着想的样子实在是太可爱，徐廷舟一时没忍住情绪，大手按在她湿漉漉的脑袋上，轻声说道："没办法，我护短。"

"护，护啥短啊？"陆先琴呆愣愣地问。

徐廷舟一直紧绷着的脸终于松了，露出一抹浅浅的笑容："护你啊。"

"徐先生，我，我不接受潜规则的。"陆先琴憋了好久，才憋出这么一句话。

徐廷舟愣了好久，才说出一句哭笑不得的话："你啊。"

陆先琴回忆着过往，看着徐廷舟沉睡的脸庞，心中洋溢着甜蜜。

徐先生就是她的白马王子，就是那从天而降的齐天大圣，管他之前有多少个，反正余生，他只是她一个人的。

国庆七天小长假终于来了。

徐廷舟在学校每日忍受着学生的特别关注，所以这一次放假，他倒是比学生们表现的还要再开心一点。国庆节前的最后一节课，徐老师一改往常的严肃面孔，全程笑脸的上完了整堂课。

"徐老师今天不对劲儿啊。"

"我观察了，从进教室到现在快下课，徐老师那嘴角就没下去过。"

"徐老师咋的了？难不成要放假了他也开心？"

"得了吧，肯定是最近被骚扰得烦了，放了假正好耳根清净了。"

"……"

下课铃声终于响起，徐老师朝同学们笑了笑，带着愉悦的声音说道："同学们国庆节快乐。"

同学们愣了一下，下一秒就异口同声地喊道："徐老师国庆节快乐！"

"又有七天看不到徐老师了，难过！"

"徐老师你刚刚笑起来好帅啊！"

徐廷舟拿着教案和书，关掉多媒体设备，走出了教室。

刚一出教室就被李书棋和顾逸闻拦了个正着。

"你们两个还有什么事吗？"

李书棋看了一眼顾逸闻，意思是人帮你拦住了，剩下的你自己开口。

"徐老师，是这样的，我有个弟弟国庆节的时候想找个临时家教帮忙补一下文综，我问了好多人，基本上国庆七天都有安排，徐老师你不是也在教经管院那边的吗？能不能帮我问问？"

很正常的要求，徐廷舟点了点头："我帮你问问其他的学生。"

"当然，如果是陆学姐就更好了！"顾逸闻嘿嘿一笑，表情谄媚。

顾逸闻作为新闻系系草，认识的文科妹子犹如过江之鲫，怎么可能连一个临时家教都找不到，徐廷舟几乎是转瞬间就明白了他的意图，他不是找不到家教，他是只想找陆先琴去当家教。

"陆先琴国庆有安排了，找别人吧。"

李书棋翻了个白眼，说道："我说了吧，陆学姐哪是你想找就能找的。"

顾逸闻抿了抿唇，又说："那陆学姐的同学也行，如果可以顺带教数学那就更好了，我也用不着找李书棋了。"

"顾逸闻，你什么意思啊？"

"省钱，省钱么。"

李书棋撇嘴："你家那么有钱，连支付给我的家教费都要省吗？"

"节约是中华民族的传统美德。"顾逸闻说得有理有据，无法反驳。

徐廷舟没心情听他们俩斗嘴："我会帮你问的，我可以走了吗？"

两个人赶紧让了路出来，徐廷舟这才清静了下来，开始做下午的打算。

下午没课，可以直接回家收拾行李了。

他拿出手机拨通了陆先琴的电话，那边过了好一会儿才接，语气有些喘："嘿，有什么吩咐？"

徐廷舟猜到她肯定在收拾行李："收拾好了没有？中午在食堂吃饭吗？"

"嗯嗯，我中午在食堂和叶子一起吃饭，下午回家，你在家等我。"

"好，记得别丢三落四的，张家界可没有免税店让你临时买的。"

"遵命！挂电话啦！"

"等一下。"徐廷舟顿了一下，问道，"班上的学生有没有谁国庆七天没有安排的？"

"不知道哎，怎么了？"

"有个临时家教，新闻学院的学生让我帮忙问的，补文综，你看看有没有谁有空的。"

"嗯嗯，知道了，我会问的，挂啦。"

陆先琴的寝室里，叶子正一起帮她收拾东西，等她挂掉电话以后才调侃道："怎么？谁的电话啊？"

"家里人，家里人。"

"你这精华小样要带吗？"叶子拿着一瓶手指大的小瓶子问她。

陆先琴看了一眼："嗯，带的。对了，我楼下是不是还晒着被子呢，我得赶紧拿回来！"

她一溜烟地跑了出去，等捧着被子上来的时候发现叶子已经帮她把行李箱收拾得差不多了，陆先琴丢下被子就一个熊抱抱住了叶子："叶子！你怎么这么好啊啊啊！谁娶了你真是前八辈子修来的福气！"

叶子费了好大的劲才从她怀中挣脱开来，喘着气问道："好了，你收拾了这么多东西，总该告诉我国庆打算去哪里浪了吧？"

陆先琴这才想起她还没跟叶子说自己国庆的安排，便有些不好意思地笑了笑，说道："打算去张家界玩。"

"张家界？"叶子羡慕地叹了口气，"真好啊，像我这种没钱的哪都去不了。"

"啊，那你想不想做家教？刚好有个家教呢，是教文综的，怎么样？"

"文综？我都高考完这么多年了，没啥信心啊。"叶子有些迟疑。

陆先琴点了点头："唔，那好吧，我发条朋友圈问问别人。"

她当即就编辑了一条朋友圈发了出去。

叶子看她发的朋友圈，内容就是招一个国庆家教，教文综，很快就有人评论了。

"嗯？是书棋啊。"

叶子斜着眼看李书棋的回复，他回的是：难道我要一个人同时教文综和数学了吗？

气氛难得的诡异了几秒钟，叶子"额"了老半天，最后还是颇有些不自在地说："文综，如果我提前看一下书的话，好像也可以的。"

陆先琴眨了眨眼,用一种很纯洁的眼神看着叶子。

叶子被她看得浑身不自在,转过脸有些别扭地说:"那算了吧,不教了。"

"教教教,肥水不流外人田嘛!"也不知道她说的肥水指的是这份家教还是人。

陆先琴颇有深意地笑了一下,回复了李书棋的评论:

"恭喜你,俘获志同道合的小伙伴叶子一枚!"

陆先琴依依不舍地告别了叶子,大摇大摆地离开了宿舍。看着外面晴朗的天空,陆先琴吸了一口清新的空气,她陆先琴美好的国庆假期就要来了。

叶子怎么也没想到,家教的地方居然在翠湖山庄。

她虽不是清河本地人,可也听说过翠湖山庄的大名,那是著名的富人聚集地,平常人连一平方米都买不起的高端住宅区,在这里住着的不是权贵就是土老板,要么有地位,要么有钱。

她站在其中一栋欧式别墅的大门口,在心里骂自己"双标"。

"叶学姐。"不远处传来一个清润的声音。

叶子扬起笑脸看着李书棋朝这边走来,她有些不自在地握紧了单肩包的包带:"你来啦。"

"嗯,我们进去吧。"

双开的大铁门被打开,叶子和李书棋并肩走了进去,直到穿过了一个小型的花园,才来到这栋别墅的正门。

"真是腐败的资本主义。"李书棋感叹了一句。

他上前按响了门铃,对讲机里立马就冒出来一个吵闹的声音:"来啦?"

刻着浮雕的大门被打开,叶子来不及打量屋子里的装潢,就被那个开门的人吓了一跳。

"是你?"

顾逸闻看着门口的两个人,不解地眨了眨眼睛:"你们两个,怎么一起来啊?我弟弟只有一个脑袋,不可能同时听两个老师给他讲课的。"

李书棋这才意识到，啊了一声："没注意这个，就只想着把叶学姐也带过来熟悉一下了。那我先走了，明天我再过来教。"

"哎哎哎，别走。"顾逸闻拉住了李书棋，"来了就来了呗，就当过来做客，进来吧。"

顾逸闻又朝叶子笑了笑："叶学姐，欢迎啊。"

叶子除了没想到家教的地方在翠湖山庄以外，更没想到的是她家教的地方居然是顾逸闻的家。

早就听说过新闻系的这位系草长相一表人才，家庭条件也不错，所以桃花运才会出奇的好。今天一看这富丽堂皇的家居装饰，心想那些传闻还是把顾逸闻给说低调了，这哪是一般的家庭条件不错，这简直就是完完全全的资本家。

顾逸闻带着两个人直接去了二楼他弟弟的房间，一推开房门就看见一个穿着白衬衫的清秀男生正背对着他们在书桌前学习。

李书棋笑了："你弟弟还挺认真的。"

"你看他装。"顾逸闻轻蔑地笑了一声，咳了一声喊道，"喂，顾逸轩，别玩儿了。"

弟弟转过了身子，果然他的手上拿着一台PSP游戏机。

"你两位家教老师来了，快过来打个招呼。"

弟弟和顾逸闻长得像极了，除了那张脸还略带稚嫩，其余的地方几乎和顾逸闻一模一样。叶子几乎都能想象到再过个两年，这个家又要诞生一个系草级人物。

"李老师好，陆老师好。"

弟弟的嗓音很清冽，和李书棋一样，让人听着就很舒服。

顾逸闻咳了一声："这不是陆老师，这是叶老师。"

弟弟不解地眨了眨他的桃花眼，叶子捂着心口不敢看，现在她前后左右站着三个帅哥，还都是"小鲜肉"的那种阳光帅气，她的小心脏根本就受不住。

"哥，你不是说会让那个陆老师来教我吗？"

"陆老师有事教不了你，这位叶老师和陆老师一样漂亮的。"顾逸闻笑眯眯地招呼二人进房间具体说，能敷衍弟弟几句就是几句。

叶子小声的和李书棋耳语："他原本是打算找先琴？"

"是啊，我早跟他说了小琴姐国庆肯定有安排的。"李书棋一副幸灾乐祸的语气，"他非不听，结果现在尴尬了，不知道小琴姐国庆到底有什么事，我约她玩游戏她都不来。"

叶子有些奇怪地看着他："她没跟你说吗？她去张家界玩了啊。"

李书棋愣了一下，"啊"了一声："这样啊，她可能忘记跟我说了吧。"

他的态度变得有些奇怪，语气也不似刚刚那么轻松，叶子很明显感觉到他藏着某些说不清道不明的情绪，这种情绪一直持续到顾逸轩已经把自己的学习情况通通给二人汇报了一遍后，叶子点了点头表示了解，而李书棋却还是刚刚的神情。

"你到底怎么了？"

"没什么。"李书棋笑了笑，又朝顾逸轩说，"你的情况我了解了，先让这位叶老师教教你文综吧，我下楼和你哥哥说会儿话。"

"啊，可是我想先学数学，建立点信心。"顾逸轩有些为难地皱了皱眉，看着两个老师，整张脸都在卖萌。

叶子爽快地站起身："你先教吧，待会我给你们端饮料上来。"

轻轻带上房门，叶子下楼就看见顾逸闻正在倒饮料。

顾逸闻今天穿的和平日在学校里穿得很不一样，简单的T恤长裤，脚上一双黑色拖鞋，发型也没平时那么骚气，服服帖帖地搭着，没了在学校时的张扬，反倒多了一丝清俊。

"学弟。"

顾逸闻偏头看她，嘴角含笑："叶学姐，你怎么下来了？"

"你弟弟想先学数学。"

"他啊，就数学还稍微好点，其他的简直惨不忍睹，要这么下去，明年别说能不能考上清大，连普通一本都悬。"顾逸闻一副恨铁不成钢的样子，"叶学姐，你喝橙汁还是雪碧？"

"额，橙汁。"叶子张着嘴，想问的话始终含在嘴边，问不出口。

顾逸闻似乎看出了她的犹豫，将倒好的橙汁递给她，自己则是拿起一杯雪碧喝了一口，说道："叶学姐有什么问题不妨直说，有关李书棋的我一定知无不言。"

她心中一跳，感叹顾逸闻的玲珑心思，顿了顿才问道："他有喜欢的人吗？"

"有。"顾逸闻几乎是毫不犹豫地说出了这个字，而且还补充道，"而且他非常在乎那个人。至少我觉得，如果让他在短时间内忘掉那个人，是不可能的事。"

叶子的心顿时就沉了下去。

第五章　出　游

国庆出行看人头，男的女的老的少的土著的外地的，讲汉语的讲英文的，应有尽有的大把人头撺掇在各个景点区，把景点拦得结结实实，让你体验一场愉快的大型人际交流抱怨活动。

徐廷舟和陆先琴被堵在路上将近两个小时了。

就连平日里淡定如水的徐廷舟也有些烦躁地敲打着方向盘，皱着眉看着前面的车屁股。

陆先琴坐在副驾驶上拿着 IPad 看电视剧，起先她说要带 IPad 的时候徐廷舟是不同意的，原因是这东西太占地方了，现在才发现他老婆真是明智如他。

"在看什么？"

"唔，网剧。"陆先琴把 IPad 朝他这边挪了一下，"看吗？"

"说什么的？"

"玄幻的。"

徐廷舟是标准的无神论者，信奉科学价值观，对于这类玄幻剧他是没有多大兴趣的。一是他压根就不相信这种事；二是现在玄幻剧的特效做得太垃圾，他不愿意花那个时间去看。

但现在不一样了，他被堵在路上实在是心烦，车载 MP3 里的古典音乐只会加深他的烦躁感，心里头想着反正也是打发时间，不如就陪她一起看看算了。

陆先琴一边看还一边吃鱿鱼丝。

徐廷舟本来也是不许陆先琴带么多零食出来的，现在想来他老婆是真的很机智，都快赶上他了。

"我也要吃。"

陆先琴挺惊讶的，但还是乖乖地把鱿鱼丝递给他。

徐廷舟皱着眉没接，语气僵硬："你喂我。"

"……"

陆先琴一副见鬼的样子看着他。

徐廷舟凶她："看什么看？"

可能是堵车堵得把躁郁症逼出来了，陆先琴没跟他计较，抽出一根鱿鱼丝摆在他面前。

徐廷舟一口咬住鱿鱼丝，吞进嘴里咀嚼了两下，面无表情地评价："味道一般，再来一根。"

那你别吃啊！别让我喂啊！

她在心里腹诽，但是表面上还是不敢不从，恭敬地给这位徐老爷喂鱿鱼丝。

"这是男主角吗？"徐廷舟指着屏幕上的一张帅脸问道。

陆先琴点点头："嗯，很帅吧？"

"还可以。"

两个人兴致勃勃地看了十几分钟，车子还是纹丝不动。徐廷舟一边享受着陆先琴给自己喂零食，一边看自己曾经最嫌弃的玄幻网剧。

徐廷舟琢磨着有些不对劲了："这剧没有女主角吗？"

陆先琴眼神闪烁了两下，跟他解释："这剧没女主的，不走感情线，凸显社会主义兄弟情，走根正苗红的党派路线。"

对于陆先琴说的话，徐廷舟是一个字都不信。

后来不出所料，所谓的兄弟情就是互送秋波，骚话连篇，擦边球打的飞起。

陆先琴哈哈了一声，唱道："朋友的情谊啊比天还高比地还辽阔，那些岁月我们一定会记得嘿！耶耶耶……"

"陆先琴，你能不能少看点这乱七八糟的电视剧？"徐廷舟沉着脸教训她，"有空看这些还不如多看看我给你发的论文。"

陆先琴不懂徐廷舟一个受过高等教育的人，平时看着思想也挺先进的，怎么一到这个方面就变成了钢筋，死活转不过弯儿来。

"谁出来玩还看论文啊，真扫兴。"陆先琴生气了，鱿鱼丝也不喂了，IPad也藏起来了，自己躲着偷偷地看，偷偷地吃，不理徐廷舟了。

徐廷舟抿了抿唇，拿出自己的手机打算听歌，然后他悲哀地发现自己真的一点情趣都没有，手机里压根就没有娱乐软件。

"把你的手机给我。"

"哦。"陆先琴把手机扔给他。

他打开陆先琴的视频软件，发现陆先琴也不在手机里缓存视频，只好退一步打开她的听歌软件，发现了郭德纲全集。

"……"

徐廷舟被陆先琴叫醒的时候，他不敢相信他居然是听着郭德纲的声音入睡的。

对自己产生了严重怀疑的徐廷舟开车开得漫不经心。

而陆先琴还在捧着IPad看电视，嘴上一直挂着姨妈笑，还时不时地捶车座，有时候笑声不小心溢出来了，那声音猥琐又得意。

"太甜了，受不了。"陆先琴感叹道。

徐廷舟咳了一声，说道："这电视剧叫什么名字？"

陆先琴取下耳机，眼含深意。

"不说算了。"

"我说我说。"

刚刚还自己一个人闹小脾气，徐廷舟稍微服个软陆先琴就忘了自己在生气这件事儿了，兴高采烈地跟徐廷舟说电视剧的剧情，还把重点的高潮部分说得仔仔细细，一个细节都没放过。

徐廷舟觉得自己是搬起石头砸脚："好了，你都告诉我了，我还怎么看啊？"

"哦，也是，那我不剧透了，你自己看吧。"

这小姑娘真好哄，这架都吵不起来的。别人都说吵架是婚姻的调味品，他们估摸着这菜里头什么佐料都没有，就剩下甜到发腻的糖了。

张家界离清河市不远，走高速也就半天而已，眼看着快要开进张家界了，陆先琴这才后知后觉地拿出手机里的攻略仔细研究。

"看好了吗？打算先去哪儿？"

"在挑呢，你先别管，开到酒店去再说。"

两个人没有订那种传统酒店，而是订的主题客栈类酒店。国庆黄金周旅游景点的酒店价格都贵得离谱，但是这次旅行费用徐先生全包，他又不差钱，陆先琴也就忽略了性价比，选了个地理环境相当不错的酒店。

导航在给徐先生指路，陆先琴则坐在副驾驶上拼命看攻略，车子里又恢复了安静的气氛。

"《阿凡达》的拍摄景点在袁家界，明天要先去那里吗？"陆先琴自己想了想又摇了摇头，"我期待了这么久，还是压轴登场吧，先去天门山吧，咱们去坐缆车。"

"好，都听你的。"

"我的相机你帮我装进去了吗？到时候要拍照给书棋看的，他也一直想来张家界呢。"

"装了，在后备厢。"

张家界是全国著名的旅游城市，但城市化却远不如一二线城市，少了点现代感浓厚的高楼大厦，多了点淳朴简单的城市气息。

陆先琴像个孩子一样把车窗摇下来看着马路边的商贩街道，徐廷舟怕她不小心把头伸出去，一边开车还要一边抽出心思看着她，免得她犯傻。

车子开进主题客栈的地下停车场，陆先琴兴冲冲地下车拿行李箱，结果发现自己根本就提不动。徐廷舟从后面敲了敲她的脑袋，示意她让开："我来，你拿那个小箱子。"

陆先琴就拖着一个柠檬黄色的小行李箱跟在徐廷舟后面，两个人坐电梯上了一楼，到柜台处办理好了入住手续拿到房卡，陆先琴抢过房卡先一步跑进快要关门的电梯里，还冲他招手："快点快点！"

徐廷舟老觉得自己像是带了个女儿出来玩儿。

陆先琴在电梯里也不安分，动来动去的，徐廷舟靠着电梯看她玩闹，语气轻松："就这么开心？"

陆先琴伸手比了个大球："有这么开心！"

徐廷舟从喉咙里溢出一声低笑，干脆也陪她幼稚了起来："陆先琴小朋友，跟好老师，待会儿出去玩的时候别乱走小心走丢了，听到没有？"

饶是徐老师这样成熟冷静的男人，也在自己的妻子面前露出了难得的、幼稚的那一面。

陆先琴先是愣了一下，后来才红着脸用鼻子哼了哼："你才是小朋友！你是小学生！"

"那你就是幼儿园的。"

"你是还没上幼儿园的，玩泥巴的！"

两个一直斗嘴斗到房间门口才休战，陆先琴打开房门，一阵清新的香味扑面而来。

十分具有中式风味的房间，木质的地板和家具，墙上挂着一幅巨大的中国山水画，房间朝阳，透光性很棒，还配了一个可以吹风的小阳台。陆先琴满意地围着房间转了一圈，这才打开阳台门，俯瞰整个张家界市区。

"真的很赞哎。"陆先琴感叹道。

徐廷舟看着墙上的画，那是复刻的名家的画作，雕花木床上挂着薄如蝉翼的床帘，床单也不是酒店标配的白色，和整个房间都十分搭调，就连挑剔的他也难得露出了满意的神色。

他从后面抱住了陆先琴。

陆先琴轻呼了一声，随后将头靠在他的胸膛上，脸上是满足的神色："徐先生，我这个房间是不是订得特别好啊？"

"嗯，特别好。"

陆先琴转过身拉住他的手左右摇晃："那徐先生有没有什么奖励呀？"

"你想要什么奖励？"

陆先琴只是随口一说，并没有想真的要什么奖励，徐廷舟如此干脆的答应，倒让她一下子犯了难。

她摸着下巴做沉思状，大眼睛滴溜溜地转着，徐廷舟越看越喜欢，伸手将她的下巴抬起，微笑着看她："我知道给你什么奖励了。"

"嗯？什么？"

他渐渐低头靠近她，温热的呼吸打在她的脸上，陆先琴微微红了脸，羞涩地闭上了眼睛。

他揉揉她的脸，低头轻轻地将唇盖在她的唇上。

"奖励。"

第二天，陆先琴和徐廷舟两个人起了个大早，赶在了六点半之前到达了天门山景区的买票处。

而此时买票的地方已是人满为患，陆先琴打了个哈欠，徐廷舟拉着她的手，陆先琴干脆就把脸靠在他的胳膊上，用一种奇怪又难受的姿势站着补觉。

徐廷舟拍拍她的脸："这样你也睡得着。"

"我凌晨才睡着，这加起来只睡了三个多小时。"陆先琴喃喃说着，用脸蹭了蹭他。

陆先琴跟一只小猫似的，徐廷舟怕她这样补觉脖子会累，干脆将她整个人抱在怀里，陆先琴的头埋在他胸前，双手环住他的腰，满足地叹了一声。

两个人这样排队买票，周围的人自然会多看两眼。徐廷舟个子高，人也长得帅，本来在人群中就是焦点，如今怀里还抱了个树袋熊，看的人先是看他的脸，后来又把目光投向他怀中那个看不见脸的女孩子身上，最后露出一抹深意的笑容。

徐廷舟被看得耳根微红，他还不习惯在人前就和陆先琴这么亲密。

等终于轮到他们的时候，售票员问他："去天门山一共有两种方式，一是索道。二是盘山公路。天门山索道是世界最长的单线循环脱挂抱索器车厢式索道。盘山公路有九十九道弯，惊险奇绝，而大道的两侧绝壁千仞，空谷幽深。大多数人都会选择一种方式上山，另一种方式下山，反之亦然。买哪种？"

徐廷舟低头看她，却看不见她的脸，轻叹一声拍拍她的脸："先琴，买哪种？"

陆先琴睁开眼睛，茫然地望了一眼他，售票员咳了一声，她这才反应过来："哦，买索道上山公路下山。"

票买好了，两个人就去排队等缆车，因为出来的太急，两个人都没吃早餐，这时陆先琴从包包里头拿出了一杯布丁，撕开包装袋满足地吃了一口，享受地闭上了眼睛。

"陆先琴，你老公还饿着。"

徐廷舟语气淡淡的，一点也不像在抱怨。

"嘿嘿，对不起，啊。"陆先琴将勺子递到他嘴边。

徐廷舟的睫毛动了动，微微张开嘴吃进了一小口布丁。

"好吃吗？是杧果口味的。"陆先琴笑着问他。

徐廷舟扶了扶眼镜，点了点头。

吃了没两分钟陆先琴就要去上厕所，把布丁丢给徐廷舟就急急忙忙跑去找洗手间。

徐廷舟今天褪去了平时的西装革履，穿着一身休闲装，宽肩窄腰，身姿颀长，手肘撑在栏杆上，背微微靠着，两条被黑色长裤包裹着的大长腿交叉站立，其中一只脚的脚尖还时不时敲打着地面，他一手拿着布丁，另一只手拿着手机，白皙英俊的脸上架着的无框眼镜又为他平添了一丝儒雅俊秀。

排在他后面的是个小朋友，伸出小手在自己的头顶上比了比，又把手平移向徐廷舟的腿上，徐廷舟低下头看着他，小朋友有些委屈地看了他一眼，说道："叔叔，我还没有你的腿高。"

徐廷舟轻笑了一声，说道："你会长高的。"

对着一个可爱的孩子，他没必要再去维持那一张严肃的脸，整个人的五官都放松了下来，眉眼出色，气质俊雅，犹如风光霁月一般令人心暖。小孩子只觉得这个个子高高的叔叔长得好看，其他人却都感叹这个男人的英俊帅气。

他手上拿着的那个吃了一半的小布丁，又偏偏让他有了种戳中红心的"反差萌"。

"请问，你是一个人吗？"

有人忍不住上前过来搭讪，徐廷舟摇了摇头："不是。"

"那……你是和朋友一起来的吗？"

"不是。"

徐廷舟朝不远处看了一眼，一个粉色的身影正朝这边奔来，他眼睛里的宠溺一下子就倾斜出来，伸出手指了指那边："我是跟我妻子一起来的。"

陆先琴气喘吁吁地跑到徐廷舟面前，扶着他喘气："啊，我以为到我们了，你是不知道女厕所那人多的啊，我都想去隔壁男厕所解决了。"

徐廷舟闷笑一声，把布丁还给她："快吃吧。"

"你没吃啊？我还以为你会偷偷吃了呢。"

明明身处在人群中，两个人却好像谁也没有注意到，只有他们二人在肆意洒扬着暖暖的爱意。

索道线路斜长七千四百五十五米，上、下站水平高差一千二百七十九米，运行速度每秒六米，陆先琴透过玻璃看着眼前脚下的秀丽风景，顿时她张大了嘴巴、瞪大了眼睛欣赏着眼前所见的山川绿树。

随着索道的倾斜角度越来越大，他们所处的海拔也越来越高，山峰渐渐被隐入云雾之中，如同蓬莱仙境一般，与湛蓝的天空融成一幅美丽夺目的工笔画，任是画工多么精湛的画师也无法描绘出这样的景色，经历了千年风霜自然形成的每一处线条，都只能用眼睛牢牢印刻在脑海中。

约莫坐了二十分钟的索道，他们正式到达了张家界市最有名的天门洞外。

"步步天阶通银汉，茫茫云径绕翠崖"。

天门洞悬于千寻素壁之上，镶嵌在天幕上似一扇通天之门通往仙阁，九百九十九层的阶梯正是仙人对凡人们的考验，陆先琴看着那巨大的天门，咽了咽口水："徐先生，看来咱们去往天上的路还真是辛苦啊。"

阶梯上的游人有兴高采烈的，也有筋疲力尽的，更有人手脚并用，还有人爬个十几阶就坐下来拍个照，各式各样，千姿百态，好不热闹。

"我以为来张家界就不用爬山了，结果这比爬山还累。"陆先琴恨自己功课做得不够完全，居然连这个都忽略掉了。

陆先琴爬到一半就累得坐在阶梯上怎么也不肯动了，徐廷舟哄了半天她也不肯动弹，最后还是他认输："那你想怎么样？"

"你背我。"

徐廷舟头也不回地继续爬了。

"哎！我开玩笑的！等等我！"

"……"

游玩天门山景区的时间只有一天，陆先琴拿着地图仔细研究，徐廷舟牵着她的手在前面走，她就两只眼睛牢牢地盯在地图上全靠徐廷舟这只"导盲犬"带路。

周围人头攒动，只要是稍微有点名气的地方都挤满了人，非常影响体验感，陆先琴先开始还是兴致勃勃的，可是走了一段路之后，也稍稍有些后悔为什么要在国庆节的时候出来旅游。

徐廷舟的额头上也出了一层薄薄的汗，到后来见到一个能坐的地方夫妻俩就并排坐着吹风休息。

"徐先生，度蜜月的时候也没这么累啊。"

他伸手理了理她额前的刘海，笑着调侃："某个人把脚崴了，全程的代步工具不就是我这个人型马车，某个人当然不累了。"

他们蜜月旅行去的是法国，原本是完全让陆先琴决定的，在她连续说出索马里海峡，百慕大三角洲等一系列正常人度蜜月压根就不会考虑的地方后，还是徐廷舟对着世界地图随便指了个地方，就是法国。

陆先琴嘟嘴："那一次去九寨沟，也没这么累。"

徐廷舟想起来了，是当时陆先琴还在希尔顿集团工作的时候，某次员工组织出游，旅游地点是九寨沟，当时浩浩荡荡一群人坐飞机飞到那边游玩，陆先琴和他都是其中之一。

而他想的却不是她累不累的事。

好像就是那一次，他和陆先琴的关系有了变化，所以他一直记得，从未忘记。

希尔顿集团每年都会组织集体出游，老总出钱，员工只管报名，吃住全包，一时间所有人的热情都达到了空前的热烈，纷纷敲定人头，来个轻松愉快的一毛钱不花之旅。

"去九寨沟？"陆先琴兴高采烈，手舞足蹈，"太好啦，我长这么大还没出过省呢。"

同事拍着她的肩："那你这次可要玩得尽兴啊。"

陆先琴猛点头："那是必须的。"

"听说这次陈总和徐总都不会去，说是怕咱们不自在，所以咱们可以尽情地玩了。"

陆先琴这几天可兴奋了，上班期间都高高兴兴的，连走个路都恨不得手脚并用着跳一支舞。

她农村出身，凭着高考总算来到了大城市，后来毕了业想去别的地方工作，结果被父母严厉阻止，所以只能放下出去见世面的想法。

她大学生活费本来就少得可怜，还得靠兼职挣钱补贴，毕业的时候所有人都去毕业旅行了而她却在一个小私企实习攒房租。后来那个老板骚扰她，她当着全公司人的面大骂了他一顿，结局当然是丢了工作。她窝在小出租屋里哭了一个多礼拜，但最后终于还是忍下了泪水和委屈，重新出来找工作，运气还算不错，找到了现在的工作。

她没有时间，也没有金钱去规划一次属于自己的旅行，而这一次是老板出钱，她高兴得好几天都没睡着，无比期盼着那一天的到来。

这一天，保洁阿姨正踩在凳子上费力地擦着玻璃高处的污渍，她如雷锋一般地出现在保洁阿姨身后，开口："阿姨我帮你吧。"

阿姨吓了一大跳，捂着胸口站在凳子上看她："先琴啊，你可吓死我了。"

她"嘿嘿"一笑，拿过工具，哼着小曲儿替阿姨干活，阿姨看她干得还可以，笑着说道："我去换点水来。"

"嗯嗯。"

整条走廊上只有她一个人，陆先琴左看右看，确定没有人之后，才稍稍提高了音调，娇俏地唱着歌："我是一个粉刷匠，粉刷本领强，我要把那小房子，刷得亮又亮……啦啦啦，啦啦啦……"

陆先琴踩在凳子上左右摇摆举办了一场个人自嗨型儿歌演唱会。

突然身后传来扑哧的笑声，她吓了一大跳，一个跳脚踩空凳子，她顿时失去重心倾斜倒下，她还没来得及反应，就被一只宽厚的手揽住了腰，扑进了一个温暖的胸膛。

银灰色的西装，黑色领带，她不敢抬头，知道自己丢脸丢大了。

徐廷舟看了眼笑得开怀的陈叙，陈叙不但不收敛反而变本加厉："没想到我们酒店还有这么可爱的员工啊。"

"女孩子脸皮薄，差不多得了。"

"行行行，你护短，我先回办公室了。"

老总陈叙吹着口哨离开了。

她从未这样靠近过一个男人，满是陌生又好闻的气味侵入她的鼻腔直达大脑，惹得她一阵眩晕，最后还是糯糯地叫了他一声："徐先生……"

徐廷舟将她放开，低头看着她颤抖的睫毛，问道："没碰着吧？"

"没有的。"陆先琴低头看着自己的脚尖，犹豫了好久，才傻乎乎地问道，"刚刚我……你和陈总都看到了吗？"

徐廷舟语气平静："没有。"

陆先琴的脸顿时爆红，她知道他们肯定看到了。

看到自己扭着屁股唱儿歌了，陆先琴咬着牙不知道怎么开口，却又觉得自己一个小员工，他们不怪自己玩忽职守就已经不错了，她怎么可能还要求他们千万别说出去。

但她还是不能放弃任何一丝生的希望："能不能……不说出去？"

红着脸的小姑娘实在是可爱得紧，圆溜溜的杏眼里装着旁人一看就懂的羞赧和无奈，鲜红的染料不单染红了她白皙的小脸，也染红了她小巧的耳朵和修长的脖颈。

徐廷舟还是没忍住，勾起了嘴角，向她保证："我保证，不说出去。"

陆先琴放心地松了一口气，抬头看着他："谢谢徐先生。"

保洁阿姨也不知道怎么的，换个水换了这么久也没来，而徐廷舟一点也没有要走的意思，陆先琴也不好晾着他自己继续干活，只能干巴巴地没话找话："那个，徐先生为什么不去九寨沟啊？"

徐廷舟愣了愣，回道："还有工作。"

"哦，这样啊。"完了，下一句该说什么。

她低着头思索，徐廷舟反问了她一句："你想我去吗？"

"啊？"陆先琴抬起头呆呆地望着他。

"你是想我去才这么问的？"

职场法则第一条，老板的话永远是对的，陆先琴连连点头："是啊，如果徐先生去的话，我会很高兴的。"

那些女同事估计会高兴得当场晕眩。

"我知道了。"

陆先琴比他矮，抬头仰视他久了脖子会酸，她这时只是看着他领带上那闪闪发光的夹子发呆,没看到他微醺的耳根,淡淡的粉色和她的一样可爱。

气氛一时间又凝了下来,陆先琴正欲想什么借口离开这里,就听见有人在不远处叫她的名字:"先琴啊!"

她抬头,是安保部门的李涛则。

"我刚刚听阿姨说你在这帮她干活,我就帮她把水提过来了,跟你一起干。"

李涛则放下水桶,冲徐廷舟弯了弯腰:"徐总好。"

徐廷舟微微点头。

总算是打破了这尴尬的气氛,陆先琴感激李涛则的及时到来,连忙对他露出一个大大的笑容:"你来啦,那我们一起擦吧。"

李涛则看着她愣了一会儿,才点头:"哎,好嘞。"

两个基层员工就这样把老板给忘在一边,有说有笑。

"先琴,九寨沟你报名了吗?"

"嗯,报名了啊。"

"那太好了,到时候我们一起好吗?我从老家带了凤爪过来,都给你吃。"

"好啊好啊,那我们一起。"

徐廷舟咳了一声,两人又同时转头问他:"徐总,怎么了?"

"你们两个挤一起擦这块不到一平方米的玻璃,是不是有点夸张了?"

陆先琴眨了眨眼睛:"好像是,那我去擦那边,李涛则你还是擦这块吧。"

说完她就跳下了凳子,拖着凳子打算去擦另一边的玻璃,这时的李涛则略微有些失望地转过身子继续擦玻璃。而她刚踩上凳子,就被一只手拉住了胳膊。

她惊讶地回头,是徐廷舟一张面无表情的脸。连语气都是冷的:"九寨沟我也会去。"

"啊?徐先生你不是有工作吗?"

"工作可以放一边。"

陆先琴看着他幽深的眸子,心里那个开始萌生的念头,仿佛一下子破土而出，茁壮成长。

她低头不敢看他："徐先生，我……我真的不接受潜规则的……"

"……"

笨死她算了！

有个不是规则的规则：只要是两个人出游，一个人负责全部行程，另一个人只需要乖乖地跟在后面服从安排，这样的搭档绝对不会吵架，也能玩得开心。陆先琴在第一天的天门山之旅由于连地图都认不全，被褫夺了导游身份，徐廷舟成功上位。

"徐廷舟！你骗我！"

陆先琴很少叫徐廷舟的全名，一般都是叫他徐先生，偶尔殷勤点就叫徐老师，再羞耻一点的就是亲爱的老公。如果她叫了全名，那就代表她真的生气了。

"怎么了？徐太太？"

徐廷舟一般都叫她名字，生气的时候会叫她全名，如果叫她徐太太了，就说明他心情极好。

陆先琴指着面前的大桥："我不是说过了，绝对不走玻璃栈道的吗！"

徐廷舟微微一笑："这不是玻璃栈道，这是大峡谷玻璃桥。"

这座长度高度世界第一的全透明玻璃桥曾经在微博上火过很长一段时间，它开放的时候，知名度不亚于天山区著名的玻璃栈道。网上都是各种恐高人士过桥时候的滑稽表现，有哭着跑过去的，有爬着过去的，有被几个人吭哧吭哧扛过去的，总之各种姿态都有，看了让人觉得又好笑又恐惧。

当时陆先琴就笑了好久，徐廷舟看她笑得那么开心，就问她是不是想去玩。

陆先琴果断地摇头，她才不要去受这个罪。

谁知道徐廷舟居然能记到现在，他们真的来张家界玩了，仗着她全心全意的信任他居然把她骗到了这里。

"你,你怎么变得这么坏啊!"陆先琴指着徐廷舟的鼻子骂也骂不出来,只能吼出这么一句毫无气势的话来。

徐廷舟毫无所动:"我一直很坏,你才知道吗?"

"我不走!我坚决不走!"

"傻瓜,这桥有不透明的地方,你只要一直踩着不透明的地方走就不会感觉害怕了。"

桥面并不是真的全透明,而是只有一部分是玻璃桥面,有不少恐高的人都是踩着不透明的部分走的,陆先琴见徐廷舟真的没骗他,就跟在他身后颤颤巍巍地踏了上去。

她不看地面,就跟走一般的桥没什么区别,稳得很。

陆先琴渐渐不怕了,步履也轻松了些。

"先琴,你踩到玻璃了。"

徐廷舟这句话让她下意识地往旁边挪了一步,低头一看,刚刚她踩的那地方明明不是透明的,陆先琴抱着不好的预感偷偷看了眼自己的脚下,她正踩在透明玻璃的最中央,脚下是万丈深渊。

玻璃桥又名"云山渡",大桥在云雾之间宛若千尺白绫在其中若隐若现,一踏上桥,感觉就从山水之中突然超脱至山水之外,陆先琴觉得自己现在的灵魂已经超脱了,腿一软就瘫坐在玻璃之上。

"徐廷舟,皮这一下你真的开心吗!"

徐廷舟露出了罕见的孩子般爽朗调皮的笑。

他平时在学校很少笑,偶尔上课的时候会被学生们的幽默发言逗得微微扬嘴。和徐太太在一起的时候,他笑得最多,但也总归是儒雅翩翩的,笑不露齿。

但这次,他笑得露出了十二颗牙齿,眼睛也不再是弯弯明月摄人魂魄,而是眯成了一条缝,捂着肚子看着陆先琴狼狈的样子笑得开心极了。

十几岁时,他总看着班里那些所谓的欢喜冤家,成天笑笑嘻嘻打打闹闹,可却乐此不疲,他当时不明白,可现在却有些明白了。

哪怕不是在床上，小小的"欺负"她一下，却也让他如此欢喜，甚至是沉溺。

陆先琴手脚并用爬到了不透明的地方，站起身骂他："徐廷舟你这个小猪佩奇！"

"哈哈哈哈哈哈哈，别生气了。"徐廷舟笑得咳嗽，"和你开个玩笑。"

她觉得徐廷舟就像是十几岁的毛孩子一样，把人捉弄完了还不知悔改的一副幸灾乐祸的样子。陆先琴气得满脸通红，脸上的汗也不知道是刚刚吓的还是此刻气的，对着他你你你了好半天，可一个字也骂不出来。

徐廷舟笑声稍微收敛了一点，想要去牵她的手，结果被她愤恨地一把打掉，他的手背都红了一块。

"我吃香蕉，你吃香蕉皮！"

陆先琴脑海中闪过了好多骂人的话，觉得都太低素质了，骂不出口，更何况面前这位是个老师，要是骂了指不定要被怎么修理，于是就连骂人都骂得毫无气势的陆先琴纯靠一张凶神恶煞但没有半点用的脸震慑徐廷舟。

徐廷舟轻叹一声，在她面前蹲下了身子："上来，我背你过去。"

"我死都不要！"

徐廷舟又重复了一遍："上来。"

"……"

陆先琴趴在他的背上，狠狠地咬了一口他的脖子，徐廷舟吃痛地低呼了一声，警告她："不许咬，听见没有？"

陆先琴像皮皮虾一般的又咬了一口。

徐廷舟语气变得喑哑了："再咬，晚上就让你咬个够。"

陆先琴怂得不敢咬了，但是嘴巴上又不服输，继续骂他："我喝酸奶，你舔酸奶盖。"

徐廷舟哭笑不得："好。"

"我吃串串，你吃串串签。"

"好。"

"我吃花生,你吃花生壳。"

"好。"

"我吃辣条,你吃辣条包装。"

"不许吃辣条。"

他们不是成年人,他们是智商严重后退的两个重返三岁的幼儿园毛毛。

徐廷舟最近总是恍恍惚惚的,忽然就想到了他那时也曾背着她走过水沟,她那时胆子没这么大,不敢咬他也不敢顶嘴,老老实实的跟个木头人一样趴在他背上,一动都不敢动。

她现在这么皮,也是他活该,谁让他把她宠成这个样子。

国庆出游的最后一天,陆先琴如愿地来到了袁家界。

她一进景区的第一件事就是拿出手机拍了个视频发给李书棋看,李书棋非但没有感谢她,反而还说她这是在和他炫耀。

陆先琴:我这是看你也很喜欢这里,才特地发给你的耶!

李书棋:是你喜欢,我不喜欢。

陆先琴感叹一句狗咬吕洞宾,扯了扯旁边徐廷舟的袖子:"徐先生,我给书棋发小视频,他还怼我。"

徐廷舟一点都不意外:"这种地方还是自己来亲眼看比较好,说不定他也是打算过来玩的。"

"哦,这样啊。"陆先琴觉得徐廷舟说得有道理,她这一路上拍的照片还是都留着贴在家里,就不拿给书棋欣赏了。

袁家界作为电影《阿凡达》中的潘多拉星球上的悬浮山取景地,每年来欣赏的人自然也是最多的。奇峰险峻,顶部植被茂密葱郁宛如刀劈斧削一般屹立于景区内,云雾笼罩弥漫在山腰之间,为这些奇峰平添了一抹仙气。

当然人头攒动,徐廷舟个子高还能看见,陆先琴没身高优势,只能看见乌压压一片人头。

徐廷舟几乎是踮脚在帮陆先琴拍照,陆先琴觉得这几天虽然见识了大自然的鬼斧神工,但人也确实是多,多到让人根本没法静下心来欣赏,多到在人群中仿佛下一秒就能被挤爆。

黄金周旅游的诟病已经开始彰显出来,陆先琴捧着相机提议道:"我们去人少一点的地方吧。"

两个人来到了游客比较少的绝壁仙宫。说是"绝壁仙宫图",但实则只是一堵石壁上岩层密布,看着就像是仙客们三三两两聚集于此,林木掩映,小巧雅致。

"徐先生,你说这世界上真有仙女吗?"

徐廷舟求生欲望十分强烈:"我旁边不就站着一个吗?"

陆先琴嗔怪着打了他一拳:"我问正经的。"

"没有,这世上没有神仙。"

陆先琴又说他:"没有一点情趣。"

周围都是石壁,上头还挂着露水,清清凉凉的,偶有微风混着草木香吹入,沁人心脾。

陆先琴四处打量,这里头的游客果然稀少了很多,当她凑近那副巨大的仙宫图时,身旁的一个白色身影却牢牢地吸引住了她。

那是一个极为窈窕修长的背影,黑发如同绸缎一般倾泻至腰间,长裙下微微露出的脚踝如同上好的暖玉一般白皙圆润,光一个背影杵在那里,就足够引人注目,令人遐迩。

陆先琴指着那个背影,朝徐廷舟小声说:"徐先生,真的有仙女。"

徐廷舟顺着她的目光看过去,然后就又把心思放在石壁上了:"那就是个凡人。"

那个背影听到了徐廷舟并不大的声音,微微一滞,转过头来。

双瞳剪水,细眉红唇,面若夹桃又似瑞雪消融万物初晴,这样一个仿佛从画报里跳出来的古典美人也正看着徐氏夫妇。顿了良久后,美人才开口,声线婉约优雅，且一开口叫的就是一个名字："徐廷舟，是你吗？"

仙女和徐先生认识？

徐廷舟目光微顿，皱着眉半晌没说话，直到美人又说了句："你不记得我了吗？"

美人还没来得及感伤，徐廷舟恍然地叫出了她的名字："袁雨妃。"

袁雨妃欣喜地点了点头："是我。"

袁雨妃从小到大一直是众人眼中的焦点，她家庭优渥，成绩优秀，长相姣好，性格温柔，无论是谁谈起她，总能说出她的一大堆优点来。她习惯了立于人群之上，就连早恋，也要挑选最优秀的男孩子去喜欢。

而徐廷舟就是她挑中的。起初，是喜欢他的清秀干净；后来，是喜欢他的一丝不苟；最后，就迷恋上了他整个人。

她也不知道到底是何种契机，她的喜欢就像是润物细无声的小雨，一点一点地孕育着她心中那颗种子。高中的那三年，她只是默默地喜欢着他，浇灌着它，种子长成了参天大树，她也越来越无法将视线从他身边挪开。

最后在毕业的时候袁雨妃鼓起勇气送的那本书，里头写着她对他最纯真的暗恋，他没有赴约，她黯然放手，北上求学，这一走就是好多年。

这次再相逢，说不高兴那是假话："好久不见了，没想到会在张家界遇见你。"

徐廷舟微微一笑："好久不见了。"

他好像长高了，也成熟了，更英俊了，而语气还是那样礼貌疏离。

高二时她曾鼓起勇气找他借笔记，他什么也没说就把笔记本递给了她，袁雨妃犹豫了好久，才小心翼翼地开口："谢谢，要不，我请你喝杯饮料吧？"

他那时没戴眼镜，清澈的眸子里倒映出她的身影，委婉拒绝："举手之劳而已。"

她也不敢继续胡搅蛮缠，只是捧着他的笔记本，回到座位发了好久的呆。

眼前这两位老同学就跟演电影一样深情对视，陆先琴心中吃味，从背后捅了捅他。

袁雨妃这才注意到，徐廷舟的身后，站着一个娇小年轻的女孩子。

"这位是？"

"我太太。"徐廷舟握起陆先琴的手，低头又给她介绍，"这是我高中同学，袁雨妃。"

陆先琴哦了一声，冲袁雨妃笑了笑，后者也回给她一个礼貌的微笑。

"没想到你都结婚了啊。"

徐廷舟原本话就不多，两个人多年未见，能聊的话题微乎其微。袁雨妃咬了咬唇，又把话题转移到陆先琴身上："你太太真漂亮。"

和他站在一起，矮他一头，紧紧地抱住他的胳膊，漂亮的脸上有一点点的不开心。袁雨妃曾经想过徐廷舟如果要结婚，那么他的妻子一定和他的气质是相称的，高挑文静，满腹气质，却没想到是个这么年轻的女孩子。

"谢谢。"徐廷舟微微点头，感觉自己的胳膊有点疼，"你慢慢玩，我和我太太去下一个景点了。"

"好的。啊，对了。"袁雨妃笑着说道，"清河四中七十周年校庆，班里打算举办聚会，到时候带你太太一起参加吧。"

袁雨妃作为校友分会的副会长，正操办着学校邀请知名校友回母校参加典礼的名单，徐廷舟一直在她的拟定名单中，原想着通过微信联系，没想到今天会在这里碰见。

"一定的。"

一直到离开仙宫，陆先琴悄悄转头看她，却发现袁雨妃的目光一直都没有离开，和她对视的时候微微诧异了一下，随后笑着和她招了招手，陆先琴尴尬地冲她笑了笑，赶紧把目光收了回来。

"她就是送你夏目漱石的书的那个女孩子吧。"

陆先琴的语气颇有一些审问的意味在里头，徐廷舟也不介意，点头承认："嗯。"

"你还说什么注意不到她的美丽，她那么漂亮！"陆先琴咬牙切齿的，男人果然都是大猪蹄子,"她读书的时候是不是你们学校的校花?"

"不是。"徐廷舟回答得斩钉截铁。

陆先琴有些惊讶,他们学校这么卧虎藏龙吗?连袁雨妃那种级别的都够不上校花的称号?很快她又察觉出一丝不对劲:"不对!你怎么这么清楚校花是谁!你是不是暗恋过校花?"

女人无理取闹起来的时候,男人根本招架不住。徐廷舟有些汗颜,只能解释:"当时有人举办了一次全校投票,这我当然是知道的。"

陆先琴抓住关键,乘胜追击:"你投了谁?"

徐廷舟想了想,说:"袁雨妃。"

"……"

陆先琴气得跺脚,一副看破红尘的样子:"你们男人都是大猪蹄子!"

徐廷舟哭笑不得:"候选人中只有一个是我们班上的,全班都投了她。"

好有道理,无法反驳,陆先琴还不死心,倒是徐廷舟一把抱住她的腰,低头在她耳边撩她:"我都是你的了,你还吃什么醋。嗯?"

"那万一被抢走了呢?"陆先琴危机意识很强。

徐廷舟无奈地笑了笑:"抢不走的,放心吧。"

要说人的缘分,那真的不是科学就能解释的。徐廷舟和袁雨妃那么多年没碰见,这回凑巧一起来了趟张家界,之后就哪哪儿都是巧合都能遇见。

他们坐大巴回酒店都是和袁雨妃坐的并排。

袁雨妃也觉得惊讶:"真巧,我们住同一家酒店吗?"

这种小概率事件都能碰上,就跟演电影一样,三人修罗场,渣男中间站,当然徐先生不可能是渣男。

陆先琴早在来的路上就一个没忍住把零食都吃完了,徐廷舟当时提醒过她,让她留着点回程的时候吃,结果陆先琴非是不听,现在在车上坐着无聊了,嘴巴寂寞了没东西吃,只能找徐廷舟聊天。

徐廷舟正在闭目养神被陆先琴骚扰得听不下去了,取下耳机看着她,语气平淡:"干什么?"

陆先琴小声说:"想吃东西了。"

"忍着。"徐廷舟又戴上耳机,没理她了。

"大猪蹄子。"陆先琴在心里头暗骂了一句。

"吃这个吗?"

陆先琴转头看向右边,是袁雨妃问她的,手里还捧着一袋零食,笑容温柔。

她和徐廷舟的座位是挨在一起的,袁雨妃和他们隔了一个过道,陆先琴坐在过道处,袁雨妃手稍微一伸,就把自己的零食递到了她的面前。

陆先琴赶忙摇头:"不,不用了,谢谢。"

"吃吧,女孩子总是喜欢吃零食的。"袁雨妃大方地把零食分给她,"我包里还有很多。"

陆先琴像个孩子一样下意识地看了眼徐廷舟,徐廷舟没睁眼,只是说了句:"还不快谢谢人家。"

"哦。"陆先琴又是高兴又是怯弱地接过零食,"谢谢。"

袁雨妃扑哧一声笑了出来,说道:"你们两个的相处方式不像夫妻,像父女。"

陆先琴早就这么觉得了,只是她一直没好意思说出来。

这时和袁雨妃同坐在一起的一个中年男子开口说话了:"美女,也分点零食给我呗?"

袁雨妃转头看他,笑着也递给他一包零食。

中年男子在接过零食的时候,手触碰了她一下,袁雨妃微微皱眉,快速缩回了手。

"美女,那边坐着的是你两个朋友吗?你们是一起过来玩的?"

"是的。"

"啊,我还以为你是一个人呢,不过你那两个朋友是一对吧?要不咱们一起呗?我也是一个人正好凑个伴,美女你有男朋友吗?"

袁雨妃没有再理他，倒是那个中年男子的声音越来越高："相逢即是缘嘛！我看你一个单身美女跟一对情侣出来玩那不是当电灯泡吗？咱们就当交个朋友，怎么样？让我扫一下你微信，加个好友了解一下啊。"

中年男子五官端正，穿的也正经，说话的时候更是一副理所当然的样子，袁雨妃没再回他的话。陆先琴有些担心地看着她，她也看了一眼陆先琴，冲她笑了笑。

"你聋了啊？我跟你说话你没听见吗？"中年男子自觉失了面子，语气有些冲。

陆先琴忍不住了，车上的人都在看好戏，她不能这么干坐着，就当还了这包零食的人情："你说话能不能小声点？车上还有人在休息呢。"

中年男子看了看陆先琴，声音更大了："小美女你也想跟我一起玩吗？"

陆先琴刚想说什么，只感觉座位震了震，她急忙转过头，发现徐廷舟已经弯着腰站了起来。

他走到过道处，对袁雨妃说："你晕车，和我换个位置吧。"

袁雨妃感激地看了他一眼，起身离开自己的位置，中年男子就眼见着大美女变成了一个脸色冰冷的男人，而且这男人看上去个子很高，一身虚胖的中年男子小声嘟囔了两句，也不敢再说话了。

袁雨妃坐在徐廷舟的位置上，陆先琴手上还拿着她刚刚送的零食，不知道开口说些什么，气氛尤为尴尬。

袁雨妃轻声道谢："刚刚那个男人就一直在找我搭话，车上人坐满了我一时也找不到人换座位，就只能和你们说话了。不过我倒是很惊讶徐廷舟还记得我晕车这件事，我以为这么多年过去了，他应该早就忘了。谢谢你们。"

"举手之劳而已。"

袁雨妃愣了一下，笑问道："你看上去好年轻，方便告诉我你的年龄吗？"

她和徐廷舟是同班同学，那肯定就比她大，陆先琴也并非介意年龄，直接告诉了她。

"你真幸运，在最好的年纪遇上了最好的他。"袁雨妃由衷地羡慕道，"从刚刚开始,你对我就有着若有若无的敌意。我想,你应该知道我和徐廷舟曾经发生过的事,是吗?"

她说这话时,依旧是轻轻柔柔的语气,一点也没让人觉得不适。陆先琴也不知道是不是自己把她下意识地想象成了假想敌,所以对她的话老是过度解读,觉得她说这话不怀好意。

陆先琴恍然大悟,啊了一声:"你就是那个给徐先生写情书然后被放鸽子的那个同班女生对吧?"

袁雨妃嘴角终于不再是标准化的弧度,而是抽搐了两下:"放鸽子?"

"对啊,就是你夹在书里的,我那天看了,你文采真好。"

袁雨妃精致的脸蛋上一片红一片青,笑声尴尬:"你看了?"

"对啊,我们夫妻俩从来没有秘密的,或者说秘密共享。"陆先琴看着她,笑得人畜无害。

"那你和徐廷舟的关系真的很好。"

"每天睡一张床,你说能不好吗?"

陆先琴牙尖嘴利的时候战斗力爆表,就算是她小肚鸡肠把每个接近徐先生的女人都当作是假想敌,是她敏感了是她爱吃醋。可是徐先生就是她一个人的,她有权赶走围绕在他身边的莺莺燕燕,包括这一位老同学。

她的话让陆先琴不舒服了,那么陆先琴就要怼回去,也让她不舒服。

徐廷舟坐在中年男子旁边,戴着耳机休息,对于两个女人之间的对话丝毫不知。

袁雨妃看着年轻女孩有些扬扬得意的脸,微微一笑:"我记得,徐廷舟高中的时候,和隔壁班的校花关系也很好,这次四中聚会,你应该能见到他的那位老朋友。"

"校花?什么校花?"

袁雨妃笑容真诚:"是当时隔壁班一个叫慕琳的女生,当时她是我们那一届里的校花,和徐廷舟是很好的朋友。我想,我高中之所以默默暗恋着他,也是因为自觉比不上她吧。"

陆先琴曾问过徐先生，他的初恋是什么时候，那时他眼神闪烁，并没有正面回答，她心里很想刨根问底，但又怕他不耐烦，于是只能作罢。

都说男人对初恋是一辈子都难以忘怀的，就算以后成家立业了，也会时不时想起那时那段青涩的感情。她遇见他的时间太晚，来不及参与他的年少时光。而对于他年少时可能经历过的感情，她好奇又嫉妒，一面想知道，一面怕知道。

怕他心上的白月光，真的会把她比下去。

"不过现在你是他的太太了，无论以前发生过什么，那都是过去了。"

袁雨妃的安慰丝毫没有安慰到她，反而让她心中莫名升上来一股酸酸的感觉，陆先琴扬起嘴角，点头附和她："是啊，管他以前发生过什么呢？反正余下的几十年，我才是徐先生的太太啊。"

看着对方稍稍僵住的笑意，陆先琴笑得更开心了。

就算心里再委屈，情敌面前也不能输了气势，白白让人看笑话。

她是正房她怕谁。

大巴开到酒店门口，陆先琴推了推徐廷舟叫醒他："徐先生，起来了，到酒店了。"

徐廷舟勉强睁开眼睛，五官微微皱起，一副不想醒的样子。陆先琴连忙把包都背在身上，打算扶迷糊的徐先生回房间好好休息，这时袁雨妃已经在过道那里，低头看着半梦半醒的徐廷舟，笑着打趣道："你还是和高中一样，被人吵醒以后就是这个表情。"

徐廷舟猛地睁开了眼睛，迅速起身下车。

陆先琴背上背着东西，手上还提着小包，笨拙地走下了车，徐廷舟微微皱眉正要接过她手上和背上的东西，后一步下车的袁雨妃低呼一声，险些从阶梯上摔下来。

陆先琴下意识的就要去扶她，却发现自己根本没有空手，徐廷舟眉头一直皱着，袁雨妃捂着心口走到他面前，柔声朝他说："我坐在窗边，也还是晕车了。"

"你没事吧？"徐廷舟语气平淡，面色无波。

"没事的。"袁雨妃摇摇头。

陆先琴觉得自己现在就是这两位大少爷大小姐的贴身丫鬟一样，大巴司机此时也下了车，见一个大美女有些不舒服地站在路边，就冲徐廷舟说道："你老婆晕车，你怎么连晕车药都不带呢？"

三人同时愣住。

半晌，陆先琴和徐廷舟同时说道："他（我）老婆不晕车。"

"脸色都这么差了，还不晕车呢？"大巴司机笑了一声，又看了眼刚刚插嘴的小丫头，笑着指着她，"你们出来玩还带自家妹妹的啊？真是好兄嫂。"

"……"

陆先琴气得脸都青了，她看着并排站着的徐廷舟和袁雨妃，怎么看怎么觉得般配。

气质如兰的两个人站在一起，自然是要比她这个背着大包流着汗的"妹妹"看着养眼多了。

徐先生上高中时候的那个校花朋友，是个让袁雨妃都自惭形秽的人，如果现在是那个校花站在徐先生的旁边，她是不是连当妹妹的资格都没有了？

陆先琴突然就觉得不公平，她和徐先生出身不同学识不同，他的高中同学大多是仰慕他的女生，她们个个都优秀的不行，顶尖的教育和学习环境他都不缺。而她的高中同学就只有朋友背地里的奚落和那群不思进取的男生，他们的目标都只是赶紧高中毕业混个毕业证，只有她看着书本上那些著名大学的校门是那么渴望和奢求。

她问老师的问题往往得不到解答，辅导书也只是寥寥几本做了一遍又一遍，高考过后她和一本大学擦肩而过。等到了城市里才发觉自己和那些城市孩子的差别有多大。她只是那小小的井底之蛙，她的那点学习的劲头永远都比不过城市孩子先天的优越条件。

教育条件的缺失让她错失了梦想的大学，后来书棋终于让她觉得农村出身的孩子并不比城市孩子差，他们所缺少的只不过是好的教育罢了。

她一直这样认为，所以即使是站在徐先生面前，她也从未自卑过。而现在大巴司机的误会，跟学识没有半点关系，只因为徐先生和袁雨妃那相近的气质，她永远没有罢了。

陆先琴低头不语。

袁雨妃赶忙和大巴司机澄清："你认错了，他们二位才是夫妻。"

大巴司机脸色有些尴尬，嘴里打着哈哈："啊，我看这个女孩年纪太小，而且你们两位又比较……对不起啊。"

陆先琴感觉背上的背包忽然一轻，她猛然抬头，是徐廷舟面无表情的一张脸。

"给我。"

陆先琴还没反应过来，就感觉一身轻了。徐廷舟牢牢抓住了她的手，她想要挣开，却发现他的手劲很大，根本抽不出来。

"我太太年纪挺小的，但是脾气不错。"前一句话是对司机说的，后一句话是对袁雨妃说的，"这次休假我带她出来玩，也是想两个人好好过一过二人世界。就失陪了，我们同学聚会再见。"

"啊，好……打扰你们了，真是抱歉。"

"没事，她脾气好。"徐廷舟莞尔，"但我脾气不太好，所以抱歉了。"

留下满是尴尬的袁雨妃和大巴司机二人，徐廷舟牵着陆先琴的手走进了酒店。

陆先琴先一步走进了房间，只听见房门一关，之后就是房门落锁的声音，她转过头只看他把包都丢在了地上，目光灼灼地盯着她。

"你把包乱扔……啊！"她惊呼一声。

徐廷舟用了点力气一把将她压在门板上，陆先琴的心脏急剧地跳动着，看着他近在咫尺的脸，想说的话如鲠在喉，怎么也说不出来。

他低头狠狠地吻住她。

陆先琴呼吸困难，手抵住他的肩膀想要推开他，他反倒空出一只手来桎梏住她的手，又将她的手抵在门上，彻底限制了她四肢的活动。

他疯狂的时候，又迷人，又让她害怕。

良久后，这个吻终于结束，徐廷舟将头埋在她的锁骨处，似乎还在留恋，陆先琴咬着牙，就是不开口说话。

他动了动脑袋，浓密的头发在她颈间蹭了蹭，陆先琴敏感地缩了缩脖子。

徐廷舟很会撩拨她，该进时进，该退时退，每一个看似不经意的动作都好像是烈酒一样将她的神智都剥离开来，此时这样无意识地蹭蹭，却让她的怒气消了一大半。

"生气了？"他的声音闷闷的，好像比她还不高兴。

"没有。"

徐廷舟抬起头来，吻了吻她的眼睛："别装了，我知道。"

"那你还问什么。"

"我和她，顶多就是三年同学，别的什么也没有。"

陆先琴自然也知道这个袁雨妃对徐先生也顶多是单相思罢了，根本不值得一提。只是她在意的是刚刚大巴司机的错认和袁雨妃对她说的那个叫慕琳的校花。

"徐先生，我是不是配不上你？"

徐廷舟的眉头忽然皱了起来："你怎么这么想？"

陆先琴抿唇，情绪有些低落："我站在你身边，是不是就只是一个小妹妹？你是名牌大学的博士毕业，而我只是读了个普通大学，还是农村出来的……乡下人。"

"陆先琴，你的这些话都收回去。"徐廷舟低头看着她，手掌抚上她的脸颊，一字一句，声音低沉清润，"你凭着自己的本事从普通大学毕业生到现在名牌大学的研究生，你是教授夫人，这些都是许多人连做梦都想不到的，而且你忘了，是我追的你，要说不配也是我配不上你。"

他了解，她变成今天这样优秀付出了太多的努力，他决不允许只是因为那些不相干的人多嘴，就让她产生这样消极的想法。

陆先琴点了点头:"我知道了。"

"乖。"徐廷舟微微一笑,"不生气了好不好?"

"我还有一个问题想问你,你就告诉我好不好?"

他揉揉她的脑袋:"问吧。"

"那个慕琳……"陆先琴顿了顿,复又问道,"是你的初恋吗?"

徐廷舟沉默地看着她,没有回答这个问题。

"如果你今天遇见的不是袁雨妃,是那个慕琳,你会不会……"

"先琴,我如果这个时候否认,你是不是也不会相信?"徐廷舟目光深沉地看着她,"为了一个毫不相干的人来给自己找不痛快,这不值得。"

"我知道我无理取闹,那么久的事了,我不该这样刨根问底,可是我就是忍不住心里面嫉妒。徐先生,我从小到大只喜欢过你,可我只要一想起你以前属于过别人,我心里就不舒服。"

徐廷舟将她放开,低头看她,她毫不畏惧地和他对视,将女人的那一点点的小肚鸡肠和无理取闹全都展现在他面前。

"陆先琴,我只属于你一个人。"

他这句沉重的话,在她看来也不过是转移话题的借口,陆先琴点点头,语气平静:"我知道了,是我无理取闹了,对不起。"

徐廷舟几乎要崩溃,再一次环紧了她的腰:"她不是。"

"那是谁?"

徐廷舟喉间一顿,神色竟然变得古怪了起来。

陆先琴又问了一句:"是谁?"

"你不必知道。"

陆先琴心里一沉,语气变得有些激动:"难道是个男的?"

"……"

"徐先生,我,我也不是那么介意的人,我尊重你的取向……"陆先琴目光说不出的复杂。

向来淡定的徐廷舟终于怒了。

"不是！"

回程的路上，陆先琴给李书棋发短信，找他分析情况。

李书棋：小琴姐，我这别说结婚，连恋爱都没谈过，你找我分析有什么用啊？
陆先琴：当局者迷，旁观者清，听过没？
李书棋：清官难断家务事听过没？
陆先琴：举刀表情包
李书棋：你说。

聊了十几分钟以后，李书棋总算是理清楚了所有的情况。

李书棋：姐夫喜欢男人？
陆先琴：猜测猜测，而且是曾经是。
李书棋：你能不能别乱猜啊？姐夫不跟你说他初恋的事，说不定是因为曾经伤得很深呢？你这样揭他的伤疤真的好吗？
陆先琴：他那样的人，只可能是他甩别人啊，他怎么可能会受伤？
李书棋：对牛弹琴，总之你别问了，不是谁都能风轻云淡地说出自己初恋的故事的。
陆先琴：哦，那你初恋什么时候？
李书棋：心情复杂表情包
陆先琴：你有喜欢的人了？谁啊？
李书棋：小琴姐你好烦啊，你要是觉得心里头别扭，你就把姐夫的初恋当成是你自己不就好了？
陆先琴：他在市区长大，我在农村长大，十八岁才考来的，他那时候研究生都毕业了。

李书棋：我记得你刚要上高中的时候来过一次市区。

陆先琴：就住了两天宾馆。

李书棋：好吧，反正姐夫初恋不管是谁，总之肯定不是男人就对了。

陆先琴想不出头绪干脆就不想了，闭上眼睛打算小憩一下，转头看见正在专心开车的徐廷舟神色也有些疲倦了。

陆先琴忽然就感叹了一句："这一趟旅程，除了遇见你那位高中同学有了点波澜，根本就一点戏剧化也没有。"

徐廷舟语气无奈："你还想要什么戏剧化？"

"比如说在这一望无垠的高速公路上，你的车突然出故障了。"

徐廷舟笑了："怎么可能……"

此时车子突然一阵抖动，陆先琴尖叫了一声，徐廷舟眼神一紧，迅速开启转向灯将车开到右侧路边停下，打开了危险报警闪光灯。

"……"

两个人都不太相信现在的状况。

"陆先琴，我以前怎么没发现你有这种超能力？"

车子还能勉强开，徐廷舟就近下了高速随便找了个修车的地方，他和陆先琴一人拿着一个行李箱站在这陌生的城市，不知所措。

"这么贵的车子，也会抛锚啊，而且修车费还这么贵。"陆先琴感慨道。

"贵的车子连抛锚的资格都没有了？"

陆先琴知道是自己这张乌鸦嘴惹的祸，连忙低声下气地跟徐廷舟求饶："徐先生，徐老师，我错了，你就原谅我吧。我保证，我绝对不乱讲话了。"

后来修车师傅说这车一时半会暂时修不好，让拖车公司直接送到4S店去修。夫妻俩茫然地站在路边，看着路边的风景发呆。

"如果这时候，有一辆去清河市的客车就好了。"陆先琴喃喃自语。

满是坑坑洼洼的路上，正行驶着一辆左摇右摆、破破烂烂的客车，这辆客车看着就历史悠久，客车的车窗上放着一张硬纸板，上头明明白白地写着是由这座城市到清河市的。

"……"

陆先琴赶忙招手，生怕司机看不到他们俩。

客车停了下来，司机打开窗户，一口纯正方言脱口而出："么子事？"

陆先琴用普通话跟他交流，详细地向司机说明了自己的情况。

司机叼着烟哦了一声，方言变成了一口纯正塑料普通话："你们两国这运气也太衰了（你们两个这运气也太差了）。"

"是啊是啊，你看我们夫妻俩，都是外地来的，人生地不熟的，要是被人打劫了，可怎么办啊？"陆先琴擦了擦眼睛，一副泫然欲泣的样子。

司机为之动容："妹子，上车！"

徐廷舟心中坚定不移信奉了几十年的科学价值观思想正在崩塌。

司机见他一直不上来，催促道："帅锅（帅哥）！快上车！我保证把李（你）们安全送肥（回）家。"

陆先琴冲他招手："徐先生上车啊，这时候就别在意面子了，回家要紧啊！"

"陆先琴，你是上天派来折磨我的妖精吗？"

客车上突然上来了两个衣着光鲜的男女。男人高大挺拔，戴着眼镜显得斯文俊秀；女人穿着雪纺裙，显得娇小可人。他们的到来，吸引了全车人的目光。

客车上大多都是赶路的民工，也有的是三四十岁的父母带着几岁的孩子，大包小包的背着，让本来空间就不大的客车更加地狭小拥挤。他们的衣着大多朴素简单，有些衣服洗褪了色，已经看不出原本的着色。

徐廷舟掏出钱包，问司机："车票多少钱？"

"哎，要什么车票，就是顺道帮个忙，不要钱啦。"司机大方地摆摆手，示意他不用拿钱出来了。

徐廷舟的钱包里都是一百的整钞票，因为现在是电子时代，一个二维码就能搞定所有的买卖，他取了这些钱出来也是备不时之需。他没有零钱就干脆抽了两张一百的钞票出来要递给司机，司机推脱着不肯收下，这时陆先琴从自己的小背包里掏出了几十块的零钱，将徐廷舟的钞票抢了过来："我有零钱，我有零钱。"

司机收下了陆先琴的钱，还给她找了零，陆先琴收起皱巴巴的钞票就想着找个座位坐下，却发现客车上已经坐满了。

徐廷舟个子高站在客车里头有些勉强，这时司机不知道从哪里掏出来一个小板凳，放在他们脚边："你们坐这里吧。"

陆先琴看着那个小板凳，咽了咽口水，又看了眼连直起腰板都困难的徐廷舟，无私地把座位让了出来："徐先生，你坐吧。"

"你坐吧。"

"不不不，你坐吧。"

司机看不过去了："哎哟你们两口子磨叽么子咯（磨蹭什么），这位帅锅（帅哥）坐上去，你坐他腿上不就行了吗？快点快点，我要开车哒。"

那小板凳还没有徐廷舟半个屁股大，他坐下去的时候比站着还吃力，一双大长腿无处安放，怎么看怎么搞笑，偏偏他还一副淡定的样子。

陆先琴"扑哧"一笑，后退了两步："哈哈哈，徐先生你坐吧，我不坐了。"

徐廷舟脸臭臭的："快坐。"

陆先琴嘟着嘴坐在了徐廷舟的膝盖上，此时后排坐座位的乘客们终于忍不住笑了出来。

司机一个油门猛踩，所有人惯性地向前一倾，徐廷舟是面对着乘客的，他往后一倒，下意识地护住了陆先琴，然后小板凳一歪，徐廷舟"砰"的一声屁股着地。

"……"

这时陆先琴还坐在徐廷舟的身上，不敢回头看他，她很想看徐先生现在丢脸的样子，但是她有贼心没贼胆。

司机连忙道歉："不好意思，不好意思，踩得猛了点。"

不知道是哪个小孩先笑了起来，瞬间整个车厢里都是笑声。

陆先琴脸上也有些挂不住了，赶紧从徐廷舟身上起来转身打算扶他起来，却发现徐廷舟一脸痛苦地坐在地上，耳朵和脖子全都红了。

"怎么了？"

徐廷舟抿唇，手扶着后腰，两腿张开着，陆先琴站在他的两腿间，蹲下身子有些担心地询问他。

他的脸上浮现出一丝诡异的尴尬与羞涩，半晌后才勉强吐出了几个字："碰着了。"

"……"

陆先琴用力捏自己的大腿，内心拼了命地告诉自己，不能笑！一定不能笑！要捍卫住徐先生高冷的男主形象！

"姐姐，你和叔叔坐我们这里吧。"

有个小孩奶声奶气地走到前面扯了扯陆先琴的衣服，她低头一看，是个娇憨可爱的女孩子。

"这，不是占了你们的位置吗？"

"没事的，我坐哥哥腿上就行了。"小女孩担忧地看了一眼徐廷舟，"叔叔刚刚肯定摔着了，姐姐你还是赶紧把他扶起来吧。"

徐廷舟此刻一脸的惊魂未定。

陆先琴感觉自己的咬合肌都要罢工了，她小心翼翼地扶起了徐廷舟，带他走到了小女孩原本坐的位置上。

小女孩的哥哥看着也不大，不到十岁的样子，他主动从座位上跳了下来，把位置让给了他们两个倒霉的成年人。

"谢谢你们。"陆先琴将徐廷舟安抚好以后，顺手就从自己的背包里拿出了一盒巧克力递给他们："这是谢礼，请收下吧。"

两个小孩摇着头拒绝，陆先琴非要塞给他们，最后还是小女孩忍不住，目光看向了旁边座位上的一个中年妇女，陆先琴猜测那个应该就是这两个孩子的妈妈，干脆就将巧克力直接递给了她。

"姑娘，你这是做什么！"

陆先琴笑着说："姐姐，你是这两个孩子的妈妈吗？"

中年妇女点了点头。

"那就对了，这是送你的，谢谢你教出了这么好的孩子。收下吧，不值钱的。"

中年妇女道谢后收下又转手给了两个孩子，两个孩子蹦蹦跳跳地去小板凳上坐着吃了，而后妇女才和她闲聊起来："你们是两口子？"

陆先琴点点头："是啊。"

"你看上去好像还在读书，没想到已经结婚了。"

陆先琴挠挠头："我确实是在读书……"

中年妇女惊讶地睁大了眼睛："现在学生也可以结婚了啊？"

"啊，可以啊，过了法定年龄就可以结婚了。"

"这样啊，我以为必须毕了业才能结婚。"中年妇女笑了笑，"我们是农村的，什么都不懂啊。"

"姐姐，我也是农村的。"

"你也是？"中年妇女的目光在她的穿着打扮上绕了一圈，白白净净的脸，十指不沾阳春水的纤纤玉指，再加上这一身做工精致的雪纺裙，她怎么也没法把眼前这个女孩和农村这两个字挂上钩。

"是啊，我是高考以后考到了市区，然后……"陆先琴指了指旁边的徐廷舟，"又遇上了我先生，所以就在城市定居了，其实我原来也是农村户口。"

中年妇女了然地点了点头，喃喃自语："读书好啊，读书长见识。"

所有人都知道，读书是一件好事情，可偏偏那些正在享受着读书生活的学生们不懂这个道理。

"陆先琴，我痛。"徐廷舟冷不丁的声音响起。

中年妇女先愣了愣，随后低头笑了一下，陆先琴尴尬地转头瞪了他一眼，有些不好意思地看着妇女："他乱说呢，别在意。"

"你男人是城里的?"

"是啊。"

"也难怪,我看他的长相气质都是顶顶好的。"中年妇女叹了口气,"我家那个侄子,明年也要高考了,不知道能考上一个什么大学。"

陆先琴眨眨眼睛:"他成绩怎么样?"

"不错的,是班上的前三名。"

不知道这个姐姐她侄子学校的水平,因而也不知道她侄子学习成绩到底怎么样,她高中三年都是全班第一,结果还是输给了条件,和一本失之交臂。陆先琴自然不会把这些话说出来,笑着恭喜中年妇女:"那很棒啊,肯定能考上名牌大学的。"

中年妇女高兴地笑了:"要是跟妹子你一样有出息就好了。"

眼前的这个妹子,她说自己是农村的,可是全身上下一点也看不出是乡下人。现在城市化在不断地推进,农村和城市之间的差距越来越小,可像他们这种小地方,教育、经济都跟不上。虽然不乏有有素质的人,但大多数人还怀揣着老旧古板的思想,狭隘的眼界和那些从小就见惯了高楼大厦的城里人比,就是鸡尾和凤头的区别。

"我以后也是要供我这两个小孩上学的。我在乡下待了一辈子,不能让他们也在泥巴地里滚一辈子,送他们读书出去长见识,也是我唯一能做的。"

陆先琴欣慰地笑了笑:"他们肯定会有出息的。"

旅途的小插曲渐渐变成了温情的剧场,有不少人过来和这两个看上去格格不入的男女搭话。陆先琴长得漂亮,性格也好,和谁说话都带着如沐春风的笑意,很快就和车上的人打成了一片,聊得不亦乐乎。等众人把该聊得都聊完了,她这才闲下了嘴巴,喝口水解渴。

徐廷舟皱着眉,语气冰冷:"我以为你要说上一天呢。"

陆先琴这才发现忽略了他,连忙殷勤地为他递水:"徐先生不要生气嘛,你的高冷形象都崩塌了。"

"我的形象早就在见到你的第一天就没了。"

她不解地眨了眨眼睛，作势要去撩他的衣服："我给你揉揉？"

徐廷舟赶紧往后一躲，碰着了的地方又让他吃痛地吸了口气，但语气还是一贯的强硬："走开。"

"徐先生，你待会也要好好谢谢那两个小朋友啊，要不是他们，你现在还坐在那个小板凳上头呢。"

"你很喜欢小孩吗？"徐廷舟轻飘飘地看了她一眼。

"啊？"陆先琴茫然地点头，"应该是喜欢的吧。"

"要不我们生一个？"

陆先琴以为自己听错了，又问了他一遍："你说什么？"

徐廷舟凑近她的耳朵，滚烫的呼吸打在她敏感的耳垂上，激起一阵战栗："我说，我们也生一个。"

这是结婚以来，徐先生第一次跟她说，要跟她生一个孩子。

陆先琴大学的时候看言情小说，说女孩子第一次会很痛，生孩子会很痛，被"渣男"辜负了心会很痛。

她和虐文里的女主角感同身受，看到女主角被男主角一次又一次的辜负时，恨不得钻进书里替窝囊的女主角把男主角按在地上爆捶一顿，并且发誓，以后如果遇上这种男人二话不说直接一记少林脚让他做太监。而且不到新婚之夜，绝不会轻易地献出自己的初夜。就算结婚以后，也要当一个丁克族，永远都不生孩子。

而她的这些想法，在遇上了徐先生以后通通改变了。

她毕业没多久就遇上了徐先生，两个人相处得极好，就是架都很少吵，她也根本没处施展她的少林脚。现在谈论到生孩子这个问题，陆先琴竟然意外地不排斥。反而觉得，如果是她和徐先生的孩子，那么一定很招人喜欢。

"唔，这又不是说有就能有的。"陆先琴有些苦恼。

徐廷舟勾唇："小姑娘，你自己还是个孩子呢，怎么生孩子？"

陆先琴打开了他放在她头上的手，面色不虞："你耍我？"

"我没耍你。"徐廷舟目光温柔,"我也很期待孩子,但是你现在还在念书,不能因为孩子的事情耽误你的学业。当初你说考研,不就是想弥补之前的遗憾吗?"

陆先琴低头思索了片刻,赞同地点了点头:"你说得也是,还是读书为重,孩子等以后再说。"

她还真的认真地考虑了,徐廷舟咳了一声,捏了捏她的脸蛋:"要是你怀孕了,你怎么和你同学交代?"

陆先琴眨眼:"怎么交代?就说是你的啊,难道还随便找个人当爹吗?"

徐廷舟一时语塞。

陆先琴也不谈关于孩子的事了,跟他随便聊起了别的:"徐先生,你觉得,这一次出来旅游,和上一次咱们去法国,哪一次好玩一些?"

面对陆先琴的这个问题,徐廷舟却给出了她所给定条件外的另一个答案:"九寨沟那次。"

车窗外的天色渐渐暗了下来,十月的傍晚已是带着些许凉意。天空呈现出漂亮的红色照亮了陆先琴白皙明秀的侧脸,这让徐廷舟想起,那时也是傍晚时分,她走在溪边一步一履朵朵生莲,脚丫踩在软泥上,夕阳的余晖照映着她如秋水般清亮的眸子,而他就在不远处看着她,将她的头发丝儿都绘进了心底最柔软的那个地方。

去往九寨沟的大巴上,陆先琴原本是和李涛则一起坐的,不知道什么原因,她旁边坐着的却是徐先生。

陆先琴将双手放在膝盖上,不安地用脚摩擦着地面,俨然一副乖乖学生的样子,连动都不敢动。

他竟然真的来了!

明明在他上车之前,大家都是有说有笑的,他一上车,谁都不敢出声了,气氛严肃的跟领导开会似的。陆先琴看向车窗外,一辆黑色的敞篷跑车正停在大巴旁边,陈总戴着一副黑色墨镜,耳朵里塞着蓝牙耳机,正摇头晃脑地沉迷在歌曲当中。

几天前陈总很严肃地宣布，为了拉近老板和员工之间的距离，他临时决定，和徐总一起加入这次九寨沟之旅。

众人哗然，没一个人敢反驳。

似乎感受到有人在看她，她本能地扭头，看到陈总的目光往她这边一看，嘴边露出一抹邪魅的笑，冲她招了招手。

陆先琴也招了招手，咬着唇瓣，也不敢转头，就那么小声地问她旁边的徐廷舟："徐先生，为什么你不坐小车啊？"

徐廷舟语气平静："我的车拿去保养了。"

"陈总车上还有个副驾驶……"

"我不坐他的车，怕跟他一起同归于尽。"

陆先琴"哦"了一声，低头不说话了，搓着手指发呆。

徐廷舟看着她低垂的睫毛，轻声问道："我坐你旁边你是不是觉得不自在？"

陆先琴猛地抬头，然后拼命点头。

他眼波流转，嘴角是平着的，似乎有些不太高兴了，陆先琴刚想说点什么挽回一下这尴尬的局面，就听见他用开会时候的语气，坚定有力地说："你不自在我也坐这里了。"

"……"

大巴开动，陈总的车一下子就飘到了大巴的前面，得意地冲大巴司机按了下喇叭表示先走一步。陆先琴一直把头看向窗外，表面在欣赏窗外的风景，实际上是在避免看徐廷舟。

他今天穿的很好看，和平时上班的穿着不一样，是冲锋衣配黑色牛仔裤加马丁靴，看着比平时休闲一些，也褪去了一丝不容靠近的感觉。

旁边坐一起的人都有说有笑的，偏偏他们两个无话可说，也不知道该聊些什么。陆先琴今天起了个大早，连早餐都没有吃，肚子实在是饿得不行，最后还是忍不住从自己的小包包里掏出一袋零食打算充充饥。

正要撕开包装袋，就看见徐廷舟递过来了一个迷你小藤篮。

陆先琴愣住了，看着藤篮发呆。

"你吃这个。"徐廷舟抿唇，把藤篮放在了她的腿上。

"这是？"

"三明治。"

她用一种近乎虔诚的姿势打开了盖子，发现里面躺着一个小小的三明治，三明治的旁边还站着一杯小酸奶。

她怎么也不太相信，徐廷舟会带这种小女孩才吃的东西出来，但这东西又确确实实是他递给她的。陆先琴咽了咽口水，有些不放心地问道："这是徐先生你的早餐吗？"

"不是，我吃过了。"

陆先琴在这个时候很该死地眼圈一红，感动了。她不知道这是不是徐先生特意为她带的早餐，也不知道他为什么就这么恰好知道她没吃早餐，就算这只是老板对员工的普通关心，她也必须承认此时心里一阵热流，十分感动。

"你怎么知道，我没吃早餐？"

"猜的。"

她读高中时学校离家里远，为了赶早读时间偶尔会不吃早餐，后来妈妈索性也不给她做了，直接给她几块钱让她出去买早餐。她省下钱买到了人生中第一本村上春树的书，如获至宝。而给她推荐这本书的实习老师没过几天就回城里了，她捧着书找不到人与她相谈书中的文字。

后来读了大学，几乎每天都是安排得满满当当的行程表，陆先琴同时干着多份的兼职，吃早餐这宝贵的几分钟足够她挤上公交或地铁，提前到达工作地点。

一杯豆浆，两个肉包，三块五毛钱，这就是她几年如一日不变的早餐。

陆先琴拿出三明治，里头夹着鸡蛋和生菜火腿。鸡蛋金黄，生菜翠绿，唯独火腿，好像有一点点烧焦了。

"咦？火腿焦了。"她喃喃说道。

早餐店的师傅都是做了好多年的早餐了，应该不会连烤火腿都烤焦。

徐廷舟神色有些古怪，扶了扶眼镜，轻咳一声："虽然焦了，但是味道应该不错。"

她咬了一口三明治，面包的浓香和生菜的脆嫩，以及鸡蛋和火腿那特有的香味彻底征服了她的舌头，她满足地一口咽下，陆先琴笑着看他，语气欢愉："超好吃！"

他看着她满足的笑脸也跟着笑了，刹那间眼中的欣喜与缱绻就像杯中溢出来的酿酒，牢牢地将她的视线锁在他的眸中，让她无法挪开视线。

他这样笑的时候，真的好好看。

陆先琴把他给的早餐全部一扫而空，然后满足地摸了摸肚子，靠在椅背上回味刚刚的美味。

一个三明治和一杯酸奶成功地把他们之间的距离拉近了。

"徐先生，你以前去过九寨沟吗？"

"没有。"

"嗯？你也是第一次去？"陆先琴兴奋了，"我查了九寨沟的图片，特别好看，如果你也是第一次看的话，肯定也会觉得惊艳的。"

徐廷舟垂眸看她："那我要好好期待一下了。"

"嗯，那徐先生去过什么地方？哪里最好玩？我长这么大都没出过省，这是第一次，你肯定不一样，跟我说说好吗？"

"去什么地方不重要。"徐廷舟轻声说道。

陆先琴呆呆地问："那什么重要？"

徐廷舟没有回答她，而只是说道："如果你日后问我，哪一次出行让我难忘，我会说这一次。"

他们第一次这样并排坐着，她毫无防备，和他畅谈着第一次出行时的激动和兴奋，这种感觉比看见任何碧海蓝天，山峦雄峰都要让他留恋。

后来他们一行人踩水玩儿，陆先琴不知道从哪里捡来了一块透明的石头，像是献宝一样的交给他。

"徐先生，这是三明治和酸奶的谢礼。"

四五点钟的太阳已不似正午时热烈，她仰起头看着他，额间小小的汗珠就像那荷叶上的清露一般，衬得她目光盈盈，娇俏动人。

"陆先琴，你知道我为什么要送你早餐吗？"他目光沉沉地看着她。

她没有听见他低沉的嗓音中夹杂着的一丝紧张。

她咬着唇低下了头："你想，你对我……"

徐廷舟深深叹了口气，无奈却又拿她毫无办法："陆先琴，我在追你。"

她的脸几乎是瞬间就红了，比那西边的落日还要再红一点。

"所以你觉得这块石头就能打发我了吗？"

"那，那要怎么办……"

他从她手心里拿过石头，指尖在碰到她手心的时候，明显感觉她瑟缩了一下，徐廷舟拿着那块石头，往她嘴巴上一碰。

唇上的凉意让她脑子稍稍清醒了一些，下意识地后退了一步，抬头却发现他将石头收进了口袋，笑着对她说："这样就够了。"

她不知道自己的脸有多红，心里只有一个念头，那就是赶紧跑。刚迈出一条腿要开溜，徐廷舟就叫住了她，陆先琴乖乖地停下，但没有转身。

"你一直觉得我要潜规则你，那你为什么还要送我石头？"

"送石头就送石头！关潜规则什么事！"她第一次大声反驳了自己的老板，跌跌撞撞地逃走了。

她光顾着害羞，没看到他通红的耳根和满是汗的手心。徐廷舟看她的背影渐渐变小，最后不见，随即他隔着口袋摸着那块凉凉的石头，平复着心跳。

第六章 风 波

  国庆长假过得特别快，陆先琴回到学校专心准备不久后的期中考核。徐廷舟又变成了那个高高在上的徐老师，两人继续维持着表面的师生关系。
  徐廷舟的职称文件正式下发了，徐讲师正式升级为徐副教授。作为清大人文社科类最年轻的副教授，徐老师的工作比平时多了很多。不但要在学校上课，还要参加无数的讲座和会议，夫妻俩的见面时间大打折扣。陆先琴每日都在图书馆奋笔疾书，徐老师外出搞学术研究，算一算他们也有两三天没见面，甚至连个微信都没发了。
  "喂，专心点啊，别老看手机。"
  叶子敲了敲桌子，小声地示意她放下手机，专心学习。
  "这书太难了，我看一遍眼睛就花一遍，都快成老花眼了。"陆先琴趴在桌子上装死。
  "是你让我时时刻刻监督你，我才陪你到图书馆来的哦，别浪费我的时间。再说了，你不是和钱伊敏打了赌吗？难道你就这么甘心输给她？"
  叶子的话又让她浑身充满了斗志，她迅速挺胸抬头握紧拳头，给自己加油鼓劲。
  她低头又面对那些汉字，明明那些字儿她都认识，那些图她也知道是什么意思，可加在一起，凑成什么指数，什么什么曲线，她就完全蒙了。只觉得这本书的编者真的很有本事能把大部分中国人都认识的常用字拼在一起，就变成了一本晦涩难懂的专业书。

叶子的手机时不时地震动，一旦震动停下来她就马上拿起手机，嘴角含春地在手机上敲打着，之后又放下手机继续看书，没一分钟又是同样的操作。

陆先琴搁下笔，斜睨她："叶秀秀，你跟李书棋聊什么呢？"

叶子心虚地收起手机，神色略微尴尬："你，你怎么知道？"

"他的微信号是我给你的，而且你那个样子，是个人都能看得出来和你聊天的是男是女，是老是少了。"

"这么明显吗……"叶子咬唇，把手机揣进了兜里。

"你和书棋有进展吗？"陆先琴有些好奇。

叶子的目光暗了暗，摇头："他好像有喜欢的人了，所以我大概没什么机会。"

"喜欢的人？"陆先琴回想起几天前和李书棋聊天，当时李书棋态度躲闪，却没想到是真的有了喜欢的女生了。

她按捺不住："谁啊？"

叶子失落地摇摇头："我不知道，但是听顾逸闻说，我应该是比不过那个女生的。"

有时候人很奇怪，李书棋不喜欢她，她反而更是对他有了好感。

两个人一时间都没有说话，陆先琴也不知道该说什么，毕竟邻居弟弟长大了，他自己喜欢谁，她也无权干涉，顶多为叶子和他创造点机会，至于到底能不能成，她做不了主。

"那你是决定做长期家教了？"

原本只是国庆七天临时的家教，因为叶子和李书棋辅导有方，顾逸闻拍案决定给他们加工资，请求他们做这个学期的长期家教。

两个人都想多赚点生活费，于是二话不说都答应了。

叶子看似大大咧咧的，实则却是个心思极其细腻的女孩子，心里头那一点点小小的私心，不愿让她知道，也不愿让任何人知道。

"是啊。"

叶子手一直摸着口袋，等待手机下一次的响起，可迟迟感受不到振动，她又再一次掏出了手机，想看看李书棋有没有给她回信。

刚拿出来就被陆先琴一把抢过，后者笑眯眯地对她说："我替你保管，你现在赶紧看书，都快一个上午了，你这书一页都没翻。"

"我就看最后一眼，看完我就看书。"

陆先琴想了想，自己拿着手机，叶子伸出手解锁，看了眼微信聊天界面，轻轻叹了口气，便没有再看手机，而是把注意力放到了书本上。

陆先琴忍不住看了眼屏幕，发现叶子和书棋之间的对话，他们对彼此的态度是完全呈现反比的。

叶子兴致勃勃的，每一次都发出两三条的消息，而书棋大多都是语气词，偶尔发一两个表情，更不要说一整句十几个字，两边的热情完全不成正比。

他们的最后一句话，是叶子发的：

"我也在看书，不过老是开小差。"

前一句是李书棋发的"在看书"三个字，这已经是极其简单的句子，可见他不是太忙，就是压根不想回消息。

陆先琴有些生气，叶子再怎么说也是她的室友，姑且也算是李书棋的半个姐姐了，李书棋这种态度，未免有些太不礼貌了。

当即就用自己的微信给李书棋发了个提刀的表情包，那边回得很快：

"小琴姐，怎么了？我又哪儿得罪你了啊？"

"书棋，你就说我是不是你姐吧。"

"额，是啊，怎么了？"

"你跟我聊天敢不敢只发'嗯''啊'这样的语气词？"

界面显示对方正在输入，半分钟后才收到他的回复："你是指叶学姐的事情吗？"

"你知道就好，人家叶子哪里招惹你了，你对她那么冷淡。"

"我只是不想让她误会什么，你也不要再撮合我跟叶学姐了，这样对她对我都不好。"

陆先琴心里一虚，问他："为什么不愿意试试看？也许你们会很合拍。"

"合拍也没有用，我对她并没有好感。"

陆先琴已经百分之百确定，李书棋是真的有了喜欢的人了。

"书棋，能告诉我，你喜欢谁吗？"

"不能。"那边干脆地拒绝了。

这是他第二次对她说不能。第一次是他执意更改志愿，把清大作为第一高考志愿的时候，她特地去开导他，问他为什么不愿意去北京读大学，他只说不想去。陆先琴问他能不能告诉她，他不想去北京的原因。

当时他还是个穿着洗得发白的校服的少年，只看着她的眼睛，目光幽深，说了句不能。

那个比她小六岁，从小跟在她后面求着她带他一起玩的弟弟，好像已经长大了。

陆先琴收起了手机，神色复杂地看了眼叶子。如果他们两个能有什么进展，她肯定比他们俩还高兴。如果他们两个有任何一个人不开心了，那她会比他们还要难过。

"先琴，你别看着我了。"叶子没有抬头，一边看书一边对她说，"我只是想努力看看，如果不行，那就算了，没什么可遗憾的。"

她张嘴欲说什么，手机再一次振动了起来，陆先琴低头一看，是徐廷舟发过来的微信。

"我在办公室，有问题拿过来问吧。"

她激动地站了起来，迅速地收拾了东西，拉着叶子就向办公室跑去。

"徐老师回办公室了，咱们正好可以问问他那个曲线图到底是什么意思。"

"徐老师，求您了，您就给个重点吧！"

顾逸闻站在徐老师的办公桌前，就差没给跪下了。

李书棋没他这么没骨气，但也还是毕恭毕敬地看着徐老师，期待他能救救那些嗷嗷待哺的新闻一班的学生。

"只考一半的内容，有什么好画的？"徐老师眼皮子都没抬一下，继续埋头写他的教案。

顾逸闻又凑近了几步，语气谄媚至极："徐老师，徐教授，徐大仙！请救救孩子吧！如果您愿意在这本书上，动动您尊贵的手指画那么一条红线，您拯救的就是咱们新闻一班三十多条人命啊！"

同屋的老师没忍住"扑哧"一声笑出来了，徐廷舟扯了扯嘴角，语气颇有些哭笑不得："怎么，你们还靠我的重点续命？"

"不是续命！是救命！"

徐廷舟扶了扶眼镜，微微抬眼看着顾逸闻满是恳求的俊脸，缓缓吐出几个字："传播学的定义。"

顾逸闻没反应过来："啊？"

徐廷舟不急不缓，徐徐说道："人类传播的符号和意义，传播的基本过程，社会传播的基本结构。"

顾逸闻满头问号。

"傻啊！重点！小节重点！"李书棋用力捅了捅顾逸闻。

顾逸闻恍然大悟："徐老师您慢点！"

连忙翻开书找到目录，用嘴咬住笔帽，顾逸闻在目录上奋笔疾书地画下每一个重点。

"人内传播和人际传播，大众传播。"

如果此时徐老师的头上有光，那么一定是佛光。

这厢顾逸闻刚画完重点，办公室门口又传来了一个清脆的声音。

"徐老师！我来了！"

三人同时向门口看去，陆先琴正擦着汗站在门口，后面跟着的叶秀秀同样也是气喘吁吁的样子，可以看得出来有多急。

顾逸闻摇了摇头："学姐，你们也太慢了，徐老师都在这坐了十几分钟了。"

他们新闻一班有个群，临近期中考试随时监视各大专业课老师的一举一动，就在二十分钟前，有个人在群里头大喊"徐老师回学校了！同志们赶紧去要重点啊"！顾逸闻毅然决然地接过了这项光荣的任务，顺带拉着李书棋一起。

徐老师刚坐下，椅子都没焐热就被顾逸闻抓了个正着，哭着闹着要重点。

陆先琴挠头一笑："还是你们消息灵通。"

叶子跟在陆先琴身后，和李书棋擦肩而过的那一瞬，下意识地低下了头，不敢看他。

顾逸闻笑着在叶子面前刷存在感："叶学姐，上次送你的饼干好不好吃？"

叶子慌忙抬头，呆愣地点点头："啊，好吃，谢谢你。"

"不客气。"顾逸闻笑容爽朗，声音清越，"李书棋他啊，没这个福气，吃不了甜的，给他好吃的他都不要。"

李书棋微微皱眉，没再看这两个人，而是把注意力放在了陆先琴身上。

徐廷舟抬头看她："什么问题？"

"这里这里，好多好多。"陆先琴把不懂的地方都折了页，一个个地翻给他看，"这个系数也太难了，完全就是高数啊。"

"早跟你说了，数量经济学对数学能力要求极高。"

陆先琴凑近点听徐老师给她讲系数的推断过程，她一只手搭在桌子上，一只手搭在徐廷舟的椅子把手上。

顾逸闻和李书棋要完了重点也没走，和叶子一起并排站着。

叶子下意识地就往李书棋身上看去，却发现他一直看着徐老师和先琴，也不知道到底是看哪一个。

徐廷舟把系数拆分给她讲解，虽然陆先琴数学底子不太好，但好歹经过了徐老师的言传身教，这么一听顿时醍醐灌顶，长长地"啊"了一声，直起身子拍了拍桌面。

这一拍就恰好拍到了徐老师刚刚泡好的那杯枸杞茶上，陆先琴吃痛地缩回手，皱着眉给手吹气缓解痛感。

"怎么这么不小心！"

"怎么这么不小心！"

两道声音同时响起，一个声音低沉，一个声音清冽，陆先琴茫然地抬起了头，整个办公室的人也都被吓了一跳，看着他们。

李书棋皱起眉走到她的面前轻轻地将她的手抬起，眉头一直没有放松下来："我带你去冲个冷水。"

说完就拉着陆先琴走出了办公室。

顾逸闻咽了咽口水，看向了一脸呆滞的叶子。

而徐老师在他们身后，危险地眯了眯眼睛。

李书棋拉着陆先琴走到这层楼的洗手间，冲她努努头："进去冲。"

陆先琴的手确实也疼得厉害，转身就进洗手间去冲冷水了，李书棋在门口等她，约莫两分钟，陆先琴就捂着手从里头出来了。

"没起泡吧？"

陆先琴摇摇头："没有，就是有点红。"

李书棋皱眉："还是得擦点烫伤药，你有吗？"

"我待会儿去校医院买吧。"

李书棋点点头，又板着脸开始教训她："你这么大个人了，能不能小心点，那枸杞茶上头还冒着热气，你看都不看一眼的吗？"

"我当时只顾专心听徐先生说话了，哪能注意到那些……"陆先琴低头有些委屈，但瞬间又惊觉不对，现在是李书棋这个毛头小子在教训她？

"李书棋，我是你姐哎，你居然敢凶我。还有，刚刚你当着那么多人的面把我拉出来，万一引起误会怎么办？"

"我没有凶你。"李书棋抿唇，复又解释，"就你那反应神经，估计要等到你这手真的起泡了才后知后觉地去冲冷水吧，我不拉着你的话你的手现在就不只是红一片了。"

又被说教了，陆先琴很不爽："那你也不应该拉我的手。"

"小时候咱们手拉手那么多回,你怎么不说?"李书棋目光沉静地看着她,"你要是因为姐夫,那你完全多想了,姐夫就算想给你公主抱把你抱到这里来给你冲水,他也不可能做到。你们在外人看来是一对师生,他要是敢明目张胆地对你这么做,你信不信明天你们俩就被全校当成八卦讨论?"

陆先琴张了张嘴,竟然说不出话来反驳他。

李书棋垂下眸子,长长的睫毛落下的阴影打在他的眼下:"你是我姐,这点你大可放心。"

"我不是那个意思……"陆先琴也不知道怎么了,明明她还是按照之前的习惯和他打趣,按道理来说他应该是翻个白眼然后反驳她,可是现在他是反驳她了,但他脸上的表情很明显是因为她的话而真的不高兴了。

"我重点要到了,等会还有点事要处理,先走了。"

也不等陆先琴说什么,李书棋直接甩给她一个背影,头也不回地朝办公室的另一边走了。

她满怀心事地回到了教师办公室,叶子和顾逸闻都走了,只有徐廷舟坐在椅子上淡定地喝着他的枸杞茶。

看到她来,他放下杯子,问道:"手有没有事?"

陆先琴摇摇头:"没事,叶秀秀和顾逸闻呢?"

"他们两个刚刚走了,李书棋呢?"

"也走了。"

"你过来,我给你讲完刚刚的那些。"

陆先琴乖乖地走了过去,徐廷舟接着刚刚被打断的那个地方说,办公室里只有他低沉的声音和其他老师敲键盘的声音,好像刚刚办公室根本就没来过什么人,也没有发生过任何事情。

等陆先琴终于弄懂了,徐廷舟冲她摆摆手,示意她可以走了。

他看她的眼神,就是一个老师看着学生,没有任何多余的情绪在里头。

李书棋刚刚对她说,她和徐先生在学校是师生,两个人都对外隐瞒了已婚的身份,如果他们之间的关系被曝光了,那么到时候就算事后解释,谣言也不知道会传成什么样,即使她和徐先生才是夫妻,可只要在外人面前,他们永远没办法暴露夫妻的这层关系。

摸着空荡荡的无名指,陆先琴已经记不清上一次戴戒指是什么时候了。

"谢谢徐老师,我先走了。"

徐廷舟微微一笑:"加油复习。"

她刚走,徐廷舟就站起身离开办公室往印刷室去了。

印刷室的老师刚打印完一摞试卷,看到他来了笑着问道:"徐老师到这来有什么事吗?"

"卷子上有个地方好像疏漏了,我想再检查看看。"

陆先琴刚下楼,就撞上了和她一样,拿着数量经济学这本书到这里来的蔡琼。

蔡琼朝她点点头:"好巧啊。"

"你也来问徐老师?"

蔡琼点头:"快要考试了,还有些地方不明白,所以来问问徐老师。"

所有人都在传,这位乖乖女蔡琼喜欢徐老师,可也只是别人口中在传来传去罢了,也没听见有什么流言传出来,更没看见蔡琼做过什么疯狂的举动,她原本就比较好学,问问题也不只是为了这一门数量经济学,其他老师那儿,她也是时常去的。

"他在办公室呢,你去吧。"

蔡琼感激地冲她笑了笑,两人正要擦肩而过时,蔡琼却忽然叫住了陆先琴。

陆先琴回头看她:"什么事?"

"就是,你和伊敏打的那个赌,你有把握赢吗?"

陆先琴愣了愣,果断地摇了摇头:"没有。"

"那你……"

"说真的,我挺怕输的。但是这次我也是想要真的证明自己,所以不管是输是赢，我都会欣然接受那个结果。只是我很迫切地希望我能够赢她。"

她说这话时，没有一丝的畏缩和不自信，反倒坦坦荡荡，输赢她都会接受，只是为了赢她必须付出足够的努力。

"其实，你们两个谁输谁赢并不重要，虽然我是那次上课才知道你是工作了以后辞职考研的，但是我很佩服你，不是所有人都有那个勇气重返校园的。伊敏说你的那些话，让我们更加尊重你，无论你们谁考的高，另一个人其实都不会被说些什么的。"

陆先琴觉得此时站在她面前的蔡琼简直就是天使，心地还这么好，她也就暂时忽略这妹子是她的意识流情敌了。

"谢谢你。"

蔡琼摆摆手，又说道："有件事，我还是要和你说一下，其实我和伊敏已经从别人那里弄来了这次考试的重点，伊敏千叮咛万嘱咐告诉我不要给你，但是我觉得，她有重点而你没有，对你来说不太公平，所以想着还是把重点给你。"

陆先琴有些不解："有重点？"

那为什么没听徐廷舟提过？

"是啊，我这正好多打印了一份，给你吧。"

蔡琼递给她一张折叠过后的A4纸，陆先琴礼貌地说了句谢谢，两个人便各自走开了。

其实书都读到这个阶段了，研究生纯粹就是自己想往某个方向钻研了才去读，能读研的专业知识也不会太差，若和本科生一样在考核的时候划重点确实是有些多余了。

陆先琴握着纸走了一段路，思前想后还是把纸扔进了附近的一个垃圾桶里。

她陆先琴要凭实力拿下数量经济学这门课。

顾逸闻因为不放心叶子，一直跟在她后面怕她做傻事。

两个人穿过林荫小道，又穿过食堂宿舍，叶子就这么让他跟了一路，最后还是她先忍不住了，转过头对他说："学弟，你就别跟着我了，行吗？"

　　顾逸闻双眸一瞪，果断拒绝："肯定不行啊，我得防止你做傻事。"

　　"做什么傻事啊，为了那点事不值得。"

　　顾逸闻哦了一声，又问道："那学姐你刚刚红着眼跑出办公室是怎么回事？出来透气的吗？"

　　叶子翻了个白眼："不行吗？"

　　他笑得直抽抽，点头说道："嗯，学姐体力真好，暴走了一站公交车站透气，看来马路上的空气最新鲜了。"

　　"你能不能不贫嘴，你要是再说我就不去你家做家教了。"

　　"别别别，我那个弟弟可喜欢你了。"顾逸闻双手合十道歉，"学姐，你可千万不能抛弃我弟弟啊。"

　　叶子终于忍不住"扑哧"笑了出来。

　　"嘿嘿，你终于笑了啊。"

　　她瞬间又把嘴巴抿成一条缝，顾逸闻笑得不行，凑近了看她："学姐，你真的是研一吗？我怎么感觉你比大一的学妹还要幼稚啊？"

　　"要不要身份证学生证亮给你看啊，证明我没有撒谎。"

　　"不敢不敢。"顾逸闻语气诚恳。

　　叶子在不远处的长椅上坐下，顾逸闻凑过去，在她旁边坐了下来。

　　他们坐的这个地方正巧旁边种了一棵银杏，虽然现在还没到银杏叶彻底变黄的季节，可银杏叶已经有了褪绿的趋势。再过不久，就能看见满校园金黄的银杏叶，秋天才算是真真正正地到来了。

　　"学弟，你不用安慰我，这样挺好的。"叶子扯了扯嘴角，露出一个不怎么好看的笑，"我输得心服口服，如果他们能成，我替他们高兴。"

　　"学姐你这也太善良了。"顾逸闻感叹道。

　　叶子耸耸肩："没办法，谁让我是一个友情至上的女人呢。"

　　顾逸闻又被她逗笑，拍了拍她的肩："好，我敬学姐是条汉子。如果学姐以后有什么吩咐了,随时叫我,学弟我一定奉陪到底。"

她哭笑不得:"你一个小弟弟能奉陪我什么。"

"叫我弟弟可以,加个小我就不认同了。"

叶子连忙打住他的话:"你这个新闻系的系草每天身边都不缺人,活动只多不少,还跟我说奉陪到底,省省心吧孩子,别满口说大话了。"

"谁满口说大话了!"

叶子被他的大声反驳吓了一跳,一脸惊奇地看着他:"学弟你一身花丛过,居然片叶不沾身,厉害啊!"

"谁说我没沾过!"

叶子笑看他:"哦?沾过几朵啊?"

顾逸闻咳了咳,用手指比了个"1",扬扬得意:"不多不少,就一个。"

在考核的前一天,陆先琴脑门上已经深深地烙下了四个大字,"我欲成仙"。

叶子看了都觉得心疼:"先琴,你这也太拼了。"

"这算个啥,这跟我考研那会儿比起来简直不值一提。"陆先琴虚弱地扯出一抹笑容,又埋头苦读了。

她考研那会儿,每天雷打不动六点钟起床,先来一套考研单词清晨大礼包,紧接着就是两张英语真题,中饭午休加起来两个小时,下午又全身心投入高数线代概率论的怀抱,再接着专业课背诵大礼包和政治朗读加背诵地狱级大礼包纷纷呈上,一天结束。第二天继续。

为了解决她那最不擅长的数学,她特别拜托了徐先生为她量身定做了一套数学口诀。

也难为徐先生一个纯文科生,一路保研、直博,三十多岁的人了还要重新捡起数学,陪着她一起沉浸在数学的海洋中。

"同时求导。"

"洛必达!"

"中值定理来一套。"

"费马、罗尔、加柯西,还有一个拉格朗日!"

"证明题神器。"

"泰勒、泰勒、小泰勒!"

后来干脆发展到,中午吃个饭,徐先生还得来个突然袭击:

"其次方程组 Ax=0。"

陆先琴含着肉,大喊:"可判定矩阵有非零解或 r(A)<n!"

"很好,奖励一块排骨。"

"谢谢徐先生!"

考研前一天,陆先琴边背肖四边哭,生怕自己到时候上了考场脑袋里头就全变成了糨糊,一个字都不记得。

徐廷舟陪着她哭到了十二点,最后强行勒令她上床睡觉。

她哭着说,想喝口酒冷静一下。

徐廷舟也不知道是不是因为马上要解放了,竟然真的大半夜去楼下二十四小时超市买了两瓶酒回来。陆先琴直接吹瓶喝,一边喝一边苦涩地说,一口肖四一口酒,考研政治七十九。

最后倒地不醒,还是徐廷舟帮她洗澡擦身伺候这位"太后"上床睡觉,第二天反常性的既不头晕也不疲劳,身体倍棒,精神抖擞地去考试了。

第二天也不知道是不是"回光返照",陆先琴满脸的精气神就跟打了兴奋剂似的,雄赳赳气昂昂地去考试了,然后像只死鸡一样的走了出来。

叶子有些担心她:"怎么了?考得不好?"

陆先琴生无可恋地点点头:"我居然,有个填空题没做出来!"

"学霸,滚。"

大学生们比起苦逼的初高中生,那日子过得太潇洒了,以至于一旦有什么考试了,图书馆自习室就人满为患,到处都是临时抱佛脚的人。

期中考试这一道小坎总算是过去了。

"我真是服了,一道二十分的论述题,我背得天昏地暗,结果给我考这种!"

今年新闻学院大二的同学们,互相奔走抱怨的最多的就是这句话。

今天打游戏的李书棋格外的英勇,他操作的角色拿一把冲锋枪直奔P城,连狙击枪都不看一眼,直接看见人就疯狂扫射,嘴巴还配合着发出了啊啊啊的具有节奏性的叫声。

今天李书棋主动过来找陆先琴打游戏,说是心情不好需要发泄一下,还顺带拉上了他室友梁冰。陆先琴正好最近手也痒了,带个"菜鸟"来她也忍了,能打就行。

"他到底怎么了?"陆先琴问。

梁冰呵呵一笑:"被气的。"

"被谁?"

"徐老师。"

"徐老师怎么了?"

梁冰哀叹了一声:"这次期中考试的试卷,最后一道压轴论述题,徐老师套路了我们,没有按照给的重点来出。"

陆先琴恍然:"所以是因为没考好才心情不好。"

"不是,恰恰相反,是题目太简单了,感觉之前熬的夜都白费了,所以觉得生气。"

李书棋年年国奖获得者,要说他没下功夫学习,那肯定是骗人的。相反,他为了能稳坐年级第一的宝座,在考试复习期间,花费的精力比谁都多。

陆先琴不太懂这个操作:"题目简单了,不是好事吗?"

"学姐,这么跟你说吧,如果在考试前,你被告知这次的考试会很难,你为了考好,一个礼拜没睡好觉,天天就是写啊,背啊,结果考试当天,试卷上出了道1+1的数学题,而且分值很高,你气不气?"

"那确实挺悲剧的,所以你们的压轴题是什么?难道真的是1+1?"

"不是。"梁冰语气有些古怪,"是赞美你的传播学任课老师。"

"……"

现在的老师是真的皮,尤其是徐廷舟,皮出境界了。

"我真的服了,我当时写这道题的时候,把我肚子里能拿来夸人的词全都写上去夸他了,完了当天下午他就把我叫到办公室,说我的辞藻太过华丽,没有真情实感,不是从心底里仰慕他这个老师!我……"

有部分学生和李书棋感受一样,对这个论述题又爱又恨,爱在拿分容易,恨在被老师套路。

而梁冰这种半桶水就毫无压力了,恨不得给徐老师一个大大的拥抱,如果徐老师不介意,他可以再给他一个爱的亲亲。

陆先琴忍着笑问道:"是不是你哪里得罪徐老师了啊?"

"哼,我能不知道他?全世界最爱吃醋的就是他!最幼稚的也是他!"

陆先琴还是第一次听到李书棋对他姐夫这么愤慨。

"不想提他了,再来玩一把吧。"

"也行,但你答应我,不准乱喊了。"

"嗯,知道了。"

"……"

"退游了,学弟。"

"学姐慢走。"

考试成绩没过两天就出来了,大家都知道了自己的成绩,没考好的就紧紧捂好,考好了的虽然面上不说什么,但是那扬起的眉尾也告诉众人,确实考得不错。

叶子看了眼自己的成绩,还好,八十二分,不算很好,但是也不差。关键是她最担心的数量经济学已经过了,那么其他的两门也就不用担心了。

她看了一眼捂着手机像看骰子一样看屏幕的陆先琴,叶子从床上爬下来直接走过去抢过了她的手机。

"快还我!"

"我就是受不了你这种,不就是看个成绩嘛,又不是拆地雷,你至于那么夸张吗?"

陆先琴撇撇嘴:"我还不是怕我没考好吗?"

叶子恨得牙痒痒:"我最恨的就是你们这些虚伪的学霸!"

"那好吧,你告诉我,我考了多少分。"陆先琴猛吸一口气,"我做好心理准备了。"

叶子瞥了眼手机,顿时僵在了原地。

看着她这个表情,陆先琴也开始担心起自己了:"是不是没考好啊?我有个地方没搞懂,就刚好考到那里了,我就胡乱写了一通,早知道就该通个宵再多钻研一下了。"

"陆先琴你闭嘴!"

陆先琴急忙缄口。

"请问你是人类吗?"

陆先琴茫然点头:"我是啊。"

"那么我问你,你是怎么考出九十二分这么逆天的分数的?"

九十二分或许对于小初高阶段而言并不算得是多么高的分数,而在大学阶段,一般上九十分的,那成绩都是处在一个班的金字塔尖端。如果研究生上九十分的,那就更是处于尖端中的战斗机行列。

"我考了九十二?真的假的?你没骗我吧?"

"我骗你我是毛猴,你自己看。"

陆先琴接过手机,确实是九十二这么一个大数字,一点都没误差。

两个人激动地相拥庆祝,叶子用力拍了拍陆先琴的背,眼泪纵横:"好儿子!爸爸没有看错你!你太给爸爸争光了!"

"爸……"陆先琴反应过来,迅速推开她,"你占谁便宜呢?"

"啊哈哈哈哈哈哈哈,你刚刚那个脱口而出的'爸'我听到了哦!"

陆先琴正要教训她,手机就来了一条微信消息,她点开一看,是蔡琼发过来的微信:

"伊敏考了九十三分，你呢？"

说真的，陆先琴对这个结果一点也没感到意外。她也早知道钱伊敏比她优秀，比她优秀的人不代表就不会努力。只一分之差，虽然她输了和钱伊敏的打赌，但是她自己已经对这个成绩很满意了。

她大方地说出了自己的成绩，那边就没有再回复了。

果然蔡琼很在意成绩。

陆先琴把成绩页面的截图发给了徐廷舟，又发了个求表扬的表情包，徐廷舟十分配合地发了个摸头的表情，又说："请你吃一顿大餐，想去哪里吃？"

陆先琴咽了咽口水，几乎是在下一秒就飞快地打出字："最近步行街新开的自助餐厅！"

"好。"

"比心表情包"

此时办公室内，徐廷舟正一手拿着茶杯暖手，一手和陆先琴发微信，原以为不会有人在意他的一举一动，可正当他考虑要给陆先琴回什么表情包的时候，就听见有人敲了敲他的桌子叫他。

"徐老师，和谁聊微信呢？这么高兴？"

王副教授正站在他面前笑眯眯地看着他。

徐廷舟将手机锁屏，不急不缓地喝了口茶："和家里人。"

"哦？是女朋友吗？"

在徐廷舟升上副教授之前，和这位王老师还保持着比较友善的同事关系，后来他的职称定下来了，王老师对他的态度总隐隐的有些微妙。虽然脸上还是和善的表情，但笑意只凝固在脸上，眼睛里却没有一丝真实的高兴。

他早在前几年就学会了察言观色这一套，商场上、饭桌前，人人都在随时伪装着自己，学校不单单只是学生们的象牙塔，更是老师们的。这里的利益斗争远没有职场中的复杂，大多数老师不过是为了那一记荣誉、一个职称在互相争夺，就连资历比他老的王老师，在遇见所有办公室的同事几乎都晋升的情况，也忍不住将心里所想表现了出来。

"茶冷了，我去换水。"

徐廷舟起身擦过王老师，刚走到门口就被两个女生堵住了。

他低头看着眼前这两个气喘吁吁的女生："怎么了？"

"老师，我，我就想问问。"钱伊敏大口喘着气，捂着肚子问他，"陆先琴数量经济学真考了九十二分？"

"嗯。"

钱伊敏的嘴角耷拉了下来，抿成一条线，喃喃说道："没想到她还真挺厉害的。"

徐廷舟晃动着手中的茶杯："还有别的事吗？我要去接水了。"

"哦，没事，老师慢走。"钱伊敏自觉地让出了一条道。

当时，钱伊敏和蔡琼同时挡住了门口，等她让开时，蔡琼还堵在门口占据了一半的出口，钱伊敏小声提醒她让开，可是蔡琼竟然无动于衷。而徐廷舟只是面无表情地侧了侧身子，便从她身边走过了。

钱伊敏一直看着徐廷舟的背影消失在走廊里，才将目光收回来，她扯了扯蔡琼的袖子："蔡琼，你发什么呆啊？"

"伊敏，她怎么可能会考那么好？"

钱伊敏皱眉："我也没想到她能考那么好，我还以为这次我能甩她一大截呢。看来这女的还是有两把刷子的，是个合格的竞争对手。"

对于钱伊敏的态度转变，蔡琼感到惊讶："你刚才不是很生气吗？"

"我之前以为她故意编个成绩骗我呢，自觉自己比不上我又不想输得太惨，就编了个九十二分出来，现在徐老师都说她确实是那么多分，也就证明她没说谎了。"

"那你说她走后门的事情就这么算了吗？"

"走后门？哦，我确实说过她走后门，不过那只是我看不惯她一个二本出来的能在陈院长手底下读研罢了。这次数量经济学是考的最难的，她也只和我有一分的差距，看来她也有点实力，应该不是走后门进来的。"钱伊敏耸耸肩，

"早有这个实力当初高考的时候就应该考个一本大学,估计她也是在工作上被人看不起学历了才辞职考研。"

"那你们俩的赌约怎么办?"

钱伊敏仿佛听到了一个很陌生的词:"赌约?什么赌约?"

"就是你之前说的,要调查她是不是走后门进来的。"蔡琼明显有些着急了。

"那个也叫赌约?我随口说说而已,就算我要查也不是说查就能查到的,她的成绩已经给她证明了,这事儿就到此为止了。走,回寝室吧,你这次也考了九十分,我们出去吃顿饭庆祝一下。"钱伊敏拉住蔡琼的手,转身就打算离开办公室门口。

而蔡琼却一动不动,反而把钱伊敏跨出的脚步又拉了回来,钱伊敏奇怪地看着她,问道:"你怎么了?"

"如果我说,我知道她的后门是谁呢?"蔡琼忽然低声说道,像是自言自语。

钱伊敏微微眯眼:"你这话是什么意思?"

蔡琼一副不小心说漏了嘴的样子:"没有,我随口说说。"

"你这个人最不会撒谎了,你刚刚那么说,就说明你肯定是知道些什么的。"钱伊敏抓住她的肩膀,稍稍晃了两下,逼迫蔡琼的视线只能看向她。

蔡琼咬了咬牙,摇头道:"没有,我也只是猜测而已。"

"真的吗?"

"嗯,真的。"

"切,我还以为你真的知道什么呢。"钱伊敏索然无味地放开她,叹了声也不想在这多过纠缠,心想赶紧回寝室好好想想待会去哪里吃饭庆祝才是正事。

蔡琼却忽然又叫住了她,等钱伊敏看她的时候,她像往常一样低着头看着地面,手指局促地搅动着,双腿也有些不自在地动来动去,良久后才小声地开口:"我知道这样想她有些不对,但是,伊敏你还记得我以前给过你的重点吗?我说是一个出题老师告诉我的。"

"记得，我不是让你扔掉吗？书都读到这个份上了，还去巴巴的扣着那一点重点，咱们这样算什么研究生，继续回炉重造得了。"钱伊敏撇嘴，打心眼里有些排斥在读研期间为了偷懒拿着重点临时抱佛脚的事儿。

"我知道，所以我就打算把那张纸丢了。"蔡琼咬牙，声音越来越低，"可是我没敢跟你说，中途要扔的时候，陆先琴把它要走了。"

"什么？"

钱伊敏像是要把蔡琼的脸看出花来，忍不住提高声音问道："你把重点给她了？你为什么给她啊？"

蔡琼慌乱地扶了扶眼镜，抿嘴没说话。

"你怕什么啊？你又没看那个重点，如果真是陆先琴拿了重点你就大方地说出来，到这时候了你还装什么包子啊？"

钱伊敏头一次这么反感她这个老好人室友的性格。

蔡琼像是下定了很大的决心，抬头看着钱伊敏，表情里有自责，也有不安："我当时提了一句，她就说要看，我给她看了以后，她就直接拿走了。"

"不要脸！"钱伊敏猝了一口，"亏我刚刚还夸她，现在看来，农村出身就是农村出身，只会使一些旁门左道。不行，我要去陈院长那里举报她，她这种人根本没资格在院长手下读研！蔡琼，你跟我一起去！"

"只是一个重点，也不是作弊……没那么严重。"

见蔡琼还试图为陆先琴开脱，钱伊敏终于忍不住发脾气了："蔡琼，你这老好人要装到什么时候啊！要重点是小，关键是她陆先琴根本就不是一心想读这个研究生，她就是想让自己的简历看上去好看一些，这种人凭什么当陈院长的门生！算了，你爱怎么样就怎么样吧，我要去找陈院长了。"

钱伊敏气冲冲的就走了，留下蔡琼一个人站在原地。

藏在镜片下的眼睛透着摸不透的神色，蔡琼正欲打算离开，刚好碰见徐老师打水回来，看见她也愣了一下："你怎么还在这里？"

"我，我这就走了，老师再见。"

她说话结结巴巴的，在和他擦身而过时，甚至不敢和他靠得太近。

徐廷舟正要进门，就看见王老师一副高深莫测的表情站在门边看着他笑。

"王老师，你站在这干什么？"

"没什么，透透气。"王老师伸了个懒腰，"继续写教案了。"

根据陆先琴推荐，他们夫妻俩今天的晚餐在眼前这家餐厅解决。

餐厅是新装修的，里面的装潢很欧式，装修格局都格外的精致。他们一走进去就被侍应生领着走到了一间小包房内，徐廷舟熟练地为她拉开椅子，陆先琴朝他抛了个媚眼，徐廷舟低笑一声，走到自己的位置旁坐下。

餐厅采用的是隔间的方式，每一桌就是一个小包房，丝毫不会受到隔桌的打扰，头顶上挂着一盏水晶灯照射出暖黄色的光，桌上摆放着的那一束优雅矜贵的粉玫瑰在灯光的映射下，绽放出别样的风情。

"这里评价很不错的，有个推美食的公众号专门推荐过。"

徐廷舟微微一笑："你喜欢就好。"

"那咱们去拿东西吧？"

"走吧。"

陆先琴挽着徐廷舟的胳膊和他并肩走出包房去拿喜欢吃的食物，脸上始终带着甜甜的笑意，徐廷舟伸手刮了一下她的鼻子："矜持点，嘴巴都要笑到脑后跟了。"

陆先琴赶紧摸了摸自己的嘴巴，根本没有徐廷舟说得那么夸张，一双秋水剪瞳瞪着他："你乱说。"

徐廷舟拿着盘子挑了点东西，陆先琴也选了点就凑过去看他拿了什么，一看他手中的盘子，有些惊讶："怎么都是我爱吃的？"

徐廷舟的语气很理所当然："不然我要拿什么？"

陆先琴哑然，将自己拿的东西都一一放了回去，重新拿了点徐先生爱吃的食物。

她不能输。

徐廷舟觉得自己好像带了个小孩出来。

明明一桌子的菜都没吃完,她还非要去拿,一拿就是好多,然后没吃完又去拿,往返而过桌上的东西不减反增,陆先琴从一开始的狼吞虎咽到最后的细嚼慢咽,从兴奋到痛苦,徐廷舟简直哭笑不得,看着她摸着圆圆的肚子靠在椅子上发出满足的叹息,戏谑问道:"不吃了?"

"不吃了,再吃就要到这里了。"陆先琴指了指自己的喉咙。

徐廷舟无奈地叹了口气:"超过一定克数要罚钱,还剩这么多,怎么办?"

"你吃。"陆先琴眼巴巴地看着他。

"我不负责,你拿的你就负责吃了。"

"那我吃不下了啊!"陆先琴开始耍赖,"我要是吃太多就会胖,我要是胖了就变丑了,我要是变丑了,走在大街上会给你丢脸的!"

十分具有逻辑性的话,徐廷舟不为所动:"胖就胖了。"

"难道你想看你可爱的小仙女变成一个胖子吗!就是跳一下浑身的肉抖两抖的那种!"陆先琴表情可怖,似乎已经想象到了自己变胖以后的样子。

徐廷舟闷笑一声:"嗯,胖点也好,手感好。"

"徐先生!"

"哎。"

陆先琴是哑巴吃了黄连,气呼呼地叉腰不说话,徐廷舟拿起筷子一口一口地解决陆先琴吃剩下的东西。

陆先琴贪婪地看着暖光下他越发俊朗的脸庞,毫不忌讳地欣赏着眼前这位帅哥。

"徐先生,有没有人跟你说过,你真的长得超好看啊!"

徐廷舟睫毛微动,生动而诱惑:"有一个。"

"谁?"

他抬起头,眸子里是清浅的笑意:"你。"

"啊,就我一个人说过吗?"陆先琴显然有些惊讶,"太没眼光了吧,徐先生你认识这么多人,居然只有我一个人夸过你!"

夸他的人不少，可他只想记住她夸他的每一个字。

从前觉得一张脸对于男人而言其实并没有什么用处，后来发现这张脸用处还是挺多的，起码有的时候能让她的目光无法从他身上挪开，从而一步步地将她拆骨入腹。

从九寨沟回来以后的陆先琴很明显地感觉到，徐廷舟对她的企图越发明显了。

她有的时候坐办公室，他就时不时地过来巡个逻，然后转个两圈就走，可是任谁也知道，徐廷舟这样的高层，巡逻这件事是怎么也落不到他头上的。

抽屉里老多一些零嘴，从巧克力到棒棒糖什么都有，陆先琴以前没有吃零食的习惯，那些小零食就在抽屉里越积越多，直到放不下了，她才拿出来分给同事们。

后来就更过分了，零食变成了鲜花，陆先琴每天都要面对同事们犀利的眼神，然后又开始头疼花这种东西，直接扔了太可惜，不扔又实在是占地方。

这些零食和鲜花总是附送一张小卡片，卡片上写着"祝你天天开心！徐"，她无语的要死，但也总算知道罪魁祸首是谁了。

终于她爆发了。

这天她堵在 CFO 办公室所在的楼层，因为秘书小姐说她没有预约不能进去，徐总又偏偏不在，她就想堵在电梯这，总能碰上他。

等了好久也没人上来，陆先琴本来站着，后来就干脆找秘书小姐要了张椅子坐在电梯门口等他。她也没带手机上来，百无聊赖地等了二十分钟后，打算今天就此告一段落，明天再来堵他。

她背对着电梯刚搬起凳子，此时电梯门叮的一声打开，陆先琴吓得将手中的凳子掉在地上，刚好砸在了她的脚上，她吃痛的后退了两步，撞上了一个宽阔的胸膛。

"冒失鬼。"她的头顶传来一个熟悉的声音。

是徐廷舟。

陆先琴迅速转过头面对他，叉着腰表情凶得很："徐先生，我有话要跟你谈！"

有阵笑声小声地冒了出来，不是徐廷舟笑的，而是徐廷舟身后的几个同样西装革履的男人发出来的。

她呆滞地看着站在最中央的徐廷舟，而他的身后站着好几个男人。

她僵着身子，满脸尴尬，心脏咕咚咕咚地乱跳，脑子成了一摊糨糊可就是想不出办法圆场。

而徐廷舟非但不帮她收场，还挑眉问她："你要跟我谈什么？"

"我……"陆先琴后退两步，又撞上了地上的椅子，重心不稳地摔在了地上。

瞬间她屁股着地，徐廷舟低头有些诧异地看着她，陆先琴此刻巴不得自己赶紧死了，她从来没有在这么多人面前丢脸过，而且这些人还都是她的领导和同事。

徐廷舟单膝蹲下，柔声问道："摔疼了？"

她急忙站起身，猛摇头："没有没有！"

"徐总，要不您先和这位小姑娘聊聊私事？我们在办公室等您？"徐廷舟身后的某个中年男人开口建议。

"不用。"徐廷舟摸摸她的头，"在那边的沙发上坐着等我，我很快就好。"

"我先回办公室吧。"

"乖，听话。"

徐廷舟看了眼后面的人："走吧，去我办公室。"

"好的。"

一群人跟在徐廷舟后面走了。

她乖巧地坐在沙发上等他，约莫只过了一会儿，那群跟在徐廷舟身后的男人们就陆续出来站在电梯门口等电梯，陆先琴明显感觉到那些男人正在观察她，可能还在讨论她。

终于有个男人走了过来，朝她鞠了一躬，陆先琴连忙站起来回了一个：

"不敢当。"

"请问您贵姓?"男人笑容温和,"我姓李,是财务部门的。"

"额,免贵姓陆。"

"哦,陆小姐,您跟徐总交往多久了呢?"

"啊,我们没交往,我是希尔顿的员工,今年刚毕业。"

男人露出了不相信的神色,下一秒就恢复如常:"打扰了,陆小姐,那么期待我们下次见面。"

男人转身就回去跟另外几个人汇报:"刚毕业!"

"我去,没想到徐总喜欢这样的啊。"

"刺激!"

陆先琴对此一无所知,等秘书小姐走出来跟她说可以进去以后,她拍了拍裙子上的灰尘,昂首阔步地走进了徐廷舟的办公室。

上次来的时候她小心翼翼,生怕弄脏了哪个地方,现在她是过来兴师问罪的,步伐也比上一次轻松了不少。

徐廷舟坐在办公桌前正在签文件。

他放下文件问她:"找我什么事?"

"徐先生,我找你没别的事,就是你能不能不给我送东西了。"

徐廷舟眉头拧了拧,眼睛不自在地游移了两下:"你不喜欢吗?"

"不喜欢。"陆先琴斩钉截铁。

"你喜欢什么?"

"我喜欢在家躺着,什么都不用做!"

徐廷舟点点头:"我知道有个职位挺适合你。"

陆先琴皱眉,问他:"什么职位?"

"我女朋友。"

陆先琴真的要疯了:"徐先生,我说过了,我不是你想的那种女孩子,我是不会为了事业和金钱出卖我的肉体的!"

徐廷舟呛了一口。

潜规则这个事儿就不能过了吗？她要记一辈子吗！

他站起身来绕过办公桌走到她面前，陆先琴害怕得后退了两步，他又再次走近，直到陆先琴退无可退，被他抵在门上。徐廷舟手往下探索，陆先琴屏住呼吸盯着他的下巴，只听细微的咔嚓一声，门被锁住了。

他的呼吸滚烫，低头和她咬耳朵："这才是潜规则，懂吗？"

在他的呼吸撩拨下，陆先琴的耳朵迅速变得通红，仿佛能滴出血来。她的侧脸白皙，竟显出一丝无法言喻的娇媚和诱惑。

身前是他滚烫的躯体，身后是冰凉的门，陆先琴犹如冰火两重天，心被折磨的快要失去控制。

"我再说一遍，我在追你，不是我要潜规则你，而是我想你能做我女朋友，就是跟我谈恋爱的意思。"生怕怀中的这个傻瓜不懂，徐廷舟已经解释的足够清楚了。

陆先琴像只受惊的兔子一样，委屈地缩在他的怀中，小声而颤抖地问道："我知道了，你能放开我吗？"

她的声音太小太柔，却仍然一箭就将他的身体刺穿。

他弯腰和她平视，盯着她殷红的嘴唇，竟露出了一丝坏坏的笑意："那我要不放呢？"

"那，那我也没办法了……"打又打不过他，只能这样认栽了。

徐廷舟被她逗笑，打破了平日里他不苟言笑的传言，至少此刻，他在陆先琴面前笑得无比欢畅，眼睛里，嘴角处，都带着温润的笑意，清风明月，徐徐开来。

"徐先生，你……为什么喜欢我啊？"

似乎没想到她会问出这样的问题，徐廷舟先是愣了一会儿，后又低声说给她听，一字一顿，声音清润："我也很想知道。"

他至今都不曾明白，他二十一岁那年，明明好好地捂着他的心。

就因为村上春树的一首诗，对方还念得结结巴巴的，可偏偏就着了道似的，那首诗他记了好多年，那个人他念了好多年。

"陈叙，我们绝交。"

"啊！为什么啊？"

"追女孩这件事，我自己来就行。"

"你，你连猪跑都没见过，你知道个啥啊！"

徐廷舟什么都没说，他之前信了陈叙的屁话什么送礼物送花，结果反倒起了反作用。他自己无师自通，倒是正中红心，达成目标。

摸了摸发烫的耳根，徐廷舟平复着刚刚跳动得猛烈的心脏。

差点让她看出来。

"徐先生，我还想吃个冰激凌。"

五分钟前口口声声说自己已经吃饱了并且把东西全都丢给徐廷舟的陆先琴又提出了要求。

徐廷舟当然没有任何意外地直接拒绝："不行。"

"甜点都是装在另一个胃里的。"陆先琴试图洗脑。

徐老师虽然是文科生，但是他也知道人不可能会有两个胃，他皱着眉吃下陆先琴拿过来的最后一块炸鸡块，终于放下了筷子，用纸巾优雅地擦嘴。

陆先琴这人十分擅长在徐廷舟面前阳奉阴违，她乖乖地坐在他对面低着头不说话，趁他一个不注意，站起身冲到包房门口打开门就冲了出去。

她刚打开门跑出去，就正好撞上了从包房门口路过的一位客人，只听见一声闷哼，陆先琴两眼一花，伴随着碟子砸在地上一阵轻快的碎裂声，她知道自己闯祸了。

也顾不得自己疼赶紧把客人扶起来，连声道歉："对不起对不起。"

"先琴？"

被她撞倒的客人抬眼和她对视，陆先琴顿时僵住，嘴角停留在一个最尴尬的弧度，直到人站了起来和她平视，她才后知后觉地叫出了对方的名字："蔡琼？"

"真巧，你也是来这里吃饭的吗？来庆祝考试成绩？"

蔡琼露出她一贯的温和笑容，陆先琴看着地上四分五裂的盘子，和散落一地的食物，再次和她道歉："对不起，是我太鲁莽了，这个盘子我来赔，你再去拿一盘吧。"

"没关系，你也是不小心的。"蔡琼看了一眼虚掩着的包房门，有些好奇地往里看了看，正欲看清里面和陆先琴一起吃饭的人是谁，就被陆先琴挡住了视线。

陆先琴笑容尴尬："你和钱伊敏一起来的吧，这家餐厅味道还可以的。"

蔡琼"啊"了一声，点点头："这是伊敏推荐的地方，我还没开始吃。"

"那你快去拿菜吧，快去。"

蔡琼越发觉得奇怪，陆先琴目光躲闪，很明显不愿意让她知道里面的人是谁。

她心中忽然间想到了一个人，眼神刹那间变得有些奇怪，陆先琴越是催着她走，她反而越想知道，里面那个人是不是他。

可陆先琴就那么牢牢地站在门口，丝毫没有要给她知道的样子。

"伊敏可能等急了，我先走了。"

"嗯嗯，拜拜，学校见。"

蔡琼微微一笑："也许在学校你就不会想见到我了。"

陆先琴感到有些奇怪，这时餐厅里值班的侍应生正好经过，看到这里一地狼藉，紧张地问："你们有没有伤到？"

陆先琴连忙摇头："没有没有，这个盘子是这位小姐的，但是我害得她把东西掉地上了，这个我来赔，多少钱？"

"您等等，我正好要去包间收个盘子呢。"

说完侍应生就打开了陆先琴的包间门。

徐廷舟正在看手机，见门打开了，也不抬头，直接说："拿个冰激凌怎么拿了那么久。"

陆先琴暗道完了，侍应生已经进去和他说了刚刚的情况，徐廷舟微微皱眉，看着门口站着的呆若木鸡的陆先琴："你有没有伤到？"

陆先琴摇摇头。

徐廷舟和侍应生一起出去到收银台那边交钱，陆先琴转头一看，蔡琼已经不见了，也不知道是什么时候走的。

一直到付完钱走出餐厅，陆先琴仍是一副心事重重的样子，徐廷舟伸手捏捏她的脸："怎么了？带你来吃自助，怎么还吃的不高兴了？"

陆先琴咬唇，沉默了好一会儿，最后还是说了出来："刚刚我撞到的人是蔡琼，她好像看到你了，等我回头找她的时候，她已经不见了。"

徐廷舟蹙眉，沉声道："不必担心，明天我会找她说一说。"

此时还在餐厅内用餐的蔡琼，已经十五分钟没有吃任何东西了。

面对摆在桌上的一桌子美食，钱伊敏早就开始动筷子了，她见蔡琼一直没吃，有些担心地问道："怎么了？都不喜欢吃吗？"

"不是，只是暂时没那个心情。"

"来的时候你不是心情还可以吗？出去拿了个菜心情就不好了？不会是你喜欢吃的被拿走了吗？"

蔡琼低头，挤出了一个难看的笑容："算是吧。"

"这也是没办法的，不过待会儿应该还会上新的，到时候你再去拿就是了，没必要这么难过。"

蔡琼喃喃道："没有了，就这一盘。"声音细若蚊吟，也不知道是说给钱伊敏听的，还是说给自己听的。

她完全没有心情吃，满脑子都是刚刚包间里那个英俊的男人，他低着头，看不见表情，可是语气却是无限的宠溺，她几乎是一下子就想象到陆先琴在他面前撒娇的样子。

刚刚的场景和图书馆那一幕重合起来，撕扯着她的心生疼，蔡琼用力闭上了眼睛，又想起那天从院长办公室出来以后，王老师和她说的那些话。

"你维护那个老师又是何苦呢？你能从他那里得到什么回报吗？倒不如说出那位老师的名字，把自己撇得干干净净，这样也不会有人在乎你是不是拿到过重点。"

她不想那么做，可是现在却迟疑了。

反正她爱慕的，是那个人的，他永远不会看到自己，无论她有多优秀。

蔡琼用力咬着牙，几乎用力到太阳穴旁边的青筋都隐隐显露了出来，钱伊敏有些不明所以，蔡琼看着不像是为了一碟菜就生气成这样的人啊。

徐廷舟第一次主动找蔡琼单独说话。

蔡琼低着头，徐廷舟只看得见她的黑框眼镜，正考虑如何开口时，蔡琼就先一步问出了口："徐老师，你和陆先琴，是在一起了吗？"

此时再狡辩那真有些掩耳盗铃的意味了，徐廷舟点头："是的。"

他们二人站在教学楼的后面停放自行车的棚子里，现在还是上课时间周围没什么人，蔡琼稍稍顿了一下，轻声说道："徐老师，我喜欢你。"

徐廷舟没有料到她会说这句话，拧着眉头，语气平淡："蔡琼，你现在说这个话，很不合时宜。"

"我早就想说这个话了。"蔡琼声音稍稍提高了些，可仍旧低着头没有看他，自顾自说着自己的，"我喜欢你两年了，从你刚进学校的时候我就喜欢你，我以为你不可能会和自己的学生谈恋爱，就一直默默地暗恋你。可是你为什么会和陆先琴在一起啊？她也是你的学生啊！"

"你和她不一样，这个问题问得没有意义。"徐廷舟声音冷了下来，"今天找你说话，原本是想请你保密我和先琴之间的关系，现在看来你并不是很愿意，当然我也不勉强你，我先回办公室了。"

他正欲离开，却忽然被蔡琼拉住了衬衫衣袖，徐廷舟下意识地甩开她，转过头，眼神里已略带警告："蔡琼，你不要忘记了，我是你的老师。"

"那她陆先琴就记得吗？你一样是她的老师，她还不是费尽心思勾引你，就因为她长得好看？她是院花？徐老师，我一直觉得你是个看重内涵的人，她这种草包美人，根本就配不上你！"

蔡琼双目赤红，眼里是毫不掩饰地嫉妒。

徐廷舟从教几年，对学生虽算不上多么的和颜悦色，可从来没有对任何一个学生发过脾气。此时他也终于忍不住，镜片下那双好看的眼睛里，是对她淡淡的厌恶："我和她是早就在一起的，你无权对她评价什么，如果你非要说勾引，那也是我勾引她。你听清楚了吗？"

"早就？她不可能会比我早！我听过你好多堂课，甚至想过跨专业考新闻学院，就为了能多见你一面，她陆先琴能做到吗？"

她的情绪已经失控，连自己说了什么都不知道。

徐廷舟知道蔡琼这时什么也听不进去了，他皱着眉转身大步离开，刚刚他说的话已经超过了一个老师该遵守的行为准则，蔡琼对陆先琴每一个字的侮辱，都让他控制不住自己气愤的情绪，他知道自己的太太是个怎么样的人，可其他人总一厢情愿地把帽子扣在她的头上。

他放在心尖上疼爱的姑娘，连说句重话都不忍心，却偏偏因为他而被人诋毁误解。

徐廷舟的脸上透着一丝自责。

他要怎么保护她？

陆先琴在陈院长办公室打了个喷嚏，她揉了揉鼻子心想今天的天气也不是很冷，为什么会突然打喷嚏。

"先琴啊，你是知道的，我今年就收了你和秀秀当学生，而且是对你们抱有很大期望的，下个月的国际论坛峰会，我打算带你们两个一起去长长见识，你可不能做让我失望的事啊。"

陈院长一副语重心长的样子，一手拿着茶杯一手敲击着桌面，一叩一叩地把陆先琴的心都叩得紧张兮兮的。

她直觉有什么事要发生，右眼皮也非常适时宜地跳动了起来，她伸手揉了揉眼睛，连忙点了点头，语气诚恳："您放心，我一定不会让您失望的。"

陈院长露出一丝欣慰的笑容，他放下茶杯将身子稍稍前倾，语气比刚刚好了许多："那先琴，我问你一个事，你如实回答我可以吗？"

"您问吧。"

"有人跟我说，你在考试前提前拿到了考试重点，有这回事吗？"

陆先琴一脸茫然："重点？什么重点？"

陈院长嘴角的笑意消失，神色无波："数量经济学的考试重点。"

"没有啊。"

"有同学跟我反映，说你的实力根本不可能拿这么高的分。因此有理由怀疑你提前知道了重点，而且也有人证明，你确实拿到过重点，解释一下吧。"

她紧锁眉头，心间那股说不出的焦虑和疑惑涌了上来，陆先琴按下心神，双手用力捏紧，面对陈院长的质疑，她抬起头坦坦荡荡地回望他，一字一顿地说道："我没有。我根本不知道有什么重点，我的成绩是靠我自己得来的，院长，请您相信我。"

"你是我的学生，我自然是相信你的，但是别人相不相信你是我控制不了的，虽然这个事没什么大不了的，但总归会给你带来影响。"

"现在这件事只有您知道吗？"

陈院长点点头："是的。"

"我会去找她说清楚的。"

"你知道是谁告的密？"陈院长有些诧异。

"八九不离十。"陆先琴朝陈院长鞠了一躬，随即就大步离开了办公室。

见她出去了，陈院长才把目光挪向正对他的电脑屏幕，上面是一封未发出的邮件，内容是这次峰会的出席名单，他和副院长位于首列，紧随其后的就是陆先琴和叶秀秀的名字。

他目光复杂，邮件最终也没有发送出去。

陆先琴来到了那天蔡琼交给她那份重点的地方。

绿色的大垃圾桶早就不知道被清理过多少回了，她丢掉的那份重点也无迹可寻，就算是她找出了那份重点，只要蔡琼一口咬定她看了重点，别人依旧会对她得的高分有所怀疑，而且这份怀疑就像是水葫芦一样，先是不动声色在每个人的心里慢慢地生根发芽，最后积累到一定程度后就会蔓延开来，她怎么澄清也不可能杜绝谣言的传播。

她认识蔡琼一个多月，两人一直相安无事，反倒是她和钱伊敏一直不对付，每次碰上了都充满火药味，蔡琼总是那个在旁边息事宁人的，给人印象极好。

所幸现在她只和陈院长说了，她去找蔡琼好好谈谈，兴许能改变蔡琼的态度。

正欲往研究生宿舍楼走，却发现一路上总有人对她指指点点的，陆先琴已经十分习惯他人的注视，可这种明显带着点幸灾乐祸和厌恶的眼神她是第一次收到。她的心也越来越慌乱，随手抓住了一个偷看他的男生，陆先琴见他吓了一跳，连忙摆出一副好言好语的样子："这位同学，你刚刚为什么对我指指点点的，还有你跟你朋友在讨论关于我的什么事吗？"

男生向同行的朋友求助，却发现朋友很不仗义地扔下他跑了。

他第一次和学校里的风云人物靠得这么近，眼前这位陆学姐现实中看着比照片上还要漂亮，男生咽了咽口水，小声说道："就是学校贴吧里的一个帖子，讨论了学姐你……"

她紧蹙眉头，声音变得低沉："什么帖子？"

"学姐你点进贴吧，那个帖子就在第一页，很好找的。"

放走学弟后，陆先琴用自己的手机打开了贴吧，清大的贴吧常年冷清，除非学校有什么重大的事件才会"盖楼"，此时第一页的帖子几乎都是十几个的回复，只有一个帖子，已经有三百多条的回复了。

某研究生院老师和学生不可说的秘密。

很劲爆的标题，最近老师和学生的新闻着实不算新鲜了，几乎是每隔一段时间就能出现这样一条新闻，舆论在网络上不断地发酵扩散，人们分不清这到底是流言还是谣言，一旦有了一丝的风吹草动，人们就会拿起"键盘"奔赴战场，有的属实"键盘"打中了要害，有的却是编造，"键盘"只让风气变得更差。

帖子的内容指向性很强，虽然没有指名道姓，没有爆出当事人的网名，但只要是清大的学生，很快就能通过这些指向性明确的话扒出当事人。

帖子说，某经营院的一个美女学生平时人缘极好，人也努力上进，在别人心中一直是学习的楷模，可是最近中期考核刚过，这位学生居然去勾引出题老师，拿到了重点，考到了一般人根本就不可能考到的分数。最后发帖的楼主还特别"正义"的感叹了一下现在高校的风气，本应该是学术氛围最浓厚的高等学府，居然也发生了这样损害校誉的桃色新闻。

楼下跟帖的开始解码，先是锁定了最近刚中期考核完的几个研究生院，后来又抓住了美女两个关键词，学校的查询网站只要提供学号密码就可以查询学期成绩和学分，一般人嫌麻烦都会默认初始密码，很快，这位学生就被成功解码了。

经管院的院花，陆先琴。

那位老师的身份也浮出水面，新闻学院的风云讲师，现在已经荣升为副教授的徐廷舟。

帖子是昨天晚上发布的，到今天上午已经是几百的回复，并且回复还在不断增加，陆先琴头一次体会到，气到极点是什么滋味，她很想进贴台把里面那些人都骂回去，不知道为什么有的人戾气那么重，明明根本就不熟悉她和徐廷舟，骂出口的话却一句比一句狠毒。

只有少部分人讨论帖子的真实性，可就像是小石子丢在了大海中，那一点点小小的水花，哪有加入为民除害的"键盘"队伍来的激动人心。

陆先琴几乎是跑着到了研究生宿舍楼下，这时刚好有几个同院的女生下楼，有几个看她的眼神明显有些躲闪不愿和她对视，有个女生倒是抬着鼻孔看她，语气轻蔑："哟，这不是我们陆大院花吗？怎么，刚从徐老师办公室出来？瞧把你累的。"

把摔下神坛的人狠狠地踩上一脚以获得快感，这是落井下石的最佳写照，多的是人有这种毛病。

陆先琴双目通红，狠狠地瞪了一眼那个女生："作为女孩子，你的嘴巴应该放干净一点才对。"

众人都是第一次见到陆先琴这种可怕的样子，打头的女生下意识地后退了一步，嘴上却还不求饶："怎么？敢做不敢当？你等着吧，学校不可能不管这件事的，到时候我看你还敢不敢这么嚣张。"

陆先琴几乎是被气笑的，她一字一顿，每一个字都像是滴着血："我求之不得学校管管这件事，顺便也管管你这张不干净的嘴！"

"陆先琴！你嚣张什么啊！"

"我嚣张是因为我没做过这件事。"陆先琴冷笑一声，"你嚣张靠的什么？就是凭借那么一段口说无凭的话？我告诉你，到时候事情水落石出了，你最好看见我就绕着走，不然我见你一次打你一次。"

经管院里出了名的性格温和的陆先琴发起火来让人靠近不得。

"先琴，你冷静一点。"有个女生出来打圆场了。

"换成你们能冷静得下来吗？"陆先琴几乎要把嘴唇咬破，目光灼灼地盯着那个女生，几乎要把她给灼穿，"你就凭借那个帖子的片面之言，来指责我，这也就算了。没有证据的事，你凭什么这么说徐廷舟，就是看好戏，口口声声说喜欢徐廷舟，尊重徐廷舟，背地里这样中伤他，你也配当他的学生？"

那个女生被她怼得哑口无言，陆先琴扯了扯嘴角，再不跟她们几个纠缠，转身就大步地跑上楼。

有人弱弱地说了句："第一次看见这样的陆先琴……"

"兔子急了还咬人呢，何况是人？走吧，少说点话。"

叶子急匆匆地出门，还没等锁上门，就看见走廊处陆先琴正气冲冲地走过来，她赶忙走过去，担心地问："一大早的你去哪里了？"

"你看到帖子了吗？"

叶子愣了半晌，点点头："嗯，是书棋发给我的，我正要出门找你。"

"不用出门了，我正打算和始作俑者好好谈一谈。"

陆先琴敲响了钱伊敏宿舍的门。

"谁啊？"

"陆先琴。"

里面的人将门打开，是钱伊敏，她脸上带着十分厌恶的神情，语气也很差："你来找我干什么？"

"我找蔡琼。"陆先琴不说一句废话，直截了当地说明来意。

"找她求饶？"钱伊敏双手抱胸，叹了口气，"陆先琴，我本来一直觉得你是走后门进来的，没想到你真应了我的猜测，而且你的后门居然是徐老师。真是搞笑，我之前还信誓旦旦地说你这种人绝对泡不到徐老师，没想到你还真有点本事。"

陆先琴冷声说道："我不是来找你的，我找蔡琼。"

"她不在。"钱伊敏烦躁的就要关上门，陆先琴及时用手挡住了门，钱伊敏一记重压，她痛得皱紧了眉头，钱伊敏赶紧松开手，指着她喊道，"你今天吃错药了？这么冲？"

"如果你被人群起而攻之，莫名遭受辱骂，你或许就不会问这个问题了。"陆先琴放下手垂在一边，叶子急忙拿起她的手轻轻地吹气止疼。

"今天陈院长找我，说有人举报我通过出题老师拿到了那份重点，帖子上也说我用不正当的手段拿到了那份重点。我就奇怪，我的那份重点是蔡琼给我的，她这个给我重点的人反而被忽略了。她既然不在，那么我问你，你知不知道那份重点是蔡琼给我的？"

钱伊敏这个人心直口快，她此时就算撒了谎替蔡琼做假证，陆先琴也保不准会找出来什么目击证人，所幸也就大方承认："我知道，但是她没看，反而是你从她手中抢过去了，这件事你能怪她吗？"

"我抢过去？"陆先琴笑了一声，"蔡琼说什么你都信？"

"我不信她难道还信你吗？反正从这件事上我算是看清楚你了。当初蔡琼要给我重点的时候，我没接，她也没看，说是要扔掉。倒是你捡了个漏，现在反而扒出了你和徐老师的关系，也算是一石二鸟了。"钱伊敏抱胸，好整以暇地看着她。

钱伊敏永远不会忘记，徐廷舟跟她说的，最不喜欢的就是她这种学生。她还为此难过了一阵子，现在看来真是不值得。

"钱伊敏，我说句不好听的，我现在很怀疑，你是不是走后门才被保研进来的，被人拿着当枪使还冲在前面叭叭叭的叫得欢。你是不是觉得你是正义使者，天使下凡？你是不是觉得把我的真实一面揭露出来了很高兴？"

叶子在一旁默默叫好，每次先琴都忍着钱伊敏的各种冷嘲热讽，现在她气场全开，事实证明她不是不敢吵，只是不想吵而已，怼得钱伊敏脸绿得跟芹菜似的，看着就爽快。

钱伊敏指着陆先琴，也不知道是不是气到极点了，居然说话都不利索了："陆先琴！你还有理了是不是？"

"有没有理你待会儿就知道了。"陆先琴绕过她直接走进了寝室，准确地找到了蔡琼的桌子，"我猜，她一定准备了不止一份重点，她没料到我会来寝室直接找她对峙，也没料到我会翻她的桌子，所以她的重点一定没有丢。"

钱伊敏和叶子面面相觑，不知道她说的话是什么意思。

陆先琴此时也顾不上什么教养，直接就翻开了蔡琼的桌子，找了两个抽屉以后，终于在一个小抽屉的最里面，找到了几张纸。

手写的复印纸，上面的大字清晰地写着"数量经济学中期考核重点"这几个字。

她看了一眼内容，与前几天考试卷上的大相径庭，只有少数的几个要点中的，其余的重点全错。

她将重点递给钱伊敏："这是复印的，所以都是一样的，上面的重点都是错的，你应该猜得到为什么蔡琼给我还不够，还要给你一份了吧？"

钱伊敏浑身冰凉，将那份重点撕得粉碎。

第七章 澄 清

一石二鸟。

蔡琼的那份假重点给了钱伊敏和陆先琴两个人，可能会发生四种情况：两个人都看了，蔡琼稳坐第一；钱伊敏看了陆先琴没看，蔡琼可以利用钱伊敏指责陆先琴偷换重点拿高分；钱伊敏没看陆先琴看了，那么蔡琼最初的目的就达成了，还可以反咬一口陆先琴偷拿重点，只是偷鸡不成蚀把米；现在最坏的情况就是两个人都没看，蔡琼只能达成最低目标，就是诬告陆先琴拿了重点得高分。

无论哪种情况，只对她有利无害。

钱伊敏只觉得心中生寒，蔡琼就用这么几张纸，将她也套了进去。

她们从大一开始就是同班，两个人总是班上的一二名，在她心中，蔡琼是和她同等优秀的人，也是她大学时期最好的朋友，她知道蔡琼家庭条件不好，有什么好东西都会第一时间想到她，就连这次蔡琼那所谓的重点，她心中虽略有怀疑，可下一秒还是义无反顾地站在她这边，替她不值得。

陆先琴看着一地的碎片，心中也知道钱伊敏想明白了。

"现在只要蔡琼一口咬定她没给过我那份重点，当时又没有目击证人，这几张纸也根本说明不了什么，就算我拼命澄清，也依然会有人认为我是靠着不正当手段拿的高分。"陆先琴语气平静，眼神清澈，"我不会说清者自清这种蠢话，我没做过的事我绝对不会沉默。现在我要做的就是让蔡琼把那个帖子删掉，徐老师跟这件事无关，不要把他牵扯进来。"

钱伊敏略有些惊讶："那个帖子是蔡琼发的？"

陆先琴皱紧了眉头："难道还有第二个人知道这件事？"

"你和徐老师的事，是真的？"钱伊敏抓住了重点，又反问她一句。

陆先琴好像在说一件和自己毫不相关的事似的，语气一如既往地淡定："对，他是我男人。搞我可以，搞他不行，等蔡琼回来了，麻烦你跟她说一声，既然知道他是我男人，就离他远一点。"

陆先琴转身欲走，却刚好碰见从外面回来的蔡琼。

叶子率先喊出了声："嘿，你还真敢回来啊！"

蔡琼眨了眨眼，语气不解："这是我的寝室，我为什么不敢回来？"

在场的三个女生都被蔡琼的态度给惊住了，反倒是蔡琼还一脸惊讶地看着陆先琴和叶子，笑着说："先琴，秀秀，你们俩怎么今天想起来到我们寝室来串门了啊？"

说完她走到自己的座位上放下包包，打开柜子拿出了自己的几包零食，朝她们问道："吃零食吗？"

陆先琴看着她没说话，倒是叶子忍不住上前一步指着她喊道："蔡琼，我们都知道你做的事了，你现在这是什么反应啊？当什么都没发生过是吗？你发的那个帖子现在彻底把先琴和徐老师推入风口浪尖了，你知道吗？"

蔡琼语气疑惑："什么帖子？"

叶子气得直喘气，平日里对蔡琼印象不错，没想到她居然这么能装："蔡琼，你能不能别装了啊？你这样真的很恶心，先琴她做错什么了要被你这么诬陷？一个女孩子每天不想着怎么充实自己，满脑袋想着怎么害别人，你自己心里头不难受吗？"

蔡琼抿唇，目光幽深地看着叶子，直看得叶子放下了指着她的手又后退了两步。

她藏在镜片里的眼神晦涩难懂,面色无波:"凡事讲证据,没证据的事请不要乱说。"

叶子指着地上的碎片:"你做的那份假重点都暴露了,你还问我们要证据?"

"那是我自己写着玩的,这也算得上是证据吗?"

叶子真是要被蔡琼的厚颜无耻打败了,她撸起袖子正要和蔡琼大战三百回合,就听见钱伊敏带着冷意说道:"行了,你们两个先走吧,等有证据了再来下罪状吧。"

"钱伊敏!刚刚你也看到了啊!你在这儿无脑地护什么室友呢?"叶子也是忍不住了,语气暴躁到了极点,只觉得这寝室的两个人都够厚颜无耻的。

陆先琴按了按叶子的肩膀:"我们先走吧。"

叶子有些不理解她:"啊?为什么啊?"

"我想知道的都知道了,可以去跟陈院长讲清楚了,剩下的就让她们自己解决吧。"陆先琴看了一眼蔡琼,只见对方也在同样看着她,她握紧了拳头,最后同她说了一句,"蔡琼,如果你是真喜欢徐老师,那么就请你把帖子删掉。"

蔡琼压低了声音,皱着眉一字一句地告诉她:"我说过了,我没发什么帖子,凡事讲证据。"

"就算不是你发的,你敢说这帖子的楼主知道所谓重点的事,不是你曾透露给某个人?"

蔡琼几乎是下一秒就迅速反驳:"不可能!"

"好了,你已经承认了,你确实给过我重点。"陆先琴从口袋里拿出手机晃动了两下,"现在我有了证据,如果你不想把事情搞得太难看,不论用什么方法把帖子删掉。还有,徐廷舟是我男人,你离他远点,听清楚了吗?"

叶子像是看陌生人一样看着陆先琴,陆先琴简直就跟警匪片里那些神勇无敌的主人公一样,好像什么都在她的掌控之中,随随便便就把幕后黑手给揪了出来,怼得对方哑口无言。

两个人走出了寝室，陆先琴顺带还把门给带上了。叶子一出来就狠狠地拍了一下陆先琴的背，一脸的欣慰："先琴，行啊你，你这不是挺会吵的吗？哎，你怎么知道事先录音啊，这也太神了，跟看电视剧似的。"

"我没录，我吓唬她的。"陆先琴吃痛地摸着自己的背，"没想到她会说漏嘴，我也只是想让她把帖子删掉而已。"

"啊？"叶子愣住了。

"重点这个事，我回来的路上想得很清楚了，她只跟院长说了这件事，我没证据证明是她给我的重点，她也没证据证明我真的有那份重点，所以根本激不起多大的水花，现在我只想让她赶紧把帖子删掉。"

叶子才想起拿手机看一下帖子现在有多少了，却发现已经被删除了。

她猜道："大概是为了学校声誉吧，删掉了。"

叶子又滑动了几下，发现虽然那个帖子不在了，可已经有好多新的帖子，都在讨论帖子为什么被删除，这个话题并没有因为帖子的删除而结束。

"只要徐廷舟没事就行。"陆先琴轻声说道。

叶子暧昧地捅了捅她："哎哟，护夫狂魔啊，陆先琴。"

陆先琴抿了抿唇，复又问道："你怎么，一点都不惊讶？"

"你当我傻，现在还能不知道你和徐老师的关系？"叶子翻了个白眼，"真以为你能瞒得住我吗？也就我配合你的演出罢了，不然分分钟戳穿你。"

陆先琴尴尬地笑了一下，嘴巴张了张想说些什么，又没有说出口。

"怎么了？要请我吃饭赔罪吗？"叶子得意地笑了笑。

"我就想问，你打算什么时候叫我一声爸爸？"

陆先琴表情很真诚，语气也很认真。

"……"

"徐老师，你解释一下网上的那个帖子吧。"

新闻学院的郭院长一脸严肃地看着他，院长办公室里出奇的静。原来徐廷舟一回办公室就被叫到院长办公室，他刚要去的时候还不知道发生了什么事，

第七章 澄 清·199

共事的几个老师不安地凑过来和他说了一下现在学校传得沸沸扬扬的那件事，他才知道原来自己和陆先琴的关系被网上说得那么不堪。

"纯属造谣。"

郭院长重重地叹了一口气："我当然知道是造谣，可是就一个晚上，几乎所有的学生都听说过这个谣言了。前些日子各种高校出的那些事，但凡学校稍微处理的晚一些就被网上那些人骂成什么样你也是知道的。老师和学生的关系都被那些新闻妖魔得快要成了一种禁忌关系了，现在哪个男老师还敢和女学生走得近？可偏偏又出了你和那个女学生的这种新闻，现在帖子还只是在校内发酵，保不准哪天就传到外面去了。"

徐廷舟皱眉："帖子应该已经删掉了。"

"管理员确实删掉了，可这不代表谣言就此打住。这件事已经在学校里引起了不小的骚动。"郭院长扶了扶眼镜，"你下个礼拜的讲座，还是暂时取消比较好，先把这件事给解决了再说。"

谣言通过树状传播散布在学校的各个角落，辐射广、程度深、传播快，徐廷舟本身就是研究这方面的，他清楚一个礼拜是绝对不可能让这个谣言彻底消失。

"你说你这么优秀的一个老师，刚升上副教授，怎么就出了这种事？"郭院长重重地叹了声，语气遗憾。

徐廷舟走出院长办公室，几个老师迅速围了上来问他情况，他也只是笑了笑，什么也没说。

这时手机上恰好收到了李书棋发过来的微信：

姐夫，那个发帖的 IP 地址我查到了。

这是在进院长办公室前徐廷舟交代他做的事。查出来就好了，看来李书棋心里也是着急得不行了。

那个发帖的，包括下面前十个跟帖的号IP显示的都是外省，而且是来自同一个地区。

校内爆料，爆料者一定是在学校里知道这件事并且发出来义愤填膺的，又怎么可能是外省IP？

我清楚了，你好好安慰安慰先琴，剩下的我来解决。

谁都不可以伤害徐太太。

"蔡琼，你告诉我，刚刚陆先琴说的全都是她瞎扯，你从来没想过害我，这重点也不是你写的。"

钱伊敏将寝室门锁住，转身死死地盯着蔡琼，想要听到她所希望听到的答案。

蔡琼微微一笑："你刚刚跟我说那些话，就证明了你本来就不相信我，那我为什么还要解释？"

"你说我为什么要听你解释？我还不是把你当成我最好的朋友！"钱伊敏手指都在颤抖，她急忙走到自己的座位旁，从书桌的抽屉里拿出了一本相册，颤巍巍地递到蔡琼面前，"我们从大一就认识了！这相册里我们俩的照片都快塞不下了！一起去吃什么、玩什么，我都记录在这里了。我失恋了，你第一次逃课在寝室照顾了我一天，还带着我去骑自行车踏青。你家里出事儿了，我二话不说就问我爸妈借了一万块钱给你应急。这些事儿我都能说出一箩筐来，怎么现在读了个研，你就变成这样了？"

蔡琼没有接过那本相册，而是自顾自地走到座位上坐下，关上了陆先琴翻开的抽屉："你是我最好的朋友，而你现在却为了一个认识才一个多月的人指责我、怀疑我，难道你自己就没问题吗？"

"蔡琼，那份重点确实是说明不了什么。"钱伊敏抱着相册看着她，"但是我不傻，你抽屉里的那份假重点，你大可说出一万种理由来开脱，陆先琴她奈何不了你。那我问你，你给我的那一份，到底是什么？"

蔡琼适时地沉默了。

钱伊敏也不想再继续追问下去了，只说："这件事你只要死咬着不承认，谁也奈何不了你，我知道发帖的不是你，你一直喜欢徐老师，不可能会发那种帖子害他。你告诉我，你还跟谁说过重点的事？"

蔡琼还是低着头没有说话，死咬着嘴唇硬撑着。

"蔡琼！"钱伊敏蹲下身子仰头看着坐在椅子上低头默不作声的蔡琼，"我知道你喜欢徐老师很久了，所以哪怕你再讨厌陆先琴，你也绝对不可能把徐老师扯进来。现在徐老师因为你的那份假重点被学校的人在背后不耻，你就这样看着吗？哪怕他被停职、被造谣、被人吐口水，你也无动于衷？"

"我不知道，这件事跟我没有关系。"

"你为了徐老师拼了命的学习，没事就去蹭课，在得知徐老师要教我们的时候，你兴奋得一晚上没有睡着，你暗恋了他这么久，现在你连出面帮他澄清的胆子都没有了吗？"

蔡琼只是一直重复着："我不知道，我不知道，这件事跟我没有关系！"

"蔡琼！你回答我！你不是那样的人！"

蔡琼突然站了起来，用力地将椅子踢翻，钱伊敏被吓得闭上了眼睛，还未来得及睁开眼就听见了蔡琼沙哑的、阴郁的声音："我就是那样的人，我嫉妒她陆先琴刚进学校才多久，为什么就能让徐老师喜欢她？就因为她漂亮吗？就因为我长得不如她？还有你，你不要以为你当初借了我一万块钱，就可以自命是我的救命恩人了，你知道我打了多少份工才拼死拼活的还上这钱吗？既然你真是我的好朋友，为什么只是把钱借给我，你家里那么有钱，你送我一万块钱又怎么了？你明知道我喜欢徐老师想引起他的注意，为什么年年还要踩在我的头上拿国奖！我连学费都要自己挣，你为什么还要抢我的奖学金！"

钱伊敏一副不敢置信的样子看着她，这是蔡琼第一次以这样咄咄逼人的语气和她说话，向她控诉，把她这四年来所有的委屈通通地发泄了出来。钱伊敏嘴角带着苦涩的笑容说："蔡琼，你自己品品你刚刚说的话，那是人话吗？"

"为什么不是人话？钱伊敏，我被你当成绿叶多久了，你心里头没点数吗？每次你鼓励我跟徐老师搭话的时候，你安的什么心？"

那个文静寡言的蔡琼仿佛已经死了，取而代之的是面前这个被嫉妒蒙蔽了双眼，只会责怪命运的蔡琼。

钱伊敏用力闭了闭眼睛，忍住了鼻尖的酸涩，轻声说道："蔡琼，我不管你相不相信，我从来没有把你当过绿叶，我真心把你当成我最好的朋友，那一万块钱，我从来没催过你还，如果你不还，我也不可能逼你还，还有，我从来没觉得你配不上徐老师，我鼓励你是因为我不想你这几年的暗恋一点水花都没有。"

蔡琼不屑地冷哼了一声："谁信啊。"

"不过我还是要谢谢你，起码因为你，我才发现自己有多么愚蠢，被你当枪一样指哪打哪，还误会了陆先琴，现在我算是得到教训了。"钱伊敏颇为激动地说。

"你和陆先琴的事跟我无关。"

"刚开学的时候，是不是你跟我说陆先琴的本科院校，跟我说她是辞职考研年纪比我们大？还跟我说她长得漂亮，明明学历成绩不是最好的复试却是第一名，你明面上夸她，就是因为你知道你越夸她我就越讨厌她，我这人小心眼见不得出来个人比我还耀眼的，你当了我这么久的朋友是很清楚我的性格，不是吗？"

蔡琼将椅子扶起来，又重新坐下了，仿佛刚刚那个歇斯底里的人不是她："没证据不要乱说。"

"对，我没证据。"

钱伊敏点点头，一步步凑近蔡琼，看着蔡琼白净的脸上似乎没有一点愧疚之意，她突然笑了一下，随后扬起手用力朝蔡琼的脸上挥去。

啪……

蔡琼的脸上出现了一道血红的巴掌印。

"钱伊敏！"蔡琼冲过来揪住钱伊敏的衣领就要还她一记耳光。

钱伊敏手疾眼快地抓住了她伸过来的手，用力一推，蔡琼力气不如她，一下子就被推倒在地上。

"你就只会捡着没证据这三个字不停地乱吠！我现在懒得跟你吵，你告诉我！这件事你告诉过谁！"

"等徐老师真的被谣言压死了！我看你往哪后悔！"

沉默了半晌后，蔡琼终于说出了一个名字。

"新闻学院，王秉老师。"

在得到了回答后，钱伊敏不再和她过多纠缠，回到自己的座位上打开衣柜，拿出行李箱，匆匆收拾了一些东西："我会搬出去，从今天开始，我们不再是朋友了。"

没过半个小时，她带了一些洗漱用品和换洗衣物走出门去。而在她收拾的期间，蔡琼一直坐在地上，看着她收拾。

随即而来的是冰冷的关门声，刚刚寝室里还充斥着争吵声，现在就只留下了一室空寂。

因为校方的及时处理，这个帖子以及相关帖子很快在学校贴吧销声匿迹，只是还在人们的口中不断传播发酵。

徐廷舟的教师形象也因此大打折扣，原定于这周四下午新闻学院在多媒体演播厅举办的讲座也被临时换人。

陆先琴气得在家里直跺脚，一边绕着客厅走一边嘴里还叨叨不休的："凭什么是他啊！就算讲座不让你上，又凭什么是他上啊！"

讲座的开讲教授换成了王秉老师。

徐廷舟没回答她，只是在卧室里找什么东西。

"徐先生，你倒是说话啊！现在咱们俩的风言风语还没消停呢！这事儿要是传到微博上了，你英明神勇的老师形象可就全部毁了！但凡是男老师和女学生被爆料，甭管真假那些人肯定是先骂！"陆先琴走到他旁边用力拉他的衣服，示意他听她说话。

"那正好我也不用被当成猴给人观光了。"

陆先琴简直要被他的无动于衷打败："徐先生！你就这么任小人逍遥啊！明天就演讲了！"

"我没说过。"

"那你去找他对峙啊！"

徐廷舟叹了声，直起身子像拍皮球一样拍了拍她的头："我正找东西呢，你待会再跟我说行不行？"

"不行！"陆先琴一副义愤填膺的样子，"我男人被这么欺负，我怎么可能安静下来！我一刻都安静不下来！"

"徐太太，你男人不会任人欺负的。"徐廷舟只能和她这么保证。

陆先琴当然相信徐廷舟，心不甘情不愿地回客厅沙发坐着等他，约莫过了一刻钟，徐廷舟才终于出来。

"走吧，去学校。"

陆先琴站起身："去学校干架吗？"

徐廷舟无奈："我去找院长，你去找王秉，我给你的东西记得带上，如果可以最好叫上叶秀秀跟你一起，她脾气比你暴躁一些，一定要吵得让王秉回嘴的那种。"

陆先琴谨遵教诲，徐廷舟开车和她一起去学校。

两个人一起往新闻学院走，徐廷舟先去了院长办公室，留下陆先琴在等叶子过来。

她站在树下，时不时有路过的人对她指指点点。

她抿唇就当没看见。

没过十分钟叶子赶来了，气喘吁吁的，陆先琴吩咐她："我刚刚都在微信里跟你说了，你记住了吗？"

"我知道，你放心吧，我小时候跟我邻居小孩吵架厉害着呢，徐老师的吩咐我肯定照办！"

两个人相视一笑，上楼去了。

王老师正在记明天要用的演讲稿，就听见一个女生正用蚊子一般的声音叫他。

办公室所有的老师都在演播厅那边准备明天的演讲，只有他一个人作为主讲人还在办公室记稿子。

他抬头，觉得这女生有些面熟："有事吗？"

叶秀秀看了一眼空荡荡的办公室，朝门外咳了咳，几乎是一瞬间，一个人影就溜了进来，办公室的门迅速被关上，咔的一声落了锁。

如果不是认识那个锁门的，王老师几乎要往别的方面想了。

"老师，这办公室隔音效果应该还不错吧。"

王老师皱眉："你问这个做什么？"

他这话刚落音，脸上就遭了一记左勾拳，王老师被打得头都偏了过去，完了以后不敢相信发生了什么。

他被学生打了？还是女学生？

"你这个衣冠楚楚内心禽兽的垃圾老师！让你造谣我英明神武的徐老师！让你造谣我可爱无敌的小琴琴！让你上贴吧乱说话！让你嘴贱！我今天就要为民除害！名垂青史！"

王老师被两个女学生夹击，叶子豪迈抬腿一踢，他就被踢下了椅子，趴在地上怀疑人生。

两个女生一个扯他本来就不多的头发，一个把他的皮鞋脱了丢的老远，边爆捶他还边骂他。王老师虽然人挺垃圾，但是心里头还是存在着不跟女人一般见识的顽固思想，就这么被打着也不反击，偶尔被打痛了才叫两声出气。

后来叶子开始扯他衣服了。

"啊啊啊住手！"

"你叫啊！你叫破喉咙也不会有人来救你！今天新闻学院整栋楼的老师都不在！没人会来救你的！"

"你们！"

最后王老师被打得奄奄一息，叶子扯着他的领带恶狠狠地问他："你跟不跟徐老师道歉？嗯？"

王老师装傻充愣："你说什么我不知道。"

叶子冷笑一声，冲陆先琴努了努头："先琴，搜他电脑查网页历史记录，还有改IP地址匿名发帖的软件。这个垃圾老师肯定没想到我们敢直接冲到他办公室跟他对杠，心里头估摸着想什么时候再发个帖带带节奏呢，肯定还有证据。"

意外的，王老师居然也没阻止。

陆先琴了然一笑："不在台式，那就在笔记本电脑里了？"

"你们有完没完！你们这样把我打一顿就能解决事情？帖子已经发出去了，群众效应已经起作用了，就算现在出面澄清，也无济于事了！就算你们把我打死在这儿，徐廷舟的名声也回不来！"

王老师一副死猪不怕开水烫的模样，求生欲几乎为零。

陆先琴的脸上突然冒出了诡异的笑容，她知道王老师心道不好，就见她从衣服口袋里掏出了一个胡萝卜形状的录音笔在空中晃动了两下："谢谢王老师提供的关键性证据，叶子，走了。"

两个女生潇洒离开，留下王老师坐在地上发呆。

叶子看了眼陆先琴手里的胡萝卜笔，问道："又是上个礼拜那个套路？"

"怎么可能？"陆先琴收进口袋里，"徐先生特地去买的，货真价实的录音笔，疯狂动物城同款。"

"你们还真是天生一对啊……"

周四。

由新闻学院联合计算机学院共同开展的"如何破除网络舆论"的讲座在学校的演播厅正式开始了。

该讲座是人民网连同清河市数十所重点高校一起打造的系列讲座。随着网络新媒体的不断发展，为增强大学生独立思考，识谣、辟谣的能力，此次讲座在清河大学举办系列讲座之二"守望信息来源，识别网络谣言"。

参加讲座的除了清河市本部院校的大部分学生外，还有各个学院的老师代表和其他高校代表，听说还有现场直播，会在微博和直播软件上同步，陆先琴和叶子也混了进来，票是徐廷舟帮她们搞到的。

她俩没跟自己学院的坐在一起，去找了李书棋，李书棋旁边本来坐着梁冰和另外一个室友，后来见她们俩来了，就灰溜溜地走了。

陆先琴尤其注意到梁冰的脸上似乎有些伤痕。

"他脸怎么了？"

李书棋轻哼一声："被我揍的。"

陆先琴和叶子对视一眼，看来最近血光颇多啊。

讲座已经开始，徐老师试了试麦克风，问道："大家都能听见我说话吗？"

有不少学生响应了。

"今天我们的讲座主题已经在 LED 屏幕上摆了很久，我想一开始就不跟大家说一些理论知识了，免得把大家说困了，所以我打算先说个例子。"

虽然徐老师因为那则谣言失了不少学生心，但还是有部分学生比如叶秀秀这种坚定不移地相信徐老师绝对不是那种人，因此仍然给他热烈的回应。

"我和我的太太，在两年前的五月二十日领证，正式成为中华人民共和国的合法夫妻。"

全场哗然。

什么？徐老师已婚？

徐老师今天一袭硬朗整洁的黑色西装，里面是雪白的衬衫，衬衫第三颗扣子与第四颗扣子中间的领带夹发出银色的光芒。他今天打了发蜡，露出了白净光洁的额头和英挺的剑眉，他一如既往地戴着那副无框眼镜，朗目疏眉，俊雅无双。

他说完这句话以后，台下所有学生都沸腾了。

那个清大最受欢迎男老师排行第一的徐老师居然已婚,而且已婚两年?

清大多少年才出这么一个完美的男老师,就算只可远观,起码也能让人在梦里头过过瘾,体验一把师生恋的惊险刺激,而现在他们的头号男老师徐廷舟居然已婚,无数女生的心都碎了。

陆先琴在下面也听得目瞪口呆的,叶子都快把她的胳膊给掐紫了,语气里是满满的羡慕嫉妒恨:"陆先琴你瞒着我结婚也就算了,你居然跟徐老师都结婚两年了?你是人吗?我每天在你面前意淫徐老师的时候你是不是内心特满足特爽?"

陆先琴以为这次顶多就出面说他们两个是在一起的,没想过连结婚的消息都说出来。

台下早就有学生按捺不住了:"徐老师!你说的是真的吗?你真的结婚了?"

"是真的。"

台下哀号一片:

"是谁告诉我徐老师是黄金单身汉的!欺骗我少女纯洁的感情!"

"只有上辈子拯救了银河系修来的福气这辈子才能嫁给徐老师这样的极品吧……"

"我失恋了……"

非清大的一些嘉宾根本就不知道为什么会引起这么大的骚动,只看见台上的徐廷舟做了个安静的手势,他身后巨大的显示屏将他的动作放大以至于整个演播厅的人都能看见他的手势。

"因为种种原因,我隐瞒了已婚的事实,本来想一直隐瞒下去。"徐廷舟笑容敛去,声线低沉,"但是之前学校贴吧出现了一则毫无事实根据的帖子,我不知道在座的有多少人看过。"

台下有同学发言了:"徐老师!我们都相信你的。"

徐廷舟轻轻一笑,骤然间如三月花开一般:"谢谢你们,不过根据清河市上半年社会治理发展报告的数据来看,现实中有四分之三的人会有意或无意的传播谣言,而只有四分之一的人不会,在复杂而良莠不齐的网络舆论环境中,人们往往分不清什么是真什么是假,有时候仅仅以'我以为''我听说'或者'我觉得'开头,就将谣言在不知不觉中扩大化。"

他的声音清越,吐字清晰,逻辑明了,台下的人瞬间就懂了他为什么要以自己为例子作为演讲的开场白。

"那徐老师,你为什么要隐瞒婚史啊?"

学生们头一回看见徐老师的眼里,溢出那么温柔的神色,仿佛他的眼睛里住着一个人,那个人独占了他所有的爱恋和柔情。今天在这样盛大的场面中,清冷无双的徐老师第一次将他的爱意如此袒露地表现了出来,再无顾虑。

"我们于两年前正式结为夫妻,此时我刚进清大任教,她偶尔有时候会来学校看我,给我送东西吃。她来得很勤,我也猜到她并不是百分之百为我而来的,我问她是不是很喜欢清大。"徐老师眸色清浅,玉石之声,"她说,她非常喜欢清大,如果还有机会的话,她想来这里念书,弥补学生时代的遗憾。"

"然后呢?"

徐老师微笑:"然后,她就来了。"

台下的人都不明所以,徐老师的这个来了,是什么意思?

叶子死命地握住陆先琴的手,低着头,声音颤抖至极:"陆先琴!偶像剧啊!有生之年我居然还能吃到这种纯'狗粮'啊!可是好好吃啊怎么办!"

坐她另一边的李书棋显然淡定多了,眼神里充满对徐廷舟的崇敬之意:"姐夫这操作也太骚了……"

他们三个知情人没想到,更骚的还在后头。

徐廷舟稍稍偏头,将目光锁定在一处,一字一句,温润细腻:"徐太太,上来一下好吗?"

"啊啊啊啊啊啊!"

"'狗粮'!我爆哭!"

"我这一趟没白来!我室友看直播的根本就体会不到现场的气氛!"

"师母在哪里啊!"

陆先琴犹如化石一般僵在原地，屁股如磐石，怎么挪都挪不动。

还是叶子和李书棋合力一人抓住她一只胳膊，硬生生把她拉起来了，随后两人迅速坐下。他们的位置不算靠后，已经有人在后排看到了站起来的陆先琴。

"那个就是徐老师的老婆？怎么背影看着有点熟啊？"

"等一下，那不是学生会主席吗？"

"等一下，这个背影越看越熟悉！"

"那不是陆学姐吗！"

"我眼睛应该没瞎吧！你们看看我瞎没瞎啊！"

"我居然暗恋过徐老师他老婆，我师母，我有罪……"

众人已经无法形容此刻的震惊，清大的官方微博此时正在直播，弹幕也确实在徐老师说出徐太太那三个字的时候彻底炸了。

"我爆哭，教育小哥哥已婚！"

"心疼这个学校的学生们，老师现场发'狗粮'，不吃都不行。"

"真香"

"就是正正经经的来看个讲座被喂了一嘴的'狗粮'……"

陆先琴手心都在冒汗，她是小地方来的没见过大世面，还是叶子在她后面拼命地煽动她上台，她才勉强跨出了那艰难的第一步。

怎么感觉像结婚典礼那天，她走红毯似的……

等陆先琴走到阶梯处，徐廷舟已经先一步在那里等她，朝她伸出了骨节分明、修长白皙的手。

陆先琴看到他的右手无名指上，戴上了他好久都不曾拿出来过的那枚婚戒。被他牵着上台，她目光躲闪，心里把台下的人全都想成小萝卜头。

清河大学新闻学院的副教授徐廷舟老师藏在背后的老婆居然就是经管院大名鼎鼎的陆先琴学姐，也是前不久贴吧里闹得沸沸扬扬的两位主人公。

谣言不攻自破。

众人看着台上这一对郎才女貌的夫妻，感叹自己瞎了眼怎么一开始就没看出来这两个人这么般配，简直天生夫妻相。

"因为徐太太她害羞，所以我们一直瞒着。"徐廷舟一手拿着话筒，一手牵着她，"有的话，非来自信息源不可轻信，现在我和徐太太两个信息源都站在这了，希望大家以后能好好辨别信息真假，做出判断。"

台下爆发出雷鸣般的掌声，这是高校巡讲这几场来，第一个拥有如此强大号召力的一场。

郭院长在台下老泪纵横，他一开始就没选错啊！是个好苗子！搞新闻的好苗子啊！

之后演讲正式开始，陆先琴站在台上也不合适，徐廷舟看着她下台，轻声嘱咐台下的学生们："别欺负我太太。"

"徐老师你放心！陆学姐就交给我们了！"

"保护师母义不容辞！"

等她坐回到座位上，徐廷舟才正式开始他的演讲。

"谣言的产生和事件的重要性、模糊性成正比，比如我们经常在朋友圈看到的各种新闻，其传播速度之快就是抓住了这两点，抓住了受众群体的好奇心，越是合胃口的，就越是想要点进去看，下面我举几个例子……"

李书棋在做笔记，陆先琴和叶子也不是学新闻的，这讲座听听就好，叶子正在看手机，憋着笑把手机递给陆先琴看："微信群炸了，你自己看吧。"

经管院的研究生群已经彻底炸开了，有人说陆先琴不够意思的，有人说她藏得深的，还有人出来道歉说自己以前不该对徐老师抱有非分之想的，更多的都是羞耻没脸的。

我居然当着先琴的面儿说徐老师屁股翘……

我居然还当着先琴的面儿说喜欢徐老师……

我居然还问过徐老师喜欢什么样的女生……

这问题很多人都问过，有不少时间都是下了一节小课，学生们跑到讲台那里找徐老师说话的，每次一问到这个问题，徐老师总是一副高深莫测的样子，然后眼神不知道往哪里瞟："不太清楚。"

现在看来就是在看陆先琴嘛！太羞耻了！

叶子也心虚地看了眼陆先琴，笑容勉强："我后来知道你们俩的关系以后我可就再也没提过徐老师了。"

陆先琴挑眉，拿出自己的手机不紧不慢地打开微信，找到微信群，优哉游哉地打了一行字：

叶秀秀曾经跟我发过誓，如果我能泡到徐老师，就让全经管的人都管我叫一声爸爸。

……

叶秀秀，你退群吧。

你要发誓就拿自己发誓啊！为什么扯上整个经管院啊！

我现在宣布，叶秀秀已经不是我们经管院的一员了，她被开除院籍了。

叶秀秀，你就发四百条爸爸给先琴，把整个经管院的爸爸都补上吧。

演讲结束的第二天，清大的微博、论坛、贴吧上徐老师的超话都彻底沦陷。

只因为那个清风明月的徐老师在演讲当天给清大学子乃至整个圈里的人喂了一大口"狗粮"。

这场演讲足足持续了三个小时。

徐老师作为开讲教授，在讲完他的演讲稿后就坐在第一排听其他教授的演讲，一直到演讲结束。工作人员刚说完按顺序离开演播厅，大批的学生就涌向了第一排去找徐老师聊天了。

徐老师刚起身，就被学生们围了个水泄不通。

他稍稍愣了一下，围着他的基本上都是女学生，徐老师的身高尤为打眼，即使是陆先琴在后排，也依旧能观察到他那瞬间呆愣的表情。

她痴痴地笑了笑，然后就发现自己也被围住了。

"陆学姐！你怎么瞒得这么好啊！"

"陆学姐过分了啊！"

"学姐，学姐，我们好想听你和徐老师是怎么相识相恋的，啊啊啊啊！"

她眨了眨眼睛，一时间还没反应过来。

叶子和李书棋正要把她从人群中解救出来，就看见一个穿着西装的男人英雄救美般地把陆先琴一把拉出了人群。

那个男人肚子微凸，身形略胖。

"陈院长？"

陆先琴看着这个解救他的男人，更呆了。

"我有话要和你们学姐说，你们先散了吧。"

这里围着的大部分都是经管院的学生，几乎都认识陈院长，院长下令了，就算内心再好奇，他们也只能听话地乖乖离开。

"先琴啊，你跟我来，我有话跟你说。"

陆先琴朝叶子使了个眼色，示意她和李书棋先走，叶子回了她一个祝你好运的表情，和李书棋一起离开了演播厅。

她跟着陈院长来到后台，本以为陈院长要说什么，却发现她这个老师一直欲言又止的，手搭在领带上，一直在整理并没有乱掉的衣着。

陆先琴犹豫着开口："陈院长……"

"先琴啊，你还有没有把我当你的老师啊？"陈院长开口了，语气气鼓鼓的。

"啊，必须有啊。"

"我这么费尽心思地帮你隐瞒已婚的身份，结果你丈夫居然是徐老师。"陈院长气得眼角的皱纹都加深了一圈，"你怎么连我都瞒着啊？"

"我，对不起，院长。"她无从狡辩，确实是瞒着陈院长的。

"亏我还以为……"陈院长老脸一红，想起之间分别对徐廷舟和陆先琴的谆谆教诲，现在回想起来真是丢了老脸，还以为在解救陷入迷局的年轻人，原来自己一直被这夫妻俩瞒得死死的。

又想起刚开学时，他兴冲冲地给徐老师介绍陆先琴，两个人还装着不认识的样子，就越来越气。

这两个人都是他很看好的人，真心把他们当晚辈看，结果却被这样戏弄。

他一张老脸挂不住，最后只好说："先琴啊，我之前跟你说的那些话，你就忘了吧……别往外说啊。"

陆先琴不解："什么话？"

"就……我劝你不要勉强的话。"

"那怎么能忘！"陆先琴神情严肃，"我知道这都是院长您的激将法，多亏了您对我的谆谆教诲，我才没有放弃，取得了那么好的成绩，您说的话我会永远铭记在心的！"

这个时候管他之前说了什么，朝着马屁股用力拍就是了。

"……"

陈院长表情很微妙。

"我年纪大了……"

徐老师被一群女学生围着，站也不是走也不是，只觉得身边都是不一样的香味，只好稍稍妥协："等下次有机会了再说，行吗？"

学生们只觉得徐老师此刻无奈的语气好温柔，顿时被迷得七荤八素地点头称好，但有一部分不是新闻学院的学生就不太高兴了，徐老师不教她们，这次演讲以后还不知道下次再听他说话是什么时候呢。

"徐老师，那我们不是新闻学院的不是就听不到了吗？"

徐老师微微一笑："学校好像没说不允许蹭课吧。"

"啊啊啊，我们一定会去蹭课的！"

学生们走了以后，徐老师总算是闲了下来，只是刚打算寻找陆先琴的身影，就被一只手攥住了肩膀。

他回过头，是郭院长正激动地看着他。

"郭院长？"

"徐老师！好样的！"郭院长忍不住给了他一个大大的拥抱，"你这个开讲教授简直是太好了，我刚刚看了林老师给我的直播反馈，我们学校是直播观看人数最多的，而且也是气氛最好的一场！徐老师，你给新闻学院争了大光啊！"

郭院长老当益壮，手劲颇大，徐廷舟一个大男人也被捶得微微咳了咳。

"这么说，我做到了给您的承诺了。"

演讲的前一天，徐廷舟来到郭院长办公室。当时郭院长以为他是来为自己解释的，正想听他怎么解释，就看见他拿出了一个纸袋放在了桌上。

郭院长有些惊讶："徐老师，我们学院需要你啊！你可不能轻易辞职啊！"

"不是，这不是辞职信。"

郭院长打开纸袋，是一个鲜艳的红本本，上头印着国徽，下面三个大字，"结婚证"。

"这……"郭院长打开结婚证，看到那结婚证上的照片和名字，惊讶得都忘了收起下巴。

"我和陆先琴是合法夫妻。"徐廷舟淡定地解释，"关于那份重点的事情也已经找到了根本原因，造假的同学也已经承认，都是一场误会，那个帖子纯粹是子虚乌有。"

"可是我已经通知了王老师，让他做明天的开讲教授了。"

郭院长心虚地放下结婚证，心中有些责怪自己的急切。

"他应该参加不了明天的演讲了。"徐廷舟忽然一笑，"而且我能保证，我做开讲教授的效果，一定会比王老师好。"

这是徐廷舟自入职以来，第一次用这样野心勃勃的口气和他说话，他对自己充满了自信，此刻不见了中国人常说的谦虚和礼让，只是觉得自己该拿的就应该拿回来。

郭院长哈哈一笑："是啊，你不但做到了，而且还超额了。照这样下去，你很快就能提教授职称了。"

"谢谢郭院长夸奖。"

"你跟我说的王老师那个事,出于学校方面考虑,只是发帖造谣,我们不可能随意处置一个副教授,但院方已经知道了他的行为,近几年评奖评优方面应该是轮不到他了。如果你有时间的话,我让他过来当面给你道个歉。"

徐廷舟心中早就猜到是这个结果,只不过学院没有怪罪叶秀秀和先琴两个人殴打老师,想必也是睁一只眼闭一只眼,或者又是王秉心虚不敢声张,不过不论是哪一种,事情也得以解决。

"跟我道歉还不够,还要跟我太太当面道个歉。"徐廷舟没有推辞,"她是女孩子,声誉问题很重要,可能一个谣言就会让她在学校待不下去,所以比起和我道歉,王老师更应该去和她道歉。"

郭院长点点头:"你说得对,这件事情陆同学受的委屈最大。"

徐廷舟和郭院长告别后,刚走出演播厅就收到了陆先琴打过来的电话。

那边的声音元气满满:"徐先生!"

"唉。"

"他们都吵着非要让你请客吃饭!"

"谁?"

"就是班上那些人啊,说我们不够意思,说要宰你一顿。"

徐廷舟知道,在大学里头的一群朋友中,一旦有一个人脱了单就要请客吃饭。他研究生时期吃过不少这种饭,可自己却从来没请过,说起来也着实算得上是一个遗憾。

他闷笑一声:"那就宰吧。"

"这么干脆!不怕一顿就吃穷你啊?"

"有徐太太在,我还怕什么?"徐廷舟语气轻松。

那边愣了一下:"哇!我才不帮你省钱,我也要多吃一点。"

"调皮。"

陆先琴回到寝室的时候，叶子还没回来，一群人在她寝室门口闹了好久才散去。她送走了一群大爷以后，下意识地看了眼钱伊敏的寝室。

自从上次在那个寝室和她们对峙以后，她就再也没见过钱伊敏和蔡琼了，这两个人连公共课都没来上。

她收回眼神正要关门，那个寝室门就正好打开了。

蔡琼穿着睡衣，头发凌乱，手中拿着垃圾袋正要出门。

她也看到了陆先琴。

陆先琴今天穿着简单的牛仔外套，踩着帆布鞋，扎着马尾辫，明明再简单不过的装扮，蔡琼却还是被晃了下眼，顿了顿逃开了她的视线。

"蔡琼。"陆先琴叫住了她。

蔡琼提着垃圾袋的手微微一顿，没有回头："干什么？"

陆先琴上前走到蔡琼的面前，她比蔡琼稍稍高一些，看蔡琼的时候微微低头，语气平静："跟我道歉。"

蔡琼皱着眉看她："凭什么。"

"就凭你耍小手段想要害我，就凭你为了自己的那点贪念做出令人不齿的事情，这些不足以让你跟我道歉吗？"

蔡琼冷笑一声："我说过，没证据不要乱说。"

"有没有证据你心里不清楚吗？今天的直播你看了吗？"陆先琴迅速地捕捉到蔡琼眼角的那一抹湿润，"看来是看了，王老师被替下，就已经足够说明结果了。还有，你哭也没用，徐老师也不可能是你的。"

陆先琴从未说过这样咄咄逼人的话，但每一句都在把蔡琼往情绪的边缘推。

她就是故意要气她。

"陆先琴，你得意什么。"蔡琼瞪着她，"谁知道你靠什么迷惑的徐老师。"

陆先琴微微一笑："我就是迷惑他了，他也就被我一个人迷惑了，十个你上来也没资格跟我争。我再说一遍，他是我的，你就是做梦，都没资格。"

"你！"

陆先琴眼疾手快抓住她的手,低头凑近她:"我再说一遍,道歉。"

"你想得美!"

无法沟通,陆先琴甩开她的手,蔡琼被推得往后踉跄了一步,陆先琴站在她的两步远像条毒蛇一样狠狠盯着她。

"其实你道不道歉都没关系了,反正你目的没达到,徐老师也更讨厌你了。"

陆先琴转身离开,内心舒畅。

头一次这样咄咄逼人,她再也不是那个任打任骂的陆先琴,面对别人的嘲讽和诋毁,不会再躲在角落默默地舔舐伤口。只要自己有理,她就要果断反击,不给对方趾高气扬的机会。

有的人越是让他,他就越觉得你好欺负。这是徐老师教她的道理,她听徐老师的话,把这句话记得很牢。

何况蔡琼还妄图染指她的徐老师。

徐老师这辈子就是她一个人的。

关于徐老师的超级话题"炸"了三天了。

其中首页"加精"就是那天直播的录屏,从徐老师的"我和我的太太,在两年前的五月二十日领证,正式成为中华人民共和国的合法夫妻"那一句开始,到徐太太上台被徐老师牵着手,害羞地躲在他后面,最后再到徐老师说"别欺负我太太",全程的柔情和蜜意一帧不少地放了上来,撑死了当天不在现场的群众。

徐廷舟的这个超级话题主持人是清大新闻院的学生,恰巧就是新媒体这块的,十分懂得怎么经营"超话"怎么增加曝光度。因为徐老师本人不玩微博,她也就顺便当起了徐廷舟全球粉丝后援会的会长,掌管着手下一票来自全国各地的徐老师的粉丝们。

徐老师上次小爆光是因为粉丝见面会上被发现他一个大学老师追男团,后来又爆光是因为被发现是个亚服前一百的"吃鸡"大神,这次大爆光就是因为演讲会当中撒"狗粮"。

上次小爆光其实已经发过一次视频，只不过剪掉了"狗粮"部分，这回趁着"狗粮"还热，有粉丝放出了那天的拍摄视频，视频里清清楚楚地听见徐老师说"和老婆一起来的"和"她害羞"，完美贴合演讲当天宠妻狂魔的徐老师。

大家也没注意，徐老师就上热搜了。

徐老师成为清大第一个在三十岁左右还是副教授职称就拥有百度词条的老师。

徐老师的人生经历一起被放上了词条，除却清大新闻学院和经管院的学生，其他人这下都知道徐老师从小到大的辉煌人生经历和双博士学位的高学历。

清大这边也很蒙，他们学校出过不少艺人，前阵子也因为双一流名单的公布上过一波热搜。但是这次徐廷舟仅凭一己之力登上热搜，学校又惊又喜发了条微博说要给徐老师做个专访，下面一排的热烈叫好。

求徐老师高清美照！
高三党一枚！明年高考一定努力考上清大新闻系！
有没有人组队去清大偷人的？
百度词条的学历吓到我了，这是神仙吧！
上次知乎说人家营销造假的人脸疼不？你连人家一根脚趾头都比不上！

叶子捧着手机笑得花枝乱颤，把手机递给陆先琴看："徐老师这回是真的红了。"

经管院一行玩得好的人连同李书棋和顾逸闻两个新闻学院学弟现在都坐在一个包厢里。徐老师开会还没到，大家都在玩手机等主人公。

陆先琴刚刚已经被拷问过一拨了，只不过叶子和李书棋一直护着她，大家什么也没问出来，就只好想办法等着徐老师来从他口中套一点"狗粮"出来。

"哇，粉丝这么多了。"

叶子挑眉:"必须的,我也关注了,要是徐老师有微博的话就不得了了。"

说曹操曹操到,徐老师姗姗来迟,左手手臂上搭着西服外套,右手提着包,站在包厢门口。

"哦哦哦!徐老师来了!"

"徐老师快坐,等你点菜了!"

徐廷舟看了眼陆先琴旁边的位置,叶子连忙知趣地往旁边挪了挪,陆先琴局促地看着他走了过来坐在自己身边。

他把外套搭在椅子靠背上,坐下时侧头看着陆先琴笑了笑,随后轻声问道:"还没点菜?"

陆先琴也不知道怎么的就突然羞涩起来,不敢看他,小幅度地点点头。

徐老师将菜单递给同学们:"你们爱吃什么就点什么,记得点一道糖醋排骨就行了。"

"徐老师喜欢吃啊?"

徐老师摇摇头:"不是,先琴喜欢吃。"

"突如其来的'狗粮'!"

"没有一点点防备!"

陆先琴红着脸瞪了一眼徐廷舟,后者也正好笑着看她,眼睛里是亮亮的浅浅的光芒。

同学们也着实是调皮,对着下了讲台的老师把一股子皮劲儿往外撒,平日里不敢对老师开的玩笑这时候也敢开了。

一开始是顾逸闻发难,挑着眉坏笑问道:"徐老师,金屋藏娇藏得这么好,待会儿得好好喝一杯赔罪才行啊!"

徐老师:"我这娇天天住学校,怎么藏?"

"哇!"

陆先琴恨不得找个地缝钻进去,她在桌下的脚伸到徐老师脚跟前踩了一下他的皮鞋。

徐老师稍稍皱眉,无奈地看着她:"别闹。"

聊着聊着菜也上齐了，大家开始倒酒伸筷，口上说着今天要灌醉徐老师，但其实就是嘴上逞一时之快，谁也不敢做那个出头鸟，各自吃着菜。

李书棋率先倒了一杯啤酒，站起来对着徐老师说道："徐老师，这以后，我就能光明正大地叫你姐夫了吧。"

徐老师来之前，李书棋就已经解释过他和陆先琴的关系，众人都嚷嚷着说这知情人都藏得好，不把他们当朋友看。

"当然可以。"徐老师举杯。

"当初你和小琴姐结婚的时候我忙着补课，也没参加你们的婚礼，一直没机会一起喝酒。现在我干了这杯酒，就当是迟来的祝福。"

李书棋这话一说，大家才想起来今天来吃饭的最终目的是过来"逼供"的。

"对啊！徐老师！你还没和我们说，你和陆先琴是怎么认识的？"

"你们是谁向谁求的婚啊？"

"徐老师你快说，我这好奇的心都准备好了。"

李书棋干了酒就坐下，陆先琴有些担心地看着他："你能喝酒吗？"

"能的。"李书棋眨眨眼睛，"只是没在你面前喝过。"

顾逸闻顺势一笑，凑到陆先琴面前说："他能喝呢，每次出去喝酒就属他喝得最多，上次喝了酒把梁冰揍得连气儿都不敢喘一下。"

陆先琴微微皱眉："你喝了酒有暴力倾向？"

"没，他惹我了。"李书棋眉毛都不抬一下。

"怎么惹你了？"

李书棋看了她一眼，挪开视线："男生之间的事儿，小琴姐你就别问了。"

这时只听见徐老师被学生们缠得没办法，只好妥协地承认："我求的。"

"求回忆！"

陆先琴一脸蒙地转头问徐老师："你求的？"

"是啊。"

她更蒙了："你求过吗？"

两个当事人口径不一，不在现场的也不知道怎么回事儿，徐老师叹了口气:"求了,求得不明显而已。"

叶子大喊一声:"徐老师你说出来,我们来帮你分析分析到底你求得明不明显!"

陆先琴眨眨眼,这是要当众说故事了?

他最初有求婚这个念头的时候,其实当时的环境很简单。

当时恰逢企业在美国上市,他忙得焦头烂额,还时不时要飞美国一趟,每天沾床就睡,根本没空和她道晚安,也没空陪她。

她也乖巧,每日就给他发条短信,说早安晚安的,多余的也不问,就好像知道他忙似的。

这天他终于有空带她出来吃顿饭。

去的自然是三星级餐厅,徐廷舟知道谈恋爱的时候一切以气氛为主,这是陈叙教他的,所以他也从来不吝啬那一点钱,带她出入的总是高级餐厅。

她先开始还不习惯,打趣说自己是农村来的,甚至连西餐旁边放着的那一小块柠檬都以为是开胃水果。徐廷舟察觉到她眼角里那被她小心翼翼藏起来的自卑和怯弱,虽然他出身也并不是多么高贵,只是每次看着她眼底透露出来的对上层社会的羡慕和期待,想要满足她而已。

这是每个女孩子都曾幻想过的上流生活,他一点也不觉得她虚荣或是什么。他有能力给她的,自然会毫无保留的都给她,男人总是要付出的多一些,这也是陈叙教他的。

只是在这烛光下,他看着她熟练地切着那一块牛排,再也不用他来帮忙,忽然就发现心里头缺了点什么。

"想不想吃馄饨?"他忽然问道。

陆先琴有些不解地看着他:"啊,怎么了?牛排不好吃吗?"

"你下班以后常去的那家店,现在应该还开着门吧。"

"额,应该吧。"

徐廷舟起身:"走,我们去吃馄饨。"

他二话不说结账走人，车带她去了那家店。

那儿的老板认识她，笑着打招呼："来吃馄饨啊？"

"嗯。"陆先琴兴奋地点点头，转头看向徐廷舟，"徐先生吃什么？"

"跟你一样。"

店面很小，但客人却很多，将这家本就不大的店挤得更加狭小，叽叽喳喳的谈话声充斥着整个店面。没有小提琴，没有水晶吊灯，只有墙上的那一束唯一照亮店面的日光灯和满屋飘着的小吃的香味。

陆先琴把筷子烫过之后递给徐廷舟，问他："怎么突然要带我来吃这个？"

他们是并排坐的，徐廷舟接过筷子，没有回答她的问题："这儿的馄饨好吃吗？"

"特别好吃！我把这周围的店都吃过一遍了，就这一家又便宜又好吃，跟我读大学的时候学校后门最常去的那一家店的味道差不多，待会儿你尝尝就知道了。"

她把这附近所有的苍蝇小店都吃过了，而他却只知道她最爱去的这一家。

馄饨上来了，很香。徐廷舟夹起一个，那皮儿竟然脆弱的就这么和肉分了层掉在了汤里，陆先琴笑着又递给他一个调羹："配合着吃。"

徐廷舟正要送进嘴里，陆先琴又说："等会儿，有点烫，要吹一吹。"

他吃惯了便当和西餐，很少吃还要因为怕烫而吹气的食物，陆先琴低头在他的馄饨上轻轻吹了两口，吹好了后又用亮晶晶的眸子看着他："吃吧。"

徐廷舟吃了一口，馄饨皮薄，馅儿多，咬一口下去，汁水一股劲儿地往外冒，但他还是被烫着了，舌尖有些痛。

"啊，没事吧。"陆先琴赶紧去给他倒了一杯冷水。

他喝了一口水，陆先琴有些歉疚："以后还是去吃西餐吧，你吃不惯这个东西的。"

他愣住了。

总说人一辈子拼了命的工作，为的不过是摆脱为柴米油盐精打细算的生活，过上精致奢侈的日子。他确实做到了这一点，比普通人是舒服了许多，因此也想给陆先琴这样的生活。

他们在刻着浮雕的刀叉圆盘中,享受着很多普通人无法享受到的顶级服务。

可是那一点市井,那一点烟火,却好像渐渐离他远去。

他以为给她的是最好的,却未曾想到她也是在这烟火中长大的孩子,他喜欢的,也是她的那一点赖皮,那一点骄纵,那一点可爱。

以为自己是在纵容她,却发现其实是她在纵容自己。

他空落落的地方,好像一下子就填满了。

两个人吃完馄饨后没有坐车,而是选择沿着靖江散步回家。茫茫夜色中,路过的行人三三两两,有一家三口牵着狗、有耄耋之年的老人们互相挽着,在桥灯的映照下,一幅幅市井颜色跃然于他的眼中,显露出烟火之气。

他牵着陆先琴的手,忽然就想和她组建一个家庭,和她面对那些柴米油盐,和她踏过千山万水,和她吃遍这世上的美味珍馐。

那一定很有趣。

徐老师保持着他一贯的微笑,就是不开口。

众人也知道这徐老师谈恋爱的事情不可能随随便便说出来,一时间也不多纠缠,又问了些别的无关紧要的,就各自给徐老师敬酒了。

李书棋今天兴致来了,回回都是一杯干。顾逸闻在旁边看着他,以免他喝得烂醉,可惜没拦住,李书棋又端着一杯酒走到徐廷舟那儿了。

他的眸子被酒气熏染,闪烁着复杂不明的光芒,还没等徐廷舟拿起酒杯,就先一步碰了放在桌上的杯子,语气里已然带了点醉意:"姐夫,谢谢你。"

徐廷舟的语气波澜不惊:"谢我什么?"

"谢谢你,把小琴姐从那个泥潭里拉了出来。"他打了个酒嗝,又断断续续说道,"谢谢你,对她那么好。"

"她是我太太,你不用谢我。"徐廷舟举起酒杯仰头一口干了,把空着的酒杯对着李书棋晃了晃。

李书棋放下酒杯，用力按着自己的额头："不行，我得去一趟厕所。"

顾逸闻连忙扶住他："哎哎哎，我扶你去，就你这东倒西歪的样子，没走两步就得摔。"

陆先琴皱着眉头警告李书棋："今天不准再喝酒了。"

"我这是补你们那时候的喜酒呢。"李书棋咧嘴一笑，然后就被顾逸闻扶着走出了包厢。

叶子一直坐立不安，握着筷子的手紧了又紧，最终还是放下了筷子，跟了出去。

陆先琴有些担心地扯了扯徐廷舟的衣袖，在他耳边小声道："徐先生，这情况看着好复杂啊。"

"你要掺和进去，就更复杂了。"徐廷舟给她夹了块排骨，"快吃，给你点的。"

殊不知这些小动作被学生们看在眼里，调侃在嘴里："徐老师，你这酒还没喝完呢就关心起老婆来了，我们这还有一大半的人还没敬酒呢。"

徐廷舟略微挑眉："跟你们喝酒可以，但是我想立个规矩，总归我是你们的老师，不能你们干一杯我干一杯吧，长幼有序，我干一杯，你们至少得干个三杯。"

酒桌文化有时候就是这么无赖，学生们嚷嚷着他们和陆先琴是一辈的，折合下来和徐老师也是一辈的，后来还是没能说过徐老师，老实拿着酒杯过去敬酒了。

有个男生敬酒的时候谄媚地说道："徐老师，我是你微博超级话题的小主持人呢，看在我帮你管着偌大'超话'的份上，就别让我喝三杯了行吗？"

"超话？"

"就超级话题啊，徐老师，你有微博吗？"

徐廷舟手机里有新浪微博，他不常上，就算上了也只是有目的性地看看那些企业家们发的新闻，后来直接下了个看新闻的APP，里面即时更新国内外的新闻，微博就更加上的少了。

不过他确实是有号的："有。"

男生瞪大了眼睛："啊？我们一直以为你没有呢，那徐老师你赶紧告诉我，我关注你一下。"

徐老师拿出手机给他扫码，那个男生看了眼徐老师的微博名称，差点一口气没咽下去："徐老师，你微博名叫徐太太甜掉牙啊！好肉麻！"

几个耳朵尖的学生听到了也起了一身的鸡皮疙瘩，没想到徐老师私底下这么浪漫，而且还是个超级无敌的宠妻狂魔。

徐廷舟这时才想起他的微博名，是他注册的时候本来想打本名，陆先琴阻止他，说公众人物才打真实名字，现在的微博名都一个比一个奇怪。

他问："那应该叫什么。"

陆先琴耸肩："我是取名困难症，徐先生你自己想吧。"

她那时在吃麦芽糖，那东西又粘牙又甜，说完这句话就按着牙齿喊，这糖都甜掉牙了。

这个微博名应运而生。

徐廷舟难得地露出了一丝丝窘迫的神色："你对老师的微博名有意见吗？"

男生立马认怂："没意见！特别没意见！"

点开徐老师的微博发现他的微博好没意思，几乎转发的都是央视新闻、人民日报网这样大大小小的正经官博，再往下翻就是什么家常私房菜谱，全世界最好吃的点心这类的美食微博。男生不死心地继续下翻，终于看见徐老师除了"转发微博"以外的其他汉字了。

那是一条旅游微博，上面列举了"应该和你的那个 TA 去的 108 个景点"，徐老师转发了那条微博，转发理由是"附加一条：张家界"。这条微博他转了三遍，第一遍的转发理由是"带她去"，第二遍是"法国已去"，第三遍就是最近这一条。

看上去像是记录微博，男生居然还翻到了抽奖微博，大多都是化妆品和护肤品之类的抽奖微博。徐老师看上去也不像是正经参加抽奖的，因为他的转发理由都是清一色的"已买"。

看不懂，男生收起手机，还是等回寝室再好好研究。

一旁正吃菜的陆先琴忽然说道："徐先生，我突然发现我们好像都没有'互关'哎。"

徐廷舟轻轻一笑："没关系。"

"不用'互关'？"

"不用，我能看到。"

"你知道我微博？那你知道我最近总喜欢转发的那个锦鲤大王吗！好灵的！"

"我知道。"

哪有什么所谓的锦鲤与运气，不过是身边的人给予你的无限宠爱罢了。

一顿饭局结束，众人提议去唱歌，徐廷舟推脱说还要回去准备教案，学生们也没强留他，毕竟老师在这肯定玩不尽兴。于是大方告别徐老师的一行人就要找 KTV 唱歌。

徐老师像是嘱咐孩子一般摸着陆先琴的头说："别玩太晚，注意休息。"

陆先琴敬了个礼："Yes sir（是的先生）！"

学生们在旁边咿咿呀呀地喊牙齿疼，陆先琴将他的手打下来，语气嗔怪："你快走吧。"

徐老师这才叫了辆车离开。

他一走，就有人打趣陆先琴："你和徐老师的相处方式好像父女啊。"

不光别人这么说，有时候她自己都觉得徐老师像她父亲一样。

"哎，秀秀呢？还有你的那两个学弟？"

有人发现人没齐，陆先琴左看右看也没发现那三个人，估摸着还在饭店里照顾李书棋。于是她拔腿就往回走，还不忘和同学们说一声："你们先去，到时候把 KTV 的名字和包厢发群里。"

"行，那你找到他们就赶紧来啊。"

陆先琴回到刚刚吃饭的那个包厢里发现里面已经有人在收桌子了，他们三个并不在包厢。她想了想，就往这层楼的厕所走去。

还没走到厕所，就在厕所刚出来的那一条走廊上看到了这三个人。陆先琴正要上前叫他们，就发现气氛好像有些不太对。

李书棋蹲在墙边，顾逸闻在他耳边和他说些什么，只有叶子是站着的，只是也低头看着他们，谁也没发现陆先琴，她也不知道怎么的，竟踌躇着不敢上前。

她躲在了转角处，听不见他们说话。

这时却听见顾逸闻大喊了一声："李书棋！你还是个男人吗！今天你青梅小姐姐请客吃饭，你哭丧着脸算怎么回事啊！"

"我这是高兴的，你懂什么。"

"我是不懂，那你老人家能不能赶紧起来了，那帮人估计都走了。"

"走了就走了吧，反正我们也不认识。"李书棋声音含含糊糊的，"走，回寝室打游戏去。"

顾逸闻嫌弃道："得了吧，就你那水平，我不跟你玩，我要去找陆学姐。"

"你不跟我玩，那你也休想跟她玩。"李书棋被搀扶着站了起来，手指胡乱在空中比画着什么，"她是我姐姐，我让她不带你玩她就肯定不带你玩。"

"行，她是你姐，你是她弟，你们是一对好姐弟。"顾逸闻口气敷衍，又对一旁呆愣的叶子说道，"叶学姐，帮我扶着他点儿。"

叶子一时没反应过来，顾逸闻又叫了她一声，她这才走到李书棋的另一边，扶着他的胳膊。

李书棋用力眨了眨眼睛，但无济于事，也不知道是不是被酒熏的，眼圈又红了。

"我这辈子也只能是她弟弟了⋯⋯"

声音不大，却足够让几步之遥的陆先琴听得清清楚楚。

她一时间愣在原地，手脚冰凉。

三个人回了包厢发现人都走光了，叶子掏出手机看了眼消息，看到有人直接发了 KTV 的地址，心中明白这群人是直接去唱歌了，转头对他们俩说道："他们去唱歌了，你们去吗？"

顾逸闻看了眼李书棋，语气无奈："你说呢？我们还是回寝室吧。"

"那我也回寝室吧，正好也帮你扶着他。"

顾逸闻忽然坏笑："这是心疼我了？"

叶子给了他一记白眼："我是心疼李书棋。"

"真是受伤。"顾逸闻看了眼不省人事的李书棋，一时间嘴上也没了顾忌，"上回我陪你去游乐园玩了一天，你心情倒是纾解了，我当了一天的跑腿，什么好处都没有。"

"你还没好处啊？一路上跟你搭讪的美女那么多。"

"我这不是都没理吗？"顾逸闻不满地撇了撇嘴，"还不都是怕学姐你吃醋，学姐，你看我都这么听话了，就给我一个机会吧，行不行？"

两个人边搀扶着李书棋边走边说，叶子面上窘迫，没有正面回答他的问题："你是真对我有那个？"

"好感就好感，别那个那个的，这有什么见不得人的。"顾逸闻语气直爽，俊逸的脸上闪过一丝羞涩，"我弟弟总是夸你教得好，我跟我弟眼光一致，我觉得你挺好的。"

叶子忍俊不禁，笑了出来："你这什么破理由。"

顾逸闻说不出口，真是因为他弟弟老在他耳旁夸她，害得他也注意起她来了，后来就越看越顺眼。尤其是停电那天，他第一次觉得女生头发上那几十块钱一瓶的洗发水的香味比那种高级香水的味道还好闻。

"学弟，我不想骗你。"叶子叹了一口气，咬唇说道，"我不是那么容易忘事儿的人。"

顾逸闻满不在乎地笑了笑："你当谁都跟这位大哥一样呢，把十几年的感情藏在心里头，要放手那简直比上天还难。偏偏这位脸上还云淡风轻的以为能瞒过所有人呢，也就陆学姐一直没往那方面想，不然早穿帮了。可人这一辈子深刻的感情能有几段？大部分不过就是有好感、喜欢而已，时间久了也就忘了，根本算不得什么。"

看着李书棋揪成一团的五官，没了平日里的清爽阳光，叶子心中微涩低头不语。

"学姐，我等你给我个机会，你答应我，你把他忘掉了以后就试着喜欢一下我，好不好？"

叶子心中微暖，微微点头："谢谢你，学弟。"

顾逸闻露出了他的小虎牙，咧嘴一笑："不客气，学姐。"

两个人中间拖着一个拖油瓶竟然也能聊得起来，索性饭店离宿舍不远，他们也没打算打车，怕到时候中间这位爷在车上吐了还得赔钱，就干脆顺着这清大夜市热闹的灯光一步步地往宿舍走去。

"你是怎么看出来的？如果不是那次在办公室看到他紧张先琴的样子，我真的想不到。"

顾逸闻"秒懂"她问的什么，"哦"了一声回想道："大一刚开学那会班级聚餐，他是班长嘛，被灌得最多，结果这人居然也不推辞，谁敬都喝。"

喝着喝着，也就喝醉了。

众人没想到班长这么不经喝，派顾逸闻带他到旁边休息一下醒个酒。

那时顾逸闻对这位传闻过了清华线的班长大人好奇得很，趁他喝醉酒想套他的话，问他为什么来清大念书。

那时班长还有一丝知觉，口中含含糊糊地说她也在这座城市。

顾逸闻先蒙了一下，不知道他口中的这个她是哪一位。

后来班长半醉半醒、断断续续地说起了他读高中那会儿的事儿。说她结婚了，自己不想去，找了个理由没去参加婚礼，结果自己偷偷买了一瓶啤酒躲在学校后山那里喝。他第一次喝酒，发现那酒真好喝啊，也就是那一次体会到了喝酒的快乐。

他哽着声音说，从那天起，他就告诉自己，她只是他的姐姐了。

顾逸闻心中感叹，这还是一个男配角的心酸历程呢。

后来李书棋酒醒了，顾逸闻当什么都没发生过，打算就这么把这件事埋进肚子了。

直到有一次，他们在寝室打游戏正团战，李书棋接到了一个电话，一时间激动地站了起来，问了好几遍，你考这里？你真的考这里？真的吗？

再后来，顾逸闻也就见到了李书棋口中的这个姐姐。

很漂亮，也很开朗，一看就是那种性格极好的女孩子。如果不是早知道她，顾逸闻几乎以为这个女生是学妹。

谁能想到，她和李书棋有六岁的年龄差，李书棋管她叫了十几年的姐姐。

叶子听完这段话，一时间竟不知道该说些什么。

"悲情男配角吧。"顾逸闻摇了摇头，"前不久陆学姐的帖子被爆出来，他同寝室的那个室友，就是梁冰，你认识吗？一直说喜欢陆学姐要追陆学姐，结果看了那帖子后，居然就跟那无脑群众一样，信了那些谣言，说自己走眼，结果就被李书棋按在地上教训了一顿。"

他边揍还边说："是小琴姐倒霉，被你这种人说喜欢，你根本不配。"

"他藏在心里头那么多年的感情，说不出口，也不能说出口，别人却可以轻易地说出来，也可以轻易地收回，那么轻率，他心里不爽也是正常的。"

叶子心中微顿，一种无法言喻的心疼从她胸口里冒出来。

这时手机又响了，是同班同学给她打电话，催她怎么还没来。

"啊，忘了说了，我就不去了，先回寝室了，你们玩吧。"

"啊，那行，陆先琴跟你在一起吗？你俩一起回寝室了吗？"

叶子皱眉："我没跟她在一起啊。"

"奇了怪了，她不是回饭店找你们了吗？打她电话也没人接啊，真没跟你在一起？"

她放下手机，神色复杂地看着顾逸闻，这时顾逸闻还扶着李书棋，喘着气问她："怎么了？"

"先琴回饭店找我们了。"

顾逸闻瞪眼，张大了嘴喊道："完了。"又推了推李书棋，结果人已经睡死过去了根本叫不醒。

"这什么狗屎巧合啊，演电视呢？"

叶子回到寝室后，发现陆先琴也没洗漱正趴在桌上发呆。

"干什么呢？神游啊？"

陆先琴也不敢看她，嘴里敷衍地回她："你回来了啊。"

叶子叹了声气，走到她面前搬了张椅子过来坐下，二话没说抱住了她。

"你一个人在这感怀什么呢。"

陆先琴抬起头来看着她，心中一紧："我，对不起，我不知道……"

叶子总算是信了李书棋那句话了，她珍惜身边的每一个人，珍惜到一旦伤害到哪个人，她就会把错全部往自己身上推。大概是小时候的那些经历让她小心翼翼地守护着身边的每一段来之不易的感情，生怕这种感情哪一天会脆弱地断掉，无法修复。

此时叶子的心中，就算之前对她有过难以言喻的复杂心情，此刻也都烟消云散了。

她们是好室友、好朋友，才不会因为一个男人这么老土的理由就反目成仇呢。

"我没怪你。"叶子轻柔地拍了拍她的背，"你要还是李书棋的好姐姐呢，明天就去好好教育教育他，不能再这么喝酒了，这么喝下去还没毕业呢先成酒罐子了。"

陆先琴在她怀中用力地点了点头。

宿醉的感觉，爽中泛着恶心。

被耀眼的阳光刺醒，李书棋不适地眨了眨眼睛，揉着鸟窝头坐了起来，透过阳台看着大亮的天空，口干舌燥，浑身麻木地打算爬下床喝水。

他们是四人寝室，上床下桌，李书棋下床的时候看着寝室里其他三个人都不在，也不知道都去哪里了。

他下床穿好拖鞋，正欲去饮水机打水，就猛地发现他的桌子旁有一道身影。

李书棋吓得倒吸了一口凉气后退了一大步撞上了对面的桌子。

他的椅子上坐着个人，那身影背着他，看不清脸，只能看见一头长发。那是一头乌黑的，在阳光下泛着光的长发，耀眼得让人无法挪开视线。这么美的长头发，和他的小琴姐有的一拼了。

等等？

李书棋揉了揉眼，刚好这个身影转过来了。

白皙精致的脸蛋，一双杏眼似怒非怒，红唇微抿，就这么看着他。

他这是又梦到小琴姐了？

小琴姐开口了："醒了？"

李书棋呆滞了足足半分钟，才意识到眼前这个人不是梦，而是真真实实坐在他的面前，一副要说教他的样子。

他吓得退无可退："你怎么在这里？"

"昨天听说有个人喝得烂醉，今天我来看看这人是不是还活着。"

李书棋头疼得像是脑袋要裂开，他使劲想了想昨天发生了什么，但是到他断片之后的，却怎么也想不起来了。

看他的样子，就知道他记不起来了，陆先琴叹了口气，起身从桌子上拿起了一个保温盒，伸到他面前晃了晃："给你做的粥，先去刷个牙。"

清大有条不成文的规定，那就是女生寝室男生勿进，男生寝室随便进。李书棋也不是第一次看女生进男寝了，说实话他都看习惯了，也因此养成了随时穿衣服坚决不光膀子的习惯，谁知道哪天就会冲进来一个女生。只是他实在没料到小琴姐会到他的寝室来。

李书棋拿着洗漱杯到阳台上刷牙，现在天气已经有些转凉了。虽然阳光刺眼，但是凉风却让他着实感受到了秋天的来临。他三下五除二地搞好晨起清洁，摸着鼻子进寝室喝粥了。

陆先琴起身把位置让给了他，自己则是站在他旁边，开始了她的说教："我也不是不允许你喝酒，只是你喝酒要适度，昨天那么多人就你喝得烂醉，你连二十岁都没有就学会买醉了,以后是不是还要睡在大街上人事不省啊?"

李书棋自知理亏低着头喝粥,一言不发。

"下次绝对不能喝这么多酒了,我已经和顾学弟说了,以后看着你,要是你再喝多,马上汇报给我。"

心里头骂了顾逸闻一百遍后李书棋讪讪开口:"昨天这不是高兴吗?我也不是经常喝那么多。"

陆先琴语气笃定:"不行,咱们俩相依为命在这里念书,要是你出了什么事,我怎么回去跟阿姨交代?"

他们那个村,就陆先琴和李书棋两个人是靠着读书出来的,其余的都是进城打工,去的都是珠三角那边,因此清河市内就他们两个算得上是亲老乡。

"我身强体壮,能出什么事啊?倒是我该照顾你,不然回去陆伯伯肯定要骂我的。"

陆先琴抿了抿唇,说道:"我没关系,主要是你得好好的,你是你们家独苗,唯一的香火。"

李书棋最烦这套说法,什么独苗香火的,把他说的跟一炷香似的。他大口喝着粥,漫不经心地问道:"小琴姐,上礼拜我听我妈说,你弟弟也要来这边找工作,怎么现在也没见人影?"

陆先琴面无表情:"他在家里当着山大王,哪里肯出来吃苦,而且他那个态度,也找不到什么好工作。"

"叫姐夫帮他找啊,姐夫人脉那么广。"

陆先琴摇了摇头:"不行,先桦他太懒了,要是徐先生帮他找了工作,肯定没几天就给他弄黄了,还惹得徐先生不好交代。要是他想通了愿意好好工作了我再帮他想办法吧。"

虽然李书棋一直叫着她姐姐,可是两个人却没有半点血缘关系,而她有一个亲弟弟,俩人的关系却还不如他这个邻居弟弟。从小到大也是他这个邻居弟弟和她玩,而她那个亲弟弟也不过是每天和一帮子朋友混在一起,对这个姐姐也是爱理不理的。都是一个娘胎里出来的,小琴姐拼死拼活地念书只想改变自己的命运，而陆先桦专科毕业比陆先琴小三岁，在家待业两年了也丝毫没有要走出他们那个小村的意思。

可小琴姐的父亲母亲，就愿意养着他。

原因当然是他陆先桦是陆家的独苗苗，金贵着呢，只要能保住他那根命根子，他就永远都是陆家的宝。

李书棋和陆先琴都是接受过高等教育的人，心里早就没了男尊女卑这方面的封建思想，可村子里的那些人不一样，他们认为男娃就是比女娃金贵，女娃生下来就是干活嫁人生孩子，男娃才是继承家业传宗接代的苗子。

因此也造成了陆先琴和陆先桦这姐弟俩天差地别的性格。

李书棋把粥喝光了，满足地擦了擦嘴："哎，果然宿醉之后一碗清粥是最幸福的了。"

"下次真不准这么喝了，要把身体喝出问题来了我真不知道阿姨会怎么怪我了。"

李书棋哎呀一声："我妈妈那么喜欢你，肯定不会怪你的。"

"胡说什么呢，我走了，你好好休息吧，待会儿你室友可能要回来了。"

李书棋惊讶："你碰到了他们啊？"

"嗯，他们好像出去玩了，还有梁冰，他一直跟我道歉，是发生什么事了吗？"

李书棋抽了抽嘴角："可能他天生就喜欢道歉吧，你别理他。"

陆先琴隐隐猜到是什么事，只是李书棋不愿意和她说，她也不会多问，提着保温盒就要离开他的寝室。

正欲开门，却被李书棋叫住了。

"姐姐。"

他这一声姐姐，叫得真诚又可爱。

她回过头，嘴角带笑："什么？"

"我能永远当你弟弟吗？哪怕陆先桦来了。"

李书棋头一次对她说这么肉麻的话，陆先琴目光闪烁了一下，坚定地点头:"必需的啊,你在我心里比先桦还亲。"

有的话无须捅破什么窗户纸,他是一个聪明的弟弟,她也是一个聪明的姐姐。

他们永远是最好的姐弟俩。

清河市的秋天来得漫不经心。

学校大路上种着的两排银杏树,叶子已开始渐渐泛黄显出金色的光芒,偶有风吹过带走了四五片叶子,徐徐在空中转了几圈,然后轻轻落下,跌落在路人的脚边。

徐廷舟收到了高中母校清河市四中的校庆邀请函。

母校成立七十周年,请他作为荣誉校友回校给在校生们演讲。徐廷舟没理由拒绝,回复了即时会到,之后就对着电脑继续写他的文献了。

近来王老师工作懈怠,他带的那几个研究生没地方问问题,就都跑到徐廷舟这里来了。

郭院长也说明年他也可以带几个研究生一起做课题了,徐廷舟权当先练练手,就顺势接过了王老师的这个担子。

自从上次王老师肿着一张脸跟陆先琴道歉之后,他们只要在学校遇见,王老师一定是绕路走。

费尽心思编了这么一段谣言,结果到头来谣言中的两个主人公是夫妻俩,潜规则这三个字就成了天大的笑话。知情的老师们总有意无意地在背后调侃,王老师自然也没脸继续待在办公室。

陆先琴当着徐廷舟的面把王老师嘲讽得脸青一块红一块的,事后还后悔地问他有没有破坏她在他心中的形象。他倒是觉得,陆先琴这样子他更喜欢。以前她是被逼急了才会红眼的小兔子,是酒店里那娇小的、文弱的、偏偏又张牙舞爪的样子在他心里记了好久,而现在这个稍稍硬气了一点的她,也不需要他再说"护着你"这样的话了。

像是看着娇弱的小苗终于长成了小树,但徐廷舟心中的怜惜却不减半分。

也是奇怪，怎么偏偏到她这里，感觉所有的一切都被美化，心中只觉得她好的不能再好。

可能这就是情人眼里出西施？

让王老师膈应这么一段时间也挺好的，她出了口气，他心里也舒服了些。

想到这里他突然就想看她的照片了，徐廷舟拿出手机看着屏保，却发现沉寂了好久的高中同学群这时候却活跃得很，消息蹿到了99+。

大家都翘首以盼这次的校庆，因为他们整个年级都把同学聚会挑在了这一天，是校庆也是聚会。五湖四海的学子们在那天终于可以回到母校，忆往昔岁月，那应该是最好的一段时光。

听说这次校花也会回来，不知道她女大十八变，现在还是不是那样子啊。

没成年就长那么漂亮，现在应该也差不到哪里去吧。

哎，这不一定，女人啊，只要全职在家了，每天对着厨房、孩子，保不准就变成黄脸婆了呢！

说谁黄脸婆呢！全职就必须是黄脸婆啊！

行行行，莉姐我错了，我没说你这豪门太太，你肯定和一般的家庭妇女是不一样的啊！

他们的话题不再是"五三"，不再是"王后雄"，也不再是那一套又一套的模拟试卷。

大家都变了太多。

徐廷舟在看消息吗？你和校花关系最好，现在还有联系吗？

是啊，她现在长什么样了？

记忆里的慕琳，穿着校服，扎着马尾，总是笑意吟吟的样子。

徐廷舟回复：

没见过面。

啊,你们不是很好的朋友吗?

这时一直潜水的袁雨妃突然发话了:

徐廷舟现在心里只有他那个小娇妻呢,你们还问那么久以前的事,人家肯定不记得了啊。

这时陆先琴刚好摸到他的书房,想在背后吓他。
他闻到了她的味道,眼疾手快地将她抓住,带到了自己腿上。
陆先琴愣了:"你怎么知道我来了?"
"闻到味了。"徐廷舟问她,"我高中母校校庆,你去吗?"
"校庆?"陆先琴转了转眼珠子,"那个校花也会来吗?"
他笑意浅浅:"嗯。"
陆先琴不高兴了,嘟着嘴:"去!必须去!"
"这小醋坛子啊。"

第八章 校 庆

飒爽的秋风中，清河市四中迎来了她的第七十个生日。

学校的正大门上悬挂着一条巨大的横幅，入口处铺着红毯，红毯的两边是各界校友为了庆祝母校生辰送过来的花篮，一群穿着礼服的学生们站在门口迎宾，地上还残余着鞭炮的碎屑和彩带。

徐廷舟和陆先琴到的时候，正有两台摄像机在拍摄。

四中作为本省首批挂牌的重点中学之一，每年都为各大高校输送大批的优秀生源，每一年都会有那么几个杰出校友被记入学校史册。举办校庆的地点在四中的高中本部南雅校区，占地面积广，活动范围大。

陆先琴看着气势恢宏的大门，张大了嘴又拉了拉徐廷舟的西服袖子上的纽扣："徐先生，你上的这高中也太气派了。"

她那个破旧不堪的高中，整片加起来可能都没有这门口大。

"待会儿带你逛逛，进去吧。"

他牵着陆先琴进去。因为今天校庆，所以高中三个年级都不上课，在进口处的那一片广场处撑起遮挡架，来的校友都有书签赠送，还有纪念衫和水晶印章等一系列的东西。

富有青春活力的学生们穿着校服在接待客人，陆先琴看他们都穿着正式的小西服，西服的左胸口处印着学校的校徽，有些羡慕地小声对徐廷舟说："你们学校的校服为什么不是运动服？"

徐廷舟看了眼，说道："校服改革。"

陆先琴看着那些学生们，心里头羡慕得不行，她读的高中别说是这种小西装，就连运动校服都是没有的。大家一年三百六十五天穿的都是便服，开早会的时候是五颜六色，一点也不统一。

"真好看，我也想穿。"

徐廷舟皱着眉低头看她，语气疑惑："你认真的？"

"我从来没穿过校服。"陆先琴撇撇嘴，"本来我弟弟他有机会到市里来念初中，我那时候还以为可以穿一穿男生的校服过把瘾，结果他非不读，要待在我们那个村子里念书。"

因为教育条件的缺失，陆先琴的遗憾实在是太多。

她说想去清大念书，他为她架起踏板，她奋力一跳，成功圆了梦。现在她想圆校服梦，徐廷舟微微拧着眉，心想帮她搞到校服并不难，只是他今天穿着西装，要是他太太穿着校服，走在一起别人会怎么想……

陆先琴本来也是随便说说，见他认真了不禁心中一暖，握紧了他的手甜甜地笑了一下："徐先生，我们随便逛一逛吧。"

演讲的时间是下午，在学校的礼堂举行，徐廷舟这一届的同学聚会是晚上在希尔顿大酒店。他们上午来纯粹就是带她过来逛，徐廷舟看了眼到处被翻新的校区，微微笑了笑："我不敢保证我还认路。"

"没事，这到处都是学生，迷路了问就是了。"

两个人随便就逛到了教学楼那里，路过的学生成群结队的，她和徐廷舟显得十分打眼，一路上盯着他们两个看的学生不少，陆先琴朝着看她的两个男学生笑了一下，那两个男学生害羞地低着头，快速跑开了。

徐廷舟微微皱眉，捏了捏她的手心："专心走路，别乱看。"

"哦。"

因为晚上有聚会，她作为家属不能穿的随便，所以她今天的打扮和学校的环境看上去很不搭，她穿着长裙，踩着高跟鞋，还提了个女士小香包，及腰的长发就这样垂在背后，陆先琴特地用卷发棒微微卷了卷，更显温柔，光可鉴人。

有一缕发丝调皮地黏在了她的脸上，徐廷舟眼神一热，伸手将她的发丝重新拢到耳后。

徐廷舟语气低沉："是想穿校服？"

陆先琴后知后觉地点点头："啊，嗯。"

"今天应该有提早回家的女学生，或许可以帮你找一件。"

陆先琴怎么也没想到徐廷舟居然今天愿意陪她一起胡闹，她生怕徐廷舟是在耍她，牵着他的手晃了好几下，嘴上不停地在确认他刚刚说的话。

徐廷舟眼神躲了一下，轻咳了一声："我也挺想看你穿校服是什么样的。"

十几岁的陆先琴，脸上还未褪去婴儿肥，身上仿佛还带着奶香味，小鹿般的眼睛滴溜溜地转，这时他脑海中忽然就想到了那时候的她，穿着高中的校服，朝他笑的样子。

他比她大上几岁，好的是他比她经历的多，能够更好地照顾她。可不好的是最好的学生时代，他们不在一起，他没有参与她最是豆蔻年华含苞待放的那段少女时光。若是今天有机会能见她穿校服的样子，就仿佛他们是一直在一起度过了人生中的每一个转折点。

陆先琴哪懂徐廷舟这弯弯绕绕的心思，只听见徐先生答应帮她找校服，心里开心得不得了。

"徐先生，嫁给你真好。"

徐廷舟挑眉："就因为我能帮你找校服？"

"不不不，很多很多。"陆先琴用力想了想，发现数不过来，她就比了个大球状，"这么多。"

徐廷舟咳了一声，勾着嘴角又伸手摸摸她的长发："那我要是帮你找到了，你怎么奖励我？"

"额，还要奖励啊？"陆先琴皱着眉头说。

徐廷舟用食指指了指自己的脸颊："奖励。"

他们还走在路上，来来往往有不少学生，陆先琴有些害羞，拉着他的袖子小声说道："那等你找到了以后再说。"

原来逗她是真的会上瘾的，徐廷舟闷笑，徐徐说道："如果学校规定没变的话，保健室是有备用校服的。"

陆先琴愣了两秒，抬头望着他，眼里装满了不可思议。

"你耍我！"

徐廷舟微微偏头看她："我有骗你什么吗？"

"你！"陆先琴气得跺了跺脚。

"你要不要？"徐廷舟笑容清浅，唯独那眸子里的一丝狡黠出卖了他，"不要我就不带你去了。"

"要要要！"

两个人走到保健室，门正虚掩着从里面隐隐传出一点声音，陆先琴和徐廷舟对视一眼，没有敲门。

保健室的门从里面被拉开，里头的两个人和门外的两个人面面相觑。

女生被男生背在背上，年轻的两张脸上都微微泛着红，陆先琴尴尬地后退了两步，觉得自己有些打扰了眼前的这两个学生。徐廷舟倒是当老师当惯了，语气一如既往地平静："同学，现在里面还有备用校服吗？"

女生以为是哪个老师，动了动身体想让男生放她下来，男生反倒更加结实地扣紧了她，用头指了指里面："就在进门拐角那里。"

"好的，谢谢。"

女生急忙澄清："老师，我跟他没什么的，我脚扭到了，他就是学雷锋助人为乐。"

徐廷舟微微一笑："好的，知道了。"

男生背着女生走远了。

陆先琴在一旁看得目瞪口呆，对徐廷舟竖起了大拇指："徐老师厉害啊。"

"少贫嘴。"

陆先琴在保健室里选到了自己尺码的校服，但因为保健室没人，又不能就这么随便拿了，一时间犹豫不决。

徐廷舟看了眼装校服的袋子上贴着价码，应该是可以卖的，他直接从钱包里掏了钱出来放在桌上，对她说道："你先试吧，就当是买下来了，我去外面看看有没有老师过来。"

陆先琴爱不释手地摸着校服，心像是被某种情绪填满。

她没资格抱怨自己的出身，也没理由去责怪自己和其他人的差距，只是此刻拿着想了很久的校服，哪怕她只能穿一小会儿，也觉得心满意足。

在小山村出生的陆先琴，其实最初的梦想也不过是穿上一身干净的校服像城里的孩子一样，过着简单平静的校园生活。

十分钟后，徐廷舟敲了敲门："换好了吗？我刚找到一个老师，他说保健室的校服是可以买的。"

"换好了。"她像个孩子一样笑着出来。

四中的制服式校服只有在重大活动或者是典礼上才会要求学生穿上，男生是黑色领带，黑色西装白色衬衫。女生则是白衬衣配红色的蝴蝶领结，陆先琴穿着女生校服，格子裙下的两条腿有些局促地交叉站立着，她双手背在后面，脸红红地看着地面。没想到穿在身上，还感觉挺不好意思的。

"怎么样啊？"

她本就显小，长发被她扎成了马尾辫垂在脑后，穿着学生装更显得年纪小了，说是高中生也绝对不会有人怀疑。

见徐廷舟好久没说话，陆先琴将裙子往下拉了拉："有点装嫩？"

他的气息突然凑近，陆先琴本能地抬头望他，却发现他正低着头目光灼灼地看着她。

他的语气危险又滚烫："徐太太。"

"啊？"

"后悔让你穿这个了。"

她茫然地望着他，徐廷舟一手用力箍住她的腰，另一手抬起她的下巴，狠狠地吻了下去。

"你们在干什么！"

突然一声巨响从门口传来，徐廷舟猛地睁开了眼睛，手缓了两秒，陆先琴却已经从他手中挣开。

穿着白大褂的医生，瞪大了眼看着面前的这两个人。

"世风日下啊！世风日下！学生和老师！"医生颤抖着手指着徐廷舟，骂出了一声，"禽兽！"

除了在床上被徐太太叫过，徐廷舟是第一次被一个陌生人这么骂。

医生恶狠狠地看着眼前这个"禽兽"，想到最近各种不守师德的老师被爆出来，他们学校为了这种事还特地把老师们都叫在一起开了个会，让每个老师都大喊了一句"对学生下手的老师都是禽兽"这种话，没想到今天就被他在保健室抓到一个。

"同学，你没事吧。"医生走到陆先琴面前，语气颇为担忧。

陆先琴脸蛋通红，急忙澄清："不是，我们不是那种关系。"

医生微微眯眼："同学，遇到这种事不要怕，大胆跟我说，老师会帮你做主的，你现在跟我说，刚刚这个禽兽都对你做什么了。"说禽兽两个字的时候他再次斜眼瞪了一眼徐廷舟。

还好他凑巧撞上了，不然这个学生的贞操难保。

"我们是一对，是夫妻，不是老师和……"陆先琴顿时打住了要说的话，他们好像确实是老师和学生的关系。

这戛然而止的话在医生听来就是刻意的撒谎，他语气颇有些疑惑："你还穿着高一的校服，你跟我说和他是夫妻？"

陆先琴微微一愣，原来学校为了区分年级特地都给不同年级的校服做了标志，而她拿到的刚好是高一的校服。

"你说你还是人吗？十五六岁的孩子你都下得去手！"医生恨得咬牙切齿，"得亏我今天抓住你这个道貌岸然的禽兽了，不然不知道还有多少学生要被你祸害呢，我现在就打电话报警！"

一听要报警，陆先琴真急了，赶忙阻止医生的行动："我们真的是夫妻！"

"你这么年轻，你俩看着都差那么多岁，你要扯谎也扯男女朋友啊。"医生皱着眉看她，又看了眼徐廷舟，心想这禽兽长得一副英俊斯文的模样，也难怪女学生都愿意帮他撒谎了。

徐廷舟一听差那么多岁，也不知道到底差几岁，反正脸是黑了。

说真的，他真不显老，偶尔穿休闲服的时候看着还只有二十六七岁，只是因为职业原因，总是穿的西装革履的，再加上娶了个比他年轻的太太，太太又显小，所以每次被人误会的时候，徐廷舟情绪总是不太好。

他正欲开口，此时门口又传来一个声音。

"林医生在吗？"

医生眼睛一亮，喊道："副校长！你来得正好！我这抓到一个老师骚扰女学生呢！"

副校长瞪圆了眼睛，鼓了鼓肚子，没想到他们学校也出这种事了，一时间愤懑不堪："什么！哪个老师！"

医生指了指徐廷舟。

副校长一看见徐廷舟，顿时愣住了。心想没见过啊，是新来的老师？

徐廷舟微微叹了口气："副校长，是我。"

副校长迷茫地眨了眨眼。

"高一一班，徐廷舟。"徐廷舟缓缓说道，"那年你是我的政治老师。"

气氛凝固了好久，副校长啊了好长一声："啊……是你啊！徐廷舟！我记得你的！"

副校长哈哈一笑："这位不是老师，是我们四中的杰出校友，今天校庆特地请他回来做演讲的。林医生，你误会了。"

医生张着嘴看着徐廷舟，又看着陆先琴，口中还是不太相信："可是，他明明和我们学校的学生，刚才在……"

"我太太调皮，想穿校服玩一玩，我就给她买了一套。"

天大的误会，医生红着脸拼命地鞠躬道歉。

徐廷舟没在意，副校长打着哈哈："徐廷舟你不错的啊，娶了个这么年轻的太太。"

此时保健室已经待不下去了，徐廷舟拉着陆先琴的手说了声不打扰了，就离开了这个是非之地。

陆先琴一直憋着笑，眼见着终于远离了保健室，她憋不住大声地笑了出来。

"哈哈哈哈哈哈，禽兽老师！"

徐廷舟耳根微红，神色一讪，稍稍用力掐她的脸："再笑一下？"

"不笑了不笑了，放开我。"陆先琴求饶，揉着自己的脸上的肉，心里怪徐先生太不怜香惜玉。

徐廷舟刚刚还被制服诱惑，此时已经完全清醒，这让他意识到绝对不能让陆先琴继续穿这身校服了。于是他皱着眉冷着声音让她赶紧去厕所把衣服换了。

陆先琴却不舍得了："刚穿上呢，我还想多穿一会儿。"

"你再多穿一会儿，你老公就要被送到警察局喝茶了。"

陆先琴十分机智："那我们隔远一点走，这样就不会有人看我们了。"

说完就朝前跑了一小步，转过头叫他跟上，马尾在空中转了个圈，穿着校服的她愈发显得活力十足，像个十几岁的小女生。

徐廷舟认栽，深深叹了口气，拿着她的衣服和包跟在她后面走。

可是没走两步，不在他身边的陆先琴就被男学生搭讪了。

"学妹，请问你是哪个班的啊？"

年轻的高中男生搭讪的技巧还不成熟，红着脸，声音很小。

陆先琴愣了一下，刚想开口，就猝不及防地被搂住了腰，她抬头看到徐先生摆着一张臭脸："快走。"

男生被这突然出现的男人吓了一跳，眼睛盯着学妹腰肢上的那只手，不知所措。

"我不是学妹。"陆先琴笑容明亮，"我是阿姨。"

"……"

陆先琴被徐先生搂着腰，只能跟随他的脚步快步往前走，此时又有人用奇怪的眼神打量他们了,她不安地动了两下想要挣脱,只听他低沉的声音在她头顶响起:"再动我就收拾你。"

被骄纵至皮的陆先琴怂了,不敢动了。

徐廷舟带她到了没什么人的实验楼,找到一楼的厕所,他把衣服塞给她:"去换了。"

陆先琴是真心不太想换,扯着徐廷舟的袖子撒娇,徐廷舟这回硬气了不少,板着脸非让她换不可。

"不换!"

徐廷舟镜片下的眸子盯着她,眼神晦暗不明。

陆先琴虽然嘴上逞强,心里却怂了,想着徐先生再命令她一句,她估计就只能投降乖乖地去换了。结果半天没等来徐先生的命令,她抬起头小心翼翼地看着他。

他再次重重地叹了一口气,伸出大掌按在她头上,用力揉了揉:"你怎么这么不听话?"

那是一种无奈,还夹杂着无可救药的宠溺。

清河四中下午的荣誉校友演讲被安排在两点钟。

陆先琴还是穿着校服坐在最前排,徐先生的顺序比较靠后,排在他前面的都是党政方面的荣誉校友,还有各个科学院的荣誉科学家,坐在她右边的几乎都是亲属或领导,坐在她左边的,是今天荣誉校友之一,陈叙先生。也是她的前老板——希尔顿集团总裁。

算上来,他也是清河四中毕业的,作为今天商界荣誉校友的发言代表。

"好久不见了啊。"陈叙笑着和她叙旧,"研究生生活还习惯吗?"

"挺习惯的。"

陈叙觉得陆先琴还是有些怕他,不是因为他凶,是因为他曾经是她的顶头上司。

"你现在又不是我的员工了,没必要这么拘束吧。"陈叙看了眼离他们不远的徐廷舟，嘴角带笑，"话说你还在希尔顿上班的时候，我就觉得我和徐廷舟都是你的上司，怎么你跟他处的那么来，跟我就跟耗子见了猫似的巴不得躲着走啊。"

陆先琴心中腹诽，徐廷舟天天在她面前刷存在感，各种撩拨各种挑逗，算哪门子正经上司？

陈叙笑得开怀："你这嫌弃的表情是几个意思啊？他这人纯着呢，纯牛奶似的，想当初跟你求婚的时候那主意还是我跟他一起在百度搜的。"

陆先琴这回是一定要刨根问底了："什么求婚？他哪儿求过婚啊？"

"没求？"陈叙疑惑地看着她，"不可能啊，求婚后的第二天他就春风得意地跟我说要结婚了啊。"

"真没求。"陆先琴斩钉截铁地回道。

如果说"我们结婚吧"这五个字就算求婚的话，那确实是求了。可是陆先琴看过小说和电视，男主角求婚的时候都是鲜花、蜡烛、深情告白，她什么都没有就稀里糊涂地答应了和徐廷舟结婚，现在想来真的有点亏。

"不可能吧。"陈叙还是不太相信。

"我是当事人，我最有发言权。"陆先琴一口咬定没求，"要真说求，那也是我求，毕竟那现场是我布置的。"

陈叙听得一头雾水，此时正好轮到陈叙的太太上台演讲，他立马收敛了表情，专心致志地看着台上的太太，眼里露出了骄傲和满足："啊，我的伊伊怎么这么优秀呢。"

陆先琴起了一身的鸡皮疙瘩。

陈叙的太太是生物学家，论学术地位比徐廷舟要高一点，也因此演讲顺序排在徐廷舟前面。眉清目秀的女博士站在台上，神色自然，仪态大方，她简单地阐述着自己这些年来的学术生涯，最后又回忆了当初美好的高中岁月。

"希望各位同学们，能够珍惜你人生中最美好的这几年，不负青春，不负自己。"

台下响起了热烈的掌声，随即陈太太下台，坐在了陈叙旁边。

陆先琴小声和她打招呼："郭姐姐。"

"你来了。"陈太太朝她笑了笑，又看了眼她身上的校服，"校服穿在你身上很好看。"

陈叙扑哧一声笑了出来："老婆，我就说徐廷舟娶了个童养媳吧，你看她穿上这校服，跟高中生似的。"

陈太太用力掐了一下陈叙，后者缄口不说话了。

"别理他，他开玩笑呢。"

陆先琴点点头，把目光放在了讲台上。

今天徐先生一袭灰色风衣，衣扣敞开，露出深灰色的马甲和白色打底衬衫。他今天没有系领带，领口处金色的领针闪着细微的光芒，风衣腰线处的腰带稍稍收紧，隐约勾勒出他完美的线条。

台上的灯光打在他的脸上，显得他唇红齿白，好看的桃花眼被镜片挡住，少了一丝惊艳，多了一份儒雅。

台下引起了一阵小小的骚动。

徐廷舟淡淡一笑："大家好，我是05届的毕业生徐廷舟。"

掌声雷动，学生们鼓掌并不是因为这位毕业生身份有多牛，而是因为对于热衷于新媒体社交软件的他们来说，霸占过热门话题的徐廷舟显然知名度要更高一些。

"很高兴今天能受邀来出席这次的演讲，看到台下年轻的你们，让我也不禁怀念起了当年的我，朝气蓬勃，意气风发。"

很官方的说辞，但是学生们偏偏就吃这一套。

"学长你现在也很朝气蓬勃！"

"意气风发！"

他演讲的风格和他讲课时差不多，亦庄亦谐，能适当地说出那么一两句笑话来调节气氛，又不至于太过活泼引起台下其他成年人的不适。

又到了即兴的提问环节，学生们问徐廷舟的问题和刚刚问其他校友的问题完全不是一个画风。

"学长！怎么才能长的跟你一样又帅又会打游戏啊？"

徐廷舟："脸是天生的，打游戏可以练，不过你们这个年纪，还是先好好念书。"

"学长！我也想考清大，想去上你的课，能给我点建议吗？"

徐廷舟："按部就班，查漏补缺，劳逸结合，争分夺秒。"

终于有个女生像是被旁边的人撺掇的，拿着话筒站了起来，语气有些抖："学长，我，我们真的超级羡慕你太太，请问你太太今天来了吗？"

陆先琴突然被提到有点不知所措。

徐廷舟看了眼台下的某个方向，嘴角微扬："来了，不过她害羞，有什么想问的还是问我吧。"

台下响起了暧昧的口哨声。

陈叙突然苦恼："怎么当了个老师，这么会说话了，跟以前在希尔顿上班的时候可不一样啊，待会儿我要上台了还不得被他碾压？"

而事实证明，陈叙的总裁身份，对于学生们来说同样受欢迎。这次的校友特别演讲持续了整整一个下午，座无虚席，等演讲结束后，众人都是一副意犹未尽的样子。

校友们被一群学校的领导们围着，放眼望去那一片都是各界的顶尖精英人才，而陆先琴穿着校服在角落处等他，看他好不容易出来了，走到她面前牵起她的手，轻声问她："饿了吗？"

"有点。"

"走吧，去吃饭。"

而徐廷舟身后的校友们都目瞪口呆，其中一个是当初教过徐廷舟的某个校领导，他张着嘴指着那两个渐行渐远的背影，想说什么都说不出来。

这时副校长拍了拍他的肩膀："那是他太太，别乱想。"

惊讶的校领导更惊讶了："童养媳吗？"

希尔顿大酒店里，四中全体05届毕业生同学在聚会。整个一层楼都被用来搞同学聚会，多年未见的老同学举着酒杯到处叙旧，聊着这十几年来的各种经历和变化。

徐廷舟正和老同学叙旧，手上却一直攥着手机，和他说话的人看出了他的漫不经心，暧昧地问道："你家里那位呢？"

"磨蹭着呢。"

"哟，徐廷舟！"

这时伴随着一阵笑声而来的是徐廷舟当初那个班的班长，毕业后一直在北京打拼，闯出了点名堂来，这次聚会依旧是众人的意见领袖，负责了整个一班的联络网。

徐廷舟笑了笑："班长，好久不见了。"

"你也是啊！好久不见了。"班长和他碰了一下红酒杯，"真的是越来越帅了，比高中那会还要帅一些，要不是你结婚了，咱们班上那些未婚的，未必还会放过你哦。"

文科班向来粥多僧少，一个班的男女比例能勉强维持一比一就已经很不错了，而徐廷舟当时的班上男女比例一比二，再加上又是奥赛班，班主任严厉的不得了，女生当男生使，男生当畜生使，女生们心疼这些汉子，时不时上宿舍送个温暖啥的，其中徐廷舟被送温暖的次数最多。

而那些女生们也不敢太过明目张胆，就因为送温暖的头号女生这个名号她们谁也不敢争。

"听说你老婆很漂亮？"班长眼神亮亮的，"连慕琳都比不上？"

校庆前，袁雨妃在班群里说徐廷舟娶了个年轻的太太，而且他太太的样子不比当年的慕琳差，参加过婚礼的人也在群里头附和，所以众人也就轻易地接受了为什么徐廷舟没跟那个慕琳走到一起。

"我仿佛听到有人在说我啊。"

他们几个人愣了一下，同时转头，只看见不远处站着一个明艳漂亮的女人，正目光盈盈地看着他们这边。

"哟！校花来了！"

班长喊了一声出来，众人的眼光一下子就将女人围在了视觉中心。

05届的校花慕琳，虽然岁月已经过去了十几年，但她的脸好像都没怎么变，只是穿衣打扮上有了不小的变化，气质也更胜从前。她高中的时候就美得极具攻击性，以至于在校花的投票中胜过了清丽可人的袁雨妃。

慕琳穿着衬衫包臀裙，踩着高跟鞋，修长的两根手指夹住红酒杯，红色的液体在杯子里摇晃着，她微微偏头看着他们，栗色的长发梳在一边，妩媚动人，风采更胜从前。

她看着徐廷舟，冲他举了举杯，神情明媚，声音撩人："徐廷舟，好久不见了。"

这两人之间的磁场强烈得让人不敢靠近，在场几乎所有人都知道，徐廷舟和慕琳当年被作为重点要抓的疑似早恋对象，一直被人默默地监视着，可没人能找得出把柄，却又没人能否认，他们的关系确实不错。

徐廷舟手一动不动，只朝她轻轻点了点头。

"这么冷淡？"慕琳不满，"好歹也是故友，你连句话都不想跟我说吗？"

"有什么可说的？"徐廷舟面无表情。

班长出声为校花鸣不平："哎，徐廷舟，你这就不对了，人家慕琳大美女跟你打招呼，你怎么也要回一个吧，就这么不咸不淡的语气，我都要替她叫委屈了！"

徐廷舟嘴角微微扯了一下，还是没说话。

此时不知道谁叫了声上菜了，一时间众人纷纷落座等待佳肴被呈上来，徐廷舟被班长拉着坐到了一个位置上，然后他旁边的那个空位很默契地让给了慕琳。

徐廷舟拒绝："这位置我占了，待会儿我太太要来。"

慕琳也不生气，倒是班长有些不好意思，抱怨徐廷舟不解风情，慕琳随意地摊了摊手："没事，待会儿我也要带个人过来，也得占两个位置才行。"

说完就去找位置去了。

班长坐在徐廷舟旁边，冲他埋怨："你说你怎么这么不解风情啊，这么个大美女坐你旁边你不乐意？到时候你太太过来了坐我这位置就行了啊，反正都是你老婆了，你和老同学叙个旧她能拿你怎么样？还跟你闹不成？"

徐廷舟皱着眉："她不会闹。"

班长"哎"了一声："这就对了，你和慕琳又没什么，坐一起你太太肯定不会说什么的。"

"是我不愿意。"

班长一时哑住了，看着他好久都没有说出话来，憋着口气最后才嘀咕了一句："坐享齐人之福都不乐意，多个女人你又没坏处。"

正在这时坐在靠门的人冲里面喊了一句："谁的家属啊！过来认领一下！"

徐廷舟下意识地就往门口看去，陆先琴说要在车上化个惊天动地的妆不给他丢面子，结果就磨到了这个时候。

门口站着一个年轻女人，冰肌玉骨，亭亭玉立。

她的脸上带着甜甜的笑意，似乎看到了谁，眉眼弯弯，抬手朝某个地方挥了挥："徐先生。"

常年稳居文科班第一的徐廷舟一直是他们那一届所有学生的重点关注对象，十几岁的学生就已经八卦的不行，天天打听那些学霸的秘密，后来终于传出了徐廷舟和校花慕琳的绯闻，一时间众人双目放光，就等着两个人被老师抓去教育，然后他们看笑话。

可是也只是绯闻而已，他们到底有没有早恋，谁也不知道，也从来没碰上过。就算是碰上过，也只是慕琳单方面找徐廷舟说话，而徐廷舟一直是不冷不热的。之后有人问他们什么关系，慕琳也只是笑着开玩笑说他们是战友，除此之外的一概缄口。

久而久之，大家发现徐廷舟似乎也只和慕琳这个女生的关系稍微近一点，别的女生除非是真有什么事找他，否则他也只是三言两语就解决了问题，让人根本就找不到能和他聊星星、聊月亮的时机。

大家也就觉得，或许徐廷舟本身就是这样，对女生比较冷淡。这个固有印象终于在今天被打破。

他们眼睁睁看着徐廷舟从座位上站起来，朝门口走去，走到那个漂亮的女人面前，然后低头和她说了些什么，女人骄傲地仰起头笑着和他说话，之后徐廷舟扬起嘴角，摸了摸她的脑袋。

那宠溺的神情，是他们同窗三年里从未见过的风景。

之后他牵起了那个女人的手，朝众人一笑："这是我太太，陆先琴。"

短暂的沉默后，终于有人开口打破了僵局："你太太也太漂亮了吧！"

"这回我是相信了袁雨妃说的，是小娇妻没骗人！"

徐廷舟牵着陆先琴走到了他们那一桌，在座的有几个是参加过婚礼的，因此也认识陆先琴，就站起来和她打招呼，陆先琴今天的妆容偏成熟，上扬的眼线让她的眼睛看上去更水灵妩媚，她大方地朝大家打招呼："你们好。"

是不同于慕琳那种极具攻击性的美，也不同于袁雨妃的温婉清丽，而是像午后的风，麦田中金灿的麦粒，搁浅的海滩上沐浴着阳光的贝壳，极其让人舒服，却又挪不开眼的美丽。

每一处都很刚好的乖巧漂亮，让人既不觉得刺眼也不觉得平淡，声音里都仿佛夹杂着夏日的甘露，沁人心脾。大家愣着没说话，只有班长反应极快，迅速回了她的话："你好，我是高中和徐廷舟一个班的，我叫张让，今天是第一次见你，没想到徐廷舟找了个这么漂亮的老婆。"

陆先琴在徐廷舟身边落座，她从桌子底下悄悄拽了拽他的衣角，朝他挑了挑眉。似乎在说，不错吧。

她化淡妆的时候多一些，在徐廷舟看来其实和素颜没有什么差别。只是今天她明显下了功夫，脸颊两处的红晕，闪闪发亮的眼睛，还有和草莓一样颜色的唇，和她平时很不一样。

他眼睛在笑，点了点头。

似乎在说，很好看。

"哎，徐廷舟的太太来了，我必须要敬个酒了！"

慕琳端着酒杯又走到他们这一桌来，陆先琴看着这个突然出现的女人，迷茫地眨了眨眼。

两人对视，慕琳很明显怔了一下。

但她很快就反应过来了："你和我想象中的长得一模一样。"

"啊？"陆先琴不知道她这话是什么意思，也不知道眼前这个大美女是谁。

"我叫慕琳，是徐廷舟的好朋友。"慕琳说这句话的时候挑了挑眉，看上去有些不怀好意。

陆先琴对这个名字记得很深，从那次张家界回来后，这个名字就一直被她记在心里带着嫉妒和羡慕，也一直很想见一见这个名字的主人。

今天终于见到了，是一种张扬而艳丽的漂亮，几乎能想象到她高中时的样子。

大家都在默默地比较这两个人到底哪个更好看一些，心里头又在羡慕徐廷舟的艳福，高中的时候有慕琳做红颜知己，现在娶的老婆也这么漂亮，人和人的差距真是好大。

慕琳说是过来敬酒的，但其实也没有敬酒，反倒是把陆先琴另一边的人给赶到了对桌，慕琳坐到了她的旁边，一直找话和她说。

班长暧昧地捅了捅徐廷舟："你小子艳福不浅啊。"

徐廷舟嘴角微抽，瞥了眼慕琳，却正好和她对视，只见她挑了挑眉，表情有些欠揍。

"你长得真的很漂亮。"慕琳笑着夸她。

她被夸得有些不好意思，她想象中的情敌见面会分外眼红但这种状况完全没有发生，慕琳看上去好像对她很有好感，一点也没有敌意，反倒显得她有些小气，一时间也不知道该用什么态度对她。

"你更漂亮。"陆先琴只能挤出这么一句硬邦邦的客套话来。

慕琳爽朗地笑了："你的漂亮，是徐廷舟刚好喜欢的那种。"

陆先琴不解地看着她。

"我今天看到你，总算相信这世上的命运一说，有的人，一生只为一人而来。"慕琳的眼底里有一丝羡慕,"也亏得我那么早认识他,却也只能是一厢情愿。"

陆先琴忍不住问了:"不是,不是初恋吗?"

慕琳一愣,随即大声地笑出了声,笑得徐廷舟用眼睛警告地看了她一眼。

"徐廷舟,你太太对你误解这么深,你也不解释一下吗?"慕琳收敛了一丝笑意,虽是对着陆先琴说,可眼神却看着徐廷舟,"我不知道他的初恋是谁,不过肯定不是我。"

徐廷舟眼底里闪过一丝赧意,将陆先琴的肩膀掰了过来,口气强硬:"光顾着说话,连菜都不吃了,快点吃菜。"

慕琳好整以暇,双手抱胸看着他:"徐廷舟,你高中那会儿打'拳皇'死活过不去那一关,还是我帮你过的,你忘了?你就是这么对恩人的?还是你现在游戏水平提高了有粉丝就看不起培养你的伯乐我了啊?"

十五岁的徐廷舟,第一次接触"拳皇"是在朋友们的口中,他不玩游戏,因此也不懂朋友们在说些什么,就算是尖子生也不可能只谈和学习有关的话题,朋友们在谈论游戏的时候,他的脑子第一次跟不上。

还是合一下群比较好,徐廷舟去买了游戏卡带。

他拉不下面子和朋友说自己也买了,那盘卡带在书包里放了一个上午,直到午休时间看见教室里没什么人,他才拿出来研究。

既然能看得懂课本,看懂说明书也不是什么难事。

这时突然有个清脆的声音响了起来:"哎?'拳皇'哎!"

他抬头,是隔壁班的那个校花,叫什么名字他忘了,当时投票选校花的时候他也没看,是班长直接把票抢了过去勾上了袁雨妃的名字。

"你在看游戏说明书?是新手?"

徐廷舟抿着嘴没说话。

十五岁的少年,纵使再心高气傲拉不下面子,可表情管理却不够成熟,那一丝讪意很快就被慕琳察觉。

"我老是攒不够买这个的钱,要不我教你打,你借我卡带玩儿?"慕琳坐在他旁边和他打商量。

徐廷舟必须承认,那一刻他心里头是赞同她的这个提议的。

谁也不知道,他们竟然是因为这个缘由才熟悉起来的。慕琳帮他保密,徐廷舟也绝口不提打游戏的事,一来二去的,他竟然发现了这款游戏的好玩之处,渐渐有些上瘾了。

慕琳必须承认,徐廷舟是真的没有打游戏的天赋,而且笨到家了。也必须承认,她是高兴的,这样他才会一直需要她教。

后来有天,她终于问出口了:"哎,你喜欢里面的哪个女角色?"

徐廷舟眼睛都没抬一下:"都不喜欢。"

"没你喜欢的吗?"慕琳也不知道自己怎么的,那一瞬间心跳得很快。

她小声地问:"那我呢?"

徐廷舟淡淡地瞥了她一眼,然后又收回了目光:"不喜欢。"

她心中有块石头悄悄落地带起一丝涟漪,朦胧的好感被什么东西敲碎了,慕琳心中一松,语气又变得随意起来。

"那你喜欢你们班的袁雨妃?"

徐廷舟继续研究着游戏攻略,嘴上敷衍道:"不喜欢。"

慕琳有些急了:"你是不是男的啊?都不喜欢,那你喜欢哪种?"

他第一次说了一长串的话来反驳她道:"我都不喜欢就不是男的了吗?我不喜欢你们这种,不代表我不喜欢别的。"

"那你喜欢哪种?我们学校有吗?"

徐廷舟语气淡淡地说:"没有。"

慕琳撇嘴,她不太相信全校这么多女生,没一个能入徐廷舟的眼。

被她看得发毛,徐廷舟叹了声,拿起铅笔在纸上画着什么东西。

他因为玩游戏接触了日式画风,因此画出来的东西也不怎么写实,反倒有一点点日式小清新的感觉。

只见他画了一头长发,一张巴掌大的脸,秀气的眉,灵动的眼睛,挺翘的鼻子和小巧的嘴唇,虽不是写实,也不是日式画风,却又让人莫名觉得,也许真有这种女生。

他指着这个画像说:"这样的。"

乖巧,漂亮,精致,却又很活泼。

慕琳原本是真不信命的,童话一般的故事情节怎么可能会在现实中发生,这太过荒诞却又真实地发生着,也不知是潜移默化还是自我感觉,总之她看到徐太太的那一张脸,就想起高中时徐廷舟画的那幅画。

不是一个次元,又莫名得像。

"反正就这么成为朋友的,说真的,他打游戏真的笨得不行,我就一直想不通为什么他读书这么厉害打游戏却笨得要命。"慕琳小声和陆先琴咬着耳朵。

陆先琴笑了:"嗯,现在也很笨。"

慕琳疑惑:"他现在不是《绝地求生》玩得特别好吗?都快跟我男朋友有一拼了。"

"你有男朋友?"

"是啊,我不可能一直单恋徐廷舟吧,那也太窝囊了。"

慕琳出乎意料的直白让陆先琴对她彻底改观。

徐廷舟本来也和慕琳清白得很,所以也不担心慕琳会和陆先琴说什么,他一直在和桌子上的其他人叙旧喝酒,酒过三巡,来来回回敬酒的人走了一波又一波,两个女人还在说话。

算了,她又不喝酒,有个人陪着说话挺好的。

他们这桌大都是那个年级的佼佼者,又或者是学生会干部,因此来敬酒的特别多,徐廷舟也渐渐地有些晕了,按了按太阳穴给自己醒酒。

"哎,要说这女人吧,还是在家相夫教子比较好,这是她们的使命么。"班长打了个酒嗝,开始侃侃而谈,"徐廷舟啊,我还是觉得你放你太太去读研究生有些太纵着她了。你太太这么漂亮,你还敢把她放出去招摇过市?也不怕别人盯上她啊?反正你现在能赚钱,让她在家给你处理家务,搞个卫生带个孩子什么的,哦对了,你们还没孩子吧?是时候该要了吧,女人不生孩子还能叫女人吗?"

第八章 校 庆·259

班长有些醉意了，说话也不加遮拦，桌上除了陆先琴和慕琳还有几个女同学，面色有些不虞，但是没说什么。

徐廷舟皱眉："她做自己喜欢的事情挺好的。"

"好什么啊？人哪有事事如意的，女人总是要为家庭牺牲的，你看女人带个孩子，做个家务什么的确实比男人强，就应该好好培养这方面的技能啊，对吧？"

一直没说话的副班长严莉终于开口了："班长，有的话心里想想就行了，说出来有点过分了。"

严莉是他们班的副班长，人一直很强势，嫁的也是最好的一个。她这个豪门太太自然是在家做全职，因此微信群里也总是最先发起话题的那一个，大家还是习惯和高中一样叫她莉姐。

"莉姐，你就做得很好啊。"班长嘿嘿一笑，"豪门太太怎么样，很爽吧？每天不用工作都能有钱花，要说女人就是幸福，什么都交给男人扛，她在家享清福就行了。"

慕琳咧嘴笑了："张让，你一点都没变啊，跟高中时一样心直口快的。"

"过奖过奖了，我这也是为了在座的女同胞好啊。"班长又打了个嗝，喝了口酒，"你说你们女同志，工作能力这些我就不说了，就连打个游戏都没男人厉害，那可不就应该找个好男人嫁了然后老老实实待在家里吗？"

"班长，你这话过分了啊！"有人终于忍不住大声说他。

班长瞪着眼睛："我说错了？这不是事实吗？"

"这一层应该有娱乐厅吧。"说这话的是陆先琴，在座的人都看着她不知道她这话问出口是什么意思。

"那应该有高配置电脑。"陆先琴看着满身酒气的班长，笑了，"《刀塔》《魔兽世界》《英雄联盟》《守望先锋》《绝地求生》，《王者荣耀》也可以，你随便挑一个，我们单挑。"

"你，你这是什么意思？"

"如果你输了，那么请你为你刚刚所说的那些胡话跟在场的所有女性道歉。"

徐太太在读研究生

下

图样先森 · 著

山西出版传媒集团
北岳文艺出版社
·太原·

第九章 命 运

陆先琴十八岁进城上大学，做了一个学期的兼职后终于买了一台属于自己的笔记本电脑。她捧着电脑研究了好几天，后来看见班群里有人在聊天，还放了截图，讨论得热火朝天。

她好奇地问了一句："这是什么啊？"

有男生发了个黑人问号的表情包，说："这都二十一世纪了，居然还有人不知道这个游戏。"

问她是不是从异次元来的。

她又问："异次元是什么。"

陆先琴是领助学金的学生，虽然一张脸长得不错，人也憨憨的，却不会打扮，穿着也朴素，比起身边那些花枝招展的女同学们，她着实不怎么受男生关注。

有人当然不会在意她这些，比如她的室友甚至很乐意教她趁着换季打折用最少的钱买到最漂亮的衣服。当然也有人在意这些，反而产生一种无理的优越感，有男生在背后讨论她空长了一张漂亮脸蛋，人却跟未开化似的，显得蠢钝。这还是在某次班聚会上，那个男同学喝多了，口无遮拦说出来的。

当下室友们就要替她鸣不平，她咬着唇阻止了室友，只淡淡地和那个男同学说，给她一个月的时间，她要努力学，然后和他单挑，若她赢了，就请他当着全班同学的面给她道歉。

男生嘲讽地笑了，压根就不信一个月的时间眼前这个土包子能厉害成什么样子，遂愉快地答应了。

陆先琴对自己狠起来的时候，是真狠。她愿意牺牲睡眠时间去学习课本上的知识，也同样愿意为了赢这个赌花时间去研究游戏攻略，苦练游戏技术。

陆先琴却无意间发现了她在这方面确实是有天赋。

平Ａ后连着三个技能一波"带走"男同学后，室友们抓着她的肩膀，比她还要激动。

"陆先琴，你是真的厉害啊。"

后来男同学和她道歉的事她其实不在意，但不得不说，看见他脸上那吃了屎一样的表情，她心里头瞬间就舒畅了。

自此她知道了，有的人不给他一点教训让他吃点苦，他那个嘴巴就永远安静不了。

就好比现在她看着眼前这个思想极其顽固的班长，如果不给他一点教训，难保他下次喝多了还会不会说出那些让人作呕的话。

"敢吗？"陆先琴微微挑眉，"或者那些你都不擅长的话，斗地主也可以，不过你能说出那些话，游戏水平应该还可以的吧。"

因为这边有好戏看，其他桌的人也凑过来看热闹，就连刚刚一直有意躲着他们夫妻的袁雨妃也凑了过来，不过她没直接问当事人，而是小声问慕琳："这发生什么事了？"

慕琳笑了："徐廷舟的太太这是要给我们女同胞出气呢。"

一群人看热闹不嫌事大，连忙就去打听到底有没有娱乐厅，得到确切回复后就兴冲冲地准备组局。班长上不上下不下的，被人拉着到了电脑面前，陆先琴又问了他一句："玩什么？"

语气很平静，可这样随意的语气却让人听了很不舒服，是那种高高在上的蔑视，根本不把对手放在眼里。

班长站了起来，说话有些结巴："谁说要跟你比了！"

"看来已经醒酒了？"陆先琴点了点头，"那更好，免得说我欺负你。还是你不敢啊？你刚刚不是说女人连打个游戏都不如男人吗？那我这个女人就跟你打一局，看看你有多厉害。"

其他人兴奋得很，不断地撺掇班长跟她比试。

班长看了眼徐廷舟，发现他脸上没任何表情，好像也没有很高兴，但也没有不高兴。

慕琳却知道，徐廷舟这个样子，想必是对他太太的游戏技术极为放心的。

"你太太打游戏什么水平啊？"她还是忍不住问了一句。

"还好。"

袁雨妃开口问道："那她要是输了怎么办？"

"不会的。"

陆先琴又问了一遍："选什么游戏？"

班长一时顿住没说话，这时有人插话："班长你不是真的怂了吧，你玩《绝地求生》不是还可以的吗？再不济《王者荣耀》也行啊，不至于连一个小姑娘都赢不了吧。"

男人最禁不起激将，班长最终选定了《绝地求生》。

"队友单挑，这样行吗？"陆先琴提议。

"可以。"

二人在电脑前坐下，开机登陆。男人们大多都不太相信这位年纪看上去很小的徐太太打游戏能有多厉害，觉得她顶多是因为刚刚班长的那番话确实把她惹恼了，她年纪小自然忍不住才出声回击，所以大都站在班长这边。徐廷舟和几个女生站在陆先琴这边看她的操作。

陆先琴的角色在房顶落地后开始迅速搜刮装备，班长的角色运气颇好，落地就是一把 M416 的枪。

众人也知道这是单挑，都安静地看着，只看到比较厉害的操作后才会小声地叫一声。

班长的角色在窗户边被人从外面打了一枪,他迅速地蹲下寻找敌人,之后又被一枪爆掉了二级头。

"谁打老子!不知道老子在单挑吗!"

班长的角色架枪,用狙击枪干掉了藏在树后的敌人。

现在首要任务是养肥自己,干掉周围的潜在危险,最后任务才是单挑队友。

已经开始缩圈了,陆先琴的角色找到了一辆摩托车"跑毒",恰好经过了班长的角色所在的那栋大楼,班长的角色冷冷一笑,架枪用红点瞄准镜瞄准她,连着三四枪打在了摩托车的屁股后面,就在众人以为陆先琴的角色肯定会被扫射死,可她却直接一波蛇形走位,躲掉了接下来的好几十发扫射。

她正往河边开。

人掉进河里后无法继续驾驶车辆,且不能开枪,而游泳的速度也根本比不过跑的速度,等于把肉送到了敌人嘴边。大家以为陆先琴的角色可能会跳河潜水,而此时毒圈离他们的地方还比较远,班长的角色是完全有时间等她憋气过了一定的极限后浮出水面再一枪爆头。

"这么快就要结束了吗?没意思。"大家似乎已经料到了结局。

"哇塞!飞起来了!"突然有人喊道。

陆先琴的角色骑着摩托上天了。之后又稳稳妥妥过了河跑远了。

"太强了……"

班长表情有些难看,有人已经到陆先琴那边去看她的操作了。

之后快进入决赛圈后,陆先琴的角色正好遇上空投,抢空投从来都只是水平高一点的人才敢做的事,她此时去捡空投确实有些吃亏,有人忍不住提醒她别捡。

她这把运气不行,到目前为止还连一把M416的枪都没有,狙击枪也只有一把SKS,到后期决赛圈很吃亏,陆先琴的角色没多想,直接往空投那边开。

那边有两队人已经在抢夺,陆先琴的角色趴在地上静静地看着渔翁相争,最后其中一队人阵亡，她苟着屏息用 SKS 干掉了因为捡到了好装备而完全忽视周围情况的另一队人。她打开那两个人的盒子，眼神亮了一下。

已经有人先一步出声："怪物大狙！"

AWM 是游戏中唯一能秒杀三级头盔的远距离武器，拥有最快的子弹速度和最远射程，也是整个游戏中最难获得的杀人武器，是毫无疑问的怪物大狙。

陆先琴的角色背着这一把狙击之王，继续"跑毒"。

当还剩四人时，陆先琴的角色果不其然被班长的角色盯上，防弹衣瞬间报废。

她卧在反斜坡上迅速装弹，没有反击，却用步枪瞄准了石头后的另外两个"伏地魔"。

她压枪太烂，十几发子弹根本没打中，子弹飘得太厉害，班长哼笑一声，先一步用狙击枪干掉了其中一个人。

"还剩一个，单挑吧。"

陆先琴蹙着眉，她的角色捡到 AWM 的时机太晚，现在圈子这么小，用狙击枪还不如用步枪直接扫。

班长那边很明显也想到了，可刚刚看她的瞄准度，心下也知道她压枪水平不行，于是打算大胆地和她正面杠。

此时再次缩圈，班长的角色和另一个敌人好死不死都恰好在天命圈里，陆先琴的角色没有急着进圈，而是绕到了最后一个敌人的身侧，开了几枪吸引他露头。那人也是急了，反应有些迟缓，被陆先琴的角色打倒在地。

威胁解除，陆先琴的角色必须在死之前干掉班长的角色。

只是几秒的时间，陆先琴的角色正面朝着班长的角色跑去，班长的角色急忙架枪连瞄准都来不及，陆先琴的角色左右走位躲枪，最后微微一笑，反方向拖动鼠标，精准的几发子弹稳稳地落在了班长的角色身上。

她压枪极稳，每一发几乎都打在同一点上。

班长的角色倒地，陆先琴的角色掏出 AWM 近距离一枪爆掉了他的头。

"大吉大利，今晚'吃鸡'！"

几乎是同时,陆先琴舒了口气:"总算是用过一回 AWM 了。"

"强,太强了!"

"真的厉害!"

胜负已分,《王者荣耀》当然也不必打了,陆先琴看着班长,语气轻松:"道歉吧。"

"你刚刚装的!"

她明明压枪很烂,所以近距离扫射他不可能会输。

"这游戏有规定不能装?"陆先琴笑得人畜无害。

之后班长鞠躬和在座的所有女同学道歉,大家也秉着和事佬的态度打算继续回包厢喝酒,陆先琴看班长一直瞪她,走过去笑着和他说:"你家那位应该是全职在给你当牛做马吧。虽然我只是猜测,但是如果某天你太太决定自己打拼事业,放弃家务,那你现在绝对说不出那番话。"

"把衣食住行全都丢给老婆的男人,自理能力一定不怎么样,没了老婆照顾也不过就是个废物。"

班长正欲反驳,陆先琴冲他比了个安静的手势:"听我说,既然输了就应该躺平任嘲不是吗?"

"没有哪条法律规定过,女人必须在家伺候男人,也没有哪条法律规定过,男人可以心安理得享受妻子的照顾。在这个世界上发展人类经济的不只是男人而已,女人也是。"

"以后喝醉了管住嘴,少说那些胡话,你连游戏都打不过女人,看来赚钱能力也不怎么样啊。"

这几年,她讽刺人的功力越来越深厚了。

回到包厢后的陆先琴被慕琳一把抱住:"你太厉害了!"

陆先琴被她抱得缺氧,此时有两个声音同时响起:"快放开她。"

其中一个是徐先生的声音,另一个她不认识。

陆先琴挣脱慕琳的怀抱,这才发现她身后多了个穿着黑色皮夹克的男人。男人五官英俊,身形高大,正无奈地看着她们。

"这是我男朋友。"慕琳亲密地挽上了男人的胳膊,"他是职业打游戏的,刚刚我把你打游戏的视频给他看了,他说你打得很好。"

男人留着点胡子,痞气十足,他走近陆先琴,身上淡淡的烟草味涌入她的鼻子。

"徐太太,有没有兴趣打职业?"

陆先琴急忙摇头:"我这就是兴趣而已,要真打职业这不是坑队友嘛。"

男人笑了一下:"你操作水平很高,意识强,不是一味地躲着也不是一味地蛮干杀人,我们队多久都没有出过女队员了,要是你去了的话,我队里那些小子应该会很开心。"

"不了,她还是学生,当以学业为重。"徐廷舟开口替陆先琴婉拒了男人的邀请。

男人这才看向了徐廷舟,挑着眉打量他,偏头问慕琳:"这就是你那个初恋?"

声音不大不小的,刚好能让四个人都听见。

慕琳和陆先琴脸上都浮现出一丝尴尬,两个男人却波澜不惊。徐廷舟望着男人,眼中的神色大半被镜片挡住并保持着沉默,后来还是男人先一步开了口:"你好,久仰大名,听说你游戏水平很高,有没有兴趣和我来一局?"

陆先琴知道徐廷舟的真实游戏水平,大概是要被眼前这个职业选手按在地上摩擦的,急忙说道:"菜都凉了,先吃饭吧。"

慕琳用力掐了一下男人的腰,低身斥道:"这都多少年的事儿了,你要不要这么小气。"

"我就跟他打一局游戏,这也不行?"男人龇牙咧嘴的,趁着徐氏夫妇两人转身,伸手箍紧了慕琳的腰,"回家再慢慢收拾你。"

慕琳脸一红,用力打掉了男人不安分的手。

再回酒桌,经过刚刚那一场比赛,大家的酒醒得也差不多了,徐廷舟正打算添饭吃菜,就看见有一双手端着酒杯递到了他的面前。

"前不久在网上看到你的消息,我听慕琳说过你,对你一直很是好奇。"男人唇角的笑意若隐若现的,"今天总算是见着真人了,交个朋友,喝一杯?"

徐廷舟本身已有些醉意,脸颊两处泛着淡淡的红晕,他没有推辞男人的邀请,倒满酒,举杯:"先干为敬。"

他原本把控得极为精准,绝不至于喝醉,偏偏又遇上个想比酒量的家伙,有人上门挑衅,作为男人不可能不接招。陆先琴有些担忧地看着徐廷舟一杯又一杯的酒下肚,她用眼神请求慕琳放过她家徐先生。

"我们家这个醋劲太大,对不住啊。"慕琳歉意地笑了笑,表示爱莫能助。

酒过三巡,徐廷舟相比起前几年在职场上应酬喝酒,当老师的这几年喝酒的机会并不多,也因此酒量略有退步。再加上之前一轮已经喝得小醉,喝完最后一杯后,已经趴在桌上有些不省人事了。

"哟,徐先生?"

男人得意地笑了,陆先琴略微瞪了他一眼,他这才收敛了笑意,摸了摸鼻子:"徐太太,对不住啦。"

陆先琴倒了杯水给徐廷舟,低声凑到他耳边小声问道:"徐先生?你还好吧?"

徐廷舟伸手无力地晃了两下:"没事。"

陆先琴将他扶起来喂他喝了一杯水,徐廷舟喝完以后咂了咂嘴,睁着一双大眼睛端坐在那儿。

他和陆先琴的酒品恰好相反,喝醉了也不闹,就坐在那自己发呆。当初办婚礼的时候也是这样,徐新郎都被灌得不知五五六六七七八八了,就坐在主桌上神游,谁都不理了。

有人问出了声:"新郎傻了?"

陆先琴坐在他旁边推了推他,结果他皱着眉躲开了她的手,说:"我喝醉了,别碰我。"

之后众人哄笑的场景也无须赘述,陆先琴只觉得自己头疼,待会儿要怎么把这么个大男人搬回家。

果然,聚会结束以后,在座大半的人都清楚今晚一定会喝酒,所以大都没开车来，陆先琴先前以为自己不会喝酒，到时候可以把徐先生载回家，可现在她也喝了点酒，车是肯定没法开了。

"车子交给我，我送你们回家。"

陆先琴看了眼不知什么时候出现在他们车子旁的男人，她皱着眉有些不放心："可是你也喝了酒啊。"

男人咧嘴笑了："我小弟没喝酒啊，待会儿就到。"

陆先琴看了眼男人手中的头盔，心中猜到他是开机车来的，又看了眼慕琳，发现慕琳脸通红，手上还提着两个袋子。

十几分钟后，男人的小弟就到了停车场。

"队长，大半夜的把我叫起来就为了让我当代驾司机？"

"废话少说，上车。"

男人坐在副驾驶，他们三个人坐在后面。陆先琴坐在慕琳和徐廷舟中间，徐廷舟还是那样，乖巧地坐在车上，两手放在膝盖上，目视前方，眼睛都不带眨一下的。

男人透过后视镜观察到徐廷舟的样子，忍不住问道："徐太太，你们家先生喝醉了就这样吗？"

陆先琴点点头："嗯。"

"挺有趣的。"

此时坐在最边上的徐廷舟开口了，吐词清晰，声音低沉："徐太太。"

陆先琴偏头看他："怎么了？"

徐廷舟垂下眼眸，长长的睫毛划出一道阴影，他抿了抿唇，说道："困了。"

"马上就到家了。"

"现在就想睡了。"

陆先琴无语："那你靠窗睡一会儿吧。"

"不行。"徐廷舟脑袋一歪，倒在了陆先琴的肩膀上，后者发出了一声吃痛的低呼。

慕琳在另一边憋笑憋得痛苦万分。

徐廷舟手搭在陆先琴的膝盖上，摸到了她棉麻质地的裙子，皱着眉又把头摆正，看着她："你怎么没穿校服？"

陆先琴神情一叔："不是你让我换下来的吗！"

徐廷舟"哦"了一声："好像是这么回事。"

陆先琴点头，只希望他别再说话了。

可嘴长在他身上，他要不要说话哪是她能控制的，徐廷舟语气正直，神情认真："你穿校服挺漂亮的，等回家再换上吧。"

公开处刑，生不如死。

顿时陆先琴的脸爆红，怎么就这么点情趣还要在外人面前这么不害臊地提起来呢！

前面的两个男人拼了命地掐大腿，而慕琳功力不足，扑哧一声笑了出来。

"回家说，回家说。"

徐廷舟喝醉了，软玉一般的脸颊上一直带着淡淡的红晕，那一双桃花眼宛若酿好了的桃花酒，夜色中泛着微光，眸色迷人，令人挪不开眼。就是瞪着眼有些凶，又有点魅惑："你不穿？"

"我不穿你穿啊！"陆先琴生气了，也凶他。

谁知徐廷舟顺从地点了点头："我穿也行，可是你那个是女式的，我一个男人不能穿裙子。"

慕琳彻底忍不住了，哈哈笑出了声。

陆先琴尴尬地捂住徐廷舟的嘴："徐先生，求你了，别说了行吗？"

她并非不喜欢徐廷舟的这种"反差萌"，只是这车上还有三个人在看戏，她脸皮本来就薄，此时更是招架不住，只觉得脸上的温度都可以直接煎鸡蛋了。

车子开到了徐氏夫妇家的小区楼下，五个人一齐下了车，陆先琴向慕琳道谢，对方冲她摆了摆手："本来也就是想跟你们赔罪，我们住得不远，这会儿还有地铁，两站就到了。"

陆先琴牵着徐廷舟的手，问他："徐先生，还能走路吗？"

"能。"

慕琳低头偷偷笑了一下，将手中的其中一个袋子递给了陆先琴："送你们。"

"啊？"

男人从慕琳背后绕过来揽过她的肩，看着陆先琴笑道："赔罪礼物，收下吧。"

陆先琴正要推辞，慕琳就先一步把袋子塞到了她的手上，语气暧昧："那点情趣我懂的，收下吧，也当是赔罪了。"

陆先琴隐隐猜到是什么东西，有些为难地看着男人。

男人挑眉笑了："我跟你家先生身高差不多，他可以穿的。"

"那你们？"

"我不用。"男人坏笑，"慕琳穿就行了。"

这年头的男人不论长得多帅，那点猥琐的癖好还真是天下大同。

徐廷舟全程乖乖地跟在陆先琴身后，上电梯出电梯，进家，换鞋，陆先琴正纠结着怎么让徐廷舟换上这身校服，就看见他已经把风衣和马甲脱掉，解开了衬衣扣子挽起袖口去刷牙洗脸了。

真是让人省心啊。

徐廷舟已经进浴室洗澡了，陆先琴摸着那套男生校服坐在床边发了好久的呆。心想等他清醒过来了，一定死活不肯穿。

可她是那么想看到，他穿校服的样子。

他洗完澡出来后穿着睡衣走进了卧室坐在床边拿着杯水一口气喝下，陆先琴看着他滚动的喉结，也不知是不是喝得太急，有水珠顺着他的下巴落在喉结上，最后滴在锁骨处，眼前的这些点燃了她心中的那一簇小火。

"徐先生，来换校服。"

徐廷舟坐在她身边，乖得不得了。

他头发还是湿漉漉的，白皙干净的脸上也有一点未擦干的水珠，就连那睫毛都还有些湿，侧着脸没有看她。

灯光下，他的侧脸柔和，仿佛不再是那个平日里的徐廷舟，变得超萌，还有些可爱，令她心痒难耐。

陆先琴看着他的鼻尖出神，突然一个猛地倾身在他脸上吧唧了一口。

徐廷舟愣了一下，偏头看她。

她红着脸把校服丢在他身上，小跑着逃离了卧室。

"我去洗澡，你快点换吧。"

徐廷舟看着校服发呆，像一只大白猫似的。

陆先琴关上卧室门，抚着胸口缓劲儿。

不知道怎么的，洗澡的时候明明用的还是以往的那瓶沐浴露，擦的还是同一瓶身体乳，抹的还是万年不变的护发素，可是因为今天的形式十分隆重，所以今天的澡像是洗小龙虾那么仔细，每一个地方都仔仔细细搓干净了。

到了夜间护肤环节，陆先琴正要拿起精华液往脸上抹，又顿住了。

到时候徐先生亲的时候会不会吃到啊……

她想了想，还是只擦了个爽肤水，就算完事了。

换好了那一套校服，陆先琴还特别扎了两个麻花辫，看着镜子里的那个女孩，她都不知道是谁。

比去美特斯邦威改造还神气。

陆先琴扭捏地扯着两条麻花辫，踮起脚，做作地敲响了卧室的门。

里头没反应。

陆先琴自己打开了房门，只看见徐先生还是乖乖地坐在床上，只不过身上的衣服已经换了一套。

他没穿校服外套，里面就是一件白衬衫，系着一条黑领带，说实话，和他平日里穿的没什么两样，唯一的不同就是这个校服的大小很性感。

他平日里习惯梳起刘海，今天因为洗了头，刘海乖乖地搭在额上，还有些湿漉漉的。

她咽了咽口水，走到他面前蹲下，下巴撑在他膝盖上："酒醒了吗？"

徐廷舟轻飘飘地看了她一眼，没说话。

陆先琴感觉自己都快被萌死了，蹦到梳妆台那边拿了两个皮筋儿要给徐先生也扎两只辫子。

可能是喝了酒，他今天出奇地顺从，就任她在他头上作祟。

"头发有些长了。"陆先琴嘟嘟囔囔的。

两只辫子扎好，陆先琴蹲下身子平视他，徐先生生得并不女相，虽那双眼睛长得极美，可一点也不女气，他头上顶着两只冲天辫，竟然也没有一点违和感，看上去颇为可爱。

陆先琴又在他脸上亲了一口，兴冲冲地去拿手机打算和他自拍一张。

男人的通病，徐先生不喜欢自拍，也不太能理解陆先琴手机里的那十几个自拍软件。不过他挺喜欢存她的自拍，也任由她在自己手机里下了好几个美颜相机，每次她拍了也不删就存在手机里头。

陆先琴举高手机："徐先生，嘟嘴巴！"

咔嚓一声，徐先生面无表情，但是因为美颜软件的特效，他的眼睛被放大了好几倍，看着镜头的样子颇有些楚楚可怜的样子。

陆先琴被萌得肝颤，赶紧把这张自拍保存下来。

又拉着他拍了好几张，因为有特效加持，两个人穿着校服竟然也不怎么违和。陆先琴又把他的辫子解开，用梳子给他把头发梳整齐，再看着他时，仿佛就像看到了少年时代的徐先生。

陆先琴坐在他身边，头靠在他肩上，把玩着他的大手："徐先生，你知道吗？我有时候特别讨厌自己生在农村。"

徐廷舟没有说话。

她知道他喝醉了以后就很沉默，第二天早上起来也不一定能记得这些话，所以陆先琴就是要趁着这时候才好意思说出这些话来。因为今天的校庆回到了徐廷舟的母校，见了他的那些同窗好友，特别是校花慕琳，虽然慕琳和她解释了两个人的关系，可她心里还是嫉妒。

嫉妒慕琳曾和十五岁的徐廷舟打过游戏，嫉妒慕琳参与了他十五岁到十八岁那一段岁月。甚至嫉妒袁雨妃，嫉妒她见过那么美好的徐先生，能给那么美好的徐先生写上一封饱含心意的情书。

"如果我生在城市，如果我恰好是你的邻居。"陆先琴假设着，"那我们也不至于这么晚才相遇，最好是青梅竹马一起长大，然后读书的时候又是同桌，放学了一起回家，这样咱们每天除了睡觉的时间，其余时间都可以待在一起了。再然后我就在学生时代把你拿下，和你轰轰烈烈地早恋一个，最后顺理成章地结婚。这样你也不用因为娶我和家里人闹那么久，也不用应付我爸妈了。遇见你之后才知道，很遗憾和你相识的那么晚。"

或许是今晚月色太美，她被月亮灌醉了，说出的话不经大脑，但都是真情实感。

"不，要是我比你大，那我就能看到你穿开裆裤的样子了，还能记一辈子。"陆先琴猥琐地笑了一下，又觉得这样不妥，"那就是姐弟恋了，你介不介意姐弟恋啊？"

她这厢心里还在思索如果她和徐先生是姐弟恋会是什么样子，那厢一直沉默着的男人却出声回答了她的问题："不介意。"

她颤了一下，直起身子看着他。

"只要是你，不论是什么恋，都不介意。"

他的眸子中沾染着几乎要溢出来的情愫，就那么深情地望着她，仿佛要把她吸进去。

陆先琴顿了好久，才结结巴巴地开口问他："你醒酒了？"

他摇头："没有。"

那就是醒了！

陆先琴下意识地站起身往门那边跑，下一秒就被他按在门上，牢牢桎梏住了她的行动。

她用力挣脱他，嘴上强撑着："你放开我！"

"不放。"他眼睛里满是笑意，一手揽住她的腰，一手抬起她的下巴，在她嘴唇上啄了一下。

陆先琴连带着耳根都染上了红色："你什么时候醒酒的！"

他一声轻笑:"傻瓜,我冲个澡就醒了。"

"那你还换校服,还让我扎辫子!"

"你想看,就索性依你了。"徐廷舟将嘴唇凑到她的耳边,轻轻呼着气,语气暧昧,"哪知道还能收到这么动人的告白。"

"骗子!男人都是大猪蹄子!"陆先琴喊出声控诉面前的男人。

徐廷舟拍了拍她的脸,声音更轻了:"我没骗你。"

陆先琴还未反应过来,就被他一把抱起,她的双腿在空中无力地挣扎了两下,人就躺倒在柔软的床上,有个滚烫的身躯压了过来。

"徐太太,只要是你,我都不介意。"

陆先琴累倒在他的怀中,像个孩子一样睡着了。徐廷舟摸着她柔软的发丝,一下又一下顺着,不厌其烦地触碰着她,怎么都不腻味。

她喘着气的时候,还不忘质问他,问他的初恋到底是谁。

徐廷舟那时有刹那的失神,但很快就又进入状态,低声告诉她,是你。

也不知道她听没听见,应该是没听见,结束后就立马睡着了。

若是听见了绝不会是这个反应。

他心情有些复杂,一面盼着她知道,一面又盼着她永远都不知道。

他那些懵懂又不成熟的心思,怎么好意思说出口,又怎么好意思全盘托出。

他二十一岁的那个夏天刚刚大学毕业,和同学们吃散伙饭。寝室里的那几个人喝多了,就拉着他,语气很严肃地问他:"你是不是喜欢男生?"

他皱着眉喝了口酒:"不是。"

"那你单身了四年!我们仨都快被你吓死了!"室友嚷嚷着。

徐廷舟抽着嘴角说:"你们放心,我绝对看不上你们几个。"

室友们捂着胸口说受伤,伤了没几秒又说虽然他没谈过,但心里头总该有个妹子吧。

徐廷舟的思绪回到了那年高中,慕琳问他的那些话。

她撇着嘴看了眼他画的,问:"要是真有长成这样的女孩,那你岂不是要一见钟情了？"

他愣了愣说："大概吧。"

高中时全校最漂亮的两个女生他都没看上，一个是慕琳太彪悍，另一个是袁雨妃也不怎么跟他说话，他也懒得跟她套什么近乎。其他女生又只敢远远地看着他，说实话，她们不凑近，他连那些女生的脸都记不住。所有人都觉得早恋很简单，他偏生觉得很难。一是自己没那个心思，当时一心想着多读书争取个保送；二是，那些女生连跟他打个招呼都低着头，他怎么看得清脸，更别提别的了。

大学的女生倒是多了、胆子也大了，但他总喜欢用那张画像对比，也不知道是找借口拒绝，还是这辈子就认准那虚无缥缈的"异次元"老婆了。他本来就修双学位，还要忙校团委的工作，后来大三了又忙保研，也没心思再考虑这个事儿了。

同寝室的人吃完饭又提议着通宵打个麻将就去附近的小旅馆开了间房。一群人咋咋呼呼的，被旅馆老板提醒了好多次，最后还是决定放弃麻将这么一个吵闹的活动，选择了比麻将还老土的扑克牌游戏。

室友喝醉了，疯狂地在徐廷舟生气的边缘试探，终于等他老马失蹄输了一回，就一直嚷嚷："我们新闻之光，徐廷舟同学！单了二十一年！这苦痛的日子，今天兄弟我就要帮他结束掉！"

其他人欢呼："这是要以身相许啊。"

徐廷舟瞪着他那个作死的室友，用眼神警告他别乱说话。

"徐廷舟同学，你不是老说没遇见过自己的理想型吗？现在你去房门口站着，月老已经帮你牵好线了。你出门碰见的第一个女生，她拥有你爱的黑发，你爱的大眼睛，总之就是你的天选之女，你这颗尘封了二十多年的心，将会为她跳动，扑通扑通。"众人说室友是言情小说看多了，室友一挥手，说去吧！

愿赌服输，徐廷舟也没把他的话放在心上，老实出去了，还把门给带上了。

等他出去了以后,室友才松了口气,这孙子眼神太厉害了,要不是我作了个小弊今天咱们谁都别想逃过他的手掌心,来来来咱们继续。

而门外的徐廷舟却丝毫不知。

现在是半夜,回宾馆的基本上都是成双成对的,有不少人盯着杵在门口当门神的徐廷舟看,他不自在地咳了一声,发誓自己下回再也不陪智障室友玩游戏了。

站了十分钟,徐廷舟想着进去吧。

正握住房门把手,就听见后面有个怯生生的声音响起,仿佛在叫他。

"哥哥,你喝酒吗?"

徐廷舟怎么也没想到,眼前的这个小姑娘,明明看上去还未成年,问他的第一句话,居然是喝不喝酒。

而且看她那脸上的一抹红晕,还有身上淡淡的酒味,就知道这个小姑娘不单单卖酒,还自己喝了不少。

他皱眉,表情上写着"未成年人不准饮酒"几个大字,问她:"你成年了吗?"

小姑娘心虚地眨了眨眼睛,摇摇头。

她还没他肩膀高,低下头以后,就显得更加娇小了。

"可是我去买酒的时候老板也没有不准我买啊……"

她低声嘟囔着,徐廷舟皱着眉看她,觉得他室友简直就跟那种街上不靠谱的算命先生一样,这个看上去乳臭未干的小姑娘能和他有什么牵扯,要真有什么牵扯他就得吃牢饭了。

徐廷舟充分发挥人道主义,想掏钱包,却发现自己的钱包还在房间里。

他轻轻咳了咳说:"你在这等我一下,我拿钱给你,买你的酒。"

小姑娘急忙摇头,把手中装酒的那个大塑料袋塞到他手里,也不管他乐不乐意。

"哥哥,这些酒送给你喝了。"

"不行。"徐廷舟冷着脸拒绝她。

小姑娘一副快哭的样子，显然是有些急了："哥哥，待会儿我爸爸妈妈要是回来了看到我身上有酒，肯定会骂我的。"

他问她："你父母呢？"

他们都去找我弟弟去了，我弟弟不愿意来这里上初中，大晚上的就跑出去了。

小姑娘长得挺漂亮的，就是身上的打扮，说不好听的就是土气，是与城市格格不入的那种土气。

好像生怕他不答应，小姑娘又提出了条件："哥哥，你要是把这些酒都拿走，我再送你一本书吧。"

说完就打开了他对门的那个房间，不一会儿她就捧着一本书跑了出来。是村上春树的《挪威的森林》，看封面应该是很久以前出版的了，可是却跟新的一样。徐廷舟听过这个作家的名号，也看过他的书，只是因为文风不是很喜欢，所以看过几本当个拓展，之后也就没关注过了。

"我这次到城里来，就带了这么一本书，算得上是我最值钱的东西了。"

小姑娘双手合十，哀求他："哥哥，帮帮我吧。"

徐廷舟发誓当时他脑子一定是锈住了才会接过那本书和那一袋子酒，本以为小姑娘会心满意足地回房间，没想到小姑娘把门关上，又朝走廊外去了。

他几乎是下意识地叫她，问她大半夜的又要去哪里。然后等他反应过来的时候，他已经跟着小姑娘走到天台了。

天台上还晒着老板的被子和衣服，小姑娘找了个地方坐下，她手上还提着酒袋子，是硬生生从徐廷舟手中抢过来的，非说他是救命恩人，不能让他提着这么重的酒爬楼。

巨大的夜幕中闪烁着繁星点点，徐廷舟吹着晚风，心里反思自己刚刚的一时冲动。

小姑娘嘿嘿笑了一下，看着他说："哥哥，你人真好。"

他一愣，略微僵硬地问她："为什么喝酒？"

小姑娘神情落寞，低着头扣着自己的手指，说："爸爸妈妈想让我弟弟到城里来读初中，我弟弟不愿意来，就生气跑了出去。我跟他们说，我也想到城里来读高中，可他们说我痴心妄想，有书读就不错了。我很生气，就买了点酒喝，想消愁。"

才多大的姑娘，就懂得借酒消愁了，徐廷舟和她保持着几米的距离，正转头想和她说什么，就在月亮微弱的光芒中，看到了她啪嗒啪嗒地掉眼泪，又开了一灌酒，仰起头就猛喝。

他三两步走到她面前，夺过了她的酒。

她那一口就几乎喝了大半，徐廷舟看不清她的表情，只听见她打了个轻嗝，用手胡乱地擦着嘴边的酒。

他蹲在她面前，和她靠得很近，虽然月色朦胧，却能看见她眸子里他的倒影。

也不知道是不是那一口酒终于将她灌醉，小姑娘换下了怯生生的样子，朝着他笑了一下："那本书，是我最喜欢的一本，现在送给你了，你要好好珍惜它啊。"

徐廷舟没收过这么霸道的礼物，皱着眉，冷着声音说："我不要了，你拿回去吧。"

"别啊。"

小姑娘委屈巴巴地说："你不拿，这书就埋没了，它真的写得很好。"

被誉为经典的书能差到哪里去，徐廷舟好奇的是，为什么这书不给他就埋没了？

"这书是我的一个老师送我的，他是从城里来的，和我们那的人都不一样。我周围的人都不怎么看书，这是我的第一本课外书，他希望我好好珍藏。后来他回城里了，这书我一直好好地保存着，本来想着这次到市里来，用攒的钱可以去书店再买几本这个作家的书，但是我爸妈说我乱花钱，买书读了也没什么用，他们不想供我来城里上学，只想让我早工作，我一时生气就把买书的钱全都拿去买酒了。"

她说这番话的时候，语气颠三倒四的，有些沮丧，又有些自嘲，更多的是一种无奈。

徐廷舟轻声问她:"你想来这里读什么学校?"

"当然是四中了,清河市最好的高中。"小姑娘笑眯眯的,像是在憧憬着什么。

她又问他:"哥哥,你读书应该很厉害吧。"

徐廷舟不解她为什么这么想。

"你戴了眼镜,学习肯定很好。"小姑娘语气笃定。

他稍稍愣了一会儿,啼笑皆非,终于是忍不住在她面前轻声笑了出来。

小姑娘红着脸呆呆地望着他,月色微弱,可她的眼睛却那么亮。

"哥哥,你长得真好看。所以我知道,你肯定是个好人,愿意帮我的。"

他手扶着膝盖,腿因为蹲着已经有些麻了,徐廷舟低头躲过了她的目光,耳根微红。

小姑娘又说话了:"哥哥,我给你念一段吧,我最喜欢的片段。"

说罢,她就轻启唇角,流利地念出了她最爱的那个片段。

声音婉转,像是夜莺一般,在夜色中,她的声音贯入他的耳中,像是一首静谧悠扬的乐曲,又像是潺潺的小溪,流进心田。

在一个风和日丽的春天里
你走在森林中
突然蹦出来一头
毛茸茸的,可爱极了的小熊
小熊问你
小姐,愿意和我一起玩打滚游戏吗?
接着,你和小熊从长满三叶草的山坡上
互相拥抱着从山坡上打滚
玩了一整天玩得开心极了
我就是这么喜欢你

夜色如同墨砚，深沉的化不开颜色，华灯初上，都市的灯光就像是永不落幕的剧场，将夜晚照映的像是白昼，而天台上，就只有他和她，还有星星月亮的微光，还有的，是他突然变得飞快的心跳。扑通扑通，在寂静的夜晚，跳动得格外明显。

她的眼睛里仿佛有磁石，吸引着他不断地深入，他在这世上二十多年，从未体验过书上写的那种情感，陌生而又令人心动。

可眼前的这个小姑娘，仿佛紧紧抓住了他心上的那最柔软的一块地方，让他微微一颤，让他头一回无所适从。

小姑娘像是个懵懂的洋娃娃，长长的睫毛扑闪扑闪着，扇动的每一下都让他心跳得更快。

此时她身上的酒香，越发醇厚。

"哥哥，我能亲你一下吗？"

小姑娘说这话时，眼神是模糊的，在他被她吸引的同时，她也被他的容颜吸引。

也不等他同意，她就在他脸上，触碰了一下像蜻蜓点水一般，一触就离开了。

之后就扶着他的肩傻笑。

徐廷舟往后一倒，难堪地坐在了坚硬的水泥地上。

就像是置身于星辰大海中，又好像在世界尽头看见了无数道美丽的极光。

说不出他的心情，就像是躺在软沙上被阳光打磨的鹅卵石一般，就像是海水溢过了地平线一般，就像是躲藏在薄云中羞答答的明月一般，徐廷舟抓着自己的左胸口，那里有什么东西不受控制，破土而出。

他被一个小姑娘调戏了，而且他十分该死的因为她的调戏而觉得浑身酥麻。

徐廷舟第一次接受男女之事的思想洗礼时，那时候他年纪还很小，所谓男女之间的爱情不过是小电影里男女演员激烈的动作和磨耳朵的喘息。

当人们遇到爱时，脑中分泌出的众多物质中，有种叫睾酮的物质，当睾酮达到一定量时，就会催生出男女之间的性行为。

他也曾在梦中梦见过美好的酮体，与她耳鬓厮磨，与她缠绵至死，只是那具酮体的模样，他一直都看不清。

像是在雾中，抓不住摸不到。

徐廷舟开始胡思乱想，想着那张脸究竟应该是什么样子。

他按照自己的喜好，拼凑出了一张脸。

他爱的长发，他爱的眼睛，他爱的鼻尖，他爱的樱唇，都被他镶嵌在一张脸上。

而现在的这张脸有了个更为清晰的模样，只是不再像梦中那样需要抵死缠绵。只是因为一个轻轻的吻，他就彻底沦陷，万劫不复。

那个夜晚，如同一场梦，十分荒唐又十分真实。

他相信了，那是命中注定。

从前不相信一见钟情，遇见你后，信了。

从前不相信命运，遇见你后，感谢命运。

再之后的几年，他总是不受控制的去做一些傻事，室友都感觉出他的不对劲来。

"你老往四中跑什么？那里有你的小情人？"

也许，她真的在那里。

但是正如她所说，她的家庭不允许她在那里，她也就不可能出现在那里。

徐廷舟以一种执拗的态度等待着命运给他的又一次惊喜。

双学位硕博连读，几乎没有任何喘息的机会，等他真的有空了以后，已经是博士毕业。原本想要留校任教，结果同一个小区的青梅竹马长大的女孩儿的男人朝他抛出了橄榄枝。

他权衡利弊许久，直到那男人和他说："咱们酒店每天来来往往那么多客人，你都单了这么多年了，也许能碰上命中注定的爱情也不一定啊。"

多遇见一些人，也许几率就更大一些。

在他入职没多久后，酒店总部又扩建，需要招聘新员工了。

这事本不归他管，但因为总裁实在是太懒，又吩咐新任职的CFO，事无巨细皆要同财务官商议。于是人事部只能带着简历请他相看，他也只好揽过这并不需要经他同意的入职人员筛选任务。

当时老陈总恰好也在他办公室，顺便就和他一起筛选了起来。

"面试的时候你没去，真是什么人都有啊，有人应聘的是基层劳务人员工作，居然跟我开一万块的工资，现在年轻人的心态真急躁啊。"

老陈总现在已经无权一身轻了，但就喜欢去凑这些热闹。他手中拿着一份简历，忽然眼神亮了一下，手指弹了弹那张纸，说："这个小姑娘不错的！长得很水灵，说话声音也好听，关键是人很简单，不骄不躁的。看她好像是农村出来的，身上一股子朴实气息，我对她印象很深的。"

"那就要了吧。"徐廷舟没抬头，他手中还有很多份简历等着他看。

老陈总有些犹豫了："小姑娘人是挺好，就是这本科学历有点低了……要是把她放到不合适的岗位，又觉得有些埋没她。"

能让老陈总如此纠结的人，徐廷舟也一时好奇，接过了那份简历。

陆先琴，个人信息皆写在那张纸上，右上角是她的一寸蓝底照片。

徐廷舟几乎是瞬间就攥紧了那张纸，瞳孔紧缩，盯着那张照片入神。

她长大了，看着比那时候成熟漂亮了许多，头发好像也长了，只是那一双水光潋滟的眸子，和几年前一模一样，还是熠熠闪光，纯洁无暇。

他攥着她的简历，忽而笑出了声。

老陈总问他："怎么了？"

看她的教育经历，想必还是回到了她老家那边，没有圆她的四中梦，也没有圆她的清大梦。

只是，她却圆了他的梦。

如果再有机会，他决定，一定也要为她圆梦。

"挺好的，如果没什么不良记录的话，就招进来吧。"

老陈总喜笑颜开:"不愧是高才生,跟我的眼光就是一致!"

之后和她在同一家酒店工作,也不知是不是因为近乡情怯,他竟有些胆怯,像是年纪又倒退了几年,开始不安彷徨。

终于在那天,在酒店的走廊上碰见她。

只是她把自己的脸折腾成了小花猫,都快看不出那灵动娇俏的样子。徐廷舟忍着笑意,看着她手足无措只想赶紧逃开的样子,忽然就很想凑到她面前问她,你还记得我吗?几年前的那个晚上,静静地听你念完村上春树的诗,最后又被你调戏,之后又被你耽误了这么些年的那个眼镜哥哥。

话到嘴边,却变成了简单的三个字:"陆先琴。"

她抬起头陌生地看着自己,徐廷舟的心顿时沉了下来。

她不记得自己了。

她不再叫哥哥,而是陌生而又疏离地叫他徐先生。

徐廷舟喉间苦涩,藏好情绪,做足了上司的样子。

陈叙不解地问他:"你认识?"

认识。而且很久很久,久到她已经忘记,而他却还记得每一处细节。

无妨,反正来日方长。

他会护着她的,也会让她知道,忘记他是什么下场。徐廷舟嘴角漾起淡淡的笑意,可能是因为遇见她,所以心情又变得好了。

老天如此眷顾他,再次的相遇已是最惊喜的礼物,纵使她不记得他了,那他也有足够的耐心,重新和她认识,重新和她开始一段故事。

只是不能告诉她。

太不好意思了。

晚秋已到,初冬即来,学校的主题色终于换成了另一种。

陆先琴发现叶子最近回寝室的频率越来越低了。

终于有一天,她逮住叶子,把她拦在门口。

"说!最近都去哪里了!"

叶子心虚地低下头看,撒谎水平太差:"还不就……兼职啥的……"

"嗯?这些日子你没去院长办公室吗?"陆先琴语气神秘,"月底不是就要去参加峰会了吗?"

"哦!对对对!还有办公室!"叶子嘿嘿一笑,见陆先琴笑意越来越猥琐,又急忙转移话题,"要是这次你能和我一起去就好了。"

两个月前因为那份重点的事情,陈院长一度搁浅了陆先琴参加这次交流峰会的事情,之后那边催得紧了,才将她换成了钱伊敏。陈院长把她叫到办公室和她长谈了一次,还跟她道了歉,陆先琴虽然心有遗憾,但也无力更改什么,只能笑着说下次她一定要黏在院长屁股后面去凑热闹。

"没事啦。"陆先琴摆摆手,"院长答应我下次有这种事绝对不会忘了我的。"

叶子沮丧地叹了一声:"先琴,你就是脾气太好了。"

"哪里好啊?也就是换成钱伊敏我没意见,反正她本来就比我优秀。要是换成蔡琼我肯定跳脚撒泼,让谁占便宜也不能让她占便宜!"

叶子附和了她两声,身子稍稍往门外挪:"那没什么事我就先走了。"

"站住!"陆先琴反应极快,"你就老实承认了你跟顾学弟出去约会,不行吗?我都听书棋说了,还瞒着我。"

"李书棋跟你说了?"叶子红着脸咬牙切齿,"顾逸闻这傻子还真是什么都跟兄弟说啊。"

"你怎么跟我这么见外啊?"陆先琴有些不高兴了,"难道还是因为书棋?你对我还有芥蒂?"

叶子急忙摇头:"没有没有,我对李书棋早就没那个感觉了。顾逸闻说得挺对的,也就是一时好感,一两个月不想也就忘了。我没跟你说的主要原因是我现在也不确定自己的感情,打算等稳定下来了再和你说。"

"顾学弟还没追到你?"陆先琴的表情有些复杂,"他不是号称情场高手的吗?怎么这么弱啊。"

所谓情场高手其实压根就没什么手段,不过是靠着那一张帅脸,再土的话从他嘴里说出来都很撩人，可惜叶秀秀同学不吃这一套，每次都牢牢地接过他的梗，然后还个更厉害的给他。每次顾逸闻就会稍微一愣，然后红着脸大喊，学姐！你怎么能随随便便撩我！

她原本心里头也清楚自己为什么那么做，只是每次看他装的一副经验丰富的样子，最后却只能用小狗一样的眼神瞪着她说她仗着资历高欺负他时，心里头某个邪念又不受控制地冒出来。

小奶狗啊，真好玩。

她好像在慢慢地学着喜欢他。

这些话自然不好意思说出口，叶子只能再次转移话题："你就不用担心我了，你就担心你的好弟弟吧，他最近可是又被人告白了。"

陆先琴哟了一声："他没跟我说哎。"

"这怎么跟你说。"叶子翻了个白眼，"不过你们真的不是亲姐弟吗？要你们真是亲姐弟，那我只能感叹你们家基因实在太强大了。"

陆先琴唔了一声，说道："我有个亲弟弟的。"

"你有弟弟？"叶子疑惑地喊出了声，"从来没听你说过啊？"

"他不在市里，所以我也就一直没提起他。"

"那你弟弟长得帅不帅啊？"

陆先琴看着她弟弟穿开裆裤长大的，早就对弟弟的颜值没什么概念了，叶子这么一问反倒把她问住了。

叶子也知道她可能一时半会说不出来，又问："那你有照片没？"

"好像有，去年回家过年的时候，拍了一张。"

"快给我看看！"

陆先琴翻手机，找到了那张照片，递给叶子看。

照片上的姐弟俩，隔得很远站着，看上去关系好像不太好，两个人脸上都没表情，看得出照这张照片的时候应该都不是自愿的。叶子仔细看了眼弟弟的脸，发现他和陆先琴五官其实挺像的。

只是弟弟的眉眼更为英气，轮廓也更硬朗一些，站在陆先琴旁边比陆先琴高出一个头,身姿挺拔,嘴里头叼着根烟,眼神凌厉,看着有些放荡不羁的样子。是和陆先琴气质完全相反的一个人。

"你们家基因也太好了吧!"叶子感叹,"你弟弟贼帅啊。"

陆先琴撇撇嘴,心想长得帅也没用,从来没把她这个姐姐放在眼里过。

就在此时,清大的正大门口,有个男孩穿着朋克风的帽衫,踩着马丁靴,叼着烟抬头看着"清河大学"四个明晃晃的烫金大字。

男孩抖了抖烟灰,眯着眼观察四周。

有不少女生正朝他这边偷偷地看,神色激动。

他拖着行李箱,走进了清大校园。

刚进学校,正纠结着怎么找人,身边就擦身而过一个女生,嘴上念念叨叨的,还念到了他很熟悉的一个名字。

女生正在打电话,语气很激动:"要是能让名额我早就让了,我还不至于去抢她陆先琴的机会!别搞得好像我很喜欢看她吃瘪似的,现在不知道情况的还以为是我背后跟老师打小报告给陆先琴穿小鞋,呵呵,她也配我费尽心思对付她?"

只顾着讲电话而丝毫没有注意到面前的人墙,钱伊敏直直撞了上去,捂着被撞到的鼻子瞪着眼前的人:"你不看路?"

男孩邪笑了一声,耸了耸肩:"你要看了路也不至于撞上啊。"

面前的男孩一副你奈我何的样子,表情也很轻浮,钱伊敏最讨厌这种轻浮的二流子,翻了个白眼绕过他就往前走了。

"没事,刚刚撞到个眼瞎的,啊!"

她又被人拦住了,钱伊敏这回是真忍不了了:"你再拦我别怪我不客气啊!"

"来,只管对我不客气。"男孩扬起唇角,语气戏谑,"哎,我问你,你是不是认识陆先琴?"

钱伊敏皱眉:"认识她又怎么样?"

"巧了。"男孩用手指了指自己,"我是她弟弟。"

第十章　亲　戚

钱伊敏看着眼前的这个男孩，还真看出点他和陆先琴的相似之处。

钱伊敏心里头更气了，嘴上更不留情："哦，你是她弟弟啊，长得挺像啊。"

剪着当下偶像剧里头最流行的满大街爆款男主发型，刘海都快遮眼睛了，浑身上下没几样值钱的东西，在物质世界中长大的钱伊敏很快就推测出他的经济条件。

姐弟俩还真是一个天一个地，姐姐穿名牌衣服，弟弟穿地摊货。

因为蔡琼的缘故而对"穷"病敬而远之的钱伊敏，此时更加看眼前的这男孩不顺眼了。

"怎么，不像？"陆先桦挑眉问她。

"像，都长着一副我讨厌的样子。"钱伊敏冷笑一声，挂掉电话也不打算继续理会他，直接就绕过他往前走了。

"哎，别走啊，助人为乐，带我去找我姐吧。"

钱伊敏真是被烦死了："你姐是堂堂的经管院花，你随便打听一下就问出来了，让开。"

陆先桦愣了一下，笑道："陆先琴厉害啊，这都当上院花了。"

钱伊敏抽了抽嘴角，没回他。

"我看你好像很讨厌她啊。"陆先桦低头看着她笑，眼神里说不出是高兴还是生气。

"我讨厌她很奇怪吗？她又不是人民币，怎么可能人人都喜欢？"

明明这句话说得很不客气，可偏偏陆先琴这弟弟就跟得了失心疯一样，居然真心实意地笑了出来，还一脸赞同地附和她的话："这么多年了，我总算是看见个明白人了。陆先琴这人毛病一大堆，根本不招人喜欢，怎么还会有人喜欢她？依我看你比她好多了。"

钱伊敏觉得他这话就是暗地里在讽刺她，一时间气得脸色发绿，甩了个脸子心下决定怎么也不会理他了。

可是那个男孩还在她后面喊："女生寝室我不方便进去，要不你告诉我徐廷舟的办公室在哪吧？"

钱伊敏这才想起来，两个月前陆先琴和徐老师公布婚讯，已婚两年。她的脸疼得跟针扎一样，一想起曾经当着徐老师的面对陆先琴的嘲讽，就觉得这两个人背地里不知道会怎么嘲笑她愚蠢。她跟蔡琼不一样，就算心里头不爽也只能憋着以免让人看出她的负面情绪。

因为心里那一点羡慕嫉妒恨，她现在听不得徐老师的名字。

"谨言楼，502。"

"谢了，小姐姐。"

陆先桦拖着行李箱又开始疑惑，谨言楼在哪儿？

"徐老师，您真的不带我们了吗？"

徐廷舟放下笔，微微抬头看着那几个研究生："你们的导师是王老师，他既然已经休假回来了，你们自然是要跟着他的。"

"可是……"其中一个学生欲言又止，"王老师，他最近好像心情不太好……"

徐廷舟略带歉意："这是学校的规定，我也无能为力。"

几个学生垂头丧气地离开了办公室，刚走出去就有个同事凑上去跟他小声耳语："王老师手下的那几个学生是真的惨，他休完假回来就跟变了个人似的，背地里不知道把那些学生训成什么样子，有好几次都吐脏字了。"

他的戾气愈重，在学生心中的地位也愈低，姑且也快写年末总结了，院长直接通知王老师不用交到他手上，发到公共邮箱备个份就行，意思就是彻底断了他年末评优的念想。

原本再过一两年就有可能评上教授职称，全因他一时之念断了这今后几年的路。

徐廷舟没想同情他，只是心里隐隐有些担忧那些学生，沉着脸没有接同事的话。同事以为他不爱听，立马又换了个话题："最近美院那边来了个新老师，十八个院的单身男老师都沸腾了。"

徐廷舟微微皱眉："所以呢？跟我有关系？"

同事眨了眨眼睛，这才想起来他面前的这位徐老师是已婚身份，而且是在全校面前"撒狗粮"的慈善大户，于是扯着嘴皮子干笑了两声："不好意思，一时忘了。"

"那看来我和我太太还得多在你面前溜达两圈了。"

同事一脸愁苦地请求他："别了吧，徐教授，我主要想跟你说那位新老师，是因为她提起过你。"

"什么？"

"那位新老师上课的第一天就被学生八卦问了好些问题，后来被问到理想型，她直接就说，她的理想型是新闻学院的徐教授。"

徐廷舟不是没被女老师追过，但那些女老师大都脸皮薄，察觉出他没那个意思也就放弃了，而且老师的情感经历，一般也不会和学生们多说，这位女老师上着课就直接点他大名，实在是有些逾矩了。

且不说他刚刚才公布婚讯没多久。

"这事儿全校都知道了吗？"

"没，目前也就他们美院的人知道，不知道什么时候会传到别的学院来，我也是听美院那边的老师说的。"

徐廷舟蹙眉，很显然不高兴了。

同事拍了拍他的肩膀："你别太担心，也就那老师单方面提到你，不去理会就是了，你不会有麻烦的。"

徐廷舟淡淡开口："她影响不了我。"

"那你担心什么？"

"怕我太太生气。"

"……"同事被喂了满嘴"狗粮"，怒吼，"有老婆了不起啊！"

"当然了不起了。"这一声略带得意的回答很显然不是从徐廷舟口中说出来的，还在对话的二人同时朝门口看去，发现那个回答的人正懒散地靠在门边，一脸玩味地看着他们俩。

"先桦？"

陆先桦抬手挥了挥："姐夫。"

同事一脸蒙："亲戚？"

徐廷舟点头："小舅子。"

"啊，那你们聊。"

陆先桦直接迈大步进了办公室，毫不客气地坐在了徐廷舟旁边的凳子上，双腿叉开，手搭在两腿之间的凳沿上，冲徐廷舟笑。

"你怎么过来了？"

陆先桦耸肩："混吃等死又被赶出家门了。"

徐廷舟知道他这个小舅子在家里是无法无天，只要他肯娶媳妇生子，就算是待在家一辈子，岳父岳母都不会介意，所以根本不能相信他的这套说辞。

看出来徐廷舟不信，陆先桦又换了种说法："在乡下待着太无聊了，去游戏厅打的都是十几年前的老机子，没意思，就过来找你们，顺便玩几天。"

"不打算找工作？"

陆先桦翻了个白眼："我有吃有喝为什么还要找工作？趁着年轻多玩儿几年，以后的事以后再说。姐夫，把你家钥匙给我呗。"

徐廷舟皱眉:"你去住宾馆。"

陆先桦瞪大了眼睛看他:"不是吧?你就这么对你小舅子,你们家那么大,客房都有,分一间给我住怎么了?我又吃不了你们多少大米,别那么小气。"

因着是先琴的弟弟,徐廷舟不好多说什么。他侧身从桌上拿过自己的包,又从包里拿出了自己的钱包。

他的手腕猛地被攥住。

徐廷舟抬头看着他,陆先桦皱了一下眉头,很快就又舒展开来,玩世不恭地说道:"宾馆哪有你们家住着舒服啊,再说了,我要是住呢,肯定是住五星级酒店的。你一个大学老师,能有多少钱啊?"

趁着徐廷舟没反应过来,陆先桦迅速地抢过了他的包,从里面掏出了一串钥匙收进口袋里:"谢谢姐夫,那我先走了。"

说完就拖着行李箱跑了。

工作日先琴不回家,而他只有一把钥匙,徐廷舟想了想还是决定告诉先琴一声。

电话打过去,一直在占线当中,徐廷舟放下手机,打算过半个小时再跟她打一通。

正在占线中的陆先琴,被烦的心情极其郁闷。

妈妈在电话那头不停地为她那个弟弟担心着:"我就说了他两句,谁知道他那么不耐烦,收拾了行李就跑,现在我们也不知道他去哪里了,急得要命。先琴啊,他真的没来找你吗?"

"没有。他都二十二了,长得人高马大的,肯定丢不了的,你别担心了。"

"他从小就被家里头宠着,这也不知道那也不知道的,就跟个小孩似的,万一被骗了怎么办?我看那个新闻,现在的人贩子连男人都下手的,特别变态。他长得帅,要是被人贩子盯上了可怎么办啊?先琴,你问问廷舟,他人脉广,肯定有办法找到他的。"

妈妈的话让陆先琴隐隐有些不舒服,可还是耐着性子说道:"那要是他没有来清河市呢？"

那边斩钉截铁地说："他肯定去了，我昨天跟他说你堂姐他们过两天要去你家住，他肯定也想去凑个热闹的。"

陆先琴抓住了重点："堂姐他们要来我家？为什么我不知道？"

"都是一家人还要提前打什么招呼啊，我直接把你家地址给你堂姐他们了，过两天他们去了你到火车站接一下吧。不对不对，现在不是说这个，是找你弟弟最要紧！"

"妈，他们来了可以住宾馆啊，为什么非要住我家？"

那边语气冷了下来："你这是什么话？你二叔到城里看病，那住宾馆多费钱，你家那么大，空着客房积灰吗？大家都是一家人，你干什么这么小气？当时咱家建房子你二叔二话没说就借了我们家五万块，而且你堂姐这次也是去找工作的，他们当然要省着点花了。对了，你让廷舟也帮忙留意一下，有没有适合女孩子做的工作，不辛苦，但是工资还不错的那种。"

陆先琴咬着牙，忍着怒意问道："二叔来看病？他们一家都过来吗？"

"也没有，就你二叔，还有堂哥、堂姐过来。"陆妈妈顿了顿，又开口说道，"不行，我也得过去。要是你弟弟真去找你了，我正好把他抓回来，到时候你记得把屋子收拾一下，免得让你二叔他们看了笑话。"

陆先琴原以为逃离了那个地方，自己就能摆脱那些人。最多就是过年的时候见一面，那些人说多少风凉话她也不在意，熬到初七也就过去了。现在却发现，那些都是她自以为而已。

"你们这么多人住进来，我和徐廷舟住哪儿？"

陆妈妈的语气很是理所应当："你们家不是有中央供暖吗？客厅也不冷，你把客房和卧室收拾出来不就行了？"

陆先琴几乎要被气笑，她双手紧紧抓着椅子边沿，深深吸了一口气，说道："妈，你觉得你刚刚那样说合理吗？"

"怎么不合理？你是晚辈，当然要照顾长辈了。"陆妈妈振振有词，"你可别忘了，你结婚的时候，你二叔可是给你包了一万块的红包啊。"

"那一万块又不在我手上。"陆先琴冷笑一声,"后来二叔又摆了回生日宴,你还了五千回去,剩下的不都用来当先桦的老婆本了吗?"

"你有什么不满意的?你是姐姐,为弟弟的将来考虑那是应该的!现在你飞上枝头当凤凰了,那还不是我们辛辛苦苦供你去读书的吗?不然你一个女孩子,还能读到研究生?"

陆先琴语气平静了下来:"我读研究生,学费是徐廷舟出的,跟你们没关系。"

陆妈妈那边的语气却更为激动了:"陆先琴,你现在是怪我们没供你读研究生?咱们家条件那么艰苦,我还供你上学,给你好吃的、好穿的,养了你十几年,要不是我们送你读书,你能去大城市工作?你能认识你现在的老公?你现在转头就当白眼狼,你有良心吗你?"

那边还在骂她没良心,陆先琴吸了吸鼻子,忍着鼻音说了句:"我知道了,你别说了。"随即挂掉了电话。

陆先琴手肘撑在桌上,手掌捂着眼睛,闭着眼用力把眼泪缩回眼睛里去。

她从来没抱怨过家里条件不好,也从没怪过自己的出身,纵使父母再有千百种不好,至少供她上了个高中,帮她出了大学第一年的学费,可那些见风使舵、势力白眼的亲戚又给过她什么。

有血缘关系的兄弟姐妹们,还不如邻居家的弟弟。

她小时候有漂亮的裙子穿,堂姐带头让那些女生孤立她,后来她向父母哭诉不想再穿那条裙子,却换来了父母的严厉斥责。

原因只是,她不需要得到那些女生的喜欢,穿得好看是用来吸引男娃娃的。

后来亲戚们开始和他父母说,女孩子长得这么漂亮是会折阳寿的,上辈子可能是狐狸精托生。

她的妈妈不以为然,长得漂亮才好呢!以后去了大城市嫁个有钱人,花在她身上的钱也不算白费!

大人们围在一起说闲话,看她的眼神像看着一件商品。

那一年她十四岁，懂了些什么，瑟缩在一边，眼睛噙着泪，不敢开口。

后来徐先生想娶她，对于她家这边种种苛刻的条件都一一答应，他从未将她当成商品，可她的至亲却当她是个商品卖给了徐先生。

陆先琴从模糊的视线中，勉强看清了手机屏幕，拨通了徐先生的电话。

在电话接通之前，她也只是小声地抽泣，随着那几声嘟嘟声，她的情绪已经慢慢趋于稳定。

"先琴。"

徐先生清越的声音在她耳边响起的那一刹那，她就和失了控的水坝一样，再也忍不住地号啕大哭了起来。

在他面前，她不想忍着，她只想放肆的，和他撒娇，向他哭诉。

那边的声音一下子就急了："先琴，怎么了？"

陆先琴啜泣了两下，一句话说得断断续续的："徐……徐先生……我……我刚刚接到我妈的……电话了。"

徐廷舟几乎是瞬间就猜到发生了什么，他低着声音，语气里充满了抚慰："乖，你在哪里？我去找你。"

"寝……寝室。"

"我不能去女生寝室，你下来可以吗？"徐廷舟的语气轻轻的，像棉花糖一样，"在楼下等我，我马上到，记得擦擦眼泪，小花猫。"

"哦，那……那你快点来。"

陆先琴挂掉电话，抽了几张纸擦眼泪，身子一颤一颤地就准备下楼等徐先生。

这一层的人基本都认识她，也知道她的辉煌事迹，她刚在走廊上走了两步，碰到的人就暗搓搓地窃窃私语着陆先琴到底为什么哭。

"和徐老师吵架了吧？"

"不可能吧，徐老师看着不像是会吵架的人啊。"

"谁知道呢，哭这么凶也只能是和老公有关了吧。"

陆先琴置若罔闻，擦着眼泪鼻涕下楼。她特意遮住了半张脸，可是因为大家都太熟悉她了，所以反而显得有些此地无银三百两了。

下楼的时候因为在擦眼泪没看路，迎面撞上了一个正好要上楼的人，她眯着眼睛勉强看清了那个气呼呼的人，发现是很久没说过话的钱伊敏。

"真够晦气的。"钱伊敏给她让了路，"怎么一天连着碰上两个。"

陆先琴努力睁眼睛看她："什么两个？"

看着她红得跟兔子一样的眼睛，钱伊敏有些结巴了："你，你哭了啊？难道是因为峰会那个事？"

陆先琴抿了抿唇，不想说她哭的真实原因。

"我说，你这么脆弱的吗？"钱伊敏当她默认，一脸的不可置信，"你之前兴师问罪的时候不是挺嚣张的吗？我跟陈院长说过了，他说名单已经改不了了，除非你顶着我的名字去，不过我觉得你应该也不愿意。你要真觉得委屈的话，那我们一起再去跟他说说吧。"

陆先琴没想到居然有一天能从钱伊敏口中听到这句话，她微微摇了摇头："不是这个事，跟你没关系。"

钱伊敏想象力很丰富，她几乎就没见过陆先琴这副鬼样子，一时立马就想到了在校门口遇到的陆先琴那个二流子一样的弟弟："跟我没关系？难道跟你弟有关系？"

陆先琴很是疑惑："你怎么知道我有弟弟？"

"他来学校找你了啊，你不知道啊？"钱伊敏真觉得这姐弟俩都有点问题。

陆先琴茫然地摇摇头，刚刚妈妈问她的时候她说得信誓旦旦的，没想到陆先桦还真的来找她了。

难道是跟叔叔那家人一起过来膈应她的？

从小没少被讥讽膈应的陆先琴不太愿意和这个弟弟打交道，她脸上的表情顿时变得有些复杂。

这时手机震动了起来，是徐廷舟打过来的电话。

她对着钱伊敏挤出一个比哭还难看的笑，把钱伊敏恶心得缩了缩脖子，也懒得和她在楼梯口耗下去，三步两步就上楼了。

陆先琴刚下楼打开寝室大门，就看见那个穿着深色风衣的男人站在不远处，看着她这边。

此时好奇的人都躲在一边默默地注视着。

真的吵架了？

陆先琴嘴巴一扁，睁大了眼睛看他。

徐廷舟三步并作两步走到她面前，弯下腰用修长的手指帮她擦了擦眼泪，陆先琴不想在大庭广众之下就哭，后退了一步用纸巾毫不留情地猛蹭自己的脸。

"把脸都擦红了。"徐廷舟叹了声气，抓住了她的手，阻止她再继续折磨自己的脸。

陆先琴以前总觉得，骄纵这个词和她搭不上边，可是只要在徐先生面前，她就好像变成了一个小孩，总是喜欢做一些幼稚的事，而且也不想在他面前隐瞒情绪，只想自己有什么委屈了就通通说给他听，然后得到他温柔的抚慰。

徐廷舟将她拥在怀里，一手轻轻摸着她的脑袋，一手拍了拍她的背："好了，不哭了。"

陆先琴呜咽了一声，用力把头埋进他的胸口，不一会儿徐廷舟的衣服就湿了一片。

此时看好戏的同学们都默默走开了，本以为是夫妻吵架，结果又被当众喂了一口"狗粮"，简直就是自虐。

"我以前做梦梦见过徐老师这么温柔，没想到今天真的看见了……"

"我发现徐老师只要碰上陆先琴，就好像变了个人似的……"

"没错没错，上课的时候只要我们提陆先琴的名字，他就忍不住笑了！笑的特别温柔！"

陆先琴情绪终于稳定下来了，徐廷舟带她去了家奶茶店给她买了杯热奶茶，看着她低头小口地喝着奶茶，双手捧着奶茶取暖，他心里一暖，捏了捏她的脸："说吧，妈妈跟你说了什么？"

"唔，你捏着珍珠了。"陆先琴嘟着嘴躲开了他的手，嚼了两下把珍珠咽了下去。

"不说我就回办公室了。"

"我说。"陆先琴垂头丧气,"我就是觉得特别对不住你,我二叔要来城里看病,他们一家人还要住在我们家,还有我刚听钱伊敏说,我弟弟也过来了,我妈说要把他抓回家,所以也要过来了。"

徐廷舟只对前面的几句话稍感惊讶:"你二叔?"

"嗯。"

她脸有些红,心里觉得自己给徐廷舟添了太多的麻烦。

"没事,只要不委屈你就行。"徐廷舟微微一笑,"我习惯了。"

他说出习惯二字,代表早就对陆先琴家人的这种做派见怪不怪了。

陆先琴捧着奶茶,低着头咬着嘴唇,好半晌才一字一句地说道:"我真的快忍不下去了。"

百善孝为先,孝大过一切。如果长辈错了,晚辈也不能指责长辈,长辈即使意识到自己错了,也不必向晚辈道歉,而只要双方开始吵架,那么不管在哪一边,大家都只会觉得是做小辈的不懂事,居然敢和长辈顶嘴,没有人会去在乎晚辈的感受。因为是晚辈,所以没资格回嘴。

这几乎是大多数长辈心中的想法。

陆先琴从小在这种观念的环境下长大,她拼了命地要逃离那个毫无公平性可言的家庭,却还是被那个家庭死死地拖住了腿,甚至还连累了她最不想伤害的徐先生。

徐廷舟轻声问道:"他们什么时候过来?"

"大概过几天吧。"

"你下午先回趟家,把先桦安排好,过几天等你二叔他们来了我们再去接他们过来。"

陆先琴瞪大了眼睛看着他:"你真要让他们住进来?那我们就只能睡沙发了,还是让他们去宾馆吧,我不能妥协,这样太委屈你了。"

"有的事,我不方便做,你做了更不好。"徐廷舟目光深沉,"但总有人会去做。"

陆先琴下午没课，坐着地铁打算回家看她那个混蛋弟弟。

刚进家门还站在玄关处，就听见里面传来了她弟弟的骂声。

"你会不会打啊，不会打去练啊！打什么打啊！"

陆先琴换好拖鞋走进客厅，陆先桦正坐在客厅的沙发上，旁边立着行李箱，茶几上还有一杯没喝完的水，看起来在这待了挺长时间了。

"陆先桦，你怎么不跟我说一声就过来了？"

陆先桦抬头瞥了她一眼，之后又把目光挪回了手机上："给你个惊喜，惊喜不？"

陆先琴教训不了二叔那家人，但自己的亲弟弟自己还是能教训的。她眼疾手快地夺过了陆先桦的手机掖在了牛仔裤的屁兜里。

"你干什么！马上要输了！"陆先桦站了起来足足比陆先琴高了一个头，他居高临下地看着她，面色不善。

"我这里不是收容所，不是你想待就能待的地方，你自己找地方住去。"

陆先桦冷静了下来，表情又恢复了往日里的玩世不恭，语气轻蔑："哟，这不是挺硬气的吗？陆先琴，你也就只敢在我面前威风威风了，你敢对着叔叔他们这么硬气吗？没这个胆还非要装样子，你不累啊？"

她被气得指着陆先桦半天说不出话来。

因为陆先桦说的是事实，她就是只敢对他凶而已。

"这样吧，你帮我把这一局赢了。"陆先桦挑眉，"赢了的话，咱俩还有的商量。"

陆先琴二话没说拿出手机，看了眼陆先桦的战绩和出装，嘲了一声："菜鸡。"

"陆先琴我警告你别太嚣张啊！你要是赢不了有你好看的！"

也不知道是不是因为今天遇上糟心的事，陆先琴打得极猛，手指灵巧地在屏幕上滑动着。

最后一记技能，加上吸血刀，成功靠着"丝血"反杀了对面的最后一个敌人。

队友们及时刷了一波"666"，陆先桦抽着嘴角看着她，陆先琴把手机丢给他，问道："商量什么？"

他真怀疑，他跟陆先琴到底是不是一个娘生出来的。

陆先桦说出了他的想法："让我住个几天，到时候我就跟我妈一起回去。"

陆先琴觉得奇怪："就这个？"

"不然呢？"

她嗤了声："我以为你要在我们家赖着呢。"

"谁要天天看你们夫妻俩恶心来恶心去的。"陆先桦翻了个白眼，"我就玩个几天，新鲜劲儿过了就回去了。"

陆先琴心里虽然很不想管他，可她本身性格就要强，看着这个不学无术的弟弟，明明长得人模人样，顶着一张跟她五分像的脸在这混吃等死，就觉得怨气难平，愈发埋怨起父母的偏心。

她坐在他旁边，语气严肃："你就不打算找个正经工作？"

"在家有吃有喝找工作干什么啊。"陆先桦不以为然，依旧是那一套堵别人口的说辞。

"你也这么大了，总要自力更生吧，一直靠着家里怎么能行？而且你这样怎么交女朋友，有谁愿意跟你谈恋爱？"陆先琴越说越来气，一副恨铁不成钢的样子。

她看见他就来气，忍不住要训他。

陆先桦凑近了几分，眼神得意："你看我这张脸，还愁我找不到女朋友吗？"

陆先琴稍微往后躲了躲，表情很嫌弃："你真以为现在的女孩都看脸吗？就没有讨厌你的女孩吗？"

他稍微愣了一下，想起了今天碰上的那个母老虎，跩得跟二五八万似的，好像他和她有不共戴天之仇。不过那女的好像挺讨厌他姐的，应该是恨屋及乌，跟他本人没多大关系。

"总有看脸的呗。"陆先桦满不在乎。

陆先琴摇了摇头："你真是没救了，我怎么有你这种弟弟。"

原本还嬉皮笑脸的陆先桦神色一下子就冷了下来，面色不善地看着她："陆先琴你别以为自己有多厉害，有你这种姐姐我才是倒了八辈子霉呢，烦透了。"

陆先琴站了起来，重重地点了点头："是，咱俩谁看谁都不顺眼，那你现在就赶紧回家吧，爸妈绝对不会说你一个字。只要他们活着一天，你就不愁吃穿。"说完就指了指门。

"陆先琴，你别后悔。"他咬着后槽牙，恶狠狠地说道。

"我后悔什么，你们一个个到这来打扰我的生活，我都躲得远远的了，为什么还不放过我！"陆先琴好不容易忍下的情绪又因为和陆先桦的争吵被勾了上来，一想起刚刚和母亲的通话，她就浑身发抖，气愤而又委屈，"我是陆家的提款机吗？是收容所吗？我没钱的时候就把我贬得一文不值，现在看着徐廷舟有钱就趴在他身上吸血，你们有没有脸皮！"

陆先桦冷冷地看着她："陆先琴，我跟你说过，你心里有抱怨别光对着我一个人撒气，有本事就大声告诉那些人，你陆先琴恨不得和全家都脱离关系，每次都忍着有什么用啊？他们能听见？"

陆先琴低着头用手按着眼睛，没再说话。

"哭什么哭！最看不惯你遇事就哭哭哭！"陆先桦叉着腰吼了她一句，粗暴地扯了几张纸巾一手按着她后脑勺一手拿着纸巾就往她脸上蹭。

陆先琴抢过纸巾："你搓小龙虾呢！"

陆先桦也不知道是气的还是怎么的，咧着嘴复杂地看了她两眼，手指握成拳头朝她努了努："你再跟我凶一句！信不信我捶你！"

陆先琴不再说话了。

小时候姐弟俩的关系就很恶劣，长大后愈发如此。

父母对弟弟的极度偏心，让陆先琴渐渐地远离了他，反而和邻居家的李书棋关系越来越亲，旁人不知道的，还以为她和李书棋才是亲姐弟。

就在二人僵持不下时，门铃突兀地响了起来。

陆先琴瞪了一眼陆先桦，转身就去开门了。

徐廷舟站在门口看着她通红的双眼，蹙眉问道："怎么了？"

"没什么，吵了一架。"陆先琴帮忙拿过了他的包，"你怎么回来了？"

"不放心你们，回来看看。"

徐廷舟看了眼在沙发上坐着的，一脸生气样的陆先桦，心中也猜到了几分，拇指和中指配合着弹了一下她的脑门："小孩儿。"

陆先桦见徐廷舟回来了，也没打招呼，拖着行李箱就要离开客厅，只见他顿了一下脚步，又回过头来，语气僵硬："哪个是客房？"

一点也没有客人的自觉性，陆先琴也懒得跟他生气了，指了指最里面的那间房。

"你们晚上要做了饭记得叫我出来吃。"说完，他就潇洒地拖着行李箱进屋了。

徐廷舟今天忙了一天，实在是没有心思做饭，陆先琴也不会做，两个人默契地一致决定点外卖吃，可又在吃什么上犯了难。

陆先琴敲了敲客房的门："点外卖，你想吃什么？"

里面传来模糊的声音："肯德基。"

陆先桦活像个幼儿园没毕业的小孩，只要一说吃东西第一个想的就是肯德基。

最后她和徐廷舟点的黄焖鸡，给陆先桦点了一份肯德基儿童套餐。

肯德基还送了个限量款的哆啦A梦挂饰，陆先桦嫌弃得要死，说死都不要用这玩意儿，陆先琴让他丢掉，他随手丢到了自己的裤兜里。

晚上洗澡的时候，二位男士很默契地让陆先琴先洗，等她洗完进卧室了，两个人才各自收拾着洗澡睡觉。

徐廷舟让陆先桦先洗，顺便教他怎么用浴室，陆先桦却满不在乎："我这么大人能不知道怎么洗澡？当我智障？"

后来徐廷舟对着镜子刷牙时，浴室门被缓缓打开，光着膀子的陆先桦一脸愁苦地看着他："怎么出水？"

"感应的。"

"哦。"

徐廷舟又拿了新牙刷给他，陆先桦看了眼摆在盥洗台上的一蓝一粉两个电动牙刷，不自在地撇了撇嘴，硬着嗓子和徐廷舟说："姐夫，你们晚上动作小点，别吵着我。"

徐廷舟正洗脸，一听他的话被惊了一下子，这时水就滋到了眼睛里，他皱着眉好容易摸到毛巾擦了眼睛。

陆先桦憋着笑："我刚才开玩笑的。"

"我们家隔音效果很不错，你放心。"徐廷舟语气平静，一点也不像和他开玩笑。

陆先桦被呛到，红着脸说："哦，这样啊。"

徐廷舟看了眼这个和妻子长得有五分相似的小舅子，勾了勾嘴角："这两天好好休息，也不枉你特意过来一趟。"

后者不自在地挪开了目光，心里一阵发憷。

周末，火车站。

此时已接近年底，虽然离农历年还有一段时间，但已经有不少人趁着这个时候准备回家。火车站人来人往的，很是热闹。即使是冬日，也依旧感觉十分暖和。

偌大的广场上，卖盒饭的、卖行李包的、卖充电宝的，还有缠着人求坐车的、求住宿的，应有尽有，陆先琴和陆先桦刚站在广场上，就有人过来问他们买不买充电宝。

陆先桦哈出一口白雾："应该快到了吧。"

陆先琴看了眼手机："还有两分钟。"

姐弟俩站在出站口等人，他们两个的长相惹眼又模样相似很快就吸引了别人的目光。虽说样子很像，但那个女孩的穿着打扮却明显比男孩的要高级很多。

"丁零……"

出站口开始检票放人，一窝蜂的人提着大大小小的箱包往外涌，陆先琴几乎要被挤走，陆先桦眼疾手快地抓住了她的胳膊，语气不悦地说："别到时候人没接到，你丢了。"

他个子高，伸着脖子往里面看。

看了半分钟，终于喊了一声："妈！"

人群中有人回了一句："哎，先桦啊！"

陆妈妈背着一个型号极大的蛇皮袋，硬生生地挤出了人群，身后还跟着二叔一家三个人，行李都没她的多。

陆先桦接过了蛇皮袋，显然没意识到这么重，脚步踉跄了一下："你这带了什么啊，这么重。"

陆妈妈今天穿着一件玫红色的棉衣，脚上是自家做的棉鞋，头上还戴了顶毛线帽，双颊通红，也不知道是冷的还是被火车里的暖气热的。

她撑着腰喘着粗气，困难地咽了咽口水，一时间整张脸上都皱巴巴的："给你姐带的东西。"

陆先琴没想到这么多东西居然是给她带的。

"剁辣椒酱，还有酸萝卜，还有酿的米酒，都是坛子菜，你姐喜欢吃的。"陆妈妈一一数着，又哦了一声，"对，还有醋黄瓜，你多吃点，有利于怀孕的。"

陆先琴也不知道该说什么了："那你也不必带这么多啊。"

"哎，快递费太贵了，我听老李说每次你都会吃小棋的，这次正好我来，给你多带点，够你吃的。"陆妈妈又吩咐陆先桦，"你背着吧，你力气大。"

陆先琴这才把目光放在陆妈妈身后的三个人身上。

一个是她二叔，其他两个是二叔的一对儿女，她的堂哥、堂姐。

堂姐笑着和她打招呼："小琴，这么久没见，你又漂亮了。"

她勉强笑了笑，不小心和堂姐旁边站着的堂哥对视了一眼，赶紧又把头偏了过去。

二叔有些不好意思地看着她："小琴啊，真是给你添麻烦了，不会让廷舟不高兴吧？"

陆妈妈摆了摆手："我女婿脾气好着呢，随便住，他肯定不会生气的。哎，他人呢？"

"他有会，我们先回去吧。"

"他一个大学老师，怎么天天有那么多会开？"陆妈妈显然有些不高兴，"赚的又是那些死工资，又翻不出什么水花来。"

陆先琴在前面带路，没有接陆妈妈的话。徐廷舟特地把车子留给她用了，等走到停车场的时候，陆先琴在一辆银白色的奔驰车面前停了下来，用感应遥控器打开了后备厢。

"行李都放后备厢吧。"

以往每年陪陆先琴回家过年，因为距离比较远徐廷舟都不太想开车，二人待的时间也不久，所以每次都是坐火车或是坐客车回的娘家，这是娘家人第一次见徐廷舟的私家车。

陆妈妈看着这漂亮的车，喊了一声："这车好多钱了吧。"

二叔认识这个牌子："这是奔驰车呢，一辆好几十万！"

徐廷舟和陆先琴打算结婚那会儿，他刚去清大任教，也因此和陆先琴的家人说自己的职业是大学老师，众人也没把他往有钱人那方面想。今天这几个人看到了这辆奔驰车，心里头对徐廷舟的好奇又多了一些。

堂姐陆先玉压着嗓子说了声："真看不出来，堂妹夫还挺有钱的。是吧，哥？"

一直以来都保持沉默的堂哥这才终于开口："是啊，人不可貌相，看着也挺斯文的，没想到藏得这么深。"

陆妈妈全然被女婿的车给震惊了，但是又转念一想，问道："这车能坐得下我们这么多人吗？这后面的箱子也太小了，放不下我们这么多袋子啊？"

陆先琴又从包里拿出了另外一把遥控器，朝着奔驰车旁边的那辆车指了一下，那辆车随即车灯也亮了两下，后车厢咔的一声打开了。

"开了两辆来，绝对够的。"

那是一辆纯黑的奥迪，车型相对于这辆奔驰来看，要低调许多。

和二叔一家人复杂的神色不同，陆妈妈此时眼神放光，像是找到了什么宝贝。

她指着那辆黑色的车，结结巴巴地问道："这，这也是廷舟的车？"

"嗯。"

"廷舟一个大学老师，工资到底多少啊？"

陆先琴撇撇嘴，心想他在希尔顿那几年，钱都赚得差不多了，进入清大以来，虽然是死工资，可那些福利补贴，却一样不少。因此徐廷舟看着一副读书人的样子，其实早就过惯了奢侈的生活，买车也实属不稀奇。

陆先琴肯定不能说实话，只是很谦虚地说："没多少，都是死工资。"

其他人很明显不相信，只有堂姐开口质疑了一句："当大学老师能买得起这种豪车？怕不是收了红包吧。"

二叔瞪了堂姐一眼："说什么呢！人家有钱就一定是拿了红包？也许是人家还有别的赚钱方式呢！"

陆先琴牵了牵嘴角，眼底里却没有温度："奔驰S系哪算得上什么豪车啊，太高看他了。"

一旁的陆先桦嘴角抽动了两下："奔驰S系报价90万到200万，确实算不上豪车。"

没人再讨论车子的问题了，陆先琴也没开口，随便他们坐哪一辆都行，陆先玉正要往奔驰车这边走来，就听见陆先桦喊了她一声："小玉姐，坐这边来啊，你们一家人坐一辆。"

反正都是好车，坐哪个都无所谓。

堂哥陆先林琢磨了半天开口道："先桦，要不这辆车就让我来开吧，正好你们一家人也坐一辆，好说说话。"

"不用，我和我妈天天见，她都烦我了，还要说什么话？你赶了这么久的火车了，再开车万一出事故怎么办？这车也不少钱呢。"陆先桦很体贴地为他着想，委婉地拒绝了他的提议。

陆先林笑了笑："也是，那就麻烦你了。"

今天天气冷，车子也不是很多，所幸一路交通顺畅连一个红灯都没遇上，陆先琴学着徐先生的样子手指轻轻地敲打着方向盘打发无聊的行驶时间。

陆妈妈摸了摸自己坐的垫子，半响后才犹豫着开口问她："先琴啊，廷舟他，到底是做什么工作的啊？"

"大学老师啊。"

"大学老师能买得起这样的好车吗？"陆妈妈显然不相信，但是刚刚在二叔一家人面前说质疑的话就是打了自己的脸，等车上只有她和陆先琴两个人了，才开口问出来。

陆先琴轻笑一声："妈，知识就是力量啊，别质疑读书人的赚钱能力。"

"那也不可能……"陆妈妈转而压低了声音，似乎在自言自语，"当时商量彩礼钱的时候，也没见他们嫌少给加啊……"

陆先琴还是清楚地听到了每一个字，脸上的笑意渐渐淡了，缓缓问道："也没嫌多，不是吗？"

"你这是什么话？我们把你嫁到他们家去，难道他们还敢嫌给的彩礼钱多了？"陆妈妈白了她一眼，又低着头思索了片刻，恍然大悟，"之前见亲家父母，说他们家是工薪阶层，结果商量彩礼钱的时候一口就答应了，当时我就觉得奇怪，难道亲家父母家里是财不外露？要真是，只能说他们藏得挺深的啊。"

陆先琴微微抓紧了方向盘，语气有些变了："他们答应你提出的价钱，是因为不愿伤了我的面子。"

她越是这么说，陆妈妈就越是不相信，当时陆先琴带着女婿回来，她原本是喜笑颜开的，后来一听说女婿的职业就觉得有一些失望。虽然知识分子挺不错,可来钱哪比得上那些大老板,后来她提出的彩礼钱也确实有些高了,结果没想到对方一口答应,她心下暗自开心原来女婿家还是有点小钱的,因此也就不再介意女婿的职业了。

况且大学老师这个身份,也确实给他们陆家争了不少面子。

"我把你养得这么漂亮,彩礼钱就应该要那么多,况且这也证明了他们家重视你啊!"

陆先琴又笑了:"把我养得这么漂亮,不就是为了多收点聘礼给陆先桦吗,现在房子是现成的,家具装修也是现成的,我结了个婚你们平白无故进账几十万,陆先桦的老婆本又多了点。"

陆妈妈皱着眉盯着她,语气不善:"先琴,你阴阳怪气什么呢?我这也是想问清楚廷舟的家底啊,免得你被骗。"

气氛又变得尴尬,母女俩谁都没有再开口。

车子一路驶进了地下车库,陆先琴停好车子,率先下车去后备厢提行李。地下车库没有暖气,又没有阳光,只靠着日光灯照着,阴冷得很。陆妈妈缩了缩脖子到处看,发现这车库里停了不少车。她不认识那些车,只感觉每辆车都长得不一样,而且都五颜六色的。

陆先玉看了眼周围的豪车,嗤笑了一声:"难怪先琴说奔驰算不上什么豪车,跟这些车子比起来,那档次确实还差了一大截。"

"少说两句吧你。"二叔狠狠瞪了她一眼。

一行人坐电梯上楼,电梯停在一楼的时候正好碰上了巡逻的保安,保安看了眼电梯里面的人,只认识徐太太一个人。

他笑着打了声招呼:"徐太太,有客人来了?"

"嗯,亲戚。"

"我还从来没见过徐太太带亲戚来呢,只看到过徐先生的家人,看来是忙得难得来看您一趟啊。"保安开着玩笑说道。

陆妈妈有些不自在地垂下了头。

电梯到了她家楼层,陆先琴径直走出电梯给他们带路,等到了家门口时,她先用钥匙开了门，随即让了让身子，让他们先进去："到了。"

徐氏夫妇两个人的家是三室二厅，装修风格是简约的灰白色，因为夫妻两个很少做饭，所以餐厅一如既往的整洁，连物件都很少。只有客厅是长待的地方，因此茶几上摆着一盘水果，沙发上还躺着几本书。

陆妈妈把东西丢在客厅地板上，活动了一下身子，说道："先琴，带我们看看你们卧室吧，我把衣服什么的放进去。"

陆先玉凑到陆妈妈身边："伯母，我跟你睡一间房吧，让我哥和爸他们睡一间。"

"可以。"陆妈妈指了指陆先琴，"先琴啊，你卧室收拾出来了吗？"

三间卧室，一间主卧一间次卧，还有一间被徐廷舟改成了书房用来办公，陆先琴捏紧了拳头垂着头沉默着，没有回答陆妈妈的话。

"先琴，大家都是一家人，你不会嫌弃我们睡你的床吧？"陆先玉有些不满地皱起了眉头，"要你真嫌弃我们，等我们走了把床单洗了不就行了？你不会这么计较吧？我们人都到你家了，你不能赶我们出去住吧。"

陆先琴刚要说什么，就听见刚刚换好拖鞋走进客厅的陆先桦啊了一声，陆妈妈心疼地赶紧跑了过去，扶着他担心地问道："这是怎么了？"

"哎哟哎哟，扭着腰了，这行李也太重了吧。"陆先桦埋怨地摸着腰，转而问道，"小玉姐，你怎么一个人带了个这么大的箱子啊，就住几天搞得跟度长假似的。"

陆先玉略显窘迫地抿了抿嘴。

陆妈妈一边给陆先桦揉着腰，一边帮她解释道："你堂姐这次是要来市里找工作的，打算让廷舟帮她看一看有没有适合女孩子的、轻松一点的工作，等找着工作再找房子住。"

"哦。"陆先桦饶有意味地哦了一声，又问道，"那小玉姐这段日子住哪呢？不会跟我一样，住姐姐家里吧？"

陆先琴皱紧了眉头，这件事她和妈妈打电话时，妈妈压根没提起过。

"先琴啊，这段日子就拜托你和妹夫了啊。"陆先玉亲昵地凑到陆先琴身边,还拉着她的手晃了晃,"你看你都能收留先桦,我可比先桦省心多了。"

二叔也感激地看了眼陆先琴:"先琴,谢谢你收留她了,还顺带收留了我这把老骨头。"

只有堂哥陆先林没有搭腔,一脸复杂。

陆先桦"哎呀"了一声:"原来你们不住宾馆啊?"

二叔笑呵呵的:"先琴孝顺,不舍得二叔花钱,刚刚不是在车里头跟你说了吗?"

"我还以为二叔你们开玩笑的。"陆先桦挠了挠头,有些不好意思,"我以为你们没那么厚脸皮呢。"

二叔一时噎住,半口气没咽下去,捂着胸口咳嗽。

"你怎么这么说你二叔呢!"陆妈妈斥责了他一句。

"我这嘴太快了,对不住啊,二叔。"陆先桦嘴上道着歉,表情却还是很欠揍,"不过以为你们住宾馆呢,我就把卧室占了,你们要住的话,恐怕有点麻烦了。"

"这不还有沙发吗?"陆先玉看了眼沙发,"看着还挺软的,睡着应该和床差不多,你可以……"话还未说完,就又被陆先桦一口打断了。

"小玉姐你真是太有奉献精神了!我本来还想你是女的我应该让着你,结果你自己都不介意睡沙发了,哎,我这个弟弟实在是做得太失败了!"陆先桦一脸的痛心疾首。

陆先玉张大嘴啊了一声:"我不是那个意思……"

随后她的手又被陆先琴反握住了:"堂姐,你要是不嫌弃我家这沙发的话,你就只管住着,千万别跟我客气。我们家中央供暖,晚上绝对不会冷的,你就住到你找到工作为止。"

陆先玉一时说不出话来,陆妈妈有些疑惑地看着陆先桦,神色复杂:"先桦,你睡的你姐姐的卧室?"

"对啊。"陆先桦理所应当,"我前两天在床上吃东西把次卧的床单弄脏了就睡在主卧了,我和姐夫睡一张床的,姐姐睡在学校。"

"带我去次卧看看。"

陆先桦一脸无所谓地带着陆妈妈走到次卧门口打开房门,看见那张大床上果然空了,只有一床床垫,陆妈妈脸色难看,问他:"你是不是故意的?就为了赶你二叔走?"

"我对天发誓我没有!"陆先桦一脸虔诚,又走到客厅真诚地看着二叔,"其实我也可以把卧室让出来的,只是吧,二叔,这不是你教我的吗?亲疏有别,她是我亲姐,我是她亲弟,你们那都是堂的,隔了一层的,她肯定向着我啊。"

就像是小时候陆先玉把陆先琴推进泥地里,陆先琴沾上了一身的泥,之后二叔过来给他们家赔礼道歉,对他们的爸妈说,虽然是先玉不对,可她毕竟是他亲生的,这亲疏有别,他和先琴隔着一层,怎么也没有为了先琴把先玉骂一顿的道理。

爸妈因为收下了那赔罪的一袋大米,摸着陆先玉的头夸她是好孩子。

这事就这样过去了。

陆先桦从小到大被宠着,嚣张跋扈惯了,谁都习惯了他那嚣张的样子,拿这个祖宗毫无办法。

"先桦,你胡说八道什么!"

陆妈妈生怕他再说出一些不好听的话来,出声斥责了他。

谁料他非但不委屈,反而还嬉皮笑脸的:"妈,你不是说我姐为我做什么都是值得的,现在我叫我姐把卧室让给我,你怎么都不帮着我说话啊?二叔他们一家又不是没地方睡,人家又不是穷得连宾馆都住不起了。"

二叔气得直不起身子,捂着腰喊着肾痛,陆先林急忙扶住他,沉着声说道:"要是不欢迎我们大可直说,现在羞辱人是什么意思?"

"小林哥,你这话说得就没道理了,本来这家就这么点大,有我这个麻烦精就够了,哪容得下这么多尊大佛啊。"

陆先林低声说道:"爸,要不我们住宾馆去吧。"

二叔纠结地皱起了眉头,有些不情愿。

"二叔。"陆先琴突然出声,"我家楼下就有一家宾馆,要是你们愿意,我就在那里帮你们开一间房住着。你们看怎么样?"

她给了一个台阶,自然所有人都巴不得赶紧往下走了。

最后还是她带着二叔他们去楼下开了两间房,原本想安排陆先玉和陆妈妈住在一起,可陆先玉想了想,说道:"我还是住先琴家吧,找工作还得一段时间,总不可能一直让先琴出钱请我住宾馆,再说我也懒得来回搬东西了。"

陆妈妈点了点头:"这样也行。"

陆先桦有些吃惊了:"小玉姐,睡沙发你也愿意啊?"

"你不是说沙发很舒服吗?"

他似笑非笑地说:"小玉姐,佩服啊。"

陆先琴交好钱就打算离开,陆先桦走在她旁边跟她说着什么,两个人都没注意到陆先玉还跟在他们后面,但是被二叔拦住了,小声和她商量着。

"这儿有床睡,你怎么还去先琴家啊?"二叔不太理解她的举动。

"爸,你不懂,我得一直住在她家,她为了赶我走肯定就会让她老公帮我找工作,而且你看这小破宾馆,一间房还没她那客厅大,这就想着打发我?"

"你这么做会招她讨厌吧,到时候你们交恶就更不能找她帮忙了。"二叔还有一丝犹豫。

陆先玉满不在乎地笑了笑:"我小时那么欺负她,估计她都恨死我了,爸你放心,她那懦弱的样子哪里敢跟我杠。凭什么她嫁了个本地人就能在我们面前耀武扬威啊,她还真把自己当个人物了,本质不还是个乡下丫头吗。你就等着我找到一份城里的工作,然后再把她反踩在脚下吧。"

此时陆先林凑了过来,皱着眉问他们:"你们在说什么?"

陆先玉哼笑了一声:"哥,你别告诉我你心疼陆先琴了啊,她都嫁人了,你心疼她有什么用啊,也不想想她心里头是怎么看你的,估计现在还把你当仇人吧。"

这厢陆先琴回到家,在衣柜里找到了被陆先桦藏起来的被单。

晚上为了给他们接风洗尘，徐廷舟特意打了个电话过来，说要请他们吃饭。

"你开车带他们到希尔顿来吧。"徐廷舟在电话里这么说道。

陆先琴听从命令，开着车带着他们来到了希尔顿酒店。

作为本市顶尖的五星级酒店，希尔顿的老板花了大笔钱在装潢上，光是门口就足以称得上金碧辉煌。陆妈妈抬着头看着天花板上的浮雕画像，高兴得都快合不拢嘴了："怎么来这么高级的地方吃饭的？这一顿得花多少钱啊？"

徐太太在到处搜寻徐廷舟的身影，微信上他说工作差不多都处理完了，说是在大厅接他们。

就在这时，有一群西装革履的人，成了大厅里所有人关注的焦点。

陆先琴朝那群人看过去，只见为首的那个男人，身着黑色西装，系着银色领带，手上拿着一支钢笔，正从身边的人手中接过文件，在上面签字。

他走路仿佛带风，长腿被包裹在西装裤里显得禁欲迷人，锃亮的黑色皮鞋一下一下地踩在地板上敲出富有节奏的声音。

男人戴着无框眼镜，黑色大衣随意地披在他的肩上，朝她这边走来。也不知道是不是心有灵犀，他抬起头，恰好也看到了她。

徐先生冲她笑了笑，眉眼一弯，像是枝头初月皎洁动人。

如同大提琴一般优雅低沉的声音，叫着她的名字："先琴。"

活……活的霸道总裁。

陆先琴被震惊得说不出话来。

徐先生被一群人簇拥着向她走来，他高挑的个子在人群中十分打眼，今天他梳了个背头，常戴的那副眼镜偏又让他透着一股子斯文，显得丰神俊朗，芝兰玉树。

徐廷舟见她在发呆，轻轻弹了一下她的额头她才缓过神来，呆呆地叫他："徐先生。"

"哎。"徐廷舟应了她一声，转头跟站在他后面的那群人说，"就到这里吧。"

"好的徐先生，那我们就先走了。"领头的一个男人鞠了一躬，接着徐廷舟后面的那一帮小弟就成群结队地离开了。

徐廷舟这才看向陆先琴后面的那些亲戚，他极轻地笑了一声："妈，二叔。"

陆妈妈还沉浸在刚刚的场景中，那种场面她只在电视里看过，而且都是明星演出来的，现在真实地看到了，而且她女婿比电视里那些明星还好看，一时间心里有说不上的满足和自豪。

"不好意思，临时多了点工作。"徐廷舟冲他们抱歉地笑了一声，转而牵起了陆先琴的手，"走吧，包厢我已经订好了。"

徐廷舟订的是总统包房，那张桌子大到每个人坐下之后彼此间的距离还有一米多，他接过侍应生手中的菜单，用转盘递给了两位长辈。

陆妈妈急忙推脱："这，我们也不会点啊，从来没来过这么好的地方，还是你点吧。"

二叔也附和着点头。

徐廷舟也没看菜单，直接和侍应生说："那就老样子吧。"

"好的。"

等侍应生离开，这包厢里也只剩下家人们了。陆妈妈踌躇了很久，不安地搓了两下手，这才开口问道："廷舟啊，刚刚你后面跟着的，都是什么人啊？"

徐廷舟语气亲和地说道："是酒店的管理人员。"

"那，你们怎么认识啊？他们怎么跟在你后面啊？"

徐廷舟刚张嘴要说什么，包厢门就被粗鲁地打开了，伴随而来的是一阵惊呼："哟，请客呢！"

所有人的目光又都聚焦在那位不速之客身上。

徐廷舟微微眯眼："你怎么来了？"

"我听老李说酒店的工作还没做完，来一个电话就把你叫走了，所以我来看看是什么妖魔鬼怪把你给勾走了。"陈叙意味深长地看了眼坐在徐廷舟旁边的陆先琴，了然一笑，"说你是妻管严，还真是没说错。"

他说完这句话以后，才有个年轻的女人急忙忙地冲进来，喘着气提醒他："徐先生是私事，您不能进去……"

陆妈妈一脸迷茫地看着门口的一男一女，用询问的眼光看着徐廷舟。

"廷舟，你朋友啊？"

陈叙理了理根本就不乱的衣服，冲他的小秘书摆了摆手："我都进来了你还说什么啊？快出去吧，我打个招呼。"

秘书也只好领命出去了，顺带还关上了包厢门。

陈叙一脸笑眯眯的，直接就朝陆妈妈走去："是伯母吗？你好你好，我是徐廷舟的哥们，今天听说他在这边设家宴，所以厚着脸皮来蹭个饭，阿姨你不会介意吧？"

他生得好看，态度又好得不行，陆妈妈迷迷糊糊地点了点头，陈叙也不客气地直接就座，而后朝门口叫了一声："服务员，进来一下。"

一直守在门口的侍应生小姐这才走了进来，毕恭毕敬地朝陈叙鞠了个躬："有什么吩咐吗？"

"去藏酒室，挑两瓶好酒过来。"

"好的。"

一直坐在一旁当透明人的陆先玉终于忍不住了，隔着桌子喊徐廷舟："妹夫，你这朋友叫什么名字啊？"

陈叙先一步替他回答："我叫陈叙。"

他一直笑着，和徐廷舟反差明显。陆先玉见他衣着不菲，眼光不自觉地就往他身上看，心里猜想这男人究竟是什么来头。

酒店上菜的速度很快，不一会儿第一道凉菜就已经上桌了，陆妈妈吃了两口黄瓜，酸的皱了皱眉头，站起身来夹了好多给陆先琴。

陆先琴有些排斥："我不喜欢吃这个。"

"不喜欢也要吃，这是催孕的！"

这句话好死不死被陈叙听到,他暧昧地冲徐廷舟挑了挑眉,徐迁舟没理他,他也不死心,笑着凑过身子问陆妈妈:"阿姨,您也着急想抱外孙了啊?"

陆妈妈用力点头:"可不是嘛,他们都老大不小了,早就该生孩子了,我劝了多少回都不听呢。"

陈叙十分赞同地说:"阿姨您说得太对了!您看徐廷舟,就知道赚钱,现在钱也赚了,老婆也娶了,可不就差个孩子嘛!"

"嗨,廷舟能有什么钱啊!"陆妈妈摆了摆手,满不在乎,"他就一个大学老师,赚多少钱也不够花啊。"

"他还叫没钱啊,那我岂不也是个穷人了。"陈叙收了收下巴,眨了眨眼,表情有些滑稽。

陆妈妈好奇地问道:"你跟廷舟是同事吗?"

"算同事吧。"陈叙挑了挑眉,表情有些欠揍。

"那这么说也是个老师了。"说这话的陆先玉有些失望地叹了口气,本以为是个非富即贵的男人,没想到也是和妹夫一样,吃死工资的人。只是现在的老师都喜欢来五星级酒店装大方。

"哪儿啊!我可称不上老师,肚子里半点墨水都没有呢!"陈叙语气诚恳,丝毫不夸张。

陆先玉抿嘴笑了一声,没再看他了。

菜一道接着一道地上,陆先琴、陆先桦姐弟俩插不上话,只专心吃饭。陆先林从刚一开始就是沉默着的,上一道菜就给他爸夹一口,二叔吃一口眼睛就瞪一次,嘴里不停地说好吃。整张桌上,不专心吃饭的也就是剩下的四个人了。

陆妈妈因为刚刚陆先玉出声,就想起了她拜托自己的事,吃了一口菜就问出了口:"廷舟啊,其实你堂姐这次来呢,不光是为了照顾你二叔,主要是她想在市里找一份工作,你看看,能不能给她稍微留意一下?"

徐廷舟愣了一下,语气有些为难:"学校最近好像并没有招人的打算。"

"那种普通的行政人员呢?也没空位吗?"

"那都是要经过考核的。"虽然说得很委婉，但是每个人都能听得懂这里面的意思。

陆先玉红着脸，重重地把筷子放下，砸在碟子上发出清脆的响声："妹夫，你这是什么意思啊？嫌我脑子不行？那学校我还不愿意去呢，又累又没多少工资。"

说完轻哼了一声，翻了个白眼不再看他。

陆先琴急忙出来打圆场："堂姐，你别生气，他不是那个意思。"

陆先玉瞥了她一眼，语气有些不依不饶的："先琴，你们夫妻俩学历高就看不起我，我没什么可说的，但是也不能仗着学历高就随便讽刺人吧，好歹这还是一家人呢，说这话也太不合适了。"

陆先林就坐在她旁边，出言小声警告她："少说两句。"

"我怎么了？我就是让妹妹帮个忙，不帮就不帮，我也不能说什么，但没必要这么讽刺人啊。"陆先玉没再理他，又对陆先琴说，"先琴，我知道你对姐姐好，你看妹夫这么说我，你怎么也不能让你姐姐受这种委屈对吧？"

"是他不对。"陆先琴低头，像是理亏的样子。

陆先玉勾了勾嘴角："我也没放在心上，那个工作吧，我还是想让你们帮我物色个更好的。"

"那是必须的。"陆先琴点点头。

她还是小时候那副敢怒不敢言的样子，陆先玉心中极度膨胀，说出的话也更加肆无忌惮了："看妹夫似乎是这个酒店的常客，妹夫跟那些管理层的领导看着也熟，要是能让我进这酒店工作就好了。当然要是为难就算了，学校也勉强可以的，只要按时上下班就行。"

陆先玉想起进酒店时，连服务生都是一副白天鹅的模样，明明是穿着酒店的制服都看着比她要高级一些，因此萌生了这样的想法。

一语双关，让人下不来台阶。

陆先琴笑了笑，表情有些苦恼："小玉姐，刚刚说进学校要通过考核，其实最主要的不是这个考核。"

"那是什么?"

"本科文凭。"陆先琴小心翼翼地说道,"毕竟是985高校,就是坐办公室整理文档的,也要求这个本科文凭的。"

陆先玉一时哑口,半晌后才埋怨出声:"不早说!"

"你也没来得及听完啊。"

陈叙憋着笑了两声,被陆先玉看到了,皱着眉不满地看着他:"我们这谈论家事呢,外人还是少听比较好。"

"啊,抱歉,抱歉。"陈叙语气诚恳,"只是这位小姐,你刚刚说想进这酒店工作,不知道你中意什么工作呢?"

陆先玉没回答他这个问题,反而问他:"这跟你有关系吗?你又不是这个酒店的人。"

"说来听听也无妨啊。"陈叙态度很好,"我和这酒店的人也熟。"

"真的?"陆先玉半信半疑,"坐办公室的就行,实在不行服务员也可以。"

陈叙也学着陆先琴做出一副苦恼的样子:"这有点难,毕竟就连服务员也是有学历要求的。"

"你!"陆先玉拍案叫起,指着他吼道,"你算什么!你又不是这酒店的老板!"

陆先林眉头紧皱,拽着她的胳膊示意她坐下,结果却被她一把甩开。

二叔喝着汤,摇了摇头说:"从小脾气就大,根本管不住。"

此时包厢门又被推开,是刚刚那位去拿酒的侍应生。

"陈总,酒拿来了。"

陈叙努了努嘴:"放桌上吧。"

侍应生正要离开,陆先玉先一步叫住她:"哎,你等会儿。"

"小姐,您有什么事吗?"侍应生笑容可掬,没有丝毫不悦。

"你刚才叫他陈总?"

侍应生眨了眨眼睛,足足愣了好几秒钟,才又恢复了刚刚无懈可击的笑容,礼貌地回答:"他是我的老板,我当然叫他陈总。"

陆妈妈反应比陆先玉还快:"老板?"

"是啊。"陈叙笑了一声,"家族企业,我也就是捡了个便宜。"

"那你说你和廷舟是同事……"

"是啊,前同事。"陈叙一脸理所当然,"他前几年是我们公司的财务官,现在又被我们请到酒店来当咨询了。"

陆先玉张着嘴半天说不出来话,直到陆先林又拉了她一下,她才瘫软着坐回了椅子上,低着头什么话也说不出来了。

"廷舟啊,你,你这怎么都不跟我们说啊。"陆妈妈说。

徐廷舟笑了笑:"也不是什么大事。"

一直专心吃饭的陆先桦终于被噎住喷了出来。

这顿饭,所有人都吃得漫不经心。

一直到陈叙接到了一个电话,然后满脸为难地看着徐廷舟:"催了,我得回去了。"

"赶紧回去吧。"

陈叙略带歉意地站了起来,向众人举杯:"抱歉了,我这家里临时有事得提前走了,这一餐算我账上,有什么想吃的想喝的尽管点就是了。"

陆妈妈和二叔作势也要站起来送他,他急忙摆手:"阿姨、叔叔你们就坐着吃吧,我先行一步。"

陈叙刚走出去没多久,陆先玉也站了起来,低声说了句:"我去趟厕所。"

陆先琴在桌子底下拽了拽徐廷舟的衣服,后者不急不慢,冲她比了个唇语:"放心。"

包厢门外,陈叙刚走了没两步就被人叫住了。

"陈总!"

陈叙回过头,看清来人后,轻轻笑了声:"是堂姐啊。"

"刚刚……"陆先玉咬唇,有些不好意思,"误会你了,真的很抱歉。"

"没事,也是我刚开始就没说清楚。"陈叙目光一直盯着手机,显然对她的话没有放在心上。

陆先玉凑近了他一点，不安地搅动着手指，仰头看着他说道："真的很抱歉，刚刚对你态度那么差，为了赔罪，要不改天我请陈总你吃个饭吧？当然我知道你忙，而且也看不上我这顿饭。"

他的嘴唇抿成一条线，微微眯了眯眼，打量着她。

陆先琴这一家都长得一副好模样，陆先琴的堂姐和她五官并不相似，但也算是个美人胚子，仰头看陈叙的时候，眼神十分真诚，让人不好拒绝。

可陈叙在商场游走了这么些年，见过的出色美人数不胜数，他既然只安心地守着家里那一位女神，自然也能架得住现在的这一位美女。

他收回目光，面上还是一副笑眯眯的样子："你这么一个大美女请我吃饭，我老婆肯定要生气的。"

"陈总，你结婚了啊？"

陈叙一脸悲痛："何止啊，儿子都有了，刚刚就我家那位催我回家给儿子换尿布。哎，想我堂堂一个老总，平时手里拿的都是几千万的合同，现在居然要回去用我这双手去换尿布，真是杀鸡焉用宰牛刀啊。"

陆先玉扯出一抹笑容："你太太真有福气。"

"哪儿啊，是我有福气才对啊！"陈叙表情又变得十分幸福，"娶到我心中的女神，我烧高香都来不及呢。"

"那我就不耽误陈总回家的时间了。"

陆先玉刚转身要走，陈叙又叫住了她："既然要报答我，那要不要到酒店来上班啊？"

"刚刚不是说……"陆先玉一脸不可思议地看着他，以为自己听错了。

"规定是死的嘛，而且你这么一个大美女，我哪有拒之门外的道理啊。"陈叙一脸笑意，看着她说道。

陆先玉接过陈叙的名片，觉得眼前的这个男人也未必有多爱他老婆。

回到包厢以后，陆先玉的表情又变得趾高气扬了一些，也没人注意到她情绪的变化，只是徐廷舟的手机突然震了一下。

是陈叙发过来的微信：

兄弟，我帮你到这里了，还给你包了售后，没点回报？

吃完饭后，二叔和陆妈妈回宾馆休息，而陆先玉和陆先桦则是跟着徐廷舟夫妇回了家。

陆先玉瞥了一眼陆先桦："你怎么没去宾馆？"

"我去宾馆干什么？"陆先桦一脸不解。

"先琴今天回家睡，她肯定和妹夫睡一间房，你睡哪儿？"

"我睡客房啊！"

"客房不是……"陆先玉反应过来，"陆先桦，你诓我！"

陆先桦一脸欠揍的表情："你可算是看出来了啊，你说你要是别那么坚持，现在不就舒舒服服地睡在宾馆了，何必呢？"

"你等着！"陆先玉指着他恶狠狠地说了句，"反正你过几天就要滚回家了，我看你能嚣张到什么时候。"

客房被占，陆先玉不可能和陆先桦真的因为一间房就闹，而陆先琴和徐廷舟似乎也不在意到底谁睡客房，谁睡沙发，就完全当作不知道情况。陆先玉恨得咬牙，心想等她进了酒店工作，和那个陈总打好关系，看这些人还怎么跟她趾高气扬。

陆先琴洗完澡出来就让陆先玉也先去洗了，还告诉她怎么用浴室。陆先玉听着她说话，目光却被浴室角落的架子上摆着的东西吸引住了。

"先琴，这都是你的吗？"

徐廷舟和大多数男人一样，就一瓶男士洗发水和一瓶沐浴露，连那瓶男士洗面奶，都是陆先琴做主帮他买回来的。他有时睡得晚了就会直接略过洗面奶这个环节，也得亏他的皮肤还是像软玉一样，摸着细腻光滑。

"嗯，是我的。"

陆先玉羡慕地看着那几瓶她熟悉的香氛和身体乳，这些她都在电视上见过，一时间心中五味杂陈。从小陆先琴就是家里打扮得最漂亮的女孩子，现在也是嫁得最好的，而且还在大城市过上了他们根本想象不到的好日子，可她却只能窝在那个穷地方。要不是这次她执意要出来，可能一辈子就在那儿打发了。

浴室门被关上，里面传来哗哗的水声，陆先琴对着镜子擦护肤品，正闭眼擦眼霜时，一双手悄悄抱住了她的腰。

她身子抖了抖，问道："徐先生？"

"不然呢？"他的头埋在她的脖颈里，闻着她身上那股淡淡的花香。

她很专情，一旦喜欢上一种香味就会一直用，而无论是哪种香味都让他十分迷恋。

陆先琴有些扭捏，想躲开他的手："先桦还在呢。"

"他在打游戏。"

见他还不松手，陆先琴把手绕到背后摸他的脸，她手上还有残余的乳液，而徐先生很不喜欢这种黏糊糊的东西，以往她恶作剧时，他总会很快就躲开。只是这次，她一个巴掌都打在他脸上了，他也丝毫没有离开的意思。

"你怎么了啊？"陆先琴感觉到一丝不对劲。

徐廷舟抬起头，轻轻吻了一下她的发旋，语气低沉沙哑，似乎还带着一点撒娇的意味在里头："徐太太，我想你了。"

陆先琴的脸一下子就红了。

两个人在这方面，其实都是比较矜持的人，太露骨的话一般不会轻易开口，除非是情到浓处需要用荤话来增添一丝气氛。而徐先生的特色就是他每次的暗示都恰到好处，矜持又暧昧，总能撩拨到她心里最软的那一块地方。

陆先琴每次一听他说这种话就老是忍不住笑出声来。

见她笑出声，徐廷舟也有些尴尬，敲了敲她的脑袋："笑什么？"

徐先生太可爱了！想亲他！

陆先琴一贯行动力极强，心里这么想，马上就付诸行动了，转了个身朝他嘴角啵了一口。

徐廷舟似乎没料到她的这个举动稍稍愣了一下，眼波流转宛若弦月，他耳朵上悄悄染上一抹红。

"徐先生，就让我们来创造一个美好的夜晚吧。"陆先琴舔了舔嘴唇，冲他调皮地抛了个媚眼。

徐廷舟没忍住，噗的一声笑了出来，伸手抚上她的脸颊，轻轻捏了一下："你呀。"

陆先琴歪了歪脑袋，学着他的语调，又带着点自己独有的娇俏可爱，说道："我呀。"

杏眼里点点星光，就那么和他对视着。

这时浴室门被打开，二人还来不及收起眼底里的情绪，便被洗完澡的陆先玉抓了个正着。

她看着陆先琴的脸蛋微红，又看了眼徐廷舟，见他还是平日里那副清冷的模样，只是耳朵也有些红。

"小玉姐，你洗完了呀。"陆先琴语气僵硬，还有些心虚。

"嗯。"

陆先琴戳了戳徐廷舟："该你洗了。"

徐廷舟唇角微扬，又捏了捏她的脸："好。"

他声音极轻，像一片羽毛撩过。陆先玉心里很清楚二人刚刚可能做过什么，看着徐廷舟微红的耳朵，还有眼底里来不及藏起来的温柔缱绻，偏生和他的气质又极其融合，像是人间烟火，却又不沾尘埃。

一抹说不上的情绪在心口发酵。

晚上睡在沙发上辗转反侧了好久，盯着天花板一直睡不着觉，陆先玉又翻了个身，闭着眼逼自己睡，却突然有了点尿意，只好爬起来去上厕所。

她刚起身，就听见主卧室的门一声轻响，朦胧的夜色从窗户外照进来，她只隐约看得清那人模糊的轮廓。

她试探地叫了一声："妹夫？"

男人清冷的声音响起："嗯。"

"这么晚你还没睡？"

"去趟卫生间。"徐廷舟径直就朝卫生间走去。

陆先玉顿觉奇怪："我听先琴说，主卧也有一个厕所啊。"

"会吵到她。"

简简单单的四个字，她仿佛都能感觉出眼前这个男人对妻子的那一份浓到化不开的宠爱。

她第二天晚上特意没睡，躺在沙发上假寐，果然在凌晨的时候，又听到徐廷舟从卧室里出来的声音。

这两天徐廷舟忙着年终评优，陆先琴的导师去参加峰会，临走前给她安排了一堆任务，两个人都抽不开身，又不能把长辈放着不管总得带他们四处逛逛，于是就只能打个电话给李书棋请他帮忙。

谁知那边也一副半死不活的口气："小琴姐，我快死了。明天两门课结课，三千字的结课论文，而我现在只写了三百个字。"

叶子也跟着院长去参加峰会，根本找不到帮忙的人，她无奈。

徐廷舟提议："这两天陈叙一直跟我打听你亲戚的情况，我看他挺闲的，就叫他吧。"

"这样会不会太麻烦他了。"陆先琴有些犹豫。

"我看他好像巴不得当活雷锋，帮你出气。"徐廷舟语气淡然，丝毫不心疼陈叙。

最后陆先琴还是打了个电话给陈叙道谢，那边态度极好，一点也没有不高兴："举手之劳啊，反正徐廷舟也帮了我大忙，今年年底我才不至于忙成狗啊。哦，上回吃饭的时候你跟我说的要那个市一医院周主任的联系方式，我发你微信上了，你直接跟他说我名字就行。"

陆先琴喜笑颜开："谢谢陈总。"

"客气什么。"陈叙话锋一转，又说道，"你是帮你那个长辈问的吧？"

"是啊，老人家来一趟城里也不容易，还是去好一点的医院比较好。"

陈叙似乎叹了一声："有句话我还是得跟你说，虽说是一家人，可该硬气的时候还是得硬气一点，这边我会安排人带你家人去观光的，等后天你就带你那个长辈去医院吧。"

陆先琴再次道谢才挂了电话。

她有些怅然，有时候真的想不明白，明明是一家人，却为什么总要针锋相对，不肯让她好过。

那天晚上回宾馆后长辈们都很开心，陆妈妈特意跟陆先琴说，让她跟陈叙道个谢。陆先琴心里头也知道陈叙那边把老人家照顾得很好，打算过几天登门带上点礼物去谢谢他，顺便看看他的宝宝。

陆先桦心满意足地瘫在沙发上，他旁边坐着的陆先玉一脸宝贝地看着今天她买的东西。

当时他和妈妈走在一起没注意她，等再看到她的时候，她手上已经多了个袋子。

"小玉姐，你买了什么啊？"

陆先玉没看他，语气冷漠："跟你有关系吗？"

陆先桦撇撇嘴不再自讨没趣，因为姐姐和姐夫都还没回家，家里就他们两个人，气氛十分的尴尬。

坐了几分钟，他站起身来，准备回卧室去打个游戏。

陆先玉见他关上了门，手里的袋子被她捏了又捏，想起了今天陈总的属下和她说的那些话。

"陈总很爱她太太的，一见他太太腿都软了，什么都听他太太的。"

她又问："他太太漂亮吗？"

"挺漂亮的，关键是人特别优秀，是海归女博士。不过要真论长相，应该还是徐太太更出色一些。"

她没搭腔。

"我听陈总说，徐先生特别宠她太太，当时结婚的时候，因为他太太喜欢粉色，就硬是把卧室重新布置了一遍，全部按照他太太的喜好来，闹洞房的时候亲友团的人看了都笑得不行。"

陆先玉鬼使神差地打开了主卧的房门。

刚打开灯,就被里面的布置震住了。

和整个家的灰白色简约格调完全不同像个公主的卧室,欧式的白色家具,大床上还挂着轻盈的床帘,就连那角落里的梳妆台都完全是少女的风格。如果不是知道主卧住着两个人,她几乎要以为这只是陆先琴一个人的房间。

床的正上方,挂着一幅巨大的婚纱照。

陆先琴穿着白色婚纱朝着大海张开双臂,雪纺飞舞,海色迷人,而徐廷舟站在她身后,就那么静静地看着她。

是何等的爱,才让这里全都是她的气息。

陆先玉关上房门,心中五味杂陈。

陆先琴她何德何能嫁给这样的男人?

第十一章 守 护

当日晚上,等陆先琴和徐廷舟都回家时,陆先桦已经洗好澡躲回卧室玩游戏了,而陆先玉却不在家。

陆先琴觉得奇怪,走进陆先桦卧室里踢了他一脚:"堂姐呢?"

"我哪知道啊,刚刚突然就出去了。"陆先桦注意力全在手机上,"韩信你会不会打野啊!连个墙都不会穿!"

"她一个年轻女人,要是出意外了怎么办?你怎么也不问问她。"

陆先桦仿佛跟听笑话似的:"就她?她那彪悍的,你信不信就算有男人想对她怎么样,她三言两语能把人骂哭,你担心她那就是瞎担心。"

陆先琴觉得简直没法跟他沟通,现在社会上什么人都有,层出不穷的恶性事件一桩接着一桩,光是徐先生论文的案例都多到放不进U盘了,现在晚上独自在外的单身女性越来越少。

"我打个电话给她吧。"

陆先桦就看不惯她这样子,坐起身子一把抢过她的手机:"陆先琴,陆先玉是什么人你不清楚吗?假设你就是今天救了她的命,她明天也能反咬你一口说你害她的,你小时候还没被她欺负够啊,在这当菩萨念我佛慈悲呢?"

"就算她欺负过我,我也不能不顾及她的安危。私人恩怨是私人恩怨,跟人命比起来算得了什么？"

陆先琴打心眼里不希望家里的任何一个人出事。

陆先桦却完全不同意她的说法，认为睚眦必报才是她陆先琴应该对陆先玉的态度："你是不是觉得她小时候抢你零食，还在你裙子上洒酱油算不了什么？要不是我……总之我告诉你，没事别同情心泛滥，她那种人不值得你为她担心。"

又是这样指点江山的样子，明明她才是姐姐，陆先桦却好像一点也没把她当姐姐，总是主观地把一些想法强加在她身上，这才让性格同样倔强的二人的关系越来越远。

她不想再和陆先桦争辩，伸出手："还我吧，我就给她发条微信。"

"我有时候真奇怪，你这人底线到底在哪里。"他有些丧气地说。

陆先桦这才把藏在屁股下的手机还给她，顺道拿起了自己的手机。

"被追上来了！"陆先桦赶忙去参与团战。

可惜，他刚到队友就全都光荣牺牲了，消息栏那里全都是骂他的。

他迁怒于陆先琴："都怪你！"

"拿来。"陆先琴言简意赅。

之后手机里不断地传来妲己娇媚的声音……

队友们纷纷给陆先桦点赞。

陆先桦看着陆先琴一顿操作，终于忍不住问她："你到底练了多久，打游戏这么厉害？"

"你问也没用。"陆先琴表情很平静，"因为你再怎么练也不可能比我厉害。"

"……"他为什么要多嘴！

一直到陆先琴也洗完澡了，陆先玉才回来。

她一边擦头发一边问她："你去干什么了？"

"啊，随便逛逛。"陆先玉没正面回答，"你洗完啦？那就赶紧去休息吧！"

陆先琴也没再多问，径直走进了房间。此时房门虚掩着，恰好能看见坐在床边的徐廷舟正戴着眼镜看书，见她进来了，他抬眼看着她，轻轻皱起眉头："不吹？"

陆先琴摸着湿漉漉的头发："吹头发要举着手，麻烦。"

徐廷舟微叹："把吹风拿过来吧。"

"好嘞！"陆先琴转身蹦蹦跳跳地去拿电吹风了，刚回头就发现陆先玉还站在她身后。

"你怎么还不去洗澡？"

陆先玉回过神来："哦，就去了。"

陆先琴拿了电吹风走进卧室，顺带把门给带上了。

里面不一会儿就传来细微的电吹风的呼呼声。

陆先玉怅然若失地走到行李箱边，拿出了自己今天买的东西，又拿了换洗的贴身衣物打算去洗澡。

正好陆先桦因为打游戏吼得太多出来找水喝，就看见陆先玉拿着衣服要去洗澡，他随意瞥了一眼，发现陆先玉手上捧着一件丝绸质地的粉色睡衣。

纵使是在有暖气的房间里也很少有人在这么冷的天还穿这么薄的衣服。

他见陆先玉去浴室洗澡，转身就敲响了陆先琴的房门。

门没开，但是里面传来了声音："谁啊？"

"我。"陆先桦语气低沉，"晚上你们别出来，把门关好。"

里面的陆先琴有点被他吓到，瑟缩了两下身子："啊？为什么啊？"

"我也说不清，反正听我的就对了。"

陆先琴转头看徐廷舟，发现他表情很是淡定，替她回了一句："好的。"

很快就到了深夜，陆先琴第二天一大早有课，所以早早就睡下了，徐廷舟坐在床上看了会儿书，等有些困意了才取下眼镜按了按睛明穴，放下书又替她拢了拢被子，低头在她额头上碰了一下，熄灯准备睡觉。

夜总是静谧的，除却了均匀的呼吸声再没有其他声音，一切事物都好像进入了梦境，沉沉睡去。

听到房门被轻轻打开，陆先玉心中一跳，闭着眼不敢睁开。

可她又忍不住微微睁开眼，果然看到了一个高大的背影正穿过客厅要往卫生间那边走。

她坐了起来，轻轻叫住那个身影："妹夫。"

那身影顿在原地，在模糊的光亮中他没有回过头看，就那么原地站着。

陆先玉心中一喜，站起来一步一步朝他走了过去："有件事我一直想不通，为什么你会那么喜欢陆先琴？就算当时她父母开出的嫁女儿的条件根本不合理，你还是一口答应了，她值得你花这样大的代价吗？"

那身影还是没回答。

"要是说她长得漂亮，我也不差啊。我实在不明白，明明我们是姐妹，明明我们都一样，她却能嫁给你，而我就只能看着老家的那些男人，我不服。"陆先玉稍稍提高了一点音调，"如果当初来清河市工作的是我，如果先碰到你的人是我，我会不会，就成为她？"

见他还是没有反应，陆先玉索性心一横，伸手从背后抱住了他。

那身影狠狠一颤，陆先玉反倒把他抱得更紧了。

"你看，你还是不反感我的。"

一直沉默着的男人终于发出一声冷笑，语气里犹如掺着冰块，寒冷入骨："我何止是反感你，我简直是恶心死你了。"

她一震，立马松开了那个背影，后退了两步："你！"

"就你也配跟我姐比？你连她一根头发丝都比不上。"那身影随着那声音转过了头，在夜色下仿佛鬼煞一般可怕，"堂姐，别做梦了，你这辈子也别想成为她。"

她尖叫一声，摔倒在地："怎么是你！"

这一声尖叫吵醒了主卧里的夫妻二人，徐廷舟率先走了出来，迅速打开了客厅的灯。

陆先桦穿着睡衣，冷冷地看着瘫坐在地板上的陆先玉，而陆先玉则还是一副没回过神的样子，睁大了眼睛看着面前的人。

她穿的是一件粉色的低领丝绸睡裙。

徐廷舟警惕地眯起了眼睛，沉声问道："怎么回事？"

陆先桦朝他耸了耸肩："还不就是那么回事儿呗，反正我脑子正常得很，绝对对她没半点意思。"

揉着眼睛走出来的陆先琴还没搞清楚状况，从徐廷舟身后冒出一个脑袋："怎么了？"

"半夜鬼上身呗，把我当姐夫了。"陆先桦厌恶地拍了拍身上，仿佛沾了什么不干净的东西。

陆先琴几乎是一下子就清醒了过来，死死地盯着坐在地上的陆先玉，表情阴沉的可怕。

陆先桦朝她走了过来："你看吧，怎么处理？要不明天打发她回家吧。"

又用询问的眼光看着徐廷舟，徐廷舟略带嫌恶地转了过去，点了点头。

这边两个男人已经商量好了，下一秒陆先琴就做了一件让他们目瞪口呆的事情。

她大步上前一把拽起了陆先玉，扬起手用力地往她脸上甩了一巴掌。

陆先玉被打得呆滞，捂着半张脸不可思议地看着她。

陆先琴红着眼睛，咬着牙，狠狠地骂出了声："贱人！"

"我，我没有……"陆先玉心虚地后退了两步，惊慌失措地指着陆先桦，"是他乱说的！你误会了！"

"我有眼睛判断是不是误会。"陆先琴像是发狠的猛兽一般，用力抓住了她的后脑勺往自己这边一拉，陆先玉几乎从她的眼睛里看到了两团像要把人灼伤的怒火。

"陆先玉，你以前做了什么，我都忍你了，但你这次碰到我的底线了。"

陆先玉拼命挣扎着，可陆先琴的力气却出奇的大，她无论怎么挣脱都挣不开陆先琴的手。

"你放开我！我是你姐！"

陆先琴冷笑一声："我去你妈的姐！我没你这种不要脸的姐姐！"说罢她用力一推，将陆先玉重新推倒在地。

陆先玉痛呼一声，下一秒就又被陆先琴抓住了头发，往地上狠狠一砸，顿时她就眼冒金星，说不出一句话来了。

陆先桦生怕出人命，想过来阻止："陆先琴，你悠着点！"

"别过来！"陆先琴狠狠地瞪了他一眼，"女人打架男人少插手！"

陆先桦从来没见过陆先琴这样，顿时后怕地退回了原地。

陆先琴用力扯住陆先玉的头发往上一拉，逼迫她仰着头和自己对视："陆先玉，你觉得自己穿成这样很好看是不是？行，我带你出去溜达一圈？"

"先琴，先琴，这真的是误会！"陆先玉眼泪横流，忍着痛拼命解释。

陆先琴仰起头笑了一声，那声音令人毛骨悚然："陆先玉，你觉得这时候我还会相信你的说辞吗？我以为你起码还有一点做人的底线，就算你对我怎么样，起码你还是个人。现在你连我男人都敢碰，你是不是觉得我还会忍让你，让你踩到我的头上来？"

她说完这句话又站了起来，陆先玉一直被她抓着头发跪在地上，陆先琴朝她吼了一句："站起来！"

陆先玉颤颤巍巍地站起来了。

"把外套穿上。"陆先琴命令她道。

陆先玉没有动作。

"我让你穿！你聋了！"

陆先玉小步挪到沙发边，拿起外套套在身上。

"穿好了是吧。"陆先琴拉过她的手，"跟我走！"

陆先桦先问出了口："去哪啊？"

"去给二叔看看他的好女儿是怎么勾引她的堂妹夫的。"

陆先琴的话一下子让陆先玉癫狂了起来，她用力想要挣脱陆先琴的桎梏，嘴里断断续续说道："你放开我！我不去！"

"由得了你吗？"

陆先琴二话不说拉着她就往门口走，几乎是拖着她走。

大门一下被打开，冷空气瞬间就涌了进来，陆先琴被寒风刺得脸颊生疼，下意识地闭了闭眼睛。

"先琴。"

是徐廷舟在叫她,她通红的眼睛几乎是一下子就落下了眼泪,在寒风的侵蚀下就像是针一样扎着她的脸。

她几乎要把嘴唇要破,语气里满是愤怒和歉疚:"徐先生,我不许任何人碰你。"

"我知道。"他语气轻轻的,"把衣服穿上,外面冷。"

她突然回过头看他,看到他那张清俊的脸庞,看到他眼底里的心疼,还有他手里的那件外套。

她扁着嘴,泪水像是涌动的洪流:"对不起。"

徐廷舟轻轻一笑:"谢谢你,保护我。"

陆先琴拽着陆先玉下楼了,徐廷舟拍了拍陆先桦的肩膀:"走吧。"

陆先桦似乎还没回过神来,直到徐廷舟又叫了他一声。

他心中想着,这一刻,他终于了解姐姐的底线在哪里。

她用那卑微的、弱小的力量,守护着她心里的那条底线,旁人一旦触及,就会让她疯狂。

原本正在睡梦中的陆妈妈是被一阵急促的敲门声给惊醒的。

陆妈妈披了件衣服,揉着眼打开了房门,语气里还带着倦意:"谁啊?大半夜的。"

"妈,是我。"

陆妈妈几乎一下子就清醒了过来,瞪着眼看着站在她房门口的陆先琴,又看到了她身后的陆先玉,奇怪地问道:"这是怎么了?都这么晚了。"

正好对面的房门也打开了,二叔和陆先林同样也是一脸困意地走了出来。

陆先琴眸子冰冷,用力推了一把陆先玉:"你们自己问问她。"

陆先玉一个趔趄差点摔倒,陆妈妈连忙伸手扶住她,略带责怪地看着陆先琴:"先琴,她是你堂姐,你怎么这么对她?"

"伯母，我……"陆先玉泫然欲泣随即眼泪啪嗒啪嗒地往外掉，"先琴她也不听我解释，就误会我了……"

二叔此时也开口了："这到底是怎么了？"

"陆先玉，你还狡辩是吧？"陆先琴怒极反笑，"好，我替你说。妈，二叔，你们听好了，她陆先玉要勾引我男人。"

十分露骨，言简意赅，一句废话都没有。

二叔用力咳了咳，由陆先林搀扶着走到陆先玉旁边，他胸口猛烈地起伏着，面部紧绷地看着她："先玉啊，这是怎么回事？"

陆先玉拼命摇头，哭得眼睛都肿了："爸，我真的没有，都是误会……"

也不等陆先琴说什么，二叔眼神闪烁了两下，又换上了一副和蔼的样子，语气温和地说："是误会就好，你快给先琴解释一下，别让先琴这么闹下去了，大半夜的影响多不好。"

他安抚性地拍了拍陆先玉的肩膀，鼓励她说出口。

陆先玉表情委屈，眼泪就像是断了线的珠子一般，啪嗒啪嗒的不要钱似的往外掉："我晚上睡不着，先桦正巧出来上厕所，我就跟他说了两句话，我什么也没做，他就突然说我不要脸，说我把他当妹夫想要勾引他……我什么也来不及反应，就被先琴打了……"

她说完就指了指自己的一边脸，果然有瘆人的巴掌印在上面。

二叔转过头看着陆先琴，语气有些无奈："先琴啊，误会都解释清楚了，你这没搞清楚就打了你堂姐，太不尊重人了。这样吧，你跟你堂姐道个歉，这事儿也就算过去了，先玉她也不会跟你计较。"

陆先琴用力忍住鼻尖的酸意不让自己哭出来。

她心口那处微微的有些钝痛像是一把刀插在那里，没用什么力气，一点一点地割开她的肉，割得鲜血淋漓，满目疮痍。

这一瞬间，她觉得自己像个傻子，自以为的家人，不过只是因为还有一丝血缘关系在其中牵扯，用力地挽留着她内心的最后一点亲情，而撇开这层牵扯，面前的人不过是一个自私自利的陌生人。

二叔的偏心,她以前多半理解且也忍下了,只是这次,她的那点理解,不过都是她自作多情。

她不再看着二叔,而是偏头看着一言不发的母亲。

陆妈妈神色复杂,像是在思索着什么,犹豫了很久后才缓缓开口:"先琴啊,既然误会都解开了,那就算了吧。"

她淡淡笑了一下,笑得很是苍白。

"妈你是不是老糊涂了,这话你也说得出口!"

此时陆先桦也赶到了,刚巧就听见这几句话,陆先桦一个暴脾气忍不住,就直接吼了一声。

陆妈妈被吓了一跳,惊异地看着他:"你,你怎么也来了?"

"我能不来?"陆先桦冷笑一声,"我作为差点被陆先玉勾引的人,我能不过来做个证?"

陆先玉连忙出声反驳他:"陆先桦你少含血喷人!"

陆先桦好像是听到了笑话一样,"哈哈"地笑了出来,眼睛里没有丝毫温度:"我含血喷人?你怎么不说你信口雌黄啊!性感睡衣都买好了,香水都喷好了,你跟我说就只是想跟我聊天?哦,不对,是跟我姐夫,那你这聊天的方法也不知道是在哪里学的哦。"

"我穿什么睡衣,喷什么香水,跟你有什么关系?"陆先玉用极大的分贝掩盖着自己的心虚,"有规定我不能穿不能喷吗?你们都睡卧室,我一个人睡沙发,你还要管我穿什么?"

二叔微微眯眼:"你睡沙发?"

陆先玉连忙点头:"对,他们姐弟俩合伙骗我们,其实客房的床单根本就没脏,陆先琴就是不愿意让我们住进去,嫌弃我们是穷亲戚,要不是我没走,爸,我们现在还被蒙在鼓里呢!我白天不敢跟你们说,怕你们觉得我胡说,现在他们都不顾我的名声诬陷我了,我也不怕说出来了!"

"先琴,你这样做,二叔很寒心啊。"二叔的表情极为失望。

陆先琴嗤笑一声:"你失望关我什么事?"

陆先玉一下子就硬气了起来："爸你看！她承认了！她就是不愿意我们住进去，明明我们根本不用来住宾馆，他们夫妻两个不愿意把卧室让出来给我们住，你看她多自私！亏你还对她那么好！"

陆先琴只觉得这都是她当时的懦弱带来的代价，轻声说道："我就是不愿意让你们住进来，我可以放任何的阿猫阿狗进来，可唯独你们，我讨厌。"

陆妈妈厉声制止她："先琴！你胡说八道什么！快跟你二叔道歉！"

她没理陆妈妈，转而又问陆先桦："先桦，你既然早料到就应该准备一只录音笔，现在她一口咬定你污蔑她，你也没有任何实质性的证据。"

陆先玉心中一喜，压根就藏不住情绪，擦了擦眼泪声音又大了些："陆先桦，没证据的事儿最好别乱说，小心烂嘴巴。"

陆先桦刚要开口和她吵，肩膀就被拍了一下，他回过头，是刚刚返回去拿东西的徐廷舟。

"姐夫，你怎么才来？陆先玉现在一口咬定我们污蔑她呢！"

徐廷舟没回答，而是径直走到了陆先琴身边，将手里的围巾一圈圈裹在她脖子上，又擦了擦她的眼泪："不哭了。"

这场闹剧，徐廷舟算是主人公之一，因为这女婿在陆家的特殊地位，谁也没敢出声。

他见她止住了眼泪，才抬起头对其他人说道："当时我和先琴在卧室，委实算不得证人。"

"妹夫！"陆先玉感激地看着他。

"但，先桦是。"徐廷舟转过身，问他，"闻闻你身上，有没有香水味。"

陆先桦赶忙闻了闻，用力点头："有。"

"我和先桦不用香水，先琴的香水我知道是什么味道，如果你没和先桦有亲密的接触，你的香味怎么会沾到他身上？而且，他是你堂弟，你又为什么要和他亲密接触？"

陆先玉的表情僵住了。

这根本算不得推理，因为事实早已明了，因为在场的人心里都一清二楚，陆先玉到底有没有做这件事，大家只是装傻而已。

徐廷舟没再看她，轻声朝陆妈妈说道："妈，其实我个人觉得，为了陆家，放弃我这个金龟婿，有些不太值得，您觉得呢？"

陆妈妈有些措手不及，矢口否认："我没有不站在先琴这边……"

"别说了。"

陆先琴打断了陆妈妈的话，对着陆先玉说道："从此以后，我不叫你堂姐，你也不用叫我堂妹，我们之间没任何关系了。"

没等陆先玉做出反应，她又对二叔说："二叔，医生的联系方式我帮你问到了，明天我会发到你手机上，你去的时候直接报陈叙的名字就行。看完病以后就赶紧回家吧，以后有什么事也不要来找我了，我不欢迎。"

她的语气出乎意料的冷静，说出的话也像是冰窖一样，仿佛只是在陈述一件平常得不能再平常的事情。

"妈，你要还把我当女儿，就尽量少跟我联系吧。过年的时候我还会回去的，希望你和二叔的嘴巴能紧一点，如果你们敢闲言碎语地说出伤害我的话……"她顿了顿，依旧压着情绪，"我就让陆先玉彻底完蛋，我说到做到。"

陆先玉颤抖着开口："陆先琴，你要做什么……"

"闭嘴啊！"陆先琴突然爆发，像是要活吞了她一般死死盯着她，"你是不是觉得你舌头太长了要我帮你剪掉啊？"

她满是戾气，仿佛变了一个人。

"从此以后，陆家我想回就回，你们的破事，我想管就管，不想管你们也少来烦我，你们要是再用那一套亲戚论来道德绑架我……"她顿了顿，才继续说道，"我就不止是在这儿和颜悦色的跟你们说话了。"

陆妈妈指着她，像看着怪物一样看着她："先琴，你魔怔了？你以前不是这样的，你以前很乖巧的。"

"乖不乖巧那都是过去了，我越是乖，你们就越把我当软柿子捏。"陆先琴轻轻笑了一声，"我现在发现，对你们还是要硬气一点。"

她丝毫没有犹豫，直接大步走到了陆先玉面前，抬手再次打了她一巴掌：

"这下两边对称了,更好看了。"

"陆先玉,打你都算轻的。以后你要是敢动我男人就不只是今天这么一点伤了。"

说完,她像是了结了一桩事,心满意足地笑了,之后转身离去。

陆先桦也跟在陆先琴的身后,陆妈妈一时心急赶忙上去拉住他:"你跟着先琴干什么?难不成你要为了她跟我断绝母子关系了?"

"这个陆家,总要有个人疼她。"陆先桦深深地看了她一眼。

陆妈妈颓然放下了手,小声哀求他:"先桦,闹僵了,我在这个家的地位就更低了。先琴那边,是我对不起她……"

"妈,你不用对不起她,因为晚了。"

"没人对姐姐好,我来对姐姐好。"

再次回到家时,时间已经接近凌晨两点,这场闹剧也终于落下了帷幕。

陆先琴满身疲惫,拖着身子一言不发地走进了卧室。

陆先桦叫住了刚要进去的徐廷舟:"姐夫,在你之前是我没保护好我姐,你以后绝对不能让她难过。"

徐廷舟郑重地承诺:"好。"

陆先桦笑了,打了个哈欠:"那我去睡了,晚安。"

卧室里,陆先琴正趴在床上,躺尸状。

徐廷舟在她身边坐下,语气温柔:"徐太太,睡了吗?"

她一下子就坐了起来,泪眼蒙蒙地看着他,语气有些哽咽:"徐先生,我想哭。"

徐廷舟稍稍张开双臂:"哭吧。"

她粗鲁地扑进了他的怀里,将头埋在他的胸口处,几乎是一下子就号啕大哭了起来。

像个孩子一样委屈又难过,还带着绝望。

他一下一下地抚摸着她的后脑勺,像是安慰猫咪一样,任她在怀中哭泣,任她的泪水打湿他的衣襟。

"对不起,对不起,徐先生。"陆先琴用力箍住了他的腰,"我总是连累你,你娶我,亏大发了。"

他原本生活得好好的,却总是因为她,遇到这些糟心事。

"没亏,赚大了。"徐廷舟吻了吻她的发顶,"这辈子最赚的事就是娶了你。"

陆先琴从他怀里钻出来,吸了吸鼻子:"你别骗我,当初你们家出了那么多钱娶我,我爸妈狮子大张口,像做生意一样把我卖了。"

徐廷舟低下头和她对视,语气缱绻:"用那些钱娶回来一个无价的珍宝,你爸妈也太不会做生意了。"

她微微愣住了,就那么看着他。

他笑得极轻极轻,像是冬夜里最温暖的炭火:"这个珍宝,会笑、会闹、会撒娇、会带给我欢乐,她就像是我的小太阳。有了她,我每天都过得很快乐。"

"我的小太阳,别哭了。"

她窝在他的怀里像个安静的婴儿,徐廷舟渐渐觉得她的抽泣声变小了,到最后只感觉到她平稳的呼吸声。

"睡了?"他低头想看她睡了没。

结果怀里的人又突然抽了两下,抬起头来破涕而笑,嘴上却依旧别扭着:"徐先生,你怎么突然这么会说话了。"

徐廷舟见她笑了,终于放下心来,又揉了揉她的脸:"遇见你就会说了。"

陆先琴沉默了好一会儿,不甘示弱:"我也会说。"

她心情一好,马上就开始皮了。

徐廷舟挑眉:"愿闻其详。"

也不知道是不是因为今天的闹剧,或者是他最近忙得没空,徐廷舟一向白净的下巴那里竟然长出了一些胡茬。陆先琴其实不太喜欢男人留胡子,但偏偏他留胡子,她又觉得他的斯文里又添了点野性,更迷人了。

徐廷舟见陆先琴一直盯着他的下巴看,下意识地用手摸了摸:"看我下巴做什么？"

陆先琴跪坐在床上，喃喃说道："你胡子长出来了。"

他这才意识到这些天太忙，忙到没有时间每天早上用剃须刀刮胡子，一向爱干净的徐廷舟就像是被抓到了某个痛处，微微有些窘迫："嫌弃了？"

"怎么会！"陆先琴拔高音调。

徐廷舟不怎么相信："那你一直盯着我的胡子做什么？"

"这不是胡子啊！"陆先琴表情很是认真，"是玫瑰花的刺！"

徐廷舟微张着嘴，眨了眨眼睛，最后噗的一声笑了出来："从哪学来的词？"

"网上学来的。"陆先琴没忍住，伸手摸了摸他的下巴，他倒也不反抗，顺从地抬起了头，像只温顺的大狗。

柔软的指腹碰到了胡子，感觉有些刺又有些麻麻的痒，陆先琴有些上瘾，不断地磨蹭着他的下巴。

"什么感觉？"徐廷舟看着她，语气变得低沉了。

陆先琴老实说道："像松树针一样，刺刺的。"

他的眼神一下子变暗，用力把她抓到了自己怀中，陆先琴反应不及就被他抬起了脸，然后自己的脸颊碰到了他的下巴。徐廷舟稍稍动了两下，那胡子就在她柔嫩的脸上摩擦着。

不是很舒服，而且又偏偏很麻。

陆先琴用手挡住他的下巴，拒绝道："别蹭我，不舒服。"

"我看你刚刚摸得挺舒服的。"

徐廷舟没理她，干脆把她按倒在床上，压在她身上又凑到她的耳边，用威胁的口气说道："以后别随便乱玩我的胡子。"

陆先琴迷迷糊糊的，很听话地回答："不玩了。"

"玩都玩了，还想赖账？"他薄唇一勾，沙哑着声音，性感又撩人。

身影交叠，伴随着此起彼伏的求饶声，这个夜晚慢慢地过去了。

约莫过了两天,陆先琴再也没有接到过二叔他们的电话。

她心里也想到了,闹得这么僵以后见了面也尴尬,她当初就做好了这种准备,因此心里稍稍酸了一下,就没再想过这件事了。

直到陈叙特意打了个电话给她,告诉她陆先玉居然真的来酒店找他了。

陆先琴对她的厌恶又增加了几分,连忙问陈叙有没有被骚扰。

"哪儿啊,她连我办公室这层楼都没进来,我听经理说,她一来就跟个大爷似的坐在那儿,叫人给她上茶水,不给上了还嚷嚷着是我的朋友,然后经理没办法就联络了我秘书,我这才想起来有这么一件事,我答应过她要请她到我们酒店上班。"

电话那头的陈叙心情好像很不错,一点也没有因为陆先玉而受到什么影响。

她继续追问:"然后呢?"

"我就让秘书好言好语地带她去领上班服了啊。"陈叙那边突然又笑了起来,"你应该有印象吧,灰色的上班服,还配一双雨靴。"

陆先琴思索了一会儿,想到自己上班时同事们的上班服,恍然大悟:"保洁阿姨!"

"对!我只说请她来我们酒店上班啊,我可没说给安排的是什么工作。"陈叙得意扬扬地说,"哎,你打算怎么谢我啊?我听徐廷舟说,你这堂姐挺极品的吧。"

其实徐廷舟什么话都没说,只是在陈叙提起陆先玉时,皱了皱眉头,表情有些厌恶,陈叙很快就猜到了,这个陆先玉多半就是他在饭桌上看到的那样。

"谢谢陈总,替我出了一口气,不过我是真没想到她还会去找你。"

陆先琴又想起那天对他们说出狠话时,陆先玉却意外的冷静,她赖在自己家,为的就是一份工作,而工作没了、容身之所也没了,依她的性格不会那样沉默不语的。

现在看来,陆先玉是为自己还留了条后路。

"你是没看到她那样子,那脸黑的,最后把我秘书劈头盖脸一顿骂就气冲冲地走了。"陈叙叹了一口气,"我秘书有什么错?也要被她骂。"

没了最后的后路，陆先玉应该不会继续留在清河市了。

而此时正收拾行李的陆先玉，一脸烦躁地把衣服丢的到处都是："不收了！我不回去！"

陆妈妈赶忙帮她把衣服捡起来，替她收好："你在这又没有半个朋友，不回去岂不是要饿死？"

"那我也不想回那个破地方了！"陆先玉坐在床上，语气不耐烦，"凭什么她陆先琴可以留在这里，陆先桦也可以留在这里，我就不行？"

"先琴结婚了啊……"陆妈妈小声说道。

"我长得和陆先琴差很多吗？怎么她能被男人看中，我就不行？伯母，你教我的，女人只要长得漂亮，有没有文化，读不读书一点都不重要。当初陆先琴不顾所有人的反对偏偏去读那个什么破研究生，现在要什么有什么，而我呢？就只能一辈子窝在那个穷地方，这辈子都比不过她！"

陆妈妈连忙安抚她："先玉，你别着急，可能你的缘分还没到。"

陆先玉非但没有冷静下来，反而更急切了："伯母，当初你向我爸借了一万块给伯伯买店面，打包票跟我说陆先琴肯定能帮我在城里找到工作，现在呢？"

陆妈妈一时哑口，半晌后才说道："原本是行的，我也没想到你会做那种事……"

"哪种事？哪种事？伯母，没证据别乱说，除非你们家不想继续开店了。"

陆妈妈不再开口，转而收拾起了行李。

四个人到了火车站，临近上车时，陆妈妈去上厕所，二叔看着她走开才转过头一脸惋惜地看着陆先玉："你说你做的什么糊涂事！现在好了！靠着先琴这棵大树乘凉是不行了，我本来还计划从她那儿把那一万块要回来，现在也打水漂了。你伯伯也不知道猴年马月才还得起，我看你这辈子也就只能待在我们那地方了。"

"爸！"陆先玉一脸不满，"我说了没有！是她陆先琴血口喷人！"

这两天一直仿佛一个透明人一般的陆先林终于呵斥了她："够了！你做没做我们心里都一清二楚，现在狡辩还有意思吗？"

"陆先林你现在号什么号啊？那天怎么没见你出面帮你的好堂妹说话呢？"陆先玉语气偏颇，说话毫不客气，"哦，是怕陆先琴又讨厌你吧？毕竟人家因为你这个变态堂哥都躲到这来了，谁知道你死皮赖脸的这次又跟了过来呢？"

下一秒钟，陆先玉就被狠狠地甩了一个巴掌，她捂着脸吼道："你打我？"

陆先林阴沉着脸："不会说话就把嘴闭上！"

陆先玉看向父亲，结果只收到了父亲一记冰冷的眼神："女人家的，话少点。"

陆先玉心中郁结，但还是乖乖闭上了嘴。

陆先琴的班上来了个小帅哥。

这帅哥长着一双好看的大眼睛，皮肤也细腻得很，见谁都是一副似笑非笑的样子，坏坏的，但又该死的迷人。

群里炸了锅：

你弟弟也太帅了吧！

求联系方式！

果然好看的基因是遗传的吗？

陆先琴烦躁得要死，斜眼瞥了瞥安然坐在她旁边玩手机的陆先桦："你跟我来上课干什么？哪里你不能待偏要来这里？"

"我无聊。"陆先桦满不在乎，"你这教室这么空，多我一个怎么了？"

陆先琴被他的这套逻辑打败。

她统一回复群里的人：

他有暴力倾向，你们还是躲远点吧。

自从上次的事情以后，姐弟俩的关系进入了一个很模糊的界限，似乎比以前要好了那么一点，可还是看对方不顺眼，时不时地要吵上两句。陆先琴有时候给他伙食费，他都凶巴巴地扔回去。她觉得这弟弟简直疯了，问他是不是要绝食修仙。

结果陆先桦反倒还怪她："我一个大男人用你一个女人养吗？看不起谁呢？"

陆先琴快被他气死："我们从一个妈肚子里钻出来的，我总不能放着你不管吧？"

"你放着我不管的时候还少吗？每天家里就我一人，你和徐廷舟每天不知道在外面五五六六七七八八地搞些什么，现在装什么好人来管我？"陆先桦好像比她还生气。

她怒极反笑："那行！那你有本事跟着我上课去啊！"

然后就变成了这样。

上课的时候，陆先桦半个字都听不懂对着黑板发呆，研究生上课的人数本来就少，老师也几乎不管课堂纪律全靠学生自觉，有时候多那么一两个人，老师还得感动有这么好学的学生连研究生的课都过来蹭。

陆先琴看他目光呆滞地盯着黑板，跟灵魂出窍了似的，她伸手用笔戳了戳他："陆先桦，你说你来找什么罪受？"

"会读书了不起吗？"陆先桦瞥她一眼，"你能不能别注意我，好好听课行不行？"

她被那个从小不学无术、混吃等死的弟弟给教训了，陆先琴仿佛打开了新世界一般，心里头想到了一种可能，轻声问道："你是不是有些后悔当年没有好好读书了？"

陆先桦没看她，语气平静："我从来不后悔。"

陆先琴大有打破砂锅问到底的架势："当初爸妈要送你来城里念书，你为什么不同意？难道真的是因为不喜欢念书？"

"你问那么多干什么？"陆先桦一脸不耐烦地看着她，"你老师都写了半张黑板了，你再吵我小心我收拾你。"

陆先琴这才意识到自己刚刚一直在开小差，于是不再和他纠缠，赶紧埋头做笔记。

听见陆先桦口中喃喃地说了句什么，她凑过身子仔细一听。只听见了四个字，虎头蛇尾的，没理解他的意思。

"你念就好"。

下课铃一响，陆先琴拿着书就要跑，陆先桦眼疾手快地拉住了她："你去哪儿？"

"去食堂抢饭啊！再不去糖醋排骨就没了！"陆先琴用力挣脱。

他刚放开她，她像只兔子一样一溜烟就跑了。

陆先桦腿长，三两下就跟上了她，跟着她一路跑到了食堂。只看见某些大学生就跟个非洲难民似的，那速度都不带肉眼可见的，直接一道闪电似的冲进了食堂。

打糖醋排骨的窗口已经围满了人，陆先琴跳了两下看不到里面的情况，急得满地乱转。

陆先桦皱眉看着她："你再跳也看不见。"说罢他也微微抬头往里面看了眼，看见糖醋排骨的数量真的是以光速的形式在消失，他朝她又伸出了手："饭卡给我。"

没几分钟，陆先桦就端着两个满载而归的盘子从同学们的头顶擦过，递到了陆先琴面前。

"都是我喜欢吃的哎！"陆先琴很兴奋，"这些菜我都很少能打到的。"

陆先桦挑了挑眉："找个地方吃。"

姐弟俩找了个空桌坐下，陆先琴这人习惯不太好，喜欢吃什么就一直吃，吃完了以后还不满足，然后又看着陆先桦的盘子里的排骨。

"别跟饿死鬼一样看着我的行吗？"陆先桦无语，又说道，"你叫我一声哥，我就把排骨给你。"

自古孔融让梨，长幼有序，陆先琴是不可能为了一块排骨就屈服的，她没理陆先桦的大逆不道之言。

陆先桦烦躁地揉了揉眉心,把自己盘子里的排骨都丢给她:"你吃你吃,腻死你。"

陆先琴正要大快朵颐,就听见有个熟悉的声音在叫她。

"小琴姐。"

她惊喜地转过头,果然看到了端着盘子的李书棋。

"快来这坐!有空座!"陆先琴朝他招手。

李书棋走了过来,在看到陆先琴对面的那个男孩的那张脸后,眼底的笑意逐渐消散。

陆先桦勾了勾嘴角,语气古怪:"哟,这不是隔壁家的那个谁嘛。"

陆先桦原本是他们那村里最受欢迎的孩子。

这男娃娃刚落地的时候,因为是陆家长子的第一个儿子,全家都高兴得不行,他周岁的时候特地在后面的院子里办了几桌宴席。那时候全村的人都知道,陆家新添的那个孙子长得白白净净,特别招人爱。

因此被宠得无法无天,几岁大就已经混成了混世魔王,又偏偏因为一张小脸嫩到不行,谁也没法狠下心来教训他。

然后这一切都在他三岁那年,也就是隔壁老李头家的儿子出生了以后就结束了。

老李头快四十了才生下这么一个独生子,刚落地就摆了酒,而且每年过生日都给全村人发糖。那小子长得也不错,性格又很乖巧,他陆先桦就这么悲哀地被全村人遗忘了。

那小子明明是独生子,可天天跟在陆先琴屁股后面,小琴姐长小琴姐短的,叫姐叫的比他这个亲弟弟还顺溜。偏偏他那个姐姐又喜欢得不行,天天带着那小子满地乱跑。

陆先桦天天祈祷这小子赶紧从村子里滚出去。好了,人家高考一飞冲天瞬间成为全村的新骄傲,然后不顾家人反对到清河市来读大学,继续在他姐姐屁股后面当便宜弟弟。

李书棋坐在陆先琴旁边，面对着陆先桦语气似有不满："你来这干什么？又想惹小琴姐不高兴？"

　　陆先桦气得鼻孔冒烟："哟哟哟，我怎么不能来这了啊？我和陆先琴是一个妈的肚子里钻出来的，我和她亲姐弟，我来怎么了？"

　　气焰极其嚣张，李书棋没再理他。

　　"小琴姐，我寒假找了份实习工作，打算过年的时候再回家。"李书棋今天也打了糖醋排骨，他没动，都原封不动地夹到了陆先琴的盘子里，"实习的地方离你家挺近的，在我租到房子之前，能先去你家住两天吗？"

　　"不行！"

　　"没问题。"

　　陆先琴不满地看了眼陆先桦："你说什么不行？那是你家吗？"

　　"就两张床，他来了也得睡沙发。"陆先桦非常不讲理。

　　陆先琴十分淡定："你们都是男生，睡一间房也没什么吧。"

　　"不行！"

　　"不行。"

　　这回两个人倒是出奇的默契，见对方跟自己异口同声，看了一眼又赶紧瞥了回去。

　　"小琴姐，既然没地方了，我就去找顾逸闻吧。"李书棋一副很好说话的样子，略带惆怅地补了一句，"就是他家住郊区，搭地铁得两个小时。"

　　陆先琴拍拍他的肩："我是你姐啊，跟我客气什么，来我家。"

　　"陆先琴。"陆先桦脸很臭，"你让我们两个大男人挤一张床？"

　　李书棋看着清瘦，其实块头也不小，再加上有一米八多，而陆先桦比他还高点壮点，挤一张床是有点说不过去。

　　陆先琴点了点头："你说得对。"

　　陆先桦满意地点头，看来孺子可教。

　　"那你就睡沙发，书棋睡客房好了，两全其美。"

　　"两全其美你个大西瓜！"

最后陆先琴还是一锤定音，丝毫不给陆先桦反驳的机会。她和李书棋吃完了饭以后就商量着一起去图书馆，陆先桦理所应当的要跟在他们后面，却被李书棋拦了下来。

"进图书馆要刷一卡通，外校的人是进不去的。"

陆先桦指了指陆先琴："我跟我姐用一张就行了。"

"不行。"陆先琴毫不留情面的就拒绝了他，"你太闹了，图书馆是看书学习的地方。"

陆先桦咬牙看着那两个不是姐弟胜似姐弟的混蛋抛下他走远了。

他憋着口气，直接去了谨言楼找徐廷舟。

临近期末，老师们比学生也好不到哪儿去，都忙得天昏地暗的。陆先桦去找他那会儿他还没吃饭，正在办公室写材料。这个学期他同时教了两个专业，且教的都是重点考试科目，光是教案就足够他焦头烂额了。

办公室的老师们也都各自埋头苦干，有的老师直接带了保温饭盒过来，一边做一边吃。

徐廷舟感觉到有人走了过来，他以为还是那些来要重点的学生，头都没抬就直接说道："重点就是那些，再简略就没有了，好好复习，加油考试。"

"姐夫，是我啊。"

徐廷舟抬起头看他："你怎么来学校了？"

"来蹭课。"陆先桦嘴角一咧，"下午没事做，把你的一卡通借我呗，我想去图书馆溜达溜达。"

小舅子只是借一卡通，他没有不借的理由，但还是问道："你姐姐呢？"

陆先桦撇嘴："她啊，和李书棋去图书馆了，胳膊肘往外拐，狼心狗肺。"

这会子陆先桦当着姐夫的面骂他姐姐，他姐夫非但不生气，反倒很干脆地拿出了自己的一卡通递给他："去找你姐吧，图书馆最近刚来了一批非专业书籍，小说杂志都有，你可以去看一下。"

他们图书馆有一层楼专门命名为娱乐区，里面还有一个小型的咖啡厅和露天阳台，那一层楼摆放的基本上都是各种小说杂志和异闻录，是专门用来给学生老师们放松的。现在天气变冷了露天阳台关了，但还是有不少学生喜欢去那层楼买一杯热乎乎的咖啡坐着看书。

陆先桦接过一卡通，冲徐廷舟敬了个礼："谢谢姐夫。不过姐夫，我姐说，寒假要让李书棋来你们家住几天，让他睡沙发。我觉得这不太好，不是待客之道。"

"来我们家？"徐廷舟眯起了眼睛。

"是啊，他放寒假不回家，说是找了个实习工作。"

"我知道了，我会帮他安排的，你去忙你的吧。"徐廷舟说完，就把目光转回电脑屏幕忙自己的了。

陆先桦心中暗笑，这对夫妻还真是没默契啊。

他心情颇好的走出办公室，恰好又碰上了一个面熟的人。

"哎，小姐姐，好久不见啊，还记得我吗？"

钱伊敏看着面前这个一脸痞相的男人，像是自言自语，但声音又不小地说道："我今天出门又踩狗屎了。"

"是啊，走狗屎运了，不然你哪能遇见我啊？"

钱伊敏翻了个白眼，绕过他走了。

"小姐姐，来找我姐夫？"陆先桦挑了挑眉，"我对你们学校人生地不熟的，要不我等会儿你，你待会儿带我到处逛逛吧。"

"找你姐姐去，我没空。"

"巧了，我姐姐也没空，你待会儿要去哪儿啊？和男朋友约会？"

钱伊敏冷笑一声："图书馆，你省省力气吧，你没一卡通进不去的。"

说完就进了办公室，没再理他。

陆先桦想起陆先琴语重心长跟他说的那些话，他上高中的时候，就天天被女生围着，等去读专科了，那些女生会打扮会玩，比高中的女生顺眼多了，但还是喜欢围在他身边，想尽了办法要跟他处朋友。

陆先桦被香水味呛了一鼻子，更看不上那群女人了，还是网吧里的汗臭味比较适合他。

这女的看着挺文静的，没想到这么彪悍，一见他不是翻白眼就是讽刺，好像他真欠了这女的多少钱似的。

过了十几分钟，钱伊敏捧着书出来了，发现陆先桦正双手插兜靠在墙上，双腿交叠着，痞里痞气的让人看了十分不舒服。

"你怎么还在这儿啊？"

"我等你带我一起去图书馆啊。"

"你听不懂人话是不是？我说了图书馆要刷卡进，你进不去的。"钱伊敏气得咬牙，觉得自己在对牛弹琴。

陆先桦看见她咬牙想打人又不敢动手的样子就觉得好笑，顺势从兜里拿了张卡在她眼前晃了两下："一卡通。"

钱伊敏满脸不可思议，一把夺过那张卡，却发现和学生卡的颜色不一样，上面写着"教师卡"三个大字，署名是新闻与传播学院教师，徐廷舟。

白衬衫，戴着眼镜，确实不是眼前的这个二流子。

"你拿徐老师的卡干什么？"

"去图书馆啊。"

她气得要死，转身就走，结果人家腿长，两三步就追上了她，完了还在她耳边叨叨："小姐姐，今天上课怎么没看到你啊？你跟我姐不是一个班的吗？"

"闭嘴！"

男孩眨了眨眼睛，显得十分无辜，他愣了几秒，随即又露出了那个招牌的坏笑。

"遵命。"

李书棋忍了好久，最后还是没忍住问了出来："他到底为什么来了？"

"来帮我的。"

"帮你？帮你什么？"

陆先琴微微叹了口气："也许，之前我们俩之间有一些误会。"

李书棋听得云里雾里的，说："小琴姐，你说的我不太明白。"

原来陆先桦是村子里出了名的混混，不爱念书，不爱做事，天天就在家里当二世祖，十几岁就学着大人去发廊染了一头黄毛到处溜达，屁股后面成天跟着一堆不学好的小弟，那群二流子遇见个女孩子就吹口哨，表情和语气都极其猥琐。

陆先琴也被这样骚扰过，当年李书棋也不管父母的反对，陪着她一直到下了晚自习跟她一起回家，结果就看见陆先琴那个弟弟坐在路灯下面，嘴里叼着根烟，那些小弟用打火机给他点。

李书棋一时气结，冲了上去，指着陆先桦的鼻子把他骂了一通。陆先琴拼命按住李书棋让他别说了，李书棋当时是一个还在读小学的毛孩子，哪里干得过这帮二流子，陆先琴生怕他被那群小混混给揍了。

陆先桦的脸色在灯光下也不那么清晰，戾气逼人，眼睛里全是不耐烦，他扔了烟站了起来，没理他，倒是沉着声音问陆先琴："你被骚扰了？"

陆先桦那时不过也才十四岁，可是个子已经比陆先琴高了，插着兜居高临下地看着她，在夜色里像极了一只浑身獠牙的小狼。

陆先琴没回答，拉着李书棋赶紧跑了，背后突然响起了叫骂声，她生怕陆先桦追上来，带着李书棋跑得更快了。

自那以后，陆先桦和陆先琴的关系就更差了，有时候姐弟俩擦肩而过相互都不带理的。

"我也不太明白，一种直觉吧。"陆先琴笑了笑，转移话题，"我请你喝杯咖啡吧？"

"好啊，等我拿了工资，请你和姐夫吃饭。"

两个人都没发现，暗处里正有两双眼睛死死地盯着他们，暗自咬牙。

"搞了半天，你来图书馆就是为了跟踪你姐？"钱伊敏蹲在他身边，满脸的不耐烦，"而且你为什么要拉着我跟你一起当狗仔啊？"

两个人躲在书架后面，隐蔽得很。

"你是活雷锋咯，哎，你说，那李书棋有什么好的？"陆先桦拿了本书拼命地翻，都快把书给翻烂了。

钱伊敏夺过书:"你生气就生气,别糟蹋书行吗?我看你姐和李书棋才像是亲姐弟,你倒是像从垃圾桶里捡回来的。"

"他们像亲姐弟?"陆先桦指了指自己,一副你眼瞎了的样子看着钱伊敏。

他猛地把脸凑了过去,钱伊敏吓了一大跳,捂着胸口低吼了一声:"干什么?吓死我了!"

"你眼睛没毛病吧?我和她长得那么像你都看不出我们是姐弟?"

"这是长相的问题吗?这是气质的问题行吗?"钱伊敏瞥了一眼他的打扮,"你看你,剪了个烂大街的偶像头,李书棋总比你看着清爽吧,还有你看人家的打扮,你再看看你,你这牛仔裤这里是拴了根狗链子吗?狗呢?人家在新闻学院年年拿国奖,你呢?天天就知道跟在你姐背后嘲笑别人。"

陆先桦啐了一口:"跟在陆先琴后面的一直是李书棋好不好?大爷我闯荡江湖的时候他还裹着尿布呢!"

钱伊敏斜眼看他,语气戏谑:"那你躲在这吃什么醋啊?"

"谁吃醋了!谁吃醋了!"陆先桦矢口否认,"我吃李书棋的醋?开玩笑,我吃他的醋,呵呵。"

"姐控。"钱伊敏做出总结。

陆先桦却忽然冷静了下来,目光深沉,幽幽说道:"我只是在用我的方法保护她。"

钱伊敏没听清:"你说什么?"

他却忽然笑了,这回笑得很正经:"小姐姐,今天谢了,你去学习吧,我先走了。"

一本正经的时候,那张脸竟也莫名的英俊了起来,钱伊敏躲开他的目光,语气不太自然:

"赶紧走吧。"

陆先桦像是一阵风一般,来得匆匆,离开得也匆匆。

他被惯着长大,学不会换位思考,学不会关心他人,仅仅只用那内心深处的本能来保护着那个连看他一眼都觉得多余的姐姐。

第十二章 节　日

年底，情侣们的狂欢日，单身狗们的咆哮日。

想来圣诞节和跨年就隔了五天，清大有对象的早就没心思学习了，没对象的更加没心思了，三五成群地和朋友们约定着去哪里通宵狂欢，以防晚上走在路上都被喂一顿"狗粮"。

往年圣诞节，陆先琴都是和徐廷舟一起过的。

今年不一样，多了个小拖油瓶。

陆先琴看着叶子兴冲冲地收拾行李叹了口气，叶子收拾一件，她叹一口气，把叶子的好心情毁了个透心凉，指着她喊道："陆先琴同学！你一个家有贤夫的已婚妇女在这里叹气，我怀疑你在对我进行一种变相的炫耀！"

"我没炫耀，我弟弟今年在家，怕是过不成节了。"

叶子问道："那你和徐老师出去过不就行了？"

"一般都是在家里过的。"陆先琴说道，"徐先生不喜欢出去凑热闹，他喜欢就两个人在家，然后想干什么都可以。"

叶子抓住了重点："哦，徐老师果然是人不可貌相。"

"你想哪里去了。"

"你弟弟那么大个人了，他能不知道自己是个斗大的电灯泡？人家没那么厚脸皮的啦。"

陆先琴想想也是，于是就打算发条微信暗示一下陆先桦，结果陆先桦早早就给她发了条消息：

出去玩了，钥匙我给姐夫了，明天回来。

她连忙问道：

你去跟谁玩？

那边好像死了一样，半天没回复，良久后才敷衍地回了句：

我自己玩。

那你注意身体。

陆先琴末了觉得这么调侃她弟不太好，又发了个无辜的表情包过去。

消息已发出，但被对方拒收了。

她心里骂了几句，立马又把这个弟弟抛到脑后，打算和徐廷舟好好商量一下今天怎么过。

叶子行李已经收拾好，冲陆先琴比了个飞吻："走啦，不要想我！"

"不就是去泡一天的温泉吗？明天也就回来了。"陆先琴无情地戳穿了她的话，"难道你和顾学弟要在那多待几天？"

"额，看情况吧。"叶子红了红脸，表情有些娇羞。

陆先琴惊了："你们进展这么快的吗？"

"哎呀，你怎么问这种话啊！人家还是个黄花大闺女呢！"叶子一脸娇羞，用力捶了两下陆先琴，那个狠劲一点也不像是黄花大闺女该有的，差点没把陆先琴捶得吐血。

猥琐的成年人装纯真的很恶心。

陆先琴把她从宿舍里轰了出去，眼不见为净。

这时正好徐廷舟的电话打了进来，她连忙接起，那边传来了他温润的声音："今年想过个不一样的圣诞节吗？"

光是听他迷人的声音就要陶醉的陆先琴点头如小鸡啄米："要要要！你说什么都可以！"

那边传来了低笑声："好，那等会我过去接你。"

陆先琴挂掉了电话，兴奋得尖叫了一声。

好像又回到了刚谈恋爱那会儿，每次约会她都是这样欢呼雀跃的，但是在他面前又总是故作矜持。

她刚化好妆，徐先生就发微信让她下楼了。

陆先琴蹦蹦跳跳地下楼，一路上遇到几个同学，都笑着跟她打趣："刚刚看到徐老师在楼下，你们今天要去哪里约会呀？"

她不好意思地笑了一下，同学们立刻心领神会："玩得开心哦！"

徐老师今天穿着一件黑色的呢子大衣，还围了条灰色围巾，站在研究生宿舍楼下安静地等着。明明身边景色萧瑟，树叶凋零，可他偏偏就好像是突然闯进来的美景，为这萧索的画平添了一抹温润的颜色。

陆先琴招招手："徐先生！"

他转过头来，对着她轻轻笑了。

陆先琴像个兔子一样蹦到了他的身边，嘿嘿笑了一下："你今天好帅呀！"

"贫嘴。"徐廷舟敲了一下她的脑袋，力道很轻，她特别娇纵地捂着头，委屈巴巴地看着他。

"夸你帅你还打我……"

徐廷舟牵起她的手："我今天才知道你脑袋是豆腐做的，嗯？你怎么没戴手套?"

"不冷啊。"

"走一会儿就冷了。"徐廷舟把她的手放进自己的大衣口袋里头,"放好,暖着。"

她今天也穿着一件长款的呢子大衣,衣服也有口袋,只不过她也觉得放在徐先生的口袋里,更暖和一点。

手在口袋里,十指相扣。

两个人牵着手并肩走着,他高挑清俊,她清丽秀雅,两个人就如同并蒂而开的白兰,徐徐盛放在这个寒冷的冬日。

大部分学生都认识他们两个,有胆子大的都直接上前打招呼:"徐老师圣诞快乐!陆学姐圣诞快乐!"

陆先琴红着的脸藏在围巾里,生怕被人发现。

"会不会太高调了啊?"

徐廷舟挑眉:"高调吗?我想这样很久了,如今也算是得偿所愿。"

他左手戴着婚戒,她的右手戴着婚戒,一大一小两个婚戒在口袋里碰上了,发出清脆的碰撞声。

徐廷舟一直到上车也没告诉陆先琴他们要去哪儿,陆先琴想着徐先生肯定不会让她失望,再加上两个人第一次出门过圣诞节,她心里头也兴奋,又怕破坏这一份惊喜所以也就乖乖地坐在副驾驶不去打扰他。

可转眼间车开出了市区,开上了高速。

她有些担心:"徐先生,我们这是要回老家吗?"

"不是。"徐廷舟敲打着方向盘,专心看着路况,"离市区比较远而已。"

他们是下午四点多出发的,约莫开了一个小时,等到了目的地,天色已经暗了下来。

"天黑了。"陆先琴无不惋惜地说道。

徐廷舟心情看上去不错的样子,他满意地说:"刚刚好。"

"什么刚刚好?"

这片光秃秃的郊区空地里，除了那长势杂乱的野草、被废弃的水泥管，还有一望无垠的天空，其余的什么都没有。

她缩了缩脖子，徐廷舟把自己的围巾取下来给她围上，绕到最后一圈时，将围巾往上一提，遮住了她的眼睛。

"哎？"

"闭上，跟我走吧。"

陆先琴突然心脏狂跳，好像有一个巨大的惊喜正在朝她涌来，她心里顿时闪过千万种想法，每一种都是那么不可能，却又让她无比期待。

好像无论哪一种，只要是徐先生做的，她都喜欢。

徐先生松开她的手，嘱咐她说："我叫你看你再看，在这别动。"

陆先琴怎么可能不看，她才乖了一分钟就忍不住掀开了围巾，偷偷地睁开了一只眼想看看徐先生在做什么。

她刚睁开，就愣住了。

那个平日里矜贵的、骄傲的男人，此时正蹲在她的不远处，拿着打火机点燃烟花，陆先琴见他点燃了一个，又立马站起身小跑到另一个旁边蹲下再点燃。

天色太黑，她看不见他的表情，只能看见他重复的动作为她创造惊喜。

待他点完了所有的烟花后，站起身转过头看着她。

"先琴，睁眼。"

她赶紧闭眼，又再次睁开。

烟花在寂静的夜空中爆开，一瞬间玉树琼花，绽放在夜幕中，似灯盏一般照亮了这片空地，似花朵伴随着金色的粉末，一朵接着一朵相继盛开在她的眼眸里。

在盛开后，那一簇簇烟花犹如流星般坠落，像是仙境，璀璨而又迷离。

巨大的喜悦和感动就像是烟火一样在她心间炸开，她蓦地湿了眼眶，这些散落的点点荧光，尽数落进了她内心最柔软的那块地方，有些烫，有些暖。

那个男人仿佛还嫌她的眼泪掉得不够多，在烟花散尽之后，站在她的不远处，眼眸中似乎还有残留的光亮。

他怕她听不见，特意提高了声音："徐太太，喜欢吗？"

她突然笑了，做了个预备跑的动作，然后自己在心里头喊了一二三，之后以百米冲刺的速度投进了徐先生的怀抱。

他被她的飞扑弄得措手不及，险些站不住，踉跄着后退了几步，但还是满满地将她抱在了怀里。

陆先琴勾住他的脖子，像个八爪鱼一样整个人都挂在了他的身上，抬起头就在他脸上吧唧了一大口说："喜欢喜欢！超喜欢！超级超级喜欢！喜欢得不得了！"

她不知道自己说了多少个喜欢，只觉得无论说多少个都是不够的。

他眼底里有笑意，又轻声问道："那我呢？"

她愣了一下，脸上泛起可疑的红晕，良久后才低垂着眸子回答他："对你不是喜欢，是爱。"

徐廷舟终于没忍住笑了出来，将头凑近了她一些，用鼻尖蹭了蹭她的鼻尖："你喜欢就好。"

在这里，没有世俗和尘嚣，也没有遍地的圣诞树和彩灯装饰，只有绽放殆尽的烟火，和他们两个人。

之后回市区的路上，陆先琴还一个劲地回味着刚刚。

"徐先生，你怎么会想到带我看烟花啊？"陆先琴好奇地问道。

徐廷舟沉思了一会儿，说道："报答。"

"报答，什么报答？"

报答有个姑娘，在三年前的某一天，手上拿着两根仙女棒，脸上戴着胡子面具，火光细微闪烁，却照亮了他的心。

徐廷舟脸上依旧带着浅浅的笑意，语气温存，一点儿也没恼："徐太太记性太差了，你给我送的第一份礼物就是烟花。"

有时他也会觉得不甚公平，眼前的姑娘粗枝大叶到了极点，往往他记在心里一直不能忘怀的事情，可是到了她那却变成了转瞬即忘的日常，就像是她十五岁那年和他的初遇，只有他一个人记得，并且永不会忘记。心中不是没有过小小的埋怨，可是下一秒她又总是带来惊喜，让他没有办法责备。他就会叹息并安慰自己，只要自己记得就够了。

那是三年前的五月十九日，父母和朋友同学给他发了祝福短信，祝他生日快乐。

他那时才想起来，今天是他的生日。

徐廷舟犹豫了许久，没坐得住办公室，去员工楼层溜达了一圈。

她正埋头整理资料，表情很是认真，让人不敢上前打扰。

此时办公室里几乎所有人都看出了他的实际意图，默契的没有出声打扰埋头苦干的小姑娘。

她工作很认真，每次开会的时候，总是聚精会神地盯着屏幕，拿着本子一边听一边记录，工作效率也很高，刚进来第一年就拿了优秀员工的称号，连前任董事都忍不住夸她，说当时面试的时候，果然没看错这个小姑娘。

这个姑娘，用着百分之百的努力对待自己的工作，她像块璞玉，逐渐被打磨出原本该有的光泽。

徐廷舟心中隐隐有些骄傲。

这是他喜欢的姑娘啊，如此优秀。

办公室这会鸦雀无声，陆先琴觉得有些奇怪便抬起头，看到那个西装革履的男人正站在自己面前专注地看着她。

她吓了一大跳，连忙站起来，叫了他一声："徐先生。"

徐廷舟点了点头，轻声命令她出来一下。

两个人站在办公室门口，徐廷舟用眼神吓退了八卦的员工们，等终于只剩下他们两个人的时候，徐廷舟那一刻却有些胆怯了。

该怎么开口，才不会吓到她？

陆先琴局促地把玩着制服，衣摆那里都被她玩皱了，见他一直不开口，她也干脆低着头当哑巴。

"你知道今天是什么日子吗？"他突然唐突地问了出来。

陆先琴茫然地抬起头："什么日子啊？"

徐廷舟心中有气，陈叙的破酒店都什么企业文化，员工连老板的生日都不知道的。

他沉着脸又说了句："你仔细想想。"

陆先琴犹豫着开口道："中……中国旅游日？"

他没说话，陆先琴知道自己肯定说错了。

她绞尽脑汁又想了一会儿，再次开口道："巴……巴黎和会中国代表不承认合约？"

徐廷舟皮笑肉不笑，你历史学得不错。

她嘿嘿一笑："徐先生过奖了，其实我也就只记得这个。"

他霎时被噎住，一口气憋在嗓子眼出不来，说："我没夸你。"

陆先琴哦了一声，想不到什么了，只能沮丧地低下了头："徐先生，我真的不知道今天是什么日子。"

他心里也明白，她不可能知道的。

原本就是他固执的单恋，小姑娘没把他当变态躲着他就已经很不错了。

"今天是我生日。"寂静的走廊上，他的这句话似乎有些漫不经心，却夹杂着一丝失落和紧张。

陆先琴睁大了眼看着他，愣了好久才干巴巴地说出了一句："徐先生，祝你生日快乐。"

他眉头稍稍皱起说："没表示吗？"

她张着嘴，像个傻瓜一样看着他，徐廷舟快被她气死，伸出手在她额头上弹了一下，说："算了，没指望你。"

之后到了晚上，他的老板陈叙象征性地请他去宴会厅吃了碗长寿面，也算是犒劳他这几天加班加得太累，还特地带上了珍藏的红酒和他分享，结果喝了两杯陈叙就被老婆一个电话叫走了，留下他孤家寡人在那捧着酒杯喝酒。

很想见见小姑娘，估计她这时应该已经下班回家了。

陈叙有老婆有什么了不起的，等以后，小姑娘也会夜里给他打电话，用娇娇柔柔的声音问他什么时候回家。

一旁的侍应生见他越喝越多，有些担心地上前询问他。

他醉意满满地说："我回办公室了，你也下班吧。"

他起身就准备走，脚步虚晃了两下，侍应生连忙扶住他。

"徐总，您回家吗？要不我帮您叫个车吧。"

他摆摆手："我回办公室，还有点事儿要处理。"

他大学时过生日还会和室友一起吃个饭，后来学业越来越忙，渐渐地，过生日也变得不那么重要。到现在工作了，就更加没空去想生日这种没什么意义的事，父母朋友一条祝福的短信就足够让他觉得温暖了。

坐着电梯到了办公楼层，此时楼层静悄悄的，只有灯还亮着。

他缓缓地移动步伐，按着太阳穴摸到了自己的办公室。

打开门，灯是关着的，里面一片漆黑。

他下意识地摸上了墙壁上的开关。

砰——

刚打开灯，就听见巨大的响炮声，他瞳孔紧缩，然后头上和肩上就落满了彩带。

"Happy Birthday（生日快乐）！"

这时他的办公桌下，沙发下都钻出来人，他们脑袋上带着圆锥形状的帽子，那个冲他放响炮的员工伸手又把灯给关上了。

办公室被烛光照亮，小姑娘捧着小小的蛋糕，和其他人唱着生日歌，朝他走了过来。

她嗓音甜甜的，像浸着蜜糖。

待生日歌唱完，小姑娘催促他，快闭眼许愿，吹蜡烛。

他顺从地闭上了眼睛，却没有许愿。

还用许什么愿？他想的，已经站在他的面前了。

员工们都在祝福他生日快乐，说如果不是陆先琴和他们说了，他们都不知道，于是他们就自作主张地给他准备了一份惊喜。

说不感动那是假的，一贯清冷的徐廷舟此时笑容很是真诚，表示谢谢大家。

他一笑，像是融冰一般，眼睛里有一层柔柔的光，看得人忍不住呼吸一滞。

蛋糕很小，只够徐廷舟一个人吃，办公室的那几个员工相继说了些祝福的话，就都离开了。

陆先琴也要跟着出去，下一秒就被他拽了回来，关上门，按在门上，一气呵成。

背后是冰凉的门，身前是滚烫的徐先生。

"就想走了？"他目光灼灼地看着她，语气似有不满。

他身上有股好闻的酒香味，让她有些心跳加速，陆先琴低头不语。

"你的礼物呢？"

他得寸进尺，难得的霸道不讲理。

她指了指桌上的小蛋糕："就那个啊，虽然小了点，但是大的要等很久，来不及……"

"一个蛋糕就打发我了？这不行。"他说。

也不知道是不是喝了酒的原因，他耳根通红，呼吸急促。

陆先琴啊了一声，低头在自己的包里找什么。

徐廷舟放开她，想着她能找出什么来敷衍他。

结果她拿出了一个胡子面具，他嘴角抽搐了一下，只见她把那面具戴在了自己脸上，然后才掏出礼物。

是一包仙女棒。

"市区不准放烟花，只能买这个了，不过这个也很漂亮的！"

陆先琴一边掏一边问他："有打火机吗？"

他不抽烟，但是别人会送限量的打火机作为礼物，指了指办公桌，她一溜烟就跑了过去。找到他的打火机,然后让他再关灯。

灯一关上,她就点燃了手中的仙女棒,滋的一声,耀眼的光芒瞬间就绽放出来,那火花像是坠落的流星一样,在她手中跳动着。

细长的烟火,顶端就像是星星,虽然小,但却足够照亮这间办公室。

她的脸也被照亮,虽然有一张面具挡着,可是他从她的目光中能感觉到,那张脸,正挂着甜甜的笑容,比这烟花还美。

仙女棒消耗的很快,没几分钟就着完了,陆先琴就像是自己过生日一样那么开心,还意犹未尽的,直到见徐廷舟一直不出声,才小心翼翼地试探他,生怕他不喜欢。

"我这个月工资都交房租了,贵重的买不起。"

徐廷舟挑了挑眉,说:"我原本想要的是更贵重的。"

她沮丧地啊了一声,说:"那我更买不起了。"

他轻轻笑了,须臾间像是雪融后的春天。

"你不用买。"

他突然凑近她,离她咫尺之间,陆先琴紧张地抿起了嘴,蓦然的紧张。徐廷舟轻轻握住她的手,是一种亲昵,也是一种桎梏。

她睁大了眼睛,眼睁睁看着他覆上自己的唇。

只是轻轻碰了一下,他就离开了,和她鼻尖对着鼻尖,声音轻柔带着蛊惑。

"是初吻吗?"

她呆呆地点了点头。

徐廷舟又碰了碰她的唇,柔软的唇瓣像是蜂蜜一样,一碰就容易上瘾。

他心中告诫自己,不能吓着她,挣扎了一下还是没有再继续下去了。

陆先琴脸红的像个红富士,后退了两步,看着刚刚那个亲她的男人,好半天才结结巴巴地憋出一句话:"上司,上司不能亲下属的嘴!"

他从喉间溢出笑声,说道:"那男朋友能不能啵女朋友的嘴?"

她点了点头。

"那好，做我的女朋友好不好？"

他目光深沉，语气认真，可是眼底里那抹藏不住的紧张，还是暴露了他的内心。

陆先琴有些委屈："你亲了才问啊。"

他笑得差点咳出来，此时此刻只觉得她想要什么他都会依着她。

"那陆小姐，你答不答应？"

她想了很久，眼神游移："都亲了，总要负责吧。"

他那颗悬着的心终于落下，可却落在了一池岩浆里，滚烫，热烈，灼得让人快要窒息一般，他按住躁动的心跳，心口处那里盛着的满满恋慕，像是被摇晃了好几下的可乐，"砰"的一声，倾泻而出。

往后的每一年的这一天，她总能给自己带来无上的惊喜。

令他开始期待，每一年的生日。

突然间车窗外开始飘雪，是今年的初雪在这个温馨的圣诞夜里飘然落下。

看着她沉睡的侧脸，徐廷舟忽然笑了。

往年从不觉得下雪是这样美好。

或许有她，才这般美好。

清河市开始飘雪，不是那种米粒子，而是花瓣形状的，一触即融的雪花。

南方的冬天，通常都是湿冷的，很少下雪。因此每次下雪，南方人就好像是看到下金子一样，恨不得把雪花给供起来，堆个雪人都乐个半天。

街上的行人都感叹于这一场雪的及时，纷纷拍照留念。

陆先桦没带伞，独自一个人走在街上，也没兴趣拍雪花。

前两天姐夫旁敲侧击地问他今天的安排，他是个傻子都能听出来人家这是圣诞夜赶电灯泡。他反正也不想看那一对夫妻在他面前秀恩爱，干脆就出来瞎逛了。

只是这街上的人都是一对一对的，看得他实在是心里头不舒服。

陆先桦随便找了个商场逛，一进去就被空调吹得打了个哆嗦，他抖抖头上和肩上的雪花，想着今天晚上去哪里打发一夜。

商场一楼是卖珠宝的地方，他对这东西没什么兴趣，于是直奔电梯就要上楼。在路过一个柜台的时候，听见了嘈杂的吵闹声。

"我先看中的，为什么要让给你们？"

这个嚣张又熟悉的声音，不就是那个擅长于翻白眼的小姐姐吗？

陆先桦调笑着走过去，发现小姐姐正被一堆人围着。他个子高有优势，一下子就看清了人群里的情况。

小姐姐正和一对情侣对峙，她好像很生气的样子，眼睛都气红了。

那对情侣中的男人叹了口气，语气无奈："敏敏，你现在没有男朋友，买情侣戒指也用不上。柔姐喜欢，你就让给她吧，好吗？"

"我一个人就不能买情侣戒指了？谁规定情侣戒指只能情侣买？我一个戴中指一个戴大拇指你管得着吗？"

那个男人温和的表情有些挂不住了，面色有些难看，语气也有些不耐烦："敏敏，别任性了，我知道你嫉妒柔姐，可是我和你柔姐已经在一起了，你就别纠缠了。"

围观的人都愣了，敢情这是三角恋啊？

"你要点脸行吗？这戒指我已经看好了！是你女朋友在我要付钱的时候抢过去说她喜欢的！你们俩的脸能不能不这么大啊！"

她声音不小，但是一对二，难免有些弱势。

陆先桦嘴角一勾，这英雄救美的老土情节，他必须得捧场啊，不然白拿剧本了。

三两下挤开人，陆先桦一把扯住小姐姐的手，拉到自己怀里："敏敏，怎么我就去了趟厕所，你就不见了呢？吵什么呢？"

突然加入这场战争的男人引起了众人的兴趣。

陆先桦玩味地笑着，英俊的脸上满是倨傲，他个子很高，女生被他拉入怀中瞬间就变得娇小起来。

钱伊敏愣了一下，随后就看他冲自己挤了挤眼，她一时心慌，但很快反应过来,跟他撒娇:"我想买一对戒指玩玩,他们非要,想抢走。"

陆先桦顿时起了一身的鸡皮疙瘩,没想到这小姐姐撒起娇来跟骂人的时候是两个声音。

"哟,我看看戒指。"陆先桦冲那个拿着戒指的女人笑了笑,"美女,给我看看呗?"

纵使是坏笑,也依旧令人移不开眼。

女人把戒指递给他,他看了眼,把男戒戴在了自己手上,恰恰正好,又牵起了钱伊敏的手,给她把女戒戴上。

"真好看,买了!"

这时男人出声阻止:"等会儿!这怎么就归你们了!"

陆先桦不屑地勾了勾唇角,凑到那男人面前,他比那男人高出半个头,从气势上就完全碾压:"哥们儿,你觉得你打得过我?"

陆先桦十分粗暴,男人后退了一步,警惕地看着他。

"你要干什么?不准使用暴力啊!不然我报警。"

那怂样谁看了都想笑,起码他后面护着的女人都敢正面怼他,也不知道是瞎了哪只眼睛看上这个男的。

"我们家敏敏吧,以前审美水平不行,不过自从遇到了我以后,那审美水平就与日俱增啊。哥们,我劝你呢,做人还是别太自信,你觉得你哪样比得过我啊?她都有我了,还能想着你?她又不是智障,你说对吧?"

钱伊敏看着陆先桦的背影,确实,陆先桦长得比那个男人高,还比他帅,明明她最讨厌他那一身痞气,可是偏偏今天看着,就感觉他浑身上下都是帅字。

那个叫柔姐的女人拉了拉那男人,刚刚还像一对大公鸡似的情侣瞬间变成落汤鸡,落荒而逃了。

陆先桦取下戒指,丢给钱伊敏:"我叫雷锋,不用谢。"说罢便留给她一个潇洒的背影。

"你等会儿!"

钱伊敏咬唇，最终还是叫住了他。

陆先桦转过头："怎么？"

"你吃晚饭没有？"钱伊敏语气有些局促，"我订了个双人的位置就在楼上，去吃吗？我请你，就当是刚刚的谢礼。"

陆先桦愣了一下，随即笑了："小姐姐，你这是买双人的买上瘾了啊？"

她红着脸："不去算了。"

"别别别，我去，正好我也孤家寡人呢，还可以吃顿白饭，不去白不去啊。"

他说话老是没个正经。

两个人进了餐厅，被服务员领着进了一个小包厢入了座，里头放着理查德的钢琴曲，暧昧的灯光在头顶上流转着，钱伊敏把菜单递给了陆先桦。

"你点吧，我没来过，不知道什么好吃。"

钱伊敏熟悉地和服务员说着要了几个菜，几分熟，什么餐前果蔬，什么餐后甜点，等点好了以后，才发现陆先桦一直在看她。

"看什么？"

陆先桦收回目光："没什么，小姐姐，你应该是大小姐吧？"

"为什么这么问？"

他笑了笑："那个戒指上面镶着的都是钻石吧，这间餐厅也不便宜吧，看起来你好像来过很多回了，所以我猜的。"

以前没觉得她怎么样，只觉得这女的脾气挺差，今天一见，她打扮得极为漂亮，那一身行头一看就不是什么普通人家的女儿，又见她花钱丝毫不心疼，因此觉得她一定是个含着金钥匙出生的富家小姐。

"那又怎么样，还不是比不过你姐。"钱伊敏扯了扯嘴角，"我跟你们姐弟真是上辈子的孽缘，她帮我看清了一个女人，你帮我看清了一个男人。我也不想欠人情，你说想让我怎么报答你吧。"

陆先桦努了努嘴："这一顿抵我半个月的生活费，还不算报答啊？"

钱伊敏忽然笑了："那这就算报答吧。"

两个人吃饭的时候随意聊了些,起码知道了对方的名字。陆先桦也了解了这女的也就是脾气差,其实各方面都很优秀,而且很不服输,尤其是在陆先琴面前。

"你说你姐那么拼命三郎,怎么到你这就基因突变了?"

陆先桦挑了挑眉:"人各有志呗,我现在挺好的。"

"我不信。"钱伊敏撇了撇嘴,"你看着不像那种胸无大志的人,你老实说,你看你姐一路往上爬,终于爬到今天这个位置,你难道不羡慕吗?不想拼一把?"

陆先桦眼神闪烁了一下,随后摇了摇头:"我不喜欢读书。"

"那你们可真是差很多了。"钱伊敏喝了口茶,叹了一声,"我以前吧,挺看不起你姐的。她二本毕业,又是辞职考的研,说实话我都不知道为什么导师会选她当学生。我从小到大从来没被人比下去过,要什么有什么,甚至可以说是不费力气。可你姐就跟那杂草一样,一股子蛮劲,关键是她那劲儿还用对了地方,考出来那成绩狠狠地打了我的脸。后来我才知道,她居然是徐老师的老婆。我心里头复杂得很,我要风得风,要雨得雨,结果连个青梅竹马的男朋友都抓不住,就你刚刚看到的那个怂货。她呢,连徐老师都喜欢她喜欢得不行,当着全校人的面跟她告白,你说她陆先琴凭什么走这狗屎运啊!"

陆先桦目光幽深:"她不是走狗屎运,那都是她应得的。"

因为肯下功夫念书,所以她考上了研究生;因为她讨人喜欢又肯努力,浑身上下都是发光点,所以得到了徐廷舟的青睐。

这世上根本没有什么"玛丽苏",你能得到旁人得不到的东西,就必然是因为你付出了旁人做不到的努力,承受着旁人一触即退的痛苦。

不论任何外在条件,只是因为是她,所以才喜欢。

钱伊敏语气调侃:"你还真是'姐控'啊,那你就没想过,赶上你姐姐的步伐?"

"只有我原地不动,她才能被人看到。"他说了这么一句云里雾里的话。

钱伊敏又听不懂了,又问了他一句:"这话什么意思?"

"你说陆先琴得多努力，才能比得上我啊，我都希望我们互换一下性别，让她少辛苦点了。"

"你姐姐啊。"钱伊敏顿了顿又接着说道，"你别跟她说，她就跟有毒似的，我之前怎么看她都不顺眼，可是偏偏最近好像感觉心里有些喜欢她了。还有你，虽然你是个小痞子，但是就冲你今天这份仗义，我对你改观！不过你还是要好好考虑一下，如果你姐姐还把你当弟弟看的话，她肯定不愿意看你像现在这样无所事事，游手好闲，毕竟男人还是要有个傍身的本事，才不会被人看轻。"

陆先桦张了张嘴，笑了："哟，看来我今天这英雄救美救得挺值得啊！"

"去你的！"

"哎，那要换你，如果我现在有份正经工作，你会对我再改观一点吗？"

他那双好看的眼睛里满是光亮，像是星河一般耀眼迷人。

钱伊敏一时说不出话来，为了掩饰内心的不安，只能埋头继续吃菜。

陆先桦笑得开怀。

钱伊敏喝了酒不能开车，干脆叫了个代驾，问了陆先桦住的地方后，打算先送他回家。等到了小区，钱伊敏看了眼小区名字，问他："你是不是住徐老师家里？"

"对啊。"

"我以前一直听说，徐老师是个隐形富豪，今天看他住的这房子，果然那传言不假。"

陆先桦觉得奇怪："这房子很贵吗？"

"不可说，不可说，你还是自己问徐老师吧。"钱伊敏冲他甩了甩手，"回去吧。"

陆先桦看她的车离开才叹了口气。

他也是一时没想到晚上去哪凑合才说了这个地址，现在估摸着又得重新找地方将就了。顺势往上看了眼，却发现家里没有开灯。

难道这夫妻俩出去玩了？

陆先桦也实在是懒得走了，抱着一丝侥幸的心理坐电梯上了楼。

走到门口，发现门是虚掩着的。

他心里头一惊，不会是来小偷了吧？

以防万一，陆先桦拿起了门口扫走廊的扫帚，轻轻地推开了门。

没开灯，暗得很。

他从玄关进去朝客厅那边走，一步一步地小声得很。

结果就看见沙发那里有一道人影，看样子还是个胖子。

他深吸一口气，今天他就要手擒蟊贼！为民除害！

陆先桦几步飞到客厅吊灯的开关那里，一鼓作气打开了灯，然后嘴上怒吼着："蟊贼看扫帚！"

"陆！先！桦！"

哟，这蟊贼还知道他爷爷的名字！

陆先桦顿感不对，顺着他的扫帚看过去，发现那扫帚恰好打中了"蟊贼"的头，像假发似的。

"蟊贼"一副要吃人的样子，满脸潮红地盯着他看，他咽了咽口水，发现沙发上还躺着一个人。

被大衣遮住了身体，是个捂着脸的女人。

捂着脸他也认识，那是他姐陆先琴。

"姐……姐夫……好巧啊……"

小霸王陆先桦嚣张了二十几年，终于遇到了那个让他栽跟头的人。

就是他那个衣冠楚楚的姐夫大人。

陆先琴第一次带徐廷舟回家的时候，他就觉得这男人手无缚鸡之力，戴着眼镜一副书生样子，怎么看都不像是那种能保护他姐的人。

他叼着牙签挑衅他："哎，跟我打一架，试试你力气？"

结果那个戴着眼镜的男人也不回答，他以为这姐夫是怂了，正打算讥讽两句，就发现他把外套脱了，将衬衫的衣扣解开挽起袖子，露出强而有力的手臂，之后转了转头，像是在活络筋骨。

这男人，脱了西装好像就变成了另外一个人。

陆先桦一米八多高个的大老爷们被反扣在门上，一只手被他反剪在背后，后脑勺被他按住，丝毫动弹不得。

和那张清俊的脸完全不同的声线在他耳边响起，令他后怕："满意吗？"

他点不了头，只能用语言表达自己的心服口服："满意满意，很满意。"

然后门就从外面被推开，徐廷舟迅速放开了他，皱着眉捂着脖子，好像谁打了他似的。

陆先琴冲过去扶住他，然后气恼地看着陆先桦："你对你姐夫做了什么！"

陆先桦明白了，他姐治不住他就给他找了个阎罗姐夫。

所以他现在头冒冷汗，一副小命不保的样子。

原先以为徐廷舟是个清冷无双的高岭之花，只是没想到动情的时候却是另外一番风情，眸中还有未来得及退却的情欲，白皙的脸上挂着红晕，竟有些秀色可餐。

果真是爱情使人沉醉。

"还不快滚？"

徐廷舟哑着声音，压抑着怒火，仿佛下一秒就要把他的小舅子打得人畜不分。

陆先桦像个犯了错的小学生，连忙点头："哦哦，对不起，打扰了，你们继续！"

像老鼠一样溜了出去，顺便还带上了门。

陆先琴终于冒出头来，松了口气，然后用力地捶在徐廷舟的胸口上："我就说回卧室！我就说关门！你看吧！你就猴急！猴急什么！"

徐廷舟心跳还未平复，眼睛里还有危险的情欲在流动，他抓住她的手，沉声问道："我猴急怪谁？"

她脸上烫的冒烟，撇过头不理他："那是你没把控力，不关我的事。"

"徐太太。"他语气似有些不满，"在你面前我把控力如何，你应该比我清楚。"

"哎呀，别说了。"陆先琴窸窸窣窣地穿衣服，打算冷静一下。

她刚扣好扣子就又被他从后面用手指灵巧地解开了。

陆先琴惊呼："干什么！"

徐廷舟揽过她的腰，又一次翻身将她压在身下："继续。"

陆先琴软着身子做最后地挣扎："那，那至少回床上。"

"不回了，沙发上也别有一番滋味。"

两小时后，陆先琴披着他的衣服被他抱到另外一张沙发上坐着，然后徐廷舟淡定地将沙发套取下来，准备拿去清洗。

陆先琴羞愧得只差没把头埋进地里了。

可是他还一本正经的和她讨论："徐太太，改天再去买一套新的吧，这个颜色不是很衬你的肤色。"

他们的圣诞夜最终还是走了老路。

圣诞节过后，立马就是跨年。

跨年过后就是期末考试，很多家不在本地的学生都选择和朋友或者恋人度过这个跨年之夜。徐廷舟原本是要带陆先琴回他家过元旦的，结果他父母今年也开始学年轻人，准备出去过跨年夜，第二天早上才回家，自然没精力给他们做吃的了。

"你们就两个人好好过吧。"徐妈妈在视频那头为儿子加油鼓气，还握了个拳，"我能不能抱孙子就全看你的了。"

徐廷舟叹了口气，最近这催生的频率是越来越高了。

因为今年陆先桦跟他们一起过，二人世界肯定是不行了，所以陆先琴干脆把李书棋也叫上了，打算几个人一起搞火锅吃。

做火锅简单，只要把食物放进锅里，看它熟了以后捞上来蘸作料吃了就行，根本没难度。

四个人围坐在餐桌四周,陆先琴让他们今天都别动手。

"都别动手,今天就让我一展身手,让你们尝尝我的手艺。"

陆先琴摩拳擦掌,一副要大干一场的架势。

三个男人也知道她就是想过个瘾,也就依着她真的没动手,乖乖地坐在那看陆大厨煮火锅。

最先下的是比较难熟的虾饺一类的速冻产品,陆先琴又下了点千张和魔芋等一些素菜,看煮得差不多了就给捞了上来依次放进三个碗里。

她给徐廷舟和李书棋夹了菜,都是他们俩比较爱吃的,陆先桦敲着碗不满地抗议:"我呢!"

"我今天问你想吃什么你也不说,我怎么知道这些你爱不爱吃,万一我给你夹了你不吃怎么办?你自己来。"陆先琴把公筷递给他让他自己来。

陆先桦没接筷子,有些恼火:"他们两个喜欢吃什么你都不用问,我喜欢吃什么你今天才问,现在你倒好,连菜都不给我夹,我发现你这个人真的很偏心。"

陆先琴没话说,主要是她真的不知道陆先桦喜欢吃什么,一时有些心虚地看着他,抿着唇没说话。

"你夹什么我都吃。"

陆先桦似乎是妥协了,把碗递到了她那边。

火锅冒出热腾腾的水汽,烫口的食物吃进嘴里顿时觉得整个人都暖和了起来,所有人的料都是自己调制的,吃起来也是自己喜欢的口味。

等终于下肉了,陆先琴也顾不得他们了,拿起筷子准备抢肉:"谁抢到就是谁的!"

肉一熟,四双筷子同时落下,陆先桦和李书棋这对冤家抢到了同一片肉。

陆先桦瞪他:"你给我放手,长幼有序知不知道?"

李书棋回瞪:"尊老爱幼懂不懂?"

"嘿,我发现你今天胆子很大啊,敢跟我正面杠了。"

"我绝不会为了一片肉而妥协,这是男人的尊严!"

徐廷舟在一旁好心提醒："你们再争这肉就没了。"

两个人同时看着锅里，刚刚面上还满是肉，现在只剩下七零八落的几片了，再一看陆先琴，那一片肉蘸了蘸调料就往嘴里送，嚼了两下还陶醉地摇了摇头，十分讲究。

"小琴姐你居然也不给我留一点！"

"陆先琴你太过分了！"

陆先琴把嘴里的肉咽下去，振振有词："我说了，谁抢到就是谁的。"

一顿饭结束，徐廷舟负责洗碗收拾，陆先琴兴冲冲地问另外两个人："打游戏吗？今天可以通宵。"

"来。"

李书棋是带了笔记本过来的，陆先琴和徐廷舟都各有一台笔记本，陆先桦恰好用家里的台式玩儿，姐弟三个先进了书房占位置，陆先琴对着厨房喊了一声："徐先生，快点过来啊，我们开始玩了。"

徐廷舟洗碗的手一顿，没作声。

看样子他们是要玩通宵的，如果他不参与，估计今晚就是孤家寡人了。

陆先琴是四个人中水平最高的大佬，李书棋和陆先桦其次，水平忽高忽低，全看运气，徐廷舟是不管什么运气，都是一如既往的"菜"。

"我今天一定带你们'吃鸡'！"陆先琴打包票。

然后第一局，徐先生的角色开局便落地成盒，陆先桦和李书棋的角色分别挺进前二十，最后还是被伏地魔一枪爆头，只剩下陆先琴的角色还活着。

陆先琴的角色屏息瞄准着石头后的敌人，她还未开枪，就被敌人先一步爆了头。

螳螂捕蝉，黄雀在后。

再开一把，徐先生的角色和敌人拿着冲锋枪和敌人对扫，没扫过对方，又成盒了。

陆先桦是第一次和徐廷舟打，憋笑憋得厉害。

李书棋警告他："笑出声你就死了。"

陆先桦哭着一张脸："姐夫也太弱了……"

看上去明明是那么完美的男人，放游戏里也应该是绝对的ACE，怎么技术这么差呢，跟他的形象一点都不匹配。

"谁说长得帅的就不能打的'菜'了，又帅又厉害的那都是神仙。"

话刚落音，陆先琴的角色就冲出了屋子，先是在门口干掉了一个，然后爱转角再干掉一个，随即发现屋子外不远的草丛那里趴着个狙击手，她蛇皮走位直接走过去和对方硬杠，连续三杀。

看着右上角的击杀提示，陆先桦和李书棋对视一眼。

他们这旁边就坐着一个神仙。

他们这把终于"吃鸡"，陆先琴得了七个人头，李书棋和陆先桦分别得了三个人头，徐先生……一个人头也没得。

躺赢。

陆先桦和李书棋彻底憋不住了，大笑了出来。

徐廷舟也有今天！也有躺平任嘲的今天！

"姐夫你也太'菜'了，哈哈哈哈哈哈！"

两个弟弟平日都活在徐廷舟的阴影下，今天终于神气了一回，放肆地嘲笑他。

徐廷舟脸色很臭，陆先琴赶忙打着圆场："徐先生，你千万不要沮丧！人无完人对不对！'菜'怎么了！我'菜'我骄傲！我为游戏添笑料。"

简直毫无求生欲。

又开了一把，徐廷舟的角色这回落地一把霰弹枪，这把枪近战伤害十分厉害，陆先桦的角色正在捡医疗包，屁股就被狠狠地爆了几枪，然后成盒了。

随即李书棋和陆先琴的角色以同样的方式死在了队友的脚下。

三个人目瞪口呆地看着徐廷舟，敢怒不敢言，生怕他先发飙。

他冷着脸站起身来："不玩了。"

然后潇洒地走出了书房。

"……"

屈服在徐廷舟威严下的三个人面面相觑都不敢多言。

之后三个人又随便玩了一把。

十二点已过，陆先琴伸了个懒腰，吩咐两个弟弟："你们也去睡吧。"

她悄声走进房间，发现徐先生居然还没睡。

"徐先生，你还没睡啊？"她有些惊讶，这都快一点了。

"等你。"徐先生冲她招招手，"过来。"

她跑过去扑倒在他的怀里。

"等我干什么啊？"

"跟你说一声，新年快乐。"他语气轻轻，像是羽毛抚在她心上。

陆先琴眉眼弯弯，也轻声说道："徐先生，新年快乐。"

新的一年终于来了。

第十三章 矛 盾

陆先琴研一的第一个学期就这么过去了,今年她课题少,项目也不多,因此比大多数本科生放假都放得早。

"先琴啊,你先回家好好休息一下,我给你布置的任务要记得完成,不出意外的话,你初七回学校吧。"

说是放假放得早,其实到底放不放假全凭导师一句话,导师让你放你就放,导师让你来你就得麻溜地回来,就算导师大年初一打电话让来学校,也得放下饺子赶过来随时待命。

陆先琴本来就工作了两年,现在有寒暑假什么的那都是老天给的赏赐,因此哪怕只是这二十几天的假,她都高兴得要飞起来,院长说什么她都听。

陈院长呵呵一笑:"那就提前祝你春节快乐。"

"我也祝院长春节快乐,家庭幸福。"

正要离开,陈院长又突然叫住了她:"对了,有个事忘了跟你说了。"

她又站回原地:"什么事啊?"

"下下个学期我要出国一趟。"陈院长和蔼地看着她,"我想,为了弥补上次让你错过峰会的事,这次你愿意跟我一起去吗?"

陆先琴有些没反应过来:"啊?您说什么?"

"是这样,今年暑假我要去一趟德国做访问学者,大概一年的时间。我想问问你,愿不愿意和我一起去?见见世面也好,总比我走了之后每个星期跟我视频汇报学习进度要好一些,对不对?"

说不心动,那都是假的。

对于商科而言,无论是文献信息,还是学术氛围,很多研究院都无法与西方发达国家相比。出国一年,她能学到的不仅仅是更为深奥的专业知识,更加重要的是她的眼界和学术精神都能得到很好的提升。

她渴望站在更高更远的地方去实现她的人生价值,拓宽她的人生宽度。

很少有导师出国访问会带上学生,因为过程实在太繁杂。一般导师出国,能和学生保持着线上联系就足够了,陆先琴知道,陈院长这次想带她一起去,不仅仅是因为上次她错过了峰会,而更多的是对她能力上的认可。

她心中狂跳,想一口答应下来,却又犹豫着。

陈院长看出了她的纠结,笑着安慰道:"回去和徐老师好好商量一下,出国一年不是小事,需要好好考虑。"

她感激地点点头:"谢谢陈院长!"

因为这巨大的惊喜,让她走路的时候都有些精神恍惚,连撞到人了都没有反应过来。她被撞得后退了一大步,皱着眉想看看对方有没有事。却发现是好久都没有见到的蔡琼,自从上次彻底闹僵以后,蔡琼就很少来上课了,平时也只是待在寝室不出门,她自然也不可能善良到还特意去看蔡琼过得好不好。

可是现在看来,蔡琼好像过得十分不好。

她头发有些凌乱,嘴角似乎还带着些许的乌青,整个人看上去憔悴极了。

"你这是怎么了?"

蔡琼轻轻摇了摇头:"没事,我昨天睡得太晚了,今天精神有些恍惚,对不起。"

和三个月前的蔡琼相比,眼前的人简直就像是变了一个人。

二人也着实没什么好聊的,就这样擦肩而过了。

觉得有些奇怪的陆先琴还是决定打个电话给钱伊敏,找她了解一下情况。

"蔡琼？我都好久没见过她了，你问她干什么？"钱伊敏好奇地问。

陆先琴有些不解："你们不是一个导师吗？怎么会见不到面？"

那边讥讽地笑了两声："估摸着是见了我心虚呗，每次开小会她都请假，副院长说要是再这样下去她毕业都成问题了。"

"她成绩不是很好的吗？"

"再好的成绩也禁不起她这么折腾啊，项目不参与、上课不来、导师开会也不去，她下个学期的助学金估计也得黄。哎，你还没回答我的问题，你问她干什么？"

陆先琴犹豫着开口："我刚刚碰见她了，她好像精神状态很不好的样子。"

那边沉默了一会儿，语气平静："她再不好，也跟你没关系了，同样也跟我没关系了，一切都是她咎由自取，你就别管了，挂了。"

陆先琴握着手机沉思。

是啊，和她有什么关系呢？蔡琼就算是落到这个地步，那都是她自己心术不正导致的，她绝对不应该同情蔡琼。忽然想起先桦对她说的那些话，有人从不知道知恩图报这四个字怎么写，就像是农夫与蛇，泛滥的善意只会让自己受伤。

或许她早就该领悟到这个道理。

陆先琴收拾了一下心情，朝着蔡琼的反方向走去。

同往年一样，大年二十九，徐廷舟就带着陆先琴一同回了父母家。

因为市区禁止燃放烟花爆竹，所以街上失去了一丝热闹。商场门口都是打折促销的广告，看似是因为快过年了才推出这么多活动，但实际上和往日普通的日子并没有多大的区别，只是销售员换上了一身喜庆的红马甲，门店上也贴上了鲜艳的"福"字。

陆先琴把玩着那挂在后视镜上的红穗穗，和往常很不一样，安静的有些过分。

徐廷舟知道她心里头在想什么，微微笑了笑："怎么还在纠结？"

陆先琴一脸无奈地偏头看着他："一年哎！我要去整整一年！"

"与我们往后的几十年相比，拿出一年来算不得什么。"徐廷舟语气轻柔，"你也很想去外面的世界看看，不是吗？"

因为从小生长的地方太过偏僻，消息闭塞，所以她比任何人都更渴望，能去不同的地方看一看。

她拼尽全力，终于赢来了这个机会。

说放弃，实在是说不过去。

可心里那一抹没由来的烦躁，却又辖制住了她那颗想要远飞的心。

她直截了当地说："我舍不得你。"

徐廷舟空出一只手按了按她的头："两情若是长久时，又岂在朝朝暮暮。现在网络那么发达，电话视频都可以，一年算不得长，去吧。"

他毫无保留地鼓励她去，更加令她舍不得。

以前从不觉得，现在已经习惯了待在他的身边，每一个日日夜夜都有他，到现在该做出选择的时候，她才意识到自己有多依赖他。

徐廷舟一点也不担心，他心里很清楚，她只是在纠结，也仅仅只是在纠结。

到了那个时候，她会毫不犹豫地张开翅膀去追寻梦想。

而他要做的，就是目送她飞远，然后在原地等她回来。

她从不是分不清主次的人，她懂得权衡利弊，懂得审时度势，同时也懂得哪一种选择是对她最好的。

"那你会想我吗？"她忽然问道。

原来还是个小姑娘啊。

他心里感叹，认真地回答："我会想你。"

"有多想？"

"每一天，每一分，每一秒，每一次呼吸，每一次心跳。"

像是海鸥想念大海、像是落叶想念秋天、像是螃蟹想念沙坝那样的想念她。

她终于笑了："好吧，那就相信你一次。"

车子终于开到了父母家楼下，徐廷舟和陆先琴满满当当地提着两手的东西上楼，等到了门口，他空出一只手敲了敲门。

门很快被打开，徐妈妈笑意吟吟地看着他们。

"回来了啊！快进来坐！"

屋子里暖洋洋的，陆先琴一进门就被徐妈妈亲昵地拉住了手，眼巴巴地问道："先琴啊，有好消息了吗？"

她不解地眨了眨眼，不知道婆婆在说什么。

徐妈妈看她那样子也知道结果了，可惜地盯着她的肚子，幽幽说道："你这肚子哦，要抓紧了。"

她明白了意思，却忽然手脚冰凉，愣在原地动弹不得。

如果出国，那么意味着她和徐先生将有一年的时间不能见面，更不要提怀孕的事情。

而她出国前的这段时间，也不可能怀孕，否则会影响她的安排。

徐妈妈见她呆滞的样子，重重地叹了一口气："过了年廷舟就三十二岁了，男人这个年纪怎么也得要一个孩子了。你们小两口经济也不紧张，生了孩子以后亲家那边不用操心交给我带就好，你要继续念书我也不会反对，我只希望你们两个能在这最合适的年龄生个孩子，这样以后你们的日子也能过得轻松一点。"

陆先琴一时间竟不知道该说些什么。

徐妈妈也明白要给她时间考虑，拍了拍她的手安抚道："我知道廷舟宠你，其实我私底下催过他很多次了，他都没跟你说。所以我今天才直接跟你说的，不过你也不要有太大压力，顺其自然。"

"谢谢妈妈。"

"我做了你最爱吃的糖醋排骨，过来尝尝吧。"

徐妈妈亲昵地牵着她往餐厅那边去。

徐廷舟是独生子，父母又都是高级知识分子，家庭氛围很不错。饭桌上聊天的内容，也大多是普通的家常和最近的政治时事，陆先琴在这样的氛围中，安静地吃着饭。

"先琴。"

徐爸爸突然叫了她的名字。

陆先琴连忙放下筷子，毕恭毕敬："爸爸。"

"这个学期的学习怎么样？"

还是同样的口气，问的同样的话。

陆先琴却知道，公公是和她没什么共同话题，不想一直冷落她，所以才随口问起两个人仅有的那一点共同话题。

"挺好的，如果下个学期能保持的话，拿奖学金是没有问题的。"

徐爸爸赞许地点了点头说："到时候拿了奖学金，就好好犒劳犒劳自己，买点你们小女生喜欢的东西。"

陆先琴腼腆一笑："我想拿了奖学金先把学费还给徐先生。"

饭桌上另外三个人都顿了一下，陆先琴以为自己说错了话，谁知徐廷舟就先一步说道："你自己的奖学金自己用。"

"可是考之前我答应过你，学费算我借你的，等拿了奖学金还你……"

徐爸爸和徐妈妈不约而同地笑了起来，徐妈妈给陆先琴夹了一块肉，语气带笑地说："原本你之前考研究生，廷舟就跟我们说，你的学费和生活费都由他来负责，你们是夫妻，还谈什么还不还的。小姑娘家家的，就该买点漂亮衣服犒劳自己，老想着还钱给丈夫做什么？"

陆先琴有些犹豫地说："但是这是之前我承诺过的。"

"不许你做承诺，那样你怎么可能心无旁骛地考试？"徐廷舟也给她夹了一片肉，"那是你自己争取来的，你就自己花吧。"

徐爸爸还是板着一张脸，但语气明显轻柔了不少："父母对子女有抚养义务，夫妻间也有扶持义务，廷舟照顾你再正常不过。父母只能陪子女前半辈子后半辈子靠的全是夫妻之间的相互扶持。你和廷舟还有好多年的时间，不急于这一时的报答。"

"是啊,你是廷舟的老婆,他不养你还想养谁啊?那钱留着给自己买东西,别给他,知道了吗?"徐妈妈附和着徐爸爸的话说道。

陆先琴鼻尖酸涩,用力地点了点头。

"我儿媳妇这么漂亮,当然要好好对待自己了。"徐妈妈又瞥了眼徐廷舟,"今年给你老婆准备红包了吗?"

徐廷舟轻咳一声:"嗯。"

他们徐家有条不成文的家规,那就是为了感谢妻子这一年来对家庭的辛勤付出,做丈夫的必须要在年底的时候给妻子包个大红包。这条家规从徐廷舟太爷爷那一代起就有了,这么多年了徐家的男人们一直遵守着。

虽说是家规,但旁人却大多都是以赞赏的神情感叹这一家子的素养。

徐家世代书香,也正是因为如此才培育出了徐廷舟这样完美的男人。

徐妈妈满意地点了点头,又看了眼徐爸爸:"老头子,今年没忘吧?"

徐爸爸吃了口菜,神色略微窘迫:"都给了几十年了,怎么可能会忘?"

陆先琴觉得在这个家中,徐廷舟一直比她付出的多,她大多数时候都是在享受他的照顾,因此老是觉得那红包她没什么资格拿,直到前一年她终于打算婉拒红包。

结果徐廷舟当场就黑了脸,我娶了你,你就是我们家的一员,所有人都遵守着这个家规,你必须拿着。

她颤颤巍巍地说,其实她才是那个该发红包的人。

他这才松了口气:"傻瓜啊,你嫁给我,就是对我最大的恩赐。"

陆先琴再也不敢说不接那个红包了。

气氛十分温馨,这顿饭吃得很是愉快。

"今天你们也别太晚了。"徐爸爸嘱咐道,"明天一大早还要去爷爷家里,别到时候起不来。"每年徐爸爸都会说同样的话。

徐廷舟的爷爷年纪大了,老人家休息得早也不在意大年三十有没有子孙陪着,于是就干脆叫他们大年初一再过去吃饭,三十那天晚上就在各自家过。

到了晚上,徐廷舟一家人围在电视机前看春节联欢晚会。

今年的晚会依旧是没什么意思，徐妈妈叫上他们陪她一起打麻将，结果一打就打到了十二点。墙壁上年代久远的挂钟响了十二下，外面到处都是欢呼声，庆祝新一年的到来。

电视里的主持人们齐声和观众们说着过年好，又念了一首打油诗，陆先琴趁大家分神的时候刻意打了一张幺鸡出来，结果徐妈妈喜笑颜开地拿过幺鸡："胡了！"

"厉害厉害。"陆先琴很配合地恭维，"妈妈今天手气真好啊。"

徐妈妈一边洗牌一边谦虚："还不是你给我让牌了，再打个几圈。"

陪打的徐爸爸咳了一声："该睡觉了。"

徐妈妈这才看了看挂钟，惊呼一声："哟，这么晚了，我这一打牌就停不下来。"

徐爸爸率先起身，对徐廷舟夫妻俩说道："你们也赶紧休息吧，床单已经帮你们铺好了。"

陆先琴眼睛都困得睁不开了，一洗漱好就躲进了暖洋洋的被子里，没过多久徐廷舟也穿着睡衣进来了，她坐起身子用被子捂住全身，只露出一颗小脑袋，像个棉花糖似的看着他。

他坐在床边，想要去扯她的被子，却发现她把自己护得很紧。

徐廷舟有些无奈："你这是做什么？"

陆先琴满眼戒备地看着他："当然是防你了。"

徐廷舟忍俊不禁，也不拽她的被子，就这么淡定地跟她说："那你是想让我没被子盖吗？"

"额，也不是。"

徐廷舟倒在床上，闭上了眼睛，语气有些含糊："我也困了，睡觉吧。"

陆先琴把被子分给了他，他一进被子就手脚麻利地把她牢牢抱在了怀里，让她的脸贴着自己的胸口，而他的手则是有一下没一下地抚摸着她的头发。

她紧张得要死，结果却发现他真的只是抱着她，什么也没做，不一会儿就响起了他平稳的呼吸声。

陆先琴不放心地观察了他好几分钟，发现他确实睡着了。

她好奇地伸手去玩他的睫毛，徐廷舟微微皱了皱眉，随后又舒展开来，继续香甜地睡着。

她盯着他的唇，出神了好久，最后咽了咽口水，没忍住凑上去亲了一口，随后赶紧像个鸵鸟一样又把头缩回了他的怀中。

他依旧睡着。

陆先琴微微叹了口气，觉得自己其实挺矫情的，但最终还是禁不住困意的侵袭，闭上眼沉沉地睡过去了。

第二天，夫妻俩起了个大早。

徐妈妈早已经把早餐做好，在厨房收拾东西，陆先琴笑眯眯地跑过去跟她说了声过年好。

"乖，快去跟你爸拜年。"徐妈妈笑呵呵地说道。

陆先琴去找了徐爸爸，恭恭敬敬拜了年，徐爸爸从兜里掏出来一个大红包递给她，她愣了一下，接过那个鲜艳的红包。

分量有些重，她有些犹豫该不该要。

徐爸爸似乎看出了她的心思，挑了挑眉："学习好的奖励。"

这话说得好像有点奇怪，不过陆先琴还是谢过了徐爸爸，收好了红包。

她又回卧室找徐廷舟，他正穿衣服，见她进来了只是手顿了顿，接着又继续刚刚的动作。

"徐先生，过年好啊！祝你在新的一年里心想事成，工作顺利，发大财！"她笑眯眯的，语气也很欢快。

徐廷舟伸手揉了揉她的头："你也是，新春快乐，徐太太。"

然后陆先琴就冲他伸出了手，讨要红包。

徐廷舟从衣服内袋里掏出一个红包："财迷。"

她把红包藏在口袋里，十分狗腿样："谢谢徐总！徐总发财！"

徐廷舟咳了一声，无奈地说："贫嘴。"

吃过早餐后，徐廷舟开车带领一家子人踏上了回老家的旅途。

说是回老家，其实爷爷家也还在清河市辖区内，只不过偏郊区，所以路程有些远。

徐家祖籍其实在北方，只不过后来迁到了南方。爷爷早年毕业于燕京大学，后来被南方某个大学聘请来教书，之后就一直定居在这里。

车子开进了庭院，停车的地方已经停了一辆车，看来有人已经到了。徐廷舟让他们先下车，他把车倒进车位里。

这是一个带着小庭院的独栋，因为天气寒冷的缘故，庭院里大多的花圃都被盖上了一层塑料布，显得有些萧条。地上还有这几天下的雪，陆先琴踩在上面，发出吱呀吱呀的声音。

给他们开门的是在家里做事的阿姨，阿姨一见他们就笑了："你们回来啦。"

说完又转头对屋里说道："徐老先生，您儿子一家子回来了。"

里面传来一个苍老的声音："知道了。"

徐爸爸一进客厅就走到了爷爷身边，蹲下身子一只手扶在轮椅上："爸，新春快乐，最近身体还好吗？"

爷爷和徐爸爸长得极像，都爱板着一张脸看上去极为严肃的样子，只不过他戴着的那副圆框眼镜又为他增添了一丝可爱。老人家年纪大了，又特意在眼镜上挂了一条细细的眼镜链，看上去很有私塾老先生的感觉。

明明是个严肃的老人家，可能因为头发花白，胡子雪白，看上去并没有徐爸爸那么冷面。

"好得很，不用操心我。"爷爷环顾了四周，看到了站在徐爸爸身后的两个孙辈。

他皱了皱眉："你们俩怎么还不过来给我拜年？"

徐廷舟牵着陆先琴走到他面前，老老实实地拜了年，爷爷冷着脸哼了一声，对着客厅正摆水果的阿姨说道："小王，你去我卧室把红包拿来。"

一般人家是小孩才有红包拿，他们家不一样，老人家任性得很，想给谁红包就给谁红包。

他拿着两个红包，分别给了徐妈妈和陆先琴："收好了。"

陆先琴甜甜地笑了："谢谢爷爷。"

刻板的老人家轻轻笑了笑，语气有些松软："别弄丢了。"

之后姑姑一家人也下楼了，在那个提倡生育的年代，爷爷也只是生了两个孩子，过年的时候远没有那些十几口人的家里热闹。

不过谁也没有在意人多人少。

姑姑怀里抱着一个婴儿，她走到徐廷舟和陆先琴面前，哄着小宝宝："叫叔叔、婶婶。"

这是姑姑的独生子、徐廷舟的表哥今年刚得的孩子。

婴儿哪里会叫，咿咿呀呀欢快地挥动着小手，嘴巴张着，小乳牙若隐若现的。

"哎哟我的囡囡，快让舅奶奶抱抱！"

徐妈妈看上去十分喜欢小孩儿，一抱就不撒手。

姑姑笑着打趣："你这么喜欢，赶紧叫先琴生一个啊！"

徐妈妈眼神黯淡了一下，笑着敷衍道："不急不急，他们还年轻。"

"这不是年不年轻的问题，廷舟过完年也三十二岁了吧，是时候该要孩子啦。"姑姑知道女孩子脸皮薄，所以就直接问徐廷舟，"廷舟，你和先琴有没有打算？"

"暂时还没有。"

徐妈妈嘴角边的笑意消失，转过头沉着脸看着他："廷舟，我说的话你一点都没听进去吗？"

"我听了，只不过我们另有安排，暂时不打算要。"

结果徐妈妈这回是真的有些恼了，继续问道："你们有什么安排？现在是生孩子的最佳时期，先琴这个年纪生孩子再合适不过了，你非得等她也三十了，做高龄产妇？"

徐廷舟微微叹了口气:"不是。"

"那是什么?你今天必须给我一个理由。"

姑姑也没想到她一句无心的话把场面搞得这么尴尬,忙转移话题让大家赶紧去客厅一边吃瓜子一边聊。

众人坐在客厅沙发上,徐妈妈越想越觉得憋屈,她好心好意地为儿子、儿媳着想,结果这两个人每次表面上听进去了,实际上该怎么做还是怎么做,一时间心里极为不舒服,脸色也很难看。

姑姑见气氛还未缓解过来,想着如果不把这事解决了,那到吃饭的时候都没了气氛,干脆了当地问了出来:"廷舟,你就跟我们说说,为什么现在不生孩子。"

徐廷舟正欲开口,就听陆先琴先他一步,小声地回答了问题:"因为我要出国。"

徐家的人都愣住了。

徐妈妈惊异地问出了口:"你要出国?"

"对,去一年。"陆先琴站起来朝徐妈妈鞠了个躬,"对不起妈妈,现在才跟您说,但这件事我一早就打算了,我不想放弃这个机会,所以生孩子这件事,只能缓缓了。"

姑姑又把目光转向了徐廷舟:"廷舟,这事你早知道吗?"

"是的,我很支持她去。"

气氛霎时间凝固住了。

夫妻俩这么大的事,也不跟长辈们商量,私自就做了决定,把长辈们的苦口婆心都当成了耳边风,直到现在大家都坐在一起了,才把原因说出来。

徐妈妈起身,也不知是失望还是无奈,冲他们摆了摆手:"算了,我也管不住你们了,随你们的便吧。"

之后便转身离开了客厅。

姑姑和姑父都叹了口气,徐爸爸去找徐妈妈了,爷爷早就上楼去书房休息了,转眼间客厅里只剩下了寥寥几个人。

姑姑重重叹了口气:"我知道出国这个事对先琴来说挺重要的,我想嫂子她肯定也不是反对先琴去国外,她只是替你们着想,希望你们现在生了孩子,以后能少辛苦一点,不然要是等她没那个精力替你们照顾了,到时候你们家庭工作都兼顾不来。"

陆先琴咬着嘴唇,心里满是愧疚。

她明白,婆婆所做的一切都是为了她好。

而此时此刻,徐妈妈正抹着眼泪在小房间里和徐爸爸抱怨:"你说我有哪里做得不好吗?我觉得我也不是那种恶婆婆,只是我希望他们能早点把孩子生了,为什么他们就这么排斥?把我的话当耳边风?"

徐爸爸拍拍她的背:"他们年轻人自己有打算,咱们怎么好插手?"

"我也没插手啊,我只是希望他们能生个孩子,他们俩都是好孩子,怎么在这件事上就这么固执呢?都说娶了媳妇忘了娘,我看廷舟也不例外。"

徐妈妈有些说气话,徐爸爸叹了声:"别这么说先琴,那孩子不是这样的人。"

"我知道她是个好孩子。当初,我们都因为她家庭的缘故不同意廷舟娶她,后来她嫁进来了,我也慢慢地发现为什么廷舟那么喜欢她。可是现在,她确实让我有些失望了。"

当初徐廷舟执意要娶陆先琴进门,徐家几乎所有人都不同意,只有老爷子同意了,所以大家也只能妥协同意她嫁进来。

她嫁进来以后,婆媳和睦,相处的极好,只是没想到在生孩子这个问题上,又起了嫌隙。

中国家庭最不能避免的问题,就是孩子。

陆先琴躲在房间里,趴在床上发呆。

她想着刚刚徐妈妈那难过的样子就觉得心里头堵得慌。

如果徐妈妈是生气,或者是把她大骂一顿,她都可以接受,但是这些通通都没有,而只是用失望的眼神看了她一眼,这比骂她还要令她难受。

徐廷舟推开虚掩着的门走进来，手上还拿着剥好皮的脐橙。

陆先琴不爱吃那种切成四瓣的脐橙，而是喜欢把皮剥了吃，但是自己又特别懒，大冬天的不愿意动手，于是徐廷舟只好被迫学会剥皮。

他拿着脐橙递到她面前，在她眼前晃了两下："吃不吃？"

陆先琴没动作，徐廷舟知道她这回是真的陷入低谷了，原本她心里头就对出国这事有些不确定，现在看来，怕是被妈妈刚刚那番话给说得更加不确定了。

他摸摸她的头："坐起来，有什么想说的就说出来。"

她把头埋在床单里，声音闷闷地说："我是不是真的不对？完全没有考虑妈妈的感受。"

他轻叹了一声："先琴，你告诉我，你为什么想出国？是不是为了你自己？"

陆先琴坐起身子和他对视，眼睛红红的，但是语气很坚定："是为了我自己。"

"为了你自己什么呢？"他耐心地问道。

她思索了一下，缓缓回道："精进学业，实现梦想，提升自己的人生价值，还有……"

"还有什么？"

她深深看了他一眼，语气依旧坚定地说："我想要追赶上你。"

在她心里，徐先生就是那道照亮她整个人生的光，她爱他，尊敬他，仰慕他，崇拜他。

他的优秀让她觉得骄傲，却也让她有些自卑。

两个人之间的落差并没有让她心安理得地去享受那些宠爱，而是让她心里的某个念头愈发的浓烈。

她也想护着徐先生，想成为那个与他并肩的人，想成为那个和他一样优秀的人。

他鼓励着她成长，她也拼命地在努力成长。

如果他是那道光,那么她就要做光下的那一株豌豆,越长越高,越长越大,直至够到了他。

陆先琴不想做那缠绕在他身上的菟丝花,也不想做那攀缘的凌霄花,也不愿在他背后做一只会重复单调地唱同一支歌曲的鸟儿。

她要的,不只是一汪清泉为他送来清凉的慰藉,也不只是高耸的险峰承托他的威仪。而是他身边的那株木棉,与他分担每一个寒潮,每一片雾霭,分享每一道霓虹,每一丝流岚。

"我想追赶上你,成为那个有资格站在你身边的人。"

徐廷舟笑了。

他笑得极为温柔,眸中尽数都是对她的宠溺。

"先琴,人的一生中,从婴儿时期到暮年,有很多时间可以去拼搏,去努力。"他声音清澈,像是环佩在轻轻敲打,一字一句,丝丝入扣,"可是时间一去不复返,大多数人往往在犹豫的那一瞬间,错过了许多机会,之后的悔恨和懊恼,不过只是徒劳的悲伤。抛却小爱、大爱的顾虑,当你有了那一瞬间的机会,牢牢地抓紧它,不为任何人只为自己。这个世上,人的缘分总是靠一条看不见的线牵着,当线断了,你能依靠的也只有自己。人类都是感性动物,没有人不爱自己,也没有人不想为自己活着。"

他说的话很浅显,却又令她醍醐灌顶。

陆先琴完全抛却了那一丝犹豫,想她所想,做她所做。

"不是为我,你是为了自己,为了你的梦想。"

但他说出这句话时,陆先琴用力地点了点头:"嗯,徐先生,谢谢。"

他淡淡地笑了:"我也要谢谢你。"

"啊?谢我什么?"

"谢谢你这样努力,谢谢你这样的优秀,谢谢你如此的爱我。"

他的心交付于她,她小心翼翼地护着,那般小心呵护的样子,令他无比安心。

她是那个对的人。

徐廷舟但笑不语，牵过她的手，在手背上亲亲吻了一下。

这一吻，道尽心中万般情丝。

"把你想的，都告诉妈妈吧，她会理解你的。"

大年初一的第一顿饭，在徐家的一楼餐厅正式开宴。

一张长桌上，十几道菜，几乎每个人爱吃的菜都有，陆先琴没跟徐廷舟坐在一起，而是选择走到徐妈妈身边，她冲徐爸爸比了个请求的手势，徐爸爸心领神会，坐到徐廷舟那边去了。

徐妈妈见她过来了，稍稍板着脸问道："怎么不去跟廷舟坐？"

"天天跟他一起吃饭，今天就让我陪您吧。"

看她那嬉皮笑脸的样子，徐妈妈咳了一声，语气还是有些硬："我不用你陪。"

陆先琴干脆耍赖："我不管，我今天就要坐在您旁边，不管您换到哪去都一样。"

徐妈妈拿她没辙了。

一家人入座，徐爸爸作为家中长子率先起身举起了酒杯："让我们一家人共同干杯，希望在新的一年里，我们徐家的每一个人都能心想事成，事事顺利。"

众人口中不一地说着祝福语，爷爷站起来有些费力，由阿姨为他代举杯。

徐家子孙围绕在餐桌上，爷爷坐在主位一眼就能看到所有人的动作，他往陆先琴那边看去，就看见他的孙媳妇先琴正殷勤地给他儿媳夹菜，然而儿媳却是一脸的别扭，也不愿意动筷子。

他问道："宛平，先琴，你们这是怎么了？"

陆先琴有些犹犹豫豫的，半天也没说出口。

还是姑姑给她们打了个圆场："哎，没什么，婆媳闹着玩呢。"

爷爷青年时教书育人，中年后开始自己打拼事业，这才打下徐家的一番家业，几十年来什么事什么人没见过，他目光稍稍一扫，沉声又问了一遍："到底发生什么事了？我不想这大过年的，一家人还有什么嫌隙。"

还是徐妈妈开口解释："我想让先琴和廷舟早点生个孩子，结果先琴不久后要出国留学，我有些失望。"

"先琴，你要出国？"

陆先琴点点头："嗯。"

老人家眉头都没皱一下，直接说道："那就去吧，要孩子等回国后再打算也不迟。"

"可是爸，那时候就太晚了，廷舟他现在年纪也不小了……"徐妈妈皱眉说道。

老人家嘴唇动了两下，像是在鼓捣假牙，隔了一会儿才回道："晚一年两年有什么打紧的？廷舟那时候又不是没能力生了，而且我相信我也能活到那时候，所以这事不必着急，先琴的学业才是最重要的。"

其实徐妈妈心里也明白这个道理，但她就是因为儿子儿媳的阳奉阴违让她觉得既生气又失望，心里那一道坎始终迈不过去，所以嘴上抱怨着："爸，你对先琴也太偏心了。"

"我对所有人都一视同仁，只不过这件事我觉得先琴没做错，自然站在她这一边。"

徐妈妈重重叹了一口气，也不打算再争辩什么了。

陆先琴咬了咬唇，干脆站了起来，举着杯子对着众人说道："我知道这件事我没有提前和长辈们商量，是我的不对，在这里我给大家道个歉，尤其是妈妈。"

她低头看着徐妈妈，伸手握紧了她的手："妈妈，其实您的话我一直是记得的，但是这次出国，也是我的导师突然跟我说的，我承认他跟我说的时候我都没想您嘱咐我的事。但是您也知道，我是小地方出来的孩子，我心里太渴望能去更多的地方看看。我没什么才艺，也就这脑子还算好使，我不想错过这次机会，也不想失去一个你们能为我骄傲的理由。"

她这番话淳朴极了，没有任何的修饰和弯弯绕绕，而是直截了当说出了自己的想法,简单而又坚定。

有的话说开了,浓雾就会瞬间消散,徐妈妈并不是一个胡搅蛮缠的婆婆,其实陆先琴的这一番解释,已经足够令她不再揪着孩子的事情生气。

在座的人都愣了愣,最后大家都欣慰地笑了出来。

徐妈妈一脸无奈,只是再没了刚刚的气愤,反握住了她的手:"先琴啊,我实在是没法对你生起气来,其实也是妈妈不对,生孩子这个事确实也不急于一时,是我太激进了。"

"怎么会,我知道您是为了我们好。"

"孩子的事可以缓一缓,你的前途缓不了,没有什么比自己的人生更重要的了。去了那边以后要争气一点,给廷舟长脸,有什么不方便的,一定要说出来,别委屈了自己。"徐妈妈又话锋一转,对着徐廷舟说,"等先琴回来了,说什么也不能拖了,不然我就要怀疑是你的问题了。"

徐廷舟咳了一声,面上染红:"妈,我敢保证我没问题。"

大家都不约而同地笑了。

这边婆媳转瞬间就和好了,桌上的气氛又恢复如初了。

姑姑感叹道:"当初娶先琴还真是没娶错,多好的一个女孩子,还是廷舟和爸爸有眼光。"

徐廷舟的表嫂比陆先琴还晚一年嫁进来,因此对姑姑的话颇为不解,好奇地问道:"妈,怎么你把其他人都说得好像没有眼光似的啊?"

"本来就是啊。"姑姑轻笑一声,指着徐廷舟说道,"当初廷舟把先琴带回家的时候,全家人都不同意他们结婚。偏偏廷舟死不妥协,说什么都要娶先琴,为了这件事还在客厅那跪了好久呢,看得大家都心疼死了。最后是老爷子点头答应了,我们再反对也没辙了。"

陆先琴听得一脸蒙,她惊讶地看着徐廷舟,然而对方却一直不看她,也不给她一个正面的答复。

她那时也因为自己的家庭,觉得和徐廷舟结婚不会那么顺利。他只说交给他处理,却也没说是怎么说服家人的。她只知道自己嫁进来以后,徐家人从来没有为难过她,相反,对她很好,让她有了家的归属感。

没想到他还跪过。

徐家每一个人都记得,那时的徐廷舟红着眼睛,一脸坚持的要娶他的那个女孩的样子。

骄傲如他,自懂事以来,谁都没见过他那副狼狈的样子。

最后还是老爷子扶着拐杖问他:"非她不可吗?"

"嗯。"

"为什么?"

徐廷舟神色坚定地说:"因为爱她。"

老爷子笑了:"那就娶吧,跟女孩的家人商量好了吗?要不要我派人帮你上门提亲?"

家人们都不理解,问老爷子为什么要同意。

老爷子只说了句,这或许就是缘分吧。

是命中注定的。

一顿饭结束,陆先琴蹿到徐廷舟身边,拉了拉他的衣袖。

"徐先生,为什么不告诉我啊?"

徐廷舟眼神略有些闪烁,语气不太自然:"没必要。"

她却笑了,没心没肺的样子:"可是我觉得很有必要啊,你不跟我说,我都不知道你为我做了这么多。"

"做了就可以了,为什么一定要说出来?"

他做的那些,又不是为了让她哭着对他说谢谢。

单单只是为她做了而已。

她扑哧一声:"好吧,闷葫芦,不过为什么爷爷当时会那么干脆地答应啊?"

陆先琴自己也明白,她那时候条件不好,换作是任何一家条件比较好的人家都不会愿意接受她这种条件的儿媳。

"爷爷说，你很面善。"

陆先琴睁大了眼睛，眨巴了两下，末了猜测道："因为我长得太可爱了吗？"

他眼睛在笑："应该是吧。"

实在按捺不住好奇心的陆先琴最后还是去书房找了爷爷。

爷爷正在写字，见她进来了也没停笔，嘴上招呼她过来："看看我写的字。"

书房的墙上到处挂满了古画和书字，有名家的，也有爷爷自己写的。书桌上的檀香炉正散发出淡淡的幽香，她每次进来都会稍稍感叹，感叹这一室的高雅。

爷爷写的字是《沁园春》，下笔苍劲有力，线条行云流水。

"很好看。"

爷爷放下毛笔，对着纸张吹了吹："那就挂起来吧。"

"我来帮您。"她主动要求帮忙。

爷爷看了她一眼，没答应："小姑娘家家的有什么力气，你手都够不着钩子。"

她哦了一声，垂下了手。

爷爷这才问她："有什么事吗？"

"哦，我来是想问问您。"陆先琴这才想起来她来的目的，"为什么当时所有人都反对我和徐先生结婚，就您同意了呢？"

陆先琴想了很多种可能，比如看她可爱啊，看她是潜力股啊之类的理由。

老人家脸上已经布满了苍老的痕迹，可唯独那一双眼睛清明如洗，看着她半晌，才缓缓开口："你相不相信缘分？"

她不解，想起以前看过的言情小说："我和徐先生是娃娃亲？"

刚问出口就后悔了，她家世代务农，她在小村庄里头住了那么多年，而徐先生出生书香世家，土生土长的城市人，怎么可能是娃娃亲。

爷爷从抽屉里拿出一本相册，放在她面前："翻翻这本相册。"

她打开厚厚的相册，发现这是徐家的家族相册，因为第一页是一张年代已经非常久远的、泛着黄色的黑白照片，上面的日期，居然是一百多年前的。

"这是我太爷爷那一辈的，他是个地方督抚，那时相机刚传入中国不久，他图新鲜，就带着一家子去照了个相，我们徐家族谱就是从他算起的。"

陆先琴看着这件时间留下的礼物，思绪万千。

"你再往后翻吧。"爷爷说道。

她又往后翻了几页，看到了徐家这几代的留影，然而在一张照片上，停留了好久。

黑白色，照于满洲时期，男人穿着西装站在女人旁边，而女人则穿着旗袍端坐在凳子上，双腿斜放，巧笑倩兮。

男人的脸和徐廷舟极为相似，那个女人，和她有七八分像。

"我是相信缘分的。"爷爷语气很是平静，"这是我的父亲母亲，他们当时是两个阶层的人。我父亲不顾所有人反对娶了我母亲，而我母亲也没让他失望。她是父亲的学生，父亲也是她的人生导师。她接受了父亲的新思想，新观念，在那个思想陈旧的时代，成为一个新女性。"

陆先琴忍不住问道："之后呢？"

"可惜在那个时代，女性只能依附于男人，如果她活在这个时代，那么她一定能拥有属于自己的人生。"

爷爷微微一笑："我是无神论者，我从前很不相信这种事情，可是见到你以后，我不得不相信了。"

"说我迷信也好，古板也罢，这个世界有太多事说不出原因，缘分更是妙不可言，所以我相信你和廷舟是天生一对。"

她怎么也没有想到，这个缘由竟是这样的简单。

"怎么以前从来没听您说过……"

"这有什么可说的，他们去世得早，记得他们的也不过只有我而已。子辈们自有子辈的人生，每年清明时分只要有人记得为逝去的人烧一炷香就够了。"

陆先琴看着那张照片，想伸手触碰一下，却发现那照片的背面有些不平，似乎夹着什么东西。

爷爷见她好奇，便替她抽出了那张照片，背面果然有东西，是一张信纸。同样泛黄了，只不过上面的钢笔字还清晰可见。

此时书房门又被敲响，是徐廷舟。

"姑姑说饺子差不多煮好了，可以下去吃了。"

"廷舟啊，来得正好，你让你老婆过来问缘由，其实你也是想知道的吧，过来看看吧。"

徐廷舟走到陆先琴身边，发现她正低着头不知道在看什么。

爷爷解惑道："你太爷爷写给太奶奶的情书，一直放在我这儿，托我交给她，可惜一直在我这儿，没机会交给她。"

陆先琴抬头看着徐廷舟，眼角噙泪。

"这写了什么？"他轻声问道。

陆先琴直接把信纸递给了他。

吾妻窈窕：

此前你一直问我，你之于我是什么。

答案我拖了许久，现在看来，我是回答不出来的。因为你之于我，是太多的事物。

你我初见时，你是还未长成的红豆；情愫根深时，你是窗外透过的一丝暖阳；每日伴我入眠时，你是床畔前的弯弯明月；后你生下宏之时，你于我而言，则是全部的快乐。

你是幺儿，是傻丫头，是小妹妹，是调皮鬼。

是太多太多，占据着我所有的目光。

乱世中，请恕我只能用纸笔抒写儿女情长。窈窕女士，迄今思之，前途功业不过幻梦一场，家国沦陷，山河崩塌，光明不知何时到来，我愿与国同守同归，誓死拥护国之尊严。

勿愁老之将至，纵使河东河西，潮汐涨退，卿卿于我，依旧令我心甚依依。

此番情长，纸笔亦无法纾解情意。

至此，窈窕女士，望你能理解。

我爱你。

廷笔。

字字深情，仿佛透过这封情书，能看到一身戎装的男人正坐在书桌前，提笔写下这满腔情意，笔落成，他离去。

徐廷舟从没看过这封情书，他也从未听爷爷说起过这件事，父母也对太爷爷那一辈的事很模糊。如果不是今天这封情书，他都不知道这里头有这么一段故事。

情书被爷爷重新收起，他爱惜地又抚了抚父母亲的那张照片，问他们："还看吗？"

陆先琴点头："想看。"

徐家几辈人都在这相册里了，照片越来越清晰，颜色也由黑白变成了彩色，随着时代的变迁，印记开始慢慢变得详尽，照片也越来越多了。

她看到一张几十年前的照片，笑着问道："爷爷这是您吗？"

爷爷身旁站的这个小鸟依人的女人，穿着花衣裳，两个人都很年轻，对着镜头腼腆的笑。

"是啊，旁边这个是你奶奶。"爷爷轻轻一笑，"一晃几十年就这么过去了。"

再往后翻，就是徐爸爸和徐妈妈年轻时候的样子，还有他们抱着小小的徐舟廷时一家三口的合影，陆先琴指着那个大胖小子调侃他："你小时候好可爱呀，脸圆圆的，怎么现在变尖了？"

"长大了就变瘦了。"徐廷舟斜睨她一眼，"你以为跟你一样？"

陆先琴嘟着嘴又继续看,看到了姑姑和姑父,表哥和表嫂,相册只剩下最后几页,她心中也知道是谁了,但还是小心翼翼地翻看着。

是她和徐廷舟,照片占了整整一页。

第一张是他们在爷爷家商量好婚期,然后姑姑说要给他们照一张相,陆先琴坐在沙发上,紧张得手都不知道往哪里放,相比之下徐廷舟就自然多了,端坐在那儿抬头挺胸的。

第二张是在婚礼上,她穿着婚纱,徐廷舟手里拿着一把小提琴,那时他刚刚演奏完还没来得及把小提琴收起来,就被人撺掇着站在一起照了张相。

还有第三张,第四张……

时间一晃眼就过去了这么久,她恍若如梦。

一个声音把她的思绪拉了回来。

"廷舟我叫你喊他们下来吃饺子,你怎么反倒半天没下来啊?"

姑姑手里还拿着筷子,推开房门,就看见爷孙三人站在书桌旁都认真地看着相册。

她笑着走过来:"哟,这不是那本相册吗?爸爸,今天得照一张,你的小曾孙女也加入这个家了。"

爷爷笑着点头说:"待会儿吃完饺子就让小刘照一张,再照一张全家福。"

姑姑从陆先琴手上拿过相册,也从头到尾翻了一遍,笑着说道:"先琴,我早就发现,你和你太奶奶长得有些像呢,这或许就是所谓前世今生?"

陆先琴微笑不语。

"都说徐家的男人天生情种,也不知道这个优点会不会一直延续下去。"

"情种?"

姑姑理所当然地点头:"我听说从你太爷爷那一辈开始,徐家的男人啊,这辈子就只爱过一个女人。你爷爷,你爸爸都是这样,现在到了坤霖和廷舟,还是这样。"

陆先琴不知道这里面竟然有这么多故事。

"不说了,快下楼吃饺子吧。"

一家人围坐在桌子前,吃了新年的第一顿饺子。

陆先琴咬了一口,发现有些不对劲,她连忙一看,竟然是一枚硬币夹在里面。

"我吃到硬币了!"

"恭喜恭喜,先琴今年一定事事顺利了!"

"蹭一蹭喜气!"

吃过饭后,姑姑召集所有人过来拍全家福,陆先琴逗了逗表嫂怀里的宝宝,宝宝咯咯笑,露出寥寥几颗牙齿和粉色的牙床。

陆先琴只觉得心都要融化了:"好可爱啊!"

表嫂把宝宝递给她:"来,让婶婶抱一抱。"

陆先琴手忙脚乱地接过宝宝,宝宝也不认生,就这样抓着她的领口,一直笑一直笑。

表嫂见她一脸喜欢的样子,笑着侃道:"等你回国了就赶紧生一个吧,你和廷舟都长得好看,孩子也一定很漂亮。"

这番话说的她心动极了。

咔嚓一声,徐家新年的第一张照片就拍好了。

爷爷在最中间,旁边依次是他的儿女和女婿儿媳,再旁边一点就是孙辈的徐廷舟他们。

每个人脸上都挂着或温情或开怀的笑容。

万家灯火,阖家团圆。

大年初二是回娘家的日子。

车子开进了还未修建好的,坑坑洼洼的泥路里,有些费劲。

每进一个坑,陆先琴就抖一下。

她的心情不好,甚至有些抗拒。

因为上次的事,和二叔一家已经闹翻,跟妈妈的关系也落入冰点,可她一点也没后悔,心里甚至有些抗拒,不想回来。

但到底是她长大的地方，过年总要回来看看的。

陆先桦比他们先回家，车子刚一开进家里的小院子就看见陆先桦坐在门口悠闲地吃着橘子。

见熟悉的车子来了，他拍了拍身上的灰过去迎接。

"过年好啊。"

陆先桦穿着一身新买的衣服，心情颇好地给他俩拜年。

看着温顺了很多，不像以前那样，嘴角边老是挂着似有似无的痞笑。

陆先琴冷得跺了跺脚："你等很久了吗？"

"没有，刚出来。"陆先桦一脸烦躁，"一群人叽叽喳喳说要给我介绍对象，我烦得很，就出来清静清静。"

陆先琴调侃他说："介绍对象是好事儿啊，你还没交过女朋友吧？"

"我没交过也不用他们操心。"陆先桦翻了个白眼说，"你知道他们要介绍谁给我不？隔壁那个李燕，就小时候老跟在我后面挂着两根鼻涕的那个！我去，我现在一看见她就想起那鼻涕，鸡皮疙瘩都起来了。"

见他这排斥的样子，陆先琴也有些无奈地说："那你想找个啥样的，仙女吗？"

"我这脸，配仙女有问题吗？"陆先桦自恋地摸了一把自己的脸，"而且，我打算去清河市找工作了。"

陆先琴有些惊喜地说："你想通啦？不啃老啦？"

"你找打是不是？我这不叫啃老，我这叫闲云野鹤，修身养性。"

陆先琴和徐廷舟一进门就被亲戚们团团围住了。

各种嘘寒问暖的问候，弄得陆先琴措手不及，这时有人发现了徐廷舟手上提着的保健品。

"哟，又送这么贵重的东西啊？陆老大快过来看啊！你女婿又给你送好东西来了！"

陆爸爸挤进了人群中央，朝着徐廷舟和蔼一笑，笑的五官都挤在了一起："廷舟啊，回来就不要那么客气了啊，还带这么多东西，吃不完的。"

徐廷舟把保健品交给他说:"这是应该的,新春快乐。"

"新春快乐,新春快乐!"

陆先琴看到了坐在一旁没有上前的二叔一家。

以前还维持着勉强的友好,现在仿佛成了陌生人一般,连基本的寒暄都懒得做。

这样是最好的。

她看了眼一直没往这边看的陆先玉,陆先玉正吃着橘子看电视,像是察觉到了她的目光,有些不善地瞪了她一眼。

陆先琴嘴角勾起,冲她挑了挑眉。

然后微启嘴唇,轻轻说了两个字,周围太吵,谁也没听见。

可陆先玉听懂了。

她气的差点坐不住,陆先琴目的达成,不再看她。

就是要气她,最好把她给气死了。

最受关注的两个人回了家,亲戚们的重点也自然转到了他们身上,各种琐事都问一遍,徐廷舟倒也有耐心,能回答的都简短地回答了。

他今天穿着一件羊绒大衣,因为室内室外温差大,所以没戴眼镜,漂亮的眼睛里满是温和,坐在那挺着腰,谈吐大方,举止斯文,坐在一群人中间非常显眼。

"哎,先琴可是真有福气啊。"三婶感叹了一声,"现在咱们家可就先玉愁嫁了,偏她看这个也不顺眼,那个也不顺眼,哪能再照着廷舟你的样子找一个啊!这不是白日做梦吗!"

因着陆家有四个兄弟,二叔家开了个厂子,还算有点小钱,所以连带着那一家都有点鼻孔看人的意思。三叔也在二叔家的厂子里干活,平日里没少受二叔家人的奚落,三婶明面上不敢说什么,总是背地里有意无意地讽刺出气儿。

可这一句话却让二叔一家人的脸色都黑了下来。

三婶有些得意。

二叔那一家人平时趾高气扬惯了,哪能这么轻易认输。二婶冷笑一声,朝着三婶说道:"三弟妹啊,我们家先玉长得漂亮,再加上我们有点小钱,自然是不愁嫁不出去的。倒是你要担心担心你们家小子了,你说他中专毕业,长相个子哪个都比不过他这几个堂兄弟,很难找媳妇吧。"

陆先琴就这么面无表情地听着。

每年都是这样,过个年还要针锋相对,她每次在徐家感受到一丝温暖后,再回到自己的原生家庭,就觉得绝望。

她正是在这样的环境中长大,因此无数次地告诉自己,一定要走出去,哪怕付出再大的代价。

这边二婶三婶隐隐有些要吵起来的意思,陆先琴环顾了一下四周,居然没看见妈妈。

她捅了捅旁边的陆先桦:"妈妈呢?"

陆先桦眼睛里闪过一丝情绪:"她在房间休息。"

"她怎么了?"

陆先桦正要开口和她说什么,就被陆爸爸突然的一句话打断了。

"先琴啊,我想和你商量点事。"

她示意陆先桦待会儿再说,之后就要起身跟在陆爸爸后面出去,结果被陆先桦一把拉过:"他说什么你都不要答应。"

陆先琴不明所以,但还是点了点头。

虽然她跟着陆爸爸来到了院子,但不太明白有什么话在房间里不能说。

陆爸爸也不拐弯,直接挑明:"先琴啊,你帮我问问廷舟,他手上还有没有闲钱,我现在有些缺钱。"

陆先琴不解地说:"怎么会缺钱?"

陆爸爸挠了挠头:"哎,我不想在你二叔厂子里干了,就问他借了几万块开了个店面,谁知道生意差得要死,现在钱没赚到,本金全赔了。你二叔催着我还钱,我手头实在是拿不出那么多钱。"

"二叔什么时候让你还钱的?"

"啊?就他上次从医院回来以后,说什么看病花了好多钱,所以催我还了。"

陆先琴想了想就明白了其中的缘由，问道："多少钱？"

"其实也没多少，主要是利息有点多。"

她惊讶地问出声："还有利息？"

"嗯，你二叔说自家人也要明算账，他往外借钱都是要利息的。所以我也不能搞特殊，而且店面也是他帮我选的地方，说是肯定能赚钱，我才答应借的。"

她总算知道了，在这个家最最精明的是那位笑里藏刀的二叔。

陆先琴叹了一声："不是在二叔的厂子做得好好的吗？为什么要自己开店面？"

"我好歹也是家里的老大，怎么能一直在老二手底下做事，那别人会怎么看我！"陆爸爸扬声说道，说完后立马又觉得心虚，"我还不是总觉得你二叔那样子看了让人生气，恰好那天我听你二叔跟别人说咱们村最近搞建设，这时候发展一下零售是最好的，而且那一片将来政府要出资盖楼的，到时候能赚回一大把呢。二叔看我和他是亲兄弟，就把那个店面让给我了。"

心里只要确定了二叔是个怎么样的人，很快就能推断出二叔的那些话究竟是不是故意说给爸爸听的。

陆爸爸搓了搓手说："我听你妈说，廷舟还在一个大酒店工作，开两辆车呢！他应该挺有钱的吧，要不就先拿点给我救救急？"

"我待会儿和他说说吧。"借都借了，她还能说什么，"怎么了？先桦说我妈休息去了？生病了吗？"

陆爸爸嘴角抽动了两下："哦，你妈啊，一个女人家的什么都不懂，生了病也好，省的成天在我耳边念叨。"

陆先琴神色有些复杂，没再说话，陆爸爸夸了她两句好女儿，转身进屋子了。

他一走，陆先桦就跑了出来，急急忙忙地问她："爸是不是找你要钱了？"

"你怎么知道？"

陆先桦冷笑一声:"我怎么不知道?他就等着你回来找你要钱的,你答应了吗?"

陆先琴摇摇头:"他知道我还在念书没钱,让我问你姐夫要,我含糊过去了,没给他答复。"

"千万别给他,否则姐夫的钱就全打水漂了。"

陆先桦的语气里全然没有对爸爸的同情,更多的是埋怨和责备。

她觉得不对劲:"到底怎么了?"

陆先桦皱着眉看她,忽然自嘲地笑了笑说:"咱妈听了爸一辈子的话,最后还不是被一脚踹开。"

"二叔是骗爸开店不错,但他要的是长期利息,又怎么可能让爸爸这么快赔钱,爸爸还不起钱还不是他的损失?"

陆先琴听出了他的意思:"你是说,那些钱是爸爸自己败光的?"

"不是他败光的,是一个女人帮他败光的。"

以前,这个家就算重男轻女,就算她活得憋屈,也至少是一个完整的家。

她不敢相信,转头就往屋里走:"我要去找妈妈问个清楚。"

来到妈妈休息的房间,门没锁,只是虚掩着而已。

推开门走进去,屋子里没光透进来,也没开灯,湿冷阴沉,妈妈就躺在床上,一动不动。

她走上前,试探着叫了她一声:"妈?"

一个虚弱的女声终于响起:"先琴啊……"

陆先琴坐在床边,语气沉重:"到底是怎么一回事?"

陆妈妈坐了起来,因为屋里没光线,陆先琴站起来去打开了日光灯,强光让陆妈妈下意识地闭上了眼睛躲避。

陆先琴脚步停住。

她在妈妈的脸上,看到了嘴角处、脸颊上的青紫。

"是爸爸打的你?"

陆妈妈眼泪又控制不住了,她明显哭了不止一回,眼睛周围一圈都肿了起来。

像是抓住了救命稻草，陆妈妈伏在陆先琴胸前号啕大哭。

"你爸爸那个死没良心的！一个芝麻大小的店面，还非要请个寡妇过来看店，每个月给那个寡妇的工资比给我的生活费还多！那女的连书都没读过，你爸爸就把账本交给了她，被她迷得七荤八素的，连店子里的钱越来越少了都不知道！"

等知道了，那女的早就带着她那儿子跑的没边了，陆爸爸这才反应过来，但因为这事太丢脸，所以谁都没说。

直到陆妈妈觉得奇怪，看了账本以后追问他，他才一一交代。

陆妈妈气得心脏骤停，但她这辈子是不可能离开陆爸爸的，也只能依附于他，替他想办法。

"想什么办法，先琴她男人不是挺有钱吗？问他要点就行了。"陆爸爸的语气很是理所应当。

陆妈妈想起和陆先琴闹翻了的事，也不好意思再和她说话，一口拒绝了陆爸爸的提议。

陆爸爸却看出了端倪，逼问她是不是上次去省城和先琴发生了什么摩擦，不然也不会几个人一回来，就一个个的都好像忘了去省城这件事似的，绝口不提。

陆妈妈心虚，被陆爸爸指着脑门骂了两句臭娘们。

陆妈妈一时气结，说话不经过大脑，骂他色欲熏心，看到个年轻点的寡妇就往上贴才捅出这么一个大娄子。

陆家一大家人都住这一个院，陆妈妈声音这么大，让陆爸爸心里有些急了。

他想都没想，一个巴掌就挥了过去，陆妈妈被他打得往后踉跄了好几步。

陆妈妈捂着脸，一边哭一边骂他，说自己这么多年为陆家当牛做马，结果没想到他这个陈世美为了一个寡妇打她。

陆爸爸又踹了她几脚，直把她踹倒在地。

陆爸爸蹲下身伸手抓住陆妈妈的头发，语气邪戾地说："臭娘们，你在这个家也就这点价值，看在你给我生了个儿子的份上这么多年我都不跟你一般计较，你倒跟个泼妇一样反过来教训我！她陆先琴是我生下来的，没有我这个老子哪来她这么一条命！嫁出去的女儿泼出去的水，她也得记得报答我这个老子！让她给点钱孝顺老子有什么错！"

陆妈妈痛得皱起眉头，抬起手抓住陆爸爸的手，无奈她根本就掰不开陆爸爸扯住她头发的手。

"我告诉你，你要是再敢撒泼，你就从陆家滚出去，反正女人多得是，会生儿子的女人更是一抓一大把，你这种黄脸婆我还不稀罕！"

陆妈妈断断续续地回忆着这些事。

陆先琴讽刺地笑了："平时在二叔面前跟孙子似的，他也就在你面前能装出一副男人的样子发泄。"

"先琴，他真的问你要钱了吗？"陆妈妈握住她的手，"你跟廷舟说了吗？"

陆先琴听出了她的言外之意，眸中的温度一下子就散去了："他都这么对你了？你还要帮他收拾烂摊子？"

"我有什么办法？"陆妈妈顿时泄气，道，"我不可能跟他离婚，我一个女人没你爸护着，什么都不会做，要是离了他，我怎么活下去？"

陆妈妈口口声声说，不想找她要钱，现在却又默认了这种行为。

她心里有个念头窜了出来，低声问道："当初我结婚的彩礼，不是放在你们这里吗？"

"那怎么行！"陆妈妈一口否决，"那是要留给先桦娶媳妇儿的！"

"所以你就放任爸爸过来问我要钱？"

陆妈妈缄口，下一秒又说道："反正廷舟也不缺钱……"

陆先琴将手从陆妈妈手中抽了出来，站起身来后退了两步。她料想如此，因此带来的伤痛没有上一次的严重，勉强还是可以忍住眼泪。

"嫁出去的女儿是泼出去的水，你们问泼出去的水要钱，却把家里的儿子当神佛一样供着。"她说这话时，内心十分平静，仿佛在述说别人家的故事。

这就是她的原生家庭。

她所谓的父母。

不顾陆妈妈在后面喊她,陆先琴直接走出了房间。

陆先桦正在房门口等他。

他神色有些慌张:"妈和你都说了些什么?"

陆先琴看着这张和她几分像的脸,以往这张脸上总是挂着冷漠、挂着疏远,他能对任何人露出笑容,可唯独对她这个至亲冷漠至极。

她也曾抱着襁褓中的他哄着,后来她也牵过他的小手一起去水塘里捉嗦螺,再后来她还帮他戴过红领巾,送他去学校上学。就算爸妈偏心,她也可以尽力去忽略,只要他们姐弟俩好好的就行。可是她这最后一点愿望,陆先桦也不肯为她实现。最近他一反常态让她有些欣喜有些意外,觉得姐弟俩的关系终于熬过了那阵最寒冷的冬天。

可现在这种关系仿佛又回到了冰点。

面前的这个弟弟,让她成了这个家中可有可无的人。

无事时,谁也不会想到她。

陆先桦小心翼翼地抬起手,想帮她把眼泪擦掉。

却被她躲开。

他的手尴尬地垂在空中,眼睛里闪过一丝伤痛。

"先桦,有时候我真的很恨你。"她垂着头,像是发泄一般,终于说出了这句话。

说出来的瞬间,那一口堵着的气就通顺了。

陆先桦刚想开口说什么,就听见她又补充了一句:"可是,因为你是我弟弟,我的恨始终不纯粹。我一面恨你,又一面爱你。"

即使他曾经那样冷漠,纵使他的出生只会让她的人生更加绝望。

陆先桦说不出心里是怎样的情绪,他只知道愧疚和心疼像是潮水一样涌过了他的全身,他的心口那一处正微微地发疼,那一瞬他想杀了自己的心情都有。

"姐姐……"

陆先琴擦掉眼泪，语气渐渐恢复了平静："钱，我不会给爸爸的，放心好了。"

她没再和他继续站在这发呆，收拾了一下情绪就和他擦肩而过了。

之后的几个小时，陆先琴一直一个人待着。

到了用餐时间，所有人都围坐在圆桌旁，陆先琴和徐廷舟挨着坐，其他人都兴致勃勃的，与沉默的她形成了鲜明的对比。

徐廷舟给她夹菜："怎么了？"

她摇了摇头，反倒问他："徐先生，以后过年，我们都不回这边了好不好？"

他抿唇，墨色的眸子看着她，良久后才说道："你做主吧。"

这时陆爸爸端起酒杯朝向徐廷舟的方向："廷舟啊，爸爸今天要敬你一杯！"

徐廷舟连忙端起杯子起身，语气似乎有些不解："这怎么行，要敬也该是我敬您。"

"哎，别这么说。"陆爸爸轻飘飘地看了眼坐在对面的二叔一家，故意扬起了声音，"要不是有你这么一个好女婿，我哪能解决这件大事啊！所以说女儿嫁了个好女婿才是真的给我争气啊！"

徐廷舟低头看了眼陆先琴。

她面无表情地摇了摇头。

徐廷舟心领神会，表情似有些困惑："我实在是不知道，我帮爸爸解决了什么大事？"

陆爸爸愣了，说道："就是我买的那个店面亏的钱，你帮我补上啊。"

徐廷舟这回的困惑是真的了："我压根都不知道您开店的事，谈何解决呢？"

"啊？你不知道？"陆爸爸咳了一声，立马又问陆先琴，"先琴，你没跟廷舟说吗？"

"没有。"陆先琴语气平静,"因为我不答应。"

二婶"扑哧"一声就笑了出来,落井下石道:"老大,看见没?是你自作多情啦,先琴压根就没想帮你。"

陆爸爸的脸色很难看,低声训斥陆先琴:"先琴!你干什么!我可是你爸!"

"就是因为你是我爸,我才必须拉你一把。"陆先琴不甘示弱,站起身和他对视,"洗一洗你那不清醒的脑子,把里面那些龌龊自私的污垢都给清理掉。"

"你说什么!"陆爸爸猛地拍了一下桌子,力道很大。

桌上的酒杯直接掀翻,酒水从桌上蔓延,一滴一滴地滴在地上。

眼前的陆先琴全然没了刚到家时的温顺。

见陆先琴还是不回答,陆爸爸脸上挂不住了,一时顾不得在场所有人都看着,指着她的鼻子骂道:"陆先琴!我是你老子!我把你养这么大不是为了让你当一条白眼狼的!是谁赚钱养你的?是谁把你送去读书的?你现在嫁的好了,过上好日子,就把生你养你的老子丢下不管了是吧!"

陆先琴笑出了声,但眼底里却毫无笑意:"你养我,是为了让我找个男人,然后跪在你面前多谢你这么多年的养育之恩,然后下半生供着你直到你进棺材,这就是你养我的目的。"

"我不需要读多少书,因为女孩子读书多了不招男人喜欢。我不需要实现我的理想,因为女人一生的理想就应该是嫁人生子,在家待到人老珠黄。我是这个家里的奴仆,就因为我是女儿!"

"这种养育,你以为我想要吗?我宁愿你当初生下我的时候,就把我丢在路边,让我自生自灭!"

多年的怨怼终于宣泄出口,那是她藏在心里头好多年的怨言。

现在也不怕了,所幸说出来。

这些人委屈她,她也绝不可能再委屈自己。

陆家一向最乖的那个孩子,今天就像是疯了一般。

所有人都意外的沉默了。

因为他们都清楚，陆先琴说的话全都是真的。

在这个重男轻女的大家庭里，她的怨尤，实在太正常不过。

可还是有人出声劝她："先琴啊，好歹是父女，说话不要这么难听。你是女孩子肯定是比不过男孩子的，你把自己和先桦比，肯定心里不平衡啊。"

"二叔，你是不是觉得，我没空对付你了？"她冷笑一声，表情讥讽。

"你没读过书，不知道有条法律规定，自然人之间的借贷合同凡是约定利息的，利率不能超过国家限制的借款利率。你真当你随随便便说个利率，我爸就得老老实实地还了，你坐享其成，什么事都没有？"

二叔没想到陆先琴又突然把枪口对向了自己，一时哑口无言，脸都憋红了。

陆先玉一摔筷子，站起来和陆先琴对峙："陆先琴你疯了吧？今天大过年的你跟条疯狗一样在这儿叫什么呢！你爸问我们家借了钱，现在亏了，还不上钱你还要怪我爸把钱借给你爸吗？你作为他女儿，不帮着他还钱也就算了，还反过来咬我们，你的书都读到狗肚子里去了吧！"

陆先琴反倒冷静了下来，嘴角上挂着的冷笑不禁让人毛骨悚然："如果这书真能进你肚子，那我还省点心呢。"

"你再说一句！"陆先玉一把踢倒了凳子就要找她算账。

"够了！"

爷爷终于开了口，声音浑厚，表情凝滞，眉头皱得很紧。

"谁家今天不是高高兴兴的，非我们陆家在这儿撒泼吵架！"爷爷转头看向先琴，眼神凌厉，"先琴，跟你爸爸和二叔道歉，你一个晚辈再怎么都不该和长辈顶嘴！"

若换作是平时，陆先琴说不定就真的这样服软了。

可惜今天是今天。

她无动于衷："不可能。"

"你放肆！"

"我在这里生活了十八年，每一天都过得无比煎熬，好不容易离开了这里,你们还要像牛皮糖一样粘着我,从我身上吸血。"陆先琴声音越来越大,仿佛在掩饰着她语气中的颤抖,"我也不知道我到底欠了这个家什么?我越是忍气吞声、越是听话,你们就越是告诉我,我没有价值,我唯一的价值就是嫁人生孩子!凭什么!"

"就凭你是女人!嫁人生子就是你们女人这辈子该做的事!"爷爷拍案而起,指着她厉声吼道。

陆先琴怒目圆睁:"胡说!我陆先琴拼了命地努力读书赚钱,不是为了任何人,就是为了我自己!为了我自己的理想!就算我这辈子都不生孩子,你们也没有资格谴责我!我今天就把话撂在这了,你们所认为女人的价值是结婚生子,这种观点就是毒瘤!就该死在你们这代人的脑子里!"

她歇斯底里的样子,让爷爷都不禁后怕了一下。

她真的就像是疯了一样。

爷爷转而又教训起了陆爸爸:"你看看你养的好女儿!说的都是什么混账话!"

陆爸爸紧皱着眉,颤颤巍巍地站起身来,恨铁不成钢地指着她怒骂:"你今天到底发什么疯!非要把全家人都气着了才高兴吗!"

陆先琴讥笑一声:"那又怎么样?"

"啪"的一声,陆先琴的左脸瞬间就红肿了一片。

陆爸爸是用全力打的这一巴掌。

所有人都没料到,徐廷舟皱紧了眉头连忙查看陆先琴的脸。

巴掌印是那样可怖,徐廷舟几乎是瞬间就红了眼睛,眼里透着一抹暴怒的情绪。

"徐先生,我自己的事情,让我自己处理吧。"她笑着按住他的手,安慰地拍了拍。

陆先琴的左脸疼得仿佛失去了知觉,她也没捂脸,就那样看着陆爸爸:"打吧,打到这父女情分足够彻底断了。"

陆爸爸气结,又是一巴掌挥过去,徐廷舟下意识的就要上前抓住他的手,却被陆先琴抓住手臂。

然而巴掌这次却没有落在陆先琴脸上。

陆先琴睁开眼看到陆先桦不知何时站在了她的身前。

这次力道更大，陆先桦白皙的脸上一下子就浮现出可怕的巴掌印，嘴角浸出了一丝血。

"先桦，你干什么！"

陆先桦喉间一阵腥甜，好半天没说出话来，等他擦去了血迹，才哑着嗓子说道："我这要不帮姐挡这一下，你这巴掌是不是就准备要了她的命。"

陆爸爸缩了缩手，语气强硬："这是我和你姐的事情，你别管。"

"我要管。"

陆先桦褪去了平日里玩世不恭的样子，眼神清亮，语气笃定。

"如果我是女儿，姐姐她是儿子，那么现在挨巴掌的就是我。"

"你这是什么胡言乱语，到一边去！"陆爸爸伸手就要拉开他。

而他的力气和陆先桦的力气却是云泥之别。

他依旧坚挺地挡在陆先琴面前，没有半步的挪动："爸，姐是你生下来的，不是你捡来的。"

"就是因为她是我生下的，我才不能放任她在这发疯！"陆爸爸沉着声命令他，"你给我让开，否则我就连你一起打！"

"好啊，打吧。"陆先桦苦笑，"终于有一回，我和我姐是公平的了。"

见这边僵持不下，谁也不敢插嘴，偏偏有人嫌不够热闹，非要添把火。

陆先玉好整以暇地看着大伯一家，语气轻蔑："你们一家人有事就出去说行吗？我们这还要吃饭的，被你们一家子扫了兴真是晦气。"

二婶掐了掐陆先玉的手，示意她别添乱。

"妈你掐我干什么？"今天这一闹，陆先琴算是彻底把自己嚯没了，她又怎么可能不加把火。

"你们都看清楚了吧，她陆先琴从来就没把这个家的任何一个人放在心上，她巴不得赶紧脱离我们这一家子。她忘恩负义，把她十几年受陆家照顾的恩情忘得一干二净，就是这种白眼狼，你们还能指望她干什么呢？"陆先玉狞笑一声，语气恶毒至极，"要我说，她就不配姓陆！也不配再做陆家的人！"

陆先玉再也没有掩饰对陆先琴的嫉妒和厌恶之情的必要了。

从小就被她压一头，读书没她厉害也就算了，反正女孩子读书多了也没用，但是就连长相她都不如陆先琴，而且连亲哥都向着陆先琴那边，这又是凭什么？

就因为她陆先琴投胎的时候走了狗屎运，生了这么一张狐媚脸？

陆先玉巴不得看她被赶出家门，这辈子都见不到她。

陆先琴却难得的没有反驳她，反而鼓起了掌："对，你说得对，我确实不配做陆家人，因为我脑子里没有那种老旧封建的思想，我没有那么不要脸皮，也没那么无耻，我当然不配了。"

"陆先琴！"陆先玉胸口猛烈地起伏着，正欲继续和她吵，就发现又有一只手拦住了她。

是陆先林。

他很是不满地看着她："还嫌不够乱吗？你消停会儿吧！"

陆先玉心中的愤怒更是到达了极点，一把甩开他的手："你还护着她！你先问问她陆先琴稀不稀罕吧！别贴了人家的冷屁股！"

陆先琴没再理她，转而对这个家的所有人说道："这是我最后一次回家，以后我和这里没任何关系了，你们就当我死了吧。"

陆先玉得意地笑了。

陆先琴转头对二叔说道："二叔，你那些把戏也就只够骗骗他们了，钱我不会帮我爸还而且你应该也知道我爸还不起的，就算闹上了法庭，你的借据上的利息也会反过来砸你自己的脚，所以你这一招不太高明。"

二叔的脸瞬间白了。

"先琴，话不能乱说，我怎么可能骗你爸？还有啊，别乱说什么不回家的，你身上流着陆家的血呢！哪能说断就断啊！大家好好坐下来心平气和地谈一谈，行吗？"

陆先琴没理他。

陆先玉拉着她爸，语气有些不理解："爸，你还留着她干什么！"

结果却直接遭到了一记白眼："有你插嘴的份吗！闭嘴！"

二叔见劝不动她，又把目标转向了陆爸爸："大哥，这利息的事呢，就算了，你就把本金还给我就行了。先琴到底是你女儿，你哪能说断就断啊，再不济这么好的女婿，你也就这么不要了？"

爷爷这时咳了一声："行了，饭不吃了，大家都好好冷静一下吧！"

一顿饭不欢而散，陆先琴心里已是厌恶到了极致。

这一家人整天把亲情挂在嘴边，实际上打的却是徐廷舟这块肥肉的主意。

好不容易攀来的姑爷，哪能说断就断？

陆妈妈走出来劝她："先琴啊，以后这种话可千万别说了，这断绝关系哪是说断就断的啊？"

她讥讽地笑了一声："那你刚刚怎么一言不发？"

陆妈妈哑口无言。

陆先琴看向陆先桦，见他脸还肿着，别扭地问了句："你没事吧？"

陆先桦似乎有些惊讶，但随后就露出了他惯有的那一副笑容。可能是因为他被打了看着可怜，没平时那么讨厌了，反倒有些令人心疼。

"没事，英雄救姐姐呢，帅吧？"

陆妈妈心疼地看着陆先桦："你爸也真是的，不会下手轻一点，你们俩在这别动，我去给你们拿点药来处理一下。"

"不用了。"陆先琴直接开口拒绝，"你给他处理就行了，我这边自己可以处理。"

她声音不冷不热的，牵过徐廷舟的手就要离开。

陆先桦出声阻止："现在很晚了，路上又没灯，你们还是明早走吧。"

陆妈妈捶了他一下："你也想让你姐走？"

"特别想。"陆先桦苦笑，有些哽咽。

陆先琴打开门看了眼外面，黑漆漆的一片，还伴随着刺骨的寒风。

她看向徐廷舟。

"确实有些不好开车，明早走吧。"徐廷舟略带深意地看着她，"有些话，你还没和他们说完。"

她只好作罢。

陆妈妈上前想要看看她的脸，却被她本能地躲开了。

手只好尴尬地停在半空，不知怎么办。

"以后别碰我，我受不起。"语气里已然没了半点温度。

应该是彻底心死了。

陆妈妈咬唇，愧疚地看着她："先琴，你别这样对妈妈行吗？"

"我以前也跟你说过这样的话。"她笑了笑，"还不止一次，上高中的时候，读大学的时候，结婚的时候，你哪次听了？"

"是我的错……"

"你没错，是我错了。我错在生在这种家庭，还有那种不切实际的思想。"

她这句话说完，再没有看陆妈妈一眼。

回房间的时候，恰巧碰上了站在她房间门口的陆先玉。

陆先玉语气轻蔑，神色得意："哟，不是说要断绝关系吗？怎么又厚脸皮地回来了？"

陆先琴放开了徐廷舟的手，冲他笑了笑："徐先生，你躲远一点。"

徐廷舟二话不说，后退两步在那站着不动了。

她朝陆先玉一步步走近，陆先玉后怕地退了几步："你要干什么！这可是在家，你真敢打我？"

"这又不是我家。"陆先琴轻轻一笑，"再说了，你这张嘴巴生下来，不就是欠打吗？"

陆先玉下意识地捂住脸，却被她一拳捶在了肚子上，她疼得低头捂肚子，然后脸上又被扇了几下。

"我打不了二叔，打不了我爸，你，我总是可以打的。"陆先琴死死地抓住她，逼迫她抬头。

陆先玉眼睛里有恨有怒:"陆先琴!你给我等着!"

陆先琴又是一个巴掌扇了过去。

"先挨完我的巴掌再说大话吧。"

陆先玉被打得眼冒金星,扶着墙跑了。

陆先琴似乎一下子就虚脱了,瘫倒在地。

"怎么了?"徐廷舟连忙走上前扶起她。

陆先琴笑了笑:"她脸太厚了,打疼我的手了。"

她的表情和上次出入一辙,只不过上次她是哭着的,这回她眼睛虽然红了,但却一滴眼泪都没有掉。

"我给你吹一吹。"徐廷舟捧起了她的手在上面小口地呼着气。

陆先琴有些撒娇:"还要亲一亲。"

徐廷舟又毫不犹豫地在她手心里亲了一下。

这回陆先琴笑开了:"徐先生,你怎么那么听话啊?"

"不想看你委屈。"他嘴角带着苦涩的笑意,却未到眼底。

陆先琴终于哭了,原本忍了许久,也以为自己可以一直忍着,可在他的面前终于再次决堤。

夜半时分,白天里还鸡犬不宁的陆家此时彻底安静了下来。

陆先琴却怎么都睡不着。

她小心翼翼地离开徐廷舟的怀抱,却被他下意识地又抱住,迷迷糊糊地问她:"去哪?"

她撒了个小谎:"去上厕所。"

徐廷舟睁开眼睛:"我陪你去。"

陆先琴有些尴尬:"我自己去就行了。"

"记得穿外套。"徐廷舟没坚持。

她披着衣服打开了房门,却没往厕所去,陆家一家人都住一个院子里,此时几乎所有灯都关了,只剩下她对面的那一个房间里还亮着白炽灯。

陆先琴控制不住自己，走上前去一探究竟。

门里是隐约的争吵声。

她把耳朵凑上前去听，老式的木门隔音效果并不好，只要贴上耳朵就能听见里面的谈话。

她听到了堂哥陆先林的声音："你疯了！她是你堂妹！"

紧接着就是陆先玉有些极端的声音："我呸！她这种连堂哥都勾引的女人算哪门子妹妹！"

接着就是一个耳光声。

"我说过，这事儿跟她没关系！"

"没关系？没关系你会被她迷得神魂颠倒！没关系你对她比对我这个亲妹还好！没关系你为了她骂我！我看她就是一副贱样子，生在这世上专门来勾引男人的！"

"陆先玉，你嘴巴放干净一点！"

陆先琴瞳孔紧缩，抿唇继续听他们的对话。

"我嘴巴放干净？那你呢？你这个喜欢自己堂妹的是不是更应该把自己那龌龊心思洗干净了！她陆先琴到底有什么好的！你们男人一个个都喜欢她！她今天都那样发疯了，你还为她说话！她都要对付咱爸了！陆先林，你清醒一点！"

"现在不清醒的是你，你把东西给我处理了！"

陆先玉的声音似乎有些缓了过来，带着蛊惑："哥，你不是一直喜欢她吗？她知道你的心思，恨不得躲你躲得远远的，你就甘心吗？只要你把这个给她吃了，你们就能在一起了啊，而且爷爷疼男孙，一定不会把你怎么样的，到时候家里人只会说是她陆先琴不要脸勾引了你，到时候你不就如愿以偿了吗？"

在门外听着的陆先琴双手握拳，心中五味杂陈。

她极力压抑住滔天的愤怒，继续听着。

陆先林一直没说话，陆先玉又说道："药我放这了，你自己好好考虑一下吧。陆先琴也不知道什么时候走,到时候错过了可别怪我不帮你。如果你想好了,我就帮你把她骗出来。"

陆先琴眼疾手快,躲在了房门外不远处的柱子背后。

陆先玉打开房门,匆匆离去。

见她走了,陆先琴深吸一口气,朝房间走去。

陆先林还愣在原地,一见到是她进来了,震惊地看着她,语气有些结巴:"小琴,你什么时候……"

"我一直在。"陆先琴转而看到了桌上的药,她三两步走上前拿起了那瓶药。

陆先林似乎想说什么,却被她先开了口:"堂哥,我疏远你,不是觉得你恶心,而是想让你能冷静下来。小时候陆先玉欺负我,只有你会替我骂她,我很感激你,心里一直认你这个堂哥。这件事,我希望你能帮我做个人证。"

他沉默了半晌,最终还是点了点头。

"谢谢你。"陆先琴感激地看了他一眼。"没有拒绝我。"

"于情于理,我都不该拒绝你。"陆先林深深地看了她一眼,突然弯下腰鞠了一躬,语气极其郑重。

"小琴,是我们对不起你。"

陆先琴后退了两步,面无表情:"从明天起,一切都会过去的。"

她和陆家从明天起,就会彻底划清界限。

第二天一大清早,警察就敲响了陆家的大门。

陆家所有人都被吵了起来。

警察问了他们要找的人在哪儿,然后就直接走到那人面前。

"你好,请你们跟我们走一趟吧。"

二叔和陆先玉一脸迷茫,等二叔反应过来以后,指着陆先琴说道:"是不是你报的警!"

"是我报的警。"

爷爷气得要拿拐杖往陆先琴身上打，陆先琴敏捷地闪过，抬眼毫不畏惧地看着二叔："二叔既然能私人放贷给我爸，做这种事应该也不是一两天了。如果真的存在私人高利借贷，那么你不可能一时拿得出那么多钱来，假设这笔贷款来自银行，二叔，你可就不是被抓进去那么简单了。"

二叔霎时嘴唇发白，手指颤抖。

"那为什么连我都要抓！"陆先玉不满地一把推开身边的警察，语气阴鸷，"你们警察乱抓人可是违法的！"

"为什么抓你？你心里清楚！"陆先琴看向陆先林，"堂哥，麻烦你也一起去一趟吧。"

陆先林点点头："好。"

陆先玉睁大了眼睛，三两步走到陆先林身边，一巴掌打在了他的脸上。

"我是你亲妹妹！你居然帮着她来对付我！"

"就是因为你是我亲妹妹，我才不能看你这么疯下去！"陆先林抓住了她又抬起的胳膊，任她如何反抗都挣脱不得。

此时，动静已经闹得很大，周围的邻居纷纷挤在陆家的大门口看热闹，叽叽喳喳的你一句我一句，什么话都说得出口。

爷爷眼看着人越来越多，一把抄起拐杖，只不过这次没打在陆先琴身上，而是打在了陆爸爸身上。

一记闷响，陆爸爸跪倒在湿润的泥地上，整个膝盖都被染上了泥土色。

"这就是你教得好女儿！把整个家都给毁了！这就是读过书的女孩子！恨不得把我们陆家的屋顶都给拆了！"

陆爸爸忍着痛站起身来，语气有些瑟缩："爸，你别生气，对身体不好……"说完后就伸出手又要打陆先琴。

陆先琴没躲，反而凑近了一步："打吧，这一巴掌打完，我也是最后一次叫你爸爸了。"

手顿在半空中，陆爸爸重重地叹了口气，收了回来，语气沉重："先琴，算了吧，都是一家人。"

陆先琴轻轻一笑："陆先玉的事定不了罪，最多也就是拘留几天。二叔的话，如果你想看在你们两个是亲兄弟的份上原谅他，那就去给他当证人把他捞出来吧。只是这钱，我一分都不会出，全看爸爸你了。"

"爸爸，这是我最后一次自作主张为你解决事情了，之后，不论你做了什么，都跟我无关了。"

车子就停在院子外，她早已把行李箱都收拾好放进了后备箱。轮胎和车身上到处沾着泥巴，从这车开过来的第一天，家里的小孩就把车当玩具一样，因为不能用笔在上面涂涂画画，就去捡了泥巴，糊在车身上。

她就跟这车子一样，以后身上再也不会沾这些肮脏的东西。

陆先琴看了看气得几乎要昏倒的爷爷，他被奶奶扶着大口大口地喘着气，那双眼睛恶狠狠地盯着她，仿佛要将她撕碎。

不止是他，几乎是所有人都这么看着她。

等到了明天，她可能就成为这个村里最没良心的那一个子孙。

不过她不在乎了。

"那几十万的彩礼，你们怎么处理都可以，那些钱已经足够我还清在这个家欠下的债了。"

她刚转头就被人从背后抱住了。

是妈妈。

"先琴啊，你连妈妈也不要了吗？"

陆妈妈一边哭着一边挽留她，在陆先琴的印象里，这是陆妈妈第二次哭了。

第一次，就是昨天，她在房间里控诉陆爸爸的行为时。

她一个指头一个指头地掰开陆妈妈的手。

"我要不起。"

身后是陆妈妈撕心裂肺的哭喊声和众人拉着她不允许她上前去追的劝导声。

陆先琴坐上车后，徐廷舟一直在主驾驶上等她："都说完了吗？"

"没有，不过不想说了。"她疲惫地闭上了眼睛，"我以为我能像个哲学家一样感化他们，扭转他们的那种思想，现在看来，是我太天真了，就算我说的再有道理，这家人也不会改变他们的想法。"

"顽固的思想已经扎根几十年，斩草都未必能除根，何况人呢。"

陆先琴喃喃说道："希望这种思想，能早日消失吧。"

徐廷舟正要发动汽车，透过后视镜看到了陆先桦正朝着这边走来。

他不顾后面所有人的声音。

坐上汽车关好车门，陆先桦背着自己的行李，冲他们笑了笑："我过几天就要上班了，不介意我搭个便车吧？"

陆先琴睁开眼睛，却没有转头："你这样鲁莽地跟我走就不会再是陆家金贵的陆先桦了。"

陆先桦满不在乎："谁稀罕当金子啊，是男人就得自食其力，这不是你教我的吗？"

她神情复杂，顿了顿后又说道："你跟我不一样，在家里你能过得很好。"

"我不要。"陆先桦一口回绝，"我们是亲姐弟就必须得一样。"

"妈妈会伤心的。"

"你多虑了。"陆先桦拍了拍自己的行李包，"这行李是妈昨晚上帮我收拾的。"

车子驶离了这个村子，陆先琴十几年的成长岁月，彻底被尘封在这里。

徐廷舟帮陆先桦在他们家附近找了间不大不小的单间公寓，又帮他付了小半年的房租。

陆先桦有些别扭，死活不要。

"等你攒了钱，要还给我。"徐廷舟不急不缓的补充。

陆先桦尴尬了一下，抽了抽嘴角："哦，我一定会还的。"

事情已经过去了半个月，元宵节的时候，徐氏夫妇带着陆先桦一起去了徐家吃元宵。

刚一进徐家,他就被徐家的人团团围住。

有夸他帅的、夸他高的、夸他有气质的,还有人夸他一身正气。

陆先桦这小混混头一次被人这么使劲夸,这是在家从没有享受过的待遇,一米八多的老爷们挠头笑,嘴上露出了一个羞涩的笑容。

后来徐家的人听说了陆先琴这个弟弟要找工作,纷纷好奇地问找了什么。

陆先桦大专毕业,如果学好了以后做技师这方面的工作其实也能过得很好,行业里最近很缺这种技术性的人才。可是他不争气,专科三年就这么混过来了,半点本事都没学到。

他挺不好意思的,只说自己找了个小文员的工作。

徐家人当场就反对了,说男孩子要有出息,要有理想,于是纷纷要给他介绍工作。

陆先桦被姐夫家人的热情给扑得招架不住。

最后还是爷爷开口说念书是最重要的,如果你愿意,可以先自考个本科,拿到毕业证了,自然就好找工作了。

陆先桦早前就听姐姐说过徐家的老爷子学者出身,因此对儿女子孙的教育颇为关注,他这一家几乎都是高级知识分子,家里的最低学历都是211本科毕业。

他原本还有些自卑,现在一看,这家人已经开始帮他联系自考学校了。

然后小舅子陆先桦的后半生就这么在饭桌上被拍板定下了。

临走前,陆先桦被徐老爷子叫到了书房。

他得到了一本书。

翻开第一页,空白处微微泛黄的纸页那里,签着一个名,不过他看不懂。

那是作家十几年前来中国时,他给这本书签的名。

耄耋之年的爷爷,纵使头发花白,可背依然挺拔如松,眸子里是一片清明。

"我珍藏了很多年,送给你吧。"

陆先桦连忙推脱说:"我不能收,这太珍贵了。"

"书若是一直被藏在书柜里，又怎么能凸显它的价值？一本书能打动它的阅读者，能令阅读者产生共鸣，从而做出改变，就是它最大的价值。"

爷爷吐字清晰，说出的话像是潺潺流水一般。

"它留在我这儿，也没什么用处了，因为我已经翻阅过许多遍了。

"虽然我不知道先琴家发生了什么，但是我知道，她一定受了委屈。

"先琴是个好孩子，许多事她看得很透。

"她带你来，想必也是希望你能放下心结。我是个老人了，和年轻人有代沟，这本书送给你，希望它能给你带来思考。"

陆先桦的眼眶渐渐湿润了。

"知识是无尽的，思想也是无尽的，人生却是有限的，须臾几十年，我希望你能好好想一想，自己想成为一个怎么样的人。"

这一番话，就像是老教堂里巨大的挂钟，一阵钟鸣后，虽然重回了寂静，但是心中却激荡万分。

回程的车上，陆先桦坐在后座，一直捧着那本书也不说话，和他平时一点都不像。

陆先琴怕他傻了，试探他："你灵魂还在吗？"

"在啊。"陆先桦瞬间就回过了神。

"那你捧着书发什么呆呢？"

"没什么，就觉得很羡慕你。"

陆先琴更不解了："你羡慕我？"

陆先桦没再回答她的话，眼睛反而瞥向了车窗外。

车窗外是一片热闹的景象，伴随着霓虹闪烁，明亮如白昼。

原来，读了书和没读书真的差很多啊。

第十四章 惊 喜

陆先琴在大多数学生还在享受假期的时候就回学校了。

出国前要准备的东西太多,这个学期的课也不能落下,陆先琴只能拼命赶进度,每天一有空了就往图书馆和办公室钻,要不就是回家整理自己出国要带走的东西。

她忙得脚都不沾地,这天陈院长把她叫到办公室开会,她听着听着竟然打起了瞌睡。

"先琴!快醒醒!"

被陈院长叫醒的陆先琴一脸迷茫,看着陈院长半天没回过神来。

"啊,我醒了。"

陈院长有些哭笑不得:"先琴啊,我也知道这段时间你累,但是你也要注意劳逸结合啊,别还没出国就把身体给搞垮了。"

陆先琴有些不好意思:"对不起,我第一次出国,想万事俱备。"

"你要是能在这方面做出点自己的实绩来,以后出国的机会多着呢。"陈院长呵呵一笑,"让你带U盘带来了吗?"

"带了带了。"陆先琴把U盘双手送上。

陈院长接过她的U盘插在自己电脑上,口中嘱咐道:"我发给你的论文都是那个大学研究这个方向的教授发表的,你拿回去好好看看。对了,你的口语应该没问题吧。"

陆先琴点点头:"日常交流是没问题的。"

"嗯,但还是要多练练,术语词汇也多记一些。"陈院长顿了顿又说道,"我这德语也好多年没说了,都忘光了,到了那边用英语交流,要是听不懂人家说的词是什么就贻笑大方了。"

中国学生学英语一向重课本不重交流,很多四六级都过了的大学生,连日常的英文交流都有困难,反反复复都是一些基础的口语词汇,稍微碰到点有难度的,还得拼出来以后才明白是什么意思。

她高中的时候,那个英语老师连说普通话都带着一股方言味,读单词的时候下面的学生憋笑憋得肚子疼。后来读了大学,英语老师的发音标准了,她才悔悟自己的口语一直以来都走了弯路。大一一年学了英语,稍微挽救了一下英语水平,大四那年终于勉强擦线过了六级,等考研的时候才又捡起英语从头学起。

陆先琴也怕自己说得不好给学校丢脸,拼命点头:"这几个月我肯定好好复习!"

陈院长被她的态度感动。

陆先琴练口语,受折磨的当然是她的室友、她的丈夫,以及她的弟弟。

叶子也回了学校,陈院长一点都没让她轻松,直接把她丢到了别的项目组,还要定时抽查她的学习进度,害得叶子每天在寝室里挠头发。

"我以为陈院长走了就没人能管我了!为什么还有视频通话这个东西啊!啊啊啊!"

正趴在桌上研究论文的陆先琴,翻着那一本厚厚的专业词典,转过头来幽幽说道:"He seems strict, but he's trying to help you.(他看起来很严厉,但他在尽力帮助你。)"

"……"

到了中午两个人去下馆子。

叶子激动地拉着陆先琴:"要不要点你喜欢的糖醋排骨?"

陆先琴比她还激动:"Oh my god! It's my favorite food! My sweet-sour pork ribs! I'll get it!(哦!我的天呐!这是我最喜欢的食物!糖醋排骨!我要点这个!)"

然后她就冲过去点菜。

点完以后,陆先琴带着满足的笑容:"I feel bright!(我感觉很愉快!)"

"你是什么时候连糖醋排骨怎么说都知道的。"

之后寝室里就充斥着各种美剧英剧的声音。

叶子终于爆发了:"陆先琴!你要是再用这种贱嗖嗖的译制体跟我说话,我们就绝交!"

陆先琴耸耸肩:"What happened? My friend, don't mad, keep clam.(怎么了?我的朋友,不要生气,保持冷静。)"

精神衰弱的叶子只能求助徐廷舟,她一把关上宿舍门,任陆先琴在门里面叫唤她这个friend(朋友)打开the door(门),拨通了徐老师的电话。

那边接得挺快:"喂,你好。"

"我不好!"叶子欲哭无泪,"徐老师我求你了,你把陆先琴给带回家吧!我被她折磨的耳朵都要流血了!"

徐老师的声音似乎有些奇怪,听起来是在憋笑:"她想练口语,你就陪陪她吧。"

"她要一天练那么几个小时也就算了!我权当舍命陪君子了,但她现在每天早上一睁眼就跟我'hello, my friend.(你好,我的朋友。)',我从她嘴里就听不到一句中文,汉语这么美,为什么我们就不能愉快的用汉语交流呢!"

此时钱伊敏刚好从门口经过,见她抵着门听电话,好奇地凑上前去:"你们寝室进蟑螂了?"

叶子好像看到了救兵一样,拽着她不准她走。

"哎?你放开我!我也怕蟑螂的!"

之后陆先琴这个"大蟑螂"就窜了出来。

叶子指着钱伊敏："Look！ Your new spoken-English partner！（看！你新的口语搭档！）"

陆先琴激动地一把握住了钱伊敏的手："Oh！ Miss Qian！ My friend！（哦！钱小姐，我的朋友！）"

钱伊敏面无表情，对叶子说道："她什么时候这样的？"

"从院长让她复习口语那天。"

"没救了，送医院吧。"钱伊敏淡定地下结论。

陆先琴被叶子和钱伊敏合伙"五花大绑"送到了徐廷舟的车上。

"Why do you treat me like this！（你们为什么要这样对待我！）"

陆先琴挣扎着。

叶子擦了擦额头上的汗，郑重地对徐廷舟说："徐老师，先琴就交给你了，希望她出院以后能够恢复正常，我们会等她回来的。"

被这几个学生一本正经给逗笑的徐老师咳了一声，点点头："辛苦你们了。"

"为好友两肋插刀！在所不惜！"

车子在路上开着，徐廷舟怕她无聊给她打开了车载 MP3。

谁知道平时酷爱听流行歌曲的陆先琴这回居然抗议了。

"I only listen to English song.（我只听英文歌。）"

徐廷舟没辙，换了首他爱听的乐队的英文歌。

两个人一路无话地回了家，刚到家徐廷舟就跟她招手："过来，咱们好好聊一下。"

陆先琴警惕地后退了两步，不肯上前。

徐廷舟直接说道："Let's make an appointment, from today on, we can only speak English. If anyone speaks Chinese,he'll be punished, how about this？（我们来做个约定，从今天起，在这个家我们只能说英语，如果谁说了中文，谁就要接受惩罚，这样行吗？）"

他的发音是极为标准的英音，几乎没怎么张口，陆先琴每一个单词都听得清清楚楚。

"What kind of punish？（哪种惩罚？）"

徐廷舟想了想，轻轻一笑："If I win, I'll confiscate you a lipstick. If you win, I'll buy a new lipstick for you at any price or brand.（如果我赢了，我就没收你一支口红。如果你赢了，我就送你一支口红，价格品牌随意。）"

很诱惑的条件，虽然她有些后怕，但为了练口语赢口红，还是坚定地点了点头。

结果那天晚上陆先桦下班晚到他们家蹭饭。

餐桌前，徐氏夫妇一言不发，默默吃饭。

陆先桦察觉气氛不对，小心翼翼地问道："你俩吵架了吗？"

接着陆先琴就用他听不懂的鸟语给他叽里咕噜灌了一通。

他没懂，眼神看向徐廷舟，期待他这个靠谱的姐夫能解答一下。

徐廷舟微微一笑，只说了句："She is right.（她说得对。）"

之后全程，他就听见这两个人用他听不懂的话交流着，而且还说得兴致勃勃，完全不把他这个文盲放在眼里，态度极其嚣张。

陆先桦脸色很臭，当场撂筷子走人："我知道我没文化，但你们也不用这么侮辱我吧，大家都是中国人，为什么要这么伤害我？"

"回去吃泡面也比在这吃舒服。"

陆先桦夺门而去。

当日晚上，陆先琴点了一支新买的香氛蜡烛，精致的浮雕杯透着微黄色的亮光，整个卧室都盈满了淡雅清新的香味。

徐廷舟低头看书，鼻尖也被这香气包围，轻轻一笑："Smell nice？ What kind of？（闻起来很香？什么样的？）"

陆先琴愣住了，犯了难，她不记得这个英文名怎么念了。

这也是她为什么不太情愿和徐先生玩这个游戏的原因。

一是她口语不如他好，和他对话就感觉是标准普通话对上塑料方言。二是她词汇量不如他多，他只要随随便便抛一个夹杂了两到三个专业词汇的句子，她就接不上了。

见陆先琴犯了难，徐廷舟也不为难她了，替她回答："Lavender and orchid.（薰衣草和兰花。）"

前者消炎抗菌，镇静情绪，后者抗菌降压，平衡荷尔蒙激素。

当陆先琴被压在床上的时候，徐廷舟的耳朵已经充血了。

他轻笑一声，凑到她耳边咬了咬她的耳朵，见她瑟缩了一下，不但没收手，反而还对着她耳朵吹了口气。

陆先琴的耳朵比较敏感，被他这样一吹浑身都软了。

这种情况下他基本上不会说话，也很少命令她做什么，当某种情绪控制了大脑，根本无暇顾及语言系统，基本都是靠着本能。

而徐先生的本能，就是低喘没任何骚话。

只是今天也不知道是不是香氛的作用，他还记着两人直接的赌约，用英文骚话撩她。

他嗓音低沉性感，英文并不讲究抑扬顿挫，反倒是念得越慵懒，越是撩拨。

嘴唇微张，他的伦敦音平缓而又深沉，往往一句话里，有两到三处提音，再慢慢降调，和他的动作一样，太慢了，以至于让人心痒。

她渐渐有些急了，憋着声音半天都发不出来。

徐廷舟低笑一声，压抑着问她："What do you want？ tell me.（你想做什么？告诉我。）"

薄唇在她唇边游移轻吻，就是不愿意停留在最该停留的地方。

陆先琴怎么都说不出那个单词，宁死不屈，脸憋得通红，浑身难受。

徐廷舟轻叹一声，还是不忍欺负她。

到之后，陆先琴已然尽兴，而徐先生还未结束他的战争。

她有些困了，捏了捏他强健有力的胳膊，示意他停下。

徐廷舟无奈地趴在她身上。

陆先琴拍了拍他："too heavy.（太重了。）"

他从她身上下来，躺在一边，又伸手把她捞进怀里。

"还是说中文吧。"他缓缓说道。

陆先琴兴奋了："徐先生，你说中文了！"

他眨了眨眼，佯装惊讶："是啊，一不留神。"

"嘿嘿，你输了。"

徐廷舟轻笑着吻了吻她的额头，无奈道："是啊，愿赌服输。"

第三天，陆先琴就在她的梳妆镜前看到了一个精美的礼盒。

是她微博上最新种草的一只口红。

多亏了徐先生，陆先琴的口语进步神速。

三个月以后，她已经能够在学校的大路上随便抓一个留学生用英语交流了。

五月，暖春离去，初夏已然降临。

新生的枝芽终于开出了花苞，空气中带着一丝炎热。

清河市是典型的亚热带季风性气候地区，虽还未到盛夏，夏蝉却迫不及待地吵闹了起来。

湖面静谧，偶有涟漪泛起，映出透亮的天空。

空气里弥漫着甜甜的桃花香。

距离出国的日子越来越近，陆先琴一边兴奋地做着各种出国前的准备工作，一边又开始惆怅了起来。

这些日子净忙着自己的事了，她把徐先生的生日给忘得一干二净。

再过一个礼拜，就是他的生日了。

往日她总是记得十分清楚，只是这几个月实在是太忙，等陆先琴回过神来，已经来不及为他制造惊喜了。

叶子看她那焦灼的样子，也跟着着急了起来："现在还来得及，前几年你都是怎么给徐老师过生日的？"

陆先琴想起三年前，她召集了她们那个办公室的所有同事给他过生日，他好像挺开心的。

两年前，她和他闹了点不愉快，但最后还是和好了。

一年前，为了庆祝她考上研究生，那一天徐家非要两件喜事一起办，所以她的升学宴和徐先生的生日宴变成了一天。

不过她知道，徐先生是喜欢过人少一点的生日。

两年前的那次生日，只有他们两个人，他笑得最开心。

"那个时候他工作忙，心情也不太好没怎么搭理我，我以为我自己哪里做得不好，得罪了他。"陆先琴缓缓说道，"然后，我就打算给他弄一个惊喜。"

叶子好奇："什么惊喜？"

"就是那种在家里挂上彩带，摆上心形的蜡烛，然后捧着蛋糕那种啊。"

叶子有些嫌弃："这种都烂大街了，亏你也想得出来。"

"也不是，我本来是这么想的，但是那天我还没来得及准备这些东西，我就发现徐先生家里都有。"

"啊？徐老师买这玩意干什么？"

陆先琴迷茫地摇了摇头："我从来没听他说过，那些东西就装在一个大箱子里，我想他可能是为了给自己庆祝生日的。所以趁他回家之前，我就把他家布置好了。"

"嗯嗯，然后呢？"

陆先琴诡异的脸红了，语气有些不太自然："然后啊，然后就很开心。"

叶子也知道再说下去可能是少儿不宜了，她及时打住，托着下巴思索道："既然这惊喜已经玩过一回了，徐老师喜欢也不能玩第二回啊，还是再想个新鲜点的吧。"

陆先琴瘫了："我就是想不到啊。"

她趴在桌上一脸烦恼，好像真的因为这件事很为难。

叶子却忽然笑了："其实我觉得，只要你陪着徐老师过完这个生日，他就会很开心了吧。"

"那怎么行。"陆先琴一口否定了她的提议，"以后我还要和他过好几十个生日，当然每一年都要给他不一样的惊喜了。"

她的话说得极为顺口，压根就没多想。

却不知，这是多少人这辈子都做不到的事。

若是每个人，都能几十年如一日的，为另一半精心策划生日，哪还会有那么多的佳偶变怨侣。

所谓爱情的保鲜期，其实根本就是看人愿不愿意为了保鲜费心思。

"我怎么感觉，等你和徐老师七老八十了，还会对着你们的子孙秀恩爱啊。"叶子感叹道。

陆先琴嘿嘿一笑："那也不错啊。"

"口水都要流出来了。"叶子嫌弃地看着她的嘴角。

陆先琴下意识地摸了摸嘴唇，发现根本就没流口水，她生气地瞪了一眼叶子，对方正笑得花枝乱颤的。

"算了，就知道指望不上你。"陆先琴有些生气，"顾学弟真可怜，你们在一起，一定是他想尽了办法逗你开心。"

叶子微微一滞，发现还真是这样。

她咳了咳，语气正经了些："我是真心觉得，你把自己打包成礼物的样子就足够让他开心了。"

陆先琴红着脸斥她："猥琐！极其猥琐！"

"……"

她还什么都没说呢，明明是她自己满脑子都是不健康的想法。

到了五月十九日那天。

还是工作日，该上班的上班，该上学的上学。

先琴晚上没在家睡，徐廷舟一大清早起床洗漱后接到的第一通电话依旧是来自父母。

和往年一样，和他说了些祝福的话，最后嘱咐了几句就挂断了。

短信和社交号都是大大小小的来自亲朋好友和 APP 官方的生日祝福。

他打开微信,下意识的打开微信。

找到了她的微信。

果然,她在十二点钟准时发来了生日祝福。

徐先生!生日快乐!

你的小仙女祝你长命百岁,寿比南山!

岁月不回头,我们不分手!

老年人徐先生睡了?

明早上记得回复我哦!

再然后,是她的转账记录,发了两个,一个是520,一个是1314。

他还刷着牙,电动牙刷在嘴里震动着,徐廷舟一只手空出来给她回微信:

谢谢小仙女。

那边回得很快:

徐寿星早安呀,快点收款!

他没收,反而问道:

你的零花钱?

是啊是啊,肉好疼的。

然后她还在催他赶紧收款。

徐廷舟按了确认收钱,随后又给她回了两个红包。

我爱你,一生一世,是你的十倍。

今天你生日为什么给我发啊？

他擦了擦嘴，修长的手指在手机上敲着。

你的我已经收下了。
这是我给你的零花钱。

那边好半天没回复，他不用想也知道她肯定跟个木头一样愣在那里，想着怎么撩才能撩回来。
虽然今天他生日，但是白天没时间，还是晚上和她出去过吧。
徐廷舟预约了她最喜欢的餐厅。
穿好外套，徐廷舟拿着包和车钥匙准备上班。
一路上在小区碰见不少练太极拳的老年人，这个早上似乎和平日里没什么差别，除了空气有些甜以外。
一直到坐上了车，他才重新看了看手机，发现她在这十几分钟里又给他发了好几条微信。
是道歉的，语气很诚恳，说今天晚上临时有个会，可能不能为他庆祝生日了。
给他发了五六个跪着流泪的表情包。
徐廷舟微微叹了一声。
那就算了吧。

那你晚上早点回家，我做长寿面给你吃。

踩下油门，车子驶离了地下停车场。
徐廷舟难得的有些走神，一直开到十字路口那儿，眼见着要闯红灯了，他才后知后觉地踩下了刹车。

她临时有事,没办法给他庆祝生日,情有可原,他没生气。

只希望她晚上忙完了能回来陪他吃个面。

可是心里却觉得有些空落落的。

他不喜欢生日的时候一大帮子人闹哄哄的,因此从小学到大学,他的生日也只有周围的亲密好友知道,几个人约在一起吃个蛋糕就差不多了。

后来也不知道班里的女生是怎么知道的,一般在他生日的前几天,整个班级都会躁动起来。

送来的礼物一概婉拒,渐渐地,女生们也不敢送了。

他的生日又恢复了平静。

没什么惊喜,但也温馨,他很满足。

只是自从三年前,他开始不满足于此。

开始觉得,生日是一件重要的事情,一定不能马虎,要用心过。

今年,他想和她好好过这个生日。

车子已经开到了学校的停车场,他迟迟没有下车,手抓着方向盘沉思着,眉头轻皱。

最终他拿起了手机,还是问了她:

会议不可以推迟吗?

消息刚发出去的那一下,他又像是抽风一样,赶紧撤回了消息。

好在她没看到。

过了几分钟才问他说了什么。

徐廷舟搪塞过去了。

他打了个电话给餐厅取消预约。

算了,也没什么大不了的。

刚进办公室,怀里就被塞了一束花。

同事笑着对他说:"徐老师,生日快乐啊,这是咱们办公室的同事送你的礼物,别嫌弃啊。"

徐廷舟轻轻一笑:"谢谢大家,费心了。"

同事摆了摆手:"我们这礼太轻了,你看看你学生们给你送的,真是羡慕啊。"

人气第一的老师那影响力果然不是盖的,就算公布了结婚,崇拜者照样一大把。

他走到桌前,发现自己平日里还算是宽敞的桌上摆满了礼物。

是学生们送他的礼物,有花、卡片、纪念册,都是小礼物,但心意满满。

居然还有人送了个水晶奖杯。

上面印着"一枝红杏出墙来,徐老师是个小可爱",据说这是为他专门定制的宣传语。

他哭笑不得,一一打开了学生们的礼物。

当老师,或许与旁人相比最大的不同就是有这么一群贴心的学生。

"哦,对了对了,那个美术学院的美女老师也给你送礼物了!"

同事指了指桌子最里边那个礼盒。

他微微皱眉:"为什么要给我送?"

上次新入职教师欢迎会,徐廷舟因为课题的事请了个假,因此到现在也没见过刚入职的那几位新老师。

同事一脸惊讶地看着他:"你忘了啊!我以前跟你说过的啊,那个老师公开在课上说你是她的理想型哎,不过那时候你已经向众人宣布结婚了,所以没起什么水花。"

徐廷舟隐约感觉不对劲,拿起了礼盒,上头粘着一张小卡片。

他翻开卡片,然后又关上了。

"怎么了?"

"没怎么。"徐廷舟把盒子递给他,"替我还给那位老师吧,就说谢谢她的心意。"

同事很不理解:"啊?为什么要还啊?怕老婆误会吗?打开看看也不迟啊,起码知道人家送了什么。"

徐廷舟淡淡地摇了摇头:"没有必要。"

高三那年收过一回,结果让先琴吃了好久的醋。

这次要收了,那她岂不是要喝下一瓶醋?

同事接过礼盒,还是不太理解他的行为。

"我只想收到一个人的礼物。"

可惜,今年她却敷衍他。

平淡的一天过得很快,徐廷舟上完最后一节课,下课铃刚响,全班的学生就齐齐对他说了声生日快乐。

接着又唱起了生日歌。

他眉眼弯弯:"谢谢大家,祝大家天天开心。"

"徐老师也要天天开心!"

"徐老师永远十八岁!"

徐廷舟心中一叹,都怪陆先琴把他给惯坏了,这么多的祝福他还是觉得不太开心。

回到办公室准备收拾东西回家,徐廷舟拉开抽屉,却发现原本只放着他的笔记本和教科书的抽屉里,竟然多了好多不同颜色的千纸鹤和爱心状的折纸。

最上面有一张粉色的纸。

上面是他再熟悉不过的字体:

徐先生!小仙女的独家生日快递到啦,请到校北区星湖广场领取哦!

她是什么时候溜进办公室的?

还有,她真的好幼稚。

像个十几岁的小姑娘一样。

心里这么想着,可徐廷舟脸上还是露出了浅浅的笑意。

时间已经是傍晚六点，晚霞还挂在天边为学校覆上了一层红纱。

风吹过，带起一阵微微的热潮。

广场上到处是欢声笑语，蝉鸣聒噪，月季花开得正好。

陆先琴站在广场的正中央有些害羞地往下拉了拉裙子。

有学弟上前和她搭讪：

"陆学姐，你是在玩什么？"

她红着脸摇了摇头："什么也没有啦。"

学弟还想问什么，就听见背后响起一个不太友好的低沉声音。

"先琴。"

陆先琴拼命冲他招手："徐先生！这边！"

学弟僵硬着转过头来，好死不死，就是那个新闻学院的徐老师。

他嘴角抽搐了一下，敷衍地对徐老师打了个招呼，脚下生风赶紧溜了。

徐廷舟走上前来，看着她穿着校服短裙，那裙子可真短，都露出半截大腿了。

"这就是送我的礼物？"他挑眉问道，语气一本正经。

陆先琴好半天才反应过来，嗔怪地瞪了他一眼，说道："这是你今天的生日主题。"

"什么生日主题？"他第一次听说生日还有主题。

陆先琴脚边是两辆单车，她从其中一辆单车的前车篮里拿出一个袋子，递给他："我把你的校服也带来了。"

徐廷舟嘴角有些抽搐："让我穿这个？"

陆先琴当然知道他不情愿，毕竟被学生看到了不好意思："咱们先骑车，骑到星湖公园去，等天黑了点你再换上。"

徐廷舟还是不太情愿。

"你听不听我的话啊？不听我的就不给你过生日了。"

陆先琴叉腰威胁道。

"听。"

徐廷舟腿长,单车骑得很快,陆先琴拼了老命也赶不上他,吭哧吭哧地在他背后骑着。

谁知他的速度又渐渐慢了下来。

陆先琴逮着机会超过了他,偏过头得意地看着他:"我超过你了。"

长发被吹得凌乱,在空中划了好几个圈,她眼睛亮亮的,咧开嘴笑得像个孩子,夕阳下,那笑容并不刺眼。

相反,像云一样揉进了心间。

学校离星湖公园并不远,但骑到那里去的时候,天渐渐暗了下来。二人找了个公共洗手间,徐廷舟只好认命地拿起衣服去换了。

他换下了衬衫西装裤和皮鞋,她想得周到,连鞋子都给他带来了。

待他换出来以后,陆先琴双眼放光地围着他欣赏了好久。

"感觉比上次还好看呢。"

徐廷舟垂眸看她:"你上次喝醉了,还看得清?"

"……"

她没同他继续争辩,从自己的包里又掏出了两个耳朵装饰。

"戴上。"

徐廷舟这回说什么都不听了,这事关男人尊严,意义非同小可。

"死都不带。"

陆先琴一副受伤的做派:"我今天精心策划,你不戴就没意思了。"

这姑娘八成又是诓他,徐廷舟没理她,往单车那边走了。

他骑出几米远以后,回头发现她就站在原地没动,一脸哀怨地看着他。

他重重叹了口气,又骑了回来,停在她身边,他双手还扶着车把,脚踩在地上保持平衡,徐廷舟低下了头。

"戴吧。"

陆先琴给他戴上了那个狐狸头箍。

他抬起头来的时候,因为头箍装着弹簧,还弹了两下,陆先琴笑得开心极了:"哈哈,狐狸先生。"

徐廷舟挑眉,看她戴上了那个兔子头箍。

"为什么你是兔子,我是狐狸?"

陆先琴眨了眨眼:"不对吗?"

他取下了她的兔子头箍和自己的狐狸头箍:"要换一换。"

"我是狐狸,你是兔子?"

徐廷舟理所应当地看着她:"你不是狐狸还有谁是?"

"那你也不是兔子啊。"陆先琴看着他,有些犹豫,"不搭。"

他轻笑一声,眨了眨眼:"比你搭。"

徐廷舟穿着校服,刘海放下,一脸的天真无辜,站在她身旁,竟然真的有了一点十八岁时的模样。

她也不在乎那么多了,戴上头箍朝他打了个响指:"好了,今天是十八岁的陆先琴和十八岁的徐先生。"

"为什么是十八岁?"

她啊了一声:"不能早恋啊。"

他眼睛带笑:"你敢保证吗?"

这话刚问出口,他就想起那时候她才十五岁,好像确实是一副没开窍的样子。

这么一想,徐廷舟又有点庆幸,幸好他比她大。

谁知陆先琴倒是犹豫了起来:"我也不敢确定……"

徐廷舟明白陆先琴为什么让两个人换上校服。

无非是弥补他们之间的遗憾。

弥补他们未在最美好的岁月遇见对方的遗憾。

陆先琴骑上车,比了个冲的手势:"冲啊,目的地是孔子广场!"

他这次骑得慢,不急不缓地跟在她身后看着她兴冲冲的样子,她脑袋上那个狐狸耳朵一直在晃荡晃荡的。

很适合她。

徐廷舟不知道怎么的，突然就想起了他听过的一首歌，似乎这首歌是被某个学生当成了手机铃声在某天上课时这首歌响了起来。

我爱的，是小狐狸。
但我竟然，并不想逃离。
哦，小兔子，爱小狐狸。
用尽无敌勇气，抱紧你。

兔子就兔子吧，反正是一对。

星湖广场围绕着整个星湖修葺，因此面积很大，待他们骑到孔子广场的时候，天已经完全暗了下来。

孔子广场的正中央是一座巨大的孔子石像，场地空旷，到了晚上就会有大妈在这里跳广场舞。

他还是不太明白陆先琴为什么要带他来这里过生日。

陆先琴没有在孔子广场停留，而是走向广场的边缘。在广场的边缘是一层围栏，绕着围栏走到最边上，是一道狭窄的楼梯。

"从这里下去。"她指了指这道楼梯。

两个人把单车停在原地，手牵着手下了楼梯。

他从来不知道，这里还有一条路。

顺着楼梯走下去，就是一条临湖小路，小路上还装着藏地灯，功率不大，但胜在数量多。

一颗一颗地镶嵌在地上，踩在上面就像是踩在了星星上，又像是踩在了水晶上。

那光芒微弱又耀眼，一时间竟不知该怎么形容。

"是叶子告诉我的，没什么她不知道的。"她笑着说。

临湖小路的尽头是一座小亭。

简单的四方小亭，由原木搭成，上面没有上油漆，但顺着柱子一直延伸到亭子顶部都围绕着一圈圈暖色的小彩灯,在夜空中竟然比那远处的月亮还要明亮。

亭子里摆着一些乐器,陆先琴走上前,拿起了一把尤克里里。

她走到话筒处,对着话筒试了试声:"喂喂喂,徐先生,呼叫徐先生。"

徐廷舟忍俊不禁:"徐先生在这里。"

她捧着尤克里里,声音甜得可以融化人心:"下面就让我来为徐寿星献歌一首吧。"

其实陆先琴谈不上有什么演唱技巧,换气声也很大,但她的声音甜,咬字特别清晰。

尤克里里的声音和吉他很像,但又没有吉他那么低沉,就像是小伙和小姑娘,轻轻一碰琴弦,尤克里里清脆的声音就传入了他的耳中。

还记得那场音乐会的烟火
还记得那个凉凉的深秋
还记得人潮把你推向了我
游乐园拥挤的正是时候
……
我们小手拉大手
一起郊游
今天别想太多

尤克里里的声音是甜的,她的声音也是甜的。

混合在一起,甜得掉牙。

和两年前一样,一点没变。

她唱完以后,又赶紧从亭子的角落那里拿出了一个蛋糕盒子,徐廷舟就这样静静地看着她拆缎带,点蜡烛。

她唱着生日歌朝他走来,然后像三年前那样,催促他赶紧许愿。

他拿着蛋糕，闭上了眼睛。和以前不一样，这次他真的好好地许了个愿望，关于未来，关于她。

待徐廷舟睁开眼睛，就看见她双手各拿着一根仙女棒。

星星点点，簇簇明亮。

她笑着对他说："我想起来了，三年前我第一次送你的礼物就是仙女棒，但是今天和三年前不一样了，这路上，这亭子里，还有我手上的，这些星星都是送给你的，你喜欢吗？"

还没等他回答，她又啊了一声，仙女棒这时也正好燃完，她赶忙又从亭子角落拿起了一个袋子。

她到底在这亭子里藏了多少东西。

心里这么想着，就看见她提着一个黑色的牛皮袋，伸手递给他。

"唔，仙女棒还是有点寒酸了，我细细想了想，好像这几年都没送过你什么正经礼物，所以用奖学金给你买了个小礼物，希望你不要嫌弃。"

他眼圈泛红，语气有些严肃："先琴。"

她迷茫地看着他。

"非让我这么感动吗？"

陆先琴得逞一般的笑了："感动才好呢，每次都是你让我感动，也该让你感动一回了。"

他也不知道是该高兴还是该无奈，放下蛋糕，将她抱在了怀里。

"有你在的每一天，我都很感动。"

陆先琴嘻嘻笑了，催促他："快看看我送你的礼物呀。"

他放开她，去拆礼物，那是一个精致的小盒子。

打开盒子，一对精巧的袖扣正静静地躺在上面。

"太贵的买不起，就按照我自己的眼光挑了一对。"陆先琴生怕他不喜欢，急忙解释。

那袖扣在这黑夜里，竟也散发着微微的光。

他小心翼翼地关上了盒子，摸了摸她的头："谢谢你，我很喜欢。"

得到了他的肯定，陆先琴终于放下心了。

湖面波光粼粼的，两个人依偎着坐在亭子里，陆先琴把玩着徐廷舟的手。

"明天打算怎么过？"

徐廷舟的生日和他们的结婚纪念日，就是紧挨着的两天。

"怎么过我都开心的。"陆先琴懒得想了，光是想这个生日惊喜就折腾了她好久。

徐廷舟柔声问她："没有什么特别想要的吗？"

"没有。"陆先琴顿了顿，"比起物质来，我更希望是精神上的礼物。"

"什么？"

她语气有些幽怨："求婚仪式。"

徐廷舟愣住了。陆先琴又说道："这是我这辈子最大的心痛。"

谁知他反而笑了起来，陆先琴有些生气："你居然还笑！"

"傻瓜啊。"徐廷舟捧着她的脸颊，在她唇边亲亲碰了一下，"我求过的。"

"不可能！"陆先琴觉得自己记性不可能差到连这种人生大事都记不住。

"我原打算用来求婚的那些东西，全变成了某个人的道具。"

他叹了口气。

两年前，徐妈妈催得紧了，三天两头给他打电话。

"好不容易同意你娶了，你倒是动作快点啊！"

他面上自是一副不着急的样子，但其实心里慌成狗。

没求过，没经验，怎么求婚？

去百度、谷歌查了各种求婚仪式，但每个看上去都很土。

正当他烦恼时，他那个为唯恐天下不乱的老板又出现了。

陈叙一脸求婚大师的拽样："小样！拜我为师吧！我保你有一个难忘的夜晚！"

他直接忽略了这个神经病。

谁知陈叙大肆吹嘘他向自己的女神求婚时的壮阔场景，吹得徐廷舟都有些信了。

也对，求的太弱智，他老婆也不会嫁给他。

于是徐廷舟为了后半生的幸福，不得不低头跟陈叙取经。

谁知陈叙给他出的第一个主意就是，买大厦LED滚屏的广告位，大声说出他的爱。

徐廷舟并不喜欢这种方式，或许有的人喜欢这样华丽的告白，觉得浪漫又高调，但有的人却不喜欢。

和先琴交往的这一年，他们这一点很相似。

得到了否定后，陈叙又给他出了第二个主意。

虽然求婚地点换成了家里，但方法还是土的不行。

他一脸复杂，彩带？蜡烛？气球？

你别嫌土啊！虽然这确实是有些老掉牙了，但是我保证，没有哪个女人能抵抗这满是气球和彩带的房间里，你的恋人站在蜡烛中央，一脸柔情地向你求婚这种场景。

这么说好像是有点道理。

总比那什么坐着热气球飞上天，对着鲜花对着大地发誓我永远爱你这种要好得多。起码不会等热气球落地后，摔进泥坑。

那我再信你最后一次。

陈叙挑眉，放心吧，等成了记得给哥汇报好消息。

这种东西，酒店经常采购，所以他干脆去了工作人员常去的那个批发市场。满目琳琅的，看得他眼睛疼。

卖东西的大妈热情地给他介绍，他也没多想，就说求婚用的。

大妈眼中流露出浓浓的羡慕之情："也不知道是哪个好姑娘哦，让你这么一个大帅哥向她求婚。"

他抿了抿嘴："那您觉得成功率大吗？"

大妈用力点头："你放心，你买了我的东西，再加上你这么一个帅哥，人家姑娘保证同意，不同意我退你钱！"

无商不奸，大妈都说要退钱了，那应该就是真的了。

于是徐廷舟就买了一大箱子道具回家。

他精心策划着求婚那天的台词，又用身份证订了一枚求婚戒指，在戒指的内侧，请人刻上了她名字的拼音缩写。

是属于她的，独一无二的戒指。

谁知接下来的工作压得他喘不过气来。累到他没空给她打电话，问她一日三餐吃了什么。他总是在往外跑，每次一回办公室就听秘书说，陆小姐来找过他，可他每次去办公室找她的时候，她又不在了。

而陈叙却眉欢眼笑地说："这叫先打一巴掌再给颗糖！你先冷落着她，让她觉得你不爱她了，然后猛地一记热吻铺天盖地，那时再求婚，叫她一定感动的鼻涕眼泪一起流！"

徐廷舟哭笑不得："我现在真怀疑，你老婆是怎么答应嫁给你的。"

陈叙厚着脸皮："我帅呗！你听我的，准没错。"

"直接喂糖不行吗？"

听他这么问，陈叙眨了眨眼，笑了："你还真是被你家那个小姑娘吃得死死的啊！"

他面无表情："我不在意。"

"你不在意，她在意啊，你说你这样一直倒贴，也不怕她哪天腻歪了你？人小姑娘二十出头一枝花，追她的男人多了去了，人家凭什么一直吊在你这棵树上啊？"

徐廷舟微微皱眉。

陈叙再接再厉："欲擒故纵你知道吗？男女都适用，你得牢牢把小姑娘拴在你心里，让她对你死心塌地，不然到时候你年老色衰，她青春活力，你还有啥资格跟外面那些野男人争啊？男人的青春都是有保质期的，一旦过了这保质期，在女人看来，就是一块只有生理功能的老腊肉。"

陈叙的话越听越让人觉得不对劲，反正从他认识陈叙那会儿，陈叙脑子就不太正常。

结了婚更甚。

但徐廷舟却听进去了。

……

于是他也减少了给陆先琴打电话、发短信的频率，先开始什么变化都没有，后来他发现陆先琴变得主动了起来。

陈叙那孙子这招还真是又俗又有用。

倒贴了那么久的徐廷舟，心里得到了一丝慰藉。

之后某一天，他收到了她的短信，问他今天有没有空？

今天有会议，估计要忙到很晚，徐廷舟没多想就直接告诉了她。

那边好久没回信，徐廷舟看一会儿文件，又看一会儿手机。

她发了消息过来，问他，自己是不是哪里做得不好，让他不高兴了。

徐廷舟犯难了，陈叙没告诉他这种情况该怎么处理。

他也不管什么了，打算去办公室找陆先琴，却发现她今天请假没来上班。他一天都浑浑噩噩的，连助理都察觉到他的不对劲，关切地问他是不是身体不舒服，他摇了摇头，把今天晚上的会议延期了。

下班的时候有员工对他说生日快乐，他才猛然记起今天是他的生日。

徐廷舟这才意识到他犯了个大错。

他去先琴的公寓找她，听邻居说她今天一大早就出去了。

徐廷舟觉得有些奇怪，不知道她会去哪儿。

又想起他好像给过她他家中的备用钥匙。

徐廷舟抱着希望回家。

钥匙插进门孔的那一瞬间，他心跳如雷。

走过玄关到客厅，就看见她慌慌张张地往背后藏着什么。

墙上贴满了气球和彩带，地板上是没摆完的蜡烛。

她语气有些慌张："不，不是晚上开会么……"

"推迟了。"

他简短地回答了她的问题，没有问她为什么在这里，也没有问她在做什么。

一切都很清楚。

陆先琴唇角微抿,眼睫不停地煽动着,似乎是刻意掩饰着什么,不敢抬眸看他。

徐廷舟看着,已经摆了大概三分之二的蜡烛,看得出来那是心的形状。

他目光如水,看着她的发顶:"背后藏的什么?"

她也觉得没什么必要继续藏着了,就拿出了背后的东西,是一把再普通不过的棕色尤克里里。

她的声音细若蚊吟,先是和他小声地道了歉,说拿着他的钥匙擅自闯了进来。

"最近你都不太理我,我想自己是不是做错什么了,今天是你的生日,本来想和你一起庆祝,结果你说今天晚上开会,我就想来你家等你,给你做一碗长寿面什么的。"她语气有些讪讪的,似乎很怕他的责怪。

"我就看见这个箱子,心想应该是你要布置给自己过生日用的,就想着帮你提前布置好了。"

他指了指那把尤克里里:"那这个呢?"

陆先琴爱惜地抚摸着琴弦:"我是看网上最近很流行玩这个,之前就买了一把回来玩,结果放在一边一直没碰,想着你生日的时候给你弹一首,当作是送你的礼物。"

他从到大,除了上学的时候好友给他在广播台点的歌以外,这是第一次有人送他这样的礼物。

见他一直不出声,陆先琴又急急忙忙地替自己解释道:"我,我最近没什么钱,还没发工资,等我发了,我一定补一份看得过去的礼物送你!"

他走上前,轻轻牵起了她的手,低下头想看她的表情,谁知她像一只鸵鸟似的,头往下埋得愈发夸张了。

轻轻叹了一声,他的唇碰了碰她的额头,感觉到她浑身一颤。

他知道她日子过得紧巴巴的,他想帮,也总是帮不上忙。因为每次她总是有一大堆理由，说男朋友的钱不能随便花。

"不是要唱歌吗？唱吧。"

她急急忙忙地说："蜡烛还没摆好。"

话未落音，就见他蹲下了身子，帮她把剩下的蜡烛给一一摆好。

陆先琴有些拘谨，说如果唱得不好，让他别笑她。

徐廷舟笑着点了点头。

旋律很简单，没什么技巧，两个节拍一点，就用手敲一下琴面，手法还有些生涩，但胜在指法流畅。

哎，可不可以，买你一个钟头。

只是想关心你，要你知道。

还有我在，好不好。

……

约莫一分钟的副歌部分，还没完全学会，就只能弹到这里了。陆先琴有些不好意思。

谁知徐廷舟的重点完全不在这里。

他挑眉，唇角微勾说："你打算出多少钱买我的一个钟头？"

陆先琴扁嘴："我没钱。"

他佯装可惜："那你怎么买？"

"我，我没想买的。"陆先琴还捧着琴，三两步走到他坐着的沙发旁，语气有些急促。

"我只是想告诉你，如果你工作有什么不顺心的地方，可以跟我说。如果没空见面的话，打电话也可以，电话也不行的话，短信也可以，都可以的，我随时听你说。"

他目光沉沉，没有回答。

陆先琴咬着嘴唇说："我第一次谈恋爱，不知道该怎么做。感觉这一年一直是你在照顾我,我知道谈恋爱肯定不是这样的,而且……而且办公室里的人都说,我是麻雀飞上枝头,能和你在一起是上辈子修来的福气。"

"我想自己要是再不做点什么,等时间久了,你就对我腻歪了。"

这句话说出口,她的脸已经像是熟透的樱桃了。

原来她也在怕。

原来恋爱真的是这样,仿佛糖衣里裹着一颗酸梅。

哪有什么女孩专属的小心思,这世上任何一个人在初次恋爱时,都会像个孩子一样,每一步都走得小心翼翼,生怕出了差错。

想靠近一点,又怕靠得近了。

拼命地维护着自己最好的那一面。

他们是一样的。

徐廷舟伸手将她揽入怀中,像抱玩具那样,用力而珍视。

"先琴,我比你大六岁,到以后,你会不会嫌弃我比你老?"可能是被陈叙的那一番胡言乱语给烧了脑子,管他幼不幼稚,徐廷舟想问,就问了。

她睁大了眼睛:"怎么会呢!你长得这么好看!"

陆先琴连忙否定,然后又笑眯眯地钻进了他的怀里。

"如果有那个机会,我想从你的现在,爱到你的六十岁,七十岁,八十岁,九十岁,一百岁。"

他的眼眸和心间漾起了一圈又一圈的涟漪。

单恋成疾的那一颗心,终于开了花结了果。

他不用再去向陈叙讨教经验,因为他已经很清楚地知道,在光鲜的外表下掩藏着的稍许忧愁和烦恼的心思,此时统统化成了云烟,消散而去。

他用力地吻住她。

动作急促,但依旧克制而温柔。

"先琴,嫁给我好不好?"

她迷迷糊糊地应了一声,徐廷舟立马从床头柜上拿过戒指盒,早就准备好的戒指在黑夜中依旧散发着细碎的光芒。他帮她戴上,接着在那戒指上轻轻印下一吻。

第二天，徐廷舟给陈叙打了个电话。

那边语气得意："是不是？我说了这方法虽然土但是绝对有用！对不对！"

徐廷舟失笑，确实有用。

不过不是对她，是对他。

简直毫无招架之力。

那回忆像是永不凋零的花，一直被他用露水细心地浇灌着。

"真的没想好吗？"他又问了她一遍。

陆先琴紧皱着眉思索了好久好久，说道："既然这样，那就请徐先生给我写一封情书吧！"

他眨了眨眼："情书？"

"嗯，就像太爷爷写给太奶奶那样的。"陆先琴眼睛亮亮的，"爷爷说，他不迷信，但是在我们身上，他相信所谓的前世今生。如果你和太爷爷有那种灵魂上的共鸣的话，一定写得出那么动人的情书。"

徐廷舟倒真有些为难："我虽然是文科生，但也不是专门研究汉语文学的，可能只是照葫芦画瓢。"

两个人结束了这个无聊的对话，又开始讨论明天怎么过结婚纪念日。结果第二天事实证明，他们的讨论根本就是无用的。

因为晚上压根没睡，两个人一觉睡到了大中午，五月二十号这天，商家们忙着搞活动，情侣们忙着约会，只有徐氏夫妇彼此依偎着，拉着窗帘，睡得天昏地暗。

忙碌而又平淡的日子一直到陆先琴走的那天。

来送她的除了有徐先生，还有叶子和她男朋友、书棋和先桦。

夫妻俩该嘱咐的都在昨天晚上嘱咐好了，现在的机场送别时间就全部交给了其他人。

只有叶子哭得稀里哗啦的："你怎么走得这么突然啊！"

顾逸闻咳了咳："学姐，注意措辞。"

"哦，你怎么走得这么急啊！都不给我缓冲的机会！"

陆先琴及时打住了她的话："你就少说两句吧，我知道你舍不得我，不过也就一年，你要乖乖等我回来啊。"

叶子拼命点头："我一定好好等你！就算顾逸闻求着我让我跟他同居我也绝对不答应！"

"咳咳咳！"顾逸闻神色很是奇怪。

"这徐老师还在这呢！说出来多不好意思啊。"

陆先桦双手揣兜，好像没有半点舍不得的样子，陆先琴气鼓鼓地看了他一眼，直接略过了他，拍了拍书棋的肩膀："你姐我走了，以后清大就没人跟你打照面了。"

李书棋笑了："还有姐夫啊。"

"姐夫重要还是我这个姐姐重要？"

李书棋毫不犹豫："姐夫。他可是掌握着我专业课生杀大权的审判者啊。"

陆先琴又在学习上嘱咐了他几句，不过她也知道，书棋比她还自觉刻苦一些，因此说这么只是纯粹的舍不得罢了。

"你们说够了没有啊，又不是亲姐弟，腻歪什么呢！"陆先桦翻着白眼说道。

李书棋轻飘飘地瞥了他一眼，朝陆先琴张开了双臂："小琴姐，来个离别的拥抱吧。"

陆先琴二话不说，上前给了他一个拥抱。

陆先桦急了："你们还得寸进尺了！"

"闭嘴，就你话多，心胸狭窄。"陆先琴冷着脸教训他。

陆先桦把头瞥到一边，一脸的不爽，双手插兜又拽又欠揍。

最后也不知道心里经过了怎样的思想挣扎，微红着脸别扭着张开了双臂。

"邻居家的都抱了，亲弟不抱一个？"

陆先琴果断拒绝："不抱。"

"你抱不抱！你欠打是不是！我这么帅的男人你都不抱！"陆先桦瞪着眼睛凶她。

最近两人关系缓和，陆先琴也明白陆先桦也就是个纸老虎，面上凶实际上怂得很。

陆先琴没动当没听见。

突然她被一个结实的拥抱给牢牢圈在怀里。

陆先桦声音闷闷的："陆先琴，去了那边千万别崇洋媚外，要是你不想回来了，就想想国内还有个帅炸天的弟弟在等你回来。"

他长大了，不再是那个吊儿郎当把棒棒糖当烟抽的小屁孩，胳膊变得有力，身形变得高大，让人觉得安心。

"那你也好好念书知道吗？"

"哎，知道了，你真啰唆，跟妈一样。"

陆先琴身体微微僵住了，陆先桦犹豫了几秒，还是说道："妈说，她给你做了你最爱吃的辣椒酱。"

"你留着吃吧。"她的声音不咸不淡的。

陆先桦叹气将她放开，正想说什么，就看她踮起了脚尖，用力摸了摸他的头。

跟摸狗一样。

"你干什么？"陆先桦冷着脸问她。

"长这么大，我好想从来没摸过你的头。"她轻轻笑了笑，"一直想体会一下是什么感觉。"

陆先桦一时有些哑口，良久后说道："我剪个寸头，扎死你。"

"垃圾弟弟。"陆先琴暗骂。

登机时间到了，陈院长已经先进去了，陆先琴最后才看向徐廷舟。

"徐先生，我不在的这段日子，你一定要为我守身如玉啊。"

其他人都忍不住笑了。

徐廷舟："放心吧。"

之后两个人同时拿出了一个信封。

"给你。"

"给你。"

然后又同时问出声：

"什么东西？"

"什么东西？"

没几秒，两个人相视而笑，陆先琴笑着对他说："我走了你再看。"

"你上了飞机再看。"

上了飞机，坐到了自己的位置上，陆先琴调整好座位，迫不及待地拿出了那封信。

是他的字，小行楷体，清隽俊雅，和他的人一样。

徐太太：

金风玉露，佳期如梦。

与你相识，像你所认为的那样，已经三年。

这三年里，我看到了你的认真，看到了你的拼搏，看到了你的坚持，我很庆幸与你共同拥有这一份美好的回忆。

你出乎我想象的优秀，让我欣慰又心疼。

原以为，我会将你牢牢护在身后，为你挡住一切的风雨，可现在我发现，当你能够独自面对风雨时，当你凯旋时，虽筋疲力尽遍体鳞伤，可我却因此更为你感到骄傲。

我很高兴，能做那个为你擦去汗水和眼泪的人。

比起将你护得严丝合缝，我更感谢，你成为现在的你。

你不是菟丝花，你是一株木棉。

你也曾问过，你对我来说是什么。

你之于我，是白月光，纯净美好，万缕柔情；是朱砂痣，点缀在心，魂牵梦萦。

多幸运,以你之名,冠之我姓。

这对我而言,是你赠于我的最好的礼物。

廷笔。

年初一。

附:青青河边草,道远思绵绵,愿待陌上花开,与你共剪西窗烛。

和前面的小毛笔不同,最后一句是钢笔笔记,很明显是后加上去的。

原来他早就写了。

她小心翼翼地收起信纸,珍藏万分。

望向窗外,今天天气颇好,云层之上,也依旧是晴空万里,蓝天无垠。

第十五章　幼　稚

纵使到了七月，德国北威州依旧温和潮湿。

这里属温带海洋性气候，冬无寒冬，夏无酷暑。天空并不湛蓝，云团看上去也不那么柔软。

朝阳和夕阳并无差别，有时起雾，让人恍若在梦境中。

天空中又下起了淅淅沥沥的小雨，打在公寓外的红砖上。

陆先琴正和徐廷舟视频聊天。

"徐先生，这里又下雨了。"她语气闷闷的，显然是因为下雨了心情有点受到影响。

徐廷舟的声音含含糊糊的："嗯，那边是经常下雨。"

"你敷衍我。"陆先琴不满地敲打着手机屏幕，以此泄愤。

徐廷舟语气有些无奈："我饭还没吃完。"

徐家一向崇尚食不言寝不语的家规，除了过年过节亲人许久未见时图一个热闹，其余的时候吃饭都是很安静的。

徐廷舟自小接受这种教育，吃饭的时候很少说话，但他现在坐在办公室里吃着从食堂打包的饭菜，面前是竖立着的手机并用手机架靠着，屏幕里装着陆先琴。

她的脸突然放大了好几倍:"你打的什么菜?给我看看。"

徐廷舟拿起手机对着饭盒里的菜给她看。

清大为了照顾全国各地的学生,因此南北方菜都有,其中最受欢迎的是川菜和湘菜,每次那里的窗口都人满为患,陆先琴也很爱吃。

但徐廷舟口味偏淡,基本上不往那边多看一眼。

看他这饭盒里头,简单的两荤一素,旁边还摆着一碗海带汤,看上去寡淡的不行,一点食欲都没有。

这饭盒是环保型材料,筷子也是徐廷舟从自家厨房拿的。

虽说清大的饭菜品种多,但也绝对算不上有多好吃。陆先琴一想起这位吃食堂的大佬以前是某五星级酒店的二把手,什么山珍海味没吃过,如今居然成了一个每顿不超过十块的教书匠。

果然读书人都是朴素的。

她撇撇嘴:"我在这想吃都没得吃,你倒好,这么好的条件,都不打点好吃的。"

徐廷舟的回答很"佛":"我觉得还不错。"

"没剁椒鱼头,没麻婆豆腐,没野山椒炒牛肉,最重要的是没糖醋排骨!差评!"

他微微一叹:"口味重的吃多了对胃不好。"

如果说夫妻俩有什么分歧的话,也就是在吃饭的口味上了。

她爱吃辛辣重口的,他则偏好清淡营养的。有时候陆先琴觉得,虽然徐廷舟三十出头,可是他内心就像是一个七老八十的老头子了。

尤其是他那随身携带的保温杯和枸杞、红枣。

她趴在桌上,语气惆怅:"这边的老干妈贵得要死,我买一瓶肉疼好久,想国内的老干妈。"

"说到老干妈。"徐廷舟语气拉长,弯腰从抽屉里掏出一瓶老干妈,"这是有个人某天在我办公室吃饭带过来的,忘了拿走。"

然后徐廷舟就打开盖子,稍稍倒了一些淋在了白米饭上,那饭隔着屏幕香

第十五章 幼 稚·459

了起来。

"徐主播在线吃播,快吃快吃。"

如果徐廷舟去做吃播节目的话,应该是全凭颜值"吸粉"的。

陆先琴看他那斯文的样子,都想冲进屏幕替他吃一大口的。

虽然心里是这么想的,但陆先琴还是欣赏着他吃饭的姿态。

他吃完了就把饭盒都收拾好拿到外面扔了,陆先琴也准备关视频,就那样看着他背后的植物盆栽发呆。

此时视频外响起另外一个人的声音。

她认识那个声音,是教他们统计学的副院长。

"徐老师?"许老师从手机里探了半个头。

陆先琴急的就要关视频,结果屏幕突然一黑,是徐廷舟把手机面朝下盖在了桌上。

"许教授,有什么事吗?"

"啊,徐教授,我路过谨言楼,正好想着向你问点事儿。"

徐廷舟轻笑一声:"许教授太客气了,有什么问题尽管问,我知无不言。"

"不是专业上的,是关于蔡琼的。"许教授的口气听起来似乎有些无奈。

"蔡琼怎么了?"

"我最近都找不到她的人,其他老师也说没看到过她,我去问过她室友,结果她室友早就搬出去住了。我这学期两个课题她都缺了,实在是觉得有些不对劲,就顺便过来问问你,你知道她的消息吗?"

"那她的电话呢?也联系不到?"

"是啊。"

徐廷舟眉头微皱:"是家里出事了吗?"

"那她也没跟我请假啊,我估计是今年奖学金名单里没她,她心里头不舒服吧。"许教授重重地叹了口气,"刚到我手下那会儿,她确实是个很好的苗子啊,可惜了。"

"如果有消息我一定会通知许教授的。"

"好的，那麻烦你了，最近你一大堆事，应该也挺忙的。"

徐廷舟将许教授送到了门口："快放暑假了，大部分的事也忙完了。"

"哎？最近你不是要接受采访吗？我看学校的微信都发了文章了。"

徐廷舟愣了一下，随后解释道："那个采访我拒绝了。"

清大在这个学期又举办了一次人气老师的选举，徐廷舟作为上一届的冠军，凭着自身魅力和超绝"吃鸡"水准以及"宠妻狂魔"称号成功火出了圈，让清大今年的招生报名率翻了一番，而且还吸收了好几位状元。

不可谓不功臣。

为了给这次比赛炒热度，让公众号和微博再涨一波"粉"，新媒体这边专门为徐老师准备了一个采访。

谁知徐老师居然拒绝了。

"哈哈，年轻老师就是好啊，像我们这种老骨头，都不招学生喜欢。"

徐廷舟笑了："许教授，我在投票页面上看到你了，而且排名还挺靠前的。"

"真的？"许教授搓了搓手，"那我先回办公室了，不打扰你了。"

许教授走的时候，脚步有些飘。

徐廷舟笑着摇了摇头，回到了办公室。

刚把手机翻过来，就看到了她放大了好几倍的耳朵。

他戳了戳屏幕："偷听呢？"

"啊？也没有，谁让你不关啊。"陆先琴讪讪地飞快转移话题，"蔡琼到底怎么了？"

"不太清楚。"

陆先琴想起她走的那一天，拖行李箱的时候，恰好碰上了出门扔垃圾的蔡琼。

满满两大袋垃圾，里面全是泡面包装。

蔡琼只静静看了她一眼，语气平静地说："要走了？"

叶子把陆先琴护在身后，警惕地看着她："你不会又想搞鬼吧？"

蔡琼语气嘲讽："我哪有那个力气，自身都难保了。"

陆先琴没有问到底怎么了，她心中觉得钱伊敏的话是对的。

蔡琼那是自作自受，她不该这时候圣母心泛滥。

没再问这个问题，陆先琴转而问道："徐先生，你为什么拒绝采访？"

"我看了他们要问的问题，觉得有些不合适。"

陆先琴很是好奇："怎么不合适？"

徐廷舟的表情变得有些复杂起来。

前面的问题还算正常，中间段的问题也挺正常，后面的就不太正常了。而且每一个问题里几乎都有陆先琴，那问题都细化到两个人什么时候认识的，什么时候谈恋爱，为此他都一一列了出来，跟新媒体的学生沟通了一下。

结果学生们倒是理直气壮："徐老师，这都是整个清大乃至全国各大高校的人都想知道的问题，回避不了的，您千万别觉得不好意思，我们这'狗盆'都买好了，就等你的黄金'狗粮'填饱肚子了。"

徐廷舟十分无奈，拒绝了这次采访。

"因为我觉得有些事，我们两个人知道就好了。"

陆先琴一脸蒙，但徐廷舟很明显不想往下说了。她又灵机一动，换了个话题。

"徐先生，你以后吃播给我看好不好？"

徐廷舟以为自己听错了："什么？"

"这边没麻辣烫，没炸串，没麻辣香锅，没辣条，啥都没有。"

"所以呢？"

"你懂的。"

徐廷舟语气严肃："死都不干。"他一个老师，就算是开直播那也应该是直播讲课现场列数据分析图表，怎么可能做吃播。

三天后。

"今天吃洋葱圈。"徐主播面无表情对着屏幕里唯一的女粉丝说。

三十多的男人了，穿着西装，戴着眼镜，吃着……洋葱圈。

女粉丝特别给力："给徐主播送一辆兰博基尼！"

他这几天吃下去的热量抵过去的三十年，徐廷舟只能买了台跑步机放家里，白天吃，晚上跑。

但每次看陆先琴流着口水恨不得伸过来抢他东西吃的时候，他又觉得累点就累点吧。

后来终于有一天，徐老师在学校门口的炸鸡店买炸鸡的时候被学生撞见了。

那时候炸鸡还没好，徐老师手里还捧着一杯奶茶和一份麻辣烫。

"徐老师，没想到你吃东西这么接地气啊！"那学生是个直肠子，就这么把心理话说出来了。

之后徐主播的主播间惨遭关闭，陆先琴只好挥泪告别徐主播，去B站找其他主播的吃播视频解馋。

原以为这事就这么被压下去了，结果徐老师吃麻辣烫的帖子又被挂在贴吧上挂了一个礼拜：

论神仙老师平时到底吃什么！

"你以为他喝露水？你以为他只喝枸杞茶？错了！他也是凡人！他也喜欢吃普通人根本抵御不了的热量'炸弹'！下面本帖为你独家揭秘，新闻学院之光——徐廷舟老师的饮食餐谱！"

很好的新闻导语，绝对是新闻系的学生写的。

他徐廷舟对天发誓，以后陆先琴这种奇葩要求，他一个字都不会听。

在徐廷舟再一次被学生们拖上贴吧使劲调侃了一番之后，关于他的另一个帖子忽然以一骑绝尘之势头，迅速攻占清大贴吧。

"徐老师的初恋居然是美术学院那个新来的老师啊！你们看视频了吗？"

那是今年人气老师的新秀，入职一年的老师的一期专访。

新来的老师穿着长裙，仙气飘飘，朝着镜头说道："我和徐老师是高中同学,一个班的,那时候关系还不错。"

学生眼冒金星:"这么说,袁老师和徐老师就是偶像剧里那种令人羡慕的金童玉女?"

袁老师抿嘴轻笑:"只是朋友而已。"

这回答看似澄清,实则欲盖弥彰,新媒体的学生们因为采访不到徐老师,这么一个大八卦爆了出来,迅速编辑上线,赶紧捞一波八卦欲满足旺盛的粉丝。

实名拒绝炒CP,我徐老师已婚人士,请不要带他出场了好吗?
师生党在哪里!拆官配不能忍啊!!!
徐老师背后的女人永远不会是我!
这什么意思?好不容易看到一本师生恋小甜文,结果还是离不开这种老土的初恋情节吗!
陆学姐:我听见雨滴落在青青草地!

徐廷舟皱紧了眉,把评论刷了一遍过去。
接着他的微信收到了李书棋的发来的消息,第一条是这个微信文章的链接,第二条是他的祝福:

姐夫,一路走好。

然后又是陆先桦的微信:

姐夫,我觉得你初恋还蛮好看的,不过没陆先琴好看!

后来还收到了叶秀秀的:

官配粉不起了嘤嘤嘤，初恋女配不能忍

一个教书匠，落到这般田地。
徐廷舟给新媒体的同学发了条微信：

采访我答应了。

清河大学的官微和公众微信号同时发布了一条消息：

重磅消息！徐老师答应接受我们的采访啦！
山重水复疑无路，柳暗花明又一村！徐老师终于答应我们的采访啦！采访时间和地点都约定好了，这次一定不会让同学们失望了，大家有什么问题想知道的就在下面留言吧，我们会随机抽取问题的哦！

这条官微的下面，回复的不仅仅是清大的学生，还有很多非本校的仅仅是冲着徐老师来评论的。

想吃师生恋"狗粮"！
清大新闻学院准大一新生，期待九月和徐老师见面
想知道徐老师身高、体重！身材太好了可是连百科都没有数据！
想请问徐老师大学期间是怎么拿到双学位证书的，双修真的太难了，感觉自己要秃！
徐老师！你的初恋到底是不是袁老师啊？
楼上的，徐老师这个条件怎么看也不可能只谈过一个吧，就算是袁老师也不奇怪啊！

采访当天，徐老师穿着简单的短衬衫、长裤，如约来到了录制室。

清大新媒体是近来随着网络传媒的普及而发展起来的新部门，虽然只是个年轻的团体，但已经是一个非常专业的团体了。他们有专门的广播室和录制室，手底下的学生干部从摄影到剪辑，应有尽有。

在去年的全国高校新媒体指数排行榜中，清大的综合数据排名第五。

学生很专业地带着徐老师来到了化妆镜旁坐下。

"徐老师，先给你扑个粉吧。"

徐廷舟在家陪陆先琴闹过不止一回，因此很淡然地同意了。

待学生们又给他喷了点发蜡，录制也就可以正式开始了。

原本只有徐老师和工作人员的录制室里，这时突然来了一位不速之客。

袁雨妃笑着冲徐廷舟打招呼："徐老师。"

主持人似乎也很惊讶："袁老师，你怎么也来了？"

"老同学做采访，我过来看看。"袁雨妃看向徐廷舟，笑得优雅，"徐老师，不介意吧？"

这时录制室的学生们都伸长了耳朵想看看这两位故人的"初恋"到底会擦出什么样的火花来。虽然心里头在期待着，但是真的擦出火花的话，又不知该支持袁老师，还是陆学姐。尽管袁老师是今年的夺冠热门，但陆学姐已经是册上有名的正宫了啊。

这时徐老师的表情却一如既往的冷静淡然："不介意。"

袁雨妃笑了，坐在一旁等着他的采访开始。

录制开始，主持人例行说了开场白，又感谢了学校北门东北饺子馆的独家赞助，就正式进入采访环节了。

一开始的问题很官方，像那种专业媒体一样介绍了徐老师的个人信息，徐老师偶尔自己补充两句，还算是比较顺利。

但是大家期待的都是下面的问答环节：

"徐老师，这些问题都是我们向清大的学生们征集的问题，如果有部分问题比较露骨，还请不要怪罪我们新媒体哈。"

徐廷舟微勾唇角："我不会回答的。"

"徐老师为什么会想成为一名老师呢？"

"因为很喜欢新闻。"

"没有别的原因了吗？"

徐廷舟轻轻一笑："兴趣就已经是最好的老师，我只是迈出了那一步。"

"那徐老师同时担任新闻和经管的任课老师，会不会有时候觉得很累？"

"没有谁能够保证一天都全身心地投入工作。累是很正常的事情，适度的休息有利于接下来的工作学习。"

之后的几个问题，都非常正常，一度让徐廷舟以为新媒体的这帮学生转性了。

然后问题进入一个分水岭，开始慢慢地有些不对劲了。

"请问徐老师的身高体重？"

"一米八三，七十公斤。"

从此百度百科上，徐老师的个人信息栏又添了两个诱人的数据。

"第二个问题，徐老师今年开学会教大一的吗？"

"不会。"

准大一新生们的梦碎了。

主持人脸上有些尴尬，但是他火辣的眼神却出卖了他内心真实的想法："咳咳，这个问题我也挺想知道的，请问徐老师和陆学姐是什么时候认识的？"

"单方面还是双方面？"

主持人有些蒙，觉得这认识还讲究这么个性质的吗？

"我觉得大家应该都想知道。"

徐廷舟缓缓开口："单方面是十年前，双方面是三年前。"

时间跨度非常大，主持人咽了咽口水："怎么跨度这么大？"

"那七年没有什么故事，就是单方面的认识，三年前才是我和她真正接触的开始。"

"那徐老师和陆学姐的相识过程一定很美妙吧？"

似乎是回忆到了什么，徐廷舟的面上渐露温柔："很神奇，或许是命中注定。"

接着几个问题,基本上都是捆绑了陆学姐的。

而徐老师却一点也没有不耐烦,相反,他的表情越来越放松了。

"请问两位是怎么堕入爱河的?"

他想了想,给出了一个确切的答案:"一见钟情。"

在场的学生都没想到是这个回答,原以为像徐老师这种理性的人,感情也是水到渠成自然而然,却没想到是这么热烈火辣。

主持人脸上的兴奋已经挡不住了:"是陆学姐对您一见钟情吗?"

女追男隔层纱,陆学姐长得漂亮,摘到了徐老师这朵高岭之花也不奇怪。

"不是。"徐老师双眸带笑,"是我对她。"

在场已经有女生把持不住了,拉着旁边的人一起无声的歇斯底里。

"我靠,太浪漫了!这是偶像剧吗!"

"活的晋江小说男女主!"

袁老师的表情很显然就没有那么激动了。但是在场的人都竖起耳朵听徐老师接下来还会爆什么猛料,谁也没注意她。

"然后您就开始追求陆学姐了吗?"

徐老师有些无奈:"是啊,挺不容易的,她有点迟钝,让她明白费了我不少力气。"

在场的女生被这句话甜到捂着脸害羞,脸上挂着姨母笑。

简直就像是在现场看偶像剧一样。

这"狗粮"吃的人好害羞,但是味道真香。

很明显大家都不愿意放过陆学姐,因此在场的工作人员又私自讨论加了几个问题。

"徐老师,您是用什么追到陆学姐的?"

他省略了以前所有不靠谱的礼物,直接说了个关键的:"吻。"

"……"

好吃!

"那徐老师，十年前的那场初遇，是谁单方面认识了谁啊？"

"是我单方面认识了她，不过她不记得了。"他说这话时很淡定，好像一点都没生气。

"那您是那个时候就喜欢上陆学姐的吗？"

"是的。"

"那这七年里？"

在十年前一面之缘的那个女孩，那七年里人海茫茫，根本不知道还会不会再遇见，他心里头清楚那个晚上很有可能只是南柯一梦，因此心里并没有刻意想这件事。

七年里的忙碌，让他渐渐地淡忘了这份朦胧的情愫。

并没有刻意的不去恋爱，也没有什么一生一人的想法，但就是很神奇的，在她之后，遇见的所有女孩，在他心里都激不起一丝涟漪。

他不愿为了所谓的年龄、家庭去妥协自己的爱情。七年里，也只是一个人安然地过着日子，偶尔梦里一想，心里头空落落的某个地方就会稍稍得以填充。

没有感情的时间里，算不上多么灰暗，他习惯把重心放在工作上，过得也算充实。

他想了想，还是说道："或许是潜意识里，有个声音让我等她吧。"

从不以身许情，也未刻意等待，但就偏偏那样，近乎执拗地等待这一个有可能再也不会遇到的人。

因此再次重逢之时，才会那样的欣喜若狂。

所有的学生都发出了难以置信的感叹。

暗恋是一个人的兵荒马乱，单恋从来是舞台上没有聚光灯照射的独角戏，近乎没有期望的七年里，谁也不能保证，会等来一个只是一面之缘的人。

也没有人敢保证自己能做到。

主持人一个大男生也感动的红了眼睛："实力心疼单恋七年的徐老师了。"

"不必心疼，因为我现在很幸福，因此那段过去的时间，现在回想起来，都是弥足珍贵的时光。"

徐老师的语气很轻松，一点也听不出来心酸。

这样的故事一出来，再问初恋二字已经没有任何意义了。

但主持人还是问了出来："那徐老师觉得，刻骨铭心的初恋和现在的爱情哪一样比较令你难忘呢？"

徐老师的回答很聪明："都难忘。"

女生们略有些不满地撇了撇嘴，果然男人都是大猪蹄子，就算现在娇妻在怀，也不会忘了给予第一次爱情的初恋。

之后徐老师又说道："都是她，对我而言没有什么区别。"

"啊？"主持人看了眼袁老师，"徐老师你的初恋，难道不是美术学院的袁老师吗？听说你和袁老师是高中同学。"

徐老师点了点头："是高中同学而已，我和袁老师都没有说是彼此初恋，大家误会了。"

明明是板上钉钉的初恋，怎么人又换了一个！

全校都以为徐袁二人是初恋啊！

主持人这时心里有个不太靠谱的想法。

明明之前怎么都不答应采访，这次却是徐老师自己主动联系他们答应采访的。

徐老师第一次演讲，公布了他和陆学姐的婚情。

徐老师第二次接受采访，公布了他的初恋。

不费一兵一卒，仅仅靠着网络传播，就把谣言击得粉碎。

不愧是新闻学院教授，这波操作帅到家了。

采访结束，主持人最后让徐老师对即将进入大学校园的大一新生们说段话。

他声音清冽，语气温柔："希望各位准大学生们，能好好享受自己的大学生活，在这四年里不断地充实自己，不留遗憾。无论你在这四年里选择了哪条路，自己问心无愧就好。"

"最后再对我们陆学姐说句话吧!"

他忽而笑了,看着镜头,眸中藏着光:"徐太太,刚刚我的回答都满意吗?"

他人前最常叫的,是陆先琴,是陆同学,再亲昵一点的,就是先琴了。因为二人是师生,所以就算是夫妻,在学校里也总是以师生关系相处。

学生们很难看见徐老师这副样子。

这是徐老师,第二次当着所有人的面,叫的徐太太。

短短三个字,却好像裹着层层蜜糖,揭开来,是无尽的甜蜜。

"啊啊啊啊啊啊,我真的死了!我真的死了!为什么师生恋可以甜成这样!"

"我现在实名嫉妒陆学姐!"

"酥到我浑身都软了,谁扶我一把?"

摄像机关闭,学生们和徐老师道谢,大家都在庆祝,这一次视频剪出来,他们的官微一定又要"涨粉"了。

徐老师理了理衣服,和众人告别,走出了录制室。

"徐廷舟!"有个声音在后面叫住了他。

他转过身来,是表情有些难看的袁雨妃。

她正一步步地走过来:"徐廷舟,你接受这次采访,就是为了打我的脸吗?"

"不是。"他语气平静,"只是不想让人误会。"

"让人误会又怎么了?这压根不会影响你和你太太的感情,如果这点流言就会让她不高兴,那她未免也太小肚鸡肠了。"

徐廷舟表情有些冷:"不是她,是我会不高兴。"

袁雨妃看着面前的这个男人,一时间竟说不出任何话来。

他单恋那么多年,她又何尝不是?

她小心翼翼而又卑微地喜欢着,甚至在听说他在这所学校教书,不惜动用关系来到这里任教,只为了离他近一点。

"哪怕是一点点幻想,你都不愿意留给我吗?高中三年,你一点也没有喜

第十五章 幼 稚·471

欢过我？"她语气近乎哀求，只希望他能说出善意的谎言，骗骗她。

可他还是说了实话："没有。"

她蹙着眉，盯着他，语气有些沉："如果现在面前站着的是陆先琴，你就不会这么说了吧，我到底哪里比不过她，明明我们认识的更早啊！"

"这无关早晚。"他眸间清明，唇角微抿，"你和她，是完全独立的两个人，人和人之间是没有办法相比较的，因为没有具体数值去证明达到哪种程度才是最完美的。"

"在我心中，你和她是完全不一样的，我不会拿来做比较，这对她不尊重，对你而言也是。"

她忽然苦笑："你还是老样子啊。"

"那本书，我可以还给你。"他说。

"不必了。"袁雨妃淡淡一笑，"那是我十八岁时最真挚的感情，你可以把它丢了，但是不要还给我，我不想活在过去了。"

她摆摆手，走远了。

心中的执念，也彻底烟消云散。

最新的采访视频于当天的八点钟准时上线，八点十五分评论就过五百了，创了清大的历史新高。

陆先琴就是这时候被叶秀秀一个电话给吵醒的。

她还迷糊着，从被子里伸出手找手机，然后迷迷糊糊地接："喂。"

"陆先琴！是不是好姐们！是不是好姐们！这么感人的爱情故事你都不跟我说！我刚看了视频简直被虐的下不了床！"

她把手机拿开，明明没开免提，那声音还是大得充斥了整个房间。

"大姐，你知道现在这边几点吗？"

那边声音顿了顿："嗯？六小时时差，你应该中饭都吃了啊？"

"德国东一区！中国东八区！中国比德国快了六个小时！"陆先琴咬牙切齿，忍住杀意，"你自个算算！我这边现在几点！"

"先琴啊,世界这么美好,你冷静一点……"

之后那边就挂了。

叶子懵圈地看着手机,旁边的人睡眼惺忪:"学姐,大早上的你打电话给谁啊?"

"给先琴。"

顾逸闻打了个哈欠:"陆学姐那边应该还是凌晨吧,你给她打肯定会惹她生气的。"

见人又要睡过去,叶子连忙拽他的胳膊要把他拽起来。

顾逸闻揉着乱糟糟的头发坐了起来,眼睛还没睁开:"学姐,昨晚上我打工到两点,你就让我睡吧,两情相悦不在这一时。"

"你脑子里想什么呢,我问你,你怎么也分得清这时差到底是早还是晚?"

顾逸闻听这问题仿佛在听一个笑话,那张俊脸的表情霎时像是看着智障一样看着她:"初中地理不是就教过了吗?初中生都知道吧。"

"……"

"学姐,智商堪忧啊,以后咱孩子可咋办。"

叶子拿起枕头就是一顿猛捶。

不痛不痒的,顾逸闻求饶:"哎哟,学姐,秀秀,我错了我错了!"

而德国那边的陆先琴被一通电话吵得再也睡不着了,干脆爬起来看微博。

十五分钟的短视频,很精简,也很劲爆。

评论里都是大喊"虐狗"的。

陆先琴听着她完全不知道的故事,一脸懵圈。

她作为当事人,为什么她跟其他人一样像是第一次听说这故事似的。

陆先琴赶紧给徐廷舟打了个电话。

那边接得很快,语气有些不善:"怎么还没睡觉?"

"额,哦,马上就去睡了,我看了你那个采访视频。"

徐廷舟优雅地喝着茶:"嗯,怎么了?"

"哦，我就想跟你说吧……"

她犹犹豫豫的，徐廷舟循循善诱："没事，想说什么都说出来，我听着。"

"徐先生，你说你要编也要编个靠谱点的故事吧？你这编的太假了，电视剧都不敢这么写了，人家男主角还得有个前女友呢，虽然我知道你初恋不是她，但是你也不能为了打脸这么使劲编啊，太高调，这样不好。"她作为初恋本恋，还在这里语重心长地教导他别编的太厉害。

徐廷舟"呵"了一声："陆先琴，只有你一个人觉得是编的。"

"啥？现在的人都这么理想化的吗？这么假的故事都信啊，哈哈哈哈哈哈哈，天真。"笑声十分刺耳。

"陆先琴，这不是编的。"

"哎哟，你我还讲究这些，我知道你是为了哄我开心，不过没事，你就大胆地把真实原因说出来也没关系啊，你就是看我貌美如花想潜规则我，而我也受不了你的蛊惑被你潜到手了，现在的人都喜欢听这种霸道总裁的故事，你要是说了这评论说不定反响更好呢！"

那边突然一阵水枪滋水的声音，陆先琴听到了别的老师生气的声音：

"徐老师！我特意从君山带的茶，不好喝也不用表达地这么明显吧！"

她语气有些担心："徐先生！你怎么了？"

"陆先琴，这几天你最好自动消失。"那边抛下这么一句恶狠狠的话，就挂掉了电话。

手机里传来挂线的声音，陆先琴一脸茫然。

"为什么生气了啊？"

在那之后，怂包陆先琴，真的没敢再联系徐廷舟，徐廷舟怕是也没想到，陆先琴这一消失，就是一个月。

不过也是正好，最近她和陈院长一起被招待着游览了一圈北威州的几个标志性的景点，这是她到了德国以后，第一次出门游玩。

招待他们的是一位在读华裔，中文说得很流利，每年过年还会回一趟国内，因此很聊得开。

陈院长比较自觉，把几个著名地点游览了一圈后拍了照发了个朋友圈就心满意足地回学校了。

留下陆先琴和那位华裔学生伊丽继续游玩。

由于很久没吃到正宗的中式料理，伊丽特意带她去了一家杜塞的广东餐馆。

店面是完全的中式装潢，木桌木椅，墙上挂着名家的山水临摹画，老板似乎是个很有情趣的华裔，店里还放着高山流水的古琴曲。

"这里的生煎叉烧包超好吃的！"伊丽拿着筷子，馋得吸了吸口水。

他们点了粤菜中最经典的肠粉，叉烧包，水晶虾包和豉汁凤爪，还有养生汤。陆先琴口味偏辣，粤菜不比川菜和湘菜合她口味，但是徐廷舟却很爱吃粤菜，每次去广东那边出差总会去吃早茶。因为早茶独特的食用时间，除广东以外，其他省份都很少有这种餐饮店。

没过多久菜就上齐了，放在蒸笼里一个一个地被端上来，伊丽招呼她赶紧趁热吃。

叉烧包外面一层被炸的金黄，而里面的馅儿已经完全入味，混着酱香和芝麻，咬一口下去，整个口腔里都是叉烧包的香味。

"等吃完咱们就结束今天的活动吧，明天再继续。这地方离学校不远，咱们还可以散散步。"

与国内一线城市不同，北威州的夜晚，分外的安静。

"这里都没有夜市的吗？"

伊丽眨了眨眼："如果过节的话，晚上就挺热闹的，德国人不太爱出门，晚上一般都是待在家里的。不过女孩子还是小心一点吧，没什么特别的事就不要出门了，尤其是那种空旷无人的地方。"

陆先琴点了点头，说道："我看网上的消息说，德国的治安在中欧，算是非常不错的了。"

"安全都是相对的，再安全的国家，也会有犯罪发生，再危险的国家，也会有好人存在。"

伊丽抱怨了一句便没有再提，笑着问她："明天带你去 K21 吧？杜塞这边景点太多了今天肯定是来不及了，咱们明天去吧。"

陆先琴只知道个皮毛，自然是一切都听她的。

伊丽眯眼笑了："你是我带过最省心的游客了。"

"来这里当然是一切听导游的。"

"唔，你要是早来几个月我就能带你去樱花街看樱花了，听说你们学校也有樱花林？"

陆先琴点点头："有的，不过说起樱花的话，还是武大的樱花园最有名。"

伊丽点头："啊，我听说过，听说那儿每年到了开放的季节人多的不得了。这里也是，人们来逛还不够，还要拍个照存起来，发给朋友和亲人们看。"

凡是吃饭看景拍照消毒，这是中国人的老传统了。

她这才想起来，还没拍今天的照片。赶忙拿出手机对着吃了差不多的一半的食物拍照，然后发到了她创建的那个微信小群里。

小群名字叫"我在德国的吃吃喝喝"，群主陆先琴。

里面有叶秀秀，李书棋，顾逸闻，还有陆先桦和钱伊敏，都被她强制性拉进了这个群。

起初这个群刚创建好的时候，几个人除了顾逸闻来过德国，其余的人都只在电视上看到过，因此她发照片的时候，总能引起一阵反响。

这些只懂些皮毛的人，知道的无非就是慕尼黑啤酒节、世界杯，还有各种各样的节日游行，对于陆先琴所发的那些内容，大都是一知半解，秉着好学知识的态度在群里看她科普。

时间长了，陆先琴这种行为就比较烦了。

由于她在这边吃不到中餐，因此在外面只要遇上了肯德基、麦当劳，都亲切地当成国内餐馆点几个汉堡，拍了照发到群里，说自己终于找到熟悉的食物了。

叶秀秀：陆同学，快餐就没必要发了吧，咱们学校门口两家肯德基一家德克士要了解一下？

比如她去德国的熊猫园了，拍一张照发群里。

钱伊敏：大姐，成都熊猫培育基地要了解一下？

陆先琴很委屈，刚想说自己是农村人没见识过，这群里的另外一个农村人就炸毛了，说钱伊敏骂她姐没见过世面。

然后陆先桦和钱伊敏就开始在群里互发表情包对骂。

现在她终于找到了餐馆，而且吃的还是清河市没有的早茶，因此这回肯定没人说她了。

刚发出去，就遭到了叶秀秀和钱伊敏的联名抗议。

大姐，我们这边都十二点了！你发这个居心何在啊！

陆先琴想了想，好像是这么一回事，刚打算给徐廷舟发一条消息跟他分享他爱吃的粤菜，又放下了手机。

晚上十二点给人家发吃的照片确实挺不厚道的。

"你怎么还不吃啊？"伊丽咬着凤爪含糊着说道，"你不吃我可就把这一笼都吃完了。"

她赶忙收起手机："放开那个凤爪！"

人类有个很神奇的特性，当你心里提醒自己，千万别忘了给谁发消息，回谁的消息，转眼必忘。

这不，陆先琴忘了。

第二天，国内，李书棋被徐老师叫到了办公室。

他今年暑假依旧留在清河市勤工俭学，顺便帮陆先桦补习，本来就忙得够呛，结果还要被徐老师呼叫着回学校，实在是有些心力交瘁。

他一进办公室就走到了空调机附近，对着冷风吹头："热死了，姐夫，你把我叫来有什么事吗？"

徐廷舟抬眼看着他说："哦，我觉得你们班今年的结课论文，有些不对。"

结课论文早在六月就打包发到了他的邮箱，当时他也没说什么，现在都八月了，他说结课论文有问题？

李书棋抽搐了一下嘴角："姐夫，你要折磨我就直说，用不着这么拐弯抹角。"

徐廷舟咳了咳，指着桌上的一瓶可乐说："请你喝。"

一看是自己最爱的饮料，李书棋心里就有点蠢蠢欲动，但还是坚定拒绝道："不行，我今天凌晨爬起来吃了一大堆零食，我不能再喝这个了。"

"你凌晨吃东西做什么？"

徐廷舟皱眉，觉得现在的小孩作息时间太不规律，迟早会把胃搞坏。

"还不都是小琴姐啊！大半夜的发吃的东西，我看那图片就饿，就没忍住爬起来吃东西了。"

徐廷舟眼神闪烁了一下，问："她发了什么吃的？"

李书棋刚张嘴想回答，转念一想觉得很不对劲："不对啊，姐夫，小琴姐没给你发？"

徐廷舟眨了眨眼睛："她可能是怕耽误我休息。"

"所以就给我们都发了，唯独没给你发？"李书棋表情更奇怪了。

徐廷舟移开了眼神："你怎么这么多问题。"

李书棋又想，小琴姐作为徐廷舟的头号"脑残粉"，这种生活琐事不可能不和姐夫汇报，然而她不但没有把姐夫拉进那个小群，而且都不给他单独发。

因此他得出了结论："你们是不是吵架了！"

表情有些兴奋，完全看不出是为了这夫妻两人吵架而担心。

李书棋充分发挥着添油加醋里的那一瓶老陈醋的功效，把手机递了过去："小琴姐给我们建了个群，每天都分享一些她的日常，姐夫你看。"

徐廷舟看了眼手机屏幕，立马挪开了眼睛："不看。"

他尽力忍住："姐夫，你就看看吧，难道你不想知道小琴姐这段日子过得怎么样吗？"

"不想知道。"

"小琴姐这些日子天天吃快餐，我都担心她营养不良。"

徐廷舟皱眉："吃快餐？"

"你看你看。"

徐廷舟接过手机,昨晚上发的照片,那照片里明明就是广东早茶。

他皱眉,略微不满地看着李书棋:"你耍我?"

"不敢不敢!姐夫,要不我把你拉进去吧?"

徐廷舟轻轻抿唇:"不用。"

话未落音,就听见李书棋哎呀了一句:"姐夫,我刚刚手滑把你拉进去了!"

然后徐廷舟拿起自己手机,只见自己已经加入了"我在德国的吃吃喝喝"群聊。

"你要实在不想待就退出吧。"

徐廷舟表情一愣,语气有些不自然:"拉进去了就算了,我屏蔽就好了。"

"好嘞!那姐夫我就先走了!"

远在德国的陆先琴,这时收到了徐廷舟加入群聊的消息。

她心中一跳,心想着终于要和好了。

然后那边"嗖"地几张照片就发了过来。

剁椒鱼头,糖醋排骨,红烧牛肉,钵钵鸡。

彼时德国北威州正处上午,还未到吃饭时间,陆先琴愤怒地把手机一摔,不和好!死都不和好!

徐廷舟和陆先琴,正经历着结婚以来最严重的一次冷战。

而冷战的原因,两人都难以启齿。

于是个别知情人士也仅仅只是知道两个人冷战了,至于什么时候开始的,什么时候会结束,一概不清楚。

大家只知道,最近徐廷舟很反常。

譬如他变得特别爱发朋友圈,基本上早上一条,中午一条,晚上一条。

一般也就一句话,早上吃什么,中午吃什么,晚上吃什么。

配图往往都是看上去十分诱人的珍馐美味,一日三餐有两餐都是大鱼大肉，让人不禁觉得徐老师果然是大户人家，这样都不怕提前得高血糖、高血脂、高血压。

作为知情人士的李书棋，姐夫的朋友圈就成了他每日的快乐源泉。

他正在监督陆先桦写高数题，作为一个荒废学业好几年的学渣，重学数学无疑等于回炉重造，毕竟数学这个东西，一天不看就手生，更不要说几年没翻过数学书。

一道题能给陆先桦想到脑子爆炸。他咬着笔头皱眉思索也不知道何年何月才能做出来，而李书棋干脆坐在他旁边就看起了手机。

李书棋又翻了翻姐夫今日的朋友圈，今天中午格外丰盛，海鲜盛宴，还外加拔丝香芋几道甜点菜。

姐夫为了气小琴姐也是下血本了啊。

一时没忍住，李书棋笑出了声。

陆先桦终于逮着李书棋的机会了，狠狠瞪了他一眼："你，别吵我！"

李书棋撇撇嘴，往厕所去了。

或许是因为姐夫平时看上去太一丝不苟了，从没见过他发脾气的样子，也没见过他这么傲娇的一面。

李书棋就跟点燃了笑点一样，一进厕所就捶墙。

"你到底在看什么？"背后有一道阴恻恻的声音传来。

李书棋猛地回头，就看见陆先桦一脸不善地盯着自己。

"没看什么。"

"没看什么你笑的都快断气了，很影响我学习。"陆先桦撇嘴，伸手，"给我看看。"

李书棋暗地里骂了句死别扭，把手机递给了他。

陆先桦没发现什么好笑的事儿："朋友圈有什么好看的？"

"所以我说没看什么啊，快还我。"李书棋伸手要手机。

陆先桦把手机还给他："你这一条评论都没有，我手机里起码还显示几条好笑的，也不知道你有什么好笑的。"

"好笑的评论？"李书棋连忙凑过去和陆先桦勾肩搭背，"哎，给我看看你手机呗。"

陆先桦把他手打开："放手，别碰我。"

好不容易觉得这人有点长进了，跟他关系也缓和了，谁知这人还是块臭石头。

李书棋见他不吃这一套，心生一计，又一次凑上去，这回是整个人都挂在了陆先桦身上。

陆先桦个比他高，勉强能撑住一个大男人的重量。

"干什么？"

"小桦哥哥，给我看看呗？"

除了刚生下来那几年，李书棋叫过他哥哥，这是长大以来的第一次。

而且听着像小花哥哥，让人觉得恶心。

陆先桦浑身起鸡皮疙瘩，赶忙把他甩开："说话就好好说话，别跟我这么恶心，咱俩关系还没好到那个份上呢。"

李书棋有些委屈地看着他，就差没对手指卖萌了。

陆先桦掏出手机扔给他："拿去拿去，你再这么看着我，我就把你门牙揍下来！"

李书棋拿到手机，恢复原形，点开姐夫的朋友圈，发现果然多了几条评论。

看陆先桦打的备注，似乎是姐夫那边的家人评论的。

"今天中午吃辣子鸡丁。"

下面的评论很精彩：

姐夫妈妈：儿子，你是要改行当厨师吗？

姐夫表哥：弟媳走的第N天，家庭妇男徐廷舟寂寞下厨的第N天。

表嫂小圆：小廷廷厨艺课堂开课啦~老婆走了好寂寞怎么办？多半是骚的。

姑姑：对不起，我这就把我家这两个拖回去。

徐家个顶个的都是人才啊。

李书棋笑得胃痛，把手机丢给陆先桦，捂着肚子说道："我不行了，今天教不了了，改天我再过来吧。"

陆先桦反应很敏锐："你是不是知道姐夫为什么抽风？"

李书棋把他知道的都一五一十地说了。

"所以，这两个人是在闹脾气？"

"嗯，哈哈哈哈哈哈，待会你把朋友圈截个图发给我呗，我拿回家打印出来慢慢笑。"

陆先桦敷衍地点了点头："赶紧回去吧，路上注意点，别把别人吓到了。"

李书棋走了以后，陆先桦觉得他不能像李书棋这么没良心。

万一这冷战越闹越大，两人掰了，陆先琴肯定要疯，他必须要阻止这种情况的发生。

于是他当即就打了个电话给徐廷舟，晚上要跟他一起吃饭。

徐廷舟倒也答应的爽快。

到了下午，陆先桦去清大门口等他，站在那儿等的时候，有不少女生过来跟他搭讪。

他心里全想着陆先琴千万不能被姐夫抛弃，没心思撩妹，表情略微有些不耐烦。谁知道这副高冷的样子倒是让他更招人留意了。

人长得原本就高，脸也好看，插着口袋斜靠在门口的样子，冷峻又霸道。

"你站在这招摇过市的干什么？来泡妹子的？"

陆先桦没等到姐夫，倒是等到了钱伊敏。

他直起身子朝她走来："哟，小姐姐，好巧啊。"

"你打住，别过来，我可不想成为众矢之的。"钱伊敏嫌弃地退后了几步。

陆先桦撇撇嘴："好歹也是饭友关系，至于这么冷淡吗？"

"饭友也就是饭桌上的好友，下了饭桌什么都不是。"

陆先桦勾了勾嘴角:"也不知道是谁喝得大醉跟我抱怨她苦恋青梅竹马的邻家哥哥多少年最后被横刀的少女心事,我都不想听了还非要拉着我的手逼着我听。"

钱伊敏红着脸怒吼:"闭嘴!谁允许你大庭广众之下胡言乱语的!"

不过几句话,钱伊敏就气得跺着脚走了,临走前又骂了陆家兄妹是她这辈子的死冤家。

又过了几分钟,徐廷舟的车子开出来了。

陆先桦赶忙招手上车,坐在副驾驶上系上安全带。

"今天怎么有空找我吃饭?"徐廷舟缓缓说道。

"哦,省钱嘛,去你家蹭个饭。"陆先桦随便找了个理由。

徐廷舟也没多问,就问他有没有喜欢吃的菜。

陆先桦没想到徐廷舟这姐夫如此贴心,点了几个小菜。

谁知徐廷舟皱了皱眉:"都是小菜?没有大菜?"

"姐夫,你还会做大菜呢!佛跳墙你会吗?"

徐廷舟点了点头:"佛跳墙是吗?"

陆先桦张着嘴惊叹:"姐夫,佛跳墙你都会啊!你怕不是新东方毕业的吧!"

徐廷舟没理他,用蓝牙耳机拨通了一个电话。

"喂,今天点一个佛跳墙和蒸排骨,再点一份雪媚娘,嗯,多加一份饭。没有佛跳墙?那就随便换一道吧。"

"……"

呵呵。

车子没有往徐廷舟家里开,而是开往了希尔顿大酒店。

徐廷舟把车子停在停车场,冲陆先桦说道:"吃人的嘴短,跟我一起去拿。"

陆先桦一路思索着,想着姐夫这每天吃着五星级酒店的饭菜,得花多少钱啊。

然后他跟着姐夫坐电梯一路来到了后厨，戴着高帽子的厨师长早就帮他把东西都打包好了，徐廷舟一来，就恭恭敬敬地给他了。

"徐先生，希望今天的菜合您的口味。"

"谢谢。"

两个大男人一人提着一袋子走出了后厨，刚走出来迎面就撞上了一个气冲冲的男人。

"徐廷舟！"那男人面红脖子粗地叫嚣着，"你之前说过！在我这点菜给你免单，你一个礼拜出席两次会议！你倒好！饭菜照吃！会不来开！你的雇佣精神呢！啊！你这样还算是咱们集团的前CFO吗？"

陆先桦听懂了，合着他姐夫没花钱，白吃的。

而且白吃也就算了，还不守诺言。

徐廷舟吃着霸王餐，面不改色："视频会议不也挺好的。"

"视频会议那都是人远在天边！跨洲跨洋开的！你说你家离酒店就七站的地铁！你开个屁的视频会议啊！"

徐廷舟皱眉："注意你的老板形象。"

"你大爷的！碰上你这种顾问还要个屁的老板形象！"男人气得扯了扯领带，又瞥向了徐廷舟背后的那个年轻男人，"你就是跟你老婆吵架了也不至于连性取向都换了啊。"

陆先桦咬牙切齿，觉得眼前这个男人有点欠打："我是陆先琴的弟弟。"

"弟弟？"男人眨了眨眼，然后话风猛地一转，"哦！弟弟啊，大哥求你了，你帮我劝着点你姐夫成么？这些日子，我这厨房里的厨师都不干正事儿了，天天围着你姐夫就在那研究菜谱呢，还举办了个什么狗屁大赛，选出最符合徐廷舟心意的菜来，我这酒店迟早得完蛋。你就劝劝你姐夫，别要那什么男人面子了，面子在老婆面前算什么！赶紧给老婆认错道歉才是正事。"

徐廷舟断然拒绝："这种没出息的话也就你这种妻管严说得出口。"

然后转身就走。

陆先桦只能跟上徐廷舟的脚步。

回到家后，徐廷舟一直一言不发，摆好饭菜，拍个照发朋友圈。

陆先桦全程无语，默默地低头吃饭，本来想劝说的，就冲刚刚姐夫那个坚定的样子也不敢说什么了。

两男人食不言，陆先桦的手机突然响了起来，打破了这个尴尬的局面。

他看了眼徐廷舟，接起了电话："姐。"

那边的语气很是轻松："先桦啊，最近学习怎么样？"

"挺好的。"

"哦，吃饭了没啊？"陆先琴语气有些不自然，"最近你找你姐夫了吗？那个，你跟他有没有在一起啊？"

陆先桦眼珠子转了转："哦，没呢，我一个人。"然后就开了免提，把手机放在了桌上。

"哦，你帮我跟你姐夫说一声，让他最近按时吃饭，别为了工作的事就忘了吃饭。"

陆先桦颇感疑惑："啊？他每顿都有好好吃啊，姐你没看朋友圈吗？"

正吃着菜的徐廷舟筷子顿住了。

"啊？哦，我把他屏蔽了，他朋友圈发了什么？"

短短的屏蔽二字，让徐廷舟在这场长达一个月的冷战中惨败。

陆先桦咽了咽口水："发了一日三餐……"

那边语气哭笑不得："就为了气我？他幼儿园毕业了吗？"

"你屏蔽他，你学前班毕业了吗？"

陆先桦生怕陆先琴再说出什么蠢话来惹徐廷舟不高兴，急急忙忙就把电话挂断了。

看着徐廷舟面如黑炭，陆先桦只能无力辩白："她肯定是一时手滑。"

"这件事是我的错吗？"徐廷舟却忽然问出了这么风马牛不相及的一句话来。

陆先桦又不知道事情原委，自然回答不出什么来。

"我没错，为什么要道歉？"徐廷舟一本正经地问。

"姐夫你冷静点。"

徐廷舟扔下筷子往卧室走了，陆先桦连忙问他："姐夫你去哪儿呢？"

没人回答他，卧室门被啪的一声关上。

还好卧室门没锁，陆先桦赶紧跟了过去，他悄悄打开一条门缝，斜着眼往里看。

徐廷舟似乎在卧室的小阳台那打电话。

"你为什么屏蔽我？"

"这跟先桦没关系，你先回答我。"

"我幼稚？你很成熟吗？"

语气有些激烈，似乎下一秒钟就要吵起来了。

然后话风峰回路转。

"别闹了，行吗？"

这不是吵架的语气！这是求和好的语气！

陆先桦咂嘴，所谓男人的面子，算个屁啊。

陆先琴那边也不知道说了什么，徐廷舟又说："我看到德国的新闻了，你在那边小心点，保护好自己，别让我担心，知道吗？"

"乖。"

这场战役结束的实在是太没意思了。

徐氏夫妇重归于好，经济型家庭妇男徐廷舟重回学校食堂。

日子又恢复了往日的平淡。

由于去年给全国大部分高校共同参与的网络传谣讲座开了个好头，徐廷舟在高校教师中的知名度呈指数型增长，他以此为课题深入网络传媒与当代最热门的虚拟经济的结合性研究，此时正是各地陆续递交职称材料的最高峰期，论文期刊的版面压得很紧，几乎没有多余的空隙去思考其他事情。

每日除了备课，几乎都是在给论文做修改、润色、完整数据。

"今年的论文发表数必须要达标,不求超过峰值,但起码要高于往常的水平线。新一轮的'双一流'名单还没有公开,任何变数都有可能发生,各位教授还需要加把劲。"

外人总以为当教授轻松,平时也就是搞搞学术上上课,立一个项目就能拿到一笔国家的研究基金。殊不知"学术使人秃头"这句话并不是空穴来风。

当站在了某个领域的最前端,乃至影响着整个学术界的未来发展,越是受人敬仰的荣耀,就越是伴随着无数个日日夜夜的学习和思考。

会议结束后,院长办公室内。

"徐老师,过两个月有一次国际会议,到时候你们几个教授必须出席,这事关学校的学术发展。"

徐廷舟翻看着郭院长给他的资料,微微点头,询问道:"那关于外出调研的日期,是不是可以缓一缓?"

"不能。"郭院长想也不想就直接拒绝,"新的项目马上就会下来,批复也快到了,调研这事不能拖。你不用担心你那两个研究生,现在他们还只是研一,一切的活动都是跟着老师走,等你回来了他们估计才能转过弯来适应这种生活。"

研一的学生往往还没从大学四年的悠闲生活中脱离出来,以为过了初试复试这两关,接下来几年的学校生活将会一如既往的轻松自在。

"你第一年带研究生,自然想手把手地教导,但研究生不同于本科生,他们必须学会独立思考,想好自己所研究的领域是什么,将来到底要往哪个胡同口里头钻,而不是跟在你的背后一味地听从你的话。"

徐廷舟点点头:"那我回去准备一下。"

郭院长赞赏地点头:"徐老师啊,现在你还年轻,学术上要的就是这个劲头,等你的论文尘埃落定,项目也圆满完成了,你会是新闻学院最年轻的教授。"

老师也分为学术派和业务派,业务派负责上班打卡做好本职工作,学术派则负责废寝忘食不断突破领域桎梏。

郭院长最欣赏的学术人才，正是这种。

回到办公室的徐廷舟，终于瘫倒在办公椅上，用力地揉按着太阳穴。

他的眼下是一圈淡淡的青色。

"徐老师……"

他睁开眼睛，是他带的研究生中的一个。

"有什么事吗？"

学生简单地表明了他的来意，大概的意思就是任课老师的课讲得很快，徐导师给他布置的论文任务繁重，再加上新闻研究旁支甚多，他并不清楚自己现在到底在做什么。

徐廷舟点了点头："发现得还不算晚。"

学生啊了一声，不知道他这话是何意。

"你在选导师的时候，就选择了我所研究的这个方向，但方向往细里说，还有无数个枝芽，抓住其中的一点不断深入，而不是所有的方向都了解大概只停留在层面，所为研究就是深入。"

他说得足够清晰，但学生表情反而为难了起来。

"我考的时候没想那么多……"

徐廷舟皱紧了眉头，语气变得低沉起来："那你当初为什么选择报考学硕而不是专硕？"

整个办公室的人一时间都被徐老师那边吸引，这是所有人第一次看见徐老师发这么大的脾气。

"课听不懂就要学会去拿课余时间预习思考！看不懂就要学会去查资料文献！这是每一个刚踏上学术这条路的人都要学会的事情，知识是需要你自己去吸收而不是我帮你把它灌进去。我能带着你做项目写论文，但硕士研究生不是本科生，考试不会有重点，论文不会有模板，百度也不会帮你伪造数据。你好好想清楚到底是为了什么才读这个研究生，想清楚了以后再来找我！"

学生红着眼走出了办公室，徐廷舟焦躁得几乎要用手指戳破太阳穴。

同事有些担心地走过来询问他："徐老师，没事吧？"

"我没事，最近休息的太少，我有点烦躁。"他将头后仰，整个身子都倚靠在凳子上，"我刚才态度是不是太差了？"

"你也是为了他好，他会想明白的。"同事叹了一口气，"每年不知道多少这样的学生考进来，既然能考上研究生，那就证明学习能力一定没问题，只是他们还不清楚自己到底想做什么，以为考上了就万事大吉了。我看你为了论文的事连着好几天加班了，今天你没课，要不先回家休息吧？"

"嗯。"

他将要带回家看的文件都一一收拾好，给刚刚那个学生发了条道歉短信，这才离开办公室。

因为眼睛疲劳，今天他没有开车来学校。

大一的学生还在烈日下军训，他走在学校正大门的广场上，有不少认识他的学生趁着休息的空当过来和他打招呼。

"徐老师，我是你的粉丝！"

"我也是！"

看着那十七八岁如花朵般年轻的面孔，徐廷舟头一次觉得时间竟过得这样快。

就连他心底的小姑娘也成了学弟学妹们心中的学习楷模，朝着自己的目标一步步勇往直前。

"你们好，欢迎你们来清大，好好享受大学生活。"他微微一笑。

新生们犹如小鸡啄米："有徐老师的大学生活我们特别享受！"

地铁站非上下班时期并不算拥挤，徐廷舟坐在地铁上，拿出平板继续看文件。

结果却发现了陆先琴给他发了好几通视频通话，他都没有看到。

他拨了回去。

"喂，徐先生。"她接得很快。

那声音像是镇静剂，缓缓地注入进他的身体里，强度绷紧的肌肉和脑神经一下子就松懈了下来。

"嗯,还没睡?"

陆先琴有些烦躁:"赶报告呢,轻松也就那么几天,我是过来学习交流的啊。"

他轻笑一声:"那你继续加油,我先挂了。"

陆先琴急忙阻止:"别别别,我就是学习累了才想和你说说话的,听你说话我心里就舒服了。"

原来他的功效和她是一样的。

"这趟出国,后悔吗?"他轻声问道。

"不后悔啊!我这次见到了好多大咖!就是那种国际会议上才能见到的那种级别的大咖!我还跟其中的一个握了手合了影,他还鼓励我继续加油!"

那边的声音一扫之前的疲倦,变得干劲饱满了起来。

徐廷舟扬起唇角:"那你岂不是尾巴都要翘到天上去了?"

"没有啊,反而是我看到了自己身上还有很多的不足。徐先生,如果我说,我想继续读博,你会同意吗?"她的语气变得有些迟疑。

而徐廷舟却十分干脆:"读吧,我养你。"

"我读博士就有工资的!不用你养我,而且读书也可以赚钱的啊,又不冲突。"语气里满是我要独立的口气。

"你读你的书,我养我的太太,互不干扰。"

"你!你等着吧,等我功成名就,农民翻身把歌唱。"

今天的烦闷,瞬间就一扫而空。

好的婚姻就如同一剂良药,在身心疲惫时,让人重新焕发神采。

"徐太太,我很高兴,你从没让我担心过。"

至少在人生这条路的十字路口,她每一步都走得如此稳健,从未迷失过、茫然过,有时都让他不禁羡慕。

是怎样的乐观,才能造就她这样的宝藏。

"咳,你这么想担心我啊?那你机会来了,最近政府下了通知,夜间禁止外出，难民因为集中营的整改措施揭竿了，可能会引起骚乱。"

他皱紧了眉："怎么严重到这个地步了？"

"我也不太清楚。"

徐廷舟原本想着空闲下来就去一趟德国看看她，但是调研的事迫在眉睫，去德国的计划也只能暂时搁浅。

"过不久我也要出一趟国，到时候联系会更不方便。如果有事的话就直接给我发消息。"

"嗯，放心吧，你别忘了时不时看看微信，最近你看微信就挺少的。"

他微微叹气："如果真的引起了骚乱，就申请提前回国吧。"

"嗯，陈院长也和我提了这事儿了。"

"万事照顾好自己，千万。"

"放心啦，我继续干活了，先挂了。"

徐廷舟嘱咐道："这么晚了，你吃点东西。"

"不要，肯定会胖，不过最近我天天熬夜呢，倒是瘦了好几斤，连……经期都迟了好久了。"

陆先琴自从前年经历过一段高强度的学习，经期这东西就时准时不准，医生也只说好好调养并没有大问题，他有时帮她记了日子，结果下个月又要重记，久而久之他也就只能提醒她自己注意着。

那头的她好像还在无尽地纠结："上个月，哎？上上个月……我到底，来没来过啊？"

"别数了，要真迟了一定要去看医生，听见了吗？"徐廷舟又有些头疼了，"我不想到时候回来个小病秧子。"

"哦，我挂了。"陆先琴语气听上去有些不乐意了。

他只好哄道："陆博士，早点睡。"

那边就是小孩脾气，一下子就乐了："嗯，徐博士，你也早点睡。"

傻姑娘，他这边才下午。

第十五章 幼　稚·491

出国的事情准备得差不多了，徐廷舟将家中的备用钥匙留给了住在不远处的陆先桦。

"如果有什么事情就给我发消息，我的手机卡在国外信号不好。"

陆先桦点了点头，收好了钥匙："你们夫妻俩是组团出国吗？"

"一个往北一个往东也算组团的话那就是组团吧。"徐廷舟将行李箱放好，关上了后备厢，"等会你帮我把车开回来停好。"

"知道了知道了，我这都成专职司机了。"

车子行驶在马路上，陆先桦开着车无聊，就和徐廷舟聊一些废话："姐夫，国外好玩吗？"

"当作是旅游的话是好玩的，如果是工作性质的话就另当别论。"

陆先桦随口说道："最近我学的头都要炸了，刚好我姐说九月份德国有个什么市办庆典活动，到时候她会过去，我这身上还有些钱，想过去玩玩，见见世面。"

绍恩多夫市的街头庆祝活动，徐廷舟原本就是打算这时候去找陆先琴的。

他点了点头："去吧，如果钱不够的话就跟我说。"

"我好歹也一直有工作，旅游的钱还是我自己出吧。"

徐廷舟轻笑："小舅子挺有骨气。"

"男人什么都能没有，但必须要有骨气。"陆先桦说到这里，又贱兮兮地坏笑了一声，"当然，老婆面前骨气也可以不要！"

徐廷舟也没生气，嘴角弯了弯："不想去了？"

陆先桦嘴一闭，老实开车。

将徐廷舟送到机场门口，陆先桦正要下车帮他一起搬行李，徐廷舟直接摆手示意不用："送到这儿就行，辛苦你了。"

陆先桦也没坚持："那姐夫，路上小心。"

徐廷舟笑着点头："先琴就拜托你了，保护好她。"

陆先桦稍稍一愣，徐廷舟已经拖着行李进去了。

他坐在车上不禁失笑。

为什么他的心思,徐廷舟总是能一眼看透?

没有急着把车开回家,陆先桦优哉游哉地给陆先琴发了条微信:

我来找你玩,欢迎吗?

陆先琴忙回复:

最近这边出乱子呢,还是别过来吧,要是万一出事儿怎么办?

他漫不经心地回复她:

我一个大男人,能出什么事?
德国这边,喜欢男人的也不少……
你还得传宗接代呢……

陆先桦一时气结:

陆先琴,说句好听的会死吗!

那边语气正经了起来:

我不想你有事。

手指一时顿住,一时间竟不知道该回她什么。

我不会有事。

第十五章 幼 稚 · 493

第十六章　温　暖

绍恩多夫市一年一度的庆祝活动，每年都会吸引大批的游客来这里游玩。

陆先琴在机场门口驻足向里看去，寻找着那个熟悉的身影。

不久后，她看见了一群戴着红帽子的国内旅行团。

为首的那个拿着小旗子的导游正在数人，她定睛一看，整个人都僵住了。

陆先琴走上前去，看着那个戴着红帽子几乎要把自己的脸全部藏起来的人喊道："陆先桦！"

陆先桦没回答。

倒是他旁边那个大爷用力拍了拍他："小陆！你姐姐叫你呢吧！"

陪着陆先琴一起来接人的伊丽一脸憋着不敢笑的滑稽模样："先琴，你弟弟来德国的方式真特别。"

那位大爷持之以恒地提醒陆先桦，最终逼得陆先桦摘掉了帽子露出了他那张略带潮红的俊脸。

陆先琴上前和导游解释，导游答应的十分爽快："但是那钱我就不能退您了。"

"没关系的。"

大爷一脸的依依不舍："小陆！微信联系啊！到时候一起打牌啊！可别忘

了大爷!"

几个大妈也附和道:"到时候我们给你介绍好姑娘!"

中老年旅行团浩浩荡荡地离开了机场。

陆先琴双手抱胸,看着陆先桦:"陆先桦同学,麻烦解释一下。"

"解释什么?我人到了不就行了吗?"陆先桦咽了咽口水,眼神游移不定,"这叫迂回路线,安全又可靠,你不懂。"

"你跟着中老年旅行团免费为大爷大妈们护航我当然不懂了,我就是觉得,您老人家钱可真是多得没地方花啊。"

陆先桦反驳:"挺便宜的,打折呢。"

至此,陆先琴大约是知道了陆先桦为什么是跟团过来的了。

八成是被忽悠着什么几千机票旅行全包,随行翻译一条龙服务,保证安全到达德国。陆先桦没出过国,就这么报了名跟着旅行团买了机票,戴着小红帽飞了过来。

车上,伊丽在驾驶座上开着车,时不时地从后座偷瞄这姐弟俩。

"徐先生还好吗?"

陆先桦撇撇嘴:"我这么大个活人坐在你面前,你不问我好不好,你就想着你老公是吧?"

"你这不在我面前吗?还有劲儿被旅行社忽悠着报名,没缺胳膊少腿的我还问什么啊?"

陆先桦合眼,不想理她。

"行,我不问徐先生了。"

陆先桦从鼻腔冒出一声哼。

"那书棋最近怎么样了?"

"陆先琴,究竟谁才是你一母同胞的兄弟啊?是徐廷舟吗?是李书棋吗?还是你们家楼下那流浪猫流浪狗啊?"陆先桦抱怨了这么一句,就把头撇向窗外,再也不理她了,连看都不屑看她一眼。

这小子最近怎么了?火气这么大,跟心智没成熟似的。

伊丽一副看好戏的样子："先琴，人家大老远到这里来看你，你总要表示一下关心吧？"

陆先琴一脸的无奈："他这不是好好的在这吗？"

"中国人最讲究寒暄，我这个华裔都知道，你难道还不清楚啊？"

陆先桦啧啧了两声："你看看人家，你再看看你，也不知道你哪点像我。"

陆先琴怒了，伸出手一副要打他的样子："你反了啊！谁是姐姐谁是弟弟啊！"

"当姐姐的把弟弟当空气，算个狗屁的姐姐。"陆先桦瞥了眼她举起的手，"你要敢打我，我就把你从车上扔下去！"

脾气真臭，陆先琴狠狠瞪了他一眼。

车子直接朝着绍恩多夫市区开去，一路平坦宽阔的平原，蓝天碧草，车内放着伊丽最爱的乡村民谣，还伴随着姐弟俩幼稚的吵闹声。

三人将车停在旅店门口，就由陆先桦负责拖着所有的行李，两位女士在前面轻松带路。

"庆典是从明天开始，咱们今天可以随便逛逛。"

旅店的楼梯有些窄，陆先桦只能一手扛着一手提着行李，额头上略微有些出汗。

陆先琴犹豫了一下，还是走到他面前，伸出了一只手："我的行李给我吧。"

谁知陆先桦反倒把行李往反方向挪了挪，语气有些硬邦邦地说："看不起男人？"

吃了哑巴亏的陆先琴一脸憋气地甩下他上楼了。

旅店柜台那里站着两个身形高大的德国警察，伊丽和陆先琴对视一眼，眼神紧了紧。

"连这里都殃及了吗？"

警察问了一些情况就离开了，伊丽连忙上去跟旅店老板打听，神色凝重了几分。

办理好入住手续的陆先琴有些好奇地问她:"到底怎么了?"

"昨天晚上,这附近有个女孩被性侵了。"伊丽皱紧了眉头,"看来不仅仅是北部,东部这边也有大批的难民作恶,老板让我们晚上的时候一定要注意安全,务必不要单独行动。"

此时陆先桦在她们后面忽然开口:"我会保护好你们的安全的。"

伊丽有些惊讶地看着陆先桦,忽然弯了弯嘴角笑了。

但陆先琴先进房间了,她借口要教陆先桦怎么用房间就和他单独进了两位女士隔壁的那间房。

陆先桦有些不太乐意:"酒店不就那些东西,还用人教吗?我又不是三岁。"

眼前的男人年轻英俊,气质性格和他的姐姐全然相反,伊丽就那样靠着房门抱胸看着他收拾东西。

"弟弟,你是过来保护你姐姐的吗?"

她突然的一句话让陆先桦手上的动作顿住了,而后下一秒又恢复了:"想多了,我是出国玩儿的。"

"先琴跟我说,她有个弟弟,和她很合不来。她的弟弟似乎很不喜欢姐姐,连话都不愿意多和她说。"伊丽语气轻轻,"因为家庭的原因,她对这个弟弟又爱又恨,有些话,明明心里不是那样想的,可说出来就变成了伤人的刀子。"

陆先桦轻轻一笑:"陆先琴还真是什么都跟你说啊。"

伊丽耸肩:"她和我玩真心话输了。"

"你跟我说这个做什么?"

"既然想要保护一个人,就堂堂正正地保护她。"

陆先桦自嘲地笑了笑。

他和陆先琴的误会,从他出生的那一刻起就开始了,无论他如何自以为是的补偿,都不可能真的弥补她什么。

抢走了那一份宠爱的弟弟,才是姐姐的原罪。

伊丽回到了自己的房间,陆先琴正摸着自己的肚子坐在床边发呆。

"你怎么了?肚子不舒服吗?"

陆先琴摇了摇头,指了指那行李箱里她特地带过来的几大袋卫生巾。

"这些是我特地从国内带来的卫生巾,我发现我来这里这么久,根本就没用过。"

伊丽皱了皱眉:"你是六月来的,现在已经九月了,你的经期一直没来吗?"

陆先琴沉重地点了点头。

两个人都同时倒吸了一口凉气。

"上次你的性生活是什么时候?"伊丽犹豫着问她。

陆先琴语气有些颤抖:"就……走的前一天,当时也没多想……"

这是什么狗屎运啊,一发就中,简直猝不及防。

伊丽又走到了门口,冲她招了招手:"等什么啊?去买东西啊。"

陆先琴有些踌躇,慢吞吞地站起身来:"会不会是我想多了?其实只是身体原因?"

"如果是身体原因,那你就更应该去医院了。"

两个人一道出门,刚好碰上了也正要出门的陆先桦。

陆先琴哆哆嗦嗦地问他:"你出来干什么?"

陆先桦的语气自然:"房间太无聊了,我出去走走,你们去哪?"

"药店。"伊丽想也没想就脱口而出。

陆先桦语气忽然有些紧张地看着陆先琴:"你生病了?"

陆先琴拼命摇头,用力踩了一下伊丽的脚,后者疼得嘶嘶叫,不解地看着她:"你们这么含蓄的吗?亲姐弟都要避讳啊?"

"避讳什么?"陆先桦眉头皱得越发紧了,语气也更加担心了些,"陆先琴,你得绝症了?"

"没有!你别问了!"陆先琴拉着伊丽就要跑,"咱们快去吧。"

谁知陆先桦这回倒是锲而不舍,大步追上了她们,牢牢地挡住了她们的去路:"我陪你们一起去,外面太不安全了。"

陆先琴立马拒绝:"不用!"

"为什么!你是不是要把我丢在这里自己溜走?!"

陆先琴终于忍不住了，指了指自己的肚子："我买这个！懂了吗！"

陆先桦哪知道这些，他连初中的生理课都是睡过去的，此时一脸懵圈地看着陆先琴的肚子。

"吃坏肚子了？"

伊丽扑哧一声笑了出来："哎，缺失的性教育啊……"

"我买验！孕！棒！"这里也没人听得懂中文，陆先琴就这么咬牙切齿的，吐字十分清晰地把这三个大字重点说了出来。

陆先桦眨了眨眼，迟钝地啊了一声，随即尴尬地抿了抿唇："姐夫的？"

"你说呢？"

"我要当舅舅了吗？"

"……"

最后还是伊丽打破了僵局，没办法，中国人在这方面就是太含蓄了，含蓄的有些可怕。

"一起去吧一起去吧，都一家人，别害羞。"

三个人找了家最近的药店买了东西回旅馆，陆先桦率先回自己房间等着了。

陆先琴按照说明书在厕所鼓捣，伊丽在厕所门口等着，没过几分钟人就出来了，手上拿着那根棒子。

"怎么样？"她连忙问道。

陆先琴神色有些复杂："这怎么处理啊……"

"什么怎么处理？你到底怀没怀啊？"

拿着验孕棒的已婚妇女重重叹了一口气："就是因为现在异国他乡的，这怀了也不知道该怎么处理啊。"

伊丽听懂了："真有了啊？"

陆先琴沉重地点了点头。

"哇，你老公真厉害啊。"也不知道该说什么，伊丽也只能憋出这么一句话来。

陆先琴满脸通红，拿着验孕棒茫然道："现在怎么办？回国吗？"

伊丽也没遇上这种情况，一时半会手足无措的："你先打个电话给你老公告诉他这个消息，至于回国的事，我先帮你问问学校。我记得是半年就能拿到出国证明的，提前回国不碍事，你生完孩子以后再来也不迟。"

陆先琴也有些压抑不住自己的心情，想要赶紧打个电话给徐廷舟。

原本以为孩子的到来还很久远，却没想到会是在这个节骨眼上。

按着手机的手指都在颤抖，陆先琴又是高兴又是忧愁地拨通了徐廷舟的电话。

很长的等待接听的提示音，然后电话被自动挂断，接着是人工提醒她留言。

陆先琴猜到可能是那边信号不好他接不到，于是就干脆用微信给他打了通电话过去。

三十秒后，还是没有人接听。

早前就和他说过，要随时看她的消息的。

陆先琴抿唇，或许他在那边真的很忙吧。

伊丽有些担忧地问道："没接吗？"

"或许忙吧，他那边现在也应该很晚了，等明天我再打电话给他吧。"陆先琴放下手机，随后又笑了笑，"对不起啊，明明说来玩的，结果发生这种意外。"

"这是好事啊！怎么能说是意外呢，明天庆典你就在旅馆好好休息，我陪你。"

陆先琴更是愧疚："这怎么行，你明天不用管我，好好玩，我让我弟弟陪你一起。"

"可是……"

"你要不去的话我肯定良心不安的。"

伊丽叹了口气："好吧，那你在旅馆好好休息。"

陆先琴笑着答应了她，并且嘱咐她如果外面发生了什么事就赶紧回来。

"嗯，那我现在去告诉你弟弟这个好消息。"

待伊丽出门后，陆先琴握着手机发呆，不死心地又拨了徐廷舟的电话。

孩子这件事，她希望徐廷舟是第一个知道的人。

电话依旧没有人接。

陆先琴只好放弃，给陈院长打了电话，那边的语气倒颇为爽快，让她赶紧把手续办好回国养胎。

"院长，对不起，难得您这次特地带我过来……"

"出国交流又不是只有这一次机会，以后多着呢。咱们师生两人以后有的是机会一起出国学习，这次游学原本也只是带着你出来长长见识。还有，你的论文德里克教授已经看过了，他很满意，你直博的机会很大。"

陆先琴难掩心中的狂喜："谢谢院长！"

陈院长呵呵笑道："当初果然没看错你啊。先琴，你可得答应我，生了孩子以后不能给徐老师当家庭主妇，要和我一起继续搞学术。"

"嗯！绝对不当家庭主妇！"

压根没有想过，事情会这么顺利。

那些她以为会遇到的困难，其实早就迎刃而解了。

徐先生告诉她，只要她肯努力，那么路总会越来越平坦。现在她迈过了那一道荆棘，接下来的，全都是平坦宽阔的大路。

这是陆先琴来到德国的三个月里睡得最香的一天。

第二天清早，她被生物钟叫醒，旁边的那张床已经没有人了，床上放着一张纸条。

伊丽应该早就起来去参加庆典了。

陆先琴伸了个懒腰坐了起来，下意识地看手机，却发现她昨天发给徐先生的微信还没有得到回应。

还是想等他回了消息，自己亲口告诉他怀孕的好消息。

清晨的露珠湿淋淋地挂在阳台上的绿色植株上，看起来昨晚似乎下过下雨。

旅馆外，是一片宁静安和。

她取下耳塞，哈欠连天地走向洗漱间。

"砰砰砰……"

忽然一阵剧烈的敲门声彻底惊醒了她,那敲门声丝毫没有规律,暴躁又急促,似乎暗示着门外的那个人,压根没有耐心等她回应。

陆先琴下意识地后退了几步。

接着她听见了门外的那个人浑厚的喊声,说着她听不懂的语言。

敲门声变成了捶门的声音,似乎是用脚代替了手。

与房间内连呼吸声都听得见的寂静相比,门外的噪声使她心里极为不安。

她双脚发软,不知道外面究竟是谁在敲门。

"Open the door!(开门!)"

夹杂着浓重阿拉伯口音的英文响起,陆先琴尽可能地找寻着这间屋子里能够拿来防身的东西,最后终于找到了阳台处摆放着的衣架杆。

陆先琴猜到外头的人,应该是一间一间地在搜房客,如果可以报警,那么一定有人已经报警了。

她根本不知道向谁求救。

手指颤抖着,根本无法控制自己拨下虚拟键盘,只能按着"1"键,拨向了大洋彼岸的徐廷舟。

依旧是无人接听的提示音。

外面的人似乎彻底失了耐心,开始撬锁,连带着房间里的锁扣也急促地上下颤动着,发出清脆的声音。

她的心几乎和那锁扣跳得一样快。

阳台外有警车鸣笛的声音,外头嘈杂的,不只是敲门声和怒吼声,还有尖叫声和推搡声。

忽然,撬锁的动作停下,她顿时瘫坐在地上。

接着,是那无比熟悉的声音:"姐姐,是我。"

她的泪水忽然涌了出来,刹那间心中的恐惧尽数消散。

是先桦的声音。

他没走。

陆先琴缓缓地挪到门边，试探着问出了口："先桦，是你吗？"

"是我，开门吧，他们把旅馆所有的人都集中在一楼了。"陆先桦细心安抚道，"你别怕，有我在。"

陆先琴打开了门，门外的一片狼藉景象几乎叫她晕过去。

不同于昨日的干净整洁，到处都是砸碎的玻璃和木屑，撕碎的布料，还有拖行的血迹，似乎都在告诉她，这里发生过什么。

旅馆的隔音效果极好，她戴着耳塞睡了一个好觉，浑然不觉外面的状况。

陆先桦的左眼已经肿了起来，唇边还挂着血迹，她几乎是一下子就哭出了声，那个拿着枪的大胡子男人一把将她从房间里拽了出来。

"Go down！（下去！）"男人用枪指着楼梯。

她捂着泛青的左臂，陆先桦将外套脱了下来披在她的身上，按住她的肩膀安慰道："有我。"

直到他脱下了外套，里面只有一件贴身的黑色背心，陆先琴才看到他胳膊上可怖的伤痕。

"这是……"

陆先桦不在意地笑了笑："进来的时候费了点劲才让他们相信。"

她语气里满是不可思议："你折回来了？"

"要不怎么说一母同胞呢，起先我还不信第六感这东西。"陆先桦咧开嘴笑了，"还好临时忘拿东西折回来拿了，不然你就变成任人宰割的小白兔了。"

陆先琴被枪口抵住下了楼，看见大厅里都是和她一样的普通游客，这其中有不少亚洲面孔。

但他们和那些白人无异，面对武器毫无缚鸡之力。

他们和其他人一样，蹲在地上。

十几个难民，绑架了这间旅馆里的所有客人。

他们身形高大，眼神阴鸷，几个人拿着枪对着客人们，另几个人则围在一起商量着什么。

陆先琴怎么也没有想到，自己会遇上这种事情。她一直以为，这种事只出现在新闻里，离她十分遥远。

"你们……你们也是中国人吗？"蹲在他们附近的一个亚洲面孔低身问道。

陆先琴看向那个女孩子，点了点头。

"你们也是来参加庆典的吧？"那女孩语气颤抖，眼底里满是恐惧。

"你也是吗？"

女孩点点头："我和我同学都是中国人，来这里参加庆典的，本来以为难民不会猖狂到这个地步，没想到……今早上去庆典的几个勉强躲过这一劫了，就我和另几个睡懒觉的倒了大霉。"

"那另外几个人呢？"

女孩指了指不远处蹲着的三个人："在那里，不过，我还有朋友一直在房间没下来。"

陆先琴抿唇，不愿意继续想象。

"只希望她还活着……"

话未落音，楼上就传来了一阵枪响，没有消音的枪声像是打在了自己身上，陆先琴捂着快要失控的心脏，害怕地闭上了眼睛。

"他们在拿我们和政府谈判，那个人是他们的老大。"女孩指着那群人中间的一个男人，他正拿着电话吼着。

几年前，德国因为"欢迎难民入境"六个字，曾熬过一段人心惶惶的日子，这个治安在整个欧洲国家中位于前列的国家，因为难民的到来，偷盗、抢劫、强奸、暴力等事件层出不穷，之后政府严格限制难民入境数量，德国才恢复了往日的和平。

"Don't talk！（不要说话！）"似乎是发现了有人正在交头接耳，其中一个难民用枪指着客人们威胁道。

女孩霎时缄口。

同时，其他窃窃私语的人们也闭上了嘴。

几个男人在这些客人中巡视着，陆先琴蹲在地上不敢动弹，其中一个呼吸粗重的男人在经过她身边时，忽然蹲下了身子。

她不敢出声,只能用力将头埋在膝盖里。

男人忽然狰狞地笑了笑。

一只手环上了她的肩膀,陆先桦用那蹩脚的英文警告着男人:"Don't touch.(不要碰她。)"

"Couple?(夫妇?)"

是刚刚那个用枪指着命令他们下楼的男人。

男人一把扯住陆先琴的头发,逼得她抬起头来,陆先琴疼得皱眉,一只手死死抓着陆先桦的手,不允许他冲动。

周围没有一个人敢动弹。

那男人一手捏着陆先琴的下巴,她的头像玩具一样被男人左右摆动着,剧烈的疼痛让她无法控制内心的惊惧,只能死死闭着眼睛阻止眼泪流出来。

此时她一直放在口袋里的手机突然响了起来。

男人的眼神愈发阴沉,他将陆先琴用力推倒在地,手机从口袋里滑落出来,陆先琴勉强睁开眼想要护住手机,亮着的屏幕下一秒钟就被踩碎,铃声消失,紧接着她的手也被狠狠地踩住。

粗糙的鞋底在她的手背上不停摩擦着,陆先琴疼得几乎要昏过去,耳边充斥着男人令人害怕的呼吸声和狰狞的笑声。

男人将脚挪开,抬起来往陆先琴的肚子上踢去。

一个身影牢牢将她护在身下。

陆先桦疼得闷哼了一声。

陆先琴再也抑制不住地大哭了出来,那些所谓的尊严都变成了此刻想要活下去的强烈欲望,她苦苦哀求着:"Please!I'm pregnant!Please stop!(拜托!我是孕妇,请住手!)"

男人似乎听不懂英文,继续脚上的动作。

陆先桦一手护住陆先琴的头,一手护住她的肚子,挡住了男人所有的攻击。

终于有人忍不住用阿拉伯语说了句什么。

男人停止了动作,朝地上猝了一口。

那个为首的男人说了句什么，接着陆先琴就被架着离开了大厅，丢进了一楼摆放卫生用具的小房间。

和她一起的还有陆先桦。

头目指了指小房间角落里的水龙头，随后房间门被啪的一声关上。

陆先琴擦了擦眼泪，勉强爬了起来，颤着手指抚上了陆先桦的背。

"先桦，先桦，你有没有事？"

一声痛呼响起："别碰……"

陆先琴缩回了手在空中悬着，狭窄的房间里，手无缚鸡之力的她，看着为她受伤的弟弟，她被巨大的绝望笼罩着，以至于连哭都没了力气。

陆先桦叹了口气："哭个屁啊，我又没死。"

"我叫你不要来的！"

面对陆先琴的指责，陆先桦非但没有像往常那样和她顶嘴，反而低声笑了出来："我就是来做英雄的啊，没想到还真做成了。"

陆先琴用力咬着唇，哽着声音说道："你要残了，我养你一辈子。"

"别，那姐夫会杀了我的。"他撑着手臂坐了起来，额间因为疼痛而冒出一层汗来，陆先琴连忙找了点软东西给他垫在背后。

陆先桦抚着胸口问她："我外甥没事吧？"

陆先琴摸着肚子："没有，反倒是他救了我们。"

"行啊，我这小外甥，以后有大出息。"

陆先琴骂他："你还有力气开玩笑！"

他嘴角的笑意忽然消失，自嘲地说道："我还有力气开玩笑，却没力气在那些人面前保护你。"

本以为自己作为一个男人，力气已经足够大，在面对突发危险时可以让她毫发无损。现在看来，他不过是井底之蛙。在真正的危险面前，他根本无法像电影里英勇的主角一样，大杀四方、勇往直前。在冷血武器前，血肉之躯根本就是一道不禁打的肉墙罢了。

"姐，我发现我根本没办法保护你。"他终于忍不住了，低着头啜泣出声。

"我以为我不念书，你就能去念书；我以为成为那些混混的老大，他们就不敢对你吹口哨；我以为我不听话，爸妈就会对你好一点。可是我发现我太蠢了，根本就是在自以为是。"他忍着疼用力抬起胳膊，勉强用手遮住了自己的泪眼，继续低声说着，"如果换作是姐夫，他一定有办法保护你和孩子，可是我做不到。"

这是陆先桦第一次以弟弟的名义，在她面前哭。

那时，他替她挡了爸爸的一巴掌，她以为那是他第一次保护她。

殊不知，他的保护，早已深入无数个年年岁岁，深入骨髓。

他们是血浓于水的亲姐弟，这一点，原来他们都没忘。

误会就像是一道围墙，将姐弟二人隔绝在两个世界。十几年来，他们听不见对方的声音，也从未理解过对方。

陆先琴双眼朦胧，咬着唇抽泣着。

"说真的，我挺嫉妒李书棋的，他会读书，比我讨你喜欢。"陆先桦扯出一抹苦笑，"但是他终究是外人啊，这一点他这辈子是比不过我的。"

鼻尖嗅到了唇间的血腥气味，陆先琴坐在他的身边，抬头望着他满是青紫的侧脸。

"弟弟。"

"哎。"

"弟弟。"

"哎。"

她不厌其烦地叫着，他颇具耐心地回应着，小小的房间里充斥着二人柔声的对答。

"等咱们平安出去了，我带你玩'吃鸡'，带你飞。"她小声地承诺着。

他眨了眨眼，嘴边露出一抹笑容："好。"

在劫持人质事件超过一小时后，消息终于开始在国外发酵。

徐廷舟在病房里，握着手机，终于看到了来自德国的新闻快讯。

"在旅馆被劫持的三十八名房客中，有七名中国人，两名华裔，目前安全状况未可知，已经确认有两名欧洲房客死亡。"

他脸色苍白，捂着胃下了床，徐廷舟另一只手拿起点滴瓶，朝病房外走去。

刚推门进来的护士被他吓了一跳，赶忙拦住了他，让他不要乱动。

这时，送他到医院的同事也走进了病房，担忧地问他到底怎么了。

他喘着气，将手机递给同事："My wife is in this hotel.（我妻子在这家旅馆。）"

同事接过手机，看到了那条新闻，明白了徐廷舟忽然失控的举动。

"You just had surgery and couldn't get out of bed！（你刚做了手术，不能下床！）"

徐廷舟终于骂出了声，胸口剧烈地起伏着，被护士和同事同时搀扶着坐回了床上。

良久后，等同事以为他冷静下来了，正打算开口询问具体情况，却听见徐廷舟低声说了句什么。

那声音冷静，却又无比坚定："I'll go to Germany.（我要去德国。）"

据劫持人质事件发生已经超过四十八小时，因为人质中有中国游客，消息在国内的社交媒体上迅速传开来。

没有人知道那几个中国游客的信息。

大使馆和外交部发布紧急通告，这是今年来涉及中国游客人数最多，性质最为恶劣的一宗劫持案，中方希望德方能够尽快抓捕犯罪人员，解救中国游客。

小房间门外，时不时传来女人凄惨的叫喊声和男人的嘶吼声。

巨大的精神压迫让陆先琴感到身体迅速地衰弱，她打开水龙头，沾了水抹在自己已经干裂的嘴唇上。

难民和政府的谈判依旧僵持着，所谓的左派主义者开始跳出来为这些难民们辩护，他们要求难民在欧洲国家得到和其他欧洲居民同等的公民权利，主张用包容和理解去感化这些暴虐的"恶魔"。在左派党们的心中，大爱和道义可以解决一切的暴力冲突，只要真心接受难民，那些被劫持的人们才会平安无事。

而被劫持的这三十多名游客，正经历着其他人根本无法想象的绝望。

他们不知道自己能否成功逃离，他们也不知道政府究竟会不会为了他们做出退让。

门锁有被打开的动静，陆先桦将陆先琴护在身后，死死地盯着门锁。

房间门从外面被打开了。

陆先琴害怕地闭上了眼睛，而枪声却没有如期而至。

站在门口的并不是那群大胡子男人，而是一个满身伤痕的白种男人。

男人用英文对他们说，他们趁着这群人不注意撂倒了几个，现在所有的男房客们正打算合力把剩下几个在楼上的解决掉，让女人们都集中在一起随时等待警方的救援。

陆先琴就像是抓住了一丝希望，激动地对陆先桦说："先桦，我们能逃出去了！"

这间旅店的房客们终于明白，他们不能一味地把希望寄托在警方身上，在这种时刻，自救才是最明智的选择。

他们当中有精壮的成年男性，只要将女性集中保护好，未必没有反杀的机会。

陆先琴跟着男人走到了一楼的另一个房间，他掏出一把手枪递给了她。这是陆先琴除了在军训的实弹演习中，第一次摸到真枪。和玩游戏时的游刃有余完全不同，真实的枪弹让她觉得无比沉重。

这是可以杀人的武器。

"They are all hurt, and cannot take a pistol.（她们都受伤了，不能拿手枪。）"

陆先琴拿着已经上膛的枪走进了房间，无法相信在这短短的一天时间内，这些女房客们经历了怎样的折磨。

那个在大厅和她搭话的女大学生正抱膝把自己藏在角落，眼神涣散无神。

陆先琴握紧了枪，头一次内心闪现出杀人的冲动来。

一天前，这些女人们脸上都还挂着微笑，为参加这次庆典精心打扮着。

而现在因为那群无家可归的恶魔，她们痛不欲生，恨不得将自己缩成一团。

这些怀揣着极端主义的难民，生生毁掉了"难民"二字的真正含义。

陆先琴抚着肚子，默默祈祷着。

没过多久，门外就传来了厮打的声音，陆先琴双手举着枪对着门口，接着便是几声枪响。

女人们惊恐地叫出了声。

门被猛烈的一撞，脆弱的门锁不堪一击，随即是两个扭打着的男人倒在地上。

那个正处上风的是陆先桦。

他用双手扼制住大胡子的脖颈，双腿牢牢将他缠住，逼得大胡子痛苦地伸展着身体，手指在地板上滑出几道血痕。

陆先琴稍稍松了口气。

这时一个女人却忽然冲了出来，加入了这一场厮打，陆先琴起先以为这女人是帮先桦的，直到她对着陆先桦的手臂狠狠咬了一口，陆先桦吃痛地喊了一声，手劲一松，大胡子便从他的桎梏中逃脱了。

局势发生了变化，陆先桦被狠狠压在了地板上，大脑充血，神色痛苦。

大胡子似乎看出来陆先琴不敢开枪，隐蔽在茂密的棕色胡子里的嘴角嘲讽地往上扬了扬。

陆先桦的眼神渐渐涣散了。

陆先琴双目充血，在极近的距离下，她逼迫自己冷静下来，控制住双手的颤抖，对准了大胡子，随即尖叫了一声，用手用力扣动了扳机。

硝烟的味道在空气中弥漫着，后坐力让她整条胳膊都变得麻木，陆先琴看着大胡子痛苦地捂着腿，潺潺的鲜血正滋滋地往外冒。

和游戏里完全不一样，没有快感，没有满足，只有洪水般令她窒息的恐惧。

那个女人站起身来指责她为何要开枪。

一直生活在中国的陆先琴，在一个和谐的社会中长大，纵使在国内也总不免有各种令人揪心的事件发生，但那些事情总是离她很遥远。

她被国家保护着，以至于在面对伊丽的抱怨时，是无法感同身受的。

而就在这女人痛心地指责她的这短短几十秒里，她终于彻底理解，德国人对左派的憎恨为何如此强烈。

陆先琴冷笑一声，再一次用枪口对准了那个女人："Miss Virgin, if you speak again, I'll send you to the real utopia.（圣母小姐，如果你再啰唆一句，我就送你去真正的乌托邦世界。）"

那个该死的圣母在自己的生命面前，终于收起了"慈悲"的心肠。

陆先桦擦了擦嘴角的血，勉力站了起来。

他忽然笑出了声："看不出来，神奇女侠啊。"

德国警方的声音越来越近，陆先琴扔下了手枪，瘫倒在地。

忽然很想见徐先生，想在他怀里好好地放声哭一场。

之后她在警笛声中晕了过去，至此，长达四十八小时的劫持事件，终于在房客们的奋力自救中结束了。

再次醒来时，周围已经没有了硝烟味，鼻尖闻到的是病房里特有的消毒水的味道。

她看着雪白的天花板，放空了约莫半分钟。

在确定这不是梦之后，陆先琴笑了出来。

"先琴。"熟悉的声音在她耳边响起。

她勉强扭过头，看见了正坐在床边的那个男人。

他没以前帅了，头发有些凌乱，胡子也乱糟糟的，脸色苍白，眼睛血红，黑眼圈明显。

可是她还是认出来了，是徐先生。

"我，在做梦吗？"她不确定地问出了声，接着嗓子一阵火辣辣的疼。

本以为徐先生会回答她，告诉自己这不是梦。

可徐先生就像是雕塑一样，怔在那里，一动也不动。

陆先琴害怕这真的是个梦。

她试着挪了挪，骨头像是散架一般，酸痛得令她只能维持原姿势，陆先琴嘴角一扁，语气柔柔的，像是撒娇："徐先生，我疼。"

徐廷舟微微垂眸，他没有像往常那样，面对她的撒娇总是唇角带笑，眼神宠溺。

这次他薄唇微抿低下头，用手撑着额头，像是在极力控制着某种情绪。

他在哭。

陆先琴发现了他眼角的那一抹湿润以及微微颤抖着的肩膀，一时间心中酸涩，在安静的病房里终于号啕大哭了起来。

在那里她不敢哭，也不愿意哭，此时这短短几天来心中压抑着的恐惧和后怕，终于在看到他的这一秒里，彻底喷薄而出，一发不可收拾。

"徐先生，我以为我再也见不到你了。"

徐廷舟抬起头来，修长的手指轻柔地抚上她的脸颊，为她拭去泪珠。

"对不起，我来晚了。"他终于没了平日里的那般冷静沉着，压抑着声线，说出了这句话。

陆先琴摇头，一边抽泣一边朝他伸出了手："抱抱我。"

徐廷舟坐在床边，避开了她有伤口的位置，让她枕在自己的肩上放肆的哭泣。

心中纵使万般情绪，他也只是微微低头，将所有的热切和欢喜化为一个极力克制的吻，吻在了她的额头上。

"还好你没事，还好你没事。"

徐廷舟一直重复着，似乎在验证着这句话的真实性。

她的眼泪就像是流不完似的，他越是温柔，她哭得越是凶。

遇到再大的事儿，她自己咬咬牙，忍忍也就扛过去了，可只要听见他一句轻柔的安慰就瞬间败下阵来。

她不怕冷漠、不怕险境，甚至不怕孤独，她唯一怕的是他的难过。

"我听先桦说了,你很勇敢。"他低声夸奖她,用下巴蹭着她的头顶。

"要是不勇敢,就没命见你了。"

徐廷舟喉结动了动,一时哑住说不出话来。

在这大千世界中,昼夜交替轮转,山海相连,他不过只是这世界中的一个普通人,在与她相隔万里的日子里,纵使思念成疾,也无怨无悔。

他跌跌撞撞找到她时,她正安静地沉睡着,看上去憔悴极了。

徐廷舟终于明白,在生死面前,凡人根本无力抵抗。

感谢她还活着。

看着她脸上的伤痕,他的心脏像是被活生生剜出,疼的窒息,可在她转醒时,那道伤口又瞬间被治愈,而后尽数变为了狂喜与庆幸。

"先琴,我很胆小。"他轻轻抚着她的发丝,像是自言自语地低喃着,"以后哪怕是山崩地裂都由我来替你承担,只要你平安无事。"这样沉重的誓言,他是第一次说出口。

原本听来有些夸张的话,在劫难之后都成了最动听的承诺。

"徐先生,是孩子保护了我呢。"她也不知道如何回应,只能刻意地转移了话题。

他轻轻一笑,温暖的手覆在她的肚子上,明明孩子这时候还听不到任何声音,可他还是对着这个小小的生命说了一句:"谢谢你,救了妈妈。"

"你比爸爸厉害。"

提前回国的文件已经批准,在德国的这几个月就如同一场人生劫难。

而这次劫难,却为她彻底解开了心结。

机场内。

陈院长慈爱地看着她:"好孩子,受苦了,回国好好修养。"

"明明是跟您一起来的,我却要先回国了。"她有些歉疚地低下了头。

"没有什么比你的身体更重要的。"陈院长重重叹了口气,"我的学生在受苦的时候,我什么都做不了,现在学生平安无事,我还有什么所求的呢?"

"回国以后我一定经常和您视频，绝不落下学习进度。"

陈院长哈哈一笑："你要带着你肚子里的孩子一起学吗？"

她竟然认真地点了点头。

陈院长无奈地看着她："好可怜的小孩，还没出生就被妈妈带着学习。"

沉重的气氛消失了，陆先琴笑着看躲在陈院长背后的伊丽，冲她喊道："伊丽，我真的要走了，你那一罐东西真的不打算送我吗？"

伊丽抱紧了手中的罐子，尴尬地扯了扯嘴角："你看到了啊……"

"给我吧，不然你寄到国内的话会很贵的。"她伸出手来。

那装满着五颜六色的千纸鹤的罐子交到了她的手上，陆先琴看着那些纸鹤，浅笑出声。

"我这都是网上查到的，你别嫌土……"伊丽深吸了一口气，"先琴，我还是想和你说一声对不起。"

从她醒过来的那一天，伊丽每天都会来看她，每一天都会和她说无数个对不起。

"伊丽，我回国以后你记得每天都要给我发微信。"陆先琴轻声说道，"不然，我就不接受你的道歉。"

伊丽拼命点头："我每天都给你发！你不回我我也给你发！"

飞机犹如一只掠过海面的白鸥在云层之上，陆先琴像是几个月前那样，透过窗子看向外面，透亮的阳光映着蓝天，晴空如洗。

经历了十小时的飞行，她终于重新踏上了熟悉的土地。

恍若隔世一般的亲切感。

她早就知道叶子和书棋会来接她，在机场接机口，徐廷舟帮她拖着行李，朝她笑了笑："去吧，给他们报个平安。"

她用力地点了点头，将徐先生和先桦甩在脑后，朝着那两个人奔去。

在出口那里，果然看到了叶子和书棋的身影，叶子哭着大喊她的名字，拼命冲她挥手。

她正要举手回应，却发现书棋身边站着一个极为熟悉的女人。

她苍老了许多，头发也白了大半，可还是那副朴素的打扮，站在人群中显得佝偻虚弱。

"妈。"陆先桦已经走到了陆先琴的身后，叫出了那个称谓。

陆妈妈红着眼睛一步步朝他们走过来，脚步有些蹒跚，双手微微张开，显得有些僵硬。

陆先琴稍稍挪了挪步伐，以免挡住了先桦。

她赶着来机场，应该是担心自己的儿子吧。

陆先琴嘴角扬起一抹苦笑，并不想看到母子拥抱的感人画面，干脆闭上了眼睛。

下一秒，她被抱住了。

那拥抱并不结实，甚至有些颤抖，那种说不清道不明的味道，是她好久都不曾感受过的。

陆妈妈的双手抖着，却丝毫没有减弱拥抱她的力道，陆先琴任由她抱着，睁着双眼，似乎不敢相信现在给她拥抱的这个女人是她妈妈。

陆妈妈哽咽着叫她的名字："先琴啊……你吓死我了……你吓死我了……"

陆先琴忍住鼻尖的酸楚，轻声问道："你怎么来了……"

陆妈妈放开她，伸出手触碰她的脸颊，那双手一点也不光滑，上头还有老茧，可动作却是那样的小心翼翼。

她眼中满是心疼和愧疚，还蒙着一层水雾看着陆先琴，下唇不住地颤抖着，像是有千言万语要说出口，却哽在喉间，除了流泪，一个字都说不出来。

陆先琴咬唇，用力将眼泪憋回去，再多余的一句话也问不出口了。

眼前这个女人把她生了下来，对她不好，她曾那样恨这个女人，甚至这辈子都不想见到这个女人。

可她的心不是石头做的，被揪成一团时，她痛入心脾，甚至无法呼吸。

那把刀子曾无数次在她的心上扎出伤口，鲜血淋漓，可现在这个为她舔舐着伤口的人，和那个用刀子扎她的人，却是同一个人。

她对眼前的这个女人曾抱有过幻想，期望她不要像父亲那样对她。

可这个女人却一次又一次地叫她失望。

她撇过头，没有再看这个女人。

陆妈妈黯然地放下了手，可嘴角依旧笑着："平安就好，平安就好……"

之后她退后了几步，看向陆先桦："保护你姐姐，辛苦你了。"

陆先琴垂下眸子，却又被叶子一个大熊抱给牢牢抱住。

"你个傻子！担心死我了！你要死了我可怎么办啊！"她嘴上骂着陆先琴，哭的声音却比谁的都大。

陆先琴几乎要喘不过气来，求救地看着旁边站着的李书棋。

李书棋眼圈微红，用唇语对她说了两个字："活该。"

陆先琴干脆放弃了挣扎，回抱住叶子。

原来被挂念的感觉，是这样温暖。

李书棋借了辆面包车过来接他们，一行人放好行李上了车，便由他开车送所有人回家。

车上，陆先琴和陆先桦被逼着说他们在国外的那些经历。

二人默契地避开了某些细节，只简单地把当时的经过说了一下，一车子人倒吸了一口凉气，感叹还好他们相安无事。

"我看到新闻时，本来还松了口气，想着幸好你不是在那个市，所以肯定不是你出事。"叶子用力握住陆先琴的手，似乎还有些后怕，"后来我还是不放心，就打电话问了陈院长，结果……他说你就在那个市，我一下子就蒙了，要是你真出事了，我……我简直……"

叶子的话没有说完，李书棋替她说出了下半句："因为陈院长嘱咐她不能说出去，所以她就每天在我和顾逸闻面前念叨，不是祈祷上帝保佑你，就是要去圣安寺求佛祖。小琴姐，以后你不能再这么吓我们了。"

他不像叶子那样情绪外露，可为此好几天没合眼，每晚看着月亮求她平安，直到收到她的消息后，绷着的那根弦才松了下来。

陆先琴又一次哽咽了："谢谢你们。"

"别谢了，你能完好无损地回来，就是最好的谢礼了。"

李书棋先把叶子送回了家，接着把车子开到了陆先琴家楼下，下车帮她拿行李。

陆先桦冲他努了努嘴："你小子，我也是伤员啊，你不帮我提？"

"你没缺胳膊少腿的，我为什么要帮你提？"李书棋看都没看他一眼。

"有事求我，你就小桦哥哥叫的可亲热，现在我没有利用价值了就把我一脚踢开了，是吧！"陆先桦终于炸毛。

二人又开始吵了，看来情绪都已经恢复过来了。

陆先琴看着陆妈妈背上背着的那个厚厚的包，伸出手："我来吧。"

包都把她的背给压驼了。

"不要紧，我给你送到家里去，然后就回去了。"陆妈妈呵呵一笑，"这里头都是你喜欢吃的坛子菜，我带了好多，够你吃好几个月了。"

她抿唇，又问了一遍在机场问过的问题："你怎么会来？"

"是先桦告诉我的，你别怪他，其实他就是跟我说了声，是我自作主张来的。"陆妈妈局促地搓着手指，掩饰着内心的紧张，"我知道你不想看见我，我现在看到你了，也放下心了，我马上就回去。"

陆先琴皱眉："爸爸知道这件事吗？"

陆妈妈一时间嘴角僵住了，勉强笑道："他知道的。"

那次过年，她把话说得那么绝，陆家早就不认她这个女儿了，又怎么会轻易放陆妈妈过来看她？

"他怎么肯放你过来看我？"陆先琴直接问出了口。

陆妈妈勉强的笑容僵住了。

原来在听到陆先桦的电话后，陆妈妈急急忙忙地收拾东西就要去城里等陆先琴的消息，结果被丈夫恶狠狠地威胁，说要是去看那个白眼狼，就永远不要回来了。

她一脸不可思议地看着他，就算先琴是女儿，那也是她生下来的，斩不断的血缘关系，怎么可能说断就断。

丈夫呸了一口，说："亲生的也不知道孝顺老子，不要也罢。"

她大声吼他:"那是我辛苦生下来的啊,是我身上掉下来的肉,怎么能说不要就不要!"

丈夫冷笑说:"你身上掉下来的肉,还不如别人家的儿子对我孝顺。"

她大声质问,别人的儿子是谁。

但其实她心里早有答案,拿着店面的盈利去养那个寡妇的儿子,就是他口中的那个儿子。

几十年的当牛做马,终于让她彻底认清了眼前的这个男人。

她死心了,那就离婚吧。丈夫愣了愣,竟然点头了。

"行吧,离吧,反正你也生不出第二个儿子了。"

临走前她去找了寡妇,那美艳的寡妇挥霍着丈夫的钱,她皱着眉让她以后跟了这个男人就稍微节约点。结果寡妇却嘲讽地笑了:"姐,你那男人都穷成那样了,还节约个什么啊?到时候钱一花光,我自然也就跑路了,不用谢我救你脱离苦海,大家各取所需。"

她却忽然想通了,自己当牛做马,省吃俭用,却还不如这个自私的寡妇活得明白。

这就是她嫁的男人。

这些话当然不能说出口,陆妈妈只是对着陆先琴敷衍地解释:"你到底是他的亲生女儿,他哪有那么绝情。"

走到家门口,陆妈妈将背包放下,随后跟她嘱咐了两句,就要离开。

她皱着眉,叫住了母亲。

陆妈妈转过身来。

"以后有空多来看看我。"或许现在还没有办法完全接受她,不过时间总会愈合一切伤口。

陆妈妈欣喜地点了点头。

在经历过这次劫难后,陆先琴想明白了很多。或许人这一辈子总无法圆满,可能有缺憾才是完整的人生,她无法完全理性地判断某件事,但只凭着内心做出选择,纵使心中还有疙瘩,以后可能会后悔,至少走出这一步时,她不会遗憾。

在赶走陆先桦和李书棋后，家中终于只剩徐氏夫妇二人。

陆先琴躺在卧室的床上，闭上眼睛，感受着这个家的每一处。

"先琴。"徐廷舟忽然叫她。

她睁开眼睛："怎么了？"

"商讨一下，婴儿房该装修成什么样。"徐先生微微皱眉，"要不还是换个房子吧？万一你生的是双胞胎怎么办？"

陆先琴指了指自己的肚子："徐先生，才三个月呢，你会不会想得太早了。"

他眨了眨眼："是吗？"

陆先琴忍俊不禁："徐先生，你也太可爱了吧！第一次做爸爸，很不习惯吧？"

徐先生微微红了红耳根，坐在她身边，宠溺地揉了揉她的头："徐太太，你也要当妈妈了。"

爸爸妈妈，多么简单的字眼。

多么温暖的称谓。

两年后的六月，毕业季。

春秋冬夏，四季流转，清大又迎来了一个崭新的夏天。

校园里，毕业生们穿着各色的毕业袍在每一处角落留下青春的印记，肆意而张扬，热烈而美好。

这是属于他们的夏天，蝉鸣为他们的毕业高歌，叶子沙沙作响，湖面泛起金色的涟漪。

年轻人的笑声，滋养着开得尚好的蔷薇花。

"我说一、二、三就拍了啊，做好表情管理！"

叶子手持自拍杆，命令着其他和她一起合影的人。

"一……二……三！"

一张自拍合影新鲜出炉，叶子迫不及待地看效果，然后不满地抿起了嘴。

"顾逸闻！你是黑帮老大吗？看你这眉头皱的，重来重来。"

李书棋奔溃地看着顾逸闻："系草大人，咱们都拍了十几张了，您就不能笑一个吗？"

始作俑者顾逸闻一脸你们都不懂我的表情："我皱眉头的时候最帅啊，为什么不能皱眉头？"

叶子把手机递给他："你自己看看，我们都在笑，就你一人皱着眉，不知道的还以为你不愿意和我们拍呢，让我怎么发朋友圈啊。"

顾逸闻委屈："明明是学姐你夸我皱眉好看的。"

叶子一时噎住，李书棋冷笑一声，做了个敬而远之的动作："二位，你俩慢慢拍，这'狗粮'我不吃了，再见。"

"别走别走，不是说好要等先琴的吗？"叶子急忙拦住李书棋。

李书棋面无表情，指了指不远处可以遮阴的棚子："我去那边等她，这儿太晒了。"

今年清大也不知道抽哪门子疯，往年毕业典礼都是在大礼堂举办的，而今年学校主张"绿色青春"主题，把毕业典礼安排在了一片大绿草坪上。

而且是本、硕、博的毕业典礼挤在一起举行。

上午八点钟，太阳已经让人有些睁不开眼睛了，女生们都打着遮阳伞，一边自拍一边等毕业典礼开始。

毕业生们都穿着宽大的毕业服，有些人热的把帽子摘下来当扇子扇风。

李书棋他们的本科学士服是纯黑的，就领子那带点花纹，穿上它站在草坪半个小时，就已经热的汗流浃背。

"我也去躲一躲太阳，太晒了。"顾逸闻擦了擦额头上的汗，跟在李书棋后面。

叶子拿起手上的遮阳伞："你们打我的伞啊！"

两个男生同时回过头来，异口同声："'娘炮'才打遮阳伞。"

有时候直男真的在一些地方出奇的固执，叶子撑着伞掏出手机给陆先琴打了个电话，催她快点过来。

"陆先琴啊！毕业典礼马上就要开始了，你人呢！"

那边的声音急匆匆的："在车上，堵车了，马上就到。"

"我让你昨晚上回寝室睡，你看，后悔了吧？"叶子叹了口气，"你说就咱俩最后一天的室友了，你都要回去陪徐老师，我这闺密当的也太失败了。"

"我是为了照顾窈窈啊。"

叶子翻了个白眼："得了吧，你准备论文那会儿，你照顾过窈窈吗？还不是徐老师二十四孝好奶爸帮你照顾的，你那些日子就跟我一起写论文呢，你这借口找的也太烂了啊。"

那边的声音似乎有些无辜："那我也总要照顾一下的啊。"

"知道了，二十四孝好妈妈，请问您能快点过来吗？"

"那我没办法做主，得问路况。"

最后陆先琴还是在毕业典礼开始的前五分钟赶到了。

她气喘吁吁地走到自己的座位上，叶子赶紧给她扇风："大姐啊，你这刘海都成一块一块的了，等会你还要上台说话的啊，赶紧弄一弄。"

坐在不远处的钱伊敏递过来一个小电风扇，陆先琴冲她道了声谢，钱伊敏嫌弃地看了她一眼，用沙哑的嗓音警告她："如果你敢给经管院丢脸，我饶不了你。"

原本经管院硕士毕业生代表定的是钱伊敏，但好巧不巧，毕业典礼前几天她嗓子坏了，上台出风头的机会也只好让给了陆先琴。

陆先琴冲她眨了眨眼："放心吧，保证不给经管院丢脸。"

钱伊敏撇撇嘴。

毕业典礼终于开始，毕业生们分别就座，叽叽喳喳的会场安静了下来，只听见航拍机机翼转动的声音。

清大校长身穿全红色校长袍上台开场致辞。

"校长大人今天像超级玛丽。"毕业生们安静地听了几分钟后就开始窃窃私语了，没过多久从最后排那里发出几声低呼。

"导师来了！"

"我们老李帅呆了！"

"哦！我眼中只有徐老师！你们看见徐老师没有！就是郭院长旁边那个！"

"好帅，舍不得毕业了怎么搞？"

"能看到徐老师穿导师服，这四年书没白读。"

陆先琴被叶子攥住了袖子，她正要拿开她的手，只听见叶子颤抖着声音花痴道："先琴你快往后看，啊啊啊啊啊，你们家徐老师也太帅了吧！"

她下意识地回过头。

十几位导师站在最后面，团委的学生干部正带着他们入座，陆先琴在一片红中，准确找到了徐先生。

他和其他导师一样穿着红黑色的导师服，戴着学士帽站在那儿。

身姿挺拔，儒雅俊秀，因为受烈日的洗礼，脸颊处泛着微微的红。

明明都是一样的衣服，可他穿在身上，怎么看怎么好看。

陆先琴有些看呆了。

她也是第一次看徐先生穿导师服，帅的有些过分了。

"爸爸！"突然一声清脆稚嫩的声音喊道。

今年的毕业典礼因为是在室外，所以并不限制家长参观人数，有不少家长都带着相机过来记录这重要的一刻。

但是来的基本上是长辈，晚辈就比较少了。

刚学会走路的就更是寥寥无几了。

徐廷舟尴尬地抿了抿嘴，站他旁边的老师调侃地戳了戳他："徐老师，你宝贝女儿叫你呢。"

他扶了扶眼镜，轻咳一声，朝家长那边走去。

粉雕玉琢的小娃娃被奶奶抱在怀中，小腿一蹬一蹬的，见爸爸走过来了，张开小手要爸爸的抱抱，张着嘴不停地叫着爸爸。

其他家长有些惊讶，就看见一个英俊男人朝他们这边走来，然后停在小娃娃面前，伸出了手。

"窈窈，来。"

窈窈眯眯眼笑了，开心地扑进了爸爸的怀里。

"先琴呢？我带了单反过来，待会儿给她拍照。"徐妈妈问道。

徐廷舟看了一下人群："应该在那边坐着。"

窈窈像是知道他们在说妈妈，一听到妈妈的名字，立马又不安分了，不停地叫妈妈。

徐廷舟无奈："妈妈和她的同学们在一起呢。"

窈窈只是眨了眨她那一双和陆先琴极像的小鹿般的大眼睛，小手拿住了徐廷舟学位帽上的流苏，一边扯一边叫妈妈。

"现在还没到你们上台的环节吧？"

徐廷舟摇摇头："待会还有领导要上去讲话。"

"那你带窈窈去找她妈妈吧，她一直动来动去的，我胳膊都要断了。"

徐廷舟反应未及，徐妈妈就按着肩膀转身走了："我先拍拍你们学校。"

窈窈还叫着妈妈，徐廷舟眼见着他妈妈也撒手不管了。

有家长好奇问道："老师啊，毕业典礼你还带你女儿过来参加啊？"

徐廷舟为避免窈窈把他的帽子拽下来，一手按住窈窈作祟的手，一手抱着她，低着头有些困难地解释："她是来参加她妈妈的毕业典礼。"

其他人都愣住了。

"你太太是今年毕业？"

徐廷舟点点头。

家长们看徐廷舟的眼神有些复杂了，一面觉得眼前这个老师搞师生恋有些为师不尊，一面又觉得那个女学生刚毕业就和这么帅的老师结婚了，替自己的小孩羡慕。

徐廷舟抱着窈窈回到了导师座上。

其他和徐廷舟比较熟的导师一时都兴奋地过来逗孩子，虽然这几位导师平时看着严肃刻板，但在面对小娃娃时都出奇的耐心，还做鬼脸逗她开心。

奈何窈窈只是笑了一会儿，又不停地喊妈妈了。

徐廷舟只好再次起身。

毕业生这边有些沸腾了，激动地看着徐老师抱着娃娃一步步朝这边走过来。

徐廷舟戴着眼镜，刚走近人群，学生们就迫不及待地为他指路："徐老师！陆学姐坐在那边！"

陆先琴拼命藏住自己，却还是听到了那个熟悉的声音。

"先琴，窈窈找你。"

因为先琴坐在那一排的中间，他将窈窈放在地上，一岁多的娃娃走路还跌跌撞撞的，迈着小腿张开手往妈妈这边走。

距离妈妈没几步，几个毕业生轮流牵着娃娃把她引向陆先琴那边。

最后窈窈成功会师，扑到了陆先琴的膝盖上。

"妈妈！"

陆先琴将窈窈放在自己的膝盖上坐着，有些无奈地看着徐廷舟。

徐廷舟笑了笑："她想你了，你先抱着她，待会儿等妈回来了再给她。"

他一走，这一片又沸腾了。

穿着导师服抱着小孩的徐老师，浑身上下有一种说不出来的魅力。

"读了这么多年书都毕业了，可我连个男朋友都没有，而陆先琴的娃都会走路了。"

"我们不一样。"

"这是不是在拍偶像剧？夫妻俩一个硕士毕业一个导师，中间一个迷你小娃娃，这怎么看都是偶像剧标准大团圆结局既视感啊！"

"我仿佛置身言情小说中……"

窈窈小朋友全名徐舒窈，是太爷爷特地从《诗经》上取意为她起的名字。

月出皎兮，佼人僚兮，舒窈纠兮，劳心悄兮，寓意拥有这个名字的女孩，舒缓安闲，窈窕曼妙。

其中窈字也取自太爷爷的母亲之名窈窕二字其一，美好祝愿溢于言表。

窈窈没有辜负这个美好的名字，她的长相一半像妈妈，一半像爸爸。既有妈妈的杏眼桃腮，又有爸爸的挺鼻薄唇，父母原本样貌就极为出色，生出来的孩子更是集精华于一身，眉眼如画。

陆先琴的几个同学对她简直爱不释手，轮流抱着哄她开心。

叶子拿帽子上的流苏逗她："窈窈，叫干妈！"

"她还只会说些简单的词，干妈太难了。"陆先琴给她泼冷水。

叶子锲而不舍："我不管，我天天在窈窈面前念叨，她就肯定会说了。"

比起叶子，其他几个人更加不要脸，非让窈窈叫他们哥哥、姐姐。

这其中钱伊敏最为无耻，明明嗓子都坏了，还扯着非要逗窈窈叫她姐姐。

叶子调侃地坏笑："叫什么姐姐啊，叫舅妈才对。"

钱伊敏的脸颊瞬间爆红，指着叶子骂不出声音来。

谁知陆先琴非但不帮她，反而还在一旁添油加醋："窈窈连舅舅都不会叫呢，学会叫舅妈估计得等一段时间了。"

钱伊敏指着陆先琴，眼神恼怒。

陆先琴表情淡然，想起陆先桦某天和她说，想到一个报复钱伊敏以前欺负过她的好方法。

她好奇地问什么方法。

陆先桦挑眉坏笑："我让她当你弟妹，以后叫你姐姐，怎么样？爽不爽？"

陆先琴震惊了大概半分钟，随即一拍大腿："爽！先桦好样的！"

台上已经轮到毕业生发言了，此时博士毕业生代表已经讲完话了，陆先琴把窈窈交给叶子。

"我上去了，你看好她啊。"

"放心，我可是她干妈啊！"

作为清大本届硕士研究生中最受关注的经管院院花，陆先琴刚起身，就引起了无数人的注视。

研一被爆出和新闻学院徐教授的婚情，研二怀孕，研三全身心投入学术中，论文获奖，直保博士学位。

她这三年，堪称辉煌。

她试了试麦克风，接着是她悠扬婉转的声音传出："尊敬的校领导，各位老师，远道而来的家长们，以及各位同学，大家上午好！"

"我是经管院经济学硕士毕业生陆先琴，今天能站在这里作为本届硕士毕业生毕业代表发言，我深感荣幸。在这里，请允许我向母校、师长们致以谢意！"

她站在台上，面对台下所有老师和毕业生，毫不怯场，自信优雅。

言语间情深意切，吐字清晰。

"聚是一团火，散是满天星，希望各位毕业生，带着我们这份最美好的校园记忆，奔向未来的人生旅程，不负韶华，不负青春。我在这里衷心祝愿母校蓬勃发展，老师们事业顺利、家庭美满，同学们前程似锦、一展宏图！"

叶子抱着窈窈，指着陆先琴给她看："窈窈，看你妈妈呀，你以后要和她一样优秀。"

窈窈咯咯笑着，像是听懂了。

热烈的掌声经久不息，有本科毕业生在台下喊："也祝陆学姐和徐老师永远幸福！"

这一声祝福，立马激起千层浪，众人纷纷送上祝福。

陆先琴又拿起了麦克风，笑着说道："谢谢大家的祝福。希望大家有对象的感情顺利，没对象的明天就能找到灵魂伴侣。"

原本这次毕业典礼特意选在草坪举行，就是为了抛开严肃庄严的气氛，打造出一个别出心裁的毕业典礼，此时毕业典礼举行到这里，气氛已经完全热了起来。

坐在台下的郭院长激动地看着徐廷舟："徐老师，陆同学真的没有再读一个学位的打算吗？"

徐廷舟哭笑不得："这我还真不知道。"

"要是她想读，让她一定考虑我们新闻系啊！"郭院长殷切地看着徐廷舟。

这夫妻俩都是搞新闻的好料子啊！

今年的本科毕业生代表是李书棋，陆先琴在把话筒交给他时，小声冲他说了声加油。

李书棋对她眨了眨眼。

他们曾在多年前约定好要从老家走出来，通过努力实现人生价值，而如今，他们二人都做到了。

毕业典礼进行到后半段，是所有人都期盼着的拨穗礼。

今年的拨穗礼不单单只有校长来，而是和台下的十几位教授一起为毕业生拨穗。

省去了很多的时间。

陆先琴是最早一批上台接受拨穗礼的毕业生，她刚上台，台下的学生们就催促她到徐老师那边去。

"陆学姐！徐老师在那边！快去啊！待会儿被人抢先了！"

而事实证明，其他毕业生十分默契地把徐老师让给了她。

就连在台上的陈院长也调皮地冲她眨了眨眼睛，她想站在他这边，还被他拒绝了。

"你去找徐老师给你拨。"

陆先琴走到徐廷舟面前，那人浅笑，低头看着她。

"这么不乐意？"

"不是，就是不好意思。"

徐廷舟将她的流苏从右拨到左边，待礼节完成后，朝她轻声说道："陆先琴同学，恭喜毕业。"

他为她拨穗，麦穗成熟，她即将展翅高飞，迈向另一个新的阶段。

是眼前的这个男人一直陪伴着她成长，看着她一步一个脚印走到今天，他的鼓励不断激励着她前进，而今在人生的这个节点上，由他亲手为她完成拨穗。

如此幸运。

她甜甜地笑了："谢谢徐老师！"

毕业典礼结束后，毕业生们开始作最后的合影留念。

徐妈妈拿着单反，对陆先琴说："先琴，叫上你朋友，一起拍个合影啊！"

叶子拉着钱伊敏跑上前挽住陆先琴的胳膊，接着李书棋和顾逸闻也走了过来，还有几个一起上课的朋友，站在阳光下准备拍照。

"我喊一、二、三，大家一起喊茄子啊！"

"茄子太没意思了！"

"要换个新鲜的！"

徐妈妈笑了："那你们说，喊什么？"

"阿姨你问徐老师帅不帅，我们说帅！"

一旁的徐老师无语地看着这帮皮皮虾学生。

徐妈妈很是爽快，立马答应了。

准备就绪，徐妈妈问道："徐老师帅不帅？"

"帅！"

快门声响起，这群年轻的面孔穿着学位服，在母校留下了最灿烂的笑脸。

还未尽兴，几个人又照了几张创意照。

刚照完，徐廷舟就上前把陆先琴的包递给了她："你手机一直在包里震。"

陆先琴拿出手机，是先桦打过来的电话。

"先桦，怎么了？"

"你还问我怎么了！我在你们学校迷路了！快来接我！"

她有些奇怪："你放假了？"

"一放假就赶紧赶过来了，连衣服都没换，热死了，赶紧来接我。"

陆先琴眼睛一亮："你还穿着制服？我马上过来！"

确定方位后，陆先琴立马就要动身去找先桦，她还体贴地问了钱伊敏："先桦来了，你和我一起吗？"

钱伊敏扭捏了半天，点了点头。

根据先桦描述的地点，熟悉学校的二人立马找到了他。

他一身军装，就如同他背后的那颗松树，高大挺拔，惹人注目。

和他的军装格格不入的，是他手上那两束花。

有不少女生驻足偷看着他，而他像是没看见。

直到他发现了不远处的两个人。

陆先桦挑眉，长腿一迈，捧着花朝她们走去。

"来，祝贺毕业。"他也没多说什么，直接把花塞给了她们。

不再是长长的刘海遮住额头，他剪了一个利落的寸头，朗目星眉，干净英俊。

没了那流里流气的样子，双手不再插兜，直直地垂在两侧，一身笔挺的军装，像是完全变了一个人。

"这才多久啊，果然当兵锻炼人啊。"陆先琴笑眯眯地看着他。

陆先桦翻了个白眼："少花痴我。"

"走，我们在照相呢，难得你还穿着军装，一起照。"

陆先桦被陆先琴拉着走到他们举行毕业典礼的草坪上。

叶子最先看到他们，惊叫出声："帅弟弟来了！"

顾逸闻吃味地撇了撇嘴。

草坪上突然出现一个军装小哥哥，立马引起了其他人的注意，都在猜这位小哥哥是谁。

陆先桦头一回觉得有些不自在，钱伊敏在他身边嘲讽地扯了扯嘴角。

表情被陆先桦看到了，他收起了不自在的表情，低下头挑眉看她："怎么了？吃醋了？"

钱伊敏狠狠瞪了他一眼，用唇语骂他自恋。

陆先桦扬起唇角，眼睛里有戏谑的光，刚刚明明还是一副正经人的模样，现在立马原形毕露。

陆先桦掏了掏口袋，掏出一盒药丢给她："喏，赶紧好起来，你这嗓子坏了都没法跟我吵架了，怪不习惯的。"

钱伊敏拿着药，垂眸不语，脸颊也不知道是不是被太阳晒的，红了。

第十六章 温 暖·529

她这副样子，他也不习惯，可莫名的喜欢。

他低下头，凑到她耳边："不要吃醋，我只看你一个。"

钱伊敏捂着耳朵后退了一大步，换来了他得意的笑声。

阳光下，草坪上，他的笑宛若一池泛起的涟漪，波光粼粼，璀璨至极。

陆先琴又和陆先桦合了影，接着徐妈妈灵机一动："先琴，你和廷舟也照一张吧。"

叶子附和："好主意！阿姨英明！"

陆先琴和徐廷舟并肩站着，两个人姿势都极其端正，神情严肃。

徐妈妈忍俊不禁："你们连结婚照都照过了，怎么这会子就扭捏起来了？"

主要一群人虎视眈眈的围观着，实在亲密不起来。

陆先琴红着脸："算了，都毕业了，这张老脸就豁出去了。"

她双手抱住徐廷舟的腰，抬眸看着他。

徐廷舟猝不及防，有些惊讶地低头看她，在看到她眼底的那一抹狡黠后，宠溺地笑了。

他伸出手按在她的头上。

陆先琴也笑了，这本是一个极好的画面，徐妈妈正要按下快门，却不知窈窈何时也走进了镜头，一扭一扭地朝徐氏夫妇二人走去。

"爸爸，妈妈！"她喊着。

接着，一把抱住了妈妈的腿。

咔嚓一声，快门被按下。

他一身红色导师服，她一身蓝色硕士服，而窈窈一身粉色的公主裙。

妈妈抱着爸爸，爸爸看着妈妈，宝宝抱着妈妈，画面定格。

三人笑容美好。

陆先琴的研究生生涯，还未结束。

他们未来，还有很长一段时间会一直在一起。